Jens Henrik Jensen
OXEN. Pilgrim

JENS HENRIK JENSEN

PILGRIM

Thriller

Aus dem Dänischen von
Friederike Buchinger und Ricarda Essrich

dtv

Von Jens Henrik Jensen
sind bei dtv außerdem erschienen:

OXEN – Das erste Opfer

OXEN – Der dunkle Mann

OXEN – Gefrorene Flammen

OXEN – Lupus

OXEN – Noctis

SØG – Dunkel liegt die See

SØG – Schwarzer Himmel

SØG – Land ohne Licht

EAST – Welt ohne Seele

EAST – Auf tiefem Grund

Deutsche Erstausgabe 2024
dtv Verlagsgesellschaft mbH & Co. KG, München
© 2023 Jens Henrik Jensen and JP/Politikens Hus A/S
in agreement with Politiken Literary Agency
Titel der dänischen Originalausgabe: ›Pilgrim‹
(JP/Politikens Hus A/S, Kopenhagen 2023)
© 2024 der deutschsprachigen Ausgabe:
dtv Verlagsgesellschaft mbH & Co. KG, München
Umschlaggestaltung: ZERO Werbeagentur GmbH
Umschlagmotiv: plainpicture/Yann Grancher – aus der Kollektion Rauschen
Satz: Fotosatz Amann, Memmingen
Gesetzt aus der Minion 10,85 pt
Druck und Bindung: CPI books GmbH, Leck
Printed in Germany · ISBN 978-3-423-26394-8

Ein **Pilger** (vom lateinischen *peregrinus*, »einer, der umherwandert«) ist eine Person, die in der Regel zu Fuß zu einem heiligen Ort reist – aus religiösen Gründen, um Buße zu tun oder um etwas Bestimmtes zu erreichen.

Im Hochmittelalter waren zahlreiche Pilger unterwegs, und viele Menschen begaben sich mindestens einmal in ihrem Leben auf Pilgerfahrt.

Der bedeutsamste Wallfahrtsort im Mittelalter war die Grabeskirche in Jerusalem, gefolgt von Rom und Santiago de Compostela in Spanien. In Dänemark war meist eine der vielen Heiligen Quellen das Ziel.

In allen großen Weltreligionen gibt es besondere Pilgerstätten.

Freie Zusammenfassung, Quelle: Wikipedia

1.

Papa. So klein das Wort auch war, es übertrumpfte doch alles. Es war der Schlüssel, der die Schatten der Hölle vertrieb, weil es die Tür zu Licht und Leben öffnete. Eine Tür, durch die er getreten und dann immer weitergegangen war.

Im Universum konnte es keinen größeren Kontrast geben als die Gegenwart im Vergleich zur jüngsten Vergangenheit – auf der anderen Seite der verschlossenen Tür.

Tag versus Nacht. Freiheit versus Gefangenschaft. Plasma und Blut, Bestandteile des so fragilen Lebens, versus gehärteten Stahl ...

Er sah das Schwert vor seinem geistigen Auge aufblitzen und spürte die Anstrengung wie einen Phantomschmerz in seinem rechten Arm. Den Hieb der zweischneidigen Klinge, schräg nach unten. Die lange klaffende Wunde, die er hinterließ. Den Schwall von Blut und glänzende Eingeweide, die aus der Bauchhöhle quollen und seinen Gegner in die Knie zwangen wie ein bizarrer, einseitiger und übermäßig schwerer Ballast.

Er meinte, noch immer den Schaft des Schwertes zu umklammern. Doch seine rechte Hand war fest geballt um ... nichts ...

Er öffnete sie und streckte seine schmerzenden Finger.

Die sanften Sonnenstrahlen bahnten sich einen Weg durch die Schleierwolken und wärmten sein Gesicht, während sie den Schotterweg entlanggingen. Auf das Wetter im April konnte man sich nie verlassen, aber die letzten Tage waren perfekt gewesen. Überall strotzte es nur so von Leben.

»Papa?«

Wieder ließ er das Wort schwerelos zwischen ihnen schweben. Nur zwei verschiedene Buchstaben bildeten diese wichtige Konstruktion des Lebens. Die Säule, die alles trug. Zwei gleichlautende Silben, so selbstverständlich, dass die wenigsten das Wort überhaupt wahrnahmen.

Doch *er* tat es.

Zwei P und zwei A, ein doppeltes Duett, das ihn mit einer Stärke erfüllte, durch die er bis zum Ende der Welt würde gehen können, ohne zusammenzubrechen.

Er konnte die Pause nicht noch mehr ausdehnen.

»Ja?«

»Warum heißt der Weg eigentlich Hærvejen? Wurde er für Soldatenheere angelegt?«

»Hast du noch nie davon gehört?«

»Nein. Sollte ich?«

»Ihr habt den Hærvejen in der Schule nicht durchgenommen?«

»Nee.«

»Merkwürdig. Das verstehe ich nicht. Der Hærvejen ist berühmt. Teile davon sind viertausend Jahre alt. Er verläuft durch ganz Jütland und folgt der Wasserscheide den jütländischen Höhenrücken entlang. Von dort kann …«

»Wasserscheide?«

Er konnte sich ein Grinsen nicht verkneifen.

»Eine Wasserscheide ist eine Art Trennlinie. Von da aus fließt das Wasser entweder in die eine oder in die andere Richtung. In diesem Fall nach Osten oder Westen, grob gesagt. Früher konnte man direkt auf dem Höhenrücken gehen, was den großen Vorteil hatte, dass man nicht so viele Flüsse oder unwegsame Moore überqueren musste. Damals konnte die Natur manchmal ein großes Hindernis für uns Menschen sein.«

»Und deshalb hatten die Soldaten Probleme?«

»Ja, auch Heere benutzten den Weg, wenn sie nord- oder südwärts marschierten. Doch eigentlich war es vor allem ein Handelsweg. Er wird auch als Studevejen bezeichnet, der Ochsenweg.«

»Ochsenweg?«

Wieder musste er grinsen. »Ja. Über diesen Weg hat man Rinder getrieben. Er verläuft bis nach Deutschland, in die Nähe von Hamburg.«

»Ernsthaft? Verrückt ... Dann könnte man sagen, wir haben unseren *eigenen* Weg, Papa! Den Oxen-Weg.«

»Ja, Magnus, solange du nicht behauptest, du würdest den Weg mit einem Ochsen gehen.«

Er lachte, legte den Arm um seinen fünfzehnjährigen Sohn und drückte ihn an sich.

In diesem Augenblick war er der glücklichste Mann der Welt. Er hatte einen Sohn. Oder ... er hatte seinen Sohn zurückbekommen. Und hier gingen sie nun.

Vater und Sohn.

Mal liefen sie schweigsam, mal unterhielten sie sich über große und kleine Dinge. Mal scherzten sie, mal sprachen sie ernsthaft. Genau, wie es sein sollte.

Vater und Sohn. Seite an Seite in der Sonne auf einem Schotterweg, der sie immer weiter in den Frühling führte.

Er befand sich mitten in einer Metamorphose. Wie eine verpuppte Raupe. Arbeitete sich mühsam aus dem Harnisch des Kriegers heraus.

Mit jedem Schritt seiner Pilgerreise ließ er die apokalyptische Eiszeit ein Stück weiter hinter sich und sah sich jeden Tag ein wenig mehr in der Lage, in ein neues Stadium überzugehen.

Als Vater.

Allerdings wusste er noch nicht, ob es ihm gelingen oder ob er wieder scheitern würde.

2. Über dreißig Kilometer verlief die Verzasca pittoresk wie ein langer Streifen miteinander verbundener Postkarten durch die Schweizer Alpen, von ihrer Quelle in Pizzo Barone bis zur Mündung in den Lago Maggiore.

Ihr Verlauf ließ sich vereinfacht in drei Abschnitte gliedern: der obere leicht zugänglich für jeden, der Lust auf Wassersport hatte, der mittlere schon anspruchsvoller und am beliebtesten, vor allem bei den Tausenden Kajak-Fans, die jedes Jahr herkamen, und schließlich der untere Abschnitt: nur für Outdoor-Leute mit starken Nerven und viel Erfahrung.

Auf dieser Strecke toste die Verzasca in rasender Geschwindigkeit und Kaskaden von *whitewater*, so die internationale Bezeichnung, die sich nicht missverstehen ließ: ein schäumender Strom, dessen Wassermassen durch enge Schluchten an tückischen Felsen vorbeirauschten und sich in unzähligen Wasserfällen in den Abgrund stürzten.

Am Beginn des untersten Abschnitts stand ein Mann, die Hände in die Seiten gestützt. Ruhig wartete er am Ufer, bis er an der Reihe war, und ließ sich vom strömenden Regen nicht stören. Er stand ein Stück weit entfernt von der kleinen Gruppe in Neoprenanzügen und Schutzhelmen, die mit kurzen, wendigen Kajaks ausgestattet war. Die gesamte Ausrüstung war in grellen, meist fluoreszierenden Farben gehalten.

Vielleicht stand der Mann ein wenig abseits, weil er eindeutig der Älteste der Gruppe war.

Sein Name war Fabian Stadler. Er war zweiundfünfzig Jahre alt, mittelgroß, sehnig und durchtrainiert, und er trug einen eng anliegenden gelben Anzug.

Fabian Stadler war in den Kreisen der bunten Kajakabenteurer ein bekanntes Gesicht. Wie Surfer und Windsurfer betrachteten sich auch diese Sportler als eine Art Bruderschaft, in der man enthusiastisch um die ganze Welt reiste, um es mit den schwierigsten Flüssen aufzunehmen – und sich selbst herauszufordern.

Natürlich hatte das Hobby der eingeschworenen Gemeinschaft auch einen englischen Namen: Man betrieb *extreme kayaking*.

Diese Disziplin einfach als Jagd nach dem Adrenalinkick zu bezeichnen, wirkte wie eine gewaltige Untertreibung, wenn man einmal gesehen hatte, wie die weißen, schäumenden Wassermassen einen Mann und sein Kajak verschlingen konnten. Um dann zu beobachten, wie beide sich doch aus der Umklammerung des Flusses befreiten.

Fabian Stadler schien einen Blick auf seine Uhr zu werfen. Vermutlich um das Zeitintervall einzuhalten, in dem die Wassersportler starten sollten.

Er hatte die Strecke schon unzählige Male hinter sich gebracht. Seit er in Zürich lebte, war die Anreise ins italienischsprachige Tessin in der Schweiz nicht weit. Auch weitaus gefährlicheren Herausforderungen hatte er sich schon gestellt, zum Beispiel dem Little White Salmon River im US-Bundesstaat Washington, dem Clendinning Creek in British Columbia und dem Río Santo Domingo in Chiapas, Mexiko. Und jedes Mal war er mit heiler Haut davongekommen.

Aber Übermut und selbst kleinste Fehler konnten fatal sein. Auch auf der Verzasca …

Vielleicht dachte er genau darüber nach, während er neben seinem orangefarbenen Dagger-Kajak stand und geduldig wartete.

Auf der anderen Seite des Flusses versteckte sich ein Mann hinter einem Felsen, er war in seiner grauen Regenkleidung kaum auszumachen. Der Mann lag auf dem Bauch und hatte die kleine Gruppe auf der gegenüberliegenden Seite schon eine Weile durch sein Fernglas beobachtet.

Von Zeit zu Zeit hatte er über ein Funkgerät den Status durchgegeben. Als Fabian Stadler sich in seinem gelben Anzug bereit machte, meldete er sich erneut:

»Posten 1: *stand by*, alle. Alpha macht sich bereit. Ich wiederhole: Alpha macht sich bereit.«

Die Meldung erfolgte auf Englisch und wurde flussabwärts an den beiden anderen Stellen, an denen sie ihre Posten eingerichtet hatten, mit konzentrierten Mienen aufgenommen.

Der Mann in Regenkleidung senkte für einen Moment das Fernglas und wischte sich sein Gesicht ab. Dann nahm er die Beobachtung wieder auf, ohne den Regen zu beachten.

Aufgrund des schlechten Wetters hielten sich an der Strecke keine Zuschauer oder neugierigen Touristen auf. Ein unberechenbarer Faktor, der sonst zum Abbruch der Mission hätte führen können.

Endlich schob Fabian Stadler sein Kajak in den Fluss und paddelte energisch los.

»Posten 1: Alpha *take-off*, ich wiederhole: Alpha *take-off*.«

Posten 2 und Posten 3 bestätigten, dass sie verstanden hatten, und drückten gleichzeitig auf ihre Stoppuhren. Posten 2 hatte nur eine Aufgabe: Meldung zu machen, wenn Stadler an ihm vorbeifuhr. Das würde er in etwa fünf Minuten und 30 Sekunden tun.

Ab diesem Moment würde Stadler noch zweieinhalb Minuten zu leben haben. Oder 150 Sekunden.

Posten 3 stand ebenfalls in Regenkleidung auf einem flachen Felsstück an der Stelle, die sie sorgfältig ausgewählt hatten. Hier stürzte das Wasser über einen Felsvorsprung in die Tiefe und bildete einen etwa zehn Meter hohen Wasserfall. Es war nicht der höchste, doch die Einfahrt oben äußerst schwierig. Der Wasserfall endete in einem tiefen Becken, wo die Wassermassen sich verwirbelten, ehe der Fluss weiterströmte und wieder an Geschwindigkeit gewann.

Der Mann auf der Klippe hob seine rechte Hand und ließ sie ein paarmal kreisen. Das Signal veranlasste zwei Kampftaucher, sofort ins Wasser zu gleiten und ihre Position einzunehmen.

Dann kroch die Zeit dahin, bis Posten 2 endlich Meldung machte. Der Taucher auf der rechten Seite des Beckens spannte ein Seil, und ein feinmaschiges Netz, das an der gegenüberliegenden Seite befestigt war, wurde wenige Meter von dem Punkt entfernt sichtbar, an dem die Wassermassen mit enormer Wucht auf die Oberfläche trafen.

Die beiden Taucher behielten den Mann am Ufer aufmerksam im Blick. Er gab ihnen erneut ein Handzeichen. Dann konzentrierten sie sich auf den Felsvorsprung.

Wenige Augenblicke später sahen sie die Spitze des kleinen orangefarbenen Kajaks. Kurz darauf stürzte es in irrem Tempo auf sie zu, während der Mann im gelben Anzug perfekt das Gleichgewicht hielt, das Paddel mit ausgestreckten Armen hochgehoben.

Kurz nach dem Aufprall auf dem Wasser verfing sich das Kajak im Netz und kenterte. Unter normalen Umständen wäre es eine Kleinigkeit gewesen, das Gefährt mit einer Eskimorolle unter Wasser wieder aufzurichten, doch dazu kam der Mann nicht mehr …

Zwei starke Arme zerrten ihn aus dem Kajak, umklammerten ihn und zogen ihn gegen den Auftrieb der Schwimmweste hinunter auf den Grund des Beckens in neun Metern Tiefe.

Der Widerstand des Mannes brach schnell. Dann kam der andere Taucher dazu. Gemeinsam führten sie ihren Auftrag aus:

Sie schlugen den Kopf ihres Opfers fest gegen die Felsen, sowohl mit dem schützenden Helm, als auch mit dem Gesicht. Nachdem sie das Gleiche mit den Armen und Beinen des Mannes getan hatten, ließen sie ihn los und beobachteten, wie die leblose, gelbe Gestalt von der Strömung erfasst wurde und davontrieb.

Mission accomplished.

3.

Das Knistern des Feuers war das einzige Geräusch, das seine Gedanken begleitete. Es war Abend, und Dämmerung senkte sich über die Landschaft.

Sie hatten ihr Lager am Rand einer Baumgruppe aufgeschlagen. Unter ihnen erstreckten sich Felder in Richtung des Hjærbæk Fjords bis zur Mündung des Skals Å, den sie vor einigen Stunden bei der alten Eisenbahnbrücke überquert hatten.

»Papa?«

Er saß nur da, sah in die Flammen und grübelte. Es war das erste Wort, das er wahrgenommen hatte, als er vor zwölf Monaten im Krankenhaus aufgewacht war. Dieses winzige Wort war wirkungsvoller gewesen als alles andere in dem Heilungsprozess, der hinter ihm lag. Und den er noch vor sich hatte.

»Hmm...«

»Muss ich wirklich morgen den *fuckin'* Zug nach Hause nehmen? Ich pack das einfach nicht. Also echt nicht! Wir haben es doch super. Nur du und ich. Kannst du Mama nicht einfach anrufen und noch ein, zwei Tage bei ihr rausschlagen? *Please ...*«

Magnus lehnte sich ein wenig gegen ihn. Er legte seinen Arm um die Schulter seines Sohnes. Auch dieser wunderbare, zarte kleine Mensch durchlief eine Metamorphose. Seine Schulterpartie wurde allmählich breiter und kräftiger, die Stimme tiefer, der Schatten über der Oberlippe immer deutlicher sichtbar. Und seine Gedanken änderten sich wie bei einem Pendel, schlugen im einen Augenblick in Richtung Kindheit aus und im nächsten in Richtung erstaunlicher Reife.

»Das kann ich nicht, Kumpel. Leider. Abgemacht ist abgemacht.«

»Aber Papa ... Verstehst du das nicht? Ich will *nicht* nach Hause.«

»Es wird noch viele andere Gelegenheiten geben, das verspreche ich dir. Wir können noch ganz oft zusammen sein und es uns gut gehen lassen, bis du keine Lust mehr hast, mit deinem alten Vater Zeit zu verbringen – in ein oder zwei Jahren. Oder vielleicht schon am Donnerstag ...«

»Das passiert nicht. Ich bin echt gern mit dir zusammen, Papa. Du bist cool. Deshalb finde ich ja, du solltest Mama anrufen. Sag ihr, dass wir weitermachen. YOLO, oder?«

»Jolo? Äh, ich weiß nicht, ob ...«

»Nutz die Chance, *full speed*. YOLO. Deshalb. Jetzt ruf schon an.«

Magnus zog sein Handy aus der Tasche und reichte es ihm.

»Okay, ich verstehe. Aber irgendwie auch nicht. Jedenfalls nicht das mit dem Jolo ...«

»Y-O-L-O. *Come on. You only live once.*«

»Ah, jetzt hab ich's kapiert.«

»*Oh my God*, du bist echt alt, Papa!«

Magnus schüttelte grinsend den Kopf.

»Danke. Ich rufe deine Mutter trotzdem nicht an. Basta. Kümmerst du dich ums Feuer? Hol aber bitte zuerst den Kessel raus.«

Magnus stand auf, schob einen stabilen Ast unter den Henkel des Kessels, hob ihn aus dem Feuer und stellte ihn vor seine Füße. Dann nahm er etwas Reisig, legte es sorgfältig in die Flammen, ohne den Funkenregen zu beachten, und setzte sich wieder neben ihn.

Oxen gab eine große Portion Kakaopulver in die beiden Thermobecher.

»Gießt du Wasser auf, Magnus?«

Magnus nickte und faltete ein Geschirrhandtuch, legte es über den heißen Henkel, goss Wasser in ihre Becher und rührte mit dem Löffel um.

Verstohlen beobachtete er jede Bewegung seines Sohnes. Es waren ruhige, sichere Bewegungen, die keinerlei Zögern oder Zweifel erkennen ließen. Magnus hatte viel gelernt in den beiden Tagen, an denen sie gemeinsam gewandert waren und unter fast freiem Himmel geschlafen hatten, nur geschützt von einer grünen Plane, die zwischen ein paar Bäumen über ihnen gespannt war.

»Hier ist es schön, oder?«

Magnus nickte schweigend und probierte vorsichtig seinen Kakao.

»Und still ... Ich mag ... die Stille.«

Magnus nickte wieder.

»Papa?«

»Ja?«

»Du bist jetzt durch ganz Seeland, Fünen und alle möglichen anderen Gegenden gewandert, du warst sogar zu Fuß in Schweden. Warum wanderst du *so* viel?«

»Das habe ich dir gestern doch erzählt. Ich liebe es, draußen zu sein, in Bewegung. Es erinnert mich ein bisschen an meine Zeit als Jägersoldat.«

»Ach, das ist doch Fake. Ich will den wirklichen Grund wissen, Papa.«

Er zog die Schultern hoch und blies in seinen Becher.

»Ich denke, ich ...«

»Du willst es vergessen, nicht wahr?« Magnus unterbrach ihn. »Alles vergessen, was passiert ist, vor einem Jahr.«

Er nickte langsam.

»Eine kluge Zusammenfassung, Kumpel. Wie du weißt, war das alles ziemlich brutal ...«

Er zögerte.

Natürlich hatte er Magnus erzählt, dass er während der Ermittlungen in einem Fall rund um mysteriöse Morde an Kriegsveteranen in einem Keller gefangen gehalten worden war. Sein Sohn wusste auch, dass er misshandelt worden war – und schließlich bei der Polizeiaktion zu seiner Befreiung einen Schuss abbekommen hatte.

Allerdings hatte Magnus keine Ahnung von den dunklen Mächten, die unter der alten Ziegelei ein grauenhaftes, aber einträgliches Geschäft betrieben hatten. Er hatte keine Ahnung von dem bizarren Universum in einem Höllenkeller voller verdorbener Menschen, die sich – versteckt hinter unheimlichen Tiermasken – aufführten wie ... Tiere ... Und er wusste auch nicht, dass es eine geheime Liste steinreicher Gäste gab, die man in regelmäßigen Abständen zu erlesenen Weinen und Sex in jeder denkbaren Schattierung einlud, wobei all das nur der Auftakt zum eigentlichen Höhepunkt war: Käfigkämpfe zwischen gefangenen Männern, auf Leben und Tod. Kämpfe, bei denen die Gäste hohe Summen auf den Gewinner setzen konnten, nur zur Unterhaltung.

Von alldem wusste Magnus nichts. Das war Wissen für Erwachsene.

Wobei eigentlich selbst Erwachsene mit dieser Art von Wissen überfordert waren.

Magnus würde nie erfahren, was wirklich in der alten Ziegelei geschehen war. Deshalb musste er seine Worte sorgfältig wählen.

»Solche Erfahrungen möchte man am liebsten vergessen. Sie sollen so wenig Platz wie möglich im Kopf einnehmen. Insofern hast du recht. Es geht wohl darum, zu vergessen … Wenn man wandert, lässt man etwas hinter sich. Und richtet den Blick auf den Horizont, auf etwas Neues, Unbekanntes, etwas, das hoffentlich besser sein wird. Vielleicht nicht perfekt. Aber wenigstens ein ganzes Stück besser. Jedenfalls geht es mir so. Es ist so wunderbar einfach, zu gehen – einfach einen Fuß vor den anderen setzen, die ganze Zeit.«

»Siehst du, ich habe dich durchschaut …« Magnus grinste.

»Außerdem finde ich, dass man beim Gehen gut denken kann. Alles fließt besser, durch den Körper und den Kopf. Ist dir das aufgefallen?«

»Nein.«

»Vielleicht kann man mich mit den Pilgern vergleichen, die lange vor uns hier gegangen sind … Der Hærvejen war auch eine Pilgerroute. Ein Pilger ist ein …«

»He, das weiß ich selbst. Jemand, der früher zu heiligen Stätten gewandert ist, richtig?«

»Genau. Im Mittelalter gab es überall Pilger. Wer damals mit einem fernen Ziel gewandert ist, ging entweder nach Jerusalem, Rom oder Santiago de Compostela in Spanien. Dort, wo auch der Camino langführt. Hast du schon mal was vom Camino gehört?«

»Ja, Mama hat mal gesagt, dass sie sich vorstellen könnte, den Camino zu gehen …«

»Aber als Pilger konnte man auch andere Ziele haben. Vielleicht eine heilige Quelle hier in Dänemark. So war das bei den Christen. Es hatte immer etwas mit Religion zu tun. Für Katholiken war es eine Möglichkeit, Buße zu tun. Sie konnten eine Pilgerreise antreten, um etwas wiedergutzumachen. Zum Beispiel, wenn sie gesündigt hatten.«

»Ernsthaft? Wenn sie beim Aldi etwas mitgehen ließen, konnten sie dazu verurteilt werden, nach Jerusalem zu wandern?«

»Na ja ... Ganz so einfach war es wohl nicht. Und Aldi? Glaubst du, damals gab es einen Aldi?«

Magnus schüttelte resigniert den Kopf.

»*Come on*. Das war ein Witz.«

»Es gibt auch heute noch viele Katholiken, die nach Lourdes in Frankreich pilgern. Jedes Jahr mehrere Millionen. Dort gibt es eine heilige Quelle. Das Wasser hat angeblich Heilkräfte und kann Schmerzen lindern. Viele Schwerkranke kommen dorthin, manche mit Krebs, auch Behinderte. Und alle hoffen auf ein Wunder.«

»Und dort trinken sie das Wasser, oder wie?«

»Das ist unterschiedlich. Manche lassen sich in das Becken tauchen, andere füllen das heilige Wasser ab und nehmen es mit nach Hause – oder trinken es.«

»*Fuckin' crazy* ... Und wirkt es? Nein, oder?«

Er zuckte mit den Schultern.

»Vielleicht bei manchen. Glauben versetzt Berge, große Berge ... Die Kirche hat einige Heilungen in Lourdes als Wunder anerkannt. Aber Mediziner würden das sicher abstreiten.«

»Echt? Heiliges Wasser? Ich glaube nicht daran. *Coke Zero, please* ...«

Überzeugung lag in Magnus' Stimme.

»Auch Muslime gehen auf Pilgerfahrt. Die Regeln des Islam

besagen, dass man einmal in seinem Leben nach Mekka reisen soll.«

»Wo liegt Mekka?«

»In Saudi-Arabien.«

»Hm… Wenn man also Mitglied im Islam ist, ist es einfach Pflicht?«

»Nun, der Islam ist nichts, wo man Mitglied wird wie im örtlichen Fußballverein, weißt du? Der Islam ist eine Religion, an die man *glaubt*. Ein Glaube, den man pflegt.«

»Ja, ja, verstanden.«

»In Dänemark sind wir Christen, sogenannte Protestanten.«

»Papa, ich bin konfirmiert. Weißt du doch.«

Das hatte er schon öfter vergessen. Er war nicht zur Feier eingeladen worden. Natürlich nicht. Birgitte und er im selben Raum, das war undenkbar. Er machte sich auch grundsätzlich nichts aus Konfirmationen, aber für Magnus war es natürlich ein großer Tag gewesen. Er hatte ihm tausend Kronen geschenkt, das Geld mit einer Karte in einen Umschlag gesteckt. Über den Text hatte er lange nachgedacht. Es war …

»Glaubst du an Gott, Papa?«

Er lächelte bei dem Gedanken. Hieß es nicht, ein Lagerfeuer habe seine ganz eigene Magie?

»An Gott? Nein, Kumpel, das tue ich nicht. Ich bin *Atheist*. Einer, der keinen Glauben hat.«

»Warum nicht?«

»Hm, ich bin Soldat.«

»Nicht mehr …«

»Auch wenn ich es nicht mehr bin, bleibe ich es doch für immer. Ich habe so viel Mist erlebt, so viel Unglück in der Welt gesehen, dass es kaum mit der Vorstellung in Einklang zu bringen ist, dass es einen Gott gibt und einen höheren Sinn der Dinge, die im Leben passieren. Welchen Sinn hat es zum Beispiel, dass Kinder sterben? Sie haben doch noch ihr ganzes Leben vor sich. Ich habe wohl eine ... wie soll ich das ausdrücken? ... eine etwas *biologischere* ... Sicht auf die Dinge. Der Mensch ist das gefährlichste Raubtier in der Nahrungskette. Nicht, weil er so stark ist, sondern wegen seiner Intelligenz. Wir sind einfach die intelligentesten Organismen der Welt, deshalb sind wir auch diejenigen, die alles lenken. Und die alles zerstören können. Sagt dir Darwin etwas?«

»*Yes*, das ist eine Stadt in Australien.«

Er musste lächeln.

»Das stimmt. Aber es ist auch der Name eines ehemaligen englischen Wissenschaftlers. Charles Darwin hieß er. Er segelte um die Welt und erforschte, wie Pflanzen- und Tierarten entstanden sind, ihren Ursprung und ihre Entwicklung. Auch den Menschen. Hast du schon mal den Ausdruck *survival of the fittest* gehört?«

»Nee. Hat aber was mit Überleben zu tun, oder?«

»Das ist eine von Darwins Lehren. Es bedeutet so etwas wie ›das Überleben derjenigen, die am besten geeignet sind‹. Der Mensch ist am besten geeignet. Aber das Krokodil zum Beispiel auch.«

»Was meinst du damit?«

»Es ist sehr gut darin, zu überleben. Das Krokodil ist ein prähistorisches Tier, aber während Dinosaurier und all die anderen Wildtiere es nicht geschafft haben, hat das Krokodil überlebt. Sein *Design* ist sozusagen auf Haltbarkeit ausgerichtet.«

»Du und deine Tiere, Papa ... Du bist echt verrückt«, sagte Magnus grinsend.

»Da muss ich dir recht geben. Und eigentlich ging es ja gerade um Gott. Aber ich kann einem Gott keinen Platz in meinem

Weltbild einräumen. Warum sollte ich an ihn glauben, wenn ich an die Nahrungskette glaube, an Krankheiten und all das? Ich glaube auch, dass jeder für das, was passiert, selbst verantwortlich ist. Jeder ist für seine Taten verantwortlich. Und du? Glaubst du an Gott?«

Eine Weile saß Magnus schweigend da. Dann sagte er nachdenklich:

»Also ... Gott ist ja nicht irgendeine beliebige Person, an die man glauben kann oder nicht. Es geht doch um die ganze Geschichte in der Bibel, oder? Ich habe zu Gott gebetet. Als ich klein war. Ich erinnere mich, dass ich Gott gebeten habe, Mama und dich wieder zusammenzubringen. Später habe ich ihn gebeten, meinen Vater zurückzubringen. Und am Ende kamst du ja auch zurück ...«

Er umarmte seinen Sohn, während das flackernde Feuer vor seinen Augen verschwamm, sodass er sie diskret mit dem Hemdsärmel trocknen musste.

Schweigend saßen sie da und tranken den Kakao in kleinen Schlucken. Es war längst dunkel geworden, der Fjord war nicht mehr zu sehen. Und trotzdem gab es vieles, das man sogar im Dunkeln gut erkennen konnte.

»Ich habe über etwas nachgedacht«, begann Magnus dann. »Hast du eigentlich was gegen Muslime?«

»Nein. Warum?«

»Weil viele das haben. Und du warst im Krieg gegen sie, sie haben deine Kameraden verwundet und getötet, oder?«

»Ich sehe das anders. Der Feind ist Teil einer Bewegung oder Organisation, die uns und die Werte, für die wir stehen, bekämpfen will. Also Osama bin Laden und Al-Qaida damals bei den Türmen in New York, später die Taliban und ISIS. Ein Muslim ist kein Feind. Und ein Katholik übrigens auch nicht.«

»Ich kenne mehrere Muslime. Sie sind ziemlich cool.«

»Klar.«

»Viele sind wegen des Kriegs dort unten nach Dänemark geflohen.«

»Stimmt.«

»Also ... Ich kenne eine, die Ayla heißt.«

»Ein Mädchen aus deiner Klasse?«

»Äh, ja ... das heißt ... eigentlich kenne ich sie richtig gut.«

»Du magst sie?«

Magnus zuckte mit den Schultern.

»Könnte man so sagen.«

»Seid ihr zusammen?«

»Das ist jetzt auch wieder zu viel gesagt. Manchmal *ghostet* sie mich ganz plötzlich. Es ist nicht ...«

»*Ghostet?* Was bedeutet das?«

»Kriegst du eigentlich gar nichts mit? Das heißt, dass man plötzlich nicht mehr so interessant ist, wie man gedacht hat. Man ist beinahe ein Geist. Also pure Luft, verstehst du? Das ist ziemlich ... *weird*. Aber wenn ich dann auch nicht mehr so interessiert bin, ist sie es plötzlich wieder. Irgendwie *fucked up*. Kennst du das?«

»Kommt mir bekannt vor.«

»Hattest du eine Freundin, Papa, also, seit Mama?«

»Nicht richtig.«

»Es bedeutet ›Eiche‹.«

»Was?«

»Ayla.«

»Eiche?«

»Ja.«

»Robustes Holz.«

»Typisch. So was sagst du immer.«

»Hmm.«

»Also ist es okay für dich?«

»Was ist okay?«

»Wenn ich … eine muslimische Freundin habe … oder bald bekomme?«

»Natürlich!«

»Gut. Dann wäre das geklärt … Eigentlich waren wir aber beim Wandern. Du wanderst – nicht weil du ein Christ bist, nicht weil du gesündigt hast, sondern um etwas hinter dir zu lassen. Egal was. Ist vielleicht etwas passiert, das du mir nicht erzählt hast? Darüber habe ich viel nachgedacht. Ob ich alles erfahren habe.«

»Ich habe dir alles erzählt, keine Sorge. Was meinst du, wäre es nicht allmählich Zeit, in den Schlafsack zu kriechen?«

»Noch nicht. Ich muss doch morgen nach Hause. Sagst *du*.«

Unbewusst hatte Magnus in der Wunde gebohrt. Religiös oder nicht, er *hatte* gesündigt, in seinen Augen. Er hatte Unschuldige getötet. Und wenn sie morgen nach Viborg kamen, wo er Magnus in den Zug setzen und anschließend an eine unbekannte Tür klopfen würde, was war das dann? Buße? Oder die Hoffnung auf einen Spritzer der heiligen Quellen von Lourdes?

»Aber, wenn dich das nicht interessiert, das mit der Religion, meine ich, wie kann es dann sein, dass du so viel darüber weißt? Hast du darüber gelesen?«

»Ach … ich lese eigentlich nicht viel. Das kommt wohl eher vom Fernsehen. Ich schaue mir gerne Sendungen an, durch die man schlauer wird. Dokumentarfilme, über Geschichte, etwas mit Fakten und so.«

»Und Tiere. Das mit dir und den Tieren ist echt witzig.«

Magnus lächelte kopfschüttelnd.

»Genau. Tiere ... He! Findest du nicht, wir sollten mal wieder in den Zoo?«

Sie lachten.

Magnus leerte seinen Becher und wandte sich plötzlich mit ernstem Ausdruck an ihn.

»Da ist etwas, Papa ... über das ich viel nachgedacht habe ... wahnsinnig viel. Mama und du. Es gibt Dinge, die ich einfach nicht verstehe. Auch wenn ihr vielleicht keine guten Freunde seid ... Im Krankenhaus hat Mama mich zu deinem Zimmer begleitet, aber sie wollte nicht mit rein. Sie ist einfach wieder runtergegangen und hat im Eingangsbereich gewartet. Jedes Mal. Sie hat überhaupt nicht traurig ausgesehen. Sie war nur ... ernst. Und selbst als du beinahe gestorben wärst, hat sie Tennis gespielt, wie immer – und ist mit einer Freundin Kaffee trinken gegangen ... Und ich erinnere mich nicht daran, dass sie je etwas Gutes über dich gesagt hat. Das verstehe ich nicht. Wie kann das sein, Papa?«

Magnus sah ihn an, fünfzehn Jahre alt, mit eindringlichem Blick. Er würde nicht darum herumkommen.

»Hast du sie nicht danach gefragt?«

»Doch. Sie ist bloß sauer geworden und hat nicht richtig geantwortet.«

Wenn er seinem Sohn die Wahrheit sagte, würde das gravierende Folgen haben. Gerade hatte Magnus seinen Vater wiederbekommen, aber dann würde er wahrscheinlich seine Mutter verlieren. Nicht physisch, und doch ... Die Geschichte von Birgittes Betrug würde sein Bild von seiner Mutter schwer beschädigen. Kalt und zynisch hatte sie Straftaten begangen und sich von den Menschen kaufen lassen, die vor langer, langer Zeit eine Verschwörung gegen ihn ausgeheckt hatten. Noch immer könnte er sie sofort ins Gefängnis bringen, wenn er wollte. Doch das wollte er nicht. Er wollte Magnus nicht seine Mutter wegnehmen. Magnus würde die Wahrheit nie erfahren, denn die Wahrheit würde zu viel zerstören.

»Wenn Erwachsene sich trennen, wird das manchmal hässlich. Richtig hässlich. Man tut dann Dinge, sagt Dinge, die man sich vorher nie hätte vorstellen können. Deine Mutter und ich, wir waren uns über fast alles uneinig. Deshalb wurde es hässlich. Außerdem litt ich an schwerer PTBS. Das habe ich dir mal erklärt. Dadurch wurde es auch nicht besser. Die Situation hat sich immer mehr zugespitzt. Und wir haben uns so zerstritten, dass wir nie wieder Freunde sein können. Traurig, aber wahr. Ich glaube, dass es sie deshalb nicht besonders berührt hat, dass ich vielleicht gestorben wäre ...«

»Und wenn Mama sterben würde, was dann?«

»Ganz ehrlich, Kumpel: Das wäre keine große Veränderung in meinem Leben.«

Magnus nickte langsam.

»Ich finde das blöd«, begann er, »richtig scheiße eigentlich, dass ihr keine Lösung dafür findet. Die Eltern von meinem Freund leben auch getrennt. Trotzdem sind sie beide an seinem Geburtstag da. Und beide waren bei seiner Konfirmation.«

»Manche schaffen das besser als andere. Deine Mutter und ich haben es überhaupt nicht geschafft. Leider ... Jetzt ist aber wirklich Schlafenszeit. Wir müssen morgen früh raus.«

Er konnte unter der Plane hervorschauen und die Sterne am Himmelsgewölbe sehen. Das war die Gegenwart. Vater und Sohn, Seite an Seite in Schlafsäcken. Alles, was vor der Gegenwart geschehen war, war jetzt egal.

Nicht einmal die Tatsache, dass er morgen an eine fremde Tür klopfen und dahinter auf eine massive Wand aus Trauer stoßen würde, konnte ihm im Moment etwas anhaben.

Das Letzte, woran er dachte, waren Bruchstücke aus ihrem Gespräch. Das beste Gespräch seit Langem. Vielleicht das beste überhaupt ...

Dann schlief er unter dem Geräusch von Magnus' ruhigen Atemzügen ein.

4.

Die Lesebrille wurde abgelegt, als gehörte sie exakt auf die unsichtbare Stelle auf dem Schreibtisch, der sich unter Papierbergen bog. Der Leiter der operativen Abteilung, Chefinspektor Ove Worre, rieb sich mit den Händen das Gesicht, bevor er zu ihr aufsah und sie mit einem kurzen Nicken aufforderte, sich zu setzen.

»Franck«, begann er, aber dann ging ihm offenbar schon die Inspiration aus.

Sie sah ihn mit hochgezogenen Augenbrauen an.

»Wir müssen miteinander reden«, fuhr er fort. »Über Ihre aktuelle Arbeitssituation.«

»Meine *Arbeitssituation*?«

»Das war vielleicht nicht der richtige Ausdruck ... Es geht eher darum, wie Sie Ihre Aufgaben priorisieren.«

»Okay ... Nun, das ist keine Priorisierung, die ich allein und nach eigenem Ermessen vornehme.«

»Ich hatte eine Besprechung mit Salomonsen. Unter anderem haben wir noch mal den Fall der Heckenschützenmorde an den Veteranen diskutiert, den ganzen Dreck, der in diesem Keller geschehen ist, und die mutmaßliche Verbindung zu den Iranern und ihrer möglichen Operation in Skandinavien.«

»Ist das nicht eine Untertreibung? Der Fall ist eigentlich recht eindeutig.«

Worre zuckte mit den Schultern.

»Die Beweislage ist es jedenfalls nicht. Sie haben seitdem viele Stunden auf die Sache verwendet. Mehr als die Hälfte Ihrer Arbeitszeit, nicht wahr?«

»Ah, da liegt also der Hund begraben.«

Sie blieb demonstrativ ruhig sitzen und wartete ab.

Worre erwiderte ihren Blick.

»Franck, die Gesamtzahl der Arbeitsstunden, die die Abteilung in diesen Fall investiert hat, übersteigt bei Weitem die geringe Hoffnung darauf, dass etwas dabei herauskommen könnte.«

»Richten wir uns hier inzwischen nach Ihrer Kosten-Nutzen-Analyse?«

»Auf der ganzen Welt geht es immer um Prioritäten, auch hier, bei unseren Ressourcen. Die Kurzfassung lautet also: Lassen Sie die Sache fallen.«

»Ich soll Recht und Gerechtigkeit fallen lassen. Das sagen Sie mir damit doch, oder, Worre?«

»Warum müssen Sie immer so polemisch sein, Franck?«

»Polemisch? Sie verlangen von mir, auf das Recht zu scheißen. Das ist überhaupt nicht polemisch.«

»Doch.«

»Nein. Es ist einfach erbärmlich.«

»So ist es jetzt aber. Salomonsens Worte. Und meine ...«

»Ein Heckenschütze, der mindestens sechs Veteranen ermordet hat, läuft frei herum.«

»Nach ihm wird weltweit gefahndet. Was wollen Sie noch? Mit dem Rucksack losziehen und ihn suchen?«

»Außerdem sind zwei Personen, die an den Grausamkeiten im Keller beteiligt waren, auf freiem Fuß. Der Mann mit der Löwenmaske und der Mandrill ... Einer von ihnen oder beide haben den dritten Geflohenen getötet, den Holländer Dirk de Windt.«

»Sie sind unsichtbar. Haben keine Identität. Wie kann man jemanden jagen, von dem man nicht weiß, wer er ist? Jemanden, den man nicht sehen kann? Wollen Sie in sämtlichen Ecken der Welt fragen: ›Entschuldigen Sie, haben Sie vielleicht einen Mandrill gesehen – im Anzug?‹«

Sie ließ sich nicht provozieren.

»Indem man sie zunächst sichtbar macht. Durch mühsame, aber notwendige Polizeiarbeit.«

»Wir haben alles versucht, soweit mir bekannt ist. Ohne Erfolg.«

»Und die Hintermänner, die Iraner? Drücken wir ein Auge zu, was ihre Mission auf dänischem Boden betrifft? Das ist doch totaler Irrsinn, Worre.«

»Was können wir beweisen? Was haben wir vorzubringen? Null ... Jeder Richter würde sich an den Kopf fassen. Wenn man trotz aller Bemühungen mit leeren Händen dasteht, muss man irgendwann einen Schlussstrich ziehen. Lassen Sie die Sache fallen. Das war alles, Franck. Sie können die Tür offen lassen.«

5.

Der große, breitschultrige Mann in weißem T-Shirt und zerschlissenen Jeans saß, in sein Handy vertieft, über seiner zweiten Tasse Flat White am Fenster des Espresso House in der Fußgängerzone Strøget in Dänemarks Hauptstadt Kopenhagen.

Ray Bowman, amerikanischer Staatsbürger mit ständigem Wohnsitz in Antigua, Guatemala, war zufrieden mit den Überschriften, auf die er in den elektronischen Medien stieß. Gleich würde er zurückgehen und einige ausgewählte Artikel lesen.

Doch das Wichtigste zuerst.

Er loggte sich bei seiner Bank ein, scrollte durch seine Konten – und stellte zu seiner Befriedigung fest, dass der vereinbarte Betrag eingegangen war.

»Beratungshonorar« stand im Verwendungszweck. Jetzt musste er nur noch seine »Berater« so bezahlen, wie sie es haben wollten. Einige in bar, andere per Expressüberweisung.

Bowman loggte sich aus und widmete sich den Nachrichten.

»*Stadler-Erbe bei Kajakunglück ertrunken*«, lautete die Überschrift der digitalen Ausgabe des *Tagesanzeiger*, einer der größten Zeitungen der Schweiz. Dass die Nachricht auf Deutsch verfasst war, stellte für Ray Bowman, der fünf Sprachen beherrschte, kein Hindernis dar.

Er begann zu lesen.

»*Die Polizei hat nun den Namen des Extremkajakers bekannt gegeben, der gestern im unteren Abschnitt der Verzasca tot aufgefunden wurde. Es handelt sich um den 52-jährigen Fabian Stadler, Alleinerbe des großen Industriekonzerns Stadler Industrie. Das tödliche Unglück schockiert die Sportwelt und die Branche gleichermaßen, und seit der Bekanntgabe des Namens vor einigen Stunden häufen sich die Beileidsbekundungen. Der eigentlich sehr erfahrene Fabian Stadler, der auch als engagierter Kletterer bekannt war, verunglückte offenbar in einer der gewaltigen Stromschnellen des Flusses. Nach Angaben der Polizei vor Ort verlor er vermutlich das Bewusstsein und ertrank. Stadler wurde in der Nähe des Verzasca-Damms einige Kilometer nordöstlich des Lago Maggiore gefunden. Der sehr vermögende 52-Jährige war Mehrheitsaktionär bei Stadler Industrie. Er hinterlässt seine Frau Dolores sowie die Töchter Anna (16) und Nicole (14). Trotz seines Postens als Vorstandsvorsitzender hat sich Fabian Stadler nie um das Tagesgeschäft des großen internationalen Unternehmens gekümmert. Mehr als ein Jahrzehnt lang war er einer der großen Schweizer Mäzene, und er hat beträchtliche*

Summen für wohltätige Zwecke gespendet, sowohl privat als auch über die Stadler-Stiftung, die seine Frau und er vor sieben Jahren gegründet haben.«

Es folgten Nachrufe und ein kurzes Interview mit einem erschütterten CEO der Stadler Industrie.

Das genügte ihm. Es schien alles in bester Ordnung zu sein.

Er hob den Blick und sah die Menschen auf dem Bürgersteig vorbeieilen. An der Ecke gegenüber lag ein Geschäft, das Normal hieß. Wie um alles in der Welt jemand in Dänemark auf die Idee kommen konnte, sein Geschäft Normal zu nennen, war ihm ein Rätsel. Was oder wer war schon normal? Und von welcher Definition musste man abweichen, um nicht länger ... normal zu sein?

»Hallo Schatz, ich gehe gleich zum Normal ...« Er konnte sich ein Grinsen nicht verkneifen. Sagten sie so etwas zueinander, die Dänen?

Auch wenn das Leben Ray Bowman gelehrt hatte, sich nie allzu sicher zu sein, sah es so aus, als sei der Job in der Schweiz perfekt ausgeführt worden. Er nahm den letzten Schluck Kaffee.

Jetzt konnte er zur Normalität zurückkehren.

6.

Das Herz hämmerte in seiner Brust, als er vor dem Haus am Ende der Gothersgade in Viborg stehen blieb.

Neue Kontraste ...

Das war der erste Gedanke, der ihm in den Sinn kam, als er sich nach allen Seiten umsah und schließlich den Blick auf dem gelb gestrichenen Stadthaus mit dem kleinen, gepflegten Vorgarten ruhen ließ. Kontraste, wie er sie sich am Tag zuvor vorgestellt hatte, als er mit Magnus auf dem Hærvejen gewandert war.

Vor einem Monat war er schon einmal in einer ähnlich angespannten Situation gewesen, nur damals vor einem heruntergekommenen Wohnblock in Vestegnen, wo lose Fahrradrahmen herumlagen und einem überall Graffiti ins Auge sprangen.

Anstatt die Einfahrt hochzugehen und anzuklopfen, ging er weiter am Haus vorbei. Er war weder im Herzen noch im Kopf bereit für diese Konfrontation. Brauchte eine kurze Pause, um seine Gedanken zu sortieren.

Es war noch nicht lange her, dass er Magnus auf dem Bahnsteig umarmt und ihn in den Zug nach Kopenhagen gesetzt hatte. Die Erinnerung an die intensiven Tage, die sie zusammen verbracht hatten, gab ihm ein warmes Gefühl im Bauch. Aber beim Gedanken daran, was gleich passieren würde, lief es ihm eiskalt den Rücken hinunter.

Vor einem Jahr hatte er in dem Keller zwei Menschen umgebracht. Es waren nicht die ersten Leben, die er auf dem Gewissen hatte, aber es war ein Unterschied, ob man den Feind auf dem Schlachtfeld tötete oder gezwungen war, an einem Schauspiel auf Leben und Tod teilzunehmen. Echte Leben, echte Tode. Mann gegen Mann in einem Käfig. Ausschließlich zur Unterhaltung.

Nur der Sieger blieb am Leben. Alles, was geschehen war, hatte er nur getan, um genau diese kostbaren Augenblicke zu erleben, die er gerade mit Magnus geteilt hatte. Darum konnte er nichts bereuen. Aber er konnte es aus tiefstem Herzen bedauern. Er konnte seine Seele erforschen und Buße tun durch das, was er jetzt vorhatte. Sich selbst bestrafen, indem er sich seiner Schuld stellte.

Eine kleine, dünne Frau mit trübem Blick hatte ihm geöffnet, nachdem er an die Tür in der vierten Etage in Vestegnen geklopft hatte. Sie war die Mutter des Mannes, dem er das Genick gebrochen hatte.

Er atmete ein paarmal tief durch, wandte sich dann um, ging wieder den Bürgersteig hinunter und bog in die Einfahrt zum gelben Haus.

Kurz ließ er den Zeigefinger auf der Klingel liegen, dann betätigte er sie. Er kam unangekündigt. So war es einfach ... Aber der Sonntagmittag schien ein Zeitpunkt zu sein, an dem eigentlich immer jemand zu Hause war.

Er konnte hören, wie drinnen eine Tür zugeknallt wurde, dann sah er eine Frau zum Eingang kommen.

Ihren Sohn hatte er mit seinem Gladiatorenschwert aufgeschlitzt.

Die Tür wurde geöffnet.

Eine grauhaarige Frau in den Siebzigern, eine Lesebrille ganz vorn auf der Nase, sah ihn fragend an.

»Guten Tag, mein Name ist Niels Oxen. Entschuldigen Sie die Störung, aber ich würde gerne über Gert, Ihren Sohn, sprechen.«

Die Frau nickte, sah aber schockiert aus. Mit der Hand vor dem Mund stieß sie hervor:

»Aber ... er ist ... tot.«

»Ich weiß. Mein Beileid ...«

»Aber was wollen ...«

»Ich war bei ihm, als er starb. Darf ich hereinkommen?«

Die Frau zögerte kurz, ehe sie die Tür weiter öffnete und ihn bat, ihr zu folgen.

In einem kleinen Wintergarten, der nach dem Hinterhof ging, saß ein älterer Mann, versteckt hinter einer Zeitung.

»Åge, wir haben Besuch ... Das ist mein Mann«, sagte sie.

»Kaffee? Es ist noch einer in der Thermoskanne.«

»Ja, danke. Niels Oxen. Guten Tag.«

Er reichte dem Mann die Hand, der die Zeitung abgelegt hatte. Aber nicht seine Wachsamkeit.

»Es geht um Gert«, erklärte ihm die Frau, die mit Thermoskanne und Tasse zurückgekehrt war.

Nickend wies sie auf einen Stuhl, stellte die Tasse ab und goss ein, dann nahm sie selbst auf einem Hocker Platz.

Er sah den Vater an, der ihn durch seine glänzenden Brillengläser misstrauisch beäugte.

»Mein Beileid«, begann er. »Wie ich schon Ihrer Frau sagte, ich war bei Gert, als er starb.«

Der Mann kniff seine Augen fast vollständig zu – schwieg aber.

»Ich bin nicht ganz sicher, wie viel Sie wissen. Wer hat Sie benachrichtigt?«

»Das war die örtliche Polizei«, antwortete die Frau.

»Und die Todesursache?« Er musste sich ganz sicher sein.

»Ermordet. Durch Schüsse«, kam es verbittert von dem Mann.

»Sie haben uns erzählt, dass mehrere Verbrecher eine Schießerei veranstaltet haben in diesem Behandlungszentrum auf Seeland, in dem Gert offenbar war. Tja … Davon hatten wir keine Ahnung.« Die Frau schüttelte traurig den Kopf.

»Ich bin selbst Veteran, genau wie Gert. Ich stand direkt neben ihm, als er getroffen wurde. Der Schuss war tödlich. Gert hat also nicht gelitten. Überhaupt nicht …«

Er war ein verdammter Lügner. Aber wenn Lügen Schmerzen lindern konnten?

Seine Strafe war, dass er die Wahrheit außen vor lassen und die Lüge als Wahrheit verkleidet überbringen musste. Ohne in Selbstmitleid zu versinken.

»Ich habe ihn aufgefangen, als er fiel. Und seine Augen geschlossen«, sagte er leise, während er in seine Kaffeetasse starrte.

»Die Polizei behauptet, er sei zur falschen Zeit am falschen Ort gewesen«, erwiderte der Vater barsch. »Ich habe es ja immer gesagt: Er hätte verdammt noch mal nie Soldat werden sollen. Er hatte nicht das Zeug dazu. Wenn, dann hätte es Poul sein müssen ...«

»Poul ist unser anderer Sohn«, flüsterte die Mutter beinahe. »Er führt ein großes Bauunternehmen. Ist nie Soldat gewesen.«

»Gert litt unter PTBS, richtig?«

Die Frau nickte.

»Ja. Er ...«

»Weshalb waren Sie dort?«, unterbrach der Vater sie schroff.

»Ich war ... ebenfalls in Behandlung. Wie Ihr Sohn.«

Die Frau sprach weiter:

»Afghanistan hat Gert zerstört. Bis dahin waren wir überrascht, wie gut er zurechtgekommen ist und wie glücklich er war. Er hat dort unten nur knapp eine tödliche Explosion überlebt, eine Sprengfalle. Seitdem ging es bergab. Er hatte eigentlich eine nette Freundin, sie sprachen schon von Kindern. Dann verließ sie ihn. Er kam immer seltener hier vorbei, irgendwann gar nicht mehr. Wir konnten ihn anrufen, aber meistens ging er gar nicht dran. Am Ende war Funkstille. Wir sind mehrmals zu ihm gefahren. Haben versucht, ihm zu helfen. Beim letzten Mal war auch Poul dabei. Ein Hausmeister hat uns die Tür zu seiner Wohnung geöffnet. Überall Chaos. Und es sah nicht so aus, als sei er kürzlich dort gewesen. Dann haben wir ... Gert als vermisst gemeldet.«

»Und Sie sind unverletzt davongekommen?« Der Vater war immer noch auf der Hut.

Er schüttelte den Kopf.

»Nein, ich wurde angeschossen. Lag lange im Reichskrankenhaus.«

»Und ... jetzt kommen Sie hierher. Warum eigentlich?«, fragte der Mann, der seine Skepsis nicht verbergen konnte.

Oxen stellte die Tasse ab und antwortete zögerlich:

»Weil es ... sich richtig anfühlt. Weil ich dort war.«
»Vielen Dank, das schätzen wir sehr, denn ...«
Wieder unterbrach der Mann seine Frau:
»Und Sie meinen, unser Sohn ist sofort gestorben?«
»Ja, ohne Zweifel.«
Der Mann nickte nachdenklich.
»Das ist gut zu wissen. Man macht sich ja seine Gedanken ...«
»Ja, das macht man«, wiederholte die Frau langsam. Plötzlich konnte er sich nicht mehr an ihren Namen erinnern, obwohl er ihn auf dem Türschild gelesen hatte.

Der Ausdruck im Gesicht des Vaters entspannte sich, und er lächelte sogar ein wenig, als er sagte:

»Ich weiß sehr genau, wer Sie sind, Niels Oxen. Ich war jahrzehntelang Unteroffizier bei den Pionieren. Wenn es so kommen musste, ist es irgendwie gut zu wissen, dass Gert ausgerechnet bei Ihnen war, als er starb ... Danke, dass Sie gekommen sind, Oxen ...«

»Frieden werden Sie dadurch vielleicht auch nicht finden. Aber jetzt kennen Sie die Umstände«, antwortete er.

Das Lügengebäude türmte sich vor seinen Augen auf und verursachte ihm Schwindel, als er aufstand und sich für den Kaffee bedankte.

Er hatte das Gefühl, sich gleich übergeben zu müssen.

7.

Seltsam ... An der Türklinke hing eine braungrüne Tweedmütze. Darin stand »Hackett, London«, darunter ein Logo aus zwei wie Schwerter gekreuzten Regenschirmen.

Ein Einbrecher hätte wohl kaum seine Mütze als weithin sichtbare Warnung an die Türklinke gehängt. Und es war unwahrscheinlich, dass Einbrecher eine Tweedmütze aus London trugen.

Ein Verdacht stieg in ihr auf.

Vorsichtige Schritte in den Flur, vorsichtiges Schließen der Wohnungstür, vorsichtiges Schleichen zum Wohnzimmer.

Es klang, als würde dort drinnen ein Güterzug fahren. Im Sessel am Fenster saß ein Mann, die Füße auf dem Hocker und eine aufgeschlagene Zeitung auf den Knien.

Axel Mossman schnarchte laut, mit hängendem Kopf, das Kinn an der Schulter. Es würde mehr als ein lautes Räuspern brauchen, um ihn aufzuwecken. Erst auf das zweite »Hallo« reagierte der ehemalige Chef des polizeilichen Nachrichtendienstes und erwachte mit einem Ruck.

»Und was genau soll *das* hier?«

»Franck! Oh, entschuldige. Ich muss kurz eingeschlafen sein. Ich habe Zeitung gelesen.«

»Und bist in meine Wohnung eingebrochen!«

»*Well*, Franck, das ist unter Freunden wohl ein belangloses Detail. Ich kann …«

»Nein! Du hast verdammt noch mal kein Recht …«

»Ach, papperlapapp! Das hab ich auch schon bei unserem gemeinsamen Freund, dem Soldaten, gemacht. Und er hatte kein Problem damit, also kann ich wohl …«

»Das interessiert mich nicht! Ich schleiche ja auch nicht in deinem Haus in Kokkedal herum. Oder schnarche in deinem Sessel!«

»Meine liebe Franck. Es ist einfach ein bisschen praktischer, sich Einlass zu verschaffen, als anzurufen und ein Treffen zu vereinbaren. Außerdem konnte ich mir auf diese Weise selbst beweisen, dass ich noch meine alten Fertigkeiten besitze. *Skills*, wie die Jugend heute sagt, nicht wahr?«

»Dietrich?«

»Elektrischer Dietrich.«

»Kaffee?«

»Tee.«

»Etwas zu essen?«

»Danke, gern.«

»Salami? Oder lieber Käsebrot?«

»Nur ein Narr würde ein Käsebrot ablehnen. Mit Kümmel?«

»Ohne.«

»Auch gut.«

Gegen ihren Willen musste sie lächeln, als sie in die Küche ging wie ein Kellner, der gerade eine Bestellung aufgenommen hatte.

Wenn irgendjemand in ihre Wohnung einbrechen und mit heiler Haut davonkommen konnte, dann war es ihr ehemaliger Chef.

Als sie kurz darauf mit einem Tablett zurück ins Wohnzimmer kam, bat sie ihn, sich an den Couchtisch zu setzen.

»Ein unangemeldeter Besuch – von meinem ehemaligen Chef ... Sollte ich mir Sorgen machen?«, fragte sie und stellte eine Tasse und den Teller mit zwei Käsebroten vor ihm ab.

Bei deren Anblick lächelte Mossman.

»Wie läuft es mit dieser verfluchten Sache in der alten Ziegelei, Franck? Es ist inzwischen ein Jahr her.«

»Scheiße ...«

»Inwiefern?«

»Mir wurde heute Vormittag mitgeteilt, dass ich die Sache fallen lassen soll.«

Mossman zog eine Augenbraue hoch.

»Von wem?«

»Worre.«

»Worre kann nicht aus seiner Haut.«

»Es kommt aber auch von Salomonsen. Worre meinte, sie hätten eine Besprechung gehabt und wären sich einig. Eine Frage von Ressourcen – und Priorisierung.«

Mossman nickte bedächtig.

»Also kein Durchbruch?«

»Nein, das muss ich zugeben.«

»Ärgerlich.«

»Und die Russen ... Ich hatte gehofft, dass sie helfen würden, als Dank dafür, dass sie bei der Aktion in der Ziegelei dabei sein durften. Aber nichts da. Sie haben unsere Anfragen nicht einmal beantwortet.«

Mossman verspeiste das erste Käsebrot mit ebenso viel Freude wie Appetit.

»Ich *bin* dort gewesen«, sagte er, nachdem er alles heruntergeschluckt hatte.

»Wo bist du gewesen?«

»Bei den Russen ...«

»*Bist* du?«

Wieder nickte Mossman.

»Diesen Gefallen musste ich dir tun, anstandshalber.«

»Danke.«

»Gern geschehen.«

»Aber es hat nichts gebracht?«

»Nein. Sie haben ihre Undercoveragentin aus dem Keller geholt und konnten die Person mitnehmen, um die es ihnen die ganze Zeit ging. Weiter reichte ihr Interesse nicht. Diese Tür ist zu. Verschlossen. Hermetisch abgeriegelt. Außerdem haben sich die Russen seit ihrem Angriff auf die Ukraine völlig isoliert. Leider, Franck.«

»Das wussten wir ja vorher schon. Ich hatte nur gehofft ... Dieser Fall ist unmöglich zu lösen. Wir lassen nun schon ewig von Interpol nach dem Heckenschützen Palle Jensen fahnden und haben die indische Polizei gebeten, besonders aufmerksam zu sein – und trotzdem habe ich keine Rückmeldungen bekommen. Keine einzige.«

Sie seufzte schwer und ließ sich in die Sofakissen zurückfallen.

»Du bist also gekommen, um mir zu sagen, dass du es bei den Russen versucht hast?«

Mossman spülte den letzten Bissen Käsebrot mit Tee hinunter und sagte dann achselzuckend:

»Sowohl als auch ... Vor allem bin ich gekommen, weil ich einen interessanten kleinen Auftrag für dich habe.«

Mossman saß behaglich mit übereinandergeschlagenen Beinen im Sessel, die Teetasse in den Händen und lächelte milde. Vielleicht, weil sie ihre Überraschung nicht verbergen konnte.

»Einen Auftrag?«

Mossman nickte.

»Hast du nicht sonst immer Niels Oxen für deine kleinen Spielchen eingespannt?« Fragend sah sie ihren ehemaligen Chef an.

»Das kam schon vor.«

»Du hast ihn in das Wolfsgebiet nach Jütland geschickt.«

»Stimmt.«

»Und du hast ihn überredet, sich um die getöteten Veteranen auf dem Shelterplatz im Vejle Ådal zu kümmern.«

»Das stimmt auch, Franck. Das bestreite ich nicht ... Und genau deshalb statte ich nun *dir* einen Besuch ab, abgesehen davon, dass ich deine Gesellschaft immer schätze. Aber ... Es kommt mir vor, als würde sich jedes Mal, wenn ich bei Niels Oxen auftauche, durch meine bloße Anwesenheit die Büchse der Pandora öffnen und das Unglück über unseren geschätzten Soldaten hereinbrechen. Daher dachte ich, das erspare ich ihm dieses Mal. Ich lasse ihn in Ruhe ...«

»Du würdest ihn sowieso nicht finden.«

»Warum nicht?«

»Er ist – soweit ich weiß – unterwegs. Zu Fuß.«

»Zu Fuß?«

»Na ja, er *wandert*.«

»Wohin wandert er?«

»Ohne konkretes Ziel. Keine Ahnung ...«

»Aber hast du nicht mit ihm gesprochen? Am Handy?«

»Niels Oxen hat sein Handy nicht dabei. Hatte er noch nie. Wie er selbst gesagt hat, als ich ihn zum letzten Mal sah: Er *braucht* es nicht. Vielleicht können wir von ihm noch etwas lernen.«

»Vermutlich.«

»Seit Oxen im Krankenhaus lag, hat er wie ein Besessener trainiert, um körperlich wieder fit zu werden. Ich glaube, er kann den Gedanken nicht ertragen, dass sogar er Grenzen hat.«

»Er ist ja auch ein ehemaliger Jäger. Denen liegt wohl im Blut, dass sie den physischen Verfall nicht einfach hinnehmen können. Nicht so wie wir anderen gebrechlichen Gestalten. Wir haben uns mit der Situation abzufinden, bis der Sensenmann uns holt. Und *wusch* ...«

Mossman machte eine ausladende Geste wie mit einer Sense. Sie lächelte über sein theatralisches Verhalten und sagte:

»Und anschließend, nachdem das alles überstanden und er entlassen worden war, fing er an zu wandern, durch ganz Dänemark und in Teilen von Schweden. Aber es waren nicht einfach irgendwelche Wanderungen. Er ist wochen-, ja sogar monatelang gewandert ... Ich glaube, er sucht Einsamkeit und innere Einkehr. Es scheint ein langer Prozess zu sein. Und ich glaube, das liegt an den Erlebnissen im Keller. Ich habe ihn mehrmals ganz konkret gebeten, sich Hilfe bei einem Experten zu suchen. Angeblich geht er immer noch zu dieser Militärpsychologin in der Svanemøllens Kaserne. Aber hat er ihr überhaupt alles erzählt? Bei Oxen weiß man nie.«

»*Well*, unser Freund ist ein ziemlich feiner Mensch, ausgestattet mit einem ausgeprägten Drang nach Selbstständigkeit.«

»So kann man das auch ausdrücken. Und jetzt bietest du *mir* einen Job an, damit du auf Pandoras Büchse sitzen und dafür sorgen kannst, dass sie fest verschlossen bleibt?«

Sie schmunzelte bei dem Gedanken. Zu Mossmans Glanzzeit als Chef des polizeilichen Nachrichtendienstes hatte er so viel gewogen, dass kein Deckel von irgendeiner Büchse hätte fallen können, wenn er darauf gesessen hätte.

Jetzt war er kantiger, und nur die herabhängenden Falten im Gesicht wie bei einem Bluthund erinnerten an den massigen Körper der Vergangenheit.

Mossman nickte und grinste breit.

Sie fragte:

»Du bist Rentner und Hundegassigeher in Vollzeit. Was für einen Auftrag könntest du für mich haben?«

Sie spürte bis ins Rückenmark, wie sehr sie die Gespräche in Mossmans Büro im Hauptquartier in Søborg vermisste.

»Es gibt eine kurze und eine lange Version, Franck. Weil wir es gerade so gemütlich haben, bekommst du die lange. Sieh mal, im letzten Jahr habe ich ein brutales Trauma erlitten, als ich ...«

»Trauma? *Du?* Das wusste ich nicht.«

»Doch, doch ... Das war, als meine Frau mich zu einem Malkurs in Skagen geschickt hat. Eine Woche im Vorhof der Hölle gemeinsam mit suchenden Frauen aus gehobenen Kreisen, die ihre kreative Ader ausgelebt haben. Und das entweder in Öl oder in Acryl ... Es war schrecklich, sage ich dir. Traumatisch ...«

Sie musste lauthals lachen, obwohl Mossman ihr einen Teil dieser Geschichte schon erzählt hatte, woran er sich aber offenbar nicht mehr erinnerte.

»Ich wurde aus Skagen evakuiert, als Salomonsen mich einberief, um Oxen zu überreden, nach Vejle zu fahren und sich die Heckenschützenmorde an den Veteranen anzusehen. Nun habe ich mir geschworen, dass es nie wieder dazu kommen darf, dass meine Frau sich derart einmischt und meine Bedürfnisse missachtet. Wie schon Churchill sagte: ›Never, never, never give up.‹ Denn was käme dann als Nächstes? Gips, Ton, Glas – oder Korbflechterei? Deshalb habe ich mir überlegt, dass ich mich von der Geißel des Rentnerdaseins – dem Müßiggang – befreien und mich wieder auf dem Arbeitsmarkt zeigen muss, damit ich ihre ewigen Kommentare und verrückten Ideen abwürgen kann, einfach indem ich sage: Ich habe keine Zeit, meine Liebe. Ich habe Arbeit zu erledigen.«

Sie konnte sich ein Grinsen nicht verkneifen. Mossman war der geborene Dramatiker. Sie liebte das.

»Die Malerdamen haben dich wirklich zu Tode erschreckt, stimmt's? Ich dachte, sie würden vor Bewunderung in Ohnmacht fallen, weil sie mit dem ehemaligen Chef des dänischen Nachrichtendienstes einen Kurs belegen.«

»Hmm. Hier ist ein winziges Detail nicht zu vernachlässigen. Sie haben mich ... einfach nicht erkannt.«

Mossmans betrübtes Bluthundgesicht verwandelte sich zu einem selbstironischen Lächeln.

»Ach, deshalb ...«

»Nicht nur deshalb, Franck. Um ehrlich zu sein, geht es auch um etwas ernsthaftere Gedanken über den Sinn des Lebens. Darum, den Tag zu nutzen, *carpe diem*. Um den Versuch, jeden Tag einen Teil meines Intellekts zu mobilisieren und einen Grund dafür zu finden, aus dem Bett zu steigen. Aber jetzt hör zu … Das bringt mich zu Folgendem …«

Mossman zog seinen Geldbeutel aus der Innentasche und schob ihr eine kleine weiße Karte über den Tisch zu.

»*What?* Eine Visitenkarte?«

Mossman nickte langsam.

Sie las laut vor:

»›AM Consult, CEO Axel Mossman.‹ Hör auf, du hast deine eigene Firma? Und bist auch noch CEO? Das ist natürlich noch schicker als Geschäftsführer … Wie viele Angestellte gibt es? Einen, vermute ich?«

»Zwei, du darfst meinen Hund nicht vergessen. Bonnie ist als Spürhund angestellt.«

Sie lachte laut und sagte prustend:

»Na dann … viel Erfolg!«

»Nicht schlecht, als Gründer in meinem Alter, oder?«

Sie lächelte ihn an. Das ehemalige hohe Tier des Nachrichtendienstes wirkte gut gelaunt.

»Und worin berätst du, wenn ich fragen darf? Geheime Absprachen? Koffer mit doppelten Böden?«

»*Touché!* Jede Amöbe der westlichen Welt nennt sich ›Berater‹. Warum sollte man sich da nicht einreihen? Ich berate den Herrgott … und den Teufel.«

»Breiter Kundenstamm.«

»Und ich bin in der Lage, ein großes Netzwerk aus Freelancern mit viel Expertise hinzuzuziehen. Wie zum Beispiel einen außerordentlich kompetenten Menschen wie dich, Franck.«

»Schmeicheleien und billiger Portwein.«

»Keineswegs, keineswegs. Der Auftrag, den ich dir anbiete,

wird deine ganze Aufmerksamkeit in Anspruch nehmen – und du wirst ein paar Urlaubstage oder Freizeitausgleich dafür opfern müssen. Er ist sehr gut bezahlt.«

»Weiter.«

»Vier bis fünf Tage als Personenschützerin.«

»Personenschützerin? Für wen?«

»Eine Bereichsleiterin der Steuerbehörde.«

»Steuern? Okay, raus mit der Sprache.«

»Also, diese Bereichsleiterin gehört einer speziellen Arbeitsgruppe an, die eventuelle Aktivitäten dänischer Unternehmen und Steuerzahler im Ausland überwacht. Genauer gesagt: verstecktes Vermögen und Steuerhinterziehung. Sie wird an einem Treffen teilnehmen, bei dem sie einige Unterlagen zur Durchsicht erhält. Das Material steht zum Verkauf, und sie soll prüfen, ob der dänische Staat es kaufen sollte.«

»Ein Leak wie bei den anderen großen internationalen Fällen?«

»Davon gehe ich aus, auch wenn ich von meinem potenziellen Auftraggeber noch keine Bestätigung erhalten habe. Aber es ist kein Geheimnis, dass die Steuerbehörden schon 2016 eine große Datenmenge aus den sogenannten *Panama Papers* für einen Millionenbetrag erworben haben, auf der Jagd nach dänischen Steuergeldern, die in irgendwelchen Steueroasen versteckt sind. Und soweit ich weiß, war das ein ziemlich gutes Geschäft für den Staat. Ich schätze, dass es hier um etwas Ähnliches geht. Mein kleines Unternehmen soll für die Sicherheit der Dame auf ihrer Reise und während der Inspektion der ›Ware‹ sorgen. Und das läuft, wie immer in unserer Branche, nach dem *need to know*-Prinzip.«

»Noch mehr Tee?«

»Ja, danke.«

Sie ging in die Küche, um die Teekanne zu holen. Ihre Gedanken überschlugen sich. Eine Frage erschien ihr logisch:

»Und warum wird nicht die Polizei um Unterstützung gebeten?«

Sie goss ihnen beiden ein und setzte sich wieder.

»*Well* ... In der obersten Etage des Amtes kam man zu dem Schluss, dass es sinnvoller wäre, jemand von außen einzusetzen. Angeblich möchte man geheim halten, dass es überhaupt einen Kontakt gibt. Eine Enthüllung könnte die zukünftige Arbeit gefährden, wenn beschlossen würde, das Material zu kaufen. Nur wenige eingeweihte Personen verfügen über das Wissen, das ich gerade mit dir teile.«

Sie lehnte sich zurück und versuchte, den Vorschlag zu durchdenken.

»Danke für das Vertrauen. Aber warum setzt du nicht eine ... *agilere* ... Personenschützerin ein statt einer, die nur anderthalb Beine hat und nicht mal einen lahmen Ladendieb einholen kann?«

»Für mich zählt seit jeher die geistige Kapazität mehr als die physische.«

»Du sagtest ›Reise‹. Wo findet das Treffen statt?«

»In Charlotte Amalie, der Hauptstadt unserer ehemaligen dänischen Kolonie. Unser verlorenes Paradies. Ich selbst bin vor langer Zeit einmal dort gewesen.«

»Dänisch-Westindien?«

»Die *US Virgin Islands* oder Amerikanischen Jungferninseln, ja. Hätten wir sie nicht 1917 für einen Pappenstiel verkauft – ich glaube, es waren erbärmliche 25 Millionen Dollar –, könnten wir jetzt unter dänischen Palmen im Schatten sitzen und dänischen dunklen Rum trinken.«

»Warum so dermaßen exotisch? Warum nicht Hundige?«

Mossman zuckte mit den Schultern.

»Forderung des Verkäufers.«

»Aber du kennst doch die Regeln für Polizeibeamte und außerdienstliche Tätigkeiten, also warum fragst du mich überhaupt?«

»Regeln, ach, damit habe ich mich nie beschäftigt, Franck. Nicht im Detail.«

»Man muss für außerdienstliche Tätigkeiten eine Genehmigung beantragen, und es gibt Jobs, für die man von vornherein keine bekommt, zum Beispiel Personenschutz und alles, was mit Sicherheit zu tun hat. Dinge, die unvereinbar sind mit ...«

»Ach, das sind Ammenmärchen, Franck. Nenn mir einen Beamten, der in seiner Freizeit noch keinen Nebenjob hatte – und nenn mir einen, der vorher eine Genehmigung beantragt hat. Regeln sind dafür da, gebrochen zu werden. Das solltest *du* doch am besten wissen.«

Eine Weile saß sie schweigend da und versuchte, die Situation zu überblicken. Dann fragte sie:

»Und das Honorar?«

»50 000 Kronen.«

»Hm, tut mir leid ... Ich glaube nicht, dass ...«

»Pro Tag, meine Liebe, pro angefangenen Tag.«

8.

Nach einer Nacht mit Tiefsttemperaturen um die vier Grad hatte die Sonne bereits in den frühen Morgenstunden genug Kraft, um den feuchtkalten Nebel zu vertreiben.

Wie eine Blüte, die sich langsam öffnete, offenbarte sich die Landschaft nun in ihrer ganzen üppigen Pracht. Es war grün in der Talsenke, grün entlang des rauschenden Flusses, grün an den abfallenden oder senkrecht aufragenden Felswänden, grün überall – und darüber blau wie das Meer.

Im Mai war es bereits Sommer in diesen Breitengraden, ganz im Norden Indiens, an der Schwelle zum Himalaya.

Im Laufe des Tages würde die Temperatur hier oben, gut tausend Meter über dem Meeresspiegel, wahrscheinlich auf siebzehn bis achtzehn Grad steigen.

Eine große, hagere Gestalt erschien auf dem Pfad, der einem Klippenvorsprung folgte und dann immer steiler durch die Bergvegetation hinaufführte. Es war ein Mann mittleren Alters, nur mit leichter Ausrüstung in Form eines Tourenrucksacks ausgestattet. Mit seinem Stock, einem stabilen Ast ohne Rinde mit handgefertigten Schnitzereien, arbeitete er sich mit sicheren, routinierten Schritten stetig den Berg hinauf.

Er stand häufig früh am Morgen auf und wanderte los, um in die grüne Welt einzutauchen.

In einem bis anderthalb Monaten wäre es dafür zu spät. Denn dann würde der Monsun mit seinen starken Regenfällen das Ganze zu einem fragwürdigen, manchmal riskanten Vergnügen machen.

Ein regelmäßiger Beobachter wüsste, dass der Mann immer dasselbe Ziel hatte: einen flachen Felsvorsprung hoch oben mit einer überwältigenden Aussicht über das Tal. Hier saß er mindestens eine Stunde lang nahezu regungslos, bevor er sich wieder an den Abstieg machte.

Deshalb war dieser Tag wie viele andere ziemlich vorhersehbar. Und dann auch wieder nicht. Etwas war anders. Unheilverkündend. Doch davon ahnte der Mann mit dem Wanderstock nichts. Und auch nichts von der mysteriösen Gestalt, die ihm folgte – sorgfältig darauf achtend, dass der Abstand zwischen ihnen nicht zu groß und nicht zu klein wurde.

Aus der Vogelperspektive hätte man sehen können, dass etwas im Gange war. Denn für diese Tageszeit völlig unüblich befand sich eine dritte männliche Person auf dem Weg den Bergpfad *hinab*. Die blieb nun stehen, versteckte sich hinter einem Felsblock, zog ein Walkie-Talkie aus der Jackentasche und gab Anweisungen.

Der Mann, der hinter dem Wanderer ging, stoppte kurz, um zu antworten. Dann stieg er weiter aufwärts. Es schien, als würde er ein wenig schneller gehen.

Von oben betrachtet, ließ die Szenerie keinen Zweifel zu. Man musste kein Militäranalyst sein, um die Situation richtig zu interpretieren: Der Mann in der Mitte, mit dem Wanderstock und dem Rucksack, sollte Opfer eines Zangenangriffs werden.

In vier bis fünf Minuten würde die Falle zuschnappen.

Es vergingen genau sechs Minuten und zwanzig Sekunden, bis der Mann weiter oben aus seinem Versteck auf den Pfad trat und ihn blockierte.

Der Mann mit dem Wanderstock hielt an und beschattete seine Augen mit der Hand. Im starken Gegenlicht konnte er offenbar nicht viel mehr erkennen als eine bedrohliche schwarze Silhouette.

Die Person vor ihm war groß, muskulös und mit einer olivgrünen Jacke und Hose bekleidet. Was nicht bedeuten musste, dass sie auf irgendeine Weise mit dem Militär zu tun hatte. Es handelte sich um gewöhnliche Kleidung in einer für eine Outdoorausrüstung üblichen Farbe.

Die Silhouette sagte einen Namen. Nur den Vor- und Nachnamen.

Der Blick des Wanderers flackerte. Denn der Name war sein eigener.

Dann wirbelte er herum – nur um feststellen zu müssen, dass der Fluchtweg den Bergpfad hinab von einem anderen Mann abgeschnitten war, der sich breitbeinig aufgestellt hatte.

Jetzt war es also so weit, schoss es ihm durch den Kopf. Seine Vergangenheit holte ihn ein.

Der Wanderer machte sich bereit, um sein Leben zu kämpfen. Er umklammerte seinen Stock, sprang vor, schwang ihn und machte einen Ausfallschritt in Richtung seines Widersachers. Der Schlag streifte den Verfolger an der Schulter.

Der Mann, der von unten kam, war jetzt ganz nah. Unter seinen festen Stiefeln knirschte der Schotter.

Der Wanderer wandte sich ihm zu und starrte direkt in den Lauf einer seltsamen Waffe, einer Taserpistole. Zu spät begriff er, dass es sich um einen Elektroschocker handelte. Zwei mit Kabeln verbundene Pfeile trafen seinen Oberkörper in derselben Sekunde.

Viel mehr bekam der Wanderer nicht mit. Die fast 50 000 Volt warfen ihn sofort um. Der Mann mit dem Taser trat ihm gegen den Kopf, bevor er die Pfeilelektroden mit einem Ruck entfernte und den Inhalt des kleinen Rucksacks überprüfte. Darin befanden sich nur etwas Proviant und einige Flaschen Wasser, nichts, was den Mann identifizieren könnte. Das hätten sie auch nicht gebraucht, sie wussten genau, wer er war. Aber wenn er eines schönen Tages gefunden wurde – falls überhaupt –, gab es keinen Grund, den Behörden auf die Sprünge zu helfen.

Die beiden Männer packten den Wanderer fest am Kragen und zogen ihr bewusstloses Opfer ein Stück den Pfad hinab bis zu einer Stelle, die sie offenbar im Voraus ausgesucht hatten. Hier fiel die Felswand beinahe senkrecht ab und wies kaum Vorsprünge auf. Und das Flussbett unten war mit Felsblöcken übersät.

Die Männer packten die Arme und Knöchel ihres Opfers. Scheinbar mühelos warfen sie die reglose Gestalt in einem sanften Bogen durch die Luft – hinaus ins Nichts.

Vorsichtig tasteten sie sich bis zur Kante vor, um hinunterzuschauen. Die Gliedmaßen des Wanderers waren in alle Richtungen verdreht. Ein Bein ging rechtwinklig vom Körper ab, vermutlich war der Oberschenkelknochen aus der Hüftpfanne gesprungen. Ein Arm war unnatürlich abgewinkelt. Der Körper dort unten zwischen den Felsen erinnerte an eine Stoffpuppe, die ein Kind weggeworfen hatte. Neben dem Kopf breitete sich eine Blutlache auf dem hellen Fels aus. Kein Mensch konnte einen solchen Sturz überleben.

Der Däne – denn der einsame Wanderer war dänischer Staatsbürger gewesen – war vor seinen Gott getreten, falls er einen hatte, und das auf grausamste Weise.

9.

Zentimeter für Zentimeter näherte sich der Barren. Ihre Bizepse und die »Flügel«, die breiten Rückenmuskeln des *Latissimus dorsi*, waren vollkommen übersäuert und weigerten sich, gegen die Schwerkraft anzuarbeiten. Trotzdem zwang sie sich in einem letzten *pull-up* hoch und brachte schließlich das Kinn auf Höhe des Barrens.

Der Schmerz riss an ihren Muskeln, während sie ihren Körper langsam absenkte, bis sie losließ und mit beiden Füßen auf dem Boden landete.

»Ooookeeey, *badass*«, sagte ein jüngerer Mann mit anerkennendem Nicken, der sie drüben von der Wand aus beobachtet hatte. Er hieß Tony und trug immer denselben schmuddeligen grauen Hoodie. Sie trainierten oft zur gleichen Zeit. Es war nicht das erste Mal, dass er sie *badass* nannte. Sie brachte es nicht übers Herz, ihm zu sagen, dass er selbst eher aussah wie ein Arsch mit Ohren.

Schweiß rann an ihr herab, und ihr T-Shirt war durchnässt. Sie hockte sich hin, um ihre Atmung wieder unter Kontrolle zu bringen, während sie sich mit dem Handtuch das Gesicht abtrocknete und einen Schluck aus der Wasserflasche nahm.

Sie schaute zur Wanduhr, es war halb sieben. Blieb noch eine halbe Stunde von ihrem abendlichen Programm. Immer noch in der Hocke, sah sie sich in der zweiminütigen Pause nach der nächsten Übung um. Die Zeit behielt sie genau im Blick. Als sie abgelaufen war, stand sie sofort auf und ging den Traktorreifen an.

»*Butcher's Lab – meatpacking district Copenhagen*« stand auf der Wand im Zwischengang. Sie erinnerte sich. Die Tür war mit einem Schlachter mit Bart, Bowler, verschränkten Armen, aufgekrempelten Ärmeln und dicken Muskeln verziert.

Beim letzten Mal hatte sie sich gewundert. Dieses Mal nicht mehr. Jetzt wusste sie, dass das Logo eine Bedeutung hatte. Hinter der Tür lag ein riesiger Trainingsraum, ein CrossFit-Mekka.

Sie öffnete die Tür und trat ein. Der Geruch war genauso charakteristisch wie der beim Zahnarzt, nur herber. Eine Mischung aus frischem und altem Schweiß und Desinfektionsmittel. Und wer weiß? Vielleicht auch Blut und Tränen. Auf jeden Fall gab es Blut auf den alten Schwarz-Weiß-Fotos an den Wänden. Auch daran erinnerte sie sich. Eine kleine Serie über die Arbeit im Schlachthof, aus der Zeit, als der Stadtteil Kødbyen nicht ohne Grund so hieß, weil er die Kopenhagener mit Fleisch versorgte.

Am provisorisch aus rohen Holzbrettern zusammengezimmerten Empfang saß eine junge Frau in lila Sportkleidung. Fragend sah sie sie an. Vielleicht weil sie hier kein bekanntes Gesicht war.

»Kann ich dir helfen?«, fragte die Frau.

»Ich muss mit jemandem sprechen. Weißt du, ob Sally da ist, Sally Finnsen?«

»Jep, sie ist hinten.«

Die Frau deutete mit dem Daumen hinter sich.

Das war genau die Antwort, mit der sie gerechnet hatte. Wo sonst sollte man Sally Finnsen an einem Wochentag abends finden, wenn nicht im Fitnessstudio?

Vorsichtig bahnte sie sich einen Weg durch das Gewimmel aus CrossFittern, die alle äußerst konzentriert ans Werk gingen, in ihrem Universum mit weißen Kacheln an den Schlachthauswänden, Säulen und massiven Stahlschienen an der Decke.

Als sie sich umsah, fiel ihr sofort eine durchtrainierte Frau auf, die ihr rotes Haar im Nacken zu einem Knoten geschlungen hatte. Sie bewegte einen Traktorreifen, der absurd groß war.

Jetzt stand der Reifen hochkant.

»Hey, Sally.«

Sally Finnsen drehte sich um und wirkte überrascht.

»Margrethe«, sagte sie schnaufend, doch es klang mehr nach einer Frage als nach einer Begrüßung.

»Sorry, dass ich beim Training störe«, sagte sie, »aber ich habe mehrfach versucht, dich anzurufen.«

»Wenn ich t-trainiere, schalte ich mein Handy immer aus.«

Sally ließ den Reifen umfallen. Sie trug ein schwarzes, eng anliegendes Trikot mit sehr kurzen Beinen und darunter ein löchriges weißes T-Shirt.

»Hula-Hoop-Reifen für Landeier, oder?« Sie deutete mit dem Kopf auf den Reifen, der jetzt still dalag.

Sally grinste und nickte, schwieg aber. Das rothaarige, sommersprossige, drahtige Kraftpaket, das verschiedene dänische und skandinavische Meisterschaften gewonnen hatte, würde in der Disziplin Smalltalk niemals Gold erreichen.

»Es ist lange her, Sally, viel zu lange. Geht es dir gut?«

»Ja.«

Eine Ein-Wort-Antwort war für sie so natürlich wie der Schweiß auf der Stirn. Sie lächelte ihre Kollegin von der Fahndung an.

»Gut ... *Sicher*?«

»Sicher.«

»Okay, ich mache es kurz. Ich wollte dir nur erzählen, dass man mich angewiesen hat, die Sache fallen zu lassen.«

»Fallen zu lassen?«

»Ja. Zu den Akten zu legen. Worre ist unerbittlich. Also ist es leider vorbei, Sally. Ich fand, du solltest das erfahren. Tut mir leid.«

»A-Arschloch ...«

»Ich habe getan, was ich konnte. Wenn du Lust hast, lass uns doch mal auf einen Kaffee treffen.«

»Ähm, vielleicht ...«

»Sag einfach Bescheid. Ich bin wieder weg. Viel Spaß mit dem Reifen. Mach's gut, Sally.«

Sie starrte Margrethe Franck nach, die auf den Ausgang zusteuerte. Kurzes, exakt geschnittenes Haar, offene, abgetragene braune Lederjacke, zerrissene Jeans und massive schwarze Lederschnürstiefel. Nicht zu vergessen ein halbes, unsichtbares Bein aus irgendeinem schweineteuren Leichtmetall.

Fuck, fuck, fuck. Warum verhielt sie sich nur immer so peinlich? Franck war ihr großes, blasses High-End-Punk-Vorbild mit einer silbernen Schlange am Ohr. Und Vorbilder behandelte man verdammt noch mal mit Respekt. Oder man zeigte zumindest Interesse.

»Hula-Hoop-Reifen für Landeier« ... Margrethe Franck hatte echt einen Knall – aber auf die gute Art.

So viele Male schon hatte sie ihr danken wollen, weil sie die Ermittlungen fortgesetzt hatte. Jetzt stand sie hier und hatte wohl vor allem den Eindruck hinterlassen, dass sie nicht einmal Lust hatte, mit Franck zu sprechen, weil sie gerade trainierte.

Statt eines Danks hatte sie »Arschloch« gesagt. Und zum Schluss hatte sie nicht mehr als ein »Ähm« hervorgebracht, statt zu sagen, dass sie Franck gern einmal auf einen Kaffee treffen würde. Natürlich wollte sie das. Liebend gern sogar.

Sie war eine miesepetrige Vollidiotin.

Von Geburt an mürrisch und patzig.

Alles, was sie konnte, war trainieren, verdammt hart trainieren in diesem idiotischen alten Schlachthof, umgeben von Wänden aus idiotischen weißen Kacheln, ihre Gegner in regelmäßigen Abständen schlagen und dann mit einer idiotischen Goldmedaille nach Hause gehen, die nicht einmal aus echtem Gold war, und sie zu den anderen hängen – an die Innenseite der idiotischen Schranktür in ihrem Schlafzimmer.

Und na ja ...

Außerdem war sie Weltmeisterin im Stottern. Nicht einmal Arschloch konnte sie sagen, ohne »Arsch« zu zerhacken. Was war bloß mit ihr los?

Und jetzt ... jetzt hatten sie die Ermittlungen gestoppt und Margrethe Franck angewiesen, den Fall zu den Akten zu legen.

Sie atmete ein paarmal tief ein, trat dann wieder hinter den Traktorreifen, hob ihn an, stemmte ihn hoch, bis er senkrecht stand, und kippte ihn um. Diese klassische CrossFit-Übung würde ihr die letzten Kräfte rauben, trotzdem schaffte sie es, den großen Reifen ohne Pause bis zur gegenüberliegenden Wand zu manövrieren. Innerlich tobte sie vor Wut.

»Heilige Scheiße, hat jemand in dein Proteinpulver gepisst, Sally?«

Der Riese in Achselshirt und kariertem Holzfällerhemd grinste sie mit einem Daumenhoch an. Er hieß Lars, war dick – und unheimlich stark. Webdesigner bei irgendeiner Kreativagentur. Er trainierte immer im gleichen Look: kreideweiße Stachelbeerbeine, Shorts, ein offenes Flanellhemd, eine schwarze Trucker-Kappe und ein ZZ-Top-Vollbart. Axt und Motorsäge hatte er jedoch nie dabei.

»*Hey lumberjack* ...« Sie nickte ihm zu und trocknete ihr Gesicht ab. »Nicht nur g-gepisst, *geschissen* ...«

Sie nahm die knarrenden Treppenstufen in wenigen großen Sprüngen, die Sporttasche über die Schulter geworfen, und blieb auf dem Absatz stehen, ohne nach Atem zu ringen. Es war schon spät. Endlich zu Hause nach einem langen Tag. Doch das Gefühl der Erleichterung wollte sich nicht einstellen.

Still stand sie da, zögernd, während die Erinnerung an zwei verregnete Beerdigungen viel zu kurz nacheinander wie ein innerer Film über die schmutzige Tapete des Treppenhauses flimmerte.

Ihr Name, Sally Finnsen, stand an der linken Tür und der ihrer Großmutter, A. G. Antonsen, an der rechten. Aber ihre geliebte Großmutter war im Pflegeheim gestorben, nur zwei Monate nachdem sie Nikolai auf dem Friedhof in Nakskov beerdigt hatten. Mittels DNA und Zahnabdruck war er unter den anderen Leichen identifiziert worden.

Noch immer war der komplizierte Fall an der Wand hinter dem Sofa in der kleinen Zweitwohnung abgebildet, die sie im

Namen ihrer Großmutter gemietet hatte. Vielleicht vor allem, um eine Hoffnung am Leben zu halten. Die Hoffnung, dass die Schuldigen bestraft werden würden. Die Hoffnung, den Opfern wenigstens einen Hauch von Gerechtigkeit zuteilwerden zu lassen. Es gab nur ein unüberwindbares Hindernis: Jede Spur endete im Nichts.

Mit Margrethe Francks niederschmetternder Nachricht war diese Hoffnung nun so gering wie nie. Es war unnötig, zwei Wohnungen zu haben, wenn man nur in einer wohnen konnte, nicht wahr?

Hoffnung war nichts als Selbstbetrug.

Sie presste die Augen fest zu, blinzelte die Bilder fort. Dann holte sie den Schlüssel heraus, schloss die Tür zu ihrer »eigenen« Wohnung auf und warf die Sporttasche in den Flur. Sie nahm eine Packung Nudelsalat und eine Coke Zero aus dem Kühlschrank und eine Gabel aus der Schublade und ging dann hinüber in die Zweitwohnung, wo sie das Licht anschaltete und sich schwer auf das alte Sofa fallen ließ. Sie trug immer noch ihre Bomberjacke mit Pelzkragen, die schwarze Kappe tief in die Stirn gezogen.

Fuck!

Das Ganze war ein Sumpf aus Erinnerungen, gemischt mit einem ungleichen Anteil an Hoffnungslosigkeit, Tränen, Trauer und dem Wunsch nach Rache und Gerechtigkeit.

Vom Foto an der Wand blickte Nikolai mit ernster Miene auf sie herab, während sie den Salat ohne besonderen Appetit aß. Sie hatte immer gedacht, wenn ihre Eltern einmal nicht mehr sein würden, könnten sie sich stützen. Bruder und Schwester. Könnten sich besuchen, miteinander Weihnachten feiern. Er wäre der einzige Mensch gewesen, mit dem sie diese ganz besondere Verbindung noch teilte. Blutsbande.

Sie hatte einfach keinen Hunger, nur Durst, deshalb stellte sie den Salat ab und trank die Cola in wenigen großen Zügen aus.

Nikolai war der einzige Grund gewesen, warum sie die zweite Wohnung gemietet hatte, die notwendig gewesen war, um ihre eigenen Ermittlungen zum Verschwinden der Kriegsveteranen geheim zu halten. Jetzt würde sie ihren Bruder nie zurückbekommen, und wenn ihre Mutter starb, die inzwischen psychisch erheblich beeinträchtigt war, dann war sie auch keine Tochter mehr ... und dann gehörte sie zu niemandem mehr ...

Dann war sie ganz allein.

Mit aller Kraft schleuderte sie die leere Coladose gegen die Wand.

Dann kippte sie langsam zur Seite, legte sich auf die Couch, zog die Beine unter sich und krümmte sich wie ein Embryo zusammen, den Pelzkragen beinahe vollständig über den Kopf gezogen.

Die Tränen flossen und hinterließen nasse, salzige Spuren auf ihrem Gesicht.

Zu *niemandem* gehören ...

10.

Der kleine Jetboil-Gaskocher war blitzschnell. Gleich würde das Wasser kochen, und er würde hier auf diesem Fleck sitzen und den zweiten Kaffee des Tages genießen. Den ersten hatte er getrunken, um nach einer eiskalten, sternklaren Nacht aufzutauen, die er am Ufer des Isted Sø etwas weiter nördlich von hier verbracht hatte.

Jetzt war es Vormittag, und die Sonne wärmte ordentlich. Gegen seinen Rucksack gelehnt, saß er im Gras.

Er fischte einige Scheiben Roggenbrot aus der Tüte und schnitt mit seinem Dolch ein paar dicke Stücke von der geräucherten Salami ab.

Er war lange gewandert. So lange, dass der April in den Mai übergegangen war, aus Dänemark war Deutschland geworden, aus dem Hærvejen der Ochsenweg und aus ihm ... hmm ... Er war sich nicht sicher, was aus ihm geworden war.

Mehr als fünfhundert Kilometer, den ganzen Weg durch Jütland, eine fast drei Wochen lange Wanderung. Er wusste es nicht genau, könnte es aber ausrechnen, wenn er wollte.

Doch das wollte er nicht.

Die Zeit war bedeutungslos. Seine Wanderung endete genau hier. Denn dies war der richtige Ort und die richtige Zeit. Der Ochsenweg ging noch weiter bis zur Eider und nach Hamburg, doch er würde nicht weiter gehen als bis hierher.

Zum Danewerk.

Das Wasser kochte. Er goss es in seinen Becher, gab zwei Teelöffel Pulverkaffee hinein und probierte. Perfekt.

Er schaute sich um. Ließ den Blick schweifen, sich von all dem Grün umschließen. Versank tief im zartgrünen Frühlingslaub – und sah sich selbst.

Kurze Hosen. Und schnell mit übermütigen Ideen bei der Hand.

Turnschuhe. Mit den anderen Jungen über die Wälle rennend, rufend und schreiend, alle aus der vierten und fünften Klasse, auf dem jährlichen, sehnlichst erwarteten Schulausflug kurz vor den Sommerferien. Eine richtig lange Fahrt mit dem ständig Zigarillos rauchenden Geschichtslehrer Graversen als »Feldwebel«, eine ganztägige Reise, über die Grenze ins mächtige Deutschland, mit einem Abstecher zur Dybbøl Mølle und dann wieder nach Hause. Mit Lunchpaketen, Limonade und großen Erwartungen.

Die Erinnerung zerplatzte wie eine Seifenblase beim Geräusch eines Traktors, der irgendwo auf dem Feld hinter dem Wall vorbeifuhr.

Jetzt war er wieder hier.

Fünfunddreißig Jahre später.

Mehr als ein halbes Leben war auf seinem Zeitstrahl mit unbekannter Länge vergangen. Viele Jahre und eine Reihe von Ereignissen, die in Wirklichkeit keine Erinnerung wert waren. Abgesehen von einer einzigen.

Der Tag, an dem Magnus zur Welt gekommen war.

War das eine desillusionierte Betrachtungsweise? Dass er nichts hatte zustande bringen können, woran man mit Freude zurückdenken konnte? Tatsache war: Sein wunderbarer, großer Junge war der einzige Grund dafür, dass er sich entschieden hatte, um sein Leben zu kämpfen. Und anderen das Leben zu nehmen.

Vielleicht würde diese Reise niemals vorbeigehen, doch für eine Weile endete sie hier.

Er nahm einen Bissen Brot, noch einen Schluck Kaffee und richtete dann den Blick erneut auf die niedrige Mauer am Wall.

Davor stand ein mobiler verzinkter Zaun, an dem das örtliche Museum mehrere Plastikbanner mit Informationen aufgehängt hatte.

Bei seiner Ankunft hatte er eine Passage mit großem Interesse gelesen.

Die Waldemarsmauer war mit ihren vier Kilometern Länge und bis zu sieben Metern Höhe seinerzeit eine enorme Machtdemonstration gewesen. Eine in Richtung der Feinde erhobene geballte Faust und ein unüberwindbares Hindernis, das das Reich der Dänen beschützen sollte.

Das Danewerk und alle Verteidigungsmauern und Wälle hatten zusammen mit den natürlichen Hindernissen wie Gewässern, Mooren und Sumpfgebieten eine undurchdringliche Barriere von der Schlei im Osten bis in die Marsch westlich von Schleswig gebildet.

Wenn er doch nur eine Zeitmaschine hätte. Wenn er sich in eine andere Zeit katapultieren könnte, wäre er von Süden her gewandert, um zu sehen, wie diese Festungsanlage sich auftürmte und wie die Wachen darauf sich als bedrohliche Silhouetten gegen den Himmel abzeichneten.

Damals beim Schulausflug war die Mauer viel kleiner gewesen. Damit bildete sie einen diametralen Gegensatz zu allen anderen Kindheitserinnerungen, bei denen die Dinge für gewöhnlich Proportionen annahmen, die einer erwachsenen, nüchternen Betrachtung nicht standhielten.

Aber sie war gewachsen. Denn inzwischen hatten die Archäologen achtzig Meter der 850 Jahre alten Mauer freigelegt, mit der König Waldemar I. das noch ältere Bollwerk Danewerk verstärkt hatte. Das sehr beschädigte Mauerwerk hatte einige Reihen neue Ziegelsteine bekommen, als notwendigen Schutz gegen Wind und Wetter.

Das Danewerk war vielleicht das markanteste Bauwerk des Königreichs – und durchaus mit dem Hadrianswall zwischen England und Schottland vergleichbar.

Heute befand sich ein Großteil der Mauer unter der Erde. Gerade einmal einhundert Jahre nach ihrer Errichtung hatte sie ihre Bedeutung als Verteidigungsanlage verloren – und ihre für die damalige Zeit so fortschrittlich gebrannten Ziegel waren über die Jahrhunderte Stück für Stück abgebrochen und zum Bau von Kirchen, Schlössern und Scheunen verwendet worden.

Das war das Leben. Aufbauen, abreißen, verwittern und an Bedeutung verlieren.

Jetzt gab es nur noch ein Stück Schnur und den verzinkten

Zaun, um das prächtige historische Denkmal zu schützen, das ein kümmerlicher Schatten seines früheren Selbst war ...

Trostlos wie die Reste einer Absperrung für ein Rockkonzert – am nächsten Tag. Das Publikum längst wieder zu Hause. Die Grenzen längst an einer anderen Stelle.

Heute lagen die Waldemarsmauer und das Danewerk fünfzig Kilometer weit hinter der Grenze, auf deutschem Boden.

So war es nun einmal. Kriege kamen und gingen, und Land geriet unter neue Flagge. Eine Prämisse, die immer noch Bestand hatte.

Die letzten Tage waren eine lange Wanderung gewesen, auf den Spuren des Blutvergießens zwischen dänischen Heeren auf der einen Seite und wechselnden schleswig-holsteinischen, preußischen und österreichischen Armeen auf der anderen.

Mit der Zeit hatte Vogelgezwitscher das Echo der blutigen Schlacht bei Sankelmark im Jahr 1864 übertönt. Die Tatsache, dass 1850 bei den Kämpfen bei Idstedt 37 000 dänische und 26 800 schleswig-holsteinische Soldaten gestorben und verstümmelt worden waren, ohne dass eine der beiden Seiten wirklich davon profitiert hätte, raubten ihm nicht den Schlaf. Auch Schreie und Schmerzen verhallten.

Er war ein Krieger seiner eigenen Zeit. In seinem eigenen Kampf.

Vom ersten Schritt aus dem Reichskrankenhaus bis zum letzten hierher vor der Waldemarsmauer hatte er versucht, sich aus seiner Rüstung zu befreien.

Vielleicht würde man, wenn man seine Reise einmal nachvollzog, Reste seiner Rüstung entlang der Strecke finden. Einen Handschuh auf der Insel Møn, einen Armschutz in Nordseeland, einen Beinschoner auf Fünen, den anderen auf Lolland, seinen Helm auf Bornholm, Reste seines Kettenhemdes auf dem Kungsleden und Blekingeleden in Schweden und den Brustschild weiter oben am Hærvejen.

Er hatte seinen absoluten Tiefpunkt überwunden. Und er hatte den Familien seine Anteilnahme übermittelt.

Es war Zeit, nach Hause zu gehen.

11. Ihre vorrangige Aufgabe lautete, Sicherheitsprobleme zu verhindern, wenn die Frau, die direkt neben ihr stand, in wenigen Stunden ihre Arbeit erledigen würde: die Warenprobe zu kontrollieren, die vermutlich aus Daten mit detaillierten Finanzinformationen bestand. Oder anders ausgedrückt: Informationen darüber, welche Arschlöcher ihr Vermögen lieber unter Palmen versteckten, als Geld zu verlieren und zu Hause im guten alten Dänemark Steuern zu bezahlen, wo das angeschlagene Sozialsystem eigentlich jede Krone gebrauchen konnte.

Deshalb ärgerte sie sich darüber, dass ihr »Objekt« darauf bestanden hatte, sich die Wartezeit mit einer Tour zum Mountain Top zu vertreiben, dem höchsten Punkt auf St. Thomas. Dadurch waren sie in einer ganz normalen Touristenfalle gelandet, was ihren Verdruss nur noch vergrößerte.

Sie mussten sich ihren Weg im Zickzack durch mannshohe Piratenfiguren und allerlei anderen Souvenirschrott bahnen und mit dem Strom übergewichtiger amerikanischer Kreuzfahrtschiffsgäste treiben lassen, nur um zum Geländer der Plattform mit der magischen Aussicht zu gelangen. Ganze vierundvierzig Bounty-Strände lagen über St. Thomas verstreut, und der berühmteste befand sich zu ihren Füßen – Magens Bay.

»Clinton hat hier unten einmal in Badehose mit Hillary getanzt.«

Ihr Objekt lächelte, zeigte auf den Saum aus weißem Sand unter den Palmen und fügte dann hinzu:

»Das war sicher vor der Sache mit der Zigarre ...«

Beate Bjerre hieß das Objekt, das Mossman zufolge die Bereichsleiterin irgendeiner Kontrollinstanz beim Amt für Steuern und Abgaben war. Präzisere Informationen bekam sie nicht. Das sahen die Regeln nicht vor. Aber wenigstens war Bjerre nicht ganz so reserviert, wie sie im ersten Augenblick gewirkt hatte, als sie am Flughafen Kopenhagen ins Flugzeug gestiegen waren.

Sie waren Business Class geflogen, um bei der Ankunft einigermaßen ausgeruht zu sein. Die Bereichsleiterin hatte lange konzentriert an ihrem Notebook gearbeitet, während sie selbst einen kleinen Reiseführer durchgeblättert hatte.

Den Rest der Zeit hatten sie schlafend verbracht.

Sie waren spätabends angekommen und hatten dann vor wenigen Stunden zusammen gefrühstückt.

Beate Bjerre war schätzungsweise Mitte vierzig, stilvoll in ein schwarzes Kostüm gekleidet, die Haare im Nacken zu einem Knoten gebunden. Doch wenn man deswegen davon ausging, dass sie sich am liebsten mit Zahlenkolonnen und Steuerprogression beschäftigte, hatte man sich verrechnet.

Bjerre wirkte aufgeweckt, humorvoll und schlau. Es war ihre zweite Reise auf die Amerikanischen Jungferninseln. Beim ersten Mal war sie mit ihrem historisch interessierten Mann geflogen.

»Traditionsgemäß sollte man an einem Banana Daiquiri nippen, während man die Aussicht genießt, aber damit sollten wir vermutlich lieber noch ein wenig warten, oder?«, fragte sie lächelnd.

»Alles zu seiner Zeit«, antwortete Franck, suchte eine Lücke zwischen den menschlichen Fleischbergen und zog ihr Objekt mit sich.

»Zu viele Menschen für eine Personenschützerin?« Bjerre sah sie fragend an.

»Viel zu viele.«

»Tut mir leid, das war wirklich unüberlegt von mir. Nicht, dass ich Ihren Einsatz hier nicht ernst nehme. Ich fühle mich nur nicht … bedroht.«

»Das sind Sie hoffentlich auch nicht. Setzen wir uns dort drüben hin, unter den Sonnenschirm«, schlug sie vor und wies auf einen Tisch an einer Mauer, wo es etwas ruhiger zuging.

Sie bestellte zwei Tassen Kaffee und schielte auf ihre Uhr. Sie hatten reichlich Zeit. In zwei Stunden würden sie unten in der Stadt abgeholt werden.

»Die Insel dort draußen heißt Hans Lollik Island«, sagte Bjerre und zeigte auf einen Schatten im blauen Meer. »Angeblich nach einem Dänen benannt, der Hans hieß und von Lolland stammte.«

»Klingt logisch. Wem gehört sie?«

»Keine Ahnung, ich erinnere mich nur vom letzten Mal an die Insel. In diesen Breitengraden ist man spezialisiert darauf, sich hinter diversen komplizierten Unternehmensstrukturen zu verstecken. Wenn man etwas klammheimlich besitzen möchte, ist das nicht der schlechteste Ort.«

»Oder um Geld beiseitezuschaffen, wenn man zu viel davon hat, was man so hört.«

»Stimmt. Unsichtbares Geld in unsichtbaren Unternehmen, verwaltet von unsichtbaren Eigentümern. So könnte man es zusammenfassen«, stellte Bjerre fest.

Vielleicht überschritt sie gerade eine unsichtbare Grenze der Diskretion, doch Beate Bjerre schien nicht empfindlich zu sein.

»Wissen Sie, aus welchem Land die Daten kommen, die man Ihnen angeboten hat?«, fragte sie.

Bjerre nickte bedächtig.

»Panama. Es gibt nur wenig Details, aber wir wissen, dass das Material mit einer Bank namens Banco Guzman de Panama in Verbindung steht.«

»Hmm ... Wieder Panama.«

Panama war in ihrer kurzen Recherche zur Vorbereitung des Auftrags überall aufgetaucht. Die *Panama Papers* hatten 2016 die Welt erschüttert, als eine riesige Datenmenge von mehr als elf Millionen geheimen Dokumenten, erstellt von der in Panama ansässigen Anwaltskanzlei Mossack Fonseca, geleakt wurde. Das Material enthielt ausführliche Informationen zu 215 000 Offshore-Firmen. Und mindestens genauso brisant: Es offenbarte die Identitäten der Eigentümer und Unternehmensleitungen.

Die Dokumente wurden an die *Süddeutsche Zeitung* und später an ein internationales Netzwerk aus Investigativ-Journalisten übergeben, die in mehr als achtzig Ländern saßen und Daten analysierten.

Als unmittelbare Folge trat der isländische Ministerpräsident zwei Tage nach den Enthüllungen zurück. Eine Verbindung zu der Anwaltskanzlei in Panama, bei der seine Frau und er eine Offshore-Firma erworben hatten, brach ihm das Genick.

Auch davor hatte es bereits »Leaks« gegeben, aber nie in einem vergleichbaren Umfang wie die *Panama Papers*, die Staatschefs, hochrangige Beamte, Prominente und deren Verbindungen zu zweifelhaften finanziellen Transaktionen und Netzwerken offenlegten.

Im Jahr darauf kam mit den *Paradise Papers* die nächste Welle. Wieder Millionen von Dokumenten zu Offshore-Investitionen, dieses Mal geleakt aus zwei Anwaltskanzleien und einer Reihe von Unternehmensregistern in verschiedenen Steuerparadiesen. Das letzte, größte Leak waren die *Pandora Papers* 2021. Fast zwölf Millionen Dokumente von vierzehn sogenannten Finanzdienstleistern in mehreren Ländern, darunter natürlich auch Panama. Dabei handelte es sich um Unternehmen, die dabei halfen, gigantische Geldströme auf der ganzen Welt steuerfrei zu halten. Wieder analysierte das Redaktionsnetzwerk das Material, und wieder war das Fazit niederschmetternd: Menschen, die sich eigentlich für Recht und Ordnung einsetzen sollten – die Spitzenpolitiker –, waren auf der Liste der Betrüger zahlreich vertreten.

Jetzt saß sie selbst hier, am höchsten Aussichtspunkt auf St. Thomas, und würde in zwei Stunden über die Schwelle dieser undurchsichtigen Welt treten, einer Parallelwelt, in der es nur um eines ging: *Money* ...

Mossman hatte recht gehabt, als er kürzlich erwähnt hatte, die dänischen Steuerbehörden hätten Material aus den *Panama Papers* gekauft. Der Preis hatte damals 6,4 Millionen Kronen betragen.

»Ich habe Zahlen zu Ihrer Arbeit mit dem Panama-Material gesehen. Es hat sich gelohnt, oder?«, fragte sie.

Eine junge Frau servierte ihren Kaffee. Sie bezahlte sofort.

»Ja, das hat es. Wir haben damals eine Pressemeldung dazu rausgegeben, es ist also kein Geheimnis«, setzte Beate Bjerre an. »Wundern Sie sich nicht, aber alles, was mit Zahlen zu tun hat, bleibt mir im Kopf. Das ist sicher eine Berufskrankheit. Dafür kann ich mir nie merken, was ich auf dem Heimweg im Supermarkt noch besorgen wollte. Der Panama-Kauf hat 238 neue Urteile gebracht, verteilt auf 115 Personen und 83 Unternehmen. Wir sprechen von insgesamt 983 Millionen Kronen an Steuerkorrekturen – und 433 Millionen Kronen aus potenziellen Steuerzahlungen. Das sind die harten Fakten.«

»Es gibt viele Listen über Steuerparadiese, wie ich gesehen habe. Und zwar viele unterschiedliche?«

»Sie haben sich vorbereitet. Wäre es zu neugierig, zu fragen, was Sie beruflich machen?«

»Ich bin beim PET.«

Bjerre machte große Augen.

»PET? Da ähnelt Ihre Arbeit ja vielleicht ein wenig meiner. Ein Teil davon ist unsichtbar, schätze ich?«

»Genau.«

»Mossman war also Ihr Boss?«

»Die meiste Zeit. Warum weichen die Listen so stark voneinander ab?«

Die Bereichsleiterin zuckte mit den Schultern.

»Na ja, Sie müssen bedenken – die EU führt eine, die OECD, der IMF, zahlreiche Organisationen und Thinktanks haben ihre eigenen … Und all diese Listen wurden nach verschiedenen Parametern erstellt, aber trotzdem gibt es natürlich Länder, die sich überall finden. Andererseits hat die EU beispielsweise Bermuda, Barbados und die Cayman Islands von ihrer Liste gestrichen, was viele nicht nachvollziehen können. Letzten Endes denke ich, dass es eher eine politische Frage ist …«

Sie nahm einen Schluck Kaffee, bevor sie weitersprach.

»Es handelt sich ja meistens um Offshore-Steuerparadiese, also um Inseln. Ich erinnere mich an einige absurde Zahlen. Sie sind nicht ganz neu, aber so irrwitzig, dass ich sie nie vergessen werde. Zu einem bestimmten Zeitpunkt hatten die Britischen Jungferninseln 31 000 Einwohner – und es waren dort 830 000 ausländische Firmen registriert. Im Durchschnitt besaß also *jeder* Einwohner siebenundzwanzig Vorstandsposten bei ausländischen Unternehmen. Können Sie sich das vorstellen?«

»Siebenundzwanzig? Total verrückt!«

Bjerre schüttelte resigniert den Kopf.

»Aber hey, es gibt noch viele Inseln zu entdecken. Die Cayman

Islands, Fidschi, Samoa, Vanuatu, Trinidad und Tobago, die Seychellen, Zypern, Guernsey, ich könnte immer so weitermachen. Und *onshore* ist es das Gleiche. Panama, ja, aber mein Gott, es könnte genauso gut Belize sein.«

Eine Weile saßen sie da und genossen die Sonne – in angenehmem Abstand zu den Touristen. Franck scannte die ganze Zeit ihre Umgebung. Niemand zeigte besonderes Interesse für sie, aber sie waren von mehr Menschen umgeben, als ihr lieb war.

»Ich schlage vor, dass wir in die Stadt hinuntergehen, wenn wir den Kaffee getrunken haben. In Ordnung?«

Sie sah Bjerre fragend an.

»Zu viel Trubel …« Die Bereichsleiterin nickte. »Selbstverständlich ist das in Ordnung.«

Sie waren gerade aus dem Taxi gestiegen, das sie vom Aussichtspunkt zurückgebracht hatte. Jetzt gingen sie durch den Park zum Gedenken an das Ende der Sklaverei, den Emancipation Garden unten am Hafen, von wo aus man auf die nahe gelegene rote Festung Fort Christian blicken konnte. Wieder sah sie unauffällig auf ihre Uhr. Bis zum *pick-up* dauerte es nicht mehr lang.

»Das Wasserflugzeug nach St. Croix«, sagte Bjerre und nickte in Richtung Kai, wo ein kleines Flugzeug mit lautem Motorengeräusch startete und an Höhe gewann.

»Mein Mann und ich sind damals damit geflogen. Das war sehr schön.«

Hinter ihrer Sonnenbrille beobachtete Franck weiterhin aufmerksam die Umgebung. Niemand wirkte verdächtig. Ihrem Taxi war kein Auto gefolgt, und niemand schien ihnen zu Fuß hinterherzugehen.

»Sie passen gut auf mich auf«, stellte Bjerre fest. »Ich merke, wie konzentriert Sie sind.«

»Dafür bin ich hier.«

»Und das ist auch okay für mich, glauben Sie mir. Wann werden wir abgeholt?«

»In zwanzig Minuten.«

»Wir könnten doch einfach die Treppen nach oben nehmen.« Sie wies in Richtung des grünen Hangs mit den bunten Gebäuden in zarten Pastelltönen – und der Treppen, die an der steilen Seite hinaufführten. Franck hatte Bjerre erzählt, dass ihnen irgendwo dort oben ein Haus zur Verfügung gestellt worden war.

»Nein, können wir nicht. Aus zwei Gründen: Erstens kann ich im Fall der Fälle die Situation nicht kontrollieren, weil wir auf der Treppe eine offene Zielscheibe darstellen. Und zweitens fehlt mir die Hälfte des rechten Beins, und Treppen sind für mich das Schlimmste.«

»Mein Gott, entschuldigen Sie, das ...«

»Sie müssen sich nicht entschuldigen. Ich halte mich nur an die Fakten und erkläre, warum die Treppen buchstäblich ein No-Go sind.«

»Natürlich. Sollen wir uns hinsetzen, während wir warten?«

Sie ließen sich auf einer Bank bei einem kleinen Springbrunnen nieder.

»Als wir damals hier waren, stand da oben noch eine kleine Büste von König Christian IX.«, erzählte Beate Bjerre und deutete auf eine Statue, den Torso eines Afrikaners.

»Jetzt ist es ein Afrikaner, der mit einer Muschelschale zum Aufstand bläst. Die Büste heißt Freedom. Dieselbe Statue steht auf St. John und auf St. Croix. Und bei uns zu Hause vor dem Eigtveds Pakhus in Kopenhagen. Christian IX. steht in einer versteckten Ecke des Forts. Woke in Reinkultur ...«

»Personenschützerin *und* Tourguide ... Beim PET ist man

offenbar wirklich multitaskingfähig.« Die Bereichsleiterin lächelte anerkennend.

»Ich hatte im Flugzeug viel Zeit«, antwortete Franck achselzuckend. »Und hey, sonst hätte ich geglaubt, Charlotte Amalie sei eine Frau, für die wir eine sehr weite Reise auf uns genommen haben.«

Immer noch gab es keine Anzeichen verdächtiger Aktivitäten in der Nähe. Trotzdem würde sie sich erst entspannen, wenn Beate Bjerre auf dem Weg nach Hause im Flugzeug saß.

»Das mit den siebenundzwanzig Geschäftsführerposten pro Einwohner kann ich nicht vergessen«, sagte sie und lehnte sich zurück. »Kann man diese Leute in den Steuerparadiesen einfach gleich im Maxi-Pack buchen, oder wie?«, fragte sie.

»Pro forma, natürlich. Meist läuft das so ab, dass eine Person oder ein Unternehmen Unterstützung von einer ausländischen Anwaltskanzlei erhält, um eine Firma in einem Steuerparadies zu gründen. In der Firma werden dann die benötigten ortsansässigen Direktoren und Vorstandsmitglieder eingestellt.«

»Strohmänner?«

»Genau. Sie stehen natürlich fein säuberlich in den offiziellen Unternehmensregistern. Aber – und das ist der Clou bei der Sache: Die Person, die das Unternehmen gegründet hat, bekommt per *verdeckter* Vollmacht das Weisungsrecht übertragen. Damit bleibt die Person, die das Unternehmen faktisch leitet und betreibt, unsichtbar. Dasselbe gilt auch für den oder die Eigentümer. Die formale Geschäftsführung gibt bei der Gründung typischerweise eine gewisse Anzahl Inhaberaktien aus, die *bearer shares*. Lediglich ein Vorstandsprotokoll legt offen, an wen.«

»Gibt es kein Aktionärsverzeichnis?«

»Aus dem Register geht nur hervor, dass es sich um Inhaberaktien handelt. Auf denen stehen keine Namen. Und wie der

Name schon sagt: Wer die Aktien in den Händen hält, ist zu diesem Zeitpunkt der Inhaber. Und wer Inhaber ist, ist auch berechtigt, sich Dividenden auszahlen zu lassen. Gleichzeitig bleiben sowohl die Leitung als auch der Eigentümer der Firma – die natürlich auch ein und dieselbe Person sein können – der Außenwelt verborgen. Er oder sie kann das Unternehmen ganz nach Belieben verwenden: für zwielichtige Geschäfte, zweifelhafte Finanztransaktionen, um Gewinne aus Wertpapieren oder anderen Investitionen zu generieren – und um Steuern zu hinterziehen. *You name it ...*«

»Auf diese Weise jonglieren also unsichtbare Personen mit Geld herum. In aller Seelenruhe. Bis ihnen die ganze Scheiße um die Ohren fliegt, weil geheime Papiere geleakt werden ...«

»... und sie plötzlich nicht mehr unsichtbar sind«, beendete Bjerre den Satz. »Was uns in unserer Behörde natürlich interessiert. Daher bin ich sehr gespannt zu sehen, was uns heute angeboten wird.«

Franck nickte. Wenn die Warenprobe aus Panama das Interesse der Steuerbehörden weckte, konnte das eine große Sache werden. Sehr groß. Sie blickte auf ihre Uhr.

»Kommen Sie, wir gehen zum vereinbarten Treffpunkt«, sagte sie.

Der schwarze Volvo mit den getönten Scheiben hielt zehn Minuten später am Straßenrand, am vereinbarten Ort in der Nørregade, wo sie warteten.

Ein Schwarzer Chauffeur sprang heraus und hielt ihnen die Wagentür auf. Sie nahmen hinten Platz, der Chauffeur schloss die Tür und setzte sich wieder ans Steuer.

»Ihren Ausweis, bitte.« Franck lehnte sich vor.

Der Chauffeur reichte ihr ein aufklappbares Etui aus Leder. Sie studierte es sorgfältig. Der Mann hieß Amos Taylor, genau wie angekündigt, und gehörte zum Stab des Gouverneurs.

»Und Sie haben etwas für mich«, sagte sie, während sie ihm das Etui zurückgab.

»Unter dem Beifahrersitz, Madam. In einer schwarzen Box.«

Er sprach mit breitem amerikanischem Akzent. Sie beugte sich vor und hob die Box auf. Auch hier war alles wie vereinbart. Eine Browning Hi Power und ein praktisches kleines Holster, um sie am Hosenbund zu befestigen.

»*Ammo?*«

»*Fully loaded, Madam.* Dreizehn plus eins. Ich hoffe, das reicht ...«

Beate Bjerre beobachtete, wie Franck die Waffe prüfte, das Magazin herausdrückte und dann wieder einsetzte, und in ihrem Gesicht spiegelte sich plötzlich eine gewisse Besorgnis.

Das Modell war alles andere als neu, aber es war eine robuste, zuverlässige Handfeuerwaffe, die beim amerikanischen Militär als legendär galt. Für diesen Zweck war sie hervorragend geeignet.

»*Okay, let's go.*«

»Jawohl. Die Fahrt dauert nur wenige Minuten.«

Der Chauffeur fädelte den großen Volvo in den Verkehr ein und begann, den Berg hinaufzufahren. Die Straße wand sich in Serpentinen, und es war, als würden sie durch einen blühenden Garten fahren. Nach jeder Kurve wurde die Aussicht noch schöner. Sie schaute durch das Heckfenster. Hinter ihnen war kein Fahrzeug zu sehen. Zu dieser Tageszeit herrschte nur mäßiger Verkehr.

»Man sagt, wir hätten den am schönsten gelegenen Naturhafen.«

Es war Taylors einzige Äußerung auf der gesamten Strecke.

Kurz darauf blinkte er und bog in eine Einfahrt zu einem blassgelben Haus ein, mit dunkelgrünen Läden und einem roten Dach. Ein großes schmiedeeisernes Tor öffnete sich automatisch. Das Haus war eines der Regierungsgebäude und stand ihnen zur Verfügung, solange sie es benötigten.

Der Chauffeur ließ sie aussteigen, dann fuhr der Volvo zurück in die Richtung, aus der sie gekommen waren.

Sie hatten noch genau fünf Minuten bis zur verabredeten Zeit. Sie zog ein kleines Fernglas aus ihrer Tasche und drehte eine Runde um das Haus, bei der sie regelmäßig stehen blieb, um die Umgebung abzusuchen. Immer noch nichts Verdächtiges. Als sie wieder bei Beate Bjerre ankam, gingen sie auf die Terrasse und warteten unter einem Sonnenschirm.

Auf die Minute pünktlich trat der Kurier durch die Öffnung neben dem schmiedeeisernen Tor und steuerte direkt auf sie zu, gut gekleidet in hellem Anzug und hellen Schuhen. Er schien in den Vierzigern zu sein, groß, mit geschmeidigen Bewegungen.

Sie begrüßten einander kurz.

»*Passport, please.*«

Sie streckte die Hand aus und nahm den Pass des Mannes entgegen. Dieser war auf einen »John Andersson« ausgestellt – aber es hätte im Grunde jeder Name sein können.

Sie nickte und gab ihn zurück.

»*Let's go inside. Please follow me*«, sagte sie.

Beate Bjerre nickte mit ernster Miene.

In dem Sekundenbruchteil, in dem sie sich alle umdrehten, um gemeinsam ins Haus zu gehen, sah Franck in einem der höher gelegenen Nachbargärten etwas aufblitzen. Ein Lichtreflex oder eine Spiegelung. Gleich darauf entdeckte sie den roten Punkt, der nervös über die helle Anzugjacke des Kuriers zuckte.

Sie warf sich auf den Mann und riss ihn um.

Im gleichen Moment hörte sie den Knall und spürte einen beißenden Schmerz im Arm.

Sie rollten über die Terrasse. Beate Bjerre warf sich neben ihnen zu Boden.

Der Mann im Anzug fluchte laut, stieß sie energisch weg und kam blitzschnell auf die Beine. Aus dem Augenwinkel nahm sie wahr, wie er in wenigen, langen Schritten über den Rasen setzte, blind durch die Hecke sprang und offenbar im nächsten Garten unterhalb des ihren landete.

Sie kam auf die Knie, zog die Browning, lud sie durch und feuerte mehrere Schüsse in Richtung der Büsche weiter oben, wo sie den Lichtblitz gesehen hatte, vermutlich eine Reflexion vom Zielfernrohr des Schützen.

Danach wurde es still. Ganz still.

Bjerre kroch auf allen vieren unter einen Gartentisch. Sie selbst rappelte sich auf, taumelte über die Rasenfläche und kam gerade noch rechtzeitig, um den hellen Anzug im dritten Garten weiter unten verschwinden zu sehen.

Jetzt erst bemerkte sie ihren linken Arm. Er war blutüberströmt.

12.

Das Morgenlicht weckte ihn sanft. Er lag nicht in seinem Schlafsack auf der Isomatte im Zelt, sondern in seiner Wohnung auf dem Sofa vor dem Fernseher. Es lief immer noch *National Geographic* bei fast vollständig ausgeschaltetem Ton.

Sein Nacken war schmerzhaft verspannt. Wahrscheinlich hatte er auf den viel zu weichen Polstern falsch gelegen. Er bewegte sich ein wenig. Sein Rücken war steif wie ein Brett.

Eine Weile blieb er liegen und sah an die weiße Decke. Konzentrierte sich auf das Gefühl, endlich wieder zu Hause zu sein. Doch dieses Gefühl wollte sich nicht richtig einstellen. Er musste sich mit der Tatsache begnügen, dass er an seinem ersten Abend in der Wohnung unfreiwillig in einen sehr tiefen Schlaf gefallen war. Das Letzte, woran er sich erinnerte, war ein Berggorilla, der ihn neugierig angestarrt hatte.

Am Nachmittag war er nach Hause gekommen. Mit dem Zug aus Flensburg. Auf Schienen von der Waldemarsmauer zurück in die Zivilisation, die ihn auf Kopenhagens hektischem Bahnhof voll erwischt hatte.

Als er eine halbe Stunde später seine Wohnungstür aufgeschlossen hatte, war ihm der charakteristische Geruch abgestandener Luft entgegengeschlagen. Er hatte seinen Rucksack abgestellt und sofort alle Fenster geöffnet. Einige waren immer noch offen.

Anschließend hatte er versucht, sich mit seinem Zuhause wieder vertraut zu machen. Der Kühlschrank war leer und ausgeschaltet und stand einen Spalt offen. Vorbildlich. Im Korb auf dem Küchentisch hatte er in einer Tüte eine undefinierbare graue Schimmelmasse vorgefunden – Überreste eines Stücks Roggenbrot. Auf der Fensterbank hatten sich zwei rote Äpfel in kleine Schrumpfköpfe verwandelt, und über einer Stuhllehne hing ein Fußballshirt, das Magnus vergessen haben musste. Sofort hatte sich ein warmes Gefühl in seinem Bauch ausgebreitet.

Auf dem Boden im Wohnzimmer neben einer Steckdose hatte er sein Handy gefunden. Tot, natürlich. Er hatte es ins Ladegerät gesteckt und den ganzen Abend liegen gelassen, obwohl es gleich Geräusche von sich gegeben hatte.

Er besaß sogar eine E-Mail-Adresse, wenn auch nur, damit öffentliche Einrichtungen wie die Stadt und andere Behörden ihn erreichen konnten. Das hatte Margrethe Franck damals veranlasst, als sie ihn zum Umzug in die Wohnung in Vangede gedrängt hatte. Er erinnerte sich noch an ihre Worte: »Du musst *erreichbar* sein, Oxen.«

Vom Boden her ertönte ein Pling, dieses besondere Geräusch, das eine eingegangene SMS ankündigte. Das musste Magnus sein.

Sofort setzte er sich auf und kniete sich auf das Polster, sodass er das Telefon erreichen und aus dem Ladegerät ziehen konnte. Erstaunlich, dass der Junge sich daran erinnert hatte, wann er nach Hause kommen würde.

Er tippte auf den Bildschirm.

Die SMS war von ... Sally Finnsen, die fragte, ob er sich mit ihr treffen wollte. Sie hätte etwas mit ihm zu besprechen.

Verwundert antwortete er:

»*Heute. 16:00 Uhr. Am Svanemøllestrand.*« Und tippte auf Senden.

Von seiner Wohnung aus waren es zu Fuß nur wenige Minuten bis zum Svanemøllestrand. Das kleine Dreieck aus hellem Sand mit der sanft geschwungenen Mole war ein Ort zum Durchatmen – und das beinahe mitten in der Stadt –, den er schnell zu schätzen gelernt hatte.

Hierher kam er mehrmals pro Woche, zu jeder Tages- und Nachtzeit. Jetzt saß er auf der Bank und genoss die Nachmittagssonne, die ihm ins Gesicht schien. Ein junger Mann spielte mit seinem schwarzen Labrador, warf einen Stock ins Wasser, den der Hund, ohne zu zögern, wieder herausholte, beim siebenundzwanzigsten Mal genauso begeistert wie beim ersten ...

Eine junge Mutter erschien mit ihrer kleinen Tochter an der Hand. In der anderen trug sie einen gelben Plastikeimer. Sie setzten sich ans Ufer und begannen, sich bis nach China durchzugraben.

All das strahlte Sicherheit, Ruhe und Vorhersehbarkeit aus. Heute, gestern und morgen. Wahrscheinlich liebte er es deshalb so sehr, auf dieser Bank zu sitzen.

Er blickte auf seine Armbanduhr. Gleich würde er sich mit Sally Finnsen treffen.

Nachdem er aus dem Krankenhaus entlassen worden war, hatte er sie im Kopenhagener Polizeipräsidium besucht. Inzwischen war es etwas über ein Jahr her, dass sie ihm mit ihrem meisterlichen Schuss im Keller das Leben gerettet hatte. Im Präsidium hatte er weder Blumen noch Schokolade für sie dabeigehabt. Das wäre ihm unpassend vorgekommen. Denn wenn es jemanden gab, den er sich nicht mit einem Blumenstrauß oder einer Schachtel Pralinen vorstellen konnte, dann war es dieser rothaarige CrossFit-Champion.

Er hatte ihr direkt in die Augen gesehen, die Hand gereicht und Danke gesagt. An den Rest, falls es einen Rest gab, erinnerte er sich nicht mehr.

Seitdem hatte er von ihr nichts mehr gehört oder gesehen. Leider, denn sie hatte etwas an sich, das er sehr mochte.

Er blickte über die Schulter und sah, wie eine Gestalt energisch in die Pedale ihres Fahrrads trat. Kurz darauf stellte Finnsen das Fahrrad ab und kam auf ihn zu.

Alles war, wie er es in Erinnerung hatte. Sie hatte die schwarze Kappe tief in die Stirn gezogen, und obwohl es schon Mai war und die Sonne Kraft hatte, trug sie immer noch ihre Bomberjacke mit Pelzkragen.

»Hey.«

Sally setzte sich neben ihn. Dabei bemerkte er ein fast schüchternes Lächeln auf ihrem sommersprossigen Gesicht.

»Hey.«

»Ich weiß nicht ...«, sie verstummte, »... nicht ganz, w-wie ich dich nennen soll. Oxen? Oder nur Niels? Margrethe sagt Oxen. Obwohl ihr g-gut befreundet seid, oder?«

Er nickte.

»Meistens. Entscheide du. Ich bin so lange beim Militär gewesen, dass der Nachname für mich völlig normal ist ... Finnsen ...«

»Ich war nicht beim Militär. Dann sage ich Niels.«

»Gut.«

»Und es wäre mir l-lieb, wenn du mich Sally nennen würdest.«

»Okay.«

»Danke, dass du einem Treffen zugestimmt hast. Ich habe lange überlegt, ob ich dich überhaupt fragen darf.«

»Natürlich darfst du. Wer, wenn nicht du ... Du hast mir das Leben gerettet, Sally. Ich bin ...«

»Lass es gut sein. Das Thema ist abgehakt«, unterbrach sie ihn, während sie auf ihre Schnürsenkel starrte.

»Bist du immer noch bei der Fahndung?«, wollte er wissen.

Sie nickte.

»Jep.«

»Ich weiß, dass Franck von deinem Einsatz bei dem Fall sehr beeindruckt war – und auch draußen in der alten Ziegelei.«

»Sie hat bei ihrem Chef, diesem W-Worre, ein gutes Wort für mich eingelegt. Ohne mein Wissen. Einfach um nett zu sein. Als das Ganze vorbei war, wurden wir beide zu ihm bestellt. Erst hat er sich für die Unterstützung bedankt, aber dann ging es plötzlich los. Er m-meinte, dass ich mich erst beweisen müsse, wenn ich zum PET will. Und dass ja bisher *noch nie* ein Mitarbeiter direkt aus der Fahndung eingestellt worden wäre. Und dass das v-verdammt noch mal auch ganz sicher nie passieren würde. Dabei wollte ich das ja auch gar nicht … Der Typ ist so ein riesengroßes *fuckin'* Arschloch … Es war unangenehm und peinlich. Und Margrethe tat mir leid. Sie war stinksauer und hat ihn angeschnauzt, dass er die Klappe halten soll.«

»Was für ein Idiot …«

Schweigend saßen sie eine Weile da und blickten auf das glitzernde Wasser.

»Haben sie deinen Bruder gefunden?«, fragte er.

»Es hat eine Weile gedauert, aber ja … Wir konnten … seine Überreste … nach Hause nach Nakskov bringen, wo er b-beerdigt wurde. Deshalb, also wegen diesem Fall, habe ich dich auch um ein Treffen gebeten.«

Er nahm an, dass sie eine Erklärung anfügen würde. Stattdessen schwieg sie.

»Okay, worum geht es?«

»Also. Wie du weißt, sind drei Männer geflüchtet. Drei mit Maske. Einer, das Nilpferd, wurde tot auf einem Rastplatz in Südjütland aufgefunden. Bleiben noch der Löwe und der Mandrill. Sämtliche Spuren enden im Nichts. Das gilt auch für die Hintermänner, die Iraner oder wer immer es war. M-Margrethe hat lange an dem Fall gearbeitet. Ohne Ergebnis. Jetzt hat sie die Order bekommen, die Sache zu begraben.«

»Hmm … Das wusste ich nicht. Ich war kaum zu Hause und hab länger nicht mit ihr gesprochen. Was ist mit dem Heckenschützen beziehungsweise dem Hausmeister? Palle Jensen?«

»Die Fahndung nach ihm läuft über Interpol. Aber es gab keine einzige Rückmeldung.«

»Hast du an dem Fall weitergearbeitet, wie in der Sache mit den verschwundenen Veteranen?«

»Ein bisschen.«

»Du kannst ihn nicht ruhen lassen.«

»Nein … Gerechtigkeit … weißt du?«

Er nickte. Er verstand sie gut. Er selbst hatte den gleichen Weg für Bosse eingeschlagen. Um die Schuldigen dieses Tages auf dem Balkan vor langer, langer Zeit zu finden.

»Natürlich. Gerechtigkeit. Ich verstehe dich gut …«

»Du bist jetzt der Einzige, der mir noch helfen kann, Niels.«

»Wie?«

Überrascht drehte er sich zu ihr um.

Sally hob den Kopf und sah ihn unter dem Schirm ihrer Kappe durchdringend an.

»Dein Jäger-Kollege, dieser Martin Smed, der den *Shelter Fonds* gegründet und das Therapiezentrum betrieben hat. Er hat die ganze Zeit bestritten, dass er etwas weiß. Sowohl mir als auch Margrethe gegenüber. Aber ich glaube, wenn es *irgendjemanden* gibt, mit dem er sprechen würde, dann bist du es, Niels.«

»Meinst du?«

»Ihr sprecht die gleiche Sprache. Ihr denkt gleich. Ihr habt die gleiche Ausbildung. Seid Teil einer Elite. Habt denselben Kodex.«

»Und dann auch wieder nicht, wie man gesehen hat.«

»Stimmt. Aber du weißt, was ich meine.«

»Was erhoffst du dir?«

»Namen. Verbindungen. Spuren. Andeutungen. Alles ist b-besser als nichts.«

»Wo sitzt er?«

»In Enner Mark bei Horsens.«

»Ich versuche es. Das ist das Mindeste, was ich für dich tun kann, Sally.«

13.

Die Welt wurde nicht unbedingt zu einem besseren Ort, auf jeden Fall aber zu einem schöneren, wenn sie sich in einer Metallic-Lackierung spiegelte. Und wenn es sich, wie in diesem Fall, bei der Lackierung um ein ganz besonderes Dunkelgrün handelte und diese einen Ford Mustang 5.0 V8 GT Fastback Bullitt in puren Glanz hüllte, konnte man Freiheit und ewige Jugend schmecken.

»Entschuldigung, Margrethe mit h oder ohne?«

Der junge Autoverkäufer war höflich, aber beharrlich. Schon beim Betreten des großen Ford-Autohauses hatte sie ihn abwimmeln müssen, um den Anblick genießen und der unaufdringlichen Coolness von Steve McQueen *und* der Jubiläumsversion in aller Ruhe nachspüren zu können.

Doch an einem Werktag um die Mittagszeit war es schwer, keine Aufmerksamkeit auf sich zu ziehen. Besonders weil sie ausgerechnet vor diesem Auto stehen geblieben war. Jetzt hatte sich der Verkäufer wieder angeschlichen und sie zum Abonnement eines Newsletters überredet, dem sie zugestimmt hatte – in der Hoffnung, dass er sie dann zufrieden lassen würde.

»Mit h. Wie die Königin.«

»Und Franck?«

»… ck. Wie in *fuck*.«

Der Verkäufer suchte nach dem passenden Gesichtsausdruck.

»Dann brauche ich nur noch Ihre E-Mail-Adresse«, sagte er.

Sie gab sie ihm, und er notierte sie sorgfältig.

»Und neununddreißig«, ergänzte sie.

»Neununddreißig?« Verwirrt sah der junge Mann auf. »Meinen Sie die Hausnummer?«

»Die Schuhgröße …«

»Die Schuhgröße?«

»Ach, vergessen Sie's.«

»Oh ... na ja, dann ...«

Pflichtschuldig grinste er.

Sie ließ den Blick über den metallisch schimmernden Kraftprotz vor ihr gleiten.

»Und der Preis?«

»Siebenhundertfünfundachtzig ... Kennen Sie die Geschichte ...«

»Natürlich.« Sofort unterbrach sie, was sonst ein langer Redeschwall geworden wäre. »Dark Highland Green, die Jubiläumsversion fünfzig Jahre nach dem Bullitt – und Steve McQueen.«

»Stimmt. Man kann ...«

»Wie gesagt ... Ich möchte mich einfach nur umschauen.«

»Natürlich«, antwortete der junge Verkäufer mit enttäuschter Miene, zog sich zurück und verschwand in dem riesigen Glasgebäude außer Sichtweite.

Ein wenig kam sie sich wie ein arrogantes Miststück vor, weil sie einem jungen Menschen die Möglichkeit nahm, über den Bullitt zu sprechen. Aber er hatte die legendäre Verfolgungsjagd durch die Straßen von San Francisco im Film von 1968 sicher nie gesehen. Und McQueen war für ihn nicht mehr als eine Hausaufgabe, die man auswendig lernen und herunterleiern konnte.

Sie ging um das Auto herum, um einen Blick auf die Front zu werfen.

Wie sie vermutet hatte: kein Emblem mit einem galoppierenden Pferd. Die Front des Wagens war wie ein menschliches Gesicht. Dieses Auto musste keine Werbung für sich machen, seine Ausstrahlung sprach für sich. Nur auf dem Heck dieser modernen Huldigung an einen Klassiker war ein rundes Schild, auf dem »Bullitt« stand.

McQueen hatte damals selbst an der Gestaltung des Autos mitgewirkt, weil er der Überzeugung war, dass der Wagen im

Film eine der Hauptrollen spielen würde. Genau wie bei der modernen Version war von dem Auto alles entfernt worden, was Schildern, Linien, Chrom und anderem Schnickschnack ähnelte. Übrig geblieben waren McQueen und die Rohversion einer Hauptfigur, bereit, mit durchdrehenden Reifen die Leinwand zu erobern.

Sie schirmte die Reflexionen mit der Hand ab und erkannte, dass man sich auch im Innenraum an die Vorlage gehalten hatte: Der Schaltknauf bestand aus einer weißen Miniatur-Billardkugel.

785 000 … Das würde sie sich nie leisten können, selbst wenn sie sich für noch so viele illegale Nebenjobs in ihrer Freizeit anheuern ließ.

Sie hatte den Vormittag bei Mossman zu Hause in Kokkedal verbracht und bei einem kleinen Frühstück Bericht erstattet.

Ihr Körper hatte den Jetlag noch nicht verdaut, aber glücklicherweise hatte sie sich vorausschauend auch noch den Tag nach ihrer Rückkehr von den US Virgin Islands freigenommen. Sie waren erst am Abend nach dänischer Zeit in Kopenhagen gelandet, und sie war zu Hause direkt ins Bett gegangen. Im Flugzeug konnte sie einfach nicht entspannen und richtig schlafen.

Nach dem Debriefing bei einem sichtlich beunruhigten Mossman, der sich zwischendurch unzählige Notizen gemacht und den Verlauf der Ereignisse detailgenau abgefragt hatte, war sie zu ihrem Arzt gefahren.

Die Fleischwunde in der linken Schulter war in einer Privatklinik in Charlotte Amalie mit sieben Stichen gut vernäht worden, allerdings hatte sie die Anweisung erhalten, nach der Heimkehr den Verband wechseln und die Wunde untersuchen zu lassen.

Vielleicht war es die Aussicht auf die Zusatzeinnahme in Höhe von großzügigen 200 000 Kronen von AM Consult, die sie aus einem Impuls heraus beim Autohändler hatte vorbeifahren lassen? Sie hatte im Internet gelesen, dass dort ein Bullitt stand. Vielleicht *one of a kind* in Dänemark.

Ein politisch absolut inkorrektes Monster von einem Auto, das mit seinen 21-Zoll-Torq-Thrust-Alufelgen einen CO_2-Abdruck von der Größe einer schwangeren Elefantenkuh hinterließ. Dennoch ... konnte man sich in dieser seltsamen Welt etwa nicht mehr ohne grünen Kompass bewegen? Gab es keinen Raum mehr für winzige Ausnahmen, ohne ein Gewissen so schwarz wie die Kohle, mit der man nicht mehr heizen durfte?

Sie kaufte immer öko-logisch statt öko-nomisch ein, verweigerte konsequent den Lachs aus Fischzuchten, die die Gewässer mit Pisse, Scheiße und Arzneimittelrückständen füllten, wählte immer Eier aus Freilandhaltung und Obst ohne Pestizide und hatte begonnen, sich einmal pro Woche vegetarisch zu ernähren – nicht nur weil der Dung des Schlachtviehs die Erde noch zusätzlich belastete, sondern auch weil es gesund und lecker war; sie sagte freundlich Nein danke, wenn man ihr den Kauf einer Plastiktüte anbot, und hatte ein grünes Aufforstungszertifikat gekauft statt eines rosa Marzipanschweins, als sie letztes Weihnachten für die Beschaffung des Mandelgeschenks zuständig gewesen war.

Und all das in einem ständigen Balanceakt auf der Demarkationslinie zwischen Fanatismus und Idiotie.

Aber verdammt noch mal, der Bullitt lag – wie Steve McQueen – jenseits aller Vernunft. Und gerade deshalb ...

Aber 785 000 und ein V8-Motor mit 5,0 Litern und einem Verbrauch, bei dem ein Liter Benzin sie wahrscheinlich gerade mal bis zur Bordsteinkante brachte, lagen außerhalb ihrer Reichweite. Das war absoluter Wahnsinn.

Die wahre Geschichte über den echten Bullitt, auf dessen Sitz Steve McQueen 1968 seinen ansehnlichen Hintern geparkt hatte, war noch wilder, wie sie aus mehreren Autozeitschriften wusste.

Nach den Dreharbeiten war der dunkelgrüne Bullitt an einen Mitarbeiter von Warner Brothers verkauft worden. Der gab ihn an einen Polizisten in New Jersey und dieser nach einigen Jahren an einen Dritten weiter. McQueen versuchte mehrmals, das Auto zurückzubekommen, doch der Besitzer ließ sich nicht überreden. Seine Frau, eine Grundschullehrerin, hatte den Wagen sogar völlig respektlos für ihre täglichen Fahrten zur Arbeit und zurück benutzt. Als die Kupplung irgendwann kaputtgegangen war, geriet der Bullitt in der Garage in Vergessenheit.

Erst nach dem Tod des Mannes hatte einer seiner Söhne das Auto wieder herrichten lassen, sodass er 2018 zum fünfzigjährigen Jubiläum des Kultfilms eine Spritztour machen konnte. Und zwei Jahre später – *booom*, war das Original für einen Preis von fünfundzwanzig Millionen Kronen verkauft worden, was den Bullitt zum teuersten Mustang aller Zeiten gemacht hatte, *by far*.

Man stelle sich vor, man hätte fünfundzwanzig Millionen mit einer verdammten verschlissenen Kupplung in der Garage stehen. Verrückt …

Sie würde unheimlich gern eine Runde in dem fast neuen Jubiläumsmodell drehen. Es war einfach umwerfend.

Gerade wollte sie dem Bullitt den Rücken zuwenden und sich die übrigen Autos ansehen, die wie auf einer Schnur aufgereiht im Schaufenster des Autohauses standen. Bei den nächsten dreien handelte es sich jeweils um das gleiche Modell. Es war recht neu und …

»Vielleicht einen Mach-E? Vollelektrisch. Und rasend schnell.«

Der junge Autoverkäufer hatte sich wieder angeschlichen und eine offene Flanke gewittert.

Einen Mustang mit Batterie? Niemals. Denn eines stand fest: Vielleicht konnte man Margrethe vom Benzin fernhalten, aber man würde das Benzin nicht aus ihrem Blut bekommen.

Sie sah auf und brummte:

»Wenn ich mit Strom fahren will, nehme ich mir einen Autoscooter im Tivoli. Okay?«

»Sie dürfen gerne eine Probefahrt machen.«

»Danke, aber nein danke.«

»Der ist cool, versprochen. Und elektrisch oder nicht: Es gibt sogar Motorengeräusche. Er hat einen Fahrmodus, *untamed*, bei dem das Motorengeräusch aus den Lautsprechern kommt.«

»*Ungezähmt?*«

»Genau, *untamed*.«

»Sind die verrückt geworden? Das ist doch genau das Gegenteil!«

Der junge Mann zwinkerte ihr zu und sagte mit einem Lächeln:

»Neue Zeiten. Verabschieden Sie sich von alten Gewohnheiten. Die Lautsprecher sind übrigens von B & O …«

Sie seufzte tief, schüttelte den Kopf, ging weiter durch den Laden – und hoffte, dass ihr der Verkäufer nicht folgte.

Der Sound des Achtzylinders in digitaler Form? Die Welt war wirklich verrückt geworden.

Als sie nach mehr als einer Stunde und einer weiteren Besichtigung des dunkelgrünen *powerhouse* mit 460 PS den Ford-Händler verließ, wartete ihr treuer chiliroter Mini Cooper auf sie wie Jolly Jumper auf Lucky Luke.

Ihr fiel eine kleine Familie auf, die aus dem Autohaus gegenüber, einem Suzuki-Händler, kam und Kurs auf einen alten Berlingo nahm. Der Vater hatte seinen Sohn an der Hand, während sich ein Mädchen mit Zöpfen an der Mutter festhielt. Die Kinder schienen ungefähr gleich alt zu sein. Blaue und rosa Overalls, dünner als ein Schneeanzug und trotz des warmen Frühlingswetters äußerst praktisch. Zwillinge?

Wenn sie genauer darüber nachdachte, war ihr die Familie schon bei ihrer Ankunft aufgefallen, aber da hatte etwas ganz anderes ihre Aufmerksamkeit in Anspruch genommen, ein ganz anderer Planet, der Planet Mustang, der noch unerreichbarer war als der Jupiter.

Die Familie hatte eine Probefahrt mit einem silbernen Vitara-SUV gemacht.

Beinahe konnte sie die Hand ihrer Nichte in ihrer spüren. Sie war auch verrückt nach Rosa. Ihr jüngerer Bruder hatte eine dreieinhalbjährige Tochter – und weiterer Nachwuchs war unterwegs. Laut Ultraschall ein Junge.

Die vermeintlich unbedachte Bemerkung ihrer Mutter beim letzten gemeinsamen Weihnachtsfest – dem mit den Aufforstungszertifikaten – klang ihr noch in den Ohren: »Hast du nie darüber nachgedacht, selbst eins zu bekommen, Margrethe? Ich meine ... siebenunddreißig ... Du wirst ja auch nicht jünger, oder?«

Zuckersüß lächelnd hatte sie geantwortet, dass sie tatsächlich niemanden kannte, der jünger wurde.

Das Mädchen in Rosa riss sich plötzlich los, wirbelte herum und lief davon, aber ihr Fluchtversuch wurde vom langen Arm der Mutter gestoppt. Unter fröhlichem Gelächter wurden die beiden Kinder auf den Rücksitz verfrachtet und in den Kindersitzen angeschnallt.

Fuck ... die schwierigste Entscheidung des Lebens. Klar und unmissverständlich direkt vor ihrer Nase.

Berlingo oder Bullitt?

14.

Auf beiden Seiten der Straße standen Warnschilder mit der Aufschrift »Fotografieren verboten«. Er ließ den Mietwagen langsam über den Asphalt rollen. Sally saß neben ihm und war immer schweigsamer geworden, je näher sie kamen.

Ob sie überlegte, wie sie das Ganze angehen sollte?

»Hör zu, wir können uns auch darauf einigen, dass ich das Gespräch führe. Wenn deine Theorie über eine Von-Jäger-zu-Jäger-Situation stimmt, bin ja ohnehin ich derjenige, der bei Martin Smed etwas bewirken wird.«

Nachdenklich nickte sie.

»G-Gut, Niels. Dann machen wir das so …«

Allmählich kamen die Gebäude in Sicht. Eine Sache fiel ihm sofort auf: der Grad von bewusst unauffällig gehaltener Dimension und Macht, der die gesamte Szenerie prägte.

Kein Name konnte für dieses Gefängnis besser gewählt sein als Enner Mark. Denn es lag mitten in einem Feld. Vollkommen isoliert auf einem gigantischen Acker unter freiem Himmel. Dabei türmte es sich nicht auf, wie Gefängnisse es sonst häufig taten. Der flache, moderne Gebäudekomplex mit seinem hohen Drahtzaun und der geschwungenen Ringmauer folgte den sanften Kurven der Landschaft in den hügeligen Feldern, die ihn umgaben.

Es ließ sich nicht einmal auf Anhieb feststellen, wo sich der Haupteingang befand, so anonym war die Anlage.

In dem Gebäudekomplex vor ihnen saßen einige der gefährlichsten Verbrecher Dänemarks ein. Diejenigen, die erst nach sehr langer Zeit entlassen werden würden. Oder nie.

»Man sieht es kaum, nicht wahr?« Sally schien seine Gedanken gelesen zu haben.

»Nein.«

»Das liegt daran, dass sich das meiste im hinteren Teil befindet. Ich bin schon zweimal hier gewesen. Die Mauer ist fast anderthalb Kilometer lang. Sie verläuft um fünf Zellentrakte mit ihren jeweiligen W-Werkstätten herum. Und in der Mitte gibt es einen kleinen See und einen Fußballplatz. Das Gefängnis ist sogar Mitglied im Dänischen Firmensportclub. Einer der Mitarbeiter meinte einmal: ›Wir haben immer Heimvorteil …‹«

Sie grinsten. Zum ersten Mal auf der Fahrt von Kopenhagen hierher.

»Mir würde mühelos jemand einfallen, der mich besser nicht foulen sollte. Ich würde vor Schreck tot umfallen«, sagte er und bog in die nächste Parkbucht.

Sally grinste wieder. Sie wirkte jetzt ruhiger.

»Hast du an einen Ausweis mit Foto gedacht?«, fragte sie.

»Mein Führerschein.«

»Als Polizist wirst du immer mit Namen und Dienstnummer registriert. Ach ja … Uhr und Handy bleiben hier.«

Er gehorchte, und Sally verstaute ihre Uhren und Handys im Handschuhfach.

Sie stiegen aus und gingen auf einen Eingang mit einem Fenstereinsatz aus dunklem Glas zu.

Er ließ Sally den Vortritt.

Sie mussten das Gebäude durch eine Schleuse betreten, in der eine Vollzugsbeamtin hinter einer dicken Scheibe saß.

Sally legte ihren Dienstausweis in eine Art Schublade, und er platzierte seinen Führerschein daneben. Die Mitarbeiterin zog die Schublade zu sich und prüfte ihre Ausweise. Dann nickte sie.

»Kommen Sie herein.«

Ein rotes Licht an der Tür wechselte auf Grün, und sie traten in einen Empfangsraum, der Ähnlichkeit mit dem Sicherheitsbereich eines Flughafens hatte. Auch hier gab es ein kleines

Transportband und Kisten, in die man vor dem Sicherheitsscanner Schlüssel, Jacken, Gürtel und andere Gegenstände legte.

Ein Mann in Uniform – hellblaues Hemd, schwarze Hose und schwarze Krawatte – geleitete sie freundlich durch den Detektor und führte sie dann in den Besuchsbereich.

»Martin Smed wurde informiert, dass Sie da sind. Er ist unterwegs«, sagte er und bat sie zu warten.

Sally erläuterte ihm mit gedämpfter Stimme das Verfahren. Das hohe Maß an Sicherheitsvorkehrungen überraschte ihn. Smed würde sich ausziehen müssen und dann, während seine Kleidung untersucht wurde, durch einen Detektor gehen. So stellte man sicher, dass nichts im oder am Körper versteckt wurde. Erst danach käme er in den Besuchsraum.

Es verging einige Zeit, bis der Vollzugsbeamte sie bat, ihm durch einen langen Gang mit Türen auf einer Seite zu folgen. Die gegenüberliegende Wand war mit einer Reihe von großen Figuren bemalt, unter anderem Tom und Jerry, Petzi und Coco dem Affen.

»Für die Kinder ...«

Der Uniformierte nickte lächelnd zu den bunten Bildern, als hätte er Oxens Verwunderung gespürt, und blieb vor der dritten der roten Türen stehen.

»Waren Sie schon mal hier?«, fragte er Sally.

»Zweimal.«

»Dann kennen Sie das Prozedere. Hier. Der Überfallalarm ... Drücken Sie diesen Knopf.«

Der Mann zeigte es ihr und reichte ihr einen Gegenstand so groß wie ein Handy.

»Wie viel Zeit haben wir?«, fragte Sally.

»Unbegrenzt.«

Eine wichtige Sache fiel ihm ein.

»Werden wir überwacht? Oder abgehört?«, fragte er.

Der Vollzugsbeamte schüttelte den Kopf.

»Weder noch. Was die Insassen uns aber nicht glauben ... Bereit?«

Sie nickten.

Der Mann schloss auf und wies auf ein Bedienfeld in der Wand neben der Tür.

»Hier. Die Ruftaste. Wenn Sie fertig sind, drücken Sie da drauf. Und das ist die Nottaste. Viel Vergnügen.«

Hinter ihnen wurde die Tür geschlossen – und verriegelt.

Martin Smed saß regungslos an einem kleinen Tisch mit einer schwarz-weiß gemusterten Vinyldecke und vier Stühlen. An einer Wand stand eine Pritsche, und die Tür zu einer kleinen Toilette war einen Spalt offen. Durch das Fenster konnte man eine Grünfläche voller Löwenzahn sehen. Es war nicht vergittert.

Eine Flucht hätte auch keinen Sinn, schoss es ihm durch den Kopf. Denn vor dem freien Feld kämen immer noch ein hoher Drahtzaun, eine hohe Mauer und dann ein weiterer hoher Zaun.

»Oxen ... Was für eine Überraschung ...«

Der Mann am Tisch nickte, ohne eine Miene zu verziehen. Er war kaum wiederzuerkennen. Der frühere Jäger hatte nur noch wenig mit der Person zu tun, die er auf Fotos oder Videos gesehen hatte. Doch er war es, Martin Smed, der Gründer des *Shelter Fonds*, der Mann hinter dem Therapiezentrum Teglgård, der die eigentliche Verantwortung für den Tod mehrerer Veteranen trug.

Er saß leicht zurückgelehnt auf dem Stuhl, sodass sein Kinn beinahe nahtlos in den Hals überging. Die Augen schienen nicht mehr als zwei schmale Striche über den fleischigen Wangen zu sein, doch sein Blick war hellwach.

Depression hatte zwei Gesichter: ein dünnes – und ein dickes.

Martin Smeds schwarzes T-Shirt spannte. In den dreizehn

Monaten, die er nun schon im Gefängnis saß, hatte er zahlreiche Kilos zugelegt.

Smed richtete sich ein wenig auf.

»Setzen Sie sich doch«, sagte er in neutralem Tonfall und deutete in Richtung der Stühle.

»Danke. Ich denke, als ehemalige Jäger können wir uns das Sie sparen, oder? Ich habe eine gute Freundin dabei, der du sicher schon begegnet bist: Sally Finnsen von der Polizei Kopenhagen.«

»Stimmt. Guten Tag, Finnsen.«

Smed nickte ihr zu.

Sie setzten sich ihm gegenüber. Ihm war klar, dass er irgendwie einen persönlichen Zugang zu Martin Smed finden musste, auch wenn es ganz sicher kein nettes »Weißt du noch ...«-Gespräch unter ehemaligen Jägersoldaten werden würde.

Smed machte den Anfang.

»Wie ich gehört habe, bist du im Keller schwer verletzt worden, Oxen. Bist du wieder in Ordnung?«

»Ich bin okay.«

»Gut. Ich war ... verärgert ... als ich es erfahren habe. Und sonst ist alles wie gehabt bei unserem guten alten Korps?«

Er zuckte mit den Schultern.

»Soweit ich weiß ...«

»Nach der Ukraine scheint es jedenfalls plötzlich ausreichend Mittel zu geben. Wer hätte gedacht, dass es dafür einen solchen Weckruf brauchte ...«

»Leider ... Und man stelle sich vor, was man sonst alles mit zwei Prozent des Bruttoinlandsprodukts erreichen könnte ... Du weißt, weshalb wir hier sind. Lass uns loslegen, Smed, damit uns die Zeit nicht davonläuft.«

»Die Zeit? Zeit ist das Einzige, was ich habe, Oxen.«

Finnsen verhielt sich passiv, wie sie es vereinbart hatten. Sie hatte schon früher einmal versucht, an Martin Smeds Gewissen zu appellieren. Ohne Erfolg.

Er setzte dort an, wo sie am ehesten hofften, bei Smed auf ein offenes Ohr zu stoßen.

»Smed, du und ich sind darauf gedrillt, niemanden im Stich zu lassen. Und niemand ist wichtiger als die Gemeinschaft. Alle Männer kommen nach Hause. Tot oder lebendig. Deine Verantwortung. Meine Verantwortung. Alles, was man uns beigebracht hat, ist uns in Fleisch und Blut übergegangen. So ist ...«

»Verdammt noch mal! Es hat sich nichts geändert, Oxen. Du hast sicher meine Aussage gelesen. Ich habe es für meine Familie getan. Um sie zu schützen.«

»Man muss kein Jäger sein, um diese Werte zu vertreten. Sally ist das beste Beispiel.«

Er nickte in Sallys Richtung, die ausnahmsweise ihre Kappe abgenommen hatte, und fuhr fort:

»Sie konnte ihren Bruder nach Hause holen. Er wurde in einem der großen Gräber gefunden, die du bei euch draußen im Wald hast anlegen lassen. Und er wurde beerdigt. Zu Hause in Nakskov ...«

Hier kam Finnsen ins Spiel. Leise.

»Trotzdem ist er noch nicht ganz zu Hause. Nicht richtig. Nicht in Frieden. Den findet er erst – und ich auch –, wenn wir *Gerechtigkeit* bekommen haben.«

»Ich habe mein Beileid und mein Bedauern über den Tod Ihres Bruders bereits ausgedrückt, Finnsen. Nicht wahr? Könnte ich das Ganze bloß ungeschehen machen. Aber das *kann* ich nicht. Und ich kann Ihnen auch keine Gerechtigkeit verschaffen. Die Menschen, die dahinterstecken, finden Sie nie. Selbst wenn Sie sämtlichen Sand im Iran, in Syrien und dem übrigen Mittleren Osten durchsieben würden.«

Es war nicht geplant, dass Smed einen längeren Dialog mit Sally führte. Er musste eingreifen.

»Hör zu, Smed. Von Jäger zu Jäger ... Versuch nicht, mir weiszumachen, dass ein begabter, taktisch denkender Mensch wie du keine Informationen hat, keine Informationen *gesichert* hat, die sich in einer Krisensituation vielleicht nutzen ließen.«

»Und selbst wenn ich die hätte ... Ich bin hier gefangen, hinter den Mauern dieser Haftanstalt. Und meine Familie ist draußen gefangen, was einem Gefängnis gleichkommt. In dem Moment, in dem ich meinen Mund aufmache, bringe ich sie in Lebensgefahr. Verstehst du das, was du gelesen hast, nicht, Oxen? Hier sind enorme Kräfte am Werk. Diese Leute wissen immer, was vor sich geht. Innerhalb der Mauern, und außerhalb.«

Oxen nickte nachdenklich und ließ Smed eine kurze Pause machen. Dann antwortete er:

»Es gibt noch einen anderen Weg ... Über die Gäste. Die reichen Schweine, die eingeladen wurden, sich von den Kämpfen dieser armen Männer auf Leben und Tod unterhalten zu lassen. Du kennst sie.«

»Nein.«

»Du kennst *einige* von ihnen.«

»Nein. Keinen einzigen.«

»Natürlich tust du das. Auch die Gäste sind schuldig.«

»Inwiefern?«

»Muss ich dir das erklären? Die Gäste haben sich an Morden beteiligt. Sie hatten Kenntnis von den ungeheuerlichsten Verbrechen. Manche haben sogar einen hohen Betrag bezahlt, um eigenhändig einen Menschen töten zu dürfen. Einen von uns. Einen Veteranen. Du hast die *Caesars fee* bei deiner Vernehmung selbst erwähnt. Wenn die nicht schuldig sind, dann weiß ich auch nicht, Smed ...«

»Verdammt noch mal ... Hat einer von euch einen Kugelschreiber?«

Sally nickte und fragte:

»Wofür?«

»Mir geht es nicht gut. Ich bin so verdammt gestresst, wenn ich unter Druck stehe. Ich muss einfach etwas in den Fingern haben. Um zu denken ...«

Sally zog einen Kugelschreiber aus der Tasche und schob ihn über den Tisch. Er bemerkte, dass sie den Stuhl ein winziges Stück vom Tisch abrückte. Auch er war in Alarmbereitschaft. Ein Kugelschreiber konnte auch eine Stichwaffe sein, sollte Smed aus unerfindlichen Gründen einen von ihnen angreifen.

Smed begann, nervös mit dem Kugelschreiber herumzuspielen und ununterbrochen die Spitze heraus- und wieder hineinzudrücken. Das Klicken unterbrach die Stille im Raum.

»Hör zu, Smed ... ich appelliere an dein Gewissen. An unsere Werte«, sprach er weiter. »Hilf Sally. Hilf mir, Sally zu helfen. Sie ist jung. Gib ihr Frieden, damit sie ihr Leben leben kann ... Du bist der Einzige, der deinen eigenen Opfern Gerechtigkeit verschaffen kann.«

Smed hielt mit dem Klicken inne, lehnte sich zurück und starrte mit leerem Blick auf den orangefarbenen Linoleumboden, die Arme auf den Lehnen, die Hände unter dem Tisch. Ein paarmal schüttelte er langsam den Kopf. So saßen sie eine Weile da. Die Stille war ohrenbetäubend.

Schließlich sah Smed auf und breitete die Arme aus.

»Nein. Es geht nicht. Es *geht* einfach nicht.«

»Natürlich geht das. Und natürlich ist die Polizei in der Lage, deine Familie zu schützen«, widersprach Oxen.

»Auch in Dänemark gibt es spezielle Schutzprogramme für Zeugen und andere Beteiligte. Mit äußerst umfangreichen Maßnahmen. Man wird sich um Ihre Familie kümmern«, führte Sally aus.

»Darauf kann ich mich nicht verlassen.«

»Doch, das kannst du«, warf er ein.

»Irgendein Schwachkopf wird es vermasseln. Und selbst wenn ich es täte ... Ich würde sie für immer verlieren«, sagte Smed und sah geradewegs durch sie hindurch.

»Stell deine eigenen Bedürfnisse zurück. Überwinde dein Selbstmitleid. Übernimm Verantwortung für das, was du getan hast. Am Ende wirst du nur mit der richtigen Entscheidung leben können. Öffne diese Tür für uns, Smed. Wer waren die Gäste im Keller? Wer hat Finnsens Bruder getötet? Sei ein Jäger.«

Smed beugte sich vor, stützte einen Ellbogen auf die Tischplatte und legte sein Kinn auf die zur Faust geballte Hand.

»Die Zeit ist abgelaufen, Oxen«, seufzte er. »Die Zeit ist abgelaufen ...«

Smed sah ihnen beiden in die Augen. Abwechselnd. Seltsam beharrlich. Und dann wandte er den Blick zu seiner Faust, sodass er nahezu schielte.

»Aber wir haben doch keine Zeit vereinbart«, antwortete Oxen und wunderte sich.

Dann sahen sie es beide gleichzeitig.

Auf Smeds Handrücken stand etwas geschrieben. Drei Zeilen. Mit blauem Kugelschreiber. In Blockbuchstaben. Dort stand: *»Der Mandrill hat Ihren Bruder getötet. Mehr weiß ich nicht.«*

Martin Smed nickte langsam und sagte:

»Doch, Oxen, die Zeit ist abgelaufen, wenn *ich* das sage ... Hier, danke fürs Leihen.«

Smed reichte Sally den Kugelschreiber, stand auf und drückte auf die Ruftaste.

»Smed hier. Der Besuch ist vorbei ...«

15.

Für einen anständigen Autofahrer war Kopenhagen die Hölle. Wo sollte man hier bloß Platz für seinen Wagen finden? Bei dem Gedanken lächelte er diabolisch. Und wo sollte man einen anständigen Autofahrer finden?

Als langjähriger Chef des PET gehörte er selbst auch nicht dazu. Anständigkeit und Nachrichtendienst waren zwei Größen, die nicht zusammenpassten. Selbst jetzt, lange nach seiner Pensionierung, war er immer noch kein anständiger Autofahrer. Geschweige denn ein anständiger Mensch ...

Um sich den Ärger mit dem Parken zu ersparen, hatte er die S-Bahn und die Metro bis zu dem Ort genommen, wo er in Kürze zu einer Besprechung erwartet wurde.

Es war 22:10 Uhr. Reichlich spät für eine Besprechung. Ein Parkhaus zu Fuß anzusteuern, war ihm zwar ein wenig peinlich, doch er mochte einfach nicht mehr mit dem Auto ins Zentrum fahren. Zu viele Lichter, die in der Dunkelheit Verwirrung stifteten. Oft konnte man kaum erkennen, wer Vorfahrt hatte. Und das, wo er doch in seinem Leben noch nie jemandem den Vortritt lassen musste.

Vor fünf bis zehn Jahren war es ihm im Zentrum von Kopenhagen noch nicht so ergangen. Aber das hatte sich verändert, jetzt, wo er zu den Antiquitäten zählte. Noch dazu war das Parken ein wahrer Albtraum. Man musste sich durch unzählige Apps auf dem Handy wühlen – und für so etwas wollte er keine Hirnkapazität verschwenden.

Er beschleunigte seine Schritte auf dem Bürgersteig.

Zu Hause würde er jetzt mit Bonnie durch den Wald trotten. Stattdessen war er zu Besuch in der Großstadt, mehr Gast als je zuvor. Glücklicherweise konnte man in Kopenhagen immer noch völlig frei herumspazieren, ohne sich in einer App registrieren oder etwas abonnieren zu müssen.

Er nahm den Aufzug ins zweite Untergeschoss, trat heraus, orientierte sich einen Moment – und ging zielstrebig auf die hinterste Ecke zu. Als er näher kam, sah er den dunkelblauen Mercedes in der letzten Parkbucht. So dunkel, dass er beinahe schwarz wirkte.

Nachdem er das Auto erreicht hatte, öffnete er ganz selbstverständlich die Tür und setzte sich auf den Beifahrersitz.

»Guten Abend, Mossman«, sagte der Mann am Steuer.

»Guten Abend ...«

»Ich bin gespannt auf den Status.«

Entschuldigend hob er die Hände.

»Tut mir leid. In Charlotte Amalie ist es schiefgelaufen.«

Der Mann auf dem Fahrersitz trommelte nachdenklich mit den Fingern auf das Lenkrad.

»Ich dachte, Sie hätten bei Frauen ein glückliches Händchen.«

»Offenbar nicht. Margrethe Franck wurde verletzt. Der Deal musste verschoben werden. Wer könnte ihn auf so dramatische Weise verhindern wollen?«

Der Mann am Steuer seufzte leise.

»Da sind verschiedene Interessenten denkbar. Aber es darf einfach nicht scheitern. Wir *müssen* das in Ordnung bringen, Mossman. Und ich verlasse mich voll und ganz darauf, dass Sie sich darum kümmern werden.«

16.

Als Erstes nahm er den Kaffeebecher wahr, weil dieser sich bewegte. Abwärts. Er war blau und gelb, mit weißem Schriftzug.

Wahrscheinlich würde er es nie lassen können, seine Umgebung im Bruchteil einer Sekunde zu scannen. Ein lebenswichtiges Aufblitzen im Zentralnervensystem, wenn man in feindliches Gebiet vordringen sollte, egal ob es sich um ein schlammiges Gelände, einen unterirdischen Höhlenkomplex oder ein dunkles Lagerhaus handelte.

Die hohe Priorität des kurzen Nervenimpulses sorgte dafür, dass man nicht die Falschen tötete, sondern mögliche Bedrohungen in der richtigen Reihenfolge neutralisierte. Eine Maschinenpistole war logischerweise gefährlicher als eine normale Handfeuerwaffe.

Der Reflex eines Jägersoldaten, der ganz automatisch einsetzte, als er in einer fließenden Bewegung an die Tür klopfte, sie, ohne abzuwarten, öffnete und eintrat – nicht in feindliches Gebiet, aber doch in das Büro des operativen Leiters des PET, Ove Worre.

Worre hatte gerade seinen Kaffeebecher geleert. Er war tatsächlich blau und gelb, und in weißer Schrift stand »Ukraine« darauf, mit einem roten Herz als Punkt über dem i.

»Oxen, Finnsen, kommen Sie rein. Setzen Sie sich.«

Worre stellte seinen Solidaritätsbecher ab, winkte sie heran und richtete seine Aufmerksamkeit auf einige Papiere neben dem Computer. Sein Mund war zu einem so schmalen Strich verzogen, dass es kaum möglich schien, zwei vollständige Nachnamen hindurchzupressen.

Oxen hatte Sally vor fünf Minuten am Empfang getroffen. In den zwei Tagen seit ihrem Besuch bei Martin Smed im Enner-Mark-Gefängnis hatten sie nicht mehr miteinander gesprochen.

Es war ihm zuletzt doch noch gelungen, Martin Smed zumindest so weit bei seiner Jäger-Ehre zu packen, dass dieser sich erbarmt und eine Nachricht auf seinen Handrücken geschrieben hatte.

Dass er den Mandrill als den Mörder von Sallys Bruder identifiziert hatte, war sensationell. Der Mandrill war einer der Gäste gewesen.

Und wenn er Sallys Bruder getötet hatte, war dafür die sogenannte *Caesars fee* geflossen. Während seiner Vernehmung hatte Smed es erläutert: Man bezahlte eine spezielle Gebühr von rund einer Million Euro, siebeneinhalb Millionen dänische Kronen, für das Vergnügen, selbst töten zu dürfen.

Der Gedanke daran, wie und warum ihr Bruder gestorben war, hatte Sally paralysiert.

Erst nach der Hälfte der Strecke durch Fünen hatte sie wieder gesprochen. Den Rest der Fahrt hatten sie die Situation diskutiert. Und versucht, das Gesagte zu deuten – und nicht zuletzt das, was ungesagt geblieben war.

Denn in Wirklichkeit war die Information unbrauchbar.

Wenn Smed nicht zur Vernunft kam und die Identität des Mandrills preisgab – falls er sie überhaupt kannte –, gab es nicht viel zu tun. Der Mann mit der Mandrillmaske konnte aus jedem beliebigen Land der Erde kommen – sie hatten die Wahl unter 195 unabhängigen Staaten plus den Rest. Und die Weltbevölkerung hatte gerade die Acht-Milliarden-Marke überschritten.

Sie mussten Smed etwas Luft lassen, bevor sie ihn wieder besuchen konnten. Es gab einen Grund dafür, dass er die Nachricht auf seine Hand geschrieben hatte: Todesangst.

Sie brauchten Geduld. Und mussten clever vorgehen, wenn sie einen weiteren Versuch bei Smed starteten.

Weshalb sie aufgefordert worden waren, pünktlich zu diesem Termin im Hauptquartier des PET in Søborg zu erscheinen, war mit keiner Silbe erwähnt worden. Worre selbst hatte sie beide angerufen und kurz angebunden ein Treffen am nächsten Vormittag verlangt.

Sie setzten sich auf die beiden Stühle, die vor dem Schreibtisch bereitstanden.

Worre blickte auf. Er wirkte, als würde er sich bereits zurückhalten müssen, noch bevor er überhaupt angefangen hatte. Abwartend sahen sie ihn an.

»Okay. Ich werde das so deutlich sagen, dass es sich nicht missverstehen lässt«, begann Worre. Diesem Auftakt ließ er einen tiefen Atemzug folgen. Dann fuhr er fort:

»Der polizeiliche Nachrichtendienst, das heißt Direktor Salomonsen und ich, verbitten uns hiermit ausdrücklich, dass Zivilisten und irgendwelches Personal des Fahndungsdezernats auf unverantwortliche Weise in unserem Revier herumwildern und sich einbilden, sie könnten ganz selbstverständlich Inhaftierte besuchen. Noch dazu besonders sensible Inhaftierte ... Das geht nicht. Sie haben keinerlei Befugnis dazu. Das geht überhaupt nicht. Sie lassen Martin Smed in Enner Mark in Ruhe. Kommen Sie nicht auf die Idee, sich ihm noch einmal zu nähern. Verstanden?«

Worre konnte seine Wut kaum im Zaum halten.

Oxen wollte den PET-Chef gerade etwas fragen, als Sally Finnsen ihm zuvorkam.

»Das haben ja wohl nicht Sie zu entscheiden. Ob wir ihn b-besuchen oder nicht. Jeder kann den Mann besuchen, wenn ...«

»Sie hören mir jetzt zu, Mädchen! Vergessen Sie nicht, mit wem Sie hier reden! Überreichen Sie einfach weiter Vorladungen, dann ...«

»Wagen Sie es n-nie wieder, mich M-Mädchen zu nennen. Verstanden?«

Oxen warf Finnsen einen verstohlenen Blick zu. Ihre Augen schleuderten Blitze, die ihre Wangen schon in Brand gesetzt hatten.

»Stellen Sie sich nicht so an. Was für ein Kindergarten.«

Worres Versuch, eiskalt zu wirken, scheiterte, weil seine Stimme vor Zorn bebte.

»K-Kindisch benimmt sich hier nur einer«, fauchte Finnsen.

Worre sah ihn an, aber er blieb stumm. Sally hatte sich gut zur Wehr gesetzt. Sie war zu Recht wütend. Er hatte nicht die Absicht, Worre zu Hilfe zu kommen. Geschweige denn, ihn zu verteidigen.

»Himmel, Oxen. *Sie* verstehen das doch, oder? Dass es sich um einen sensiblen Fall handelt. Und dass er uns langsam zum Hals heraushängt.«

Er schüttelte den Kopf.

»Also ... ehrlich gesagt ... Nein, ich verstehe es nicht.«

Worre runzelte die Augenbrauen.

»Nicht?«

»Warum dürfen wir Smed nicht besuchen, wenn er uns sehen will? Warum müssen wir deshalb hier Rede und Antwort stehen? Was soll diese Schmierenkomödie?«

Worre atmete schwer und musterte ihn zornig.

»Sagen Sie, spukt Margrethe Franck da hinter den Kulissen herum? Hat sie Sie nach Enner Mark geschickt? Ja, das ...«

»Nein. Das hat nichts mit ihr zu tun. Überhaupt nichts. Warum sollte sie?«

Seine Frage war eine bewusste Provokation. Vielleicht konnten er und »das Mädchen« Worre so weit treiben, dass er sich verriet.

»Dieser verdammte Fall wurde zu den Akten gelegt. Von Salomonsen höchstpersönlich. Wir haben einfach nicht die Mittel, bis in alle Ewigkeit unsichtbare Nebenfiguren mit Masken zu suchen und Löwen, Mandrillen, dem Teufel und seinem Nilpferd nachzujagen. Halten Sie sich von Smed fern. Wenn nicht, werde ich Sie wieder herbeordern. Das meine ich ernst ... Danke, das war alles.«

17.

Wie bei einem Laufband verschwand das Pflaster des Bürgersteigs in raschem Tempo unter seinen Füßen. Als würden die dunkelblauen Asics es bei jedem Schritt nach hinten wegschieben.

Ein Blick auf seine Uhr verriet ihm, dass er sieben Kilometer gelaufen war. Dunkelheit hatte sich über Kopenhagen gesenkt. Es war angenehm kühl. Er hatte gerade einen langen Spurt eingelegt. Noch ein Kilometer bis zu ihrem Treffpunkt, er würde in wenigen Minuten dort sein.

Am liebsten lief er in der Natur, aber das ging leider nicht immer, wenn man in der Stadt wohnte. Dafür konnte er sich eine Zeit aussuchen, zu der möglichst wenige Menschen auf der Straße waren, also spätabends oder nachts.

Seine Zwischenzeiten waren in Ordnung. Genauso gut wie früher. Vor *alldem* ...

Seine Atmung, der Luftaustausch in der Lunge, die monotone Arbeit der Beine. Alles spielte zusammen. Das Gefühl von körperlichem Wohlbefinden gefiel ihm. Ließ ihn geradezu über den Bürgersteig fliegen. Gleich würde er an dem kleinen Strandstreifen von Svanemølle ankommen.

Kurz darauf entdeckte er die dunkle Gestalt auf der Bank im Schein einer Straßenlaterne. Er verlangsamte sein Tempo, joggte das letzte Stück und kam erst neben der Bank zum Stehen.

»Guten Abend, Soldat.«

Mossman, seine Tweedmütze auf dem Kopf, hob die Hand zum Gruß.

»Guten Abend«, antwortete er und begann mit Dehnübungen.

»Hmm, ich nehme an, diese ... Selbstquälerei ist gut für die Muskeln?«

Mossman klang skeptisch.

»Das Dehnen sorgt dafür, dass die Beine auch morgen noch beweglich sind«, antwortete er, dehnte die Muskeln der Oberschenkel und setzte sich dann neben den ehemaligen Chef des Nachrichtendienstes.

»Hm, aber ob man sich dafür wortwörtlich ein Bein ausreißen muss? Und *by the way* ... Ich dachte, du würdest gehen. Nicht laufen.«

»Was meinst du damit?«

»Margrethe Franck hat gesagt, du seist gegangen. Und gegangen. Und gegangen. Oder von mir aus *gewandert*.«

»Das stimmt. Ich bin viele Kilometer gegangen, seit ich aus dem Krankenhaus entlassen wurde. Aber das hindert mich ja nicht daran, auch zu laufen.«

»Wenn du mein Alter erreicht hast, Oxen, wirst du das aufgeben müssen. Du wirst einsehen müssen, dass selbst dir das Alter Grenzen auferlegt. Dein bordeauxrotes Jägerbarett ist kein Freifahrtschein für ewige Jugend und Mobilität ohne knirschende Knochen.«

Er lächelte.

»Das ist bereits passiert.«

»Du kommst mir genauso fit vor wie bei unserer ersten Begegnung damals, als wir dich aus dem Rold Skov zum Polizeipräsidium gezerrt haben. Nur ... zivilisierter ... etwas gesprächiger – und insgesamt ausgeglichener, nicht wahr?«

Er nickte. Mossman war ein Meister in diesen emotionalen,

kurzen Statements. Ganz kleine Aussagen, die in Wirklichkeit etwas Großes formulierten.

»Es gibt viele Dinge, die ich im Gegensatz zu damals heute tun kann.«

»Well … Das ist schön zu hören, vor allem wenn du es selbst sagst. Ich wusste nicht, dass es am Svanemøllestrand so schön ist. Ich glaube, ich war seit Jahrzehnten nicht mehr hier. Wohnst du in der Nähe?«

»Ich habe eine Wohnung gleich bei der Kaserne. Die ist immer noch eine Art Basis für mich. Dort bin ich bei einer Militärpsychologin in Therapie. Und meine Arbeit als Mentor hat auch dort begonnen. Das war, bevor wir anfingen …«

Abwehrend hob Mossman die Hand.

»Dass es so weit kommen musste … Hast du darüber nachgedacht, die Arbeit als Mentor wiederaufzunehmen?«

»Ja. Das habe ich beim Wandern entschieden. Ich finde, ich sollte etwas zurückgeben. Weil ich es kann. Es gibt viele, denen es schlechter geht als mir. Viel schlechter. Die nicht mal ihren Alltag bewältigen können.«

»Ein schöner Gedanke, Soldat … Du wolltest mit mir sprechen? Sonst ist es ja eher umgekehrt.«

»Stimmt«, begann er. »Der Grund für unser Gespräch ist ein Treffen, das vor Kurzem hier stattfand, am selben Ort, auf derselben Bank. Mit Sally Finnsen. Erinnerst du dich an sie?«

Mossman nickte.

»Natürlich, die Rothaarige, die mit dem Bruder.«

»Sie kann das Ganze nicht einfach abhaken, kann nicht einfach hinnehmen, dass keiner für die Grausamkeiten zur Rechenschaft gezogen wird. Angeblich hat der Mann mit der Mandrillmaske ihren Bruder ermordet.«

»Einer von den dreien, die entkommen sind?«

»Genau. Und wenn jemand weiß, wie es ist, eine Sache *nicht* einfach abhaken zu können, dann bin ich es. Sie hat mich um Hilfe gebeten. Und ich habe es ihr versprochen. Ich schulde es ihr ...«

»Weil sie dir dort unten im Keller mit einem Meisterschuss das Leben gerettet hat, richtig?«

»Ja ... Ohne sie ...«

Mossman legte ihm in einer ungewohnt väterlichen Geste die Hand auf die Schulter und tätschelte sie.

»Das ist verständlich, Soldat ... Und weiter?«

»Du musst mir helfen.«

Wachsam wandte Mossman den Kopf und sah ihn an.

»Schieß los.«

»Es geht um die Russen. Sie hatten die Organisation infiltriert, die hinter den Vorgängen im Keller steckte. Sie müssen etwas wissen.«

»Hmm ... die Russen?«

Mossman atmete schwer aus und lehnte sich auf der Bank zurück. Dann sagte er seufzend: »Ich habe es bereits versucht. Um Margrethe Franck zu helfen. Aber es ist unmöglich. Die Russen haben sich nach der Ukraine-Sache abgeschottet. Sie können nicht. Wollen nicht. Trauen sich nicht.«

Schweigend saßen sie einen Moment da und blickten auf das glänzende, dunkle Wasser hinaus, ehe er seine letzte noch verbliebene Karte ausspielte:

»Dann beschaff mir ihre Undercoveragentin, Mossman. Die, die in dieser Nacht im Keller war. Die mir den Dolch gegeben hat. Wenn ich den nicht gehabt hätte ... Dort in der Dunkelheit hat sie mich Orpheus genannt. Und ich sie Eurydike. Daran erinnere ich mich. Beschaff mir *Eurydike* ...«

Mossman seufzte mehrmals, sagte aber nichts. Erst nach einer langen stillen Pause brummte er:

»Hmm ... Ich werde einen Versuch unternehmen, einen mutigen Versuch. Doch das wird schwieriger, als jemanden aus dem Hades ins Leben zurückzuholen ... Aber wer weiß? Vielleicht werde ich dich dafür bald um einen Gefallen bitten. Eine Hand wäscht die andere, heißt es doch, oder?«

18.

Die Fotoserie war farbig und in A4-Größe auf gewöhnlichem, dünnem Kopierpapier ausgedruckt worden. Diese Tatsache registrierte sie, noch bevor sie das Motiv bewusst wahrnahm: eine anscheinend leblose Gestalt, ein Mann.

Sie saßen am Besprechungstisch in Ove Worres Büro. Der operative Leiter knallte einen Farbausdruck nach dem anderen auf den Tisch, während der Chef des polizeilichen Nachrichtendienstes, Karsten Salomonsen, unbewegt danebenstand.

»Ein toter Mann, offensichtlich. Und? Worum geht es hier?«, fragte sie.

»Hier, Franck, hier! Schauen Sie genau hin. Und hier! Wem sieht dieser Mann Ihrer Meinung nach ähnlich?«

Worres wütender Zeigefinger tippte auf eine Nahaufnahme nach der anderen.

Sie betrachtete das Gesicht auf den Bildern und bemerkte erst jetzt das Seil und die Schlinge um den Hals des Mannes. *Fuck*, das war ...

»Martin Smed, vom *Shelter Fonds* und dem Therapiezentrum Teglgård«, antwortete sie zögerlich.

»Ja, genau.« Worre warf ihr weitere Fotos hin. »Er hat sich gestern Nachmittag in einer Werkstatt im Enner-Mark-Gefängnis erhängt.«

»Okay ...«

Worre schob die Blätter zu einem unordentlichen Stapel zusammen. Offenbar versuchte er, sich zu beherrschen.

»›Okay‹. Mehr als ›okay‹ fällt Ihnen nicht ein, Franck?«

Ihre Chefs waren dabei, eine Situation aufzubauen, die sie überhaupt nicht einordnen konnte – noch nicht.

»Tut mir leid, wenn Ihnen meine Wortwahl nicht passt, aber mir fällt es schwer, eine Träne zu verdrücken. Er war ein Schwein und hatte das Leben vieler Veteranen auf dem Gewissen.«

»Das lässt sich kaum bestreiten, Franck, aber Sie wissen genau, dass wir unsere Arbeit nicht auf derart subjektive Meinungen stützen sollten.«

Zum ersten Mal hatte Salomonsen sich geäußert. Worre fügte sofort hinzu:

»Und hier sehen Sie, wohin das Ganze geführt hat. Sie sehen, was Sie angerichtet haben.«

»›Angerichtet‹ … Tut mir leid. Ich habe keine Ahnung, worauf Sie hinauswollen. Keinen Schimmer.«

Sie zuckte mit den Schultern.

»Dann sind Sie vielleicht doch nicht so wahnsinnig schlau, wie Sie meinen.«

Worre blickte sie mit finsterer Miene an.

»Gehen Sie nicht zu weit, Worre. Darf ich um eine Erklärung bitten?«

»Natürlich. Wenn Sie wollen, male ich es Ihnen sogar auf, Franck«, setzte Salomonsen an. »Vor Kurzem waren Sie hier in Worres Büro, wo Ihnen gesagt wurde, dass weder Worre noch ich es verantworten können oder wollen, weitere Ressourcen für den Veteranenfall einzusetzen. Wir haben nichts, überhaupt nichts, dem man nachgehen könnte. Und wir haben es lange genug versucht. Deshalb haben Sie die Anweisung erhalten, die Sache fallen zu lassen. Ist das korrekt?«

Sie nickte.

»Korrekt. Unverständlich, aber korrekt.«

Worre übernahm.

»Vor drei Tagen habe ich Ihren Freund, Niels Oxen, und diese kleine Rothaarige hierherbestellt. Wir erhielten einen Hinweis, dass die beiden bei Martin Smed im Gefängnis gewesen sind. Aber tatsächlich wissen Sie das alles ja bereits. Dachten Sie wirklich, dass Sie die zwei einfach losschicken und es vor uns verbergen könnten?«

Worre wedelte drohend mit dem Zeigefinger.

»Sie denken also, ich bin für Oxens und Finnsens Besuch im Gefängnis verantwortlich? Ich hatte bis eben überhaupt keine Ahnung, dass sie dort waren. Glauben Sie wirklich, dass ich so dumm bin, hinter Ihrem Rücken zu agieren – und das auch noch derart plump? Sie sind doch zu nah an der Sonne geflogen, Sie beide ...«

Sie sah erst Worre, dann Salomonsen an und schüttelte den Kopf.

»Jetzt wollen Sie wohl auch noch witzig sein, oder?« Worres Stimme zitterte.

Sie seufzte.

»Ich gebe es auf ...«

Salomonsen übernahm von Worre, der vor Zorn bebte.

»Es ist doch offensichtlich, dass Sie die beiden geschickt haben, Franck. Sie können den Gedanken einfach nicht ertragen, dass wir den Fall nicht aufklären können. Sie sind nicht in der Lage, sich damit abzufinden, dass Ihre Vorgesetzten Entscheidungen gegen Ihre eigenen kleinen Interessen treffen. Sie sind die eigensinnigste Person, die mir je ...«

»Eigensinnig?« Sie hob die Augenbrauen.

»Und Sie verursachen ständig Chaos und verbreiten schlechte

Stimmung. Genauso ist es«, warf Worre ein, der allmählich sein Gesicht wieder unter Kontrolle hatte.

Ihr oberster Chef stand langsam auf, schob den Stuhl zurück an den Tisch und machte den Sack zu:

»Es ist eigentlich überflüssig, darauf hinzuweisen, aber ich stimme Worre natürlich voll und ganz zu«, sagte Salomonsen. »Sie sind mit sofortiger Wirkung vom Dienst suspendiert, Franck – zunächst für sechs Wochen ...«

19.

Sie sahen den Hund, bevor sie den Mann entdeckten. Der Retriever tauchte aus der Dunkelheit auf und lief durch den Lichtschein einer der Laternen, die entlang des Schotterwegs standen.

Oxen saß in Gedanken versunken auf der Bank. Der Park und das Schloss Kokkedal mit seinen erleuchteten Fenstern verursachten ihm ein gestochen scharfes Déjà-vu. Bei ihrem letzten Treffen zu dritt hatte die Welt noch völlig anders ausgesehen.

Margrethe Franck stieß ihn mit dem Ellbogen an, als sie den Hund entdeckte.

»Da ... der Hund, Niels. Das ist Bonnie. Jetzt fehlt nur noch ihr Besitzer.«

Sekunden später folgte Axel Mossman etwa zehn Meter hinter dem Retriever. Zunächst nur als dunkler Umriss, dann als vollständig ausgeleuchtete, große Männergestalt unter der Laterne – und ein paar Schritte später wieder nur als ein Schatten.

Der langjährige Chef des polizeilichen Nachrichtendienstes PET hielt seinen Hund an der langen Leine. Und das galt offenbar auch für einiges andere im Leben des einst so mächtigen Mannes.

»Hab ich dir erzählt, dass der Scheißkerl tatsächlich in meine Wohnung eingebrochen ist und in einem Sessel geschlafen hat, als ich nach Hause gekommen bin? Seine Tweedmütze hatte er an den Türgriff gehängt.«

Margrethe Franck lachte kopfschüttelnd.

»Nein, hast du nicht. Aber es überrascht mich nicht. Bei mir war es damals genauso. Auch mit Tweedmütze«, antwortete er und grinste.

»Ich hab ihm deutlich die Meinung gesagt, was natürlich einfach an ihm abgeprallt ist. Ganz ehrlich – manchmal wird mir so richtig bewusst, wie sehr er mir im Hauptquartier fehlt. Also rein physisch, aber auch auf eine weniger greifbare Art. Als er noch über Søborg geherrscht hat, gab es dort eine … bestimmte Haltung. Das Gefühl, dass alle für eine höhere Sache arbeiteten. In den Fluren, in den Büros, bei den Meetings. Überall dieser undefinierbare mossmansche Spirit. Wohl eine spezielle Mischung aus Intellekt, Weltgewandtheit, britischer Blasiertheit und Klasse, aber auf eine gute Art. Das alles fehlt jetzt …«

Franck seufzte schwer.

Mossman und Bonnie waren nur noch zwei Laternen von der Bank entfernt.

»Die Suspendierte hegt also keine warmen Gefühle für Salomonsen?« Es war eher eine Feststellung als eine Frage.

Sie hatte ihm, gleich als sie sich hingesetzt hatten, erzählt, dass sie suspendiert worden war. Mit Pauken und Trompeten. Er dagegen hatte ihr verschwiegen, dass Martin Smed sich einen Kugelschreiber geliehen und den Mörder von Sallys Bruder verraten hatte. Der Zeitpunkt schien ihm der falsche zu sein. Die Situation hatte sich für Franck offenbar zugespitzt. Daher wollte er abwarten.

»Für Salomonsen? Nein. Der Mann ist nichts als Fassade. Aber manchmal dauert es eben etwas länger, bis man herausfindet, was hinter der Fassade steckt.«

»Und Worre?«

»Der Typ ist höchstens eine Randbemerkung. Zu hitzig und zu alt.«

Jetzt erreichte Bonnie die Bank, wollte gestreichelt und hinter den Ohren gekrault werden. Oxen bemerkte, dass der Retriever zielstrebig ihn angesteuert hatte und nicht Franck.

»Ah … der Hundefreund. Natürlich, Soldat. Guten Abend, meine Dame und mein Herr.«

Mossman kam brummend am Ende der Hundeleine in Sicht. Mit dem Zeigefinger schob er den Jackenärmel hoch, um auf seine Uhr zu sehen.

»Ihr seid früh dran. Darf ich?«

Franck klopfte auf den Platz neben sich und rückte etwas näher an Oxen heran.

»Natürlich. Hier …«

Mossman setzte sich, um einiges beweglicher als noch vor wenigen Jahren. Damals war er buchstäblich die gewichtigste Person in der Welt des dänischen Nachrichtendienstes gewesen. Jetzt war er pensioniert – und in jeder Hinsicht deutlich leichter.

»Szenen einer Ehe«, seufzte Mossman und lehnte sich zurück.

»Einer Ehe?« Franck sah ihn fragend an.

»Ingmar Bergman … Das war eine Fernsehserie. Als sie vor gefühlt Urzeiten ausgestrahlt wurde, waren die Straßen wie leergefegt. Es geht um ein Ehepaar, das sich trennt.«

»Du meinst also, dass …« Franck verzichtete darauf, ihren Satz zu beenden.

Wieder seufzte Mossman.

»Irgendwie schon. Vielleicht sind wir so etwas wie eine … Paraphrase … vielleicht eine …«

»Sollten wir nicht lieber zur Sache kommen, Mossman? Was tun wir hier?«

Er konnte sich nicht zurückhalten. Außerdem hatte er keine Ahnung, was eine Paraphrase war. Und nichts hätte ihm gleichgültiger sein können.

Der ehemalige PET-Chef lachte gut gelaunt.

»Gewiss doch, Soldat, gewiss. Es sind Dinge wie diese, die einem unverändert Lust auf das Leben machen.«

»Äh, was …?« Franck schien ratlos.

»Dass du so beständig bist, Soldat. *No matter where, no matter what – cut the crap* … Mein Gedanke an Bergman war eigentlich verkehrt. Dumas trifft es viel besser.«

»Dumas?«

Langsam klang Franck leicht gereizt.

»Alexandre Dumas. Die drei Musketiere.«

»Auf so eine Idee kann nur jemand wie du kommen. Aber mir geht es wie Niels: Warum sind wir hier?«

»Franck, Oxen … Ihr bereichert mein erbärmliches Leben. Verzeiht meine vielleicht etwas zu überschwängliche Wiedersehensfreude. Ich bin Athos. Auch mit ihm sind die Pferde manchmal durchgegangen … Ihr dürft euch darum streiten, wer Aramis sein soll und wer Porthos. Bonnie ist d'Artagnan, nicht wahr, Bonnie?«

Der Retriever legte seine Schnauze auf Mossmans Knie, während dieser sein Ohr kraulte.

»Aber jetzt würde ich gern …«

Mossman hob die Hand und unterbrach Oxens Einwand schon im Ansatz.

»Das kommt, Soldat, das kommt. Alle Dinge kommen zu dem, der zu warten versteht. Wie lange ist es her, dass wir zuletzt hier gesessen haben? Genau hier?«

»Etwa drei Jahre«, antwortete Franck.

»Ich erinnere mich, als wäre es gestern gewesen. Du warst Spülkraft in einem Hotel in der Stadt, Franck.«

In der Millisekunde, in der Mossman das sagte, hörte sie wieder das Scheppern eines Tellers, der auf dem weiß gekachelten Boden in der Spülküche der Hotelkatakomben zerschellte. Und das ewige Rauschen des Wasserstrahls, mit dem das dreckige Geschirr vorgespült wurde. Soßen, Essensreste und andere Hinterlassenschaften aus einer anderen Welt. In den ehemaligen dänischen Kolonien war die Sklaverei schon lange abgeschafft worden – aber im Hotel Copenhagen Blackbird existierte sie noch.

»Spülkraft? Stimmt. Das ist Lichtjahre her. Aber vielleicht habe ich es auch nur verdrängt«, antwortete sie leise.

Sie hatte zwei Jobs gehabt, einen als Putzfrau und einen als Küchenhilfe, in der verzweifelten Hoffnung, damit über die Runden zu kommen und ihre Wohnung behalten zu können, obwohl der PET sie entlassen hatte.

Unruhe überkam sie plötzlich. Vielleicht passierte es jetzt wieder? Sie war zwar nicht gefeuert worden, aber suspendiert. Das war oft der erste Schritt.

Sie hatte alles, was damals geschehen war, messerscharf vor Augen. Wie ihr Chef versucht hatte, sie während einer Putzschicht in einem Bürogebäude zu vergewaltigen, wie sie ihn fertiggemacht und gedemütigt hatte, wie seine Rache sie eingeholt hatte, wie die beiden Männer – ihr Chef und sein Partner – geplant hatten, sie im Hinterhof des Hotels windelweich zu prügeln und sich an ihr zu vergehen, und wie Oxen plötzlich aufgetaucht war und sie vor dem schlimmsten Schicksal bewahrt hatte.

Niels Oxen, der jetzt direkt neben ihr saß, Schulter an Schulter. Sie hatte ihn für tot gehalten, hatte gedacht, dass er vor der schwedischen Küste ertrunken war. Alle hatten das gedacht. Und dann hatte er sich mit einem geradezu unwirklichen Timing ausgerechnet diesen einen, unfassbar kritischen Augenblick im Hinterhof ausgesucht, um zu den Lebenden zurückzukehren.

»Und du, Soldat, warst nicht einmal so etwas Prosaisches wie eine Spülkraft. Du warst *tot*«, stellte Mossman fest.

Oxen warf dem ehemaligen PET-Chef einen Seitenblick zu, während der weiter seinen Hund kraulte.

Tot? Vielleicht für sein Umfeld. Vielleicht so gut wie tot. Und dann auch wieder nicht.

Unter Tessas kundiger Pflege hatte er auf Klöverö im schwedischen Schärengarten seine Kraft wiedergewonnen. Aber Mossman hatte irgendwie recht:

Er *war* tot gewesen. Nur auf andere Weise. *Dead man walking*. Lebendig, aber seine Uhr lief ab. Wieder auf den Beinen, aber nicht für lange, wenn er nicht entweder fliehen und nie wiederkommen oder zurückkehren und sich dem finalen Kampf stellen würde ...

Er hatte sich für Letzteres entschieden, war zurückgekehrt. Genau an jenem späten Abend, als Margrethe Franck im Hinterhof des Hotels in ernsten Schwierigkeiten steckte.

Jetzt meinte er zu spüren, wie sie sich neben ihm versteifte. Vielleicht hatte Mossmans Bemerkung ihr das Ganze wieder in Erinnerung gerufen. Hätten sich ihre Lebenswege nicht genau an diesem Ort und zu diesem Zeitpunkt gekreuzt, hätte Franck womöglich nicht überlebt. Dann hätten die beiden Männer ihr Leben bei diesem Überfall für immer zerstört. Franck wäre nie ...

»Mit meiner langen Vorrede möchte ich hervorheben, dass wir eine gemeinsame Geschichte haben«, setzte Mossman wieder an. »Das letzte Mal, dass wir hier zusammensaßen, kennzeichnete den Beginn unseres Triumphs über den Danehof. Jetzt sitzen wir wieder hier. Ich hoffe, es kann zu einem weiteren Triumph führen. Auch das ist natürlich viel mehr Dumas als Bergman, bitte entschuldigt mein *misjudgement*.«

Mossman legte eine kurze Denkpause ein. Niemand unterbrach das Schweigen. Dann fuhr die Geheimdienstlegende fort:

»*Well*, ich brauche eure Hilfe, meine Freunde. Für Menschen wie uns, die schon viel erlebt haben, mag das banal klingen, aber: Ich möchte euch für einen Auftrag gewinnen, der, oberflächlich betrachtet, ziemlich vertrauenswürdig und klar umrissen aussieht. Es gibt nur keine Garantie, dass daraus nicht etwas anderes wird. Etwas weitaus Unübersichtlicheres und Gefährlicheres … Aber zunächst möchte ich euch mit einem Setting Vergnügen bereiten, das an den Kalten Krieg erinnert – in einer uralten Badeanstalt in Christianshavn. Hört gut zu.«

20.

Die Witwe stand im Gegenlicht, ganz in Schwarz gekleidet. So nah am Rand des Grabs, dass die Erde unter ihren Füßen nur ein kleines bisschen hätte nachgeben müssen, damit sie …

Die beiden Teenager, ihre Töchter, hatten im Hintergrund mit einigen der wenigen Anwesenden gesprochen. Jetzt kamen sie zurück, stellten sich rechts und links neben ihre Mutter und legten einen Arm um sie.

Gemeinsam standen sie da, mit gesenktem Kopf, und starrten in das Loch. Lange und unbeweglich.

Es versetzte ihr einen Stich, die drei Frauen so zu sehen. Und unwillkürlich knetete sie ihre Kappe, die sie aus Respekt abgenommen hatte, als sich die Kirchentür geöffnet hatte.

Sie hatte in ihrem jungen Leben schon zu viele Beerdigungen besuchen müssen, viel zu viele. Zuletzt das Begräbnis ihrer geliebten Großmutter und davor die Bestattung der sterblichen Überreste ihres Bruders. Aber damit nicht genug: Auch ihren Vater musste sie vor einigen Jahren beerdigen – und vor ihm ihre anderen Großeltern.

Bei Nikolai waren der Schmerz und die Leere am größten gewesen, überwältigend und alles überschattend. Es war falsch, jung sterben zu müssen. Es war falsch, zu sterben, ohne seinen Platz im Leben gefunden zu haben. Völlig unvorstellbar und falsch, von einem Psychopathen zum Spaß ermordet zu werden, der 7,5 Millionen Kronen dafür bezahlt hatte. Und so unerträglich falsch, dass dieser Wahnsinnige nicht zur Rechenschaft gezogen wurde …

Von ihrem Versteck hinter einer großen Thuja aus betrachtete sie die drei Personen am Grab.

Schließlich unterbrach die Mutter diesen tranceartigen Zustand, drückte ihre Töchter einen Moment lang fest an sich und sagte etwas zu ihnen, woraufhin sie sich umdrehten, vom Grab entfernten und den mit feinem Kies bedeckten Weg hinuntergingen.

Das war der Augenblick, auf den sie gewartet hatte. Sie würde alles für Nikolai tun. Dass sie dafür jemanden nach dem letzten Geleit auf einem Friedhof stören musste, würde sie nicht davon abhalten.

Sie trat hinter dem Busch hervor auf den Weg. In wenigen Sekunden würden sie an ihr vorbeikommen.

Die Mutter, Trine Smed, entdeckte sie zuerst. Sie bedeutete ihren Töchtern, weiterzugehen, blieb aber selbst stehen.

»B-Bitte entschuldigen Sie die Störung. Aber ich muss einfach mit Ihnen sprechen, nur ganz k-kurz. Ich bin von der Polizei Kopenhagen, mein Name ist …«

»Ich glaube, ich weiß, wer Sie sind. Sally Finnsen, nicht wahr?«

»Ja.«

»Mein Mann hat mir von Ihnen erzählt. Und von Ihrem Bruder. Im Gefängnis hatten wir ja Zeit zu reden ...«

Zutiefst unglücklich schüttelte die Frau den Kopf und fuhr fort:

»Wenn ich es wiedergutmachen könnte, wenn es irgendetwas auf der Welt gäbe, das ich tun könnte ... Aber es gibt nichts. Es tut mir unendlich leid. Und ich schäme mich.«

»Das können Sie nicht auf sich nehmen. Und Sie sollten es auch nicht. Die V-Verantwortung lag ganz allein bei Ihrem Mann.«

»Aber es bewegt mich sehr. Ich schäme mich. Und ich bin nicht die Einzige. Sicher haben Sie bemerkt, wie wenig Menschen bei der Beerdigung waren?«

Sie nickte – und knetete ihre Kappe.

»Nur die engste Familie und ein paar Freunde. Keine Jäger, weder aktive noch ehemalige, niemand aus dem großen Netzwerk meines Mannes. Auch sie schämen sich. Und ich verstehe sie ... Es ist wirklich hart, so etwas über den eigenen Mann sagen zu müssen. Was kann ich für Sie tun, Sally?«

Das Entgegenkommen der Witwe war für sie vollkommen überraschend.

»Sie können mir mit Informationen helfen. Niemand will der Sache auf den Grund gehen. Ich schon. Das bin ich meinem B-Bruder schuldig. Ihr Mann hat mir bei meinem letzten Besuch heimlich eine Nachricht zukommen lassen. Als ich vor Kurzem bei ihm im Gefängnis war, schrieb er auf seine Hand, dass der M-Mandrill meinen Bruder ermordet hat. W-Wissen Sie etwas darüber? Wissen Sie, wer der Mandrill ist?«

Wieder schüttelte die schwarz gekleidete Frau den Kopf. Erst jetzt bemerkte Sally die in dunklen Streifen verlaufene Mascara.

»Nein ... ein Mandrill? Das sagt mir nichts ... Ich wusste nicht einmal, dass diese Leute ihm damit gedroht hatten, unseren Mädchen etwas anzutun. Martin hat das nicht erzählt. Nicht die kleinste Andeutung. Das kann man sich kaum vorstellen ... Wir waren so lange Jahre verheiratet, waren die engsten Vertrauten. Dachte ich zumindest ... Aber er wurde ja im Jägerkorps ausgebildet, wie Sie wissen. Alle Jäger haben eine Psyche aus verzinktem Stahl, hat Martin manchmal scherzhaft gesagt. Sonst hätte er dieses doppelte Spiel nicht aushalten können.«

»Sie wussten also nichts? G-Gar nichts?«

Trine Smed schüttelte den Kopf, breitete die Arme aus und seufzte.

»Nichts ... Glauben Sie mir ...«

»Aber hinterher, im Gefängnis, was hat er Ihnen da erzählt?«

»Ihm war es sehr wichtig, eine Sache klarzustellen: dass er nichts erzählen, nichts verraten kann, denn wenn er das täte, würde er uns – die Mädchen und mich – in Gefahr bringen. Wie abgedroschen das klingen muss: Er war ein großer, liebevoller Familienmensch. Und ich glaube ihm, dass er das alles getan hat, um unsere Töchter zu beschützen. Und mich. Das entschuldigt nichts. Aber es erklärt vieles. Und nichts konnte ihn ins Wanken bringen. Ich habe oft über Gerechtigkeit gesprochen. Und über Verantwortung. Für all die Toten und ihre Familien. Aber wenn Martin etwas beschlossen hatte, war er unerschütterlich. Hätte er geredet, wäre das unser Todesurteil gewesen. Das hat er bei unserem letzten Treffen gesagt.«

Sally nickte und sah Smed in die Augen. In ihrem Blick lag kein Suchen oder Flackern. Die Witwe des *Shelter Fonds*-Gründers wirkte ehrlich und nüchtern.

»Selbst die kleinste Spur, der k-kleinste Hinweis könnte mir helfen«, sagte sie und hoffte auf ein Wunder.

»Natürlich habe ich mir den Kopf zerbrochen. Aber da ist nichts.«

»Hat die P-Polizei Sie nach seinem Tod vernommen?«

»Nein. Seltsamerweise.«

Die Antwort verwunderte sie – und dann wieder nicht.

»Selbstmord? Was denken Sie?«

Trine Smed lächelte schwach.

»Zuerst dachte ich: Martin? Selbstmord? Niemals. Aber dann ...«

Es entstand eine kurze Pause. Als würde sie nach den richtigen Worten suchen. Schließlich sagte sie:

»Dann ist mir etwas eingefallen, was Martin beim letzten Mal gesagt hat, als ich im Gefängnis war. ›Ich bin hier gefangen. Du und die Mädchen, ihr seid draußen gefangen.‹ Jetzt ergibt das Sinn. Er hat sich das Leben genommen – und uns die Freiheit zurückgegeben. Also, um Ihre Frage zu beantworten: Selbstmord erscheint mir nicht mehr völlig abwegig. Aber jetzt müssen Sie mich entschuldigen, ich muss ...«

»N-Natürlich. Wenn Ihnen noch etwas einfällt ...«

Trine Smed lächelte und legte ihr eine Hand auf die Schulter.

»Dann finde ich Sie. Sally Finnsen, davon dürfte es nicht viele geben.«

Die schwarz gekleidete Frau nickte zum Gruß und ging dann weiter den Weg entlang zu der kleinen Gruppe, die an der weißen Mauer der Kirche stand. Sie hatte ihr etwas zum Nachdenken gegeben.

Ich bin hier gefangen. Du und die Mädchen, ihr seid draußen gefangen.

Vielleicht war es wirklich so einfach, und der ehemalige Jäger hatte doch noch Verantwortung übernommen. Er hatte den Feind mit seinem Schweigen und seinem eigenen Tod bekämpft und besiegt.

Das Leben würde weitergehen. Und eines Tages würde es wieder einen Alltag geben, einen sicheren Alltag für die Frau und die Töchter.

Vielleicht hing es so zusammen. Ihr half das allerdings nicht.

21.

Die Witwe stand im Gegenlicht, in einen schlichten roten Rock gekleidet. Sie blickte auf die glitzernde Oberfläche des Zürichsees, ein Fuß auf der niedrigen Stützmauer ruhend, die den riesigen Garten vom Seeufer trennte.

Sie drehte sich um. Vielleicht in der Hoffnung, ihre Töchter oben auf der großen Terrasse vor dem weißen Palais zu sehen. Aber sie waren nicht dort.

Es war Sonntagvormittag. Einer dieser Tage, an denen nichts auf dem Programm stand. Einer dieser Sonntage, an denen man versuchen konnte, ein wenig zu Kräften zu kommen.

Anna und Nicole, beide Teenager, hatten beim Frühstück im Spiegelsaal gesagt, sie wollten auf dem Dachboden auf Entdeckungstour gehen. Ganz oben unter dem Dach, wo sie über die Jahre alles untergestellt hatten, das nicht ganz so wichtig und deshalb in Vergessenheit geraten war und verstauben konnte, aber wichtig genug, um nicht gleich entsorgt zu werden.

Ihr ... verstorbener ... Mann hatte sich um diese Dinge gekümmert. Sie selbst hatte den Dachboden nie betreten und hatte auch nicht vor, es zu tun.

Die Frau wandte sich wieder dem See zu.

Es war auch einer dieser Sonntagvormittage, an denen man sich mit gewissen Fragen auseinandersetzen konnte, mit den großen Fragen über das Leben und den Tod. Fragen, die durch die Unerbittlichkeit des Lebens plötzlich aktuell wurden.

Eine von ihnen lautete: Warum sollte sie, eine alleinstehende Frau, mit ihren beiden Töchtern in einem Haus wohnen, das so viele Quadratmeter hatte, dass sie kaum alle im Lauf eines Jahres abgehen konnte, mit einem so großen Park, dass man einen Gärtner in Vollzeit beschäftigen musste?

Der Wert des Lebens ließ sich doch nicht an materiellen Dingen messen, er bewegte sich nicht auf der Skala, die hier an dem von Luxus, gekühltem Weißwein und Hummerschwänzen geprägten Seeufer galt. In Wahrheit zählte nur der eigentliche Inhalt, der Kern des Lebens. Die eigene Bedeutungslosigkeit, Zerbrechlichkeit und Liebe.

In diese Situation war sie wegen Letzterem hineingeraten – der Liebe.

Sie war die Tochter eines Bäckers, ausgebildete Krankenschwester, hatte jedoch in diesem Beruf kaum vier Jahre gearbeitet, dann geheiratet. Der Ring an ihrem Finger machte sie nun zu einer nah am Wasser gebauten Witwe und zur Alleinherrscherin über diese verschwenderisch große Immobilie an dem halbmondförmigen Schweizer See.

Vielleicht sollten sie in die Stadt ziehen, nach Zürich. Vielleicht würde ...

Sie drehte sich abrupt um, als sie Laute hörte, an deren Existenz sie in den letzten Wochen nicht mehr geglaubt hatte: fröhliche Laute. Ein merkwürdiges Gebrüll, ein hohes Quietschen, helle Stimmen.

Die Mädchen waren auf die Terrasse gekommen. Es sah aus, als würden sie zwischen Tischen, Stühlen und Sonnenschirmen Fangen spielen. Sie winkte ihnen zu, und als die beiden sie entdeckten, kamen sie über den Rasen zu ihr gelaufen.

Kurz vor ihr blieben sie stehen. Anna hielt die Hände geheimnisvoll hinter dem Rücken verborgen.

»Es freut mich so, dass ihr Spaß habt, Kinder ... Habt ihr auf dem Dachboden herumgestöbert?«

»Und ob, Mama!« Nicole grinste sie erwartungsvoll an.

»Schau mal, was wir gefunden haben, Mama«, rief Anna begeistert. »Nein! Mach die Augen zu, bis ich es sage.«

Sie gehorchte.

»So ... jetzt kannst du sie aufmachen.«

Statt in Annas Gesicht blickte sie in eine merkwürdige Art Maske mit langen Haaren. Sie war aus Gummi und tatsächlich sehr naturgetreu gestaltet. Und unheimlich.

Dolores Stadler konnte ihre Verblüffung nicht verbergen.

»Eine Löwenmaske? Wo in aller Welt habt ihr die denn gefunden, Kinder?«

22.

Sprengstoff und Abhörausrüstung. Es war genau definiert, wonach sie suchen mussten. Und als ehemaliger Jägersoldat schätzte er es sehr, wenn etwas so klar umrissen war wie hier und wenn es sich um das Ergebnis einer überlegenen taktischen und straffen Planung handelte.

Mossman, der noch nicht da war, hatte das Sofiebad, eine ehemalige Badeanstalt im Stadtteil Christianshavn, für vier Stunden gemietet. Es würde den höchst ungewöhnlichen Rahmen für sein Treffen mit einigen Führungspersonen der Steuerbehörde bilden.

Margrethe Franck und er waren hier schon seit einer Stunde beschäftigt. Das Gebäude musste gründlich überprüft werden. Das Attentat während Francks und Beate Bjerres Reise auf die Amerikanischen Jungferninseln hatte in aller Deutlichkeit gezeigt, dass sie nicht vorsichtig genug sein konnten.

Jetzt hatte sich Axel Mossman einen neuen Fahrplan für einen möglichen Handel mit den Panama-Papieren ausgedacht. Darum würde es bei dem Treffen gehen.

Wenn man das Sofiebad durch die unscheinbare Eingangstür an der Sofiegade betrat, fühlte man sich um mehr als hundert Jahre zurückversetzt. Die Badeanstalt war 1909 eröffnet worden und neben einer weiteren im Stadtteil Nørrebro die einzige, die aus einer Zeit übrig geblieben war, als nur die wenigsten Kopenhagener ein Badezimmer in ihrer Wohnung hatten.

Eine Mitarbeiterin des Sofiebads stand die ganze Zeit hinter den Kulissen bereit, verschloss Türen – oder schloss sie für eine Inspektion auf – und beantwortete ihre Fragen.

Das Bad war als Räumlichkeit für ihr Vorhaben leicht zu überblicken und einigermaßen gut zu kontrollieren.

Es bestand aus einem Eingangsbereich mit einer kleinen Durchgangssperre, neben der sich einige abschließbare Schränke für die Badegäste befanden. Die hatte Franck längst untersucht. Danach folgte hinter einem Durchgang mit Rundbogen der Umkleide- und Duschbereich. An beiden Seiten befand sich eine Reihe Duschkabinen, in denen jeweils ein dunkelblauer Bademantel an einem Bügel hing. Auf den Bänken lagen akkurat gefaltete Handtücher.

In einem kleinen Zwischengang waren die Eingänge zum Massage- und Ruheraum sowie zum Hamam. Diesen Bereich lief Franck gerade ab.

Er selbst war dabei, den dahinterliegenden langen Raum mit der hohen Decke zu untersuchen. Das war der eigentliche Baderaum, wo das Treffen – nach Mossmans akribischer Inszenierung – stattfinden sollte.

Wie in den anderen Bereichen waren die Wände hell gefliest, mit Zierstreifen und kleineren Partien mit grün-blauen Kacheln. Durch sechs große Bogenfenster strömte von hoch oben Licht herein. Zusätzlich wurde der Raum durch eine Reihe von Kugellampen beleuchtet.

Franck betrat den Raum durch den Eingang, neben dem sich auf der einen Seite die Sauna, auf der anderen das Dampfbad befand.

»Hamam gecheckt. Ich nehme mir den letzten Raum vor«, sagte sie und steuerte auf eine Glastür zu, die zu einem spartanisch eingerichteten Bereich mit Kaffeemaschine und ein paar Liegestühlen führte.

Er setzte seine Überprüfung des Baderaums fort.

Rechts und links befanden sich Kabinen aus hellgrauem Marmor mit Vorhängen, hinter denen sich Duschen, Badewannen oder kaltes Wasser in Form eines winzigen Tauchbeckens oder eines über Kopfhöhe angebrachten Holzeimers verbargen. Er inspizierte den Eimer, indem er an der Schnur zog, um einen Schwall kaltes Wasser auszulösen. Der Eimer war leer.

In der Mitte der Halle war für die Veranstaltung ein großer Besprechungstisch mit Stühlen aufgestellt worden. Es gab eine Schale mit frischem Obst, und an jedem Platz standen ein Glas und eine Karaffe mit Wasser.

Die Mitarbeiterin kam mit einem Leuchter, stellte ihn auf den Tisch und wollte gerade die Kerzen anzünden, als er sie davon abhielt.

»Ich muss ihn erst prüfen«, entschuldigte er sich.

Von Mossman wussten sie, dass die Betreiber der Badeanstalt darüber informiert worden waren, dass im Zusammenhang mit der besonderen Mietvereinbarung für diesen Vormittag gewisse Sicherheitsmaßnahmen getroffen werden mussten. Trotzdem sah die Frau verwundert zu, wie er den Leuchter umdrehte und jede einzelne der weißen Kerzen überprüfte.

Zeitgleich mit Franck schloss er seine Arbeiten ab. Der festgestellte Status lautete: Alles war, wie es sich für einen Ort gehörte, an dem die Zeit seit 1909 stillstand – mit Gebrauchsspuren, aber in Ordnung.

Sie zeigte auf den Tisch und das Drumherum.

»Die Location und all das … eindeutig Mossman, oder?«

Sie hatte recht. Zweifellos entsprach das Setup den Vorstellungen des ehemaligen Alleinherrschers des PET.

In diesem Moment trat die Hauptperson höchstpersönlich ein. Er gab ihnen die Hand und drehte sich mit zufriedenem Gesichtsausdruck einmal um die eigene Achse.

»Ein wunderbarer Ort, nicht wahr? Sind wir bereit?«

Franck und Oxen bejahten.

»Gut, ich habe mit der freundlichen Dame vereinbart, dass sie uns alles zeigt – und anschließend im Personalraum bleibt, bis wir sie möglicherweise wieder brauchen. Und die Tür zu diesem Raum bleibt verschlossen. Die Gäste treffen in …«, Mossman sah auf seine Uhr, »… zwanzig Minuten ein. Wir werden uns mit ihnen umziehen.«

Mossman hatte sie im Vorfeld über die vier Gäste gebrieft.

Als Erstes kamen zwei Frauen. Mossman hieß sie willkommen und führte sie in den Baderaum, wo Franck sie gleich begrüßte. Oxen blieb abwartend, mit dem Rücken gegen die Wand gelehnt, stehen – wie immer.

Die beiden Frauen stellten sich vor, und aus Francks herzlicher Begrüßung schloss er, dass es sich bei der Jüngeren der beiden um die Bereichsleiterin Beate Bjerre handelte, die Franck zu den Amerikanischen Jungferninseln begleitet hatte. Die andere, eine Frau Mitte fünfzig mit kurzen grauen Haaren, war Grethe Falckenberg, Leiterin der Sondereinheit Steueraufsicht im Amt für Steuern und Abgaben.

Kurz darauf ging die Tür erneut auf, und der dritte Gast des Tages erschien, ein großer, schlanker Mann mit rotem Kopf. Der Zwei-Meter-Hüne mit Brille war Nicolas la Cour, stellvertretender Direktor der Steuerbehörde und Leiter der Abteilung Bekämpfung internationaler Steuerhinterziehung.

Erst mit einer Verspätung von sieben Minuten tauchte der letzte Gast auf. Als höchste Vorgesetzte der anderen drei hatte sie vielleicht auch das Recht, sich zu verspäten. Liz Thorsen, fünfundvierzig Jahre alt und Direktorin der Steuerbehörde, sah ein wenig gestresst aus, begrüßte Mossman aber herzlich. Auch sie begegneten sich eindeutig nicht zum ersten Mal.

Die Mitarbeiterin der Badeanstalt informierte sie über die örtlichen Gepflogenheiten – zunächst duschen und umziehen –, und kurz darauf standen alle in der Mitte des Raumes zusammen, eine kleine Gruppe in dunkelblauen Bademänteln und billigen Plastiksandalen.

Mossman führte seine Herde durch den Zwischengang in den großen Badebereich. Dort ergriff er das Wort:

»Willkommen im Sofiebad und willkommen zu unserem etwas ungewöhnlichen Treffen. In meiner Zeit als PET-Chef bin ich regelmäßig hierhergekommen, um ein wenig durchzuatmen oder mir eine Rückenmassage zu gönnen. Das Konzept des Badehauses geht auf den Anfang des zwanzigsten Jahrhunderts zurück, als unsere weisen Stadtväter den Zusammenhang zwischen Hygiene und Gesundheit erkannten. Vielleicht stimmt es ja, dass ein sauberer Körper auch einen sauberen Geist bewirkt. Lassen Sie uns an diesen Gedankengang anknüpfen. Bevor wir mit der Tagesordnung beginnen, schlage ich deshalb vor, dass wir, um ganz buchstäblich miteinander warm zu werden, die Sitzung in der Sauna eröffnen.«

Mossman wies mit einer einladenden Geste auf die kleine Sauna in der Ecke.

Alle legten ihre Bademäntel ab und hängten sie über die Stuhllehnen. Oxen fühlte sich in seinen uralten neongelben Badeshorts etwas unwohl. Sie stammten aus einer längst vergessenen Zeit, als er mit Magnus zum Babyschwimmen gegangen war.

Er zog sich an die Wand zurück und blieb im Hintergrund. Sämtliche Eingänge zum Sofiebad waren verschlossen und überprüft worden. Sie hatten jeden Raum und jeden Riss in der Mauer inspiziert.

Hier gab es keinen Selbstmordattentäter, keinen Sprengstoffrucksack, keine Fahrzeuge mit zu hoher Geschwindigkeit. Das hier war *kein* staubiger Marktplatz mit einer Kakofonie von Geräuschen irgendwo in der Helmand-Provinz. Es war eine Oase im Stadtteil Christianshavn im Herzen von Kopenhagen.

Er fühlte sich ruhig und sicher.

An der gegenüberliegenden Seite des Tisches sah er Margrethe Franck ebenfalls einen Schritt zur Seite treten. Diskret nickte sie ihm zu – und er nickte zurück, ohne sie direkt anzusehen. Denn ihr Anblick war ... ungewöhnlich. Franck stand in weißen Badeschlappen da, mit ihrem halben Bein und der Leichtmetallprothese.

Nicht der Beinstumpf machte ihn verlegen. Überhaupt nicht. Daran war er gewöhnt. In seiner Branche fraßen *Improvised Explosive Devices*, IED, gierig Körperteile oder ganze Leben: Sprengfallen, Stolperdrähte und anderes selbstgebasteltes Teufelszeug mit der einzigen Aufgabe, den Feind zu töten oder zu verstümmeln.

Es war nicht der Stumpf ... Es war der Anblick von Franck in einem figurbetonten schwarzen Badeanzug, die Muskeln, die sich unter ihrer weißen Haut abzeichneten, das kurze struppige, gefärbte Haar, jetzt nass und zurückgekämmt. Und ihre Brüste, die als zwei weiche Rundungen unter dem engen, schwarzen

Stoff zu erkennen waren. Er war nicht gewohnt, sie so zu sehen. Und er bemühte sich, woanders hinzuschauen.

Sie beide bildeten die Nachhut auf dem Weg zur Sauna. Franck stieß ihm einen Ellenbogen in die Seite.

»*Come on*, Niels, es ist nur ein Badeanzug ... und ein halbes Bein.«

Er lächelte angestrengt.

Franck sprach weiter:

»Neongelb? Da musst du aber verdammt tief gegraben haben.«

»Die lag direkt auf meinem türkisfarbenen Skianzug ganz unten im Schrank. Gut, dass die vier keine Archäologen sind«, antwortete er mit vielsagendem Blick auf die Steuerexperten.

Franck grinste.

»Er ist nicht umsonst ein ehemaliger Spionagechef«, flüsterte sie. »Die nächste Stufe wäre dann, dass alle splitternackt kommen müssen.«

Der Gedanke daran lenkte ihn ab.

Gemeinsam schlossen sie zu dem wartenden Mossman auf. Sie ließ ihn vorgehen und sah ihm nach. Niels Oxen, der höchstdekorierte Soldat Dänemarks, in neongelben Badehosen, die er unter einem Schwarm von Motten ausgegraben hatte ... Aber es wäre dumm, sich davon täuschen zu lassen.

Seine hartnäckigen Bemühungen, was seine physische Wiederherstellung betraf, hatten ihm zweifellos gutgetan, genau wie seine Idee, so lange zu wandern, Kilometer um Kilometer.

Oxen bewegte sich sogar auf dem nassen Terrazzo-Boden geschmeidig und sicher. Entspannt und kraftvoll zugleich. Er hatte immer noch eine sehnige, athletische Figur mit definierten, aber nicht übertrieben trainierten Muskeln. Trotzdem würde sie darauf wetten, dass er es in Finnsens CrossFit-Studio mit jedem aufnehmen könnte, vielleicht mit Ausnahme von Finnsen selbst, wenn man das Gewichtheben wegließ.

Mossman stand an der Glastür und winkte sie in die Sauna. Es war eng, so eng, dass er sich einen kleinen Hocker besorgt hatte. Der ehemalige PET-Chef schien sich als Gastgeber in der ungewohnten Umgebung wohlzufühlen. Als alle Platz genommen hatten, schloss er die Glastür hinter sich.

»Ein ziemlich ... ungewöhnlicher ... Besprechungsraum.«

Die Feststellung der Direktorin Liz Thorsen klang neutral, aber den fragenden Blick, mit dem sie Mossman für einen kurzen Moment ansah, hätte man auch als Missfallensäußerung interpretieren können.

Mossman setzte sich nicht, sondern blieb an der Tür stehen.

»Wir haben uns hier versammelt, um über *Geheimnisse* zu sprechen. Das ist an sich schon ein ziemlich ungewöhnlicher Anlass«, sagte Mossman. »Wie Sie wissen, ist ein Geheimnis nicht mehr geheim, wenn es mehr als einer Person bekannt ist. Ich habe viele Jahre darauf verwendet, Geheimnisse aufzudecken – und versucht, sie zu bewahren. Auch wenn mehrere sie teilten. Vielleicht halten Sie das für Paranoia.«

Mossman hatte sich sein Handtuch um die Hüften geschlungen. Er drehte sich um, sodass er mit dem Rücken zu ihnen stand, streckte einen Arm nach hinten und zeigte auf eine bestimmte Stelle ganz oben auf seinem Rücken.

»Sehen Sie diese Narbe?«

Er drehte sich wieder um.

Die Gäste auf den Holzbänken bejahten es. Mossman sprach weiter:

»Diese Narbe ist eine bleibende Mahnung daran, dass es in Wahrheit gar nicht paranoid ist, die Welt mit äußerster Vorsicht zu betrachten. Jemand ... sagen wir, es war ein ›Feind des Königreichs‹ … hat mir unter Umständen, mit denen ich Sie hier nicht belästigen möchte, einen sogenannten GPS-Tracker in den Rücken eingepflanzt. So wussten sie immer, wo der Chef des polizeilichen Nachrichtendienstes sich aufhielt. Und das war natürlich alles andere als förderlich für unsere Ermittlungen. Deshalb, meine Damen und Herren, habe ich Sie zu einem Treffen hier im Sofiebad eingeladen. Zu einem Gespräch über Geheimnisse, beinahe so, wie Gott uns schuf – mit Rücksicht auf unser aller Schamgefühl –, und zu den Bedingungen, die dieser Ort vorgibt.«

Mossman machte eine seiner dramatischen Pausen. Mit seiner Rede hatte er den Steuerexperten im Grunde nichts anderes gesagt, als dass all die Maßnahmen lediglich zur Absicherung dienten, dass keiner von ihnen mit einem versteckten Mikrofon oder einem anderen winzigen Sender verkabelt war.

»Ein bisschen wie im Kalten Krieg«, murmelte Nicolas la Cour und wischte sich bereits den Schweiß von der Stirn.

»Genau«, bestätigte Mossman lächelnd. »Allerdings befinden wir uns gerade tatsächlich in einem neuen kalten Krieg, la Cour. Nicht wenige Vereinbarungen wurden damals in einem ähnlichen Umfeld getroffen. Ich könnte Badehäuser in Istanbul, Budapest oder Moskau nennen. Sicher kennen Sie solche Szenen aus Filmen. Aber Nacktheit, ob ganz oder fast, hat eben ihre Vorteile. Bevor wir zur Sache kommen, lassen Sie mich Ihnen meine beiden Mitarbeiter näher vorstellen: Der Herr in den … hmm … doch auffallend kurzen Beinkleidern ist Niels Oxen, ehemaliger Jägersoldat.«

Franck sah, wie die Anwesenden angesichts seines Nachnamens die Augen aufrissen. Oxen war ein besonderer Name mit einem besonderen Klang – und selbst wenn man sein ganzes Leben mit Zahlenkolonnen und Steuersätzen verbracht hatte, war es kaum möglich, den Namen *Oxen* noch nie gehört zu haben …

»Und neben ihm sitzt Margrethe Franck vom PET.«
Mossman sah in ihre Richtung.
»Franck und Oxen sind sehr vertraute Mitarbeiter. Wir sind also jetzt sieben Personen, die brisante Informationen teilen. Beziehungsweise acht mit dem Minister, da ich davon ausgehe, dass Sie ihn hierüber informieren werden, nicht wahr, Frau Thorsen?«
»Ja«, bestätigte die Direktorin.
»Also acht Personen, nicht weniger und unter keinen Umständen mehr, *if I make myself clear*.«
Mossman sah die Versammelten ernst an, bevor er schloss:
»Wollen Sie an dieser Stelle übernehmen, Frau Thorsen?«
»Natürlich. Ich darf sicher sagen, Mossman, dass Frau Franck unsere Mitarbeiterin Bjerre vor Kurzem zu den Amerikanischen Jungferninseln begleitet hat. Wie Sie wissen, endete die Übergabe in Charlotte Amalie mit einem Mordversuch, der nur durch den großartigen Einsatz von Margrethe Franck vereitelt werden konnte. Vielen Dank dafür …«
Liz Thorsen lächelte Franck an, die an ihre Schulter denken musste. Die lange Wunde nach dem Streifschuss war inzwischen zu einer unregelmäßigen roten Narbe verheilt.
La Cour, der tapfer mit der Hitze kämpfte, saß bereits auf der untersten, kühlsten Bank. Die Direktorin Thorsen aber verlor selbst bei dieser Temperatur nicht den Fokus. Sie fuhr ohne Zögern fort:
»Nach dem Attentatsversuch haben wir von dem Verkäufer, der sich Lorenzo nennt, zunächst nichts mehr gehört. Wir haben gewartet und gewartet, aber von seiner Seite kam nur Schweigen. Bis vor Kurzem. Da war Lorenzo zurück. Ich habe ihm – in Absprache mit Mossman – vorgeschlagen, dass wir die vorläufige Kontrolle der Daten dieses Mal auf dänischem Boden vornehmen werden. Denn hier können wir viel besser ein Setup nach

unseren Vorstellungen einrichten und für seine Sicherheit sorgen, oder für die seiner Mitarbeiter. Wir wissen übrigens gar nicht, ob wir es in Charlotte Amalie mit diesem Lorenzo selbst oder einem Kurier zu tun hatten. Lorenzo hat zugestimmt. Außerdem haben wir vereinbart, dass der eigentliche Deal, also die Überweisung des Geldes und die Übertragung des gesamten Datenpakets, ebenfalls hier in Dänemark stattfinden kann, sobald wir uns von der Echtheit der ›Warenprobe‹ überzeugt haben. Im Gegenzug haben wir verlangt, mehr Details im Vorfeld zu erhalten, und auch das wurde akzeptiert. Wir wussten ja bereits, dass das Leck im Zusammenhang mit der Banco Guzman de Panama steht. Zusätzlich haben wir jetzt erfahren, dass das Material nicht nur von der Bank, sondern auch von einer großen Anwaltskanzlei namens Valdés & de León Abogados stammt. Die Firma bietet – wie üblich – diverse Offshore-Services an und ist eine der größten in Panama. Besonders pikant ist die Tatsache, dass es sich bei Valdés & de León Abogados um ein Tochterunternehmen der Banco Guzman de Panama handelt. Wenn das Leak vielleicht, und ich sage ausdrücklich *vielleicht*, zu einem späteren Zeitpunkt veröffentlicht werden wird, dann unter dem Namen *Precious Papers*. Wie Sie sehen, lässt sich ein Muster erkennen, das wir bereits von früheren Fällen kennen. Um während der Übergabe für die nötige Sicherheit zu sorgen, haben wir uns mit dem Besten zusammengetan, der momentan auf dem freien Markt aktiv ist, dem ehemaligen PET-Chef Axel Mossman.«

Liz wies mit einer Hand auf Mossman, der sich inzwischen auf seinem kleinen Holzhocker niedergelassen hatte.

»Allein diese Veranstaltung hier ist bezeichnend für den Grad der Professionalität, mit dem wir es zu tun haben«, fügte sie hinzu.

Die Direktorin, die in ihren jüngeren Jahren problemlos als

Model gearbeitet haben könnte und auch heute sicher immer noch, lächelte wieder, trocknete sich diskret den Schweiß von der Oberlippe und übergab das Wort Mossman.

»*Well*«, sagte Mossman, »ich schlage vor, wir nehmen eine kalte Dusche, bevor wir weitermachen.«

La Cour sprang auf wie ein Teufel aus der Schachtel. Aber auch Bjerre und die grauhaarige Falckenberg sahen ein wenig erleichtert aus. Franck schaute Oxen an. Er verzog keine Miene, saß einfach da, mit geradem Rücken, die Hände auf den Oberschenkeln.

Sie selbst dagegen brauchte jetzt unbedingt eine Abkühlung.

Mossman stand auf und schob die Tür auf.

»Also, duschen, meine Damen und Herren.«

Einige Minuten später, nachdem sie unter der kalten Dusche gestanden oder sich, im Falle von la Cour, in das winzige Tauchbecken begeben hatten, rief Mossman die Versammlung wieder zusammen.

Alle bis auf Oxen standen in ihren Bademänteln am Besprechungstisch. Er hielt sich wieder nah an der Wand. Der Instinkt, sich immer Rückendeckung zu suchen, schien in seiner DNA zu liegen.

»Nachdem wir nun für einen kühlen Kopf gesorgt haben, sollten wir uns setzen. Nehmen Sie doch etwas Obst«, begann Mossman. »Ich möchte mit Ihnen über die Sicherheit und das Vorgehen sprechen – und natürlich habe ich einen Plan, den ich Ihnen gern vorstellen möchte. Der Ausgangspunkt ist eine ehemalige Ferienhaussiedlung, die etwas abseits der ausgetretenen Pfade liegt, direkt am Isefjord, in der Nähe von Jægerspris. Der Ort heißt Dalby Huse ...«

Er zog sich gerade in seiner Kabine um. Die Besprechung hatte fast anderthalb Stunden gedauert, unterbrochen von den von

Mossman vorgegebenen Pausen, entweder im Dampfbad oder in der Sauna. Man musste dem alten Fuchs zugestehen, dass er ein Treffen organisiert hatte, das unter Sicherheitsaspekten leicht zu handhaben war, und wahrscheinlich auch mit einem Hintergedanken, weil er ...

»Soldat?«

Mossman zog sich in der Kabine neben ihm um. Eine Hand erschien, der Vorhang wurde ein Stück zur Seite gezogen, gerade so weit, dass Mossman sich durch den Spalt zwängen konnte.

Verwundert betrachtete er den ehemaligen Chef des Nachrichtendienstes, der nur halb bekleidet war.

»Ich schulde dir etwas, Oxen. Hier ...«

Mossman zog etwas aus der Innentasche seiner Tweedjacke, die er über dem Arm trug, und reichte es ihm.

Ein Foto.

Das Foto einer Frau.

Einer unbekannten Frau.

Ein blasses Gesicht mit fast durchscheinender Haut, feine Züge mit hohen Wangenknochen und blauen Schatten von Adern. Blondes, kurzes Haar, schmale Lippen, blaue, lebhafte Augen.

»Wer zur Hölle ist ...?«

Mossman lächelte.

»Wie versprochen, mein Freund. Ein Teil deines Honorars. Ich habe Gefälligkeiten eines ganzen Lebens eingefordert, um es zu bekommen ... Das ist ›Fräulein Olenka‹. So hat der zuständige Russe sie während der nächtlichen Polizeiaktion draußen in der Ziegelei genannt. Deine Eurydike, unsere russische Agentin, oder genauer gesagt – denn das ist ihr echter Name –, Anastasia Schukowa.«

23.

Vom Balkon des Schlafzimmers aus konnte Dolores Stadler den Zürichsee sehen. Hier hatten sie oft gestanden und sich an der Aussicht erfreut, an einem frühen Sommermorgen den kühlen Wind gespürt, vor dem Zubettgehen die Lichter der Stadt betrachtet, die wie Juwelen in der Dunkelheit glitzerten.

Jetzt war Fabian nicht mehr da. Jetzt stand sie allein hier. Und das war einfach nicht das Gleiche.

Es löste nichts in ihr aus. Die Aussicht – oder vielmehr das große Haus insgesamt – *sagte* ihr nichts, erinnerte sie nur schmerzhaft daran, was *gewesen war*.

Alles fühlte sich nur noch grau und belanglos an.

Die Freude war fort. Geblieben war nur die Furcht vor schlaflosen Nächten. Vor dem Herumwälzen in dem viel zu großen Bett, wo sie die Arme ausbreiten konnte, ohne Fabian zu spüren. Die Leere auf ihrer linken Seite war wie ein klaffendes schwarzes Loch in ihrer Seele.

Sie stand auf dem Balkon und wartete darauf, dass die Schlaftablette ihre Wirkung entfaltete. Früher hätte sie geschworen, niemals auch nur eine dieser Pillen zu nehmen, doch die Trauer fraß sie von innen auf. Und mit jeder schlaflosen Nacht seit seinem Tod war sie psychisch labiler geworden, bis ihr Arzt ein Machtwort gesprochen hatte: »Sie müssen schlafen, Dolores. Ohne Schlaf geht es nicht ... Sie haben zwei Mädchen, um die Sie sich kümmern müssen ...«

Allmählich spürte sie eine Schwere im Körper. Sie schloss die Balkontüren, legte sich hin, trank einen Schluck Wasser aus dem Glas auf dem Nachttisch und schaltete das Licht aus.

Jetzt war es im Schlafzimmer stockdunkel.

Erleichtert spürte sie, dass der Schlaf kam. Er würde sich wie ein beruhigender Filter über ihre Gedanken und ihren Körper legen. Seit dem Vormittag hatte sie vor allem eine Frage beschäftigt. Sicher weil sie verletzlich war und außerstande, zwischen Wichtigem und Unwichtigem zu unterscheiden. Es ließ ihr einfach keine Ruhe:

Was um alles in der Welt hatte diese widerliche Löwenmaske, die Anna und Nicole gefunden hatten, auf dem Dachboden zu suchen? Wie war sie dorthin gekommen? Und warum?

Die Pille reichte ihr eine helfende Hand. Tiefer und tiefer sank sie in die Dunkelheit.

Und schließlich verschwand auch der Löwe.

24.

Die russische Flagge wehte in einer lauen Maibrise ganz oben auf dem stattlichen hellen Gebäude auf der gegenüberliegenden Straßenseite.

Oxen saß auf einer Bank unter einem Baum. Nicht irgendeinem Baum, sondern ...

Eine kleine, dünne Frau trat plötzlich aus einem der gesicherten, videoüberwachten Gittertore vor dem Gebäude gegenüber. Er beobachtete sie über den Rand einer Zeitung hinweg, die er zwar vor sich hielt – in der er aber kein Wort las. Sie wandte sich nach rechts. Blondes Haar, heller Trenchcoat.

Hinter der Zeitung versteckt, studierte er das Foto, das er von Mossman erhalten hatte. Auf die Entfernung bestand möglicherweise eine Ähnlichkeit, aber es handelte sich nicht um Anastasia Schukowa. Leider.

Der Baum, unter dem er saß, war eine Linde, eine von vielen auf der Straße Unter den Linden. Bei dem Gebäude handelte es sich um die russische Botschaft in Berlin. Mit seinen mächtigen Blendsäulen, Ornamenten, hohen Fenstern und dem markanten

Säulenturm sowie dem zur Straße hin gelegenen »Eisernen Vorhang« in Form eines hohen schmiedeeisernen Zauns war dieses kleine Stück Russland vor allem eines: eine diplomatische Machtdemonstration.

Zwei videoüberwachte Gittertore führten auf das Gelände, sorgfältig gestutzte, immergrüne Büsche schirmten es vor der Öffentlichkeit ab. Offenbar war nur das linke Tor in Betrieb. Darin stand ein Botschaftsmitarbeiter, und davor marschierte ein deutscher Polizist langsam auf und ab und langweilte sich wahrscheinlich genauso zu Tode wie er.

Mit seiner eiligen Abreise war er definitiv ein Risiko eingegangen. Erst vor zwei Tagen hatte Mossman ihm das Foto der Frau zugesteckt, die er Eurydike nannte, weil sie ihn mit dem Namen Orpheus angesprochen hatte – und von der er nach den verschwommenen Ereignissen im Keller der Ziegelei nur eine vage Vorstellung hatte.

Anastasia Schukowa, wie sie also hieß, konnte überall sein, auch wenn sich ihr Arbeitsplatz nach Mossmanns Informationen hier in Berlin befand. Sie konnte zu Hause in Moskau sein, privat oder in dienstlichen Angelegenheiten. Diplomaten reisten viel und hatten viele Meetings, egal ob unter falscher Flagge oder nicht.

Da er nicht wusste, wo in Berlin ihre Dienstwohnung lag, und da er auch nicht einfach an die Botschaftstür klopfen und nachfragen konnte, blieb ihm nichts anderes übrig, als es auf die klassische Art zu versuchen: überwachen und warten, Stunde um Stunde – ohne zu wissen, ob es die reinste Zeitverschwendung war.

Trotzdem musste er es tun. Weil er es Sally Finnsen schuldig war. Er schuldete ihr einen letzten, ernsthaften Versuch, den Mann hinter der Mandrillmaske zu finden. Er hatte ihr nicht erzählt, dass er in Berlin einer Spur nachging, weil er keine unnötigen Hoffnungen schüren wollte.

Realistisch betrachtet, lag das Risiko für einen Fehlschlag bei fast hundert Prozent. Agenten sangen selten. Und er konnte Schukowa kein vernünftiges Angebot machen. Er hatte nichts in der Hand – nur seine große Dankbarkeit. Und die stand wohl kaum hoch im Kurs.

Der Nachmittag ging in den Abend über. Die Zeit war unendlich langsam vergangen.

Ein sonniger Tag bot glücklicherweise nicht die schlechtesten Arbeitsbedingungen, wenn man sich Unter den Linden unsichtbar machen wollte. Er war vorsichtig gewesen und hatte seine Position auf dem breiten Mittelstreifen des Boulevards mehrmals gewechselt.

An diesem Ende der Straße, nahe dem Brandenburger Tor, waren viele Touristen und Einheimische unterwegs, und an den unzähligen kleinen Buden unter den roten Sonnenschirmen wurden Unmengen von Currywurst, Bier und Eis verkauft. Alles in allem eine Szenerie, in der man sich hervorragend verstecken konnte. Mit leichtem Zugang zu Proviant.

Es wimmelte von Sicherheitspersonal in dieser Gegend, in der sich der Reichstag und zahlreiche Regierungsgebäude befanden. Eine der Seitenstraßen war für die Durchfahrt gesperrt und mit Polizei gespickt, aber egal wo er sich im Laufe des Tages aufgehalten hatte, er hatte sich nicht ablenken lassen und ständig dafür gesorgt, freie Sicht auf das riesige Botschaftsgebäude zu haben.

Zu keinem Zeitpunkt hatte eine Frau, die Anastasia Schukowa sein könnte, die Botschaft verlassen.

Insgesamt gab es nur sehr wenig Publikumsverkehr in der russischen Vertretung, als lebte man dort drinnen in völliger Isolation, was der Wahrheit vielleicht sogar ziemlich nahe kam. Denn wer wollte schon etwas mit den Russen zu tun haben? Und mit wem wollten die Russen sich noch abgeben?

Er gähnte ausgiebig, streckte sich und rieb sich das Gesicht.

Vielleicht hatte eine seiner besten Jägerfähigkeiten doch über die Jahre nachgelassen. Die Fähigkeit, stillzusitzen. Stunde um Stunde. Und nichts zu tun. Außer zu observieren.

Er sah auf seine Uhr. Es war 17:05 Uhr. Trotz unzähliger Tassen Kaffee im Laufe des Nachmittags war er müde und schläfrig – aber es war noch zu früh, um aufzugeben. Irgendwann musste das Botschaftspersonal doch in den Feierabend entlassen werden.

Natürlich war er gründlich vorgegangen und hatte zuerst die Rückseite des großen Gebäudes untersucht, die zur Behrenstraße lag.

Dort befand sich ein bescheidenerer Eingang unter einem kleinen Vordach. Ein Schild verkündete, dass es sich um eine besondere Konsularabteilung handelte. Daneben befand sich ein großes, massives Holztor, das Fahrzeugen vorbehalten war. Und schließlich ein Eingang zu der Schule, die an die Botschaft angeschlossen war. Er hatte keine Menschenseele gesehen. Alles war hermetisch abgeriegelt.

Ungeduldig prüfte er wieder die Uhrzeit.

Theoretisch war natürlich nicht auszuschließen, dass der Vogel über die Rückseite ausgeflogen war, während er hier vorn sein Dasein fristete.

Kaum hatte er das gedacht, kamen die ersten Mitarbeiter durch die vergitterte Schleuse links heraus. Zwei Männer und eine Frau. Nicht Schukowa. Kurz darauf zwei Frauen und zwei Männer. Wieder kein Treffer. Und so ging es spärlich immerfort weiter, während er erneut die Bank wechselte, um so nah wie möglich heranzukommen.

Dann folgte eine lange Pause ohne Aktivität. Er überlegte, ob es nicht Zeit sei, aufzugeben.

Um 18:07 Uhr trat eine kleine, schlanke Gestalt auf den Bürgersteig, während ein Botschaftsmitarbeiter das Tor hinter ihr schloss. Blasse Haut, kurzes blondes Haar, eine hellblaue halblange Leinenjacke, helle Hosen und eine schwarze Schultertasche.

Er brauchte das Foto nicht, um sich zu vergewissern.

Instinktiv wusste er, dass die Frau, die einen Moment vor dem Tor innehielt, um auf ihr Handy zu schauen, Eurydike – Anastasia Schukowa – war. Sie wandte sich nach rechts und ging die Straße hinunter.

Vorsichtig folgte er ihr auf der breiten Promenade zwischen den Lindenbäumen. Wenig später bog Schukowa in die Friedrichstraße ein. Sie ging in normalem Tempo, hielt ein paarmal an, um die Schaufenster zu betrachten, und setzte ihren Weg dann fort. Es waren viele Menschen unterwegs, aber glücklicherweise ließ sich das Hellblau ganz gut im Auge behalten.

Die ganze Zeit sorgte er für reichlich Abstand zwischen ihnen. Er musste davon ausgehen, dass sich Schukowa als Agentin bestimmte Reflexe zur Gewohnheit gemacht hatte. Einer davon konnte ein regelmäßiger Blick über die Schulter sein.

Nach einiger Zeit verschwand sie in einer Kamps-Filiale, die an der Ecke Friedrichstraße / Mohrenstraße lag und bei der es sich offenbar um eine Mischung aus Café und Bäckerei handelte. Er überquerte die Straße und suchte Deckung im nächstbesten Geschäft. Es hieß Neuhaus und verkaufte belgische Luxusschokolade.

Falls das eine überlegte Aktion gewesen war, zeugte sie von großer Erfahrung. Schukowa hatte sich mit einer Tasse Kaffee auf einen der Barhocker am Eckfenster gesetzt. Es war nicht einfach ein Fenster, sondern eine große gebogene Scheibe, durch die sie freie Sicht hatte. Aber sie verhielt sich nicht, als würde sie irgendeinen Verdacht hegen. Die meiste Zeit hatte sie den Kopf über ihr Handy gebeugt und sah nur auf, wenn sie einen Schluck Kaffee nahm.

Er kaufte irgendeine Schokolade mit Nüssen und zog sich in die Seitenstraße zurück, von der aus er die russische Agentin die ganze Zeit beobachten konnte.

Nach zwanzig Minuten war Schukowa wieder unterwegs. Sie ging auf der rechten Straßenseite und passierte kurz darauf achtlos den Checkpoint Charlie, obwohl Scharen von Touristen mitten auf der Straße standen. Zu Zeiten des Kalten Krieges hatte dieses unscheinbare Häuschen mit den Sandsäcken darauf hingewiesen, dass man hier den amerikanischen Sektor verließ.

Während er die hellblaue Jacke in der Menge genau im Auge behielt, wurde ihm bewusst, dass mit dem KFC auf der linken und einem McDonald's auf der rechten Seite des historischen Denkmals die Symbolik das nächste Level erreicht hatte.

Schukowa folgte der Friedrichstraße ohne weitere Abstecher bis zur U-Bahn-Station Hallesches Tor, wo sie in die Menschenmassen eintauchend mit der Rolltreppe nach oben zur Hochbahn fuhr. Im allerletzten Moment konnte er sich zwischen die automatischen Türen des gelben Zugs werfen, in dem er die hellblaue Jacke kurz zuvor hatte verschwinden sehen.

Wohin die U-Bahn fuhr, wusste er nicht. Er suchte sich am hinteren Ende des Wagens einen Platz und konnte von dort aus Schukowas blonden Haarschopf erahnen. Das war alles, was zählte – dass er sie nicht aus den Augen verlor, selbst wenn sie kreuz und quer durch Berlin fuhr.

Nach wenigen Haltestellen stieg sie aus. Als sie endlich die stickige Luft der U-Bahn hinter sich gelassen und die Treppe erreicht hatten, fand er heraus, wo sie gelandet waren. Neben dem großen weißen U auf blauem Grund stand »Kurfürstendamm«. Das Wort hatte er schon einmal gehört, aber viel klüger machte ihn das nicht – er war zum ersten Mal in Berlin.

Schukowa ging die Straße hinunter, blieb aber wenig später vor einem Restaurant stehen, dem Reinhard's mit seinen roten Markisen, das sich in den beiden unteren Stockwerken eines riesigen, runden Eckhauses befand. Alle Tische draußen schienen besetzt zu sein, dazwischen eilten Kellner mit ihren Tabletts umher.

Die Russin zögerte einen Moment, sah auf ihre Uhr und entschied sich dann, unter einem Baum in der Nähe eine Zigarette zu rauchen.

Ihm war nicht ganz klar, was jetzt geschehen würde. Hatte sie nur zufällig angehalten, um sich zu setzen und zu rauchen? Oder würde sie jemanden treffen? Offenbar schien ja die Uhrzeit eine Rolle zu spielen.

Zwei Zigaretten rauchte Schukowa, während sie sich wieder in ihr Handy vertiefte. Dann bekam er seine Antwort.

Ein großer, schlanker Mann um die fünfzig, in dunkelblauem Anzug mit hellblauer Krawatte, steuerte direkt auf sie zu und rief etwas, woraufhin Schukowa ihn mit Küssen auf beide Wangen begrüßte. Eher leichte, formelle Küsschen als echte freundschaftliche, so schien es ihm. Andererseits ... was wusste er schon über Wangenküsse?

Das Paar unterhielt sich eine Weile, dann mischten sie sich unter die Gäste des Restaurants.

Er musste seine letzte große Portion Geduld an diesem Tag mobilisieren. Ein Abendessen würde wahrscheinlich mindestens zwei Stunden in Anspruch nehmen. Er selbst hatte seit mehr als einem Jahrzehnt kein feines Restaurant mehr betreten ... Würde es nicht ewig dauern, bis sie an einem schicken Ort wie diesem überhaupt Essen bekamen?

Er blieb in einiger Entfernung stehen. Schukowa konnte er nicht mehr sehen. Deshalb musste er den Ausgang überwachen.

Das Einzige, was unter gar keinen Umständen passieren durfte, war, dass die Russin den Mann mit nach Hause nahm. Dann wäre die ganze Arbeit umsonst gewesen ...

21:47 Uhr. Das gemütliche Abendessen – oder Geschäftsessen – dauerte schon zweieinhalb Stunden, und noch immer war nichts passiert.

Er hatte sich die Wartezeit damit vertrieben, die Straße auf beiden Seiten auf und ab zu gehen, aber nie so weit weg, dass er den Eingang des Reinhard's nicht mehr sehen konnte.

Alles auf dem Kurfürstendamm sah nach Luxus zu astronomischen Preisen aus. Wahrscheinlich sollte er die meisten Marken kennen, tat er aber nicht, denn sie existierten in einer Welt, die nicht seine war. Zwischen den spiegelblanken, grell erleuchteten Schaufenstern und ihrem Überangebot fühlte er sich wie ein Fremdkörper. Bei Magnus war das anders. Der Junge konnte unzählige Marken herunterleiern, die meisten von Klamotten und Sneakers – »Nein, Papa, die heißen nicht Turnschuhe. Was soll das überhaupt sein, ›Turnschuhe‹? Schuhe zum Turnen?« Sofort hatte er das Gelächter und den tadelnden Tonfall seines Sohnes im Ohr.

Magnus würde den Kurfürstendamm lieben.

Er selbst wäre nach einem ganzen Tag in Berlin am liebsten in den Wald gegangen. Egal wo, Hauptsache, es war still. Absolut still.

Endlich war es so weit. Anastasia Schukowa und der Mann im feinen blauen Anzug standen wieder auf dem Bürgersteig vor dem Restaurant. Als Erstes zündete sie sich eine Zigarette an.

Konzentriert beobachtete er alles im dunklen Schatten der Bäume. Er fluchte laut, als der Mann ein Taxi herbeirief. Und war erleichtert, als er allein in den Wagen stieg – und verschwand.

Anastasia Schukowa steuerte auf den Eingang zur U-Bahn zu. Als er ihr vorsichtig folgte, war er plötzlich wieder hellwach und zuversichtlich. Es sah ganz danach aus, als wäre seine Mission in die letzte Phase eingetreten.

Auf dem Bahnsteig warteten nicht mehr viele Menschen, daher musste er besonders gut aufpassen.

Wie zuvor dauerte es nur wenige Minuten, bis der Zug in einer Druckwelle aus warmer Luft in den Bahnhof einfuhr. Schukowa sprang in die orangefarbene Linie U9 Richtung Osloer Straße. Er entschied sich für den nächsten Wagen und betete, dass kein Fahrkartenkontrolleur auftauchte. Die Russin im Auge zu behalten und währenddessen an einem der Automaten ein Ticket zu kaufen, überstieg seine technischen Fähigkeiten bei Weitem.

Schon beim dritten Halt, Turmstraße, stieg Schukowa wieder aus und verließ die U-Bahn-Station.

Wenig später stand er selbst am oberen Ende der Treppe und versuchte, sich zu orientieren. Es war dunkel geworden, aber erfreulicherweise entdeckte er die hellblaue Jacke sofort, als die Russin eine Laterne passierte.

Er ließ ihr einen Vorsprung, öffnete aber Google Maps auf seinem Handy, um sich zurechtzufinden.

Offenbar befand er sich im Stadtteil Moabit, ganz nah an der Spree. Vor ihm lag ein kleiner Park. Zu seiner Rechten ragte ein hell angestrahlter, spitzer Kirchturm in den schwarzen Himmel, und ringsherum leuchteten Werbeschilder in allen Farben.

Schukowa nahm einen Pfad quer über die Grünfläche. Oxen hielt sich stattdessen auf dem Bürgersteig und passte sein Tempo an. Jetzt hatte die Russin das andere Parkende erreicht. Sie war schneller geworden und bog in die Stromstraße.

Die Scheinwerfer der Autos und die alten Straßenlaternen ließen erkennen, dass die Fahrbahn etwas weiter vorn anstieg. Auf seinem Handy sah er, dass die Straße dort über die Lessingbrücke führte. Würden sie wieder den Fluss überqueren?

Kurz bevor sie die Brücke erreichte, drehte Schukowa ab und bog um eine Ecke.

Er rannte los. Das konnte ein kritischer Moment sein.

An der Ecke nahm er die Stufen einer kurzen Treppe im Sprung und atmete erleichtert auf. Er konnte sie immer noch sehen.

Schukowa ging auf dem Bürgersteig auf der Häuserseite. Behutsam folgte er ihr, blieb aber auf dem Fußweg, der am Fluss entlangführte, wo er sich notfalls hinter einer langen Reihe von parkenden Autos verstecken konnte.

Die Russin blieb vor Nummer 5 stehen, einem riesigen Haus mit mehreren Etagen, das um die Ecke bis in eine Seitenstraße reichte. Zum ersten Mal sah sie sich um, während sie einen Schlüssel aus ihrer Tasche zog und die Haustür aufschloss. Automatisch ging Licht im Treppenhaus an – dann fiel die Tür hinter ihr zu.

Endlich war es vorbei.

Anastasia Schukowa war zu Hause. Und er war am Ziel, fürs Erste.

Er blieb stehen und betrachtete das Gebäude. Merkwürdigerweise wurde in keiner der Wohnungen Licht eingeschaltet. Aber vielleicht wohnte sie zum Hof hinaus?

Auf seinem Handy sah er, dass er sich in einer kleinen Straße namens Bundesratufer befand, die parallel zum Fluss bis zur nächsten Brücke verlief. Er schaute sich um.

Uralte Laternen verbreiteten einen beinahe orangefarbenen Lichtschein auf einem schmalen Streifen mit Bäumen und Büschen. Ein Spazierweg führte direkt am Flussufer entlang, das mit einer Steinmauer eingefasst war. Oberhalb davon lag der gepflasterte Fußweg, auf dem er sich befand. Bis zur nächsten Brücke, der Hansabrücke, standen auf dieser Seite der Straße große Kastanien. In der glänzenden, glatten Oberfläche der Spree spiegelten sich die Lichter.

Obwohl er mitten in einer hektischen Großstadt war, kam ihm die Umgebung bemerkenswert ruhig vor.

Am Ufer gegenüber lag eines der klassischen flachen, langen Sightseeingboote vertäut. Der weiße Aufbau war morsch, mehrere Fenster waren zerbrochen, es hatte offensichtlich seine letzte Touristensaison schon hinter sich.

Auf dem Weg am Wasser schlurfte ein älterer Mann mit seinem weißen Pudel an der Leine unter einer Weide vorbei. Kurz darauf folgte ein weiterer Hund samt Herrchen. Als ein junges Paar mit einem Schäferhund an ihm vorbeiwollte, trat er zur Seite und gab vor, etwas in seiner Hosentasche zu suchen.

Er überquerte die Straße und wog seine Möglichkeiten ab. Das Schloss in der soliden Haustür sah zu neu und zu robust aus für seine bescheidene Ausrüstung, ein Souvenir-Taschenmesser. Den alten Trick, einen beliebigen Bewohner über die Gegensprechanlage um Einlass zu bitten, verwarf er sofort. Dafür waren die Leute zu vorsichtig geworden.

Er ging weiter bis zu einem Gemüsehändler an der Straßenecke. »Grüner Laden« stand auf der Markise über dem Eingang. Er bog um die Ecke, fand aber kein offenes Tor zum Hinterhof, auf das er spekuliert hatte. Also ging er zurück zum Eingang von Nummer 5.

Wieder blieb ihm nichts anderes übrig, als zu warten und auf sein Glück zu setzen, angespornt durch die Tatsache, dass er sich im Land der Gassigeher befand und dass für den besten Freund des Menschen gleich Schlafenszeit war.

Er sah auf seine Uhr. So ging sein Tag in Berlin weiter wie seit dem Moment, als das Flugzeug auf der Landebahn aufgesetzt hatte: warten und warten …

Ein schnüffelnder Boxer kam nach gerade mal einer halben Stunde zu seiner Rettung. Das Licht im Treppenhaus ging an, kurz darauf wurde die Haustür geöffnet, und der Boxer streckte den Kopf heraus – dicht gefolgt von seinem Herrchen, einem älteren Mann.

Oxen machte sich bereit und lief zur Tür, genau rechtzeitig, um die Handfläche dagegenzupressen und ein Zuschlagen verhindern zu können, während der Boxer die ersten gichtsteifen Schritte den Bürgersteig hinunter machte. Er lächelte den Mann an, sagte »Danke«, drückte sich an ihm vorbei in den Hausflur und trat vor die Ansammlung von Briefkästen an der Wand am Ende des Flurs.

Vielleicht würde seine Geduld endlich belohnt werden. Jetzt war er nur noch eine verdammt große Anzahl von Stufen von seinem endgültigen Ziel im fünften Stock rechts entfernt.

Die Treppenstufen knarrten. Auf dem Absatz im fünften Stock blieb er stehen. Auf einem Namensschild aus Pappe stand derselbe Name wie am Briefkasten: A. Schukowa.

Inzwischen war die Russin schon eine Weile lang zu Hause.

Das Automatiklicht ging aus, und plötzlich lag der Hausflur im Dunkeln. Unter der rechten Tür konnte er kein Licht sehen. Er blieb ganz still stehen und lauschte. Es war auch kein Geräusch zu hören.

Kurz zögerte er.

Dann klopfte er sachte an. Einmal – und noch einmal. Nichts passierte. Ein drittes Mal, fester. Immer noch keine Reaktion.

Seltsam ...

Er bückte sich und untersuchte das Schloss. Ein älteres Modell als das an der Haustür. Vielleicht konnte er ...? Er war zu weit gekommen, um jetzt umzukehren.

Oxen fischte das billige Messer mit einem Bild vom Brandenburger Tor aus der Tasche. Ein Vernunftkauf an einem der Kioske während seines langen Tages vor der russischen Botschaft.

Das Taschenmesser hatte zwei Klingen. Er brach die große ab, steckte sie ins Schloss und dann die kleine darunter. Erst nach mehreren Versuchen gelang es ihm, den Zylinder zu drehen.

Mit der Hand auf dem Griff schob er die Wohnungstür Zentimeter für Zentimeter auf, ehe er vorsichtig eintrat. Er wollte gerade die Tür hinter sich schließen, als etwas Kühles, Hartes gegen seinen Nacken gepresst wurde.

»Rühr dich nicht vom Fleck ... oder du stirbst ... Hände hoch, aber langsam ...«

Die Kommandos erfolgten auf Englisch.

Die Pistolenmündung saß direkt in seinem Nacken.

Ganz langsam gehorchte er.

25.

Hatte sie sich selbst lobotomiert? Mit Spachtelmasse, Sandpapier und Farbe in Präzisionsarbeit die Nervenbahnen im Frontallappen stillgelegt, bevor sie die Verbindung zu dem Teil des Gehirns herstellen konnten, wo man seinen heftigen Gefühlen nicht mehr entrinnen konnte?

Sie ließ sich in das alte Ledersofa zurückfallen und starrte auf das, was sie sah.

Eine Wand.

Eine weiße Wand.

Eine Wand so anonym und nichtssagend, wie sie es nur sein konnte, sauber und wiederhergerichtet. An der Stelle, wo sie jahrelang die Ergebnisse ihrer Nachforschungen über das mysteriöse Verschwinden ihres Bruders festgehalten hatte: Fotos, Daten, Verbindungen und Verzweigungen.

All das, was ihre wachen Stunden und ihr ganzes Leben in den letzten Jahren ausgefüllt hatte, war ... weg ... verdrängt von zwei Schichten weißer Acrylfarbe, hochglänzend.

Wie erstarrt saß sie auf dem Sofa. Niemand hatte sie gezwungen. Es war eine wohlüberlegte, bewusste Handlung gewesen, in der Hoffnung auf Verbesserung, damit sie einen neuen Weg einschlagen konnte.

Sie würde auch morgen noch Sally Finnsen sein. Aber wenn ein neuer Tag anbrach, gab es in ihrem Leben ab jetzt eine große weiße Fläche – und es lag an ihr, sie mit Inhalten zu füllen.

Sie blinzelte und schüttelte den Kopf.

Nein, es gab keine Lobotomie. Nur eine *fuckin'* weiße Wand. Alter Dreck. Und den zweiten Mietvertrag würde sie zum nächsten Ersten kündigen.

Sie nahm ihr Telefon und hielt es einen Moment lang nachdenklich in der Hand, die Stirn in tiefe Falten gezogen. Es war spät, 22:30 Uhr, aber sie musste noch einen letzten weißen Pinselstrich ziehen:

»*Lieber Niels, es ist vorbei. Danke ... Aber vergiss, dass ich dich um Hilfe gebeten habe. Ich muss das alles hinter mir lassen – und nach vorne schauen. Sonst gehe ich unter. Vielleicht bis irgendwann? LG Sally.*«

Sie las die SMS. Zweimal.

Und tippte auf Senden.

26.

Der Druck der Pistolenmündung in seinem Nacken verstärkte sich. Er gehorchte und hob langsam die Hände, als das Handy in seiner Innentasche einen Signalton von sich gab. Sicher eine schlecht getimte SMS von Magnus.

Er spürte eine Hand über seinen Körper gleiten, dann an den Beinen auf und ab, in schnellen, sicheren Bewegungen.

»Waffe?«, fragte die strenge Frauenstimme hinter ihm auf Englisch.

Er schüttelte den Kopf.

»Keine Waffe.«

»Vorwärts. Langsam.«

Die Pistolenmündung löste sich von seinem Nacken, und er konzentrierte sich auf ruhige Bewegungen. In der Türöffnung blieb er stehen.

»Weiter.«

In der Mitte des dunklen Wohnzimmers hielt er inne. Die Frau ging um ihn herum. Im schwachen Gegenlicht, das durch die Fenster zur Straße und zur Spree fiel, erahnte er ihre Konturen. Eine kleine, schmale Gestalt. Sie war es, natürlich war es Anastasia Schukowa.

»Setz dich in den Sessel hinter dir«, befahl sie.

Er trat ein paar Schritte zurück, fand das Sitzmöbel und nahm Platz. Schukowa schaltete eine Stehlampe ein.

»*Orfej!*«

Überrascht riss sie die Augen auf. Sie hatte ihn immer Orpheus genannt. Er lächelte schief.

»Scheiße, du Idiot, ich hätte dir den Kopf wegpusten können ...« Schukowas wütender Ausbruch erfolgte in ihrer Muttersprache.

Er zuckte mit den Schultern. Irgendwo tief in seinem Inneren musste er auf Russisch umschalten, aber immerhin verstand er sie.

»Können wir Englisch sprechen?«

Schukowa starrte ihn verwundert an.

»*Of course*. Was willst du, *Orfej*? Oder Oxen ... Niels Oxen ... Und warum brichst du in meine Wohnung ein?«

»Du erinnerst dich an meinen Namen?«

»Natürlich, mein Freund. Unsere Schicksale sind für immer miteinander verbunden, wie sollte ich ihn vergessen können?«

Sie sagte das mit viel Pathos und einem starken Akzent, durch den das Gesagte eher natürlich als melodramatisch klang. Ja, ihre Schicksale *waren* verbunden. Er hatte es sich selbst nur nie eingestanden. Nicht so. Anastasia Schukowa war eine weitere Frau, der er sein Leben verdankte.

Seine Schulden gegenüber dem alles andere als schwachen Geschlecht summierten sich allmählich.

Wie sie dort auf der Sofakante saß im hellen Licht der Lampe, wirkte sie nicht mehr so durchscheinend wie auf dem Foto, man konnte keine bläulichen Adern oder Schatten erkennen. Aber vielleicht war da ...

»Beantworte meine Frage.«

»Ich wollte nicht einbrechen«, erklärte er. »Ich hatte mich gefragt, warum du in der Wohnung kein Licht eingeschaltet hast. Und du hast nicht aufgemacht, als ich geklopft habe. So kurz vor dem Ziel wollte ich nicht einfach umdrehen und wieder nach Hause fahren.«

»Hast du mich den ganzen Tag beschattet?«

»Ich habe ihn größtenteils vor der Botschaft verbracht, ja.«

»Und die Schokolade, die du für mich gekauft hast, wo ist die?«

»Schokolade?«

Anastasia Schukowa gluckste und lachte leise.

»Die Schokolade von Neuhaus, die feine belgische. Ich habe

dich entdeckt, als du in den Laden gegenüber dem Café gegangen bist, aber ich habe dich nicht wiedererkannt. Die Scheibe hat gespiegelt, und auf dem Weg nach draußen hast du dein Gesicht weggedreht.«

»Hmm ...«

Das Wort, das er eben noch gesucht hatte, war »Zerbrechlichkeit« gewesen. Vielleicht weil ihre Züge so fein waren, ihre Haut so weiß und rein und ihre Figur so zart. Aber ihr stahlharter Blick warnte davor, sich davon täuschen zu lassen. Niemand wurde für einen Undercover-Job des russischen Inlandsgeheimdienstes ausgewählt, wenn das Porzellan leicht zu zerbrechen wäre. Niemand ...

»Darf ich dich Niels nennen?«

Ihre Frage unterbrach seine Gedanken.

»Klar.«

»Und nenn mich Nastenka. Wir Russen fühlen uns mit Spitznamen am wohlsten ...«

Schukowa hatte die Pistole bereits weggelegt. Ein Zeichen ungewöhnlich großen Vertrauens.

»Ich glaube, ich habe eben eine SMS bekommen. Sicher von meinem Sohn. Darf ich ...?« Er deutete auf seine Innentasche.

Schukowa griff instinktiv nach der Waffe – überlegte es sich aber noch mitten in der Bewegung anders.

»Okay«, antwortete sie.

Er zog sein Handy hervor und las: »*Lieber Niels, es ist vorbei. Danke ... Und vergiss, dass ich dich um Hilfe gebeten habe.*«

Die Nachricht war von Sally. Er las die letzten Zeilen und steckte das Handy dann zurück in die Tasche.

»Du hast einen Sohn?«

»Ja, Magnus.«

»Wie alt?«

»Fünfzehn.«

»Oh, ein schönes Alter.«

»Die war nicht von ihm, die Nachricht ...«

Anastasia Schukowa biss sich nachdenklich auf die Unterlippe. Dann sagte sie:

»Okay, machen wir weiter ... Was soll das alles, Niels? Warum kommst du meinetwegen nach Berlin?«

»Ich brauche Informationen. Über alles, was in diesem geheimen Keller passiert ist. Präzise Informationen, Namen.«

Schukowa schwieg. Es schien, als starrte sie auf einen Punkt hinter ihm an der Wand. Tiefe Falten bildeten sich auf ihrer Stirn, und der Mund war nur noch ein schmaler Strich. Endlich sagte sie:

»Warum auf diesem Weg? Direkt über mich. Warum nicht über Moskau?«

»Das haben wir versucht. Diese Tür war verschlossen.«

»Leider ist das in diesen Zeiten fast überall der Fall.«

»Verriegelt und blockiert.«

»Was lässt dich annehmen, dass es hier nicht auch so ist?«

»Wie du gesagt hast, Nastenka ... Wir sind miteinander verbunden, du und ich ...«

Sie verzog keine Miene, nur ihre Augen wurden schmaler, und sie sah ihn wachsam an.

»Und in wessen Auftrag kommst du mit deiner Frage? Dänischer Nachrichtendienst?«

Er schüttelte den Kopf.

»Bei der Aktion in dieser Nacht damals war eine Polizistin dabei. Sally Finnsen. Ihr Bruder war Veteran. Er wurde in dem Keller ermordet. Schon vor längerer Zeit. Ich verdanke ihr mein Leben. Sie ist eine hervorragende Schützin ... Sie hat meinem letzten Gegner, dem Riesen, eine Kugel in die Stirn gejagt, nur eine halbe Sekunde bevor er mich getötet hätte. Ich komme also in eigener Sache, weil Sally mich um Hilfe gebeten hat. Um die Schuldigen zur Rechenschaft zu ziehen.«

In seinem Kopf hallten die Worte ihrer SMS wider. Er wusste, dass »*alles hinter mir lassen*« ein Akt der Verzweiflung war.

Die russische Agentin sah zu Boden und legte die Hände nachdenklich zu einem Dreieck über Mund und Nase.

Diesmal war die Stille in dem schwach beleuchteten Wohnzimmer fast ohrenbetäubend – und anhaltend.

Anastasia Schukowa saß regungslos auf der Sofakante. Schließlich blickte sie wieder auf und lächelte schwach.

»Soll ich dir etwas Erstaunliches erzählen? Ich habe geträumt, dass du eines Tages zurückkommen würdest. Dass du mich suchen würdest. Und finden. Es kommt mir beinahe ... magisch vor ...«

Sie stand auf, kam näher und streckte ihm die Hand entgegen.

»Und ich habe mich entschieden.« Ihre Stimme war fast ein Flüstern. »Natürlich helfe ich dir. Wir *sind* miteinander verbunden. Aber zuerst ... komm mit, *Orfej* ...«

Sie führte ihn durch eine doppelflügelige Tür ins Schlafzimmer. Wie erstarrt blieb er stehen.

»Aber ich ... ich weiß nicht ...«

Behutsam legte Schukowa zwei ihrer weißen Finger auf seine Lippen.

»Shh, Niels. Ganz ruhig. Alles ist gut.«

27.

Sie saß auf der Fensterbank. Eine rastlose Odyssee hatte sie den ganzen Abend lang kreuz und quer durch die 110 Quadratmeter große Wohnung geführt. *Ihre* Wohnung, Ihre Lebensbasis. Im schweineteuren Østerbro – denn was soll schon schiefgehen?

Seit Jahren wohnte sie hier. Und wofür? Nur damit sie missverstanden und suspendiert wurde.

Sie leerte ihr Rotweinglas und starrte auf den Bürgersteig unter ihr. Es ging tief hinunter, sehr tief.

Sie war aus dem Nest gestoßen worden und hing nur noch mit den Fingerspitzen am dünnsten Zweig.

Erst hatte sie mit der Flasche auf der Couch gesessen, sie dann auf ihrer Wanderung durch die Wohnung mitgenommen. Jetzt leerte sie sie bis auf den letzten Tropfen. Ein großes Glas. Randvoll. Es schwappte über, als sie sich anders hinsetzen wollte. Der Wein lief über ihre Hand und tropfte auf die weiße Fensterbank. Mit der anderen Hand wischte sie den Fleck weg und trocknete sie dann an der Jeans ab.

Wie lange würde sie sich an ihrem rettenden Zweig noch halten können? Nur bis Worre oder Salomonsen die perfekte Ausrede gefunden hatten, ihr so richtig kräftig mit dem Absatz auf die Finger zu treten, sodass sie loslassen musste.

Und fallen würde.

»Der polizeiliche Nachrichtendienst dankt Ihnen für Ihren Einsatz und wünscht Ihnen für die Zukunft viel Glück und Erfolg.« Das Echo begleitete sie auf ihrem freien Fall in die Tiefe. Es klang hohl.

Am frühen Abend hatte sie es mit Metallicas Album *Load* versucht. Normalerweise weckte das die Rebellin in ihr. Aber heute nicht. Da war etwas ... etwas Grundlegendes, das Metallica missverstanden hatte. Sie hatte ausgeschaltet.

Sie trank einen Schluck. Längst hatte sie aufgehört, nur am Wein zu nippen. In Wahrheit schmeckte er scheußlich, und sie hätte lieber ein kaltes Bier gehabt. Aber er hinterließ ein angenehmes Kribbeln im ganzen Körper, bis hinunter zu den fünf Zehen, die sie nicht hatte.

Gab es überhaupt irgendjemanden, der sie einstellen würde, falls man sie tatsächlich rausschmeißen sollte?

Es gab viele Jobs, die sie nicht machen konnte, weil sie behindert war. Und noch mehr, die sie nicht haben wollte. Sicherheitsdienst? Personalmanagement? Lehrerin an einer Polizeischule? Spülkraft in einem Hotel? *Nope*, das hatte sie hinter sich. Nie wieder.

Hmm ... Bald würde man sie feuern. Bald würde die Bank anrufen und fragen, wo die Kreditraten blieben. Bald würde sie ihr Zuhause verlieren.

Sie trank noch einen Schluck.

In Kürze würde sie auf der Straße stehen. Und vielleicht war das ja genau das Richtige. Ein schöner Neuanfang. Eine supertolle Luftveränderung. Denn was sollte sie ausgerechnet hier? Østerbro war nur eine Adresse, zu der man *nach* der Arbeit zurückkehrte. Mehr nicht. Sie hatte sich hier nichts aufbauen können. Nichts mit Substanz. Keine bleibenden Erinnerungen. Keinen Stern, der ihr zu Ehren in den Gehweg eingelassen war.

Sie hörte, wie unten auf der Straße eine Autotür zugeschlagen wurde. Auf der anderen Straßenseite hatte ein junger Vater gerade seinen schlafenden Sohn vom Rücksitz gehoben und trug ihn jetzt zum Haus.

Dieses ganz besondere Kindheitsgefühl steckte tief in ihr. Die anderen waren über die Jahre verschwunden. Langsam, aber sicher aus ihrem Körper gesickert. Aber das nicht. Nicht das Gefühl, nach einer Autofahrt von starken Armen hochgehoben und später zugedeckt zu werden. Das Gefühl vollkommener Sicherheit – und manchmal sprudelte es hervor wie Wasser aus einer Quelle, allein beim Anblick einer Situation wie der, die sie eben gesehen hatte.

Im Treppenhaus gegenüber ging das Licht an. Die Tür fiel ins Schloss.

Siebenunddreißig. Und »du wirst ja auch nicht jünger, oder?«.

Fuck, fuck, fuck. Nicht schon wieder. Sie leerte ihr Glas, rutschte entschlossen von der Fensterbank und ging in die Küche, um noch eine Flasche zu holen. Mit Schraubverschluss. Wer zur Hölle hatte schon Lust, sich mit einem Korken herumzuschlagen, einem bescheuerten echten Korken, wenn es Schraubverschlüsse gab? Ein Hoch auf deren Erfinder. Sie setzte sich wieder ans Fenster und schenkte nach.

Moment mal ... Wer sagte eigentlich, dass es keine Frau war? Natürlich hatte eine Frau den Schraubverschluss erfunden. Männer waren zu dumm dafür. Hatte sie nicht einmal einen Freund gehabt, der immer am Korken schnüffelte wie die Jugendlichen in Lima an Klebstoff? Eben! Und hatte er nicht davon gefaselt, der Wein habe Noten von diesem und jenem? Noten? Halt doch die Klappe, Mann. Noten wurden in der Schule verteilt.

Hätte sie damals nur etwas mehr Willensstärke gehabt, hätte sie ihm mit dem Korken das Maul stopfen sollen. Mit einem einzigen, harten, präzisen Schlag. Bis in den Schädel.

Bei der Vorstellung musste sie grinsen. Zwei Korken wären sogar noch besser gewesen ... einer für jedes Nasenloch.

Siebenunddreißig, und es gab letztlich niemanden, mit dem sie sich vorstellen konnte, einen Abend zu verbringen. Das war ... eine seltsame Feststellung. Bemitleidenswert?

»Hey, Franckie. Bist du bemitleidenswert?«

Sie nahm einen Schluck aus der neuen Flasche. Zum Glück hatte der Wein aufgehört, nach irgendetwas zu schmecken.

Eine Weile starrte sie das Auto des jungen Vaters an. Genau das hatte ihr diesen verdammten wunden Punkt von neulich wieder ins Gedächtnis gerufen. Dabei war es weder ein Berlingo noch ein Bullitt, sondern ein beschissener Škoda. Aber das war ja auch völlig egal. Es ging um mehr.

»Bist du wirklich so dumm, Franckie?«

Es war ein unterschwelliges Gefühl in ihrem Bewusstsein, das nur ab und zu an die Oberfläche kam – leise plätschernd wie das Wasser direkt an der Quelle. Jetzt gerade glich es allerdings eher einem reißenden Fluss.

Siebenunddreißig und furchtbar pathetisch.

»Übrigens, Franckie, was du sagst, ist gelogen. Du bist eine Lügnerin …«

Es gab sehr wohl jemanden, mit dem sie gern den Abend verbracht hätte. Einen, der keinen Bullshit redete. Der vielleicht nicht viel sagte, es dann aber auch so meinte. Einen, der nicht auf die Idee gekommen wäre, an einem lächerlichen Korken zu schnüffeln wie ein Hund am Hintern eines anderen.

Regungslos saß sie da, während sie darüber nachdachte. Das Ganze war ein heilloses Durcheinander. Ihr Handy lag in der Küche. Sollte sie …?

Sie ließ sich von der Fensterbank rutschen, verlagerte dabei aber das Gewicht auf das falsche, das künstliche Bein. Sie verlor das Gleichgewicht und schlug schwer auf dem Boden auf, während das Weinglas in hohem Bogen über sie hinwegflog und in einem Regen aus Rotwein auf dem hellen Teppich landete. Ohne zu zerbrechen.

Drecksbein!

Sie mühte sich ab, um in eine sitzende Position zu kommen, verblüfft über das kleine Wunder des unbeschädigten Weinglases. Kurz überlegte sie, ob es sich überhaupt lohnte, aufzustehen. Sie tat es trotzdem, torkelte in die Küche und holte ihr Handy.

Die Fensternische gab sie auf. Stattdessen rutschte sie an der Wand hinunter, bis sie daran angelehnt auf dem Boden saß.

Sie starrte das Telefon in ihrer Hand an. Sollte sie? Oder lieber nicht? Nein! Natürlich sollte sie.

Ihr war nicht ganz klar, warum, aber sie hatte plötzlich wahnsinnige Sehnsucht nach ihm.

28.

Sein Handy wollte nicht aufhören zu klingeln. Es steckte in der Innentasche seiner Jacke, die hastig abgestreift worden war und jetzt am Fußende des Bettes lag.

Schukowa saß rittlings auf ihm. Sie hatte gerade ihre Bluse ausgezogen und ihren BH geöffnet. Sie verzog leicht genervt das Gesicht, beugte sich dann aber vor und holte das Telefon aus seiner Jacke.

»Margrethe Franck?«

Schukowa sah ihn fragend an und hielt das Handy so, dass er es sehen konnte. Es klingelte weiter.

»Sie ist hartnäckig, oder? Geh ruhig dran ... ist okay.«

»Nicht nötig«, antwortete er und schüttelte den Kopf.

Sie legte das Gerät zur Seite.

»Ist das etwa deine Freundin, Niels?«

Langsam bewegte Schukowa ihren Unterleib vor und zurück.

»Meine Freundin? Nein, nein, auf keinen Fall«, antwortete er und spürte Unbehagen in sich aufsteigen.

Anastasia fand wieder in einen ruhigen Rhythmus. Halb flüsternd, halb stöhnend sagte sie: »Hier gibt es nur uns beide, Niels. Niemand darf je etwas davon erfahren. Auch sie nicht, diese ... Margrethe ... Das ist etwas zwischen dir und mir. Etwas aus dem Hades, aus der Unterwelt. Aus einer anderen Dimension.«

»Wir haben ... es schon mal getan, oder?«

Sie liebkoste sein Gesicht mit der Hand, ohne zu antworten.

»Damals im Dunkeln, in meiner Zelle«, fuhr er fort.

»Hm, du weißt es nicht sicher? Warst du zugedröhnt?«

»Ich weiß nicht, ob es ein Traum war oder die Wirklichkeit.« Er merkte, wie ihr Rhythmus sich steigerte und ihn mitriss und wie ihre warmen, starken Schenkel ihn festhielten.

»Es war echt, mein Freund. Meine einzige Chance, mit dir in Kontakt zu treten. Weißt du noch, ich habe dich für den Kollegen gehalten, der mich holen sollte.«

»Ich erinnere mich an fast gar nichts«, antwortete er, »aber ... meine Hände ... erinnern sich an dich ...«

Schukowa lächelte, lehnte sich vor und gab ihm einen Kuss auf die Stirn.

Er ließ seine Hände über ihre Schenkel nach oben gleiten und legte sie auf ihre Hüften. Ihre Haut war weiß, glatt und angenehm kühl.

Da hatte er ein Déjà-vu, nahm es undeutlich wie durch einen Nebelschleier wahr. Sie war ein Wesen aus dem Wald, vielleicht eine Elfe.

Seine Hände wanderten weiter über ihren Körper, folgten der langen weichen Kurve ihrer Taille bis zu den kleinen, runden Brüsten und den Schlüsselbeinen, dann über Schultern, Rücken und Oberarme zurück zu den Hüften.

Genauso wie er noch immer Mr Whites Schnauze in seiner Handfläche spüren konnte, erkannte seine Haut bei der Berührung auch ihre wieder. Sein Herz klopfte heftig.

»An eine ganz bestimmte Sache erinnere ich mich aber«, keuchte er. »Der Dolch ...«

Sie antwortete nicht, presste sich nur noch fester gegen ihn.

»Du hast mir den Dolch dagelassen, nicht wahr?«

Sie nickte.

»Ohne ihn wäre ich ...«

Mit zwei Fingern auf seinen Lippen brachte sie ihn zum Schweigen. Und hielt inne. Saß einfach nur da und wand sich in ganz kleinen, kreisenden Bewegungen.

»Und du bist gekommen und hast mich ins Licht geholt, *Orfej*. Verbunden, wie gesagt. *Verbunden*.«

Dann klemmte Schukowa seinen Körper zwischen ihren Schenkeln ein und schob den Unterleib heftig vor.

Der Rauch ihrer Zigarette stieg im schwachen, orangefarbenen Schein der Straßenlaternen zur Schlafzimmerdecke auf.

Er saß mit dem Rücken gegen das Kopfteil des Bettes gelehnt, warm und verschwitzt.

Anastasia Schukowa lehnte am Fußende, Bettdecke und Kissen im Rücken. Sie war nackt, mit einem Glas Champagner in der einen Hand und einer Zigarette in der anderen.

Die Glut leuchtete auf wie eine Fackel im Schnee, als sie ein letztes Mal an der Zigarette zog, sie dann ausdrückte und nach der Flasche griff, die auf dem Boden stand.

»Noch einen Schluck, Niels?«

Er hielt ihr sein Glas hin. Eigentlich machte er sich nichts aus dem Zeug. Und eigentlich war die ganze Situation zu absurd. Er lag in einem Bett in einer Wohnung am Ufer der Spree in Berlin bei einer fremden russischen Frau, die er eigentlich kennen müsste, an die sich seine Hände erinnerten und in deren Schuld er stand. Und sie hatten gerade Sex gehabt.

Eine heftige Erfahrung, die seinen Körper beinahe in einzelne Atome gesprengt hätte.

Er hatte seit vielen Jahren keinen Sex mehr gehabt. Weil er nicht konnte oder weil er sich nicht traute oder weil das Zusammenspiel zwischen Körper und Kopf bei ihm einfach zu kaputt war. Aber die letzten Stunden hatten bestätigt, was er nach Beginn der EMDR-Therapie bei seiner Psychologin Leyla allmählich festgestellt hatte: Die Fähigkeiten und die Lust waren wieder da.

Er fühlte sich gut. Nein, wahnsinnig gut.

Erleichtert, müde, entspannt und wie nach einem großen Triumph, als hätte er ein riesiges Stück verlorenes Land eigenhändig zurückerobert.

»*Sa Sdorówje.*«

Anastasia Schukowa hob ihr Glas.

»*Sa Sdorówje.*«

»Und auf Dänisch, Niels?«

»*Skål* ...«

»Also dann, *skål*. Auf ... *die Träume.*«

Schukowa nahm einen Schluck. Mit der freien Hand zog sie eine weitere Zigarette aus der Packung.

»Findest du, dass ich eine vulgäre, dekadente Russin bin, Niels?«

Sie steckte sich die Zigarette zwischen die Lippen und zündete sie an, während sie ihn prüfend ansah.

»Warum sollte ich?«

»Champagner und Rauchen im Bett. So was macht man im Westen nicht mehr, oder? Das ist angeblich nicht mehr ... politisch korrekt, nicht wahr?«

»Ich bin der Letzte, der jemanden verurteilen sollte. Der Allerletzte ...«

Sie wollte noch etwas sagen, aber verkniff es sich dann. Stattdessen nickte sie nur.

»Und dazu auch noch Sex mit einem fremden Mann – zu dem Champagner und den Zigaretten«, sagte sie kurz darauf und lachte, dass der Rauch aus ihrem Mund quoll.

»Fremd, und dann auch wieder nicht«, brummte er.

Eine Weile schwiegen sie. Es war kein unangenehmes Schweigen, keine komplizierte Situation. In diesem dunklen Schlafzimmer war nichts inszeniert. Sie waren nackt, nüchtern und zufrieden.

Sie genossen das Leben.

Vielleicht war diese Nacht mit Anastasia Schukowa, der russischen Agentin, genau der Zufluchtsort, nach dem er sich mit jeder Faser seines Körpers gesehnt hatte.

Sie sah ihn aus leicht zusammengekniffenen Augen an, wie es typisch für sie zu sein schien.

»Niels ...«, begann sie, »ich weiß, dass du einen Sohn hast, und von meinem Boss habe ich gehört, dass du mal Elitesoldat warst. Mehr muss ich nicht wissen. Was mich aber interessiert, ist, wie du wiederauferstanden bist. Falls du wiederauferstanden bist wie Phoenix aus der Asche, du, ›der Allerletzte, der verurteilen sollte‹. Wer bist du jetzt?«

Das war eine große und verdammt schwierige Frage, die so viel Nachdenken und so viel Kraft erforderte, dass er normalerweise den einfachen Weg gewählt hätte und direkt geflüchtet wäre.

Allerdings nicht bei diesem weißen, zierlichen Waldwesen, das sich nackt zu seinen Füßen rekelte und gerade eine Hand liebkosend sein Schienbein hinaufgleiten ließ, während sie ihm weiter in die Augen sah.

Er hatte wirklich das Bedürfnis, ihr alles zu erzählen.

Er suchte nach Worten, setzte an – überlegte es sich doch wieder anders – und fand schließlich einen Anfang.

»Hmm ... Seit ich aus dem Krankenhaus entlassen wurde, habe ich wie ein ... Pilger ... gelebt und bin einfach nur gewandert. Ich habe große Strecken zurückgelegt, physisch und mental. Dabei habe ich manchmal meinen Körper hier auf der Erde verlassen und bin irgendwie in eine andere Dimension übergegangen, mal kurz, und auch mal länger. Und ansonsten habe ich einen Fuß vor den anderen gesetzt und bin gewandert, als Buße, habe nach Einsicht, Frieden und Versöhnung gesucht. Dabei habe ich etwas von dem, was mich früher ausgemacht hat, hinter mir gelassen; ein Teil ist noch da und wird es auch immer sein. Und ganz zum Schluss, am Ende einer langen Wanderung von der Nordspitze Dänemarks bis nach Norddeutschland, konnte ich auf einmal wieder den Rücken durchstrecken und frei atmen. Die Schuld ist noch da. Aber sie zwingt mich nicht in die Knie. Nicht mehr. Das ist also meine Antwort, dieses eine Wort: Pilger ...«

Damit sank er tiefer in das Kissen in seinem Rücken, mit schweren Muskeln und einem dennoch angenehm leichten Gefühl. Er war überrascht über seine zusammenhängende Antwort, die unaufhaltsam aus seinem Mund geströmt war.

»Pilger ...«, sagte Schukowa nachdenklich. »Das klingt plausibel. Aus dem einen in etwas anderes überzugehen. Trotzdem: Du bist nicht der höchstdekorierte Soldat Dänemarks geworden, ohne früher getötet zu haben.«

»Einen Feind bei Kriegshandlungen zu töten ist akzeptabel – das gehört dazu, wenn man Soldat ist. Zu töten, weil jemand anderes unterhalten werden will, ist etwas ganz anderes. Das zerstört dich.«

»Hättest du es nicht getan, hätte dein Sohn heute keinen Vater mehr.«

»Deshalb – und nur deshalb – habe ich es getan. Und deshalb musste ich so lange wandern.«

»Du bist ein feiner Mensch, *Orfej*. Das ist selten ... Und jetzt sollst du bekommen, wofür du hergekommen bist: meine Antwort. Ich erzähle dir alles, was ich weiß. Aber du hast es nicht aus meinem Mund erfahren.«

Schukowa sah ihn fragend an und drückte ihre Zigarette aus. Er nickte.

»Ich weiß, wer sich hinter den Tiermasken versteckt. Nicht bei allen, aber bei einigen.«

Mit einem Ruck setzte er sich auf.

Ein flüchtiger, dunkler Schatten huschte über Schukowas Gesicht, als sie fortfuhr: »Damit du weißt, wie meine Situation damals war: Es hat zwei Jahre gedauert, die Organisation aus dem Mittleren Osten zu infiltrieren, die hinter der Operation auf dänischem Boden steckte. Ich brachte mich in die Position als Geliebte von Ehsan Shirvani, dem Mann, der das Ganze steuerte. Manchmal wurde ich wie eine Göttin behandelt. Manchmal auch wie ein Hund ... Er hat mich gezwungen, Sex mit Gefangenen zu haben, während er im Dunkeln danebenstand und zusah, dieses perverse Dreckschwein. Deshalb hatte ich Zugang zu den Zellen – auch ohne ihn. Die Wärter hörten auf mich. Etwas anderes hätten sie sich nicht getraut.«

»Shirvani wurde getötet, als er das Feuer auf das Spezialeinsatzkommando der Polizei eröffnete. Jedenfalls habe ich das so gehört.«

»Das stimmt. Ich habe es gesehen. Sonst hätte ich ihn persönlich umgebracht.«

»Und die Männer mit den Masken, Nastenka?«

»Ich habe die Gästelisten gesehen ... nicht alle. Dafür bin ich ein verdammt hohes Risiko eingegangen, weil ich jedes Mal seine Kleidung und seinen Alukoffer durchsuchen musste. Shirvani hatte sie ausschließlich handschriftlich auf Papier. Er hatte eine Phobie vor allen Formen von elektronischer Kommunikation, hatte eine Heidenangst davor, digitale Spuren zu hinterlassen. Ich weiß, dass er eine vollständige Übersicht aller Gäste in seinem Netzwerk besaß. Nicht alle wurden jedes Mal eingeladen, und nicht alle, die eingeladen waren, kamen. Aber jeder hatte sein eigenes ›Tier‹, seine persönliche Maske, die er selbst aufbewahrte.«

»Und der Kontakt zu den Männern? Wie hat er …«

»Über eine persönliche Botschaft. Immer. Shirvani schickte einen Kurier mit einem Einladungsschreiben.«

»Weißt du, dass in dieser Nacht drei Männer geflohen sind?«

Schukowa nickte und zündete sich eine weitere Zigarette an.

»Der Löwe, das Nilpferd und der Mandrill.«

»Einer wurde an der Grenze nach Deutschland tot aufgefunden …«

Schukowa ließ eine Rauchsäule aufsteigen.

»Das Nilpferd … ein Holländer, Dirk de Windt.«

»Das hat die Polizei herausgefunden.«

»Und jetzt, Niels … sind wir beim Kern der Sache, nicht wahr? Beim Grund dafür, dass du an meine Tür geklopft hast.«

Er leerte sein Champagnerglas, sagte aber nichts.

»Der Löwe und der Mandrill: Wer sind sie?«

Sie hatte die Frage selbst formuliert. Und nahm sich reichlich Zeit für ihre Antwort.

»Alle Tiere, deren Identität ich kenne, habe ich auswendig gelernt. Ich kann sie im Schlaf aufsagen. Und wie könnte ich sie je vergessen? Der Löwe ist ein reicher Schweizer namens Fabian Stadler. Er wohnt in Zürich – und soll ein liebevoller Familienvater sein.«

»Stadler?«

Sie sahen sich direkt in die Augen. Vielleicht reagierte er, ohne es zu merken.

»Kein Grund, überrascht zu sein. Ja, der König der Tiere, in all seiner Macht und Verdorbenheit.«

»Und der Mandrill?«

»Wir beide wissen es, oder? Dass du morgen früh, wenn ich aufwache, weg sein wirst.«

»Ja.«

Schukowa lächelte traurig.

»Mit dem Mandrill verhält es sich leider anders, Niels. Das Einzige, was ich weiß, ist, dass es sich beim Mandrill um einen Dänen handelt ...«

29.

Die weißen Leuchtziffern auf ihrem Handy verrieten ihr, dass es 04:37 Uhr war.

Siebenunddreißig?

Oh nein, nicht schon wieder diese Zahl. Unter keinen Umständen!

Sie schloss die Augen. Und war schon fast wieder eingeschlafen, als ihr plötzlich etwas einfiel. Abrupt setzte sie sich im Bett auf und sah rasch nach.

Nein.

Kein Lebenszeichen von Niels Oxen. Kein Anruf, den sie in ihrem sinnlos betrunkenen Zustand verpasst hatte. Kein SMS-Ton, den sie überhört hatte.

Sie erinnerte sich, dass sie trotz allem schlau genug gewesen war, vor dem Schlafengehen zwei Kopfschmerztabletten zu schlucken. Zwar fühlte sie sich furchtbar, mochte sich aber nicht vorstellen, wie es ohne die Pillen gewesen wäre.

Sie ließ sich aufs Kissen zurücksinken und zog die Decke hoch. Wann sie ins Bett gegangen war, wusste sie nicht mehr genau. Was sie wusste, war, dass sie viel zu früh aufgewacht war.

Die Nacht war grauenhaft gewesen. Es kam ihr vor, als hätte sie gar nicht geschlafen. Denn ein Gedanke hatte alles ausgefüllt und sich in ihrem Kopf im Kreis gedreht:

Er war nicht ans Telefon gegangen.

Beim letzten Mal war das der Auftakt zu einem langen Albtraum gewesen, bei dem sie in einem verzweifelten Wettlauf gegen die Zeit über ihre Grenzen gegangen war, um ihn lebend aufzufinden.

Hatte sie gestern Abend nicht, an die Wand gelehnt, auf dem Boden gesessen und wieder und wieder angerufen?

Es war seltsam. Rätselhaft. Niels ging immer dran, wenn er sah, dass sie anrief. Egal wie früh oder spät es war.

Einen Moment lang überlegte sie, es noch einmal zu versuchen. Nein. Es war zu früh. Und zu peinlich. Natürlich gab es eine ganz einfache Erklärung dafür, dass sie ihn gestern nicht erreicht hatte. Eine Erklärung, bei der sie über sich selbst den Kopf schütteln würde.

Ihr Hals war trocken. Entschlossen schlug sie die Decke zurück, stolperte fast über die Prothese, die sie achtlos auf den Boden geworfen hatte, und hüpfte unsicher in die Küche. Sie holte eine Milchtüte aus dem Kühlschrank, öffnete sie und trank gierig ...

Jetzt würde sie schlafen. Und wenn sie aufwachte, würde Niels anrufen und fragen, was sie gewollt hatte.

Bis dahin musste sie sich eine vernünftige Antwort überlegt haben.

30.

Die blauen Leuchtziffern auf dem Handy verrieten ihr, dass es 04:47 Uhr war.

Es kam ihr vor, als hätte sie sich unendlich lange im Bett gewälzt – ohne auch nur eine Stunde am Stück zu schlafen. Dennoch musste sie eingedöst sein. Denn als sie das letzte Mal nachgesehen hatte, zeigte das Handy 03:07 Uhr.

Die Nacht war schrecklich gewesen. So schlimm, wie Nächte nur sein konnten. Und sie kannte solche Nächte besser, als gut war. Gedanken und Grübeleien in einer großen, unproduktiv brodelnden, kochenden Masse.

Doch etwas hatte diesen beunruhigenden Zustand zwischen Schlafen und Wachsein geprägt: die Farbe Weiß.

Ein weißer Mahlstrom aus Gedanken, der sie in eine weiße Tiefe zog. Weiß wie die verfluchte Wand in der leeren Wohnung nebenan.

Vor allem diese Wand und ihre ehemalige Funktion als Ermittlungstafel hatten ihr zahlreiche grauenhafte Nächte beschert. Und jetzt war sie weg, zugespachtelt, überstrichen, aber nicht aus ihrem Gedächtnis gelöscht.

Immer wieder hatte sie Bilder ihres Bruders gesehen. Sein Gesicht, wie sie es vom Foto an der Wand kannte – und dessen Züge und Konturen dann von weißer Farbe verwischt wurden.

Man musste keine Psychologin sein, um das zu verstehen. Sie hatte ihren geliebten Bruder verraten. Sie hatte eine blutende Wunde mit weißer Farbe übermalt.

»*Scheiße, Sally, reiß dich zusammen.*« Sie sagte es laut zu sich selbst – und fühlte sich furchtbar …

Dann dachte sie an ihr Handy und die SMS, die sie am Vorabend Niels Oxen geschickt hatte. Sie hatte den letzten dünnen Faden der Hoffnung abgeschnitten und ihn gebeten, die ganze

Sache zu vergessen. Der Mann hinter der Mandrillmaske war sowieso nur ein Phantom, das sie niemals finden würden.

Rasch sah sie nach.

Oxen hatte nicht geantwortet.

31.

Antigua im zentralen Hochland Guatemalas wirkte wie eine lebendige Erinnerung an eine vergangene Zeit, als die Spanier hier geherrscht und gewütet hatten. Die Stadt lag wie ein großer, von der Sonne ausgeblichener Fleck inmitten des üppigen Grüns 1500 Meter über dem Meer.

Ihre Existenz hatte eindeutig etwas Widernatürliches an sich.

Umgeben von drei aktiven Vulkanen, Agua, Fuego und Pacaya, wirkte die ehemalige Hauptstadt des Landes gleichzeitig unbezwingbar – und zerbrechlich.

Ersteres, weil sie lag, wo sie lag, und das nun schon seit fast fünfhundert Jahren. Letzteres, weil die Natur jederzeit entscheiden könnte, sie in einem einzigen Wutausbruch einfach auszulöschen. Aber sie war immer noch da. Dass die halbe Stadt aus Ruinen bestand, könnte man als warnend erhobenen Zeigefinger verstehen. Wenn nicht Feuer und Asche die Stadt vernichteten, dann würde die Erde unter Antigua beben.

Die Stadt war in Quadraten, dem von den Spaniern bevorzugten Muster, angelegt. Die Straßen verliefen in nordsüdlicher und ostwestlicher Richtung, ein zentraler Platz bildete den Fixpunkt und das Herz, das der Stadt Leben einhauchte.

Antigua bestach durch seine Schönheit und seine pastellfarbene, abblätternde Melancholie. Und das war auch der Grund dafür, dass die UNESCO diese Stadt schon lange auf ihrer Liste hatte. Die Auszeichnung als »Welterbe« war auch ein Vertrauensbeweis ... Sie zog Menschen von nah und fern an und schwemmte Geld in die Kassen.

Deshalb nahm niemand besonders Notiz von den drei gut gekleideten Männern, die über die 5a Avenida Norte schlenderten. Zwei von ihnen, ein weißer und ein schwarzer Hüne, beide fast zwei Meter groß, trugen kurzärmelige Hemden, während der dritte, dem Aussehen nach möglicherweise südamerikanischer Abstammung, sein Sakko anbehalten hatte. Alle drei waren US-amerikanische Staatsbürger, wodurch ihre Herkunft verblasste und im Grunde uninteressant war.

Die Männer gingen in der Mitte des Kopfsteinpflasters, in sicherem Abstand zu den selbstmörderisch hohen Bordsteinen. Sie näherten sich einem schönen, pastellgelben Torbogen mit weißen Gesimsen, der sich mehrere Meter breit über die Straße spannte.

Hübsch eingerahmt, genau in der Rundung und gar nicht so weit entfernt, ragte im Hintergrund der klassische Kegel eines Vulkans majestätisch über Stadt und Land auf.

»*Awesome ... fuckin' awesome ...*«

Der Schwarze hielt bei dem Anblick inne, schob seine Sonnenbrille auf die Stirn, drehte sich um, zog das Handy aus der Tasche und positionierte sich mit dem Vulkan im Rücken.

»*Fuckin' awesome*«, sagte er wieder. »Die Mutter aller Selfies, oder?«

Sein Ton legte die Vermutung nahe, dass er der Boss war. Er hielt den anderen das Handy hin und zeigte ihnen das Ergebnis. Seine beiden Begleiter nickten anerkennend und sicherten sich gleich eine ähnliche Erinnerung, bevor sie durch den Bogen weitergingen.

Nur wenige Straßen davon entfernt warteten zwei Männer und eine Frau geduldig auf sie. Sie saßen in einem Patio, einem atemberaubend schönen Innenhof. Er wirkte wie eine Explosion aus bunten Blumen in allen möglichen leuchtenden Farben und aus Blättern und Ranken in den unterschiedlichsten Grüntönen. Alles umgeben von pastellblauen Fassaden mit weißer Balustrade an einer Galerie im ersten Stock, weißen Tür- und Fenstersimsen und Backstein, viel, viel Backstein.

Von Antiguas vielen Patios ahnten die Passanten auf der Straße meist nichts. Sie waren die vergessenen Juwelen der alten Kolonialstadt.

Die drei saßen an einem ovalen Tisch am schattigen Ende des Gartens. Einer der beiden Männer stach heraus. Er trug Jeans und ein einfaches enges weißes T-Shirt, das die ausgeprägten Muskeln betonte. Der andere Mann trug ein schwarzes Sakko, die Frau einen Blazer, sie hatte ihr blondes Haar mit einer silbernen Spange im Nacken festgesteckt. Vor ihr stand ein aufgeklapptes Notebook.

Der Patio war eine logische Wahl, da der Anlass für ihr Treffen mindestens genauso geheim war wie diese Umgebung.

Am schmiedeeisernen Gittertor stand ein bewaffneter Wachmann, der zusätzlich für Diskretion sorgte.

»Sie müssten gleich hier sein«, seufzte die Frau und sah auf ihre Uhr.

In diesem Moment tauchten die drei Männer auf. Der Wachmann wies ihnen den Weg über den hellen Steinboden des Patios, blieb aber am Tor stehen. Einer der drei, der lateinamerikanisch aussehende Mann mit Sakko, ging sofort die Steintreppe hinauf und stellte sich ein Stück entfernt auf der Galerie hin.

»Endlich sind alle da«, fing die Frau an. »Nehmen Sie Platz. Möchten Sie etwas trinken? Kaffee? Etwas Kaltes? Wasser?«

Sie notierte sich ihre Wünsche und gab einer Haushaltshilfe oder Bedienung, die hinter einem Busch mit orangefarbenen Blüten gestanden hatte, ein Zeichen.

»Ein Wasser *sin* und eins *con gas*. Drei Kaffee, zwei Americano und einen Flat White.«

»*Fucking' awesome*«, sagte der Afroamerikaner und drehte sich einmal um die eigene Achse. Er fand einen Blickwinkel mit Ziegeln, Balustrade und einem lila Blumenmeer und machte ein Selfie, bevor er seine Aktentasche abstellte und sich setzte. Einer plötzlichen Eingebung folgend, zog er dann das Handy wieder heraus, scrollte durch die Fotos und hielt es hoch.

»Ich war noch nie hier, aber Antigua überrascht mich. Schauen Sie mal: ein Rundbogen mit einem *freakin'* Vulkan. Wo kann man so was schon sehen?«

»Das ist El Arco de Santa Catalina«, sagte der Mann im weißen T-Shirt. »Man errichtete den Bogen im siebzehnten Jahrhundert als versteckte Passage zwischen einem Kloster und einer Schule, damit die Nonnen nicht öffentlich gesehen wurden. Und der Vulkan, das ist der Agua ...«

»Agua? *No shit* ...« Der große Schwarze zog die Augenbrauen hoch.

»Einige von uns kennen sich ja, aber nicht alle ... Ich stelle Sie einander vor«, unterbrach die Frau im schwarzen Blazer. Sie war sichtlich irritiert über die fehlende Ernsthaftigkeit zu Beginn eines Treffens, das sich ohnehin schon verzögert hatte.

»Ich bin Sarah Walker, Leiterin des Standorts Guatemala City. Und das ist Ray Bowman. Er wohnt hier in Antigua, ist ehemaliger Mitarbeiter der Firma, jetzt Freelancer.« Damit wies sie auf den Mann im weißen T-Shirt zu ihrer Linken. Dann sagte sie: »Rechts von mir Daniel Morales, Standortchef in Panama. Gerade angekommen ist der Leiter unserer operativen Abteilung in Langley, Shaun Parish. Willkommen ...«

Die Frau nickte dem hochrangigen Kollegen aus der Zentralverwaltung förmlich zu und sprach zögernd weiter:

»Und unser letzter Gast ... Ich weiß nicht genau ...«

»Jesse Summerville, der Assistent von Mr Parish«, sagte der letzte Teilnehmer des Treffens mit einem entwaffnenden Lächeln.

»*All right*, gleich schalten wir Jack Olsson von der Kopenhagener Außenstelle auf einer sicheren Direktleitung dazu. Aber ich schlage vor, dass erst mal Mr Parish übernimmt.«

Sarah Walker überließ dem Abteilungsleiter das Wort. Wenn sie angenommen hatte, dass er so unkoordiniert fortfahren würde, wie er sich anfangs gezeigt hatte, lag sie falsch. Er war sehr direkt.

»Und warum zur Hölle sitzen wir jetzt hier, in Antigua, Guatemala? Damit ich Selfies machen kann? *Nope ...*, sondern weil es sinnvoll ist, sich an einem abgelegenen Ort zu treffen. Zentral für die Operation ... aber abgelegen. Abseits der Aufmerksamkeit. Es gibt Projekte bei der CIA, die außerhalb von Langley besser aufgehoben sind. Und mit einer solchen sensiblen Angelegenheit haben wir es hier zu tun. Ich bitte um einen vollständigen Status der Operation Niebuhr. Dabei muss ich Sie darauf aufmerksam machen, dass wir Mr Bowman als ›Externen‹ nicht in die laufende Operation einweihen können. Deshalb fangen wir mit den Dingen an, die Mr Bowman betroffen haben oder betreffen werden. Wir besprechen die Perspektiven, die sich daraus ergeben – und danach werde ich Sie bitten zu gehen, Bowman, aber sich bereitzuhalten, falls wir Sie später noch mal brauchen sollten.«

Shaun Parish wies auf das schmiedeeiserne Tor. Genauso gut hätte er sagen können, dass der Rest zu geheim war für den ehemaligen CIA-Mitarbeiter, aber das war gar nicht nötig. Alle nickten, auch Bowman, denn so musste es sein.

Shaun Parish fuhr fort: »Wir haben den ersten Teil unserer Operation an Sie ausgelagert: die Eliminierung der beiden potenziellen Bedrohungen, noch dazu unter komplizierten Bedingungen – am Fuße des Himalaya und in einem *fuckin'* reißenden Fluss in den Alpen. Beides haben Sie zuverlässig erledigt. Sehr schön. Außerdem haben Sie das Geschäft auf den Amerikanischen Jungferninseln vereitelt, auch wenn mir die Liquidierung des Kuriers lieber gewesen wäre, weil wir Lorenzo damit wahrscheinlich so eingeschüchtert hätten, dass er das Ganze abgeblasen hätte. Das ist nicht passiert. Trotzdem haben wir Sie gebeten, das Panama-Geschäft bis zum Schluss zu verfolgen. Einfach weil wir darauf vertrauen, dass Sie der richtige Mann sind. Also ... wo stehen wir, Bowman?«

Ray Bowman lehnte sich ein Stück vor und sah dem Boss aus Langley in die Augen.

»Zunächst muss ich mich entschuldigen, dass wir den Kurier nicht erwischt haben. Wie Sie wissen, war die Agentin, diese Franck, besser als gedacht. Aber zurück zum Thema. Das finale Geschäft der dänischen Steuerbehörden mit Lorenzo steht kurz bevor. Es soll auf dänischem Boden stattfinden. Das wissen wir von der sicheren Quelle, die Sie selbst rekrutiert haben, aus dem engsten Kreis. Der ehemalige Leiter des Nachrichtendienstes, Axel Mossman, ist immer noch dafür zuständig, das Ganze auf die Beine zu stellen. Er wird wieder Franck einsetzen, hat sich darüber hinaus aber auch mit einem ehemaligen Elitesoldaten zusammengetan, dem höchstdekorierten dänischen Soldaten überhaupt. Oxen heißt er.«

»›Ochse‹, so kann man doch nicht heißen«, schnaubte Parish. »Übrigens ein nervliches Wrack mit posttraumatischer Belastungsstörung, habe ich von meinen Leuten gehört.« Parish verdrehte die Augen.

Bowman zuckte mit den Schultern.

»Oder das genaue Gegenteil ... Wir wissen nicht, wozu er

momentan fähig ist, daher unterschätzen wir ihn besser nicht«, antwortete er.

»Hmm … was noch, Bowman?«

»Ich bin gerade aus Kopenhagen zurück nach einem letzten Briefing mit meinen Leuten. Wir sind bereit.«

»Sie kommunizieren direkt – und zuerst – mit mir, wenn Sie mehr wissen.«

»Natürlich.«

Parish lehnte sich im Stuhl zurück, griff nach seiner Kaffeetasse und sah in derselben Bewegung ungeduldig auf seine Uhr.

»Sollte Kopenhagen nicht längst in der Leitung sein, Sarah?«, fragte er.

»Die Leitung steht. Ich habe ihn in der Warteschleife. Sollen wir loslegen?«

Parish nickte.

Sarah Walker drehte ihr Notebook um, sodass alle den Bildschirm sehen konnten.

»Nein, warten Sie«, unterbrach Parish. »Zunächst möchte ich Sie bitten zu gehen, Bowman. Aber bleiben Sie in der Nähe. Ich gehe davon aus, dass wir Sie spätestens in ein paar Stunden wieder zu diesem Meeting dazuholen. Damit wir die letzten Details besprechen können.«

Ray Bowman stand sofort auf, verabschiedete sich wortlos von den anderen Teilnehmern und steuerte auf den bewaffneten Wachmann am Tor zu.

»Gut. Weiter geht's, Sarah«, sagte Parish.

Sarah Walker drückte auf eine Taste.

»Sie sind nun zugeschaltet. Willkommen, Jack Olsson.«

Ein rundliches Gesicht vor einem großen, dunklen Fenster erschien auf dem Bildschirm.

»Guten Abend aus Kopenhagen.«

»Hier ist Shaun Parish. Berichten Sie uns von Ihren Abhör- und Überwachungsergebnissen, Olsson. Punkt für Punkt. Wir sitzen in einem Innenhof in *fuckin'* Antigua und warten gespannt darauf, was Sie für uns aus Skandinavien haben. Ich brauche eine Entscheidungsgrundlage in der Frage, ob wir diesen Niels Oxen aus dem Weg räumen müssen oder nicht.«

32.

Nieselregen hatte eingesetzt, aber er blieb auf der Bank ganz am Ende von Gleis 5 sitzen, wie sie es vereinbart hatten. Es war fast 23:30 Uhr. Die hektische Betriebsamkeit, die am Kopenhagener Hauptbahnhof eigentlich immer herrschte, war längst abgeflaut, und hier draußen war keine Menschenseele zu sehen.

Er entdeckte sie oben auf der Brücke. Eine leicht erkennbare Silhouette. Die Kappe tief in die Stirn gezogen, den Kragen hochgeschlagen. Es war Sally Finnsen, die vom Training in Kødbyen kam, nur wenige hundert Meter entfernt, auf der anderen Seite der Bahnlinie. Mit schnellen Schritten lief sie die Treppe herunter.

»Hallo Niels.«

Sie stellte den kleinen Rucksack auf die Bank und setzte sich neben ihn, ohne sich um den Regen zu kümmern.

»Spätes Training.«

»So ist es manchmal. Ich gehe m-morgen später zur Arbeit. Ich verstehe nicht ...«

Sie zögerte kurz und setzte dann noch einmal neu an: »Ich meine ... Du hast doch meine SMS bekommen, oder?«

Er nickte, ließ sie aber weitersprechen.

»Ich habe b-beschlossen, dass das Ganze aufhören muss. Und zwar jetzt.«

Wieder nickte er.

»Und ja, es mag seltsam wirken, dass ich dich im einen Moment um Hilfe bitte, Niels, und es mir im nächsten Moment wieder a-anders überlege. Aber ... Es ist nicht gesund für mich, weiterzumachen. Ich muss an meinen Bruder denken – und ich muss ihn vergessen.«

Eine Weile schwiegen sie und starrten auf die nassen Schienen, die im Schein der Bahnhofsbeleuchtung glänzten.

Er war ratlos.

Bis vor wenigen Minuten war er davon überzeugt gewesen, dass Sally natürlich die Wahrheit erfahren musste. Und dann selbst entscheiden konnte, was sie damit machte.

Aber war er nicht gerade noch mit seinen Lügen hausieren gegangen? Hatte er nicht den Schmerz des alten Paares in Viborg gelindert, indem er ihnen ein absurdes Märchen über den Tod ihres Sohnes erzählt hatte? Damit hatte er seine Seite gewählt. Manchmal war eine Lüge im Dienst der guten Sache besser ...

Sally starrte ihre Stiefelspitzen an. Dann sagte sie zögerlich: »Was willst du, Niels? Wenn du doch weißt, wie ich ...«

Sie verstummte wieder.

Er überlegte hin und her. Er hatte da etwas – und doch nichts. Eine riesige Spur, gleichzeitig nur eine winzige. Wie viele Jahre hatte diese Sache Sally nun schon gequält und rund um die Uhr an ihr gezehrt?

»Eigentlich nichts, Sally. Ich wollte mich nur vergewissern, dass du in Ordnung bist ...«

Wieder saßen sie schweigend da.

Der Nieselregen hörte auf. Ein Zug fuhr ratternd an einem Gleis weiter hinten ein.

Sally nahm all ihren Mut zusammen.

»*Hey* ... Ich glaube, du bist nicht e-ehrlich zu mir, Niels. Ich nehme an, du hast etwas gefunden. Und da kam meine SMS dazwischen. Und jetzt w-weißt du nicht, was du tun sollst, richtig?«

Er atmete tief ein. War es *so* offensichtlich?

»Etwas in der Art.«

»Hmm...«

Sally hielt den Blick immer noch auf ihre Schuhspitze gerichtet. Schließlich sagte sie: »Also gut, dann erzähl es mir. Erzähl mir, was du hast. Ich bin erwachsen genug, um es zu hören. Und erwachsen genug, um selbst zu entscheiden.«

Und wahrscheinlich hatte sie recht. Er sollte keine Vergleiche ziehen und das Für und Wider einer Lüge abwägen. Nicht bei einer wie Sally.

»Okay«, sagte er und holte Luft. »Ich komme gerade aus Berlin.«

Er berichtete ihr kurz und bündig über Mossmans Freundschaftsdienst und wie er einen ganzen Tag lang versucht hatte, die russische Agentin Anastasia Schukowa zu finden, und sie danach beschattet hatte. Dass sie miteinander im Bett gewesen waren, ließ er aus. Das war privat und irrelevant.

Er erzählte ihr, was Schukowa ihm gesagt hatte, dass der Mann hinter der Löwenmaske ein gewisser Fabian Stadler war. Und dass er an diesem Morgen gegoogelt und herausgefunden hatte, dass der Schweizer vor Kurzem bei einer Kajak-Wildwassertour in den Bergen ertrunken war.

»Und zuletzt hat sie mir erzählt, was sie über den Mandrill wusste. Der Einzige der drei Geflohenen, der noch lebt und auf freiem Fuß ist. Sie wusste nur, dass der Mandrill Däne ist...«

»Ein Däne?«

»Ja.«

Sally schwieg und starrte in die Dunkelheit. Als sie endlich wieder etwas sagte, schien sie mehr mit sich selbst zu reden.

»*Fuck, fuck, fuck!* Ein Däne...«

33.

Jack Olssons fleischiges Gesicht füllte den gesamten Bildschirm. Der Leiter des CIA-Standorts in Kopenhagen sollte entweder die Position seiner Kamera korrigieren oder vom Computer wegrücken.

Shaun Parish wirkte sichtlich genervt von dem Dänen, der von der anderen Seite der Welt zugeschaltet war. Er erhöhte den Druck und verlangte eine abschließende Einschätzung.

»Also, was meinen Sie, Olsson? Ist die Operation Niebuhr weiterhin gefährdet oder nicht?«

Olsson lächelte und sagte: »Ach, dabei fällt mir ein ... ein kleines Kuriosum nebenbei ... Das habe ich neulich gelesen ... Carsten Niebuhr war gar kein Däne, sondern Deutscher, und er war ...«

»Das ist irrelevant«, fiel ihm Parish scharf ins Wort. »Hier geht es nicht um die Nationalität. Es geht um die Symbolik. Fangen Sie einfach an. Danke.«

In Dänemark erstarrte das Lächeln. Olsson begann: »Okay, wir haben wie vereinbart die entscheidenden Personen dieser stinkenden Affäre im Keller unter der alten Ziegelei abgehört und observiert. Was beim Leiter des *Shelter Fonds* Martin Smed während seines Aufenthalts im Gefängnis ja kein Problem war. Seine ausgehenden Telefonate konnten wir allerdings nicht belauschen. Wir haben jedoch seine Frau abgehört. Sie hatten regelmäßigen Kontakt. Er rief sie an dem gleichen Tag an, als diese junge Polizistin Sally Finnsen ihn zusammen mit Niels Oxen im Gefängnis besucht hat. An ihrem Gespräch war nichts Verdächtiges. Er hat den Besuch der beiden mit keinem Wort erwähnt ...«

Shaun Parish verzog das Gesicht, als er Oxens Namen erneut hörte, unterbrach ihn aber nicht.

Olsson fuhr fort: »Trotzdem haben wir Smed in Absprache mit

Langley sicherheitshalber im Gefängnis eliminiert. Seine Frau hören wir immer noch ab, was reinste Zeitverschwendung ist. Sie stellt kein Risiko dar. Sie weiß nichts.«

»Und die Frau mit dem halben Bein, diese Margrethe oder wie sie heißt?«, drängte Parish ihn ungeduldig.

»Ja, Margrethe Franck ... Nach allem, was wir in Erfahrung bringen konnten, eine sehr kompetente und effektive Frau. Die wohl gern eigenmächtige Entscheidungen trifft ...«

»Was meinen Sie damit? Scheißt sie auf Befehle, oder was?«

Olsson zuckte mit den Schultern.

»Sagen wir mal, sie ist stur, sehr stur. Sie hat an dem Fall weitergearbeitet. Mehrmals mit Oxen darüber gesprochen. Kam aber nicht voran. Schließlich wurde sie angewiesen, die Ermittlungen einzustellen. Was sie jetzt auch getan hat. Endlich.«

»Und diese Rothaarige? Finnsen?« Parish lehnte sich im Stuhl zurück und griff nach seiner Kaffeetasse.

»Sally Finnsen ist raus. Sie hat aufgegeben. Vor Kurzem hat sie Oxen eine SMS geschrieben, aus der hervorging, dass sie nicht mehr will. Sie hat beschlossen, die Sache zu beenden. Alles zu vergessen.«

»Und damit sind wir beim Tüpfelchen auf dem i, nicht wahr, Jack? Oder sollten wir lieber sagen beim ›einzigen aktiven Vulkan‹: Niels Oxen ...?«

Olsson kniff die Augen ein wenig zusammen.

»Vulkan?«

»Vergessen Sie's. Der Vergleich ist mir gerade eingefallen. Wir haben hier drei aktive Vulkane direkt vor der Tür. Und *fuckin'* dreiunddreißig in ganz Guatemala. Oxen, was ist mit ihm? Steht ein Ausbruch zu befürchten?«

»Seit der Polizeiaktion in diesem Keller hat er sich ziemlich passiv verhalten. Wie Sie wissen, wurde er schwer verletzt und lag lange im Krankenhaus. Und offenbar hat er seine Zeit danach hauptsächlich mit Wandern verbracht.«

»Mit Wandern? Ein wandernder Ochse?«

Misstrauisch sah Parish seinen Kollegen aus der dänischen Hauptstadt an.

»Ja ... Wandern ...«

»Aber man kann doch nicht einfach nur *wandern*? Das ist doch kein Beruf, oder?« Shaun Parish schien zunehmend irritiert.

Olsson atmete tief ein.

»Wie auch immer ... *Genau* damit hat Oxen die letzten Wochen und Monate verbracht. Sowohl in Dänemark als auch im Ausland, soweit wir wissen. Und ohne sein Handy. Deshalb haben wir ihn erst seit Kurzem auf dem Radar, seit seiner Rückkehr. Vor dem ganzen Ärger mit den Panama-Papieren. Er hat sich mit Sally Finnsen getroffen. Auf ihren Wunsch ... Und gleich danach mit dem ehemaligen Chef des polizeilichen Nachrichtendienstes, Mossman. Ich gehe davon aus, dass Sie über unsere Quelle bei der Steuerbehörde bestens im Bilde sind?«

»Das will ich meinen. Warum?«

»Weil Oxen nach dem Treffen mit Mossman in der Badeanstalt, an dem sowohl Franck als auch Oxen teilnahmen, nach Berlin gereist ist.«

»Berlin?«

Die Übrigen am Tisch saßen ruhig da. Parish dagegen rückte bis zur Stuhlkante vor, als fürchtete er, dass sie in einer Sackgasse gelandet waren.

»Wir sind ihm natürlich gefolgt, beziehungsweise haben unseren Standort in Berlin gebeten, Oxen nach seiner Ankunft zu übernehmen. Er hat einen ganzen Tag vor der russischen Botschaft verbracht. Schließlich hat er eine Mitarbeiterin verfolgt.

Sie in einem Café beschattet, in einem Restaurant – und auf dem gesamten Nachhauseweg. Er verließ die Wohnung erst am nächsten Morgen. Heute Nachmittag kam er wieder in Kopenhagen an. Gerade sitzt er auf einer Bank am Hauptbahnhof und spricht mit ... Sally Finnsen. Jedenfalls ist das die letzte Statusmeldung, die ich erhalten habe.«

Jack Olsson schien mit seinem Bericht zufrieden zu sein, vor allem mit dem Ende.

»Sally Finnsen? Schon wieder?«

»Jep.«

»Aber sie hatte ihm doch gerade in einer SMS abgesagt.«

»Jep.«

»Was zur Hölle ...?«

»Ich kann es Ihnen nicht erklären«, sagte Olsson. »Nur Tatsachen wiedergeben.«

Shaun Parish beugte sich vor, verschränkte die Hände auf dem Tisch und fuhrt fort: »Und die Russin? Was haben wir über sie?«

»Sie heißt Anastasia Schukowa und ist Attachée an der russischen Botschaft.«

»Also eine Agentin.«

»Davon ist auszugehen, ja.«

»Und woher kennen sich die beiden, sie und Oxen?«

»Das wissen wir nicht.«

»Und können wir das verdammt noch mal herausfinden? *Pronto.*«

Jack Olsson verzog angestrengt das Gesicht.

»Das wird nicht einfach werden, Parish. Heutzutage ist nichts mehr einfach, was mit den Russen zu tun hat.«

»Das weiß ich, danke. Aber geben Sie nicht schon vorher auf. Und der weitere Plan?«

»Wir versuchen, die Russin abzuhören. Und wir ...«

Jack Olsson sah plötzlich einen Moment nach unten, dann sprach er weiter.

»Ich habe gerade erfahren, dass Sally Finnsen und Niels Oxen den Bahnhof verlassen haben. Getrennt.«

Shaun Parish nickte nachdenklich und leerte dann seine Kaffeetasse.

»Hat jemand hier am Tisch noch etwas für Kopenhagen?«, fragte er.

Alle schüttelten den Kopf.

Shaun Parish fuhr fort: »Bleiben Sie dran, Olsson. Also, lassen Sie mich zusammenfassen: Bowman begräbt den Panama-Deal mit den Dänen ein für alle Mal. Und Gott sei ihm gnädig, sollte er scheitern ... Wir haben unsere akuten Probleme gelöst, alle denkbaren Risiken minimiert und beseitigt: erstens im dänischen Gefängnis, zweitens in der Schweiz und drittens in Nordindien. Wir haben einen Schutzkreis um Niebuhr gezogen, was unsere wichtigste Aufgabe war. Jede Bedrohung unserer Interessen ist abzuwehren. Wir werden besprechen, inwieweit wir zu weiteren Maßnahmen greifen müssen – oder ob wir eventuelle ...«

»Halt! Tut mir leid! Ich muss Sie unterbrechen«, ertönte es aus dem Computer von einem aufgeregten Olsson in Kopenhagen. »Ich habe gerade gehört, dass Oxen von einer Frau in einem roten Mini Cooper mitgenommen wurde. Es ist Margrethe Franck ...«

34.

»Berlin?«

Franck sah ihn prüfend an. Klang sie skeptisch? Sah sie misstrauisch aus?

»Ja, Berlin ...«

Sie hatte ihn gerade vor dem Hauptbahnhof eingesammelt, gegenüber vom Tivoli, und jetzt standen sie am Ende der Bernstorffsgade, auf der Kalvebod Brygge neben dem Copenhagen Marriot, und sahen auf den Hafen hinaus.

Er hatte ihr eben erzählt, warum er so spät am Hauptbahnhof, am Ende von Gleis 5 gewesen war: um mit Sally Finnsen zu sprechen. Über eine Sache, die er in Berlin herausgefunden hatte.

Resigniert breitete Franck die Arme aus.

»Scheiße, Mann ... Ich bekomme ganz üble Angstzustände, wenn du nicht ans Handy gehst, obwohl du eigentlich drangehen solltest. Selbst wenn es spät ist. Nach allem, was passiert ist, als du damals verschwunden bist ... Das kommt alles wieder hoch, zieht mir den Boden unter den Füßen – oder dem Fuß – weg, auch wenn ich noch so sehr dagegen ankämpfe.«

»Es tut mir leid. Mein Telefon war in der Jacke, und aus irgendeinem Grund hatte ich die im Bad an einen Haken gehängt. Ich habe das Klingeln einfach nicht gehört. Oder vielleicht saß ich auch gerade in der Lobby. Ich weiß es nicht ...«

»Schon gut, vergiss es. Ich schreibe dir ja nicht vor, wann du erreichbar sein sollst und wann nicht. Also, worum ging es bei Berlin und Sally Finnsen?«

Er dachte über die richtige Reihenfolge nach, bevor er sagte: »Zuerst muss ich dir etwas anderes erzählen. Als Sally und ich neulich bei Smed im Gefängnis waren ... Da hat er etwas auf seinen Handrücken gekritzelt, sodass wir es sehen konnten. Und zwar: ›Der Mandrill hat Ihren Bruder getötet. Mehr weiß ich nicht.‹«

»Was? Warum zur Hölle hast du mir das nicht früher erzählt?«

»Es war einfach nie der richtige Zeitpunkt. Du warst gerade suspendiert worden. Das Ganze wirkte völlig chaotisch ...«

»Chaotisch! Du machst dir keinen Begriff ...«

Er nickte langsam.

»Aber was Berlin betrifft ...«

Er gab ihr eine kurze Zusammenfassung, von dem Augenblick an, als Mossman ihm in der Umkleide im Sofiebad das Foto der Frau gegeben hatte, die der russische Beauftragte damals in der Ziegelei »Fräulein Olenka« genannt hatte.

In Wirklichkeit hieß sie also Anastasia Schukowa, arbeitete bei der russischen Botschaft in Berlin und war die letzte Hoffnung für Sally Finnsen, die immer noch um Gerechtigkeit für ihren ermordeten Bruder kämpfte.

Er berichtete, wie er einen ganzen Tag lang von morgens bis abends versucht hatte, Schukowa aufzuspüren, und wie er sie schließlich bis zu ihrer Wohnung verfolgt und an ihre Tür geklopft hatte.

»Schukowa war ziemlich ... entgegenkommend. Sie hat mir alles erzählt, was sie über die Operation im Keller wusste. Und sie hat mir eine Spur geliefert.«

»›Entgegenkommend‹? Eine eigenartige Reaktion, wenn plötzlich ein Fremder an die Tür klopft und geheime Informationen haben will.«

»Ich weiß, was du meinst, aber die Situation war ein wenig anders. Ich glaube, sie fand, dass wir irgendwie schicksalhaft miteinander verbunden wären. Wäre ich nicht gewesen, hätte sie ihren Undercover-Job vielleicht nicht überlebt. Und wäre sie nicht dort gewesen und hätte mir den Dolch nicht gegeben, wäre ich in diesem Käfig getötet worden.«

Jetzt war er sich sicher. Margrethe Franck sah sehr skeptisch aus.

»Hmm ...«, sagte sie und schien ihre Worte sorgfältig abzuwägen. »Und dieses *Entgegenkommen* führte also zu einer Spur, sagst du. Was für eine Spur?«

»Schukowa hat mir versichert, dass der Mandrill ... ein Däne ist.«

»Ein Däne?«, rief sie ungläubig.
Sie drehte den Kopf und sah Niels Oxen in die Augen. Noch vor wenigen Sekunden war sie damit beschäftigt gewesen, ihm auf den Zahn zu fühlen, verloren, verletzt und beleidigt, wie sie war, weil sie spürte, dass *Entgegenkommen* ein einstudierter Begriff war. Und jetzt ...
Jetzt kam es ihr vor, als hätte Oxen gerade eine Handgranate gezündet.
»Ein Däne! Bist du sicher, Niels? Ganz sicher?«
Der Schatten seiner ausgefransten Armeemütze verdeckte seine Augen wie eine dunkle Maske, aber der ehemalige Jägersoldat wirkte ruhig und unerschütterlich, als er sie direkt ansah.
»Ganz sicher.«
»Warum?«
»Weil ich ihr vertraue. Auch wenn es merkwürdig klingt. Und weil sie andere sehr präzise Informationen hatte. Sie kannte die Identität von mehreren Personen, die zum festen Kreis der Gäste gehörten. Sie wusste, dass es sich beim Nilpferd um Dirk de Windt handelte und dass er später an der Grenze ermordet aufgefunden wurde. Außerdem wusste sie, wer der Löwe war ...«
»Der Löwe! Aber warum zur Hölle hast du mir nicht ...«
Sie wollte ihn dafür zurechtweisen, dass er nie etwas erzählte, sich nie in die Karten schauen ließ und immer die Kontrolle darüber behielt, in welcher Reihenfolge er Fakten preisgab.
Aber Oxen hob die Hand.
»Halt ... Hör zu ...«
Er stoppte ihren Wortschwall, der sich gerade entladen wollte.
»Ich habe dir nicht sofort vom Löwen erzählt, weil die Spur im

Sand verläuft. Beim Löwen handelt es sich um einen reichen Schweizer namens Fabian Stadler. Vielmehr *handelte* es sich. Er ist vor Kurzem ums Leben gekommen. Man fand seine Leiche in einem See an der italienischen Grenze. Stadler war ein sehr erfahrener, ehrgeiziger Extremkajaker. Offenbar ist er bei einer Wildwasserfahrt verunglückt, wurde verletzt und ertrank. Schukowa wusste nichts davon, als sie mir von seiner Identität erzählte.«

»Also ... Jeder, der mit dem Mandrill näheren Kontakt hatte, stirbt.«

Sie ließ den Blick über das Hafenbecken schweifen und biss sich auf die Unterlippe. Oxen hatte eine Tür weit aufgestoßen. Eine Welle neuer Möglichkeiten baute sich wie eine Mauer auf und schlug direkt über ihr zusammen.

Sie dachte laut: »Wir müssen davon ausgehen, dass de Windt und Stadler zu viel wussten. Stadlers Tod wirkt wie eine Vorsichtsmaßnahme. Was sollte es sonst sein? Die beiden Männer kannten den Mandrill. Deshalb mussten sie sterben. Und hinter jedem dieser Morde steckt ein Däne.«

Oxen nickte.

Sie sprach weiter, um Ordnung in ihr Gedankenchaos zu bringen.

»Jetzt haben wir etwas, Niels. Jetzt haben wir wirklich etwas. Wir müssen uns alles noch mal anschauen. Alle Zeugenaussagen durchgehen. Müssen uns noch mal die Prostituierten vornehmen, die sie angeheuert haben. Sie nach dem Dänen hinter der Mandrillmaske fragen. Sie wissen etwas. Das können sie nicht leugnen. Ich glaube, das ist der Moment, auf den ich gewartet habe. Die Jagd beginnt. Und wir jagen einen Dänen.«

Sie spürte, wie vor lauter Aufregung Wärme in ihr aufstieg. Sie musste nach Hause. Sich einen Überblick verschaffen und dafür sorgen, dass es morgen früh gleich losging.

Da bemerkte sie Oxens Hand auf ihrem Arm.

»Du hast nur eine Sache vergessen, Margrethe ...«

Fragend sah sie ihn an.

»Was?«

»Du bist suspendiert. Der Fall ist geschlossen. Auf Salomonsens Anweisung. Und niemand will, dass er jemals wieder aufgemacht wird.«

»Hmm ...«

Das war natürlich ein Argument, aber es war ihr so was von scheißegal.

»Was hat Sally eigentlich zu der Berlin-Geschichte gesagt?«, fragte sie, als ihr einfiel, dass er ihr diese Antwort noch schuldig war.

»Sie wollte nach Hause gehen und noch mal darüber nachdenken.«

»Aber du kennst ihre Antwort schon.«

Oxen nickte.

»Es geht auch gar nicht anders, Niels. Das ist eine Frage von Gerechtigkeit.«

Sie standen mit den Armen auf das Geländer gestützt da. Sprachen nicht, starrten nur auf das dunkle Wasser.

Er musste daran denken, wie viele endlose Stunden Margrethe Franck in die Ermittlungen gesteckt hatte, während er wieder auf die Beine gekommen war und dann dem Krankenhaus und zum zweiten Mal der Gesellschaft den Rücken gekehrt hatte. Er war einfach losgezogen, um Schritt für Schritt alles hinter sich zu lassen.

Sie war so voller Energie, dass er ihre vibrierende Aura förmlich spüren konnte, obwohl sie gerade nur schweigend aufs Wasser blickte.

Von nun an war Margrethe Franck auf der Jagd nach einem *kill*. Und sein Gefühl sagte ihm, dass sie die unmissverständliche Anweisung ignorieren würde, die Akte geschlossen zu lassen – und er war sich sicher, dass es eine solche Anweisung geben würde. Falls sie sich überhaupt die Mühe machte, nachzufragen.

Dann fiel ihm plötzlich etwas ganz anderes ein.

»Du hast mich angerufen, weil du dich mit mir treffen wolltest, um mir etwas zu erzählen. Worum geht es?«

Franck drehte sich zu ihm um. Sie blinzelte ein paarmal, wie um wieder in die Gegenwart zurückzukehren.

»Äh, was?«

»Du wolltest, dass wir uns treffen.«

»Ach so … Es ging um Mossman. Und um die Panama-Papiere. Das ist doch jetzt völlig egal. Es war nicht wichtig … Bist du dabei, Niels?«

Fragend sah er sie an.

»*Dabei?*«

»Bei der ganzen Arbeit, die auf uns wartet. Bei den Ermittlungen … Bei der Jagd nach dem Mandrill.«

Er nickte.

»Tja, das bin ich wohl.«

»Danke.«

»Und hast du vor, bei Salomonsen anzuklopfen und um Erlaubnis zu bitten, dass du die Jagd nach dem Mandrill offiziell wiederaufnehmen darfst?«

Sie zuckte mit den Schultern.

»Ich weiß nicht. Das muss ich mir noch überlegen.«

»Du hast nichts in der Hand. Nichts außer den Worten einer Russin, dass der Mandrill Däne ist. Und eine gekritzelte Nachricht auf der Hand eines Toten … nicht den Hauch eines Beweises … Salomonsen – und auch Worre natürlich – könnten ein Nein problemlos begründen. Und dich mit einem breiten Grinsen rauswerfen, wenn sie wollen.«

»Du schlägst also den inoffiziellen Weg vor?«

»Wenn man nicht fragt, kann auch keiner Nein sagen.«

»Vielleicht hast du recht.«

»Und wir sind zu dritt. Du, ich – und Sally.«

35.

Beate Bjerre, Bereichsleiterin im Amt für Steuern und Abgaben, saß seit etwa zwanzig Minuten schweigend und etwas angespannt neben ihm auf dem Rücksitz.

Genau wie ihre Chefin, von der sie noch nicht wusste, dass sie ihr gleich begegnen würde, hatte man sie sehr kurzfristig darüber informiert, dass sie sich an diesem Tag zur Verfügung halten solle. Daher hatte sie sich, ohne weiter nachzufragen, schon parat gemeldet, als er mit einer halben Stunde Vorlauf angerufen und sie gebeten hatte, sich fertig zu machen.

Er hatte den großen Mercedes mit einem äußerst gut gekleideten Chauffeur bei einem Kopenhagener Unternehmen gemietet, das einen sogenannten *black car service* anbot. Es war also wenig überraschend, dass der komfortable, aber diskrete Wagen, nun, schwarz war.

»Aber Herr Mossman ...« Beate Bjerre setzte an, ihre Verwunderung auszudrücken. »Ich muss einfach fragen, auch wenn ich es bei dieser ganzen Heimlichtuerei nicht sollte ... Warum fahren wir in diese Richtung? Was wollen wir hier, wenn unser Ziel eigentlich das Ferienhaus in Dalby Huse ist? Das war jedenfalls der Plan, den Sie uns im Sofiebad geschildert haben.«

Der schwarze Mercedes bog ab und steuerte auf eine der luxuriösen Wohnanlagen an der Hafenfront zu.

»Ich verstehe Ihre Verwirrung, Frau Bjerre. Und in wenigen Augenblicken werde ich es Ihnen erklären.«

Der Chauffeur suchte offensichtlich die richtige Hausnummer, während er den Wagen langsam parallel zum Kai rollen ließ. Dann lenkte er ihn an die Seite und hielt an.

»Wir sind da, Herr Mossman«, sagte er, ohne sich umzudrehen.

Die nächstgelegene Haustür öffnete sich. Der Chauffeur sprang aus dem Wagen, um dem dritten und letzten Fahrgast die Tür zu öffnen, der im Hausflur gewartet haben musste.

»Guten Tag«, sagte Mossman und lächelte Grethe Falckenberg, Leiterin der Sondereinheit Steueraufsicht, zu, die sich zu ihnen auf die Rückbank setzte.

»Was? Kommen Sie auch mit?«, fragte Beate Bjerre überrascht beim Anblick ihrer unmittelbaren Vorgesetzten.

Falckenberg nickte und sah verwundert aus.

»Ich habe mit Liz Thorsen vereinbart, dass wir dieses Mal lieber zwei Kontrollpersonen einsetzen«, erklärte Mossman. »Dann geht die Validierung der Daten doppelt so schnell. Und was soll's ... Diesmal muss die Behörde wenigstens keine Flugtickets zu den Amerikanischen Jungferninseln bezahlen ... Wir sind so weit. Los geht's.«

Letzteres war an den Chauffeur gerichtet, der langsam beschleunigte.

»Dalby Huse, richtig?«

Grethe Falckenberg sah ihn fragend an, fuhr sich durch das graue Haar und zupfte ihren schwarzen Blazer zurecht. Beate Bjerre nickte, der Gedanke lag nahe.

»Tut mir leid, meine Damen, es geht doch nicht nach Dalby Huse auf Hornsherred. Es gab *a slight change of plans* ...«

36.

Der British-Airways-Flug würde pünktlich landen. Er betrachtete das große Display am Flughafen Kopenhagen, das die ankommenden Flüge zeigte. Pünktlich hieß, in zweiunddreißig Minuten. Schon der BA 208 von Miami nach London Heathrow war *on schedule* gewesen. Und das galt auch für den BA 822 aus London. Bald würde der Flieger auf dänischem Boden aufsetzen.

Es war Nachmittag. Er stand, an die Wand gelehnt, in Terminal 3.

Ein großer Junge in neongelbem FC-Barcelona-Shirt kam mit einer Frau vorbei, vermutlich seiner Mutter. Neongelb? Er musste sofort an seine alte Badehose denken. Erst vor wenigen Tagen hatten sie alle an Mossmans Besprechung in der Badeanstalt teilgenommen. Und nun stand er hier, gut vorbereitet, um den cleveren Plan des ehemaligen PET-Chefs in die Tat umzusetzen.

Das Handy vibrierte in seiner Hand. Es war Axel Mossman, der brummte: »Oxen, wir sind vor Ort, alle drei.«

»Verstanden. Planmäßige Ankunft.«

»Gut. Und Franck?«

»An Ort und Stelle.«

»Sonne?«

»Parat. Aber noch nicht vor Ort. Er wirkt etwas nervös.«

Mossman knurrte.

»Mein Neffe ist wahrscheinlich der einzige Polizist, der vor seinem eigenen Schatten Angst hat. Du kennst ihn ja, Soldat.«

»Sonne wird das schon schaffen. So wie er schon ganz viel für uns geschafft hat.«

»Genau. Wie sieht es mit der Ähnlichkeit aus?«

»Die Ähnlichkeit ist ... verblüffend ...«

»Perfekt. Melde dich, wenn ihr im Terminal seid.«

»Verstanden.«

Er legte auf, behielt das Telefon aber in der Hand. Der Junge im neongelben Fußballtrikot kam wieder vorbei. Er schien in Magnus' Alter zu sein, vierzehn oder fünfzehn vielleicht. Das versetzte ihm einen Stich. Die Zeit seit dem Babyschwimmen damals war verflogen … Es schien alles nur ein Fingerschnipsen weit entfernt zu sein. Oder unendlich viele Jahre … seit den neongelben Badeshorts und dem glucksenden Lachen eines kleinen Draufgängers in Schwimmwindeln.

Noch siebenundzwanzig Minuten bis zur Ankunft …

Genauso wie er immer noch Mr Whites Schnauze in seiner Handfläche spüren konnte, erinnerte sich sein Arm an das Gewicht seines kleinen Sohnes. Leicht wie eine Feder. Haut an Haut in dem viel zu warmen Wasser. Vater und Sohn in einer Symbiose.

Und später viele verschenkte Jahre. Erst die Trennung – eine Zeit, die rückblickend in einer Nebellandschaft verschwand. Dann seine ständigen Bemühungen, zum Ausgangspunkt zurückzukehren, den er ungefähr in dem Schwimmbad und seiner chlorhaltigen Luft lokalisierte.

Aber diese Zeit war vorbei.

Für manche Dinge war es zu spät. Vieles andere konnte aufgeholt werden. Magnus hatte sich inzwischen offenbar an den Gedanken gewöhnt, dass er seinen Vater wiederhatte. Er konnte sicher nicht …

Seine Gedanken wurden unterbrochen, als er zwei Männer bemerkte. Einer trug ein schwarzes Sakko und eine Brille mit rauchfarben getönten Gläsern, der andere einen schlichten grauen Anzug. Beide waren in den Vierzigern, überdurchschnittlich groß und offenbar fit. Es konnten die Personen sein, nach denen er die ganze Zeit Ausschau hielt, während er die Umgebung scannte. Diese beiden Männer – oder so viele andere.

Wieder vibrierte sein Handy.

»Sonne hier. Ich bin noch in der Lounge. Hab auf der Tafel gesehen, dass er planmäßig ankommen soll. Alles in Ordnung?«

»Alles okay. Warte auf mein Signal. Wie gesagt: zehn Minuten vor der Landung.«

»Verstanden.«

Er legte auf. Christian Sonne, Mossmans Neffe, war immer noch Polizeibeamter in Århus in Ostjütland. Für ihn war Sonne ein guter Freund. Auch wenn sie seit der Zeit, in der Sonne ihm, Franck und Mossman im Kampf gegen das Danehof-Netzwerk geholfen hatte, nur sporadisch Kontakt gehabt hatten. Es fühlte sich gut an, Sonne wieder an Bord zu haben. Auch wenn sein leichter Hang zur Nervosität ein gewisses Risiko darstellte, wurde dies durch Sonnes Zuverlässigkeit und Geistesgegenwart mehr als aufgewogen. Nicht zu vergessen sein Faible für jede Art von Technik.

Er hoffte, dass Mossman seinen Neffen für diesen Auftrag gut bezahlte. Denn er war nicht ungefährlich. Eigentlich spielte Sonne die gefährlichste Rolle im Plan seines Onkels.

Er tippte auf einen Kurzwahlkontakt in seinem Handy.

»Franck«, lautete die knappe Antwort.

»Status?«

»Nichts Verdächtiges. Ich drehe meine Runden. Was ist mit Sonne?«

»Er ist bereit.«

»Mossman hat sich gemeldet. Jetzt warten wir nur noch auf Alpha.«

»Gib Bescheid, sobald du Sichtkontakt hast.«

»Verstanden.«

Franck legte auf. Wenn er sie richtig einschätzte, hatte sie alles, was sich auch nur irgendwie in der Fluggastbrücke bewegte, die alle Passagiere des Flugs BA 822 durchqueren würden, äußerst kritisch geprüft.

Margrethe Franck war – durch Mossmans Vermittlung – offiziell als Security-Personal autorisiert worden und konnte sich deshalb auf dem Flughafen frei bewegen, was absolut notwendig war. Und auch wenn Mossman einige Fäden gezogen haben mochte, Francks Status als PET-Agentin war vermutlich ein überzeugendes Argument gewesen.

Er suchte die Fotos auf seinem Smartphone heraus und sah sie sich ein letztes Mal an.

Zwei Stück. Eine Nahaufnahme und ein Ganzkörperfoto. Der Mann auf den Bildern war wahrscheinlich nicht der Lorenzo, der Kontakt mit der Steuerbehörde aufgenommen hatte. Trotzdem: Bei diesem kleinen Spiel, das sie spielten, wusste man nichts mit Sicherheit. Identitäten waren wie Unterwäsche – etwas, das man bei Bedarf einfach wechselte.

Aber es stand fest, dass der Mann auf den Fotos weiß war und etwa Mitte vierzig – und dass er unter dem Namen Hugo Santa María in Kopenhagen landen würde. In dem nun folgenden Handlungsverlauf würde er allerdings nur Objekt Alpha genannt werden, sobald sie sich im operativen Modus befanden.

Die Nahaufnahme offenbarte zwei Dinge, die das Objekt kennzeichneten, neben dem dichten, dunklen Haar mit grauen Strähnen. Es hatte einen dicken Oberlippenbart und etwas spärlicheren Bartwuchs rund um Mund und Kinn. Außerdem trug es eine auffällige Hornbrille.

Er wechselte das Foto.

Auf dem Ganzkörperbild war Objekt Alpha genauso unauffällig wie die meisten anderen Reisenden. Helle Leinenschuhe, hellblaue Hose, ein weißes Hemd und ein dunkelblaues Sakko, dazu eine Schultertasche aus dunkelbraunem Leder, groß genug für einen Laptop.

Er sah auf seine Uhr. Die Minuten vergingen langsam. Er

drehte eine weitere Runde durch das Terminal, während er seinen Trolley hinter sich herzog und dabei ständig nach dem Gegner Ausschau hielt – dem Feind, wie er ihn durch seinen militärischen Hintergrund lieber bezeichnete.

Die beiden Männer, die er gerade beobachtet hatte, waren eine Möglichkeit, allerdings waren sie inzwischen aus seinem Sichtfeld verschwunden. Wahrscheinlich suchte er nach einem Paar, zwei Männern oder einem Mann und einer Frau, vielleicht auch nach einer operativen Einheit von drei Personen, keine davon älter als fünfzig.

Das Einzige, was er über den Feind wusste, war, dass er sich so unsichtbar wie möglich machte – und deshalb vollkommen mit den anderen Menschen im Terminal verschmolz. Er ging eine Längsseite des Gebäudes ab. Es gab mehrere mögliche Konstellationen:

Eine Frau in grauer Leinenjacke mit einem Mann in brauner Lederjacke, beide mit Trolleys.

Zwei jüngere Männer Ende dreißig, beide in Sweatshirts, mit Käppis in Dunkelblau beziehungsweise Schwarz, jeweils mit einer Duffle Bag als Reisegepäck.

Eine etwa vierzigjährige Schwarze in einem diskreten Business-Outfit, die sich mit zwei gleichaltrigen, gut gekleideten Männern unterhielt.

Es fielen ihm noch weitere Personenkombinationen auf, während er seine Umgebung scannte und zum Ausgangspunkt zurückkehrte, wo er sich wieder an die Wand gegenüber der Toilette lehnte.

Erneut sah er auf seine Uhr. Das Flugzeug würde gleich landen. Und dann würde sich der Feind vermutlich selbst entlarven ...

Dann hatte das Warten ein Ende. Margrethe Franck hatte gerade angerufen und Sichtkontakt gemeldet. Sie folgte Objekt Alpha nun in angemessenem Abstand auf seinem Weg durch den Flughafen bis zum vereinbarten Ort im Terminal.

Sein Handy vibrierte kurz. Eine SMS von Magnus. Zu einem sehr ungünstigen Zeitpunkt. Er musste sie ignorieren. Musste sich voll konzentrieren. Alles steuerte auf einen bestimmten Augenblick zu …

Sonne war bereit und an seinem Platz. Bei seiner letzten Statusmeldung hatte er erstaunlich ruhig geklungen.

Mit Mossman hatte er keinen Kontakt mehr. Der ehemalige PET-Chef musste mit seinen Gästen lediglich auf seinem Posten bleiben und sich bereithalten.

Er prüfte das gesamte Terminal. Nach wie vor konnte er die vermeintlichen Gegner in diesem Strategiespiel nicht ausmachen. Dann tauchte Objekt Alpha plötzlich aus der Menge auf.

Hugo Santa María trug die gleiche Kleidung wie auf dem Foto. Er bewegte sich ein wenig zögerlich mit seinem Trolley und der braunen Ledertasche und sah sich mehrmals um, bevor er fand, was er offenbar gesucht hatte: ein Schild mit der Aufschrift »Toilette«. Zehn Meter hinter ihm folgte Margrethe Franck, die sich einen kleinen schwarzen Rucksack über die Schulter geworfen hatte. Sie hielt sich rechts und machte sich unsichtbar, als Objekt Alpha sich der Tür zu den Toiletten näherte.

Mit dem Strom der Reisenden tauchten auch die beiden jungen Männer mit den Duffle Bags auf, die er bei seiner letzten Überprüfung des Terminals beobachtet hatte. Vor einer Stuhlreihe blieben sie stehen – ihre Aufmerksamkeit richtete sich allerdings auf Objekt Alpha, das jetzt nur noch wenige Schritte von den Waschräumen entfernt war. Der Größere der beiden, in zerrissenen Jeans, dunkelblauem Sweatshirt und dunkelblauem Käppi, stellte seine Tasche ab und sagte etwas zu seinem Begleiter.

Objekt Alpha drückte die Tür zu den Toiletten auf und ging hinein.

Das war der Moment, in dem jeder Fehler sie wertvolle Sekunden kosten würde und das gesamte Timing ruinieren konnte. Das war der Moment, in dem Sonne in Aktion trat, und er hatte vermutlich ein Zeitfenster von höchstens zehn oder zwanzig Sekunden.

Der Große in Dunkelblau wartete kurz und ging dann langsam hinter Objekt Alpha her.

Es war unwahrscheinlich, dass das Objekt auf dem Flughafen beim Pinkeln liquidiert werden würde, aber sie mussten sämtliche Vorsichtsmaßnahmen einhalten. Deshalb folgte auch er dem Mann mit dem dunkelblauen Käppi.

Glücklicherweise war auf den Toiletten nicht viel los. Rasch scannte er seine Umgebung. Sieben Reisende und ein Reinigungswagen, der an einem der Waschbecken stand. Nichts und niemand wirkte verdächtig.

Ganz rechts am Ende einer Reihe von Urinalen stand ein Mann. Er trug eine hellblaue Hose und ein dunkelblaues Sakko, und über seiner Schulter hing eine braune Ledertasche. Hinter ihm stand ein Trolley. Daneben half ein Vater seinem kleinen Sohn beim Pinkeln.

Der Mann in Dunkelblau stellte sich ans andere Ende der Urinale. Oxen blieb in der Mitte stehen – und sah unauffällig zu dem Mann mit dem Trolley hinüber. Er trug ein dunkelbraunes Brillengestell mit helleren Farbtupfern. Der Oberlippenbart war markant, während der Bart am Kinn nicht so ausgeprägt war.

Er war erleichtert. Jetzt wusste er, dass die Situation unter Kontrolle war.

In fünf Minuten würde die Reinigungskraft, die vorgeblich hinter einer der verschlossenen Türen gegenüber den Waschbecken auf der Toilette saß, ihren Wagen nehmen und ihn ganz selbstverständlich durchs Terminal zur nächsten Aufgabe schieben. Ab da übernahm Margrethe Franck.

Er selbst würde Objekt Alpha aus dem Gebäude begleiten, wo ein Wagen auf sie wartete. Von da an würde ihnen der Feind dicht auf den Fersen sein – und mit ihm die nagende Ungewissheit, wo und wann das Attentat stattfinden würde.

37.

Zuerst kam Objekt Alpha mit Trolley und Schultertasche aus der Toilette, dann der Mann mit dem blauen Käppi, der zu seinem Partner ging. Und schließlich Oxen, in sicherem Abstand.

Sie sah auf ihre Uhr. Noch fünf Minuten. Dann wählte sie die Nummer auf ihrem Handy.

»Franck hier. Austausch geglückt. Oxen ist gerade an mir vorbeigekommen.«

Mossman brummte zufrieden.

»Hervorragend. Wir warten auf euch.«

Sie legte auf und blieb, an die Wand gelehnt, stehen. Wieder öffnete sie ihren Rucksack und vergewisserte sich, dass ihr kleiner Laptop, der in einen Pullover eingewickelt war, auch lief. Sie hatte ihn so eingestellt, dass er nicht in den Ruhemodus wechselte. Es durfte nichts schiefgehen.

Die Minuten vergingen. Endlich kam ein Mann mittleren Alters in der Kleidung des Servicepersonals heraus und schob seinen Reinigungswagen ganz langsam vor sich her. In einem Bogen näherte sie sich ihm von hinten, und als sie auf gleicher Höhe war, sagte sie leise: »*Follow me, Mr Santa María …*«

Sie führte den vermeintlichen Mitarbeiter der Putzkolonne – die bei einem internationalen Schmelztiegel wie diesem eher *Cleaning* hieß und eine Unterabteilung der *Facility Services* war – sicher durch das Terminal bis zu einem Aufzug und rief diesen über eine Taste. Kurz darauf öffneten sich die Türen. Auf ihr Zeichen rollte der Mann den Wagen hinein. Sie folgte ihm und drückte den untersten Knopf.

Als sie den Aufzug wieder verließen, befanden sie sich so tief unten in den Kellergeschossen des Flughafens, wie es überhaupt möglich war.

Ohne zu zögern, führte sie den Mann weiter durch das Betonlabyrinth mit seinen unzähligen Leitungen an Wänden und Decke. Dabei trafen sie verwunderte Blicke verschiedener Techniker, die mit riesigen Bündeln aus Stromkabeln beschäftigt waren, aber ihr Security-Ausweis wehrte Fragen ab. Schließlich blieben sie vor einer breiten Stahltür stehen.

Die Prozedur war banal. Hier unten konnte man kein Handy benutzen. Daher schob sie ein Stück Papier, das sie in der Tasche hatte, unter der Tür durch. Darauf stand »Die Katze im Sack«. Ein ironischer Code, den Mossman sich mit einem diabolischen Augenzwinkern ausgedacht hatte. Die Steuerbehörde hoffte wohl auf das Gegenteil: dass sie nicht die Katze im Sack kauften …

Sie klopfte mit der geballten Faust kräftig an die Tür, die sich kurz darauf öffnete.

Axel Mossman ließ sie hinein.

»*Welcome, Mr Santa María*«, sagte er und gab ihrem Gast die Hand, der den Reinigungswagen abstellte und ihn begrüßte.

»*Excuse me*«, sagte Objekt Alpha auf Englisch mit starkem

spanischem Akzent und befreite sich als Erstes von den Tarnklamotten, die er über seine eigenen Sachen gezogen hatte. Dann holte er seine Schultertasche, die im Reinigungswagen unter einem Stapel Handtücher versteckt gewesen war.

Mossman führte ihn zu einem Tisch, an dem zwei Frauen mit Laptops saßen, und stellte sie vor:

»*Mrs Falckenberg and Mrs Bjerre from the Danish tax authorities. And ... Mrs Franck, of course, our security officer.*«

Mossman zeigte auf sie.

Sie beschränkte sich auf einen wortlosen Händedruck. Mossman fuhr fort:

»Frau Franck war für die Detailplanung zuständig.«

Jetzt übernahm sie und wies auf den Tisch.

»Wireless Router und drahtloses lokales Netzwerk, mit dem Namen ›PANCPH basement‹. Das Passwort lautet TaxPax1705, es steht auch auf dem Post-it auf dem Tisch. Ein Kabel für die externe Festplatte und ein Ethernet-Kabel. Und nicht zuletzt: Netzwerkanschlüsse in der Wand.«

»Sehr gut.«

Santa María schien zufrieden.

»*Down to business.* Sie haben etwas für uns, Mr Santa María.« Mossman hatte wieder das Wort ergriffen.

Objekt Alpha nickte, öffnete seine Tasche, zog ein kleines schwarzes Kästchen heraus und legte es auf den Tisch.

»Einen Moment ...«

Rasch verband sie die Festplatte mit dem Router.

An die beiden Expertinnen der Steuerbehörde gewandt, sagte Santa María:

»Auf der Festplatte liegt nur eine Datei. Sie heißt *Precious Papers – product sample Denmark.*«

Grethe Falckenberg, Leiterin der Sondereinheit Steueraufsicht, und ihre Mitarbeiterin Beate Bjerre machten sich kommentarlos daran, ihre Laptops hochzufahren und sich einzuloggen.

»Kaffee?«, fragte Mossman.

Santa María nickte.

Mossman schenkte ihm einen Becher aus einer Thermoskanne ein, die auf dem Tisch stand.

»Wie wäre es, wenn wir die beiden in Ruhe arbeiten lassen und uns setzen?« Mossman wies auf einige Stühle, die an der Wand standen.

Auch Franck nahm sich einen Stuhl und zog ihn ein Stück zur Seite. Der betonierte Kellerraum war spartanisch eingerichtet: Stühle, ein Tisch, Kaffee, Wasser und einfache Verpflegung in Form von Sandwiches. Und natürlich das kleine Feldbett, um das Mossman gebeten hatte.

»Unser Zeitplan ist ziemlich eng, Mr Santa María«, fing Mossman an, der sich nun ebenfalls mit einem Kaffee hingesetzt hatte. »Wir gehen davon aus, dass wir für die Verifikation der Daten etwa vier bis fünf Stunden brauchen. Wenn sie in Ordnung sind, müssen die vollständigen, verschlüsselten Daten übertragen und bestätigt werden. Am Ende müssen wir dann noch die finanziellen Transaktionen für das Honorar von Mr Lorenzo durchführen.«

Objekt Alpha – für sie würde er das so lange bleiben, bis sein Flieger wieder in der Luft war – nickte nachdenklich.

»Über welchen Zeitraum sprechen wir, Mr Mossman?«

»Unsere Maximalschätzung für die Operation beträgt acht Stunden. Also genug Zeit, um Sie wieder durch den Flughafen zu begleiten und dafür zu sorgen, dass Sie Ihren Flieger nach Amsterdam erreichen. Wir haben ein Feldbett eingerichtet, falls Sie sich ein wenig ausruhen möchten. Sie waren ja lange unterwegs.«

»Vielen Dank. Ich gehe nicht davon aus, dass ich schlafen kann, aber einen Versuch ist es wert.«

Objekt Alpha lächelte und sah plötzlich müde aus. Wenn er sich ausruhen wollte, musste dies während des ersten Teils der Operation geschehen.

»Ansonsten sind die Spielregeln ganz einfach«, sprach Mossman weiter. »*Niemand* verlässt während der Operation den Raum. Es gibt in den Katakomben hier unten keine Toiletten, aber für den Fall eines dringenden Bedürfnisses haben wir im Raum nebenan eine Möglichkeit geschaffen. Dorthin gehen Sie natürlich immer in Begleitung von Frau Franck, die bewaffnet ist.«

38.

Im Rückspiegel war kein silberner Toyota zu sehen. Als sie den Flughafen verlassen hatten, war er hinter ihnen aufgetaucht. Dann verschwunden. Und wieder aufgetaucht. Da war er sich relativ sicher.

»Im Moment sind sie nicht da«, sagte er und bemerkte, dass die Person auf dem Rücksitz sich nur schwer entspannen konnte. »Aber dreh dich nicht um.«

Sonne, der immer noch exakt die gleiche Kleidung trug wie Hugo Santa María, fing seinen Blick im Rückspiegel ein.

»Nein, keine Sorge, Niels ... Aber es ist doch komisch, dass dieser Toyota kommt und geht. Wenn du recht hast und es sich tatsächlich um ihr Auto handelt, ist es ziemlich beunruhigend, dass sie uns nicht die ganze Zeit auf den Fersen bleiben, oder?«

Er nickte. Sonne sprach aus, was ihm schon die ganze Zeit durch den Kopf ging. Aber das alles passte perfekt in Mossmans Plan.

»Sie konnten unmöglich wissen, welches Auto wir nehmen würden. Also konnten sie am Flughafen auch keinen GPS-Tracker anbringen. Dass sie nicht in Sichtweite sind, könnte bedeuten, dass sie schon wissen, wohin wir wollen«, antwortete er.

Im Rückspiegel sah er, wie Sonne die Stirn runzelte.

»Eben ... Hat mein Onkel jemandem erzählt, wohin wir fahren? Mit Straße und Hausnummer?«

»Wir hatten ein Briefing mit der Direktorin der Steuerbehörde und drei ihrer engsten Mitarbeiter. Mossman hat Dalby Huse erwähnt, aber keinen Straßennamen.«

»Warum hat er überhaupt den Ort genannt?«

Er lächelte Sonne über den Rückspiegel an.

»Ich habe noch nie erlebt, dass Mossman auch nur mit dem kleinen Finger gezuckt hat, ohne einen guten Grund dafür zu haben. So war es auch bei diesem Treffen. Es fand in einer Badeanstalt in Christianshavn statt, weil ...«

»In einer Badeanstalt? Das klingt ganz schön schräg.«

»Eigentlich gar nicht. Dein Onkel hat den Verdacht, dass es in der Steuerbehörde ein Leck – oder einen Maulwurf – gibt. Das erste Treffen auf den Amerikanischen Jungferninseln wurde ja sabotiert. Deshalb hat Mossman die Leute in Badehose und Bademantel versammelt, damit niemand eine Abhörausrüstung tragen konnte. Außerdem haben Franck und ich das gesamte Gebäude auf Wanzen untersucht. Er hat allen weisgemacht, dass der Panama-Deal in dem Ferienhaus über die Bühne gehen würde – dabei war die ganze Zeit geplant, dass das Geschäft im Flughafen abgewickelt werden würde. Also, falls einer der vier etwas ausgeplaudert hat, wusste unser Gegner schon im Vorfeld, wohin wir jetzt fahren«, erklärte er.

Sonne saß schweigend auf dem Rücksitz und ließ seine Worte sacken.

»Das wiederum heißt, dass es mehrere sein könnten«, schloss der Polizeibeamte aus Århus laut. »Sie könnten einen oder mehrere Helfer bei Dalby Huse postiert haben.«

»Hmm ... Die beiden Männer vom Flughafen plus vielleicht ein Chauffeur plus eine weitere Person, die uns dort erwartet, wenn deine Theorie stimmt, Sonne. Dalby Huse ist ein kleines Gebiet. Wenn sie dort einen Wachposten aufgestellt haben, wird er uns bis zur eigentlichen Adresse verfolgen, damit sie uns nicht suchen müssen. Insgesamt also ... zwei, drei oder vier Leute.«

»Vier?«

Sonne sah ängstlich aus.

Über den Rückspiegel schenkte Oxen ihm ein beruhigendes Lächeln.

»Ich bin gut vorbereitet. Ich war schon in Dalby Huse und hab das Haus und das Grundstück inspiziert und Vorsichtsmaßnahmen getroffen. Mach dir keine Sorgen. Wir haben den enormen Vorteil, dass wir wissen, dass sie kommen. Und vielleicht sind es ja nur die beiden vom Flughafen. Zwei gegen zwei.«

In diesem Moment entdeckte er einen schwarzen Renault. Es war das zweite Mal, dass ein schwarzer oder dunkelgrauer Renault verhältnismäßig dicht hinter ihnen fuhr. Das erste Mal war bei Glostrup gewesen. Nach wenigen Minuten war er wieder verschwunden.

»Was ist?« Sonne war in Alarmbereitschaft.

»Ich beobachte nur gerade einen Renault. Er ist zwei Autos hinter uns.«

»Einen Renault? War es nicht ...«

»Ja ja, den Toyota behalte ich auch im Auge. Entspann dich, ich kümmere mich darum.«

Christian Sonne lehnte sich im Sitz zurück, vielleicht ein wenig beruhigt beim Gedanken daran, dass ein ehemaliger Jägersoldat am Steuer saß. Oxen wusste, dass der furchtsame Polizeibeamte viel von ihm hielt.

Es gab noch zwei weitere Szenarien, die er Sonne lieber verschwieg. Er hatte sie Mossman gegenüber erwähnt, der beide als unwahrscheinlich abgetan hatte, weil sie zu viel Aufmerksamkeit erregen würden:

Möglichkeit eins war ein klassisches Drive-by-Attentat, wie es meist von zwei Männern auf einem Motorrad durchgeführt wurde. Deshalb lag seine Pistole schussbereit auf dem Beifahrersitz. Es war nahezu unmöglich, ihn mit einem Motorrad zu überraschen. Das charakteristische Geräusch würde immer sofort sein Zentralnervensystem aktivieren.

Möglichkeit zwei war ein massiver Überraschungsangriff – mitten auf der Landstraße. Durchgeführt von ausgebildeten Profis dauerte so etwas weniger als sechzig Sekunden. Ein Auto als Blockade hinten, eines vorn. Sie wären in einem tödlichen Kreuzfeuer gefangen. Es sei denn, er würde auch nur das kleinste Anzeichen von einem vorbereitenden Manöver bemerken. Er glaubte aber nicht an dieses Szenario. Die gesamte Strecke verlief über Autobahnen und zweispurige Landstraßen.

Sie fuhren über die relativ neue Kronprinsesse Marys Bro, die den Verkehr südlich von Frederikssund über den Roskilde-Fjord leitete.

Gleich waren sie da.

»Vorsichtsmaßnahmen, Niels? Du hast gesagt, du hättest Vorsichtsmaßnahmen getroffen. Welche?«

»Das ist leichter zu zeigen, als zu erklären. Aber vertrau mir einfach.«

Im Rückspiegel sah er, dass der silberne Toyota zurückgekehrt war. Er war ein gutes Stück hinter ihnen, als sie gerade von der Hochbrücke fuhren.

39.

Oxen und Sonne würden ihren Auftrag erledigen. Oder hatten es vielleicht schon getan. Nämlich, den Feind aus dem Flughafen zu locken und ihnen damit Ruhe zum Arbeiten zu verschaffen. Jetzt mussten die beiden »nur noch« unbeschadet zurückkommen. Der Garant dafür war Oxen. Der ehemalige Jäger hatte in Dalby Huse alles detailgenau vorbereitet. In seiner Zeit als PET-Chef hätte Mossman ein ganzes Operativteam auf eine solche Aufgabe angesetzt. Jetzt waren es nur sein lieber Neffe und Oxen.

Er sah zur Pritsche hinüber. Santa María hatte zwar behauptet, wahrscheinlich nicht schlafen zu können, dennoch war ein leichtes Schnarchen zu vernehmen. Der Mann hatte nach der langen Reise aus Miami müde ausgesehen.

Ein ganzes Operativteam war ein Luxus, den er sich hier nicht leisten konnte. Und zwar aus mehreren Gründen:

Zum einen verfügte er schlicht nicht über weitere vertrauenswürdige Leute, die er hinzuziehen konnte.

Und zum anderen durfte er das Risiko nicht eingehen, Freelancer einzusetzen. Dafür war die Operation zu … heikel. Schon die kleinste undichte Stelle konnte alles zerstören. Nein, »heikel« war eine Untertreibung. Hochexplosiv. Das war der richtige Ausdruck. Wenn er …

»Mossman?«

Er hob den Kopf und sah zu Margrethe Franck, die auf der anderen Seite des Zimmers aufrecht auf einem Stuhl saß. Franck brach die Stille in dem Raum, in dem Grethe Falckenberg und Beate Bjerre schweigend an ihren Rechnern arbeiteten.

»Hmm?«

Franck hielt ihr Handy hoch.

»Wir haben hier unten kein Netz. Soll ich nicht ins Terminal hochgehen und einen Status von Oxen abrufen? Es wird langsam

Zeit. Sie müssten jetzt für Phase zwei bereit sein. In fünf Minuten bin ich zurück.«

Das war sinnvoll. Natürlich brauchten sie eine Nachricht von Oxen und Sonne.

»Geh ruhig. Aber vergiss den hier nicht.«

Er stand auf und gab Franck den Zettel mit der »Katze im Sack«.

»Gleiches Vorgehen?«

Er nickte und öffnete ihr die Tür.

Sie hörte es klicken, als Mossman wieder abschloss, nachdem er die schwere Stahltür hinter ihr zugezogen hatte. Sie sah auf den Zettel in ihrer Hand.

»Die Katze im Sack« … Dieses Passwort war so verdammt typisch für Mossman. Eine distanzierte, raffinierte britische Ironie, vielleicht auch Sarkasmus, den man am ehesten wahrnehmen konnte, wenn man den Absender gut kannte.

Und das tat sie. Besser als die meisten. Jedes Mal hatte er sie mit seinem überlegenen Intellekt übertrumpft.

Auch wenn sie verschiedene mögliche Hintergedanken aus Mossmans Worten auf dem Zettel herauslesen konnte, ergab keiner davon wirklich Sinn. Aber … falls es tatsächlich eine Katze im Sack gab …

Sie ging den langen Betontunnel mit den vielen Leitungen an Wänden und Decke entlang.

… wo lag der verdammte Hund begraben?

Genau das wollte sie herausfinden. Ein einziges Mal wollte sie ihrem Meister, Mentor, Widersacher und Freund einen Schritt voraus sein. Wenn heute alles nach Plan lief, würde sie bereits mehrere Züge gemacht haben, bevor Mossman das Spiel offiziell eröffnete.

Aber es war zu früh, um sich zurückzulehnen. Diese Phase, *ihre* kritische Phase, hatten sie noch nicht erreicht.

Obwohl ein Betontunnel dem anderen glich und sie mehrmals abbiegen musste, fand sie die Aufzüge problemlos. Natürlich hatte sie sich den Weg zu dem Raum und zurück gemerkt. Hatte sich alles eingeprägt, was nötig war, um sich notfalls auch in einer chaotischen Situation oder im Dunkeln allein zurechtzufinden.

Schon vor zwei Tagen hatte sie den Keller besichtigt und stellvertretend für Mossman die gesamte Einrichtung und die Sicherheit rund um die Operation überprüft. Mossman hatte nur eine unabdingbare Anforderung an den Raum gestellt: Es musste einen Netzwerkanschluss geben.

Sie selbst hatte sich um alles gekümmert, was vorzubereiten war, bis ins kleinste Detail, hatte ein Feldbett, eine Toilette und Thermoskannen organisiert und die Zugangswege überprüft. Beim technischen Teil, *ihrem* kritischen Teil, hatte Hansen, der alternde IT-Experte, ihr wie schon so oft geholfen.

Als sie das Terminal voller erwartungsfroher Reisender betrat, kam es ihr vor, als wäre sie gerade einer Unterwelt entronnen, wo der Fürst der Finsternis regierte. Eine Bezeichnung, bei der Mossman sicher zufrieden gebrummt hätte.

Sofort rief sie Oxen an. Und spürte, wie sich ihr Körper leicht verspannte, als sie seine Stimme hörte. Ein Hauch von schlechtem Gewissen, weil sie sogar ihm gegenüber ein doppeltes Spiel spielte.

»Ich bin im Terminal. Im Keller haben wir keinen Empfang. Läuft alles nach Plan?«

»Ja. Wir sind angekommen und haben Phase zwei eingeleitet.«

»Wie viele sind es?«

»Das wissen wir nicht genau. Mindestens zwei aus dem Terminal, maximal vier, denke ich.«

»Sei vorsichtig, Niels …«

»Und ihr?«

»Auch Phase zwei. Die beiden Steuerfahnderinnen haben die Köpfe über ihre Rechner gebeugt. Ihre wenigen Bemerkungen lassen vermuten, dass die Daten echt sind. Aber das ist nur mein Eindruck. Was hältst du von einem neuen Update in zwei Stunden?«

Er schaute auf die Uhr. Margrethe Franck war seit dreizehn Minuten weg.

Santa María schnarchte immer noch auf seiner Pritsche. Er selbst saß nur da und beobachtete Grethe Falckenberg und Beate Bjerre verstohlen. Die beiden Frauen waren hochkonzentriert bei der Sache, sie hatten zwischendurch nicht viel gesprochen, nur hin und wieder leises Erstaunen geäußert.

»Und das Paket? Enthält es die versprochene alphabetische Bandbreite an Daten?«

Mossman gab sich Mühe, seiner Stimme einen beiläufigen Ton zu verleihen, aber es gelang ihm nicht recht. Es kam ihm beinahe brutal vor, eine so intensive Stille zu unterbrechen.

Er hatte nicht selbst mit diesem Lorenzo kommuniziert, der das Geschäft mit seinem Angebot an den dänischen Staat in Gang gesetzt hatte. Dafür war die Direktorin des Amtes für Steuern und Abgaben, Liz Thorsen, verantwortlich gewesen. Deshalb hatte er auf den Deal auch keinerlei Einfluss gehabt. Abgesehen von allem, was die Sicherheitsmaßnahmen betraf.

Liz Thorsen hatte ihn aber beruhigt – ohne es zu ahnen.

Während ihrer zweiten Besprechung vor der Reise auf die Amerikanischen Jungferninseln hatte die Direktorin nebenbei fallen lassen, dass das Datenpaket – die sogenannte Warenprobe – aus dänischen Namen und Unternehmen bestünde, sortiert in alphabetischer Reihenfolge.

Die Warenprobe umfasste die Buchstaben A bis F.

Was einen himmelweiten Unterschied machte.

A bis F bedeutete, dass er erleichtert aufatmen konnte. Falckenberg und Bjerre würden es nicht entdecken.

Sobald das Datenpaket abgenommen war, würde die Steuerbehörde natürlich alle Daten verdächtiger dänischer Arrangements mit Verbindung zu Valdés & de León Abogados und der Banco Guzman de Panama erhalten, von A bis Z. Und dann sähe die Sache ganz anders aus. Aber das würde nicht passieren. Nicht ohne ein paar bescheidene Änderungen.

Grethe Falckenberg sagte, ohne den Blick vom Bildschirm zu lösen:

»Ja, ja ... A bis F.« Und ergänzte, in Gedanken versunken:

»Übrigens, Mossman ... Bisher sind die Daten sehr, sehr überzeugend. Ich glaube nicht, dass wir die gesamte eingeplante Zeit brauchen werden.«

Das war ihm nur recht.

Jede Minute, um die sie die Operation verkürzen konnten, wäre gut für ihn. Es gab zu viele zusätzliche Interessenten, als dass er die Ereignisse komplett überschauen und steuern konnte. Das Bild war verworren. Und das gefiel ihm ganz und gar nicht.

Für Transparenz zu sorgen, war immer seine Aufgabe gewesen. Egal, ob es um Angelegenheiten der nationalen Sicherheit ging – oder um etwas Prosaischeres wie die Infiltration durch einen ausländischen Agenten oder vergleichbare Peinlichkeiten.

Es war wichtig, ein Szenario möglichst transparent zu gestalten. Denn ohne das war es kaum möglich, alle Beteiligten und Komponenten zu überblicken ... Und wie sollte man sonst wissen, wie man dasselbe Szenario anschließend völlig intransparent machen konnte?

Das Motiv seines Lebens: aufdecken, vertuschen, aufdecken.

Er vernahm ein kräftiges Klopfen, dann wurde der Zettel unter der Tür durchgeschoben.

»Die Katze im Sack.«

Margrethe Franck war zurück.

40.

Santa María war schon eine ganze Weile wieder wach. Das kurze Nickerchen schien ihm gutgetan zu haben. Nach einer Tasse Kaffee und einem Sandwich wirkte er frisch, und ihm war anzumerken, dass er das Geschäft mit der dänischen Steuerbehörde zügig hinter sich bringen wollte.

Er saß an seinem Laptop, der mit einem meterlangen Netzwerkkabel an die Dose in der Wand angeschlossen war.

Sie behielt ihn im Auge. War wie die Fliege an der Wand. Nach der Planung und Vorbereitung des Treffens war es jetzt ihre einzige Aufgabe, sich um die Sicherheit zu kümmern.

Der Rest lag nicht in ihrer Hand. Bis auf ...

Vorsichtig stellte sie ihren kleinen schwarzen Rucksack unter den Tisch, lehnte ihn an das hintere Bein und zog ihren Stuhl an das Tischende.

Niemand sprach. Auch Mossman nicht, der immer noch zurückgelehnt auf seinem Stuhl saß. Weder der kahle Betonraum noch die Situation regten dazu an, sich auf etwas anderes zu konzentrieren als darauf, das Geschäft so schnell wie möglich abzuschließen.

Gerade ruhten sich die beiden Steuerexpertinnen nach mehreren Stunden konzentrierter Arbeit bei einer Tasse Kaffee aus.

Die für die Sondereinheit Steueraufsicht zuständige Grethe Falckenberg hatte das Datenpaket genehmigt und den nächsten

Schritt der Operation eingeleitet, den Santa María nun vorbereitete.

»*Excuse me* … Ich habe den Dekodierungsschlüssel natürlich auf meinem Computer. Was ist Ihnen lieber? Soll ich das gesamte Material in verschlüsselter Form speichern? Dann bekommen Sie eine Kopie des Schlüssels und können die Dekodierung selbst vornehmen. Oder ich kopiere Ihnen die Daten gleich zugänglich auf der Festplatte.«

Santa María sah Falckenberg fragend an.

»Ich habe die Anweisung von meiner Vorgesetzten, die Daten in unverschlüsselter Form in Empfang zu nehmen und dann noch mal stichprobenartig durchzuscrollen, bevor ich sie endgültig abnehme. Danach regeln wir das Finanzielle.«

»Hervorragend. Dann starte ich jetzt den Download. Es ist nur eine Datei, und die ist nicht besonders umfangreich. Es dauert nicht lange, auch wenn die Verschlüsselung den Vorgang natürlich ziemlich verlangsamt. In Ordnung?«

»In Ordnung«, erwiderte Falckenberg.

Mossman räusperte sich.

»Wenn Sie wollen, können Sie inzwischen ein bisschen ausspannen«, sagte er an Falckenberg und Bjerre gerichtet. »Und wie gesagt: Wenn Sie austreten müssen, wenden Sie sich einfach an Frau Franck.«

Mossman und sie hatten seit ihrer Rückkehr, nachdem sie ihm Oxens Status mitgeteilt hatte, kein Wort mehr miteinander gewechselt. Es gab nichts zu besprechen. Alles war vorbereitet – und lief wie am Schnürchen. Mossman schien zufrieden mit der Aussicht, dass die ganze Operation nicht so lange dauern würde wie gedacht.

Die Wartezeit fühlte sich länger an, als sie tatsächlich war.

»So. Das Datenpaket ist runtergeladen und dekodiert. Bereit

zur Inspektion. Wenn Sie mir einen Moment über die Schulter schauen wollen, bitte sehr, Frau Falckenberg.«

Mit einem freundlichen Lächeln blickte Santa María von seinem Bildschirm auf.

Sie sah auf die Uhr. Es hatte nur achtzehn Minuten gedauert.

Grethe Falckenberg stand auf und stellte sich hinter Santa María, der auf den Bildschirm zeigte und kurz demonstrierte, dass das Material genauso aufgebaut war wie die Warenprobe, also alphabetisch nach Firmennamen sortiert, mit einer entsprechenden Gesamtübersicht über Ordner und Unterordner.

Nach wenigen Minuten, in denen sie leicht nach vorn gebeugt und konzentriert verfolgt hatte, wie Santa María durch das Material scrollte, gab Falckenberg ihr Okay und setzte sich wieder an ihren Platz.

»*So ... we have an agreement?*«

Santa María schaute sie über den Rand seiner Brille an.

»*Yes, we have*«, antwortete Falckenberg, die während der gesamten Operation genauso fokussiert wie wortkarg gewesen war.

»Gut. Dann übertrage ich alles auf die externe Festplatte. Das ist dann Ihr einziges Originalexemplar – im Augenblick. Sollten Sie aus irgendeinem Grund eine weitere Übermittlung des Materials benötigen, steht Mr Lorenzo Ihnen natürlich gerne zur Verfügung«, versicherte Santa María.

Falckenberg sagte: »Dann bräuchte ich noch die vereinbarten Informationen, damit Frau Bjerre die Überweisung der Zahlung veranlassen kann.«

Santa María holte das Telefon aus der Innentasche seiner Jacke, zog einen Zettel hervor, der im Lederetui des Handys steckte, und schob ihn über den Tisch.

»Alles, worum Ihre Chefin gebeten hat, steht hier«, sagte er.

Falckenberg studierte die Angaben.

»Okay. Ich wiederhole: dreißig Millionen dänische Kronen. Überwiesen in US-Dollar. Korrekt?«

»Korrekt.«

Die finale Abrechnung war im Gange. Nun würde es nicht mehr lange dauern, bis sie Objekt Alpha sicher durch den Flughafen bis zum Gate führte, wo der Mann, der offenbar lateinamerikanischer Herkunft war, noch ein wenig auf seinen Flug nach Amsterdam warten würde.

Sie stand auf, schnappte sich ihren Rucksack und gab Mossman ein diskretes Zeichen, dass sie kurz mit ihm sprechen wollte.

Er hatte das ganze Geschehen aufmerksam aus dem Hintergrund verfolgt. Vor allem als Falckenberg gemeinsam mit Santa María abschließend noch einmal die gesamte Datei durchgescrollt hatte.

Jetzt nahm er Francks Zeigefinger und ihre hochgezogene Augenbraue wahr.

Mit einem Nicken lenkte er sie in die hinterste Ecke des Zimmers. Sie durften es nicht riskieren, die Überweisung der Millionen zu stören, die vermutlich über zahlreiche Umwege auf dem Konto dieses mysteriösen Lorenzo landen würden. Auf einem Konto, das sicher genauso zwielichtig war wie die Daten, die der Mann soeben an den dänischen Staat geleakt hatte.

»Was ist, Franck?«

Sie steckten in der Ecke ihre Köpfe zusammen.

»Bleibt es dabei, einzeln und der Reihe nach? Ihr könnt auch zusammen gehen«, schlug seine langjährige Lieblingsmitarbeiterin des PET vor.

»Einzeln und der Reihe nach. Wir haben genug Zeit. Ich will im Terminal keine Aufmerksamkeit erregen. Also zuerst Bjerre, dann Falckenberg – und zuletzt ich. Und auch wenn Oxen und

Sonne sie nach Dalby Huse gelockt haben, möchte ich dich bitten, uns zu begleiten. Wir fahren zuerst zur Steuerbehörde in den Copenhagen Towers und dann zu dem Ferienhaus.«

Franck nickte.

»Natürlich ... Ich bin bereit. Sie sind sicher gleich fertig?«

»Ich glaube nicht, dass so etwas lange dauert. Aber ich weiß, dass Santa María warten soll, bis Lorenzo den Eingang der Zahlung bestätigt hat. Sobald das passiert ist, bringst du ihn rauf.«

Wieder nahmen sie ihre Plätze auf den harten Stühlen ein, die ihre Wartezeit nicht besonders angenehm gemacht hatten.

Er freute sich darüber, erneut mit Margrethe Franck zusammenarbeiten zu können.

Verstohlen betrachtete er sie.

Es war inzwischen sehr lange her, dass er sie eingestellt hatte. Als behinderte Polizeibeamtin mit einem amputierten Bein hatte sie wieder ganz von vorn anfangen müssen. Aber er hatte das Potenzial und Talent dieser jungen, rebellischen Frau erkannt. Sie war stetig gewachsen. Und hatte ihr Selbstvertrauen wiedergewonnen. Irgendwann war es allerdings so groß geworden und hatte ihn auf eine Weise herausgefordert, dass er sie eine Zeitlang kaltstellen musste. Aber er war immer stolz auf sie gewesen. Enorm stolz.

Gab es überhaupt eine bessere Art, seine Zeit auf der Erde zu verbringen, als ein Talent zu entdecken und zu fördern?

Trotzdem waren Geschick und Einfluss zu respektieren. Er war und würde immer der Alte sein, der Meister, bei dem sie einst in die Lehre gegangen war. Deshalb würde Margrethe Franck nicht sehen, was passierte – auch wenn es direkt vor ihrer Nase geschah.

Ja ... Er genoss es immer noch, dieses kleine Spiel, bei dem es darum ging, alle hinters Licht zu führen.

41. Vor einer halben Stunde waren sie in Dalby Huse angekommen. Der silberne Toyota war in Sichtweite geblieben, seit sie am Supermarkt in Dalby abgebogen waren und bis sie über die asphaltierte Nebenstraße die Ferienhaussiedlung erreicht hatten.

Das wies möglicherweise darauf hin, dass man hier keine Leute zur Beobachtung ihrer Ankunft postiert hatte. Also waren es wohl nur zwei oder drei Gegner. Seine Vermutung munterte Sonne erheblich auf.

Vor ein paar Tagen war Oxen das letzte Mal in Dalby Huse gewesen, um alles vorzubereiten. Um einen vollständigen Überblick zu bekommen, war er kreuz und quer durch das kleine Ferienhausgebiet gefahren. Es war äußerst übersichtlich und viel kleiner als die Ferienhaussiedlung namens Over Dråby Strand etwas weiter nördlich.

Dalby Huse lag an einem flachen Sandstrand am Isefjord und war alles andere als luxuriös, eine Feststellung, mit der man hier sicher niemanden zu nahe trat. Viele Häuser waren älteren Datums. Die Eigentümer hatten sich hier wahrscheinlich schon vor vielen Jahren niedergelassen, und mit ihnen ihre Kinder und Enkel.

Genau wie der Cousin, von dem Mossman das Haus gemietet hatte. In einer Ecke des Gartens stapelten sich ein altes, vergammeltes Gitterbett, zwei eiserne Bettgestelle mit rostigen Federn und obenauf die Überreste einer Schaukel. Das alles wirkte, als läge es schon seit Jahren so da.

Um Sonne zu beruhigen, zeigte er ihm sofort, welche Sicherheitsvorkehrungen er getroffen hatte. An zwei strategisch wichtigen Stellen auf dem Grundstück hatte er zwei Mannlöcher gegraben. Falls es zu einem Schusswechsel kommen sollte, war es ein gewaltiger Vorteil, dabei gut geschützt in einem Kaninchenbau zu sitzen.

Vor einigen Tagen hatte er das Grundstück sorgfältig inspiziert. Es lag an einem der fünf oder sechs Schotterwege, die fast rechtwinklig zur Küste führten. Er analysierte seine Umgebung immer mit militärischer Präzision.

Mit diesem Ferienhaus hatte Mossman eine hervorragende Wahl getroffen. Dalby Huse hatte eine überschaubare Größe, und es gab nur eine einzige Straße, auf der Fahrzeuge in die Siedlung hineinfahren konnten. Das bedeutete, dass man den Feind viel leichter im Auge behalten konnte.

Das Ferienhaus lag perfekt. Auf der Rückseite gab es nur Schilf in einem offenen Sumpfgebiet. Aus dieser Richtung würde niemand kommen. Die Vorderseite ging mit einer großen Rasenfläche zum Weg hinaus. Diese Seite war ungeschützt. Links von dem Ferienhaus trennte ein hoher Bretterzaun das Grundstück von dem der Nachbarn ab.

Rechts war das Gelände mit dichtem Gestrüpp aus Bergkiefern und Büschen gesäumt. Zweifellos würde der Feind von dieser Seite her auf das Grundstück eindringen, sobald es dunkel war, weshalb Oxen genau hier die Löcher gegraben hatte. Die Gegner würden sich auf die Terrasse auf der Rückseite schleichen, um dort zuzuschlagen und den Kurier Hugo Santa María zu töten.

Es blieb immer noch viel Zeit für die Vorbereitung.

Er ging ins Haus und fing an, alles fertig zu machen. Sonne saß auf dem Boden im Wohnzimmer und hantierte mit seiner Drohne. Er trug noch die gleiche Kleidung wie der südamerikanische Kurier, aber zumindest die Perücke und den Bart hatte er inzwischen abgelegt.

»Gleich kann ich sie starten lassen«, sagte Sonne.

»Sehr gut. Ich checke hier drinnen noch mal alles«, antwortete er und schritt erneut das ganze Ferienhaus ab, Zimmer für Zimmer, wie er es schon bei seinem ersten Besuch getan hatte.

Alles war, wie es sein sollte. Mossman hatte einen Sessel mit hoher Lehne und einen Fußschemel besorgt. Beides hatte Oxen bereits beim letzten Mal mitten ins Wohnzimmer gestellt, direkt vor den Fernseher.

Im ersten vom Flur abgehenden Zimmer lag die restliche Ausrüstung, die er dabeihatte: eine Handfeuerwaffe für Sonne, eine einfache Blendgranate, ein vollständiges Intercom-Set mit Transceiver, Ansteckmikros und In-Ear-Kopfhörer, sodass sie miteinander kommunizieren konnten, zwei Paar *night vision goggles*, Infrarot-Nachtsichtgeräte, zwei komplett schwarze Overalls sowie schwarze Handschuhe, Stiefel, Sturmhauben und schwarze Schuhcreme, um die hellen Partien um die Augen zu schwärzen. Nichts blieb dem Zufall überlassen. In einer großen Plastiktüte, die auf dem Boden stand, hatten sie alle nötigen Requisiten verstaut: falsche Bärte, Schnauzer und Perücken, falls die Exemplare, die Sonne bereits getragen hatte, sich nicht wiederverwenden ließen. Und natürlich ein Blasebalg und die aufblasbare Puppe. Die musste gleich nur noch ausstaffiert werden.

Oxen ging ins Wohnzimmer.

»Ich schicke sie jetzt hoch. Willst du zuschauen?«, fragte Sonne und stand auf.

Er nickte, und zusammen gingen sie in den Garten hinter dem Haus.

Sonne stellte das Fluggerät auf die Wiese, nahm die Fernbedienung in die Hand, und Sekunden später stieg die große Drohne mit einem wütenden Surren der Rotorblätter senkrecht auf. Als sie die gewünschte Höhe erreicht hatte, lenkte Sonne sie hinaus über die Dächer der Ferienhäuser – und kurz darauf war sie verschwunden.

Der Monitor stand auf dem Gartentisch, sodass sie das Gerät verfolgen konnten.

Er erinnerte sich daran, wie sie Sonnes Geschick mit den Drohnen schon früher genutzt hatten. Der Polizeibeamte aus Århus war unglaublich gut in solchen Dingen – während ihn die Aussicht auf eine körperliche Konfrontation unglaublich nervös machte.

Das Bild, das die Drohne ihnen lieferte, erschien gestochen scharf auf dem 5,5-Zoll-Bildschirm.

»*Full HD. Cool*, oder?« Sonne konnte seine Begeisterung nicht verbergen.

Oxen verfolgte die Bilder konzentriert, während er sich gleichzeitig auf seinem Handy über Google Maps einen Überblick über die Ferienhaussiedlung verschaffte.

Sonne ging systematisch vor und ließ die Drohne alle kleinen Straßen in der Umgebung abfliegen. Nach wenigen Minuten rief er:

»Da ist es! Beim Supermarkt!«

Er zeigte auf ein graues Rechteck, das sich bei näherem Hinsehen als Auto herausstellte, ein silbernes Auto, das vor dem kleinen Gemischtwarenladen stand, an dem sie auf dem Weg hierher vorbeigekommen waren.

Sonne lenkte die Drohne zur Seite und tiefer. Das Auto sah genauso aus wie der Toyota, der ihnen auf der ganzen Strecke vom Flughafen her gefolgt war.

»Das ist er, oder, Niels?«

»Es sieht jedenfalls so aus. Vielleicht trinken sie Kaffee … Meinst du, sie wissen, wo wir sind? Wahrscheinlich nähern sie sich noch ein Stück und suchen eine Stelle, wo sie den Wagen verstecken können, bevor sie sich ihrem Auftrag widmen.«

»Hast du das unter Kontrolle? Schaffen wir das?«

Er legte beruhigend eine Hand auf Sonnes Schulter.

»Wir haben alle Vorteile auf unserer Seite. Wir sind gut vorbereitet. Wird schon werden ...«

Sonne rieb sich skeptisch das Kinn, bevor er weiter das Gebiet absuchte.

Nach kurzer Zeit erklärte er, dass es keine anderen silbernen Autos gab.

»Dann hol sie jetzt zurück«, sagte Oxen. »Du kannst später noch eine Runde drehen, solange es hell ist.«

Kurz darauf hörten sie wieder das wütende Surren, als die Drohne hoch über ihren Köpfen auftauchte und Sonne zur Landung ansetzte.

»Und danach ziehst du dich um und holst die anderen Sachen. Ich hätte die Videoüberwachung gern so schnell wie möglich eingerichtet. Okay?«

Sonne nickte, und Sekunden später stand die Drohne wieder auf dem Rasen.

42.

»*Well* ... Jetzt fehlt nur noch unser Finale ...«

Er stellte den kleinen Alukoffer auf den Tisch, an dem die drei Frauen standen.

Margrethe Franck war gerade zurückgekehrt, sie hatte Objekt Alpha zum Gate begleitet, wo das Boarding für den Flieger nach Amsterdam Schiphol stattfinden würde.

Mossman öffnete den Koffer. Das Klicken des Schließmechanismus hallte laut von den Betonwänden des Kellers wider.

»Möchten Sie, Frau Falckenberg?«

Die Leiterin der Sondereinheit Steueraufsicht, Grethe Falckenberg, legte andächtig die Festplatte, die der Staat gerade für den

Nettobetrag von dreißig Millionen Kronen erworben hatte, in den weich gepolsterten Koffer.

Zufrieden nickte er und schloss den Deckel.

»Gut. Wenn Sie jetzt so freundlich wären und Ihren dreistelligen Code festlegen würden«, bat er Falckenberg und wandte ihr ebenso wie Franck und Bjerre pflichtschuldig den Rücken zu.

»Erledigt«, antwortete Falckenberg. »Und jetzt?«

»Jetzt drücken Sie auf den kleinen schwarzen Knopf neben dem Schloss. Damit ist der Code eingestellt, und Sie können die drei Rädchen auf beliebige Ziffern drehen. Danach sind Sie die Einzige, die den Koffer öffnen kann. Und das werden Sie tun, wenn wir alle in den Copenhagen Towers angekommen sind, wo Ihre Chefin auf uns wartet.«

»Gut, Mossman, dann können wir diese ›Operation‹ wohl als erfolgreich beendet betrachten.«

Grethe Falckenberg lächelte, was sie offenbar sonst selten tat.

»Ja ... Aber wirklich geschafft ist es erst, wenn wir das Material an Liz Thorsen übergeben haben. Franck, könntest du Frau Bjerre bitte zum Auto bringen und dann zurückkommen, um Frau Falckenberg abzuholen? Und ... den hier nicht vergessen.«

Er reichte ihr den Zettel, der unter der Tür durchgeschoben werden sollte, und öffnete diese für sie. Dann sah er unauffällig auf seine Uhr und merkte sich den exakten Zeitpunkt, zu dem Bjerre und Franck den Raum verließen.

»Kaffee?«

Er sah die Leiterin der Sondereinheit Steueraufsicht, wie ihre Stellenbezeichnung korrekt hieß, fragend an.

»Danke, gern.«

Sie schien sich ein wenig zu entspannen, nachdem die schwierigste Phase abgeschlossen war, aber Smalltalk lag ihr offenbar trotzdem nicht.

Schweigend saßen sie eine Weile mit ihren Kaffeetassen da. Die Stille schien ihr nichts auszumachen. Er unterbrach sie trotzdem:

»Bringt dieser Deal mit Lorenzo einen Gewinn für die Staatskasse? Ich meine, dreißig Millionen sind ja auch Geld.«

»Einen Gewinn? Davon gehe ich aus. Auch wenn wir hier nicht den Begriff ›Gewinn‹ verwenden. Uns geht es um neue Besteuerungen von Einzelpersonen und Körperschaften. Neue Bemessungen, die bestimmte steuerliche Anpassungen nach sich ziehen – und schließlich in einen ansehnlichen Betrag potenzieller Steuerzahlungen münden. Darüber hinaus werden wir das Material aber auch nutzen, um ein Exempel zu statuieren, und langfristig ist es eine Investition in Prävention. In beiderlei Hinsicht sind dreißig Millionen nicht viel Geld, Mossman.«

Nach einer kurzen Pause fuhr sie fort. Offenbar hatte sie sich warmgeredet.

»Und außerdem entspricht es genau der Richtung, die die Politiker für unsere Arbeit vorgegeben haben. Sie waren selbst Beamter, Mossman, und wissen, dass ein politisches Signal den Preis in der Regel aufwiegt.«

Er musste lächeln. So war es tatsächlich. Je weiter oben auf der politischen Agenda, desto unwichtiger waren die Kosten.

Falckenberg fuhr fort:

»Wir müssen die umfassende Reform der Steuerprüfungen in Dänemark umsetzen, die die Regierung geplant hat. Wir müssen den Kampf gegen Geldwäsche, Steuerparadiese und internationale Steuerhinterziehung verstärken. Wir müssen in zahlreichen Gebieten tätig werden. Vor diesem Hintergrund sind dreißig Millionen ein Tropfen auf den heißen Stein.«

»Beim letzten Mal haben Sie 6,4 Millionen ausgegeben.«

Falckenberg zuckte mit den Schultern.

»Ach, alles wird teurer. In Anbetracht unserer Erfahrungen mit den *Panama Papers* sind dreißig Millionen immer noch günstig. Und der Preis war auch nicht verhandelbar.«

»Dreißig Millionen eingezahlt auf irgendein verdächtiges Konto, nehme ich an. Moralisch fragwürdig, könnte man sagen.«

»Nicht unbedingt verdächtig, nur weil es sich um ein Konto in einem südamerikanischen Land handelt. Und was den Preis angeht, darf man nicht vergessen, dass die Verkäufer, dieser Lorenzo und seine Helfer, ein enormes Risiko eingehen. Das haben wir ja schon zu spüren bekommen. Und im Übrigen ... Man muss mit den Wölfen heulen, bei denen man sich aufhält. Das kennen Sie doch sicher auch?«

Er lächelte. Die Steuerexpertin hatte mit ihrer Wortwahl genau ins Schwarze getroffen. Er sah auf seine Uhr. Die Zeit kroch dahin.

Vielleicht kam es Falckenberg genauso vor. Sie sagte seufzend: »Nun müsste sie doch langsam zurück sein, oder? Ich bin froh, wenn ich hier rauskomme.«

Er machte eine entschuldigende Geste.

»Tut mir leid ... Nicht gerade eine inspirierende Umgebung, aber unter Sicherheitsaspekten ein hervorragendes Setup.«

Es schien schwierig zu sein, das Gespräch noch viel länger in Gang zu halten.

»Hmm, wann fangen Sie an, sich intensiv mit dem Material zu beschäftigen?«

»Morgen früh.«

»Ausschließlich in der Chefetage, vermute ich?«

»So wenige Personen wie möglich.«

»Das ist sinnvoll.«

»So ist es doch sicher auch in Ihrer Welt, Mossman. Geheimnisse verwahrt man am besten in möglichst wenigen Händen.

Idealerweise sind es nur zwei. Wie Sie bei unserem Treffen in der Badeanstalt gesagt haben.«

Auch wenn es durchaus nicht ganz einfach war, allein mit Grethe Falckenberg in diesem Betonkeller festzusitzen, hatte ihre Reserviertheit etwas an sich, das ihm gefiel. Damals, als er noch in Søborg war, hätte sie einen Job beim PET bekommen können.

Das laute Klopfen an der Stahltür wirkte wie eine Befreiung. Er stand auf, ging zur Tür und hob den Zettel auf, während er auf seine Uhr sah. Dann öffnete er die Tür, um Margrethe Franck einzulassen. Sie hatte hin und zurück einundzwanzig Minuten gebraucht.

»Jetzt sind Sie dran, Frau Falckenberg.«

Mit einer Handbewegung bedeutete er ihr, Franck zu folgen.

»… und Franck: Denk dran, einen ausführlichen Statusbericht von Oxen einzuholen, sobald du im Terminal bist und Netz hast.«

Sie nickte nur, und er schloss die Tür hinter den beiden Frauen. Etwa einundzwanzig Minuten plus zwei bis fünf für das Telefonat mit Oxen. Das brachte ihm rund fünfundzwanzig Minuten.

Und das sollte reichen.

Es musste reichen.

Er eilte zum Tisch, holte seinen Laptop heraus und fuhr ihn hoch. Dann stellte er den Alukoffer auf den Tisch, mit der Unterseite nach oben, und zog ein kleines Etui aus seiner Tasche. Es enthielt einen gewöhnlichen Schraubenzieher und einen kleinen Akkuschrauber.

Er hatte die Prozedur zu Hause in seinem Keller mehrmals geübt. Sie dauerte weniger als eine Minute. Eher vierzig Sekunden.

Denn es gab keinen anderen Ausweg. Grethe Falckenberg war die Einzige, die den dreistelligen Code kannte. Und obwohl einige Schlösser auf verschiedene Weise auf Werkszustand zurückgesetzt werden konnten, löste das nicht das Problem. Denn dann wäre Falckenbergs Code außer Kraft gesetzt.

Und dann wäre die Hölle los ...

Ergo hatte er viele Stunden darauf verwenden müssen, einen brauchbaren, einfachen und schnellen Weg zu finden.

Er steckte den flachen Schraubenzieher unter die vier großen Metallnieten, bei denen es sich nicht mehr um Nieten handelte, sondern um kleine Kappen, durch die er die Nieten ersetzt hatte und die vier Schrauben verbargen, mit denen er den Boden am Rahmen des Koffers befestigt hatte. Er hob die Kappen ab und griff zum Akkuschrauber, um die vier Torxschrauben zu lösen. Kurz darauf konnte er sie zur Seite legen und den Boden des Alukoffers vorsichtig abheben, um die externe Festplatte herauszunehmen.

Er verband sie mit seinem Computer und begann sofort damit, das gesamte geheime Datenpaket, den dänischen Teil der *Precious Papers* aus Panama, herunterzuladen.

Es waren viele Seiten, die aber erfreulicherweise nur Text enthielten – und das jetzt in unverschlüsselter Form. Es würde nicht lange dauern, und somit blieb ihm genügend Zeit für seine eigentliche Mission.

Er saß ganz vorn auf der Stuhlkante und starrte den blauen Balken an, der immer länger wurde, während die Prozentzahl sich allmählich der Hundert näherte.

Als der Prozess abgeschlossen war, nutzte er die Suchfunktion in der Panama-Datei und fand sofort, wonach er gesucht hatte.

Er überprüfte die Zeit.

Immer noch neun bis zehn Minuten. Aber bei Franck konnte man nie wissen, daher musste er sich beeilen.

Mit gerunzelter Stirn saß er da und schaute hochkonzentriert und mit zusammengekniffenen Augen auf den Firmennamen.

Dann traf er eine Entscheidung.

Klickte auf *delete*.

Danach suchte er erneut. Wurde fündig. Und klickte noch einmal auf *delete*.

Am Ende speicherte er die gesamte Datei wieder auf der externen Festplatte – und bestätigte, dass die Version, die dort unter gleichem Namen lag, überschrieben werden sollte.

Sobald die neue Version gespeichert war, trennte er die Festplatte von seinem Computer, legte sie zurück in den Alukoffer, setzte den Boden vorsichtig ein, schraubte ihn fest und drückte die Kappen wieder auf die Schrauben.

Er stellte den Koffer an exakt die gleiche Stelle, wo er vorher gestanden hatte, nämlich neben das vordere linke Tischbein, packte seinen Computer, das Kabel und das Werkzeug wieder ein und setzte sich mit einer Tasse kaltem Kaffee auf den Stuhl an der Wand.

Es vergingen vier Minuten, dann klopfte Franck an die Tür und schob den Zettel darunter durch.

Erleichtert atmete er auf.

Kurz darauf waren sie bereit, zur Steuerbehörde in den Copenhagen Towers im Stadtteil Ørestaden zu fahren, um die geheime Liste aus Panama zu übergeben.

Keine Hexerei – sondern wahres Können.

43.

Es war längst dunkel geworden. Ein Abend unter der Woche lockte offenbar niemanden hierher nach Dalby Huse. Jedenfalls brannte in den umliegenden Ferienhäusern kein Licht, was in jeder Hinsicht praktisch war.

Ihr Ferienhaus dagegen war hell erleuchtet. Im Wohnzimmer

saß eine Gestalt im hohen Lehnstuhl, die Füße auf dem Schemel davor, und sah fern. Es war ein Mann mit Bartstoppeln an Wangen und Kinn und einem kräftigen Oberlippenbart, er trug eine dunkle Brille, eine helle Leinenhose, ein dunkelblaues Sakko – und keine Schuhe. Neben dem Stuhl stand eine braune Ledertasche, auf einem kleinen Tisch waren ein Glas Cola und eine Untertasse mit Nüssen in Reichweite.

Der Mann saß mit dem Rücken zur großen Fensterfront, die auf die Terrasse hinter dem Haus hinausging. Der Kopf war auf eine Schulter gesackt, als wäre er nach seiner langen Reise bei einer langweiligen Fernsehsendung eingeschlafen.

Vom Garten aus hatte man ein freies Schussfeld. Die tödlichen Schüsse, mit denen sie jederzeit rechneten, würden Hugo Santa María nicht töten – aber sicher die Luft aus ihm entweichen lassen.

Es war davon auszugehen, dass der Feind sich gleich danach zurückziehen würde, wenn er nicht auf Widerstand stieß.

Ganz in Schwarz gekleidet, saßen sie in ihren Löchern – und das schon seit fast einer Stunde. Er hatte Sonne im hinteren Loch platziert, so weit entfernt wie möglich von dem Bereich, der seiner Einschätzung nach gefährlich war.

Er konzentrierte sich auf den kleinen Monitor, der auf seinem Oberschenkel lag. Der Bildschirm war in sechs Felder unterteilt, eins für jede Webcam. Gerade wollte er aufstehen und sich strecken, als es in einem Feld plötzlich Aktivität gab.

Ein Mann schlich über das Nachbargrundstück. Und noch einer. Und noch einer.

»Oxen hier: Sie sind da, Sonne. Drei Männer. Auf dem Grundstück rechts.«

Er flüsterte seine Nachricht und wusste, dass Sonne jetzt in seinem Loch erstarrte.

»Verstanden.«

Wieder und wieder war er die Aktion mit Sonne durchgegangen. Bis der Polizeibeamte es einfach nicht mehr hören konnte. Dabei war es wichtig. Wichtig, dass ihre Reaktion nicht vom Plan abwich.

Er lud seine Waffe durch, steckte sie in die Jackentasche und legte eine Hand auf den Spaten, mit dem er neulich noch die Löcher gegraben hatte.

Jetzt drückten sich die drei Gestalten vorsichtig durch den breiten Streifen aus Bergkiefern, Büschen und Brombeergestrüpp, wo sie eine der Überwachungskameras angebracht hatten.

»Oxen hier: Sie sind auf dem Weg durch das Gebüsch. Mach dich bereit. Nachtsicht ein.«

»Verstanden.«

Sonnes Antwort kam prompt.

Er klappte sein Nachtsichtgerät herunter und atmete ein paarmal tief ein und aus. Er war ganz ruhig. Es gab immer noch eine Menge Dinge, die ihn überforderten oder ihm massives Unbehagen bereiteten. Aber das hier gehörte nicht dazu. Er war ein Handwerker, der seine Arbeit beherrschte.

Die drei Schatten hatten sich jetzt in grüne Silhouetten verwandelt, die sich immer noch durch das Gebüsch kämpften. Auch wenn ihre Nachtsichtgeräte nicht gerade die modernsten waren, leisteten sie auf kurze Distanz gute Dienste und waren für eine so einfache Aufgabe hervorragend geeignet.

Jetzt waren die grünen Gestalten durch. Erleichtert stellte er fest, dass sie keine Nachtsichtgeräte trugen.

Die drei Männer knieten sich auf den Rasen. Der Anführer gab letzte Anweisungen und zeigte in verschiedene Richtungen. Einer schlich vorsichtig auf die linke Seite, während die anderen beiden zur Rückseite des Hauses gingen.

Sie waren nur noch wenige Meter von seinem Loch entfernt. Langsam gingen sie vorbei, und der Abstand zu ihnen vergrößerte sich wieder. Er zog die Blendgranate aus seiner Jackentasche.

Die Männer blieben stehen und gingen hinter der Hecke in Deckung, die die Terrasse umschloss. Dort blieben sie regungslos sitzen und beobachteten den Mann, der anscheinend vor dem Fernseher eingeschlafen war.

Dann robbte einer der beiden quer über die Holzterrasse, ging in die Hocke – und zielte. Mündungsfeuer flackerte auf. Glas zersplitterte. Vier Schüsse in schneller Abfolge, direkt in die Sessellehne. Dann warf sich der Mann zurück und suchte wieder hinter der Hecke Schutz.

»Oxen hier: Augen zu.«

»Verstanden.«

»Oxen hier: drei, zwei, eins. Jetzt.«

Er warf die Blendgranate über den Rasen, duckte sich und schloss die Augen. Trotzdem durchdrang das gleißende Licht die Dunkelheit. Der Krach war ohrenbetäubend.

»Oxen hier: gezündet.«

»Verstanden.«

Er sah, wie die beiden Männer panisch herumtasteten. Der enorm grelle Lichtblitz hatte sie geblendet und zusammen mit dem lauten Knall in einen Schockzustand versetzt. Blendgranaten, Flashbangs, Thunderflash oder *Stun grenade*: Die Dinger hatten viele Namen. Aber der Effekt war immer derselbe. Und er enttäuschte nie.

Er packte den Spaten.

Die beiden Männer entschieden sich für den Rückzug, genau wie er erwartet hatte. Ihr Auftrag war ja auch erledigt. Sie taumelten halbblind über den Rasen. Mit beiden Händen stemmte er sich aus seinem Loch.

Er schwang den Spaten mit Wucht gegen den Kopf des Mannes, der auf seiner Flucht näher an ihm vorbeikam. Der Schlag warf ihn zu Boden, wo er bewusstlos liegen blieb. Die andere grüne Gestalt stürzte sich durch das Gebüsch.

Jetzt war Sonne dran.

Oxen kehrte hastig in sein Loch zurück und sah gerade den grünen Schatten um die Ecke biegen, als auch schon eine Reihe von Schüssen fiel. Einer davon zischte über seinen Kopf hinweg. Der dritte Angreifer kam ins Straucheln.

Dann feuerte Sonne zwei Schüsse auf den grünen Schatten ab. Und zwei weitere. Der Schatten verschwand hinter dem Haus. Und es wurde still.

Absolut still.

»Oxen hier: Bist du okay, Sonne?«

»Ja. Vielleicht habe ich ihn am Bein getroffen.«

»Gut. Bleib, wo du bist.«

»Verstanden.«

Er kletterte wieder aus dem Loch, suchte den Puls des bewusstlosen Mannes und fand ihn. Er würde wieder zu sich kommen.

Oxen kniete auf dem Rasen und spähte mehrere Minuten lang in die Dunkelheit. Dann nahm er das Nachtsichtgerät ab.

Er meinte, irgendwo Türen knallen zu hören und Rufe, die aus einer der umliegenden Straßen herüberdrangen. Natürlich waren manche der Häuser hier bewohnt. Der Lärm hatte die Leute alarmiert. Abgesehen davon nahm er nichts Verdächtiges wahr. Die beiden anderen Männer waren geflohen.

»Oxen hier: Kannst kommen, Sonne.«

Kurz darauf warf sich ein keuchender Sonne neben ihm ins Gras.

»Scheiße, Niels! Wir haben's geschafft!«

»Ja, klar, was dachtest du denn? Nimm dein Nachtsichtgerät einfach ab. Und dann hilf mir, den hier reinzubringen.«

Sie packten den Mann an Armen und Beinen und trugen ihn durch die kaputte Fensterfront ins Wohnzimmer, wo sie ihn auf den Boden legten.

Mit Kabelbindern fesselten sie ihn rasch an Hand- und Fußgelenken – und nur wenig später begann der Mann zu stöhnen.

»Behalte ihn im Auge, Sonne. Es ist Zeit, dass ich Mossman anrufe.«

44.

Das Handy leuchtete in der Dunkelheit auf. Kurz löste er seinen Blick von der Fahrbahn und tippte auf den grünen Telefonhörer auf dem Display. Darüber stand »Oxen« in weißen Buchstaben.

»Mossman.«

»Oxen hier. Wir haben einen der beiden vom Flughafen. Insgesamt waren es drei. Die anderen sind entkommen. Warte auf weitere Anweisungen«, erklärte der ehemalige Jägersoldat erfreulich kurz und bündig über die Autolautsprecher.

»Wir sind gerade über die Brücke gefahren. In einer Viertelstunde sind wir bei euch.«

»Ruft an und identifiziert euch, bevor ihr das Grundstück betretet, damit wir Eigenbeschuss vermeiden.«

»Verstanden. Ende.«

Lächelnd drückte er Oxen weg. Dieser knappe operative Modus hatte einen gewissen Charme, der wortreiche Aufbau eines Dramas andererseits aber auch.

»Das werden wir doch nicht vergessen, oder? Sonst pustet er uns die Köpfe weg«, stellte Franck trocken fest.

Sie saß auf dem Beifahrersitz. Sie hatten den Wagen gewechselt und seinen großen Audi genommen, den er am Sitz des Amts für Steuern und Abgaben in den Copenhagen Towers geparkt hatte.

»Stell dir das mal vor: ums Leben gekommen im *friendly fire*«, sagte er.

»Ich denke, für Niels gehört das routinemäßig dazu. So was passiert häufig. Wir bekommen es nur nicht mit ... Ist zu peinlich. Getötet von den eigenen Leuten ...«

Es waren nur noch wenige Kilometer bis Dalby Huse. Er war erleichtert, dass Sonne und Oxen ihren Auftrag perfekt ausgeführt hatten. Erleichtert, aber nicht überrascht. Höchstens über die Tatsache, dass Oxen einen Gefangenen gemacht hatte ...

Gleich nach der Übergabe des Kofferinhalts waren sie in seinen Wagen gestiegen.

Sie hatten in Liz Thorsens Büro im achten Stock der Copenhagen Towers mit Beate Bjerre und Grethe Falckenberg am Besprechungstisch gesessen. Falckenberg hatte das Zahlenschloss eingestellt, den Koffer geöffnet und mit einer kaum verhohlenen feierlichen Miene ihrer Chefin die Festplatte überreicht. »*My precious*«, hatte Liz Thorsen lachend gesagt, in dem Versuch, Gollum aus *Der Herr der Ringe* zu imitieren.

Außerdem war es natürlich auch eine elegante, doppelte Anspielung auf den Namen der Panama-Dokumente, unter dem sie später weltberühmt werden würden, wenn man sie einmal veröffentlicht hatte.

Liz Thorsen war clever, schnell und hatte einen charmanten Humor. Deshalb war es schade, dass sich ihre Wege jetzt schon trennten.

Als sie gegangen waren, hatte er den Alukoffer selbstverständlich mitgenommen. Er würde einer sorgfältigen Inspektion nicht standhalten. Und außerdem hätte es albern ausgesehen, ihn auf die Rechnung zu setzen.

Jetzt lag das Ding hinten im Kofferraum.

Er schielte zu Franck hinüber.

Sie hatten während der Fahrt, die eine knappe Stunde dauerte, nicht viel gesprochen. Das brauchten sie auch nicht. Sie kannten einander und wussten, dass ihre Gedanken darum kreisten, wie es wohl Sonne und Oxen ergangen war.

Margrethe Franck starrte in die Dunkelheit. Er ertappte sich dabei, dass er ein fast väterliches Bedürfnis verspürte, sie zu beschützen – wobei das völlig überflüssig war, da gerade Franck ganz hervorragend in der Lage war, auf sich selbst aufzupassen.

Andererseits hatte er nicht einmal den Anflug eines schlechten Gewissens, sie überlistet zu haben.

Die meiste Zeit hatte sie in Gedanken versunken dagesessen. Die Fahrt von Ørestaden war ihr nicht lang vorgekommen. Es herrschte eine angenehme Stille zwischen ihnen, und jetzt konnte sie erleichtert aufatmen. Sonne und Oxen waren unverletzt und hatten ihre Aufgabe perfekt gemeistert.

Sie schielte zu Axel Mossman hinüber, der am Steuer des großen schwarzen Audis saß. Er trug ein Hemd und seine Tweedjacke, die Tweedmütze hatte er abgelegt. Manche Dinge änderten sich nie. Oder doch.

Es waren vor allem winzige Kleinigkeiten im Laufe dieses langen Tages gewesen: bestimmte Bemerkungen, Wiederholungen, ein unauffälliges Suchen nach den richtigen Worten und Ähnliches.

Zum ersten Mal erwischte sie sich dabei, dass sie sich wie eine Tochter vorkam, die feststellte, dass ihr Vater – plötzlich – alt geworden war, was ein Gefühl von … zärtlicher Wehmut in ihr weckte.

Andererseits hatte sie nicht einmal den Anflug eines schlechten Gewissens, ihn überlistet zu haben.

45.

Das Ferienhaus in Dalby Huse lag im Dunkeln. Er hatte Sonne angewiesen, alle Lichter sofort auszumachen, nachdem sie den Feind überrumpelt hatten. Hinter hell erleuchteten Fenstern im Haus herumzugehen, war natürlich ein No-Go.

Sie wussten nicht, ob ihre Widersacher es erneut probieren würden, ob sie versuchen würden, ihren Kameraden zu befreien – oder ob sie endgültig das Weite gesucht hatten. Letzteres kam ihm am wahrscheinlichsten vor. Er hatte sich in die Dunkelheit hinausgeschlichen und festgestellt, dass der silberne Toyota nicht mehr an der Hecke stand, wo Sonne ihn bei seinem zweiten Drohnenflug entdeckt hatte.

Sicher war jetzt aber, dass sich die Anzahl der Widersacher auf zwei reduziert hatte. Der dritte saß auf einem Stuhl in einem der Zimmer, an Händen und Füßen mit Kabelbindern gefesselt und mit einer bösen Platzwunde an der Stirn, wo Oxen ihn mit dem Spaten erwischt hatte.

Axel Mossman und Margrethe Franck gingen vor ihm. Wie vereinbart, hatten sie ihre Ankunft telefonisch angekündigt.

Er hielt seine Taschenlampe so tief, dass der Lichtkegel gerade noch den Plattenweg beleuchtete, damit sie nicht stolperten.

Sonne trat aus dem Schatten, als sie die Rückseite des Hauses erreichten, wo die Terrasse mit Glasscherben übersät war. Überraschenderweise umarmte Mossman ihn und klopfte ihm auf die Schulter.

»Gut gemacht«, brummte der Onkel seinem Neffen zu. »Wollen wir nicht ...«

Oxen unterbrach Mossman, indem er ihn am Arm fasste und beide hinter einen hohen Weidenzaun lotste.

»Bleibt hinter dem Zaun«, befahl er.

»Natürlich. Danke, Oxen. Lass uns hierhin setzen«, sagte Mossman und zog einen Stuhl vom kleinen Gartentisch zu sich. »Bekomme ich ein Briefing? Wo ist der Gefangene?«

Oxens kurze Zusammenfassung der Ereignisse des Tages, von ihrer Abfahrt am Flughafen bis zu dem Moment, als sie die drei Männer vor einer halben Stunde in der Dunkelheit überrascht hatten, nahm Mossman schweigend und nachdenklich zur Kenntnis. Als er sich endlich äußerte, tat er es mit einer rhetorischen Frage.

»Und woher wussten sie, dass ihr nach Dalby Huse fahrt, wenn sie euch nicht den ganzen Weg bis hierher beschattet haben? Hmm ... Irgendwo im System gibt es einen Maulwurf. Gut, dass ich meine Sicherheitsvorkehrungen getroffen habe.« Müde rieb er sich übers Gesicht.

»Tee ...«, fuhr er fort, als wäre ihm plötzlich eingefallen, was gegen seine Müdigkeit helfen würde. »Könnte mir jemand einen Tee machen? Es gibt welchen im Schrank über dem Spülbecken.«

Sonne nickte und ging einfach durch das riesige Loch in der Fensterscheibe.

Mossman lehnte sich im Gartenstuhl zurück.

»Und wir sind sicher, dass der Gefangene Amerikaner ist?«, fragte er.

»Ja«, antwortete Oxen. »Definitiv. Er hat ziemlich herumgeflucht, als er zu sich kam.«

»Papiere? Ausweis? Handy?«

Er schüttelte den Kopf.

»Nichts. Sie sind Profis.«

Mossman schwieg kurz, dann brummte er:

»Gut. Ich möchte ihn jetzt verhören. Unter vier Augen. Meinen Tee nehme ich mit.«

Nun war er mit dem Mann, den sie gefangen genommen hatten, allein.

Oxen hatte gerade die Tür des kleinen Schlafzimmers hinter sich geschlossen – aber erst nachdem er das Rollo heruntergezogen und die kleine Nachttischlampe eingeschaltet hatte.

»*My name is Axel Mossman*«, sagte er, zog sich einen Stuhl heran und setzte sich dem Mann gegenüber, der etwa Mitte dreißig zu sein schien.

Er schlug die Beine übereinander und ließ die heiße Teetasse zwischen seinen Händen auf einem Schenkel ruhen.

Der Mann blutete immer noch aus der tiefen Platzwunde in seiner Stirn. Das Blut lief über Augenbraue, Auge und Wange. Sonne und Oxen hatten die Wunde offenbar nicht versorgt.

Er stellte die Teetasse ab, wühlte in dem kleinen Schrank und fand einen Kissenbezug.

»*May I?*«

Er beugte sich vor, wischte dem Mann das Blut aus dem Gesicht und lehnte sich dann wieder zurück.

»*American? US?*«

Der Mann starrte ihn an, ohne ein Wort von sich zu geben.

Mossman nippte an seinem Tee – und fuhr auf Englisch fort:

»Lassen wir die Spielchen. Dafür bin ich zu lange im Geschäft. Sind Sie ›offiziell‹ unterwegs oder hat man Sie extra für diesen Auftrag angeheuert?«

»*Fuck you, old man ...*«

Er unterdrückte ein Lächeln. Sein Akzent war eindeutig. Oxen hatte recht gehabt.

»Sollten Sie beispielsweise für die CIA arbeiten, dürfte es ganz schön brenzlig für Sie werden, sobald ich Sie der Polizei übergebe. Aber falls Sie als Freelancer hier sind, wird es natürlich nicht weniger schwierig. Dann wird Sie nämlich niemand rausholen. Mordversuch? Wie viele Jahre Ihres Lebens wollen Sie damit verschwenden, im Knast zu verrotten?«

»*Fuck you ...*«

»Wenn Sie Kooperationsbereitschaft zeigen und vernünftig auf meine Fragen antworten, können wir einen Strich unter die Sache ziehen und das alles als Missverständnis verbuchen. Und Sie können nach Hause gehen. Okay?«

»*Fuck you ...*«

»*Well*, keine besonders schlaue Antwort an einen freundlichen alten Mann ...«

Er lehnte sich zurück, nippte wieder an seinem Tee und versuchte, irgendwelche Muster, Strukturen und Motive zu erkennen. Auf den ersten Blick war das schwierig. Unlogisch.

»Seien Sie klug. Für wen arbeiten Sie? Ich verrate keinem, dass die Antwort von Ihnen kam.«

Der Mann grinste höhnisch und schüttelte den Kopf.

»*Fuckin' amateur*«, zischte er.

Das alles hier führte zu nichts, und genauso wenig würde es etwas bringen, das Ganze offiziell zu machen und den Mann der Polizei zu übergeben. Zumal es sich ja um eine Angelegenheit handelte, die *keinesfalls* aktenkundig werden sollte.

Eine Weile lang saß er nur da, die Teetasse in der Hand, während er im Kopf die verschiedenen Szenarien durchging. Nach minutenlangem Schweigen hatte er eine Entscheidung getroffen.

Er lehnte sich vor und sah dem Amerikaner in die Augen.

»Da ist etwas, was ich nicht verstehe: Warum sollten die Amerikaner sich für dänische Steuerhinterzieher interessieren? Beantworten Sie mir nur diese eine Frage, dann können Sie gehen.«

»*Fuck you* ...«

Ein letztes Mal nahm er sich Bedenkzeit.

»*All right* ... Sie können gehen. Gleich. Aber hören Sie gut zu. Denn Sie werden Ihrem Arbeitgeber eine Nachricht überbringen: Was auch immer das Motiv sein mag, jetzt ist es zu spät. Wir haben den Deal am Flughafen abgewickelt. Der Mann, den Sie erschossen haben, war nur eine Puppe. Der echte Kurier ist längst auf dem Heimweg. Die Liste aus Panama befindet sich in den Händen der dänischen Behörden. Daran ist nicht mehr zu rütteln. Es gibt hier nichts mehr zu holen. Sie kommen zu spät. *Game over*. Richten Sie ihnen das aus. Verstanden? *Game over* ...«

Der Mann nickte.

Mossman stand auf, öffnete die Tür und rief nach Oxen, der kurz darauf ins Zimmer kam.

»Bitte schneide die Kabelbinder durch, bring ihn raus und lass ihn gehen.«

Oxens Gesichtsausdruck sprach Bände, aber der ehemalige Jäger kappte mit seinem Dolch die Fesseln, packte den Amerikaner am Arm und führte ihn nach draußen.

»Und Oxen? Komm danach noch mal her. Ich muss mit dir sprechen.«

Nachdem er den Amerikaner auf freien Fuß gesetzt und gewartet hatte, bis der Mann in der Dunkelheit verschwunden war, kehrte er in das kleine Schlafzimmer zurück.

Ihm schwirrte der Kopf. Warum hatte Mossman den Mann jetzt laufen lassen? Machte sich erst die Mühe, sie wegzulocken und einen von ihnen gefangen zu nehmen, um ihn nach wenigen Minuten Verhör einfach abhauen zu lassen?

Mossman saß immer noch mit seiner Teetasse da. Er setzte sich auf den anderen Stuhl. Vielleicht würde er eine vernünftige Erklärung bekommen.

»*Well*, Soldat. Du wunderst dich. Zu Recht. Und das werden auch Sonne und Franck tun. Ich kann nicht näher auf meine Gründe eingehen – nur festhalten, dass ich keine andere Wahl hatte.«

»Es ist deine Entscheidung. Du schuldest uns keine Erklärung.«

»Das Einzige, was ich euch sagen kann, ist, dass es manchmal sinnvoll ist, ein starkes Signal auszusenden. Oder eine Botschaft zu übermitteln, wenn man so will. Die Botschaft, dass sie die Hunde wieder zurückpfeifen können ...«

Mossman lächelte kaum merklich.

46.

Die Leselampe auf dem Nachttisch warf einen blassen Schein auf das weiß gestrichene, spartanisch eingerichtete Schlafzimmer.

Auf der linken Seite des Doppelbettes lag jemand, die Decke so weit hochgezogen, dass man nur blonde Haarsträhnen auf dem hellblauen Kissen sah. Ein Fuß schaute unter dem Bettzeug hervor. Auf der anderen Seite lag ein Buch, aufgeschlagen mit dem Rücken nach oben. Es war nicht leicht zu erkennen, aber er wusste natürlich, dass es sich um den Roman *Fiesta* handelte.

Die Person im Bett war ein Mann, und er war offenbar beim Lesen von Ernest Hemingways berühmtem Debüt aus dem Jahr 1926 eingeschlafen.

Das alles wusste er, weil er selbst, Ray Bowman, in diesem Schlafzimmer schlief.

Gleichzeitig saß er in seinem Geheimkeller unter der Villa im Süden der ehemaligen Hauptstadt Guatemalas, Antigua, und beobachtete sich selbst auf einem kleinen Monitor über die versteckte Videokamera, die er im Schlafzimmer installiert hatte. Genauer gesagt, betrachtete er eine Puppe mit Perücke und einem lebensechten rechten Fuß.

Ray Bowman schnarchte. Und Ray Bowman war hellwach.

Bei dem Gedanken grinste er.

Er kannte das Spiel seit vielen Jahren, und jetzt war er überzeugt davon, dass es für ihn bald enden würde. In dieser Nacht oder einer der nächsten würde er Zeuge seines eigenen Todes werden. Ein Schauspiel, das nur den wenigsten vergönnt war ...

Er hatte alles sorgfältig inszeniert. Nicht Hals über Kopf, sondern ruhig, überlegt und von langer Hand geplant, weil er wusste, dass dieser Moment kommen würde. Früher oder später.

Er hatte mit dem Mann aus Langley, Shaun Parish, einen Video-Call durchgeführt. Parish war für diese ganze vergiftete Operation verantwortlich, für die er sich, rückblickend betrachtet und nach allem, was er inzwischen wusste, nie hätte einspannen lassen sollen.

Es war ein riesiges Fiasko.

Er hatte nicht verhindern können, dass die dänische Steuerbehörde die geheime Panama-Liste von Lorenzo gekauft hatte. Erst war es auf den Amerikanischen Jungferninseln schiefgegangen – und dann in diesem dänischen Ferienhaus. Wider Erwarten war Parish nicht ausgerastet. Wäre es so gewesen, hätte man damit umgehen können.

Nein, sein sonst so reizbarer Auftraggeber aus Langley hatte überraschenderweise ruhig gewirkt und ihm versichert, dass sie sich wieder melden würden. Dass es in der Firma weiterhin Arbeit für ihn geben würde.

Von der Sekunde an hatte er gewusst, dass er erledigt war.

Er hatte schon früher Typen wie Shaun Parish getroffen. Typen, die die Tür lieber hinter sich zuschlugen, wenn alles zu hässlich geworden war. Und das war es jetzt. Wahrscheinlich würde es noch hässlicher werden.

Kurz gesagt: Er wusste zu viel. Und er hatte versagt. Beides zusammen war eine besonders verhängnisvolle Kombination.

Seine große Stadtvilla in der 4 Avenida Sur hatte er genau für diesen Moment eingerichtet, sie ließ sich in eine kleine Festung verwandeln.

Das Zimmer, in dem er sich befand, ein schöner großer Raum unter der Küche, erreichbar über eine geheime Treppe und mit einem Notausgang versehen, diente als Schutzraum und als Kommandozentrale zugleich. In einem Schrank lag ein kleines Waffenarsenal, nur für den Fall der Fälle. Ansonsten war das wichtigste Ausstattungselement die Wand mit dem überdimensionalen Monitor, der in zwölf Felder unterteilt war. Jedes davon zeigte eine andere Überwachungskamera.

Nachts war die Villa vollkommen abgeriegelt. Das Tor zum Patio war verschlossen, genauso wie alle Türen. Was nicht ungewöhnlich war in einer Stadt, in der die Kriminalität besonders hoch war.

Dem Feind sollte nur ein einziger Weg bleiben – und zwar über den Balkon vor dem Schlafzimmer. Natürlich war die Tür hinter dem schmiedeeisernen Gitter verschlossen. Die Fensterläden dagegen standen weit offen, das Fenster selbst war, wie hier üblich, durch stabile Gitterstäbe geschützt.

Denn selbstverständlich legte Ray Bowman großen Wert auf frische Luft in seinem Schlafzimmer, sehr großen Wert sogar ...

Mit einem Kaffeebecher in der Hand studierte er abwechselnd die zwölf Felder auf dem Monitor, wie er es schon in den letzten zwei Stunden getan hatte, seit er nach einem Restaurantbesuch mit Freunden nach Hause gekommen war.

Das Einzige, was sich regte, war der kleine Springbrunnen im Patio auf Kamera 4.

Es war kurz nach 02:00 Uhr. Er wollte sich gerade noch einen Kaffee aus der Thermoskanne einschenken, als er einen schwarzen Schatten auf der linken Seite von Kamera 8 wahrnahm, die den nördlichen Teil der Mauer rund um das Grundstück abdeckte.

Ungebetene Gäste mussten die Wand mit den eingelassenen Glasstücken erklimmen, was keine große Herausforderung war, und dann entweder über eine Leiter, ein Seil oder das Fallrohr auf den Balkon im ersten Stock klettern.

Er wechselte zu Kamera 10 und starrte konzentriert auf den Mann, der beim Lesen von *Fiesta* eingeschlafen war und für den die Sonne wohl nicht mehr aufgehen würde …

Das Weitwinkelobjektiv erfasste sowohl das Bett als auch den Tür- und Fensterbereich. Es dauerte eine Weile. Fast glaubte er schon, dass etwas schiefgelaufen war, aber dann tauchte eine schwarze Gestalt auf dem Balkon auf. Die Kleidung war dunkel, auch das Käppi, das tief in die Stirn gezogen war – aber der untere Teil des Gesichts und die Hände waren hell.

Ein langer, rohrähnlicher Gegenstand tauchte im Gitter an der Fensteröffnung auf. Eine Pistole mit Schalldämpfer, von zwei hellen Händen gehalten.

Es war ziemlich seltsam, ja fast unpersönlich, den eigenen Tod mitanzusehen.

Er sah den Finger den Abzug betätigen, mehrmals, und sah, wie lautlos mehrere Löcher in die Bettdecke geschossen wurden. Zwei auf Kopfhöhe und insgesamt fünf verteilt über den Rumpf.

Sieben Schüsse. Aus kurzer Distanz. Vom Balkon aus. Mord an einem schlafenden Menschen ...

Der schwarze *hitman* blieb geduldig draußen stehen und starrte ins Schlafzimmer.

Erst als ein dunkler Blutfleck unter der Decke hervorquoll und sich auf dem weißen Laken ausbreitete, verschwand der Mann wieder.

»Ray Bowman ist tot, lang lebe Ray Bowman«, murmelte er zynisch und nahm einen Schluck von dem starken Kaffee, um den Höhepunkt dieser Nacht hinunterzuspülen.

Er war tot. Ganz und gar tot.

Sich unter falscher Identität zu bewegen, war nichts Neues für ihn. Er konnte zwischen verschiedenen Pässen und Nationalitäten wählen.

Von jetzt an waren einige Entscheidungen zu treffen. Und falsche Entscheidungen konnte er sich bei seinen Bemühungen, von den Toten wiederaufzuerstehen, nicht leisten. Seine erste Wahl fiel auf Europa, genauer gesagt: Dänemark ...

47.

Shoppingcenter Fisketorvet, ganz oben, Abschnitt F ... Er hatte um einen neuen Treffpunkt gebeten, um sich nicht noch einmal auf diese Odyssee begeben zu müssen und am Ende nur wieder in einer Tiefgarage in der Kopenhagener Innenstadt zu landen.

Er war gelegentlich privat in der riesigen Mall am Ufer des Südhafens und fand es jedes Mal äußerst angenehm, dass man mit dem Auto dort bis zum Eingang vorfahren konnte, also zumindest fast. Vor allem wenn man wusste, dass einem in aller Regel eine anstrengende Einkaufstour mit Frau Mossman bevorstand.

Deshalb hatte er das Fisketorvet mit seinen wunderbaren Ein- und Ausfahrtsbedingungen vorgeschlagen, in dem sich selbst eine Antiquität wie er zu jeder Tages- und Nachtzeit zurechtfinden konnte.

Kurz hinter der Auffahrt entdeckte er den dunkelblauen Mercedes, so dunkelblau, dass er fast schwarz war. Wie vereinbart, parkte er im Bereich F.

F wie ... fertig.

Er stellte seinen Audi ab, öffnete ohne Umschweife die Beifahrertür des Mercedes und stieg in den dunklen Wagen ein.

»Guten Abend, Mossman«, sagte der Mann am Steuer.

»Guten Abend ...«

»Und ... von der Panama-Liste gelöscht?«

Er nickte.

»Ja, von der Liste gelöscht.«

48.

Das künstliche Bein lag unter dem Couchtisch, dort, wo sie es hingeworfen hatte. »Die Prothese«, würden die meisten wohl dazu sagen. Sie bevorzugte die andere Bezeichnung. Denn es war nun mal künstlich. Wobei ihre Angewohnheit, es einfach auszuziehen, wenn ihr danach war, und an Ort und Stelle liegen zu lassen, für klare Machtverhältnisse sorgte. Sie bestimmte über das halbe Bein – und nicht umgekehrt.

Margrethe Franck hatte den Großteil des Abends damit zugebracht, rastlos durch die Wohnung zu hüpfen, nur mit einer Unterhose und ihrem geliebten Oversized-Kaschmirpullover bekleidet. Sie fand einfach keine Ruhe.

Inzwischen war es nach 23:00 Uhr. Wenn sie jetzt ins Bett ging, konnte sie ohnehin nicht einschlafen. Denn hatte er ihr nicht versichert, er stünde kurz vor dem Durchbruch? Doch, das hatte er ...

Sie hüpfte auf einem Bein zum Sofa und ließ sich vor den Laptop fallen.

Auf dem Bildschirm leuchteten ihr unverändert ihre Frage und seine Antwort im Fenster des geheimen Chatrooms entgegen. Vor anderthalb Stunden hatte sie ihn angeschrieben:

»Klappt es? / M.«

Seine Reaktion, die sie seitdem auf die Folter spannte, lautete:

»Ich arbeite daran.«

Es war der alte Experte, Asger Hansen, auf den sie wartete. Derselbe, der ihr auch bei dem Setup im Keller unter dem Flughafen geholfen hatte. Dabei war ihr Laptop, der unbemerkt in ihrem Rucksack steckte, in das lokale Netzwerk eingeloggt gewesen und hatte sich über den Router Kopien von sämtlichen Aktivitäten heruntergezogen. Kein Hexenwerk, wenn man sich damit auskannte ...

Und das tat Hansen. In der echten Welt hieß er anders, aber für sie war er der anonyme Hansen, ein alleinstehender Mann Ende sechzig, der in einem dunklen Arbeitszimmer in seiner Wohnung in der Nähe der Vor Frue Kirke saß und von seiner außergewöhnlichen Kompetenz lebte. Von besonderen Serviceleistungen, die der erfahrene IT-Spezialist diskret zur Verfügung stellte, seit er den Sparmaßnahmen einer großen internationalen Firma zum Opfer gefallen war.

In all den Jahren beim PET hatte Hansen ihr schon etliche Male geholfen. Tatsächlich hatte er ihr auch die vertraulichen

Patientenakten von Niels Oxen beschafft, als sie vor einer halben Ewigkeit damit beauftragt worden war, eine Einschätzung seines mentalen Zustands vorzunehmen, nachdem man den Kriegshelden aus dem Rold Skov gezerrt hatte.

Hansen war ein Zauberer, wenn es um Computer ging – und der Zauberer kannte seinen Wert –, aber er hatte den Job zu einem Freundschaftspreis übernommen, weil sie ihn privat beauftragt hatte und nicht im Namen des Dienstes.

Die Aufgabe war simpel: Verschaffe dir Zugang zu den Daten der Direktorin der Steuerbehörde, Liz Thorsen, entweder über ihren Arbeits-PC oder über ihren privaten Laptop – oder, noch besser, über beide Geräte. Mit großer Wahrscheinlichkeit wird irgendwo eine Datei mit dem Namen *Precious Papers* abgespeichert sein. Lade eine Kopie dieser Datei herunter und verschwinde, ohne Spuren zu hinterlassen.

Die Aufgabe war leichter, als sie möglicherweise klang. Sie hatte Hansen mit verschiedenen Informationen über Liz Thorsen versorgt, darunter Freizeitaktivitäten, Kinder, Schule, Automarke, Werkstatt, Ferienhaus und solche Dinge. Eine seriös wirkende E-Mail unter gefälschtem Absender zu erstellen und den Empfänger dazu zu bringen, den beigefügten Anhang zu öffnen, war tatsächlich geradezu beängstigend einfach. Sobald der Anhang geöffnet war, nistete sich die Spyware im System ein – und man war am Ziel.

Sie lehnte sich in die Kissen zurück und schloss die Augen. Jetzt musste es nur noch gut gehen. Es musste. Aber der graue Herr Hansen hatte optimistisch geklungen, oder? Und der Mann machte nie voreilige Versprechungen.

Die Alternative erschien Margrethe wenig verlockend. Aber es war immerhin eine Option: bei Liz Thorsen zu Hause einbrechen, ihren Laptop durchsuchen, den sie mit Sicherheit nicht im

Büro ließ, und auf einen Treffer hoffen. Die Panama-Liste war so verführerisch und *precious*, dass die Behördenchefin sich doch bestimmt eine Kopie heruntergeladen hatte. Alles andere wäre geradezu unmenschlich.

Liz Thorsen wohnte in einer großen Villa in Charlottenlund. Gegebenenfalls musste man also eine Alarmanlage überwinden, ein Risiko, auf das sie überhaupt nicht scharf war.

Die ganze Aufregung der letzten Tage lief ungefiltert durch ihr Zentralnervensystem, inzwischen zitterte sie vor Anspannung.

Dabei diente die gesamte Aktion nur einem Ziel: Sie wollte die *Precious Papers*-Version der Steuerbehörde mit ihrer eigenen Version abgleichen. Mit der, die sie abgespeichert hatte, *bevor* Axel Mossman in den Katakomben des Kopenhagener Flughafens womöglich daran herumgefummelt hatte.

Sie war absolut überzeugt davon, dass bei dem Vergleich der beiden geheimen Datensätze der Banco Guzman de Panama und der dazugehörigen Anwaltskanzlei irgendeine Bombe explodieren würde.

Gott, wie sehr sie dieses elende Warten hasste ...

Sie richtete sich auf, nahm den Laptop auf den Schoß und scrollte auf gut Glück durch die Liste, wie sie es in jeder freien Stunde getan hatte, seit sie mit ihrem gestohlenen Panama-Paket nach Hause gekommen war.

Es überraschte sie, dass sich hier längst nicht nur Firmennamen versammelten, die sich darum bemühten, so anonym wie möglich zu klingen. In den Unterordnern mit Vollmachten und der Aktienverteilung hatte sie mehrere bekannte Namen gelesen. Einige davon konnte sie inzwischen auswendig. Große Namen aus der Wirtschaft, zwei Schauspieler, Musiker, ein Bankdirektor, eine berühmte Journalistin und eine Handvoll Spitzensportler.

Auf dieser Liste zu stehen, war natürlich kein Beweis dafür, dass jemand den Staat betrog. Um das herauszufinden, mussten sich die Steuerfahnder zuerst deutlich tiefer in die Materie graben. Aber es war äußerst naheliegend, dass vermutlich mehr dahintersteckte, wenn jemand sein Unternehmen in Panama ansiedelte oder spezielle Offshore-Dienstleistungen in Anspruch genommen hatte.

Erschrocken fuhr sie hoch. Sie musste auf dem Sofa eingenickt sein. Tatsächlich hatte sie fast eine halbe Stunde geschlafen, stellte sie fest, aber dann bemerkte sie das hellblaue Chatfenster, das auf dem Bildschirm blinkte.

Hansen hatte eine Nachricht geschickt. Hastig rutschte sie vor auf die Sofakante und suchte hektisch nach ihrer Lesebrille, bis sie merkte, dass sie immer noch in ihren Haaren steckte. Sie las.

»Hier alles wie besprochen, Datei im Anhang.«

Sie hämmerte in die Tasten:

»Sie sind ein Genie! DANKE! Bezahlung?«

Es dauerte nur ein paar Sekunden, dann erschien die Antwort auf dem Bildschirm.

»Botanischer Garten, selbe Stelle, bar. Morgen, 11 Uhr.«

»Geht klar.«

Eilig speicherte sie die Datei, für die Hansen sich in den Rechner der Steuerbehörde gehackt hatte – die Version der Panama-Papiere, die Mossman in seinem Alu-Koffer mitgebracht und Liz Thorsen auf einer externen Festplatte überreicht hatte.

Sie öffnete das Programm, mit dem sie eine vergleichende Analyse der beiden Dateien durchführen konnte, und startete die Show mit einem schlichten Mausklick.

Mit aufgerissenen Augen klebte sie am Bildschirm, als liefe sie Gefahr, irgendetwas zu verpassen, wenn sie auch nur eine

Sekunde wegsah. Es ging beeindruckend schnell. Das Ergebnis wurde in einem separaten Fenster angezeigt, die betreffenden Textabschnitte waren gelb unterlegt.

Es gab nur zwei gelbe Balken.

Im Unterschied zum Original auf ihrem Computer hatte Mossman also nur zwei Stellen in der offiziellen Version geändert.

Mossman hatte keine Zahlen geschönt, nicht hier und da ein wenig die Daten manipuliert, und er hatte auch keine Kommastellen verschoben.

Mossman hatte schlicht und ergreifend zwei Komponenten von der Erdoberfläche verschwinden lassen, zumindest von der Erde, wie sie sich für die Steuerbehörde in den Copenhagen Towers darstellte.

Der erste gelbe Balken markierte ein Unternehmen namens Pluto S. A.

Margrethe war mit der spanischen Abkürzung durchaus vertraut. Sie stand für *sociedad anónima*, was einer dänischen Aktiengesellschaft entsprach.

Mossman hatte die Firma gelöscht. Aber warum?

Sie klickte auf die Übersicht und suchte sich die entsprechende Stelle in der Originalliste heraus. Was zur Hölle war die Pluto S. A.? Eine Tochtergesellschaft von Micky Maus?

Ihr Blick wanderte über das, was die Panama-Bank Stammdaten nannte. Die Gesellschaft war vor neun Jahren gegründet worden. Sie verfügte über eine Adresse in Panama, eine E-Mail-Adresse, eine Faxnummer und sogar eine Telefonnummer. Der Direktor hieß José Vásquez, der Vorstandsvorsitzende Carlos Pérez, und die übrigen drei Mitglieder waren Rámon Diaz, Sergio Hernández und Antonio Garcia.

Im offiziellen Aktienregister waren zwölf *bearer shares*, Inhaberaktien, der Gesellschaft verzeichnet. Wer die Aktionäre waren, ging nicht aus den Unterlagen hervor.

Es gab eine Reihe von Dateiordnern mit Unterordnern. Sie klickte sich durch und fand verschiedene Dokumente der Anwaltskanzlei, des Tochterunternehmens der Bank. Es gab Ordner, in denen ausschließlich E-Mail-Korrespondenzen archiviert waren. In anderen lagen nur Kontoauszüge. Und dann stieß sie auf einen einzelnen Ordner, der ihr Interesse weckte. Er hieß *Power of attorney* – Vollmacht. Der alles entscheidende Punkt. Sie las konzentriert. Die verdeckte Vollmacht übertrug das Weisungsrecht des Unternehmens einem gewissen ... Herbert Salomonsen.

Salomonsen!

Ihr Herz machte wilde Bocksprünge, während sie sich blitzschnell zu dem zweiten Namen auf der Liste durchklickte, den Mossman gelöscht hatte.

Das Unternehmen hieß Saturn S. A.

Es war erst vor zwei Jahren gegründet worden, angegeben waren eine Anschrift in Panama und eine E-Mail-Adresse. Auch hier stellte eine Handvoll spanischer Strohmänner den Direktor und die Vorstandsmitglieder. Laut Register gab es nur vier Inhaberaktien. Wieder waren mehrere Unterordner mit dem Namen verknüpft, aber nicht annähernd so viele wie bei der ersten Gesellschaft. Margrethes Blick huschte über die Dateinamen. Da war er! *Power of attorney*. Mit einem Klick öffnete sie den Ordner.

Die verdeckte Vollmacht übertrug das Weisungsrecht des Unternehmens an ...

Sie schlug mit der flachen Hand auf die Tischplatte, dass ihr Kaffeebecher und der Laptop wackelten.

Sie konnte nicht glauben, was sie sah. Wirklich nicht. Aber es stand da. Nichts daran ließ sich falsch interpretieren.

Oder missverstehen.

… Karsten Salomonsen! Der Chef des polizeilichen Nachrichtendienstes. Ihr Chef. Zumindest war ihr kein anderer Karsten Salomonsen bekannt.

Fuck, fuck und noch mal *fuck*.

Das konnte nicht sein. Das durfte nicht sein.

Sie klickte weiter durch die Unterordner und fand das Protokoll einer Vorstandssitzung im Zusammenhang mit der Unternehmensgründung. Eigentümer der vier Inhaberaktien war … Karsten Salomonsen, natürlich, und deponiert waren sie bei der Anwaltskanzlei Valdés & de León Abogados. Der PET-Chef war also nicht nur weisungsberechtigt, sondern auch Eigentümer der Saturn S. A.

Axel Mossman war in der Datei gewesen und hatte aufgeräumt, wie andere Unkraut entfernen. Er hatte die Hand über seinen Nachfolger gehalten. Aber warum? Das ergab überhaupt keinen Sinn.

Es sei denn …

Sie lehnte sich auf dem Sofa zurück, kniff die Augen zusammen und dachte hochkonzentriert nach.

… es sei denn, Salomonsen hatte Mossman ganz einfach den Auftrag dazu erteilt. Hatte ihn als externen Berater hinzugezogen, damit er alle Spuren beseitigte, sobald die Steuerbehörde mit den Leuten handelseinig wurde, die hinter den neuen Panama-Leaks steckten, und in den Besitz der Papiere kam.

Jetzt konnten die Abteilungsleiter der Steuerbehörde zusammensitzen und sich die Hände reiben, solange sie wollten, sie konnten all die potenziellen Steuerbetrüger unter die Lupe nehmen, die den dänischen Staat womöglich um etliche Millionen Kronen gebracht hatten, aber sie würden nie erfahren, dass ein prominenter und hochexplosiver Name auf ihrer Liste fehlte:

Salomonsen ...

Das hatte ein Illusionskünstler zu verhindern gewusst. Kein Geringerer als Axel »*Big*« Mossman, aber sie ließ sich diesmal nicht von ihm hinters Licht führen. Sie war ihm mehrere Züge voraus. Und wenn sie wollte, konnte sie ihn jetzt, in dieser Sekunde, schachmatt setzen.

Der erste Schock legte sich langsam. Dann fiel ihr auf, was ihr noch fehlte. Sie klickte sich weiter durch die verschiedenen Dateien und fand, wonach sie suchte: ein Konto bei der Banco Guzman de Panama, eine Übersicht über die Transaktionen – und einen Endstand.

Sie riss die Augen auf.

Der PET-Chef war 2,8 Millionen Dollar schwer, rund zwanzig Millionen dänische Kronen.

Ernsthaft?!

Die Transaktionen verzweigten sich. Vielleicht bekam sie mit dieser Datei nicht den vollständigen Überblick. Auf jeden Fall waren verschiedene Länder und diverse ausländische Banken involviert.

Sie lehnte sich zurück und versuchte nachzudenken. Versuchte, sich das Ganze bildhaft vorzustellen. Es war total undurchsichtig.

Aber sie hatte einen Vorsprung vor Mossman. Endlich war es ihr gelungen, den Meister zu überholen ... Sie musste lächeln, während sie wieder auf die Sofakante rutschte und die Finger über die Tastatur tanzen ließ.

Sie brauchte nur wenige Augenblicke, um Herbert Salomonsen einzuordnen. Er war der Onkel des PET-Chefs und hielt die Aktienmehrheit der Salomon Holding A/S in Kopenhagen. In dieser Familie pflegte man offenbar seit mehreren Generationen die stolze Tradition des Handels mit Gold, Silber und Edelsteinen.

Die Holding besaß die Aktienmehrheit an einer Reihe von Firmen derselben Branche, in denen sowohl ein Sohn als auch eine Tochter arbeiteten, die ebenfalls wesentliche Aktienanteile hielten. Am ungewöhnlichsten war eine Diamantengesellschaft – selbstverständlich mit Sitz in Antwerpen, dem weltweiten Diamantenzentrum.

Margrethe kehrte zu den Dateiordnern zurück, die das Unternehmen des Onkels betrafen, und suchte sich das Protokoll heraus, das die entscheidende Information enthielt: Auch er war im Besitz sämtlicher Aktien.

Sie sah auf die Uhr.

Es war längst Zeit, ins Bett zu gehen, aber wer konnte unter diesen Umständen schon schlafen? Schlaf war überbewertet. Viel wichtiger war es jetzt, sich tiefer in die Zahlen dieser beiden Weltraum-Gesellschaften Pluto und Saturn einzuarbeiten, die mitsamt ihren Eignern, den Herren Salomonsen, offenbar auf ziemlich mysteriösen Abwegen in Lateinamerika waren.

Drei Stunden später war sie immer noch hellwach. Sie blieb lange sitzen, die Hände gedankenverloren vor dem Kinn gefaltet. Versuchte, verschiedene Szenarien zu entwerfen – und sie bis zur letzten Konsequenz zu Ende zu führen. Mal gelang es. Mal schien es völlig unmöglich.

Vor einer halben Stunde war sie zu dem Schluss gekommen, dass sie Niels Oxen anrufen musste. Er war der Einzige, den sie in diese undurchsichtige Affäre einweihen, der Einzige, dem sie vertrauen konnte. Dann hatte sie einen Rückzieher gemacht.

Es war zu spät. Und sie wollte nicht riskieren, dass er nicht ans Telefon ging. Stattdessen zeichnete sich ein neuer Plan ab. Sie würde das Unerwartete tun.

Sie würde Mossman morgen früh einen Besuch abstatten.

49.

Mossman hatte überrascht geklungen, als sie ihn angerufen und sich selbst zum Frühstück eingeladen hatte. Vor wenigen Minuten hatte er ihr höchstpersönlich und mit einem Lächeln die Tür geöffnet, und nun stand er in der Küche und schnitt die Brötchen auf, die sie ihm in einer Tüte vom Bäcker in die Hand gedrückt hatte.

Eigentlich müsste sie müde sein. Sie hatte nicht viel geschlafen. Aber sie fühlte sich ausgesprochen fit.

Es war das zweite Mal innerhalb weniger Wochen, dass sie bei ihrem ehemaligen Chef zu Hause frühstückte. Beim letzten Mal hatten sie über den Einsatz in Charlotte Amalie gesprochen. Ihr fiel auf, dass sie seiner Frau tatsächlich nur ein einziges Mal begegnet war. Sie wusste eigentlich nur, dass sie Oberärztin im Reichskrankenhaus war.

»So früh schon allein zu Hause?«

»*Well*, meine liebe Frau muss zeitig zum Dienst – und kommt spät zurück. Sie hat noch ein paar Jahre da draußen vor sich, im Arbeitsleben, aber sie hat Spaß daran, also warum nicht?«

Mossman lächelte und seufzte.

»Nur mit uns alten Männern stimmt etwas nicht. Mit uns will niemand mehr spielen. Vielleicht hätte man als Frau noch mehr Perspektiven gehabt? Vielleicht wäre das Alter dann irgendwie weniger vorhersehbar gewesen …? Auf jeden Fall würde man länger leben. Alte Männer sterben früher als alte Frauen. Und … stehen Frauen heutzutage nicht grundsätzlich höher im Kurs?«

Sie setzte sich an den Küchentisch und atmete geräuschvoll aus.

»In Søborg jedenfalls nicht.«

»Sieht Salomonsen nicht, welches Gold er da vor der Nase hat?«

Mossmans Frage hatte einen seltsamen Unterton, oder nicht? Wie ein Instrument, das nicht ganz sauber gestimmt war.

»Manchmal denke ich, dass er überhaupt nichts sieht.«

»Bist du unzufrieden mit ihm, Margrethe?«

Dass Mossman sie wieder mit ihrem Vornamen ansprach, unterstrich, wie sehr sich ihr Verhältnis verändert hatte. Zumindest aus seiner Sicht.

Als wären sie ebenbürtig. Manchmal.

Als könnten sie Vater und Tochter sein.

Als wäre der Meister ein Mensch aus Fleisch und Blut.

Aber auf diesen Trick fiel sie nicht herein. Und sie würde ihm auch nicht die Gesprächsführung überlassen, die er bereits versuchte an sich zu reißen.

»Gönnst du dir nach unserer kleinen Panama-Affäre jetzt eigentlich eine Pause? Mit dem Verlauf müssten ja alle zufrieden sein. Ein gutes Aushängeschild für deine neue Beraterfirma, oder?«, fragte sie und bemühte sich, ihre Mundwinkel unter Kontrolle zu halten.

»Kaffee?«

Sie nickte, er schenkte ein.

»Doch, doch. Das lief wirklich gut, nicht zuletzt dank dir und unserem Soldaten.«

»In der Steuerbehörde sitzen sie vermutlich gerade zusammen und überprüfen sämtliche Namen auf der Liste.«

»Tja, davon gehe ich aus.«

»Spannend ... Vielleicht stoßen sie ja auf jemanden, mit dem sie in ihren wildesten Träumen nicht gerechnet hätten. Bestimmt wäre so mancher bereit, ein kleines Vermögen zu bezahlen, um sich noch rechtzeitig aus der Datei entfernen zu lassen.«

Sie warf Mossman einen Blick zu – und schnitt sich eine Scheibe Käse ab.

»In diesem Fall müsste das rückwirkend passieren«, sagte er. »Denn jetzt befindet sich die Festplatte ja in guten Händen bei Liz Thorsen und Co. Du hast selbst gesehen, wie glücklich sie über ihren neuen Schatz war.«

Mossman war zu gewieft, um sich etwas anmerken zu lassen. Kein Blinzeln zur Unzeit, kein unwillkürliches Zucken im Gesicht. Sie lächelte und nippte vorsichtig an dem heißen Kaffee.

»Das war rein hypothetisch«, fügte sie hinzu. »Wenn man auf dieser Liste steht, gibt es kein Entrinnen. Ich würde zu gern einen Blick darauf werfen. Von den früheren großen Datenleaks waren ja einige bekannte Persönlichkeiten betroffen. Staatschefs, Spitzenpolitiker, Wirtschaftsbosse, Schauspieler, Musiker, Sportler und solche Leute. Hmm ... Aber ja, was Salomonsen betrifft, hast du recht.«

Mossman hob die Augenbrauen.

»Salomonsen?«

»Du hast recht, dass ich unzufrieden mit ihm bin.«

Ihr war nicht entgangen, dass er plötzlich auf der Hut war. Dass sie so unvermittelt das Thema wechselte und wieder an ihren Ausgangspunkt zurückkehrte, war ein Überraschungsmanöver, das sich Mossman seinerzeit selbst gern zunutze gemacht hatte. Sie kopierte ihn nur.

»Ah, ach so.«

»Ja.«

»*Well*, er kann ...«

»Salomonsen ist ein Vollidiot.«

»Kannst du das ...?«

»Ein Feigling und eine Memme.«

»Zwei Begriffe für denselben Sachverhalt sind ein Ausdruck doppelter Unzufriedenheit, nehme ich an?«

»Er hat mich von den Ermittlungen abgezogen – und den Fall

zu den Akten gelegt. In ein und derselben Sekunde. Dabei hätte er mich unterstützen müssen. Und das gilt genauso für Worre. Ausländische Geheimdienste operieren auf dänischem Boden, es geht um Millionen Kronen Schwarzgeld und reihenweise bestialische Morde ... und ich werde als lästiges Weib mit einer fixen Idee hingestellt. Ernsthaft? Ich weiß beim besten Willen nicht, was an dieser Idee ›fix‹ sein soll ...«

»Das mag jetzt klingen, als würde ich die Entscheidung verteidigen – und das ist keinesfalls meine Absicht. Aber: Es gibt einen Zeitpunkt, an dem man abwägen muss, ob die Menge der Ressourcen und die Wahrscheinlichkeit eines Erfolgs noch im richtigen Verhältnis zueinander stehen. Das ist die verdammte Pflicht eines Chefs. Auch Salomonsens.«

Sie sah Mossman über den Rand ihres Kaffeebechers in die Augen.

»Je umfangreicher ein Fall ist, desto mehr Ressourcen sollten dafür zur Verfügung stehen. Ist das nicht eine ganz gewöhnliche, banale Schlussfolgerung?«

Mossman nickte.

»Allerdings musst du dich auch fragen: Ist es ein populärer Fall? Oder ein Fall, mit dem niemand etwas zu tun haben will? Ich denke ... Letzteres.«

»Aber, Axel ...« Sie wählte bewusst seinen Vornamen, um auf Augenhöhe mit ihm zu bleiben. »Denkst du, Salomonsen hat Order bekommen, den Fall zu begraben? Weil andere Interessen darin verwickelt sind?«

Mossman sah sie schulterzuckend an.

»Das ist das Ärgerlichste daran, ein alter Mann abseits vom Kreis der Mächtigen zu sein. Ich habe keine Ahnung, meine Liebe. Keine Ahnung.«

Es wurde still am Küchentisch. Sie schmierte sich noch ein

Brötchen, und Mossman schenkte Kaffee nach. Zeit, das Fundament auszubauen.

»Du hast Oxen ein Foto gegeben. Von einer Russin namens Anastasia Schukowa.«

Erneut krochen Mossmans Augenbrauen nach oben.

»Korrekt.«

»Er hat sie gefunden.«

»In Berlin?«

»Ja.«

Mossman nickte nachdenklich, während er sich in aller Ruhe ein paar Scheiben Fleischwurst abschnitt und symmetrisch auf seinem Brötchen verteilte. Fast als steckte eine Absicht dahinter.

»Aha … Und nun denkst du darüber nach, die Ermittlungen wiederaufzunehmen. Ohne dem Vollidioten, dem Feigling und der Memme davon zu erzählen.«

»Die Russin hatte eindeutige Informationen, mit denen man weiterarbeiten kann«, antwortete sie.

Mossman verhielt sich abwartend.

»Ich weiß nur nicht, ob wir ihr trauen können. Du kennst die Russen, Axel.«

Ein Lächeln breitete sich auf Mossmans ernstem Gesicht aus.

»Die Russen? Die können … unergründlich sein. Ich glaube, treffender lässt es sich nicht ausdrücken.«

»Wenn du an meiner Stelle wärst, würdest du der Russin glauben?«

Der ehemalige Geheimdienstchef ließ sich Zeit. Sehr viel Zeit. Und sein Lächeln war verschwunden.

»Ja, ich würde ihr glauben. Zuerst würde ich mich fragen: Was hätten die Russen gewonnen, wenn sie mich vor ihren Karren spannen würden? Was für einen Nutzen hätten sie davon, mich anzulügen? Aber die Russen interessieren sich nicht mehr für diesen Fall. Also wenn Oxen etwas aus dieser russischen Agentin in Berlin herausbekommen hat, dann hat sie ihm vermutlich einen persönlichen Gefallen getan. Ohne das mit ihren Hintermännern abgesprochen zu haben. Einfach weil sie vielleicht das Gefühl hatte, unserem Soldaten etwas schuldig zu sein. So schätze ich die Lage ein, Margrethe.«

Sie schwieg, den Becher in den Händen, nickte nur und spielte mit gerunzelten Augenbrauen ihre Rolle zu Ende.

Denn dieses eine Mal war ihr alter Chef an der Reihe, die Stille zu durchbrechen und ein Resümee zu ziehen.

»Dann habe ich also recht. Du machst weiter. Allein?«

»Nicht allein. Zusammen mit Oxen. Und wahrscheinlich mit Sally Finnsen.«

»Ah, cleveres Mädchen. Irgendwie mag ich sie ... Drei starke Trümpfe. Alles in allem.«

Sie biss sich auf die Lippe. Widerstand der Versuchung. Machte Mossman kein Angebot. Bat ihn nicht um Hilfe. Warf ihm nicht mal einen winzigen Krümel von Schukowas Brocken hin.

Sie machte Anstalten aufzustehen.

»Na ja, ich muss langsam los. Danke für den Kaffee. Und Danke fürs Zuhören.«

Sie war sich nicht sicher, ob dieses Gespräch Mossman enttäuscht oder erleichtert zurückließ. Oder ob sein Gesicht einen listigen Ausdruck angenommen hatte. Aber im Augenblick war das auch egal.

Sie hatte ihre Falle aufgestellt.

50.
Die Frau mit den kurzen blonden Haaren überquerte die Straße. Sie zog das eine Bein leicht nach. Das war selbst aus dieser Entfernung gut zu erkennen. Sie trug verwaschene Jeans und eine schwarze Lederjacke. Die Sonnenbrille hatte sie in die Haare geschoben.

Jetzt drückte sie auf den Schlüssel, wie die Blinker des feuerroten Mini Coopers verrieten, den die Frau am Bürgersteig vor der Villa in Kokkedal geparkt hatte.

Der Mann, der seinerseits am Steuer eines kleinen silbernen Opel Corsa ein Stück die Straße hinauf saß, gab ein paar Bemerkungen in sein Handy ein. Auch wenn dieser Job eigentlich auf dem Dienstplan für das Fußvolk der amerikanischen Botschaft stand, hatte Jesse Summerville Ja gesagt. Acht Stunden Überwachung, Minimum. Er war sich nicht zu fein für so etwas, obwohl er genauso gut darauf beharren könnte, dass er ausschließlich hier war, um Shaun Parish zu assistieren.

Die Frau, Margrethe Franck vom polizeilichen Nachrichtendienst, war exakt eine Stunde und sechs Minuten bei ihrem ehemaligen Chef, Axel Mossman, gewesen. Eine Menge Zeit für ein gemeinsames Frühstück.

Er machte sich bereit, ihr in sicherem Abstand zu folgen.

51.
Der Rauch stieg langsam aus dem Aschenbecher auf, in dem die lila Fingernägel die Zigarette für einen Moment abgelegt hatten.

»Sally wer? Ich kenne nur eine Sally, die von *Harry und Sally* ... Ja, so alt ich bin ich schon! Auch jemand wie ich hat früher gern Liebesfilme geschaut ...«

Ihre Stimme war rau. Die Frau war knapp über fünfzig, und

ihr rasselndes Lachen klang auf eigenartige Weise unmoralisch.

»Finnsen«, antwortete Sally. »Sally Finnsen, Kopenhagener Polizei.«

Die Frau war die Erste auf ihrer Liste. Margrethe Franck war die alten Zeugenaussagen aus dem Keller noch einmal durchgegangen und hatte dann eine neue Befragung angeordnet. Sie hatten den Stapel gleichmäßig untereinander aufgeteilt. Auf der Jagd nach dem Mann hinter der Mandrillmaske musste wirklich alles sorgfältig unter die Lupe genommen werden. Egal wie klein ein Hinweis oder ein Detail auch sein mochte, jede Erkenntnis konnte den ganzen Fall in ein anderes Licht rücken – und den Blick auf eine neue Spur lenken.

»Kaffee? Auf einen Kaffee darf man euch Gesetzeshüter ja wohl einladen, oder?«

»Ja, aber nein, danke.«

Sie schüttelte den Kopf und kehrte zum Thema zurück.

»Wie ich bereits an der Tür gesagt habe, g-geht es um den Fall in der alten Ziegelei. Laut meinem Zeugenverzeichnis waren Sie in der fraglichen Nacht ebenfalls im Keller. Richtig?«

»Ja. Ich hätte nur nicht gedacht, dass Sie noch weiter in der Sache herumstochern würden.«

»W-Wie kommen Sie zu der Annahme?«

»Sie stottert, ich glaub's ja nicht, die Kleine von der Polizei stottert.«

Die Frau, sie hieß Susanne Klausen, lachte heiser und fügte gedämpft hinzu: »Aber machen Sie sich nichts draus. Ich hab als Kind auch gestottert.«

»Sie haben meine Frage nicht beantwortet.«

»Na ja, wahrscheinlich, weil das alles so *fuckin' crazy* war. Also, total außer Kontrolle, oder etwa nicht?«

»Sie haben damals bei den Kollegen vor Ort Ihre Aussage g-gemacht ... Unter anderem darüber, wie Sie und die anderen P-Prostituierten angeheuert wurden und wie der Transport ablief. Ich würde das gern mit eigenen Ohren hören.«

»Okay, von mir aus ... Soweit ich weiß, arbeiten alle Mädels und Jungs selbstständig. *Exclusive, call only* ... Also, wir gehören zur oberen Gehaltsklasse, ja? Auch wenn Sie meine Ausdrucksweise vielleicht ordinär und geschmacklos finden. Und wenn die angerufen haben, wurde über den Preis nie diskutiert. Glauben Sie mir, ich kann tatsächlich auch ... ganz kultiviert auftreten. Und kostspielig.«

»›Die‹? Wer?«

»Ich weiß nicht mehr, ob er sich vorgestellt hat – oder ob er nur so was gesagt hat wie ›das übliche Spezial-Arrangement ...‹. Man wusste jedenfalls, woran man war. Viele Stunden. Gutes Geld. Verdammt gutes Geld ... Immer im Voraus ...«

»Und der Transport?«

»Mit verbundenen Augen hinter getönten Scheiben.«

»Im Bericht steht, dass Sie v-viermal im Keller dabei waren.«

»Ganz genau. Viermal. So was vergisst man nicht. Viermal.«

Sie war nicht ganz sicher, wie sie weiter vorgehen sollte. Susanne Klausen war nicht besonders beeindruckt von der Polizei. Sally kannte diese Art von Zeugen zur Genüge. Sie beschloss, ihr die Frage direkt ins Gesicht zu schleudern.

»Und der Mandrill?«

Die Glut am Ende der Zigarette flackerte auf und verriet den kurzen Ruck, der die Edelhure durchfuhr, die ihr gegenüber auf dem Küchenstuhl saß.

»Der Mandrill? Was ist mit ihm?«

»Kennen Sie ihn?«

Susanne Klausen nickte.

»Wie oft sind Sie dem M-Mandrill begegnet?«
»Zweimal.«
»Zwei- von viermal?«
»Das haben Sie schnell erfasst.«
»Was wissen Sie über den Mandrill?«
»*Nada.*«
»Hat er Sie gefickt, der Mandrill?«
»Sally … Reißen Sie sich zusammen. Sie klingen ja schon wie ich.«
»Antworten Sie mir. Oder wir fahren aufs Revier.«
»Einmal.«
»Ich frage noch mal: Was wissen Sie über den Mandrill?«
»Wie ich schon sagte, *nada.*«

Sie sah dem Callgirl direkt in die Augen.

»Ich weiß, dass der Mandrill Däne ist. Es ist extrem wichtig, dass Sie jetzt nachdenken, Susanne. Ein D-Detail, ein kleines Wort, eine beiläufige Bemerkung … Ich muss alles über den Mandrill wissen. Alles. Also denken Sie nach.«

»Selbst wenn ich mich an etwas erinnern würde … Es war so eine Art ungeschriebenes Gesetz: Die Verschwiegenheit war im Preis inbegriffen. Oder-dich-erwartet-ein-grausamer-Tod. Verstehen Sie?«

Sie nickte langsam.

»Ich verstehe. Aber es ist nichts mehr da. Nichts mehr, vor dem man Angst haben müsste. Haben Sie mit dem Mandrill gesprochen? Auf Dänisch?«

»Ja.«
»Und?«
»Nicht viel.«
»Aber was haben Sie gesprochen?«
»Nur ein paar Worte.«

»Welche? In welchem Zusammenhang?«

»Daran kann ich mich nicht genau erinnern.«

»So genau wie möglich. K-Kommen Sie, es ist wichtig. Der Mandrill ist ein Mörder. Er hat meinen Bruder umgebracht.«

Susanne Klausen riss die Augen auf und nickte langsam.

»Das ... tut mir leid. Also, es war danach ... Er sagte irgendwas wie: ›Nächstes Mal will ich dich wieder.‹«

»War das alles?«

Klausen zog kräftig an ihrer Zigarette und hielt den Rauch lange in der Lunge.

»Ja«, sagte sie, während eine Wolke zwischen ihren fülligen roten Lippen herausquoll. »Ja, das war alles. *Sorry.*«

»Hatte er sonst noch Favoritinnen?«

»Keine Ahnung. Die Gäste haben gewechselt, und ich wurde ja nicht jedes Mal gebucht.«

»Hatte er einen Akzent? Einen Dialekt? Irgendwas anderes?«

»Was meinen Sie?«

»Was soll ich schon meinen? Kommt er aus Jütland, von F-Fünen, ist er Kopenhagener oder ...?«

»Ah, ach so. Können Sie sich einen Mandrill aus Westjütland vorstellen, Sally? Das soll wohl ein Witz sein, oder?« Susanne Klausen drückte ihre Kippe aus.

Sie sah ihr weiter beharrlich in die Augen. Da war irgendetwas Undefinierbares ... vielleicht Angst.

»Okay, gut. Er spricht Hochdänisch«, fuhr sie fort. »*Sorry*, ich wünschte, ich hätte mehr für Sie, aber das ist alles, was ich Ihnen geben kann: Ich kann Ihnen bestätigen, dass der Mandrill Däne ist ...«

52. Das Licht fiel von allen Seiten in das große Wohnzimmer. Die Wohnung im vierten Stock des Kopenhagener Neubaus musste ein Vermögen gekostet haben.

»Hmm, Oxen?«

Die große, schlanke Frau, die ihre blonden Haare im Nacken hochgesteckt hatte, ließ ihre Verwunderung im Raum hängen und führte ihn durch den Flur und die offene Küche zu der Sitzlandschaft im Wohnbereich. Die vollverglaste Fensterfront bot einen freien Blick auf das Wasser.

Lisette Ulrichsen, ganz offensichtlich ein Callgirl der edelsten Sorte, war Frau Nummer zwei auf seiner Zeugenliste. Sie bat ihn mit einer Handbewegung, auf dem Ledersofa Platz zu nehmen.

Die Frau Nummer eins war ein Flop gewesen. Sie hatte einen ehrlichen Eindruck gemacht, war aber nicht mit dem Mandrill intim geworden und wusste auch sonst nichts über das Monster. Nicht einmal, dass der Mann hinter der unheimlichen Maske ein Däne sein sollte.

»Oxen? Kann es sein, dass mir der Name irgendwie bekannt vorkommt?« Lisette Ulrichsen, dreiunddreißig Jahre alt, lächelte höflich und sah ihn fragend an.

Er zuckte mit den Schultern, sparte sich aber die Antwort.

»Sie sehen gar nicht aus wie ein Polizist.«

Er hatte sich als Mitarbeiter der Kopenhagener Polizei vorgestellt.

»Was nichts daran ändert«, erwiderte er und zeigte ihr den falschen Dienstausweis, den Margrethe Franck ihm besorgt hatte.

Abgesehen davon, dass sie ungewöhnlich schön war, verdiente sie auch auf ungewöhnliche Weise ihr Geld. Im Alltag war sie Associate in einer großen Anwaltskanzlei, die Wirtschaftsunternehmen in allen Bereichen juristischen Beistand leistete. Ganz offensichtlich ein einträgliches Doppelleben, das ihr einigen Luxus ermöglichte.

Er beschloss, kurzen Prozess zu machen.

»Ihr Name steht auf einer Zeugenliste aus dem Keller unter der Ziegelei ... Deshalb bin ich hier. Was wissen Sie über den Mandrill?«

»Den Mandrill? Nichts«, antwortete die Besitzerin der Glas-und-Beton-Pracht. »Sollte ich?«

»Sie haben nichts zu befürchten. Von den Leuten, die hinter dem Arrangement steckten, ist niemand mehr übrig. Ich weiß, dass der Mandrill Däne ist. Ich brauche Ihre Hilfe. Denken Sie nach. Jede noch so kleine Spur könnte für uns von großer Bedeutung sein.«

Lisette Ulrichsen setzte sich ihm gegenüber auf einen Sessel.

»Ich hatte keine Ahnung von dem, was in dem großen Raum vor sich ging. Es gab Gerüchte, ja. Aber ich habe nie einen Fuß da hineingesetzt. Das war nicht mein Ding, viel zu bizarr für meinen Geschmack – aber die Bezahlung war äußerst großzügig ... Ich bin dem Mandrill zweimal begegnet. Und ja, ich kann bestätigen, dass er Däne ist. Ich hatte Glück. Ich war anscheinend nicht sein Typ. Er nannte mich beide Male ›Barbie‹. Dabei war er ja nun wirklich kein Ken mit dieser ekelhaften unheimlichen Maske, oder?«

»Hatte er eine besondere Favoritin unter den Frauen ... oder einen Favoriten unter den Männern?«

»Nicht, dass ich wüsste. Aber er stand auf Frauen. Und nur auf Frauen. Das war eindeutig.«

Alles war wichtig. Alles konnte ein Hinweis sein, der sie weiterbrachte. Er wusste nicht so recht, wie er sich ausdrücken sollte.

»Der Mandrill ... Hatte er ... gab es etwas Spezielles ... das er am liebsten mochte, also sexuell?«

Lisette Ulrichsen lächelte.

»Sie meinen, ob er sexuelle Vorlieben hatte? Also, ob er sich zum Beispiel gern den Hintern versohlen ließ oder anderen den Hintern versohlen wollte?«

»Genau.«

Sie zuckte mit den Schultern.

»Ich habe keine Ahnung.«

»Erinnern Sie sich an irgendeine Besonderheit? Ein Kennzeichen? Ein Schmuckstück? Einen Namen vielleicht? Denken Sie bitte in Ruhe nach.«

Nach kurzem Überlegen antwortete sie zögernd.

»Ein Name war ausgeschlossen. Es war eine Unterwelt ohne Namen. Aber es gibt tatsächlich etwas, das mir an ihm aufgefallen ist, jetzt, wo Sie mich so gezielt danach fragen.«

»Und das wäre?«

»Hmm ... Es hat mich gewundert. Obwohl er Däne ist, habe ich ihn mehrfach *putain merde* fluchen hören, also so was wie ›verdammte Scheiße‹ auf Französisch, nicht wahr?«

»Hat er noch mehr auf Französisch oder Dänisch gesagt, das Ihnen aufgefallen ist?«

Lisette Ulrichsen schüttelte den Kopf.

»Das ist alles, was ich Ihnen über den Mandrill erzählen kann, *putain merde* ...«

53. Während sie durch den Flur zur Haustür gebracht wurde, konnte sie den Hakuna-Matata-Song aus dem *König der Löwen* hören, obwohl die Tür zum Wohnzimmer zu war.

»Und wie war Ihr Name noch gleich ... Margrethe ...?«

Sie drehte sich um, die Hand auf der Klinke.

»Hier, nehmen Sie meine Karte«, antwortete sie. »Wenn Ihnen auch nur das Geringste einfällt, rufen Sie mich umgehend an.«

Anni Jørgensen, mit der sie gerade eine halbe Stunde am Küchentisch geredet hatte, nachdem ihre Kinder, ein Junge und ein Mädchen, vor dem Fernseher geparkt worden waren, nahm die Karte und las.

»Ah, ja, *Franck* ... Natürlich, das werde ich.«

Sie ging über die Steinplatten zu ihrem Auto zurück, das vor dem Haus stand, schloss auf und setzte sich hinter das Steuer.

Um diese Zeit war in den meisten Backsteinhäusern des gepflegten Wohnviertels in Brønshøj »Familienzeit« angesagt. So wie sie es verstanden hatte, bedeutete das, dass man am späten Nachmittag von der Arbeit nach Hause hetzte, auf dem Heimweg die Kinder aus der Kita oder dem Hort zerrte und noch schnell ein paar Einkäufe erledigte – um sich dann möglichst sofort um das Abendessen zu kümmern.

Sie hatte den Kindern nur kurz Hallo gesagt, dann war gleich der Disney-Film angemacht worden. Hübsche, nette Kinder, aufgeschlossen und neugierig.

Anni, die junge alleinerziehende Mutter und Büroangestellte, die sich die Schuldner vom Hals und den Laden am Laufen hielt, indem sie einzelne, sorgfältig ausgesuchte und gut bezahlte Jobs als Escortdame annahm, wirkte fröhlich und ziemlich zufrieden mit ihrem Leben.

Margrethe war durch den Kopf geschossen, wie grotesk, bizarr und vollkommen irrsinnig es eigentlich war, dass sie hier in der Küche saß und Anni über einen Mandrill befragte, während ihre Kinder nebenan *Der König der Löwen* sahen. Aber die Welt war wohl einfach ein verrückter Ort.

Leider hatte ihre Unterhaltung nichts Brauchbares ergeben.

Anni wirkte ehrlich – wenn auch wachsam –, als sie beteuerte, dass sie nie Kontakt mit dem Mandrill gehabt habe.

Diese typischen Familiennachmittage klangen in ihren Ohren vor allem stressig und negativ. Komisch. Eigentlich sollte das doch die gemütlichste Zeit des Tages sein. Aber ... was wusste sie schon davon?

Für einen kurzen Moment tauchte die kleine Familie mit dem Berlingo, die sie neulich beim Autohändler beobachtet hatte, vor ihrem inneren Auge auf. Und auch der junge Vater, der seinen Sohn ins Bett getragen hatte, streifte ihre Erinnerung. Rückblickend und ohne literweise Rotwein.

Berlingo oder Bullitt? War das nicht die Frage gewesen, die sie sich gestellt hatte?

Sie befand sich am späten Nachmittag in Brønshøj auf der Jagd nach verworrenen Konspirationen und dem puren Bösen, während andere ihre Kinder abholten, das gemeinsame Abendessen vorbereiteten und das Ende des Tages einläuteten.

Vielleicht lautete die Frage eher ›Berlingo oder was für ein Bullshit?‹

Sie wollte gerade den Motor anlassen, als sie einen Blick in den Rückspiegel warf. Ganz hinten, wo die Straße einen sanften Bogen machte, parkte ein kleiner silberner PKW. Sie hatte schon auf der Herfahrt ein silbernes Auto beobachtet, das ihr in einigem Abstand zu folgen schien. Und auch vor Mossmans Haus in Kokkedal war ihr heute Morgen ein silbernes Auto aufgefallen. Die Welt war nicht nur verrückt, sie war auch voller verdächtig ähnlicher silberner Kleinwagen.

Sie klappte das Handschuhfach auf, nahm die Pistole heraus und steckte sie in ihre Jackentasche. Ihre normale Waffe lag natürlich sicher verwahrt im Waffenschrank des Hauptquartiers in Søborg. Und sie würde sie vielleicht nie wieder zurückbekommen.

Aus dem Versteck zu Hause, unter einer Decke ganz unten im Kleiderschrank, hatte sie ihre Ersatzwaffe herausgekramt, eine Heckler & Koch, genau wie ihre Dienstwaffe – nur älteren Datums. Irgendwann kurz nach dem brutalen Überfall im Hinterhof des Hotels, bei dem Oxen ihr damals im letzten Moment zu Hilfe gekommen war, hatte sie sich die Pistole illegal besorgt.

Ab sofort musste sie auf der Hut sein und auf dem Weg in die Kopenhagener Innenstadt ständig darauf achten, wer hinter ihr war.

Der nächste Zeuge aus der Unterwelt, der auf ihrer Liste stand, war ein Mann, Lars Blicher.

Es war immer noch da, das kleine silberne Auto, als sie zwanzig Minuten später am Peblinge Sø die Nørre Søgade entlangfuhr.

Dasselbe galt, als sie kurz darauf in der Adelgade in das Parkhaus gegenüber dem Netto-Supermarkt einbog. Ein Parkhaus war der perfekte Ort für das, was später passieren sollte.

Sie hatte Lars Blicher im Vorfeld angerufen, sich vorgestellt und ihn gefragt, ob er Zeit für ein kurzes Gespräch habe. Sie hatte kaum den Finger von der Klingel im zweiten Stock genommen, als sich die Wohnungstür bereits öffnete und ein junger Mann sie freundlich lächelnd hereinbat.

Lars Blicher war Ende zwanzig. Als er sie ins Wohnzimmer brachte, zog er eine frische Duftwolke hinter sich her. Er trug einen schwarzen Jogginganzug, auf dem in großen weißen Buchstaben »Emporio Armani« stand.

»Bitte, nehmen Sie Platz«, sagte er und zeigte auf ein kleines Sofa. Er selbst setzte sich in einen Sessel. Auf einem kleinen Glastisch zwischen ihnen stand eine Stempelkanne mit frischgebrühtem Kaffee, und als sie seinen fragenden Blick mit einem Nicken bestätigte, schenkte er ihnen ein.

»Wie ich schon sagte ... Sie stehen auf der Liste aus der Nacht im Keller unter der Ziegelei«, setzte sie an. »Und wir haben die Ermittlungen wiederaufgenommen. Deshalb bin ich hier.«

»Ein schrecklicher Abend, von dem ich immer noch Albträume habe«, sagte Blicher und starrte auf den Boden.

»In dem Bericht steht nichts darüber, womit Sie Ihren Lebensunterhalt verdienen. Sind Sie ... leben Sie vom ...«

Er unterbrach sie, während sie noch nach Worten suchte.

»Ficken? Ist es das, was Sie fragen wollten?« Blicher lachte. »Nein, ich arbeite auch noch als Friseur. Teilzeit.«

»Wie oft waren Sie da draußen im Keller?«

Lars schaute zur Decke, während er in seinem Gedächtnis kramte.

»Sieben- ... oder achtmal. Es war wahnsinnig gut bezahlt. Und abgesehen von dieser Sache mit den Masken waren alle unheimlich süß und nett. Und es war ja auch irgendwie *kinky*, dass man die Gesichter der Typen nicht sehen konnte, wissen Sie?«

»Ich finde absolut gar nichts *kinky* an dem, was da draußen abgelaufen ist«, antwortete sie.

»Nein, nein, Sie haben mich falsch verstanden. Nicht *das* ... Ich hatte ja keine Ahnung, was noch in diesem Keller passiert ist. Ich wusste nur, dass alles bunt war und ordentlich gefeiert wurde – und natürlich gevögelt. Ich schäme mich nicht dafür, falls Sie das glauben.«

»Ich glaube gar nichts.«

»Haben Sie Kinder?«

Die Frage überrumpelte sie. Noch dazu jetzt, nach den ganzen Berlingo-Grübeleien. Sie wollte ihm gerade antworten, dass das nichts mit der Sache zu tun hatte, als er ihr zuvorkam.

»Nein, oder? Das merkt man gleich. Meine große Schwester hat drei. Supertolle Kinder. Ich hätte auch gern welche. Ich glaube, Sie verbringen jede Sekunde Ihres Lebens mit Arbeit. Stimmt's?«

Blicher lehnte sich zurück und lächelte.

Erst jetzt fiel ihr auf, wie gepflegt seine Haut war. Sie sah so glatt und straff aus, dass ihr Gesicht dagegen vermutlich einer Mondlandschaft glich. Der junge Gelegenheitscallboy und Teilzeitfriseur machte einen sehr selbstsicheren Eindruck, wie er da so saß, mit seinem hohen Kaffeeglas in der Hand.

Sie antwortete nicht direkt, sondern überlegte stattdessen, ob es sie weiterbringen würde, mit der offenen Attitüde zu spielen.

»Ja, ich mag meine Arbeit. Nein, ich habe keine Kinder. Aber wer weiß – vielleicht irgendwann?«

»Warten Sie nicht zu lange. Das hat meine älteste Schwester getan. Wenn ihre Zwillinge – also, sie hat sich künstlich befruchten lassen – achtzehn werden, geht sie in Rente. Das ist bitter, für sie und für die Mädchen, finde ich. Was hätten Sie lieber? Einen Jungen oder ein Mädchen?«

»Äh, ich ...«

»Ach, egal, geht mich ja auch gar nichts an. Aber Sie haben einen krassen Vibe, der mir sagt, dass Sie eine gute Mutter wären. Wie nennt man das noch? Sie haben *Mutterinstinkt*. Und das sagt einer wie ich, der an Regenbogenfamilien glaubt. Mein Traum ist es, irgendwann den richtigen Mann zu finden, mit dem ich Kinder kriegen kann. Ha ... Aber das eine schließt ja das andere nicht aus. Wir sind auf dem Weg in ein neues Zeitalter, in dem Mauern eingerissen werden. Ich wünsche mir einen Sohn. Dann kann ich mit ihm Fußball spielen. Mögen Sie Fußball?«

Sie zuckte mit den Schultern und fragte sich, ob es an der Zeit war, langsam einen Schlussstrich zu ziehen. Aber der junge Mann vermittelte ihr mit seinem überwältigenden Redestrom tatsächlich einen unglaublich vertrauenerweckenden und positiven Eindruck. Und wenn er hinsichtlich seiner Erlebnisse in der Unterwelt genauso mitteilungsfreudig war, würde sie das am Ende ja vielleicht ein Stück weiterbringen.

»Ja ... Mein Lieblingsverein ist Fremad Amager«, antwortete sie, ohne so richtig zu wissen, warum.

»Ich bin B93-Fan. Für mich ist das der einzig wahre Verein in der Stadt. Mein Traum wäre es, dass sie irgendwann mal in der dänischen Superliga spielen.«

Sie trank einen Schluck Kaffee und räusperte sich in der kleinen Pause, die entstand.

»Wie gesagt, Lars, Sie stehen auf der Liste der Zeugen, die in jener Nacht befragt worden sind.«

Mit einem Mal wurde er ernst.

»Das ist richtig.«

»Ich hoffe, Sie können uns helfen.«

»Ich werde es versuchen. Mein Onkel ist Polizist. In Randers.«

»Hören Sie, ich bin dabei, jedes noch so kleine Fitzelchen an Informationen über den Mann zusammenzutragen, der die Mandrillmaske getragen hat. Sie haben nichts zu befürchten. Die Leute, die das Ganze organisiert haben, leben nicht mehr. Wissen Sie etwas über den Mandrill?«

»Puha, ich kann Ihnen sagen, es fühlt sich nicht gut an, auf Fragen nach all diesen Dingen antworten zu müssen.«

Falten bildeten sich auf der straffen Stirn, als er die Augenbrauen zusammenzog.

»Aber natürlich will ich Sie unterstützen. Der Mandrill ist ... Däne.«

Sie nickte und lächelte. Das war immerhin ein Anfang.

»Hatten Sie etwas mit ihm zu tun?«

»Nicht auf *die* Art, wenn Sie das meinen. Er ist hetero. Aber ich habe ihn an der Bar bedient.«

»Wir versuchen, seine Identität aufzudecken. Fällt Ihnen irgendetwas ein, das uns auf seine Spur führen könnte? Kein Detail ist zu klein.«

Jegliche Selbstsicherheit schien den jungen Mann im stylishen schwarzen Jogginganzug verlassen zu haben. Er schüttelte langsam den Kopf.

»Nein. Ich kann mich an nichts erinnern. Das heißt … doch, er hat fast nur Rotwein getrunken. Diesen irre teuren – Petrus. Ein paar tausend Kronen für eine einzige Flasche. In dieser Welt gab es scheinbar keine Grenzen. Das hat mich fasziniert. Das muss ich zugeben. Jetzt im Nachhinein denke ich, das war alles zu viel. Also, in Wirklichkeit fühle ich mich scheiße damit. Nicht, weil ich schwul bin oder meinen Körper verkaufe. Sondern wegen dieser Maßlosigkeit. Das, was ich vorhin gesagt habe, von wegen *kinky* … das habe ich nicht so gemeint. Es tut mir leid.«

»Sie müssen sich nicht entschuldigen. Sie sollen mir nur helfen. Ist Ihnen gar nichts aufgefallen? Besondere Kennzeichen? Schmuck oder so etwas …«

»Seine Uhr! Er hat eine Rolex.«

»Welches Modell?«

»Das weiß ich nicht.«

»Sonst noch was? Denken Sie in Ruhe nach.«

»Er ist aufbrausend. Ich habe mitbekommen, wie er ausgeflippt ist. Wegen Kleinigkeiten. Und ich habe ihn ein paarmal *putain merde* sagen hören.«

»Also er hat auf Französisch geflucht?«

»Ja.«

»Mehr?«

Lars Blicher schüttelte den Kopf.

»Wissen Sie, ob der Mandrill eine der Frauen bevorzugt hat?«

»Eine, mit der er öfter gebumst hat als mit anderen?«

Sie nickte. Blicher sah wieder zur Decke.

»Doch, da war eine«, sagte er nachdenklich. »Mit der habe ich ihn öfter zusammen gesehen. Bestimmt viermal ... Und in der Nacht war er stinksauer, weil sie nicht da war ...«

Sie war wie elektrisiert.

»Erinnern Sie sich an ihren Namen?«

»Angelina. Angelina Mikkelsen. Lustige Kombination, was? Exotisch und urdänisch zugleich. Ich bin ihr auch ein paarmal draußen begegnet – im Milieu ...«

»Und ist das ihr richtiger Name?«

»Ich glaube schon. Die Mutter stammt aus Puerto Rico, der Vater aus Dänemark. Angelina ist einfach umwerfend. Haare ganz kurz rasiert, kleine Brüste, breite Schultern, schmale Hüften und eine herrlich tiefe Stimme. *Oh my God,* ist die Frau sexy. Ich glaube, bei der würde sogar ich schwach werden.«

Lars Blicher hielt sich den Mund zu, als hätte er etwas Verbotenes gesagt, und grinste dann breit.

»Eine Dragqueen?«

»Nein, nein, hundert Prozent Frau aus Fleisch und Blut, *the real deal.*«

Während sie die Treppe hinunterging, beachtete sie Lars Blicher gar nicht mehr richtig, der sie zur Tür begleitet und ihr zum Abschied »Tschühüs!« nachgerufen hatte. Sie war schon in einer anderen Welt. Ihrer eigenen Welt. Und sie hatte Witterung aufgenommen.

Es gab ihr Hoffnung, dass sie endlich eine vielversprechende Spur hatten. Wohlgemerkt, eine Spur abseits der Liste bereits vernommener Zeugen. Sie mussten sich Angelina Mikkelsen mit äußerster Vorsicht nähern. Aber vorher musste sie herausfinden, ob das tatsächlich ihr richtiger Name war. Und wenn ja, wo sie wohnte.

Sie erledigte die schnelle, einfache Suche noch auf dem Weg durchs Treppenhaus an ihrem Handy. Kein Treffer im Telefon- und Firmenverzeichnis, keiner auf Facebook, nichts auf Instagram. Aber es wäre nicht das erste Mal, dass jemand ein Leben abseits der sozialen Medien führte.

Sie öffnete die Haustür und trat auf den Bürgersteig. Jetzt galt es, sich zu konzentrieren und sich an die Reihenfolge zu halten. Zuallererst musste sie sich um ein kleines silbernes Auto kümmern.

Sie sah sich ohne Eile um und ging langsam zum Parkhaus zurück.

Niemand erregte ihre Aufmerksamkeit. Menschen strömten in beiden Richtungen durch die Türen des Supermarkts. Ein Mann führte seinen kleinen Hund von undefinierbarer Abstammung Gassi. Wahrscheinlich wurde gerade jeder ihrer Schritte überwacht, aber sie konnte ihren Schatten nirgends entdecken.

Kurz darauf saß sie wieder am Steuer ihres Mini Coopers im Keller der Tiefgarage. Es war unmöglich, herauszufinden, wo der silberne Kleinwagen stand, ohne sich dabei zu verraten. Folglich musste sie improvisieren.

Im selben Moment, in dem es ihr gelang, ihren Schatten zweifelsfrei zu enttarnen, würde auch Axel Mossman auffliegen. Sie hatte ihre Falle bei ihm zu Hause am Küchentisch aufgestellt, indem sie ihm gegenüber bestätigt hatte, dass sie die Ermittlungen auf eigene Faust fortsetzen wollte.

Mossman war der Einzige, der davon wusste.

Dass sie überwacht wurde, war der endgültige Beweis dafür,

dass er mit seinem Wissen zu Salomonsen gegangen war. Die Person im silbernen Auto bedeutete nichts anderes, als dass Mossman ein willfähriger Gehilfe des PET-Chefs war. Einer, der mehr konnte, als seinen neuen Arbeitgeber von einem unerfreulichen Platz auf einer unerfreulichen Liste aus Panama verschwinden zu lassen.

Es versetzte ihr einen kleinen Stich, dass es sich so verhielt. Nein – tatsächlich war es ein großer, stechender Schmerz.

Sie startete den Wagen und folgte den gelben Pfeilen Richtung Ausfahrt. Kurz vor der Auffahrt zur Schranke hielt sie an, ließ den Motor laufen, stieg aus und versteckte sich hinter einer Säule neben den letzten belegten Parkplätzen.

Es dauerte nicht lange, bis Scheinwerferlicht über die Autos, Wände und Säulen glitt. Ein silberner Opel Corsa bog um die Kurve, aber der Fahrer bremste ab, als er die Rücklichter des Minis sah, rollte nur noch langsam weiter und blieb etwa fünfzig Meter hinter ihrem Wagen stehen.

Ihr Verfolger wusste ganz offensichtlich nicht, was er tun sollte. Der Anblick des Minis, der mit laufendem Motor im Weg stand, traf ihn völlig unerwartet. Dann öffnete sich langsam die Fahrertür des Corsa, und ein Mann stieg aus. Er blieb kurz stehen und ging schließlich zögernd auf ihr Auto zu.

Noch zwanzig Meter, dann war er auf Höhe der Säule, an die sie sich presste, ihre Pistole in der rechten Hand. Noch zehn Meter ... Noch einen Moment ...

Sie trat hinter den Mann, drückte ihm die Waffe in den Rücken und rief: »Stopp!«

Er erstarrte mitten in der Bewegung. Ohne dass sie noch mehr sagen musste, hob er langsam die Arme.

»Na, da hat Salomonsen euch also auf mich angesetzt. Rund um die Uhr ... Und nur, weil er Schiss hat, dass ich mir den Fall noch mal vornehme. Das sollte euch vielleicht zu denken geben – wieso macht ihn das so nervös?«

Der Mann antwortete nicht.

Sie trat ein paar Schritte zurück, dann befahl sie ihm scharf, sich umzudrehen.

Er blieb stehen.

»Ich sagte: Dreh dich um!«

Er drehte sich zu ihr um. Sie kannte ihn nicht, hatte ihn noch nie gesehen, aber das war nicht verwunderlich.

»Runter!«

Sie gab dem Mann mit einem eindeutigen Wink ihrer Waffe zu verstehen, dass er sich hinlegen sollte.

Er ließ sich allmählich in die Hocke sinken, aber statt die Bewegung fortzusetzen, schnellte er plötzlich mit einem kraftvollen Satz nach oben und schoss auf sie zu.

»*Fuck you!*«

Sie registrierte seinen Ausruf in dem Sekundenbruchteil, in dem ihr rechter Arm mit der Waffe zur Seite geschlagen wurde und der Mann ihr ein Knie in die Magengrube rammte. Sie sank auf den Betonboden, mit offenem Mund und dem Gefühl, zu ersticken. Die Waffe fiel ihr aus der Hand. So etwas durfte nicht passieren, aber es passierte.

Sie schlug mit dem Kopf auf, spürte den kühlen Untergrund an ihrer Wange und sah, wie ein brauner Schuh direkt vor ihrer Nase die Pistole wegkickte, die mit metallischem Klirren über den Beton schlitterte. Weg von ihr. Dann sah sie, wie der Mann sich bückte und die Waffe aufhob.

Sie lag zusammengekrümmt da. Ohne einen Rest Luft in der Lunge und unfähig einzuatmen. Ein leichtes Opfer. Ein leichtsinniges und viel zu selbstgefälliges Opfer. Dass sie ausgerechnet in diesem beschissenen Parkhaus enden würde, nur weil …

Ihr wurde bewusst, dass es ihr allmählich wieder gelang, einzuatmen. Sie war immer noch am Leben.

Dann hörte sie eine Autotür schlagen. Hörte das Quietschen von Reifen, als ein Wagen schnell beschleunigte.

Jetzt ... jetzt war es vorbei.

Sie hob den Kopf und blickte direkt in die Scheinwerfer, als das Auto in voller Geschwindigkeit auf sie zuraste.

54.

Er steckte den Schlüssel ins Schloss, drehte ihn um und zog die schwere Schreibtischschublade auf. Ganz oben auf einem Stapel Papiere lag es, das Handy.

Das ganz spezielle Handy mit der ganz speziellen Nummer, die mit einem Klebestreifen auf der Rückseite klebte. Das ganz spezielle Telefon für diese ganz spezielle Situation.

Er nahm es, hielt es in der Hand und blieb sitzen, den Blick auf das leere Display gerichtet, als würde sich das Handy schon um alles kümmern und ihm die schwere Entscheidung abnehmen.

Seit dem kurzen schriftlichen Briefing, das er heute erhalten hatte, ließen ihm die Gedanken keine Ruhe mehr. Sie türmten sich auf wie eine Mauer, die über ihm einzustürzen drohte.

Ein ganz spezielles Telefon für eine ganz spezielle Situation.

Diese Situation war eingetreten.

Und zwar *jetzt*.

Er tippte die Nummer ein und schrieb seine Nachricht:

»CODE RED / NIEBUHR«

Dann drückte er auf Senden.

55.

Die Scheinwerfer blendeten sie. Die Reifen quietschten. Auf die kurze Entfernung blitzte gerade noch ein Flashback jener Millisekunde damals in ihrer Erinnerung auf. Sie sah, wie das Auto des Bankräubers vor vielen Jahren auf sie zugerast war und sie ihre Dienstwaffe gehoben und geschossen hatte. Und ohne das halbe Bein wieder aufgewacht war.

Aber jetzt hatte sie keine Pistole.

Es war vorbei. Endgültig.

Sie kniff die Augen zusammen und versuchte instinktiv, ihren Kopf mit den Armen zu schützen.

Sie nahm den Luftdruck wahr. Den beißenden Geruch von Abgasen. Und als sie die Augen wieder öffnete, sah sie den silbernen Corsa gerade noch durch die Ausfahrt verschwinden.

Dann wurde es still. Vollkommen still.

Sie blieb liegen und zwang sich, die Beine auszustrecken und die Arme über den Kopf zu heben. Nach und nach füllte sich ihre Lunge mit Leben, und sie konnte wieder einigermaßen normal atmen.

Sie rollte sich auf die Seite. Kam auf die Knie. Schaffte es, aufzustehen. Fühlte sich benommen und schwindelig. Sie tastete nach ihrer Stirn, aber sie blutete nicht.

Es gab viele sinnlose Regeln, die nur dazu da waren, gebrochen zu werden. Genau wie Mossman gesagt hatte. Aber wenn es eine goldene Regel gab, dann das Mantra, dass man immer und unter allen Umständen auf seine Waffe aufpassen musste. Dass sie dazu nicht in der Lage war, hatte sie vor wenigen Minuten unter Beweis gestellt. Erbärmlicher als ein Polizeischüler im ersten Jahr.

Sie stolperte an den parkenden Autos vorbei. Machte kurz Pause und stützte sich auf einen kleinen Fiat. Blieb stehen und sammelte Kraft, um weiterzugehen – und für einen Gedanken.

Irgendetwas an der ganzen Szene stimmte einfach nicht. Irgendetwas deckte sich nicht mit dem, was sie erwartet hatte.

Dann war ihr auf einmal klar, was es war.

Der Mann hatte ihr nicht geantwortet. Tatsächlich hatte er keinen Ton von sich gegeben, bis auf dieses »*fuck you*«, das ihm herausgerutscht war, als er wie eine gespannte Feder auf sie zugeschossen kam.

Und es war nicht, *was* er gesagt hatte – sondern, *wie* er es gesagt hatte. *Fuck you*, mit breitem amerikanischem Akzent. Diese Aussprache erkannte man sofort. Genau so war es auch bei Oxen oben im Ferienhaus gewesen.

Die Erkenntnis erfüllte sie mit Verwirrung und Erleichterung, während sie halbwegs aufrecht und sicher auf den Beinen zu ihrem Mini ging und sich ans Steuer setzte.

Mit Verwirrung, weil nun doch alles anders war, als sie gedacht hatte.

Mit Erleichterung, weil Mossman, bis das Gegenteil bewiesen war, vorläufig unschuldig war. Zumindest was das Weitergeben ihres Geheimnisses an Salomonsen betraf. Andererseits ... in allen Punkten schuldig, zentrale Daten aus den Panama-Papieren gelöscht zu haben. Im Auftrag von Salomonsen?

»Was für eine Scheiße! Scheiße, Scheiße, Scheiße ...«

Sie schlug zornig mit den Händen auf das lederne Lenkrad. Es gab viel zu viele Fragen, auf die sie keine Antwort hatte. Ja, vor Kurzem hatten sich die Amerikaner in die ganze Angelegenheit mit dieser verdammten Panama-Liste eingemischt. Und jetzt waren sie schon wieder da. Dachten die Amerikaner womöglich, sie würde aus irgendeinem Grund weiter an den *Precious Papers* arbeiten? Aber wenn man ihr gegenüber wirklich böse Absichten hätte, dann hätte der Mann sie eben doch einfach überfahren können? Ihr den Schädel zertrümmern? Das war also offenbar nicht der Plan.

Und so viel zu Axel Mossman und ihrer »cleveren« Falle. Sie hatte immer noch keine Ahnung, welches Spiel die alternde Legende tatsächlich spielte.

Sie trat hart aufs Gas und wurde mit quietschenden Reifen die Ausfahrtrampe hochkatapultiert.

Erst als sie bremste, um auf die Straße abzubiegen, machte etwas in ihrem Kopf klick. Morgen musste sie sich Angelina Mikkelsen genauer ansehen – und sich dabei weder ablenken, niederschlagen noch entwaffnen lassen.

»Wie ein verdammter Amateur!«

Sie fluchte über sich selbst und fuhr dann viel zu schnell die Adelgade hinunter.

56.

Kronborgs dicke Mauern bildeten einen schützenden Ring um ihn. Er war jetzt ganz ruhig. Er hatte sich und die Situation im Griff. Und für das, was er nicht unter Kontrolle hatte, waren andere da, die das für ihn übernahmen.

Nachdem er am Vorabend von dem speziellen Notfallverfahren Gebrauch gemacht hatte, war er inzwischen zu dem Schluss gekommen, dass es unter keinen Umständen vermeidbar gewesen wäre.

Er kaufte sein Ticket, überquerte den Schlosshof, ging direkt auf die andere Seite, wo sich der Eingang zu den Katakomben befand, und trat ein. Es waren einige Touristen da, aber nicht viele Dänen. Er versicherte sich ein weiteres Mal, dass die Wirtschaftszeitung *Børsen* mit dem charakteristischen rosa Papier gut sichtbar aus seiner linken Jackentasche herausragte, so gefaltet, dass man den Namen in großen schwarzen Versalien sehen konnte. Die Zeitung war das Erkennungszeichen für denjenigen, der um Kontakt gebeten hatte.

Dann drängte er sich die enge Steintreppe hoch und folgte dem schmalen Gang mit der niedrigen Decke. Kurz darauf stand er in dem Raum, in dem die Statue des sagenumwobenen Holger Danske im Licht der Scheinwerfer erstrahlte.

Er blieb stehen und sah sich interessiert um, wechselte die Seite und verhielt sich genau wie jeder andere Besucher, während er diskret versuchte, die Kontaktperson ausfindig zu machen. Vergeblich – aber das war auch nicht Teil der Anweisung. Also befolgte er punktgenau seine Instruktionen, kehrte zurück ans Tageslicht, verließ den Schlosshof durch das große Tor und ging hinaus auf den Wall.

Aus Schweden blies ein scharfer Wind über den Øresund. Die Wellen hatten Schaumkronen, und außer einem großen Frachter auf dem Weg nach Norden waren keine Schiffe zu sehen. Die frische Luft tat ihm gut.

Er war gerade im Begriff, wieder in Grübeleien zu versinken, als er eine Hand auf der Schulter spürte, sich umdrehte und auf Englisch herausplatzte:

»*You?* Ich hatte meinen *case officer* erwartet.«

»*Awesome, fuckin' awesome*«, sagte der große, Schwarze Amerikaner beim Blick auf die beeindruckende Festungsanlage mit den dicken Mauern. Er angelte sein Handy aus der Tasche und machte ein paar schnelle Selfies mit dem Hamletschloss und seiner berühmten Turmspitze im Hintergrund. Dann sagte er, ohne eine Miene zu verziehen:

»*There is something rotten in the state of Denmark.* Und das ist mein verdammter Ernst.«

»Aber ich kann Ihnen versichern, dass ich auf keinen ...«

Der Amerikaner schnitt ihm mit einer energischen Handbewegung das Wort ab.

»Interessiert mich nicht. Ich bin vor ein paar Tagen extra aus den USA gekommen, weil ich schon länger das Gefühl hatte, dass uns die ganze Sache aus den Händen zu gleiten droht. Ich habe wirklich keine Lust, mir jetzt irgendeinen Scheiß anzuhören. *Code Red.* Warum?«

Er nickte hastig.

Er war es nicht gewohnt, Befehle entgegenzunehmen. Nicht gewohnt, dass jemand so mit ihm redete. Aber ihm blieb nichts anderes übrig, als diesen Ton jetzt zu schlucken. Zumindest fürs Erste.

»Nachdem ich durch das letzte Briefing erfahren hatte, dass die drei gerade dabei sind, die Prostituierten abzuklappern, bin ich ins Grübeln gekommen. Ich habe mich immer wieder gefragt – könnte das irgendwie riskant werden, oder ist es nur eine harmlose Sackgasse? Und mir ist klar geworden, dass es tatsächlich ein Risiko gibt. Die Frau heißt Angelina Mikkelsen, aber sie war in der fraglichen Nacht nicht dabei. Ich weiß es nicht mit Sicherheit – aber ich kann auch nicht ausschließen, dass sie a) die Namensgravur gesehen hat, als ich ihr vor ewigen Zeiten mal kurz meinen Kugelschreiber geliehen habe, oder b) meinen Namen, Kontakte oder etwas Drittes gesehen hat, als mir mein Handy aus der Tasche gefallen ist. Sie selbst hat es mir damals zurückgegeben. Deshalb *Code Red*.«

»Und Angelina Mikkelsen ist ihr richtiger Name?«

»Soweit ich weiß, ja ...«

»Wir melden uns ...«

Der groß gewachsene Amerikaner machte kopfschüttelnd auf dem Absatz kehrt und ging mit schnellen Schritten zu dem Torbogen zurück.

57. Es war später Nachmittag, und ein kurzer Blick in die Jægersborggade, die auf beiden Seiten schon vollkommen zugeparkt war, hatte genügt, um sie davon zu überzeugen, den Mini Cooper oben am Nørrebropark abzustellen.

Jetzt musste sie die lange Straße also zu Fuß hinuntergehen, was ziemlich lästig für jemanden war, der sich mit den Einschränkungen einer Beinprothese abfinden musste.

Trotzdem war es klug, zu laufen. Auch wenn sich das Ziel ihres Ausflugs nach Nørrebro ganz am Ende der Jægersborggade befand. Auf diese Weise behielt sie besser im Blick, ob sie beschattet wurde.

Bislang deutete nichts darauf hin. Aber nach dem merkwürdigen Vorfall im Parkhaus mussten sie alle drei vorsichtig sein. Aus diesem Grund hatte sie auch auf der Fahrt hierher gezielt mehrere Manöver eingebaut, um mögliche Verfolger abzuschütteln.

Sie hatte genug Zeit, um vorsichtig zu sein. Sally Finnsen erwartete sie erst in zwanzig Minuten am Treffpunkt.

Sie hatte Angelina Mikkelsen mit ihrem neuen Handy mit Prepaidkarte kontaktiert – auch was das anging, mussten sie jetzt wachsamer sein –, und natürlich hatte die Frau zunächst misstrauisch reagiert, als Margrethe ihr erklärt hatte, worum es ging.

Mit etwas Geduld war es ihr jedoch gelungen, sie von ihren guten Absichten zu überzeugen und ihr klarzumachen, dass auch sie verpflichtet war, die Polizei bei einer laufenden Ermittlung zu unterstützen. Schließlich hatten sie sich für halb sechs bei Angelina Mikkelsen zu Hause verabredet. Nicht, dass Margrethe sich im Vorfeld große Hoffnungen machte. Zwischen Prostituierten und der Polizei herrschte traditionell meist ein eher angespanntes Verhältnis.

Eher angespannt war die Lage bis vor wenigen Jahren auch hier auf dem Kopfsteinpflaster der Jægersborggade noch gewesen. Damals galt die Gegend als Synonym für massive Drogenprobleme und den ganzen Dreck, der im Kielwasser dieser Szene mitschwamm.

Sie sah sich neugierig um. Die strahlende Sonne, die seit dem frühen Morgen schien, hatte Menschen jeden Alters ins Freie gelockt, und es herrschte ein reges Treiben auf der Straße. Überall auf den Bänken und unter den Sonnenschirmen saßen Leute und genossen den milden Nachmittag.

Mittlerweile war die Jægersborggade eher hip und verbreitete ein Flair von Behaglichkeit, das selbst den abgebrühtesten Bullen überraschen und wahrscheinlich auch freuen würde. Gestern noch Spritzen und Drogen, heute plötzlich Cappuccino und Plunderteilchen ... Wer hätte das gedacht?

Sie beschloss, noch einen schnellen Espresso im Eckcafé einer Seitenstraße zu trinken, fand einen freien Platz am Fenster und studierte von dort aus sorgfältig jede Person in der Umgebung. Nichts gab Anlass zur Sorge.

Sie warf einen Blick auf ihre Armbanduhr. Sie lag immer noch gut in der Zeit. Sally wollte mit dem Fahrrad direkt von der Arbeit kommen. Sie hatten vereinbart, sich im Treppenhaus zu treffen, und natürlich würde auch Sally aufpassen, dass ihr niemand folgte.

Margrethe verließ das Café und stand kurz darauf am Ende der Jægersborggade, die dort in den Jagtvej mit seinem hektischen Verkehr mündete. Angelina Mikkelsen wohnte im Eckhaus auf der linken Seite, einem schönen Gebäude mit Stuck und Gesimsen, ganz oben im fünften Stock. Im Erdgeschoss war ein Laden, wohl eine Art Kiosk.

Sie blieb vor dem gegenüberliegenden Haus stehen und schaute sich ein letztes Mal um. Sie sah immer noch nichts, das ihr Misstrauen weckte.

Auf der anderen Seite des Jagtvej befand sich einer der Nebeneingänge des Assistens-Friedhofs, ein steter Besucherstrom drängte sich durch das Gittertor. Sie wusste, welches Bild sich an einem schönen Frühlingstag wie heute dort hinter den Mauern bot: Es wimmelte nur so von Leuten, die Sonne tankten oder sich ein Bier genehmigten, während sich überall Fahrradfahrer und Jogger tummelten. H. C. Andersen rotierte vermutlich in seinem Grab vor Empörung über dieses Benehmen.

Sie überquerte die Straße, ging ums Eck zur Haustür und betrat das dunkle Treppenhaus.

Sally Finnsen kam nur wenige Augenblicke später. Sie nahm ihre Kappe ab, wischte sich den Schweiß von der Stirn und zupfte sich ein paarmal das T-Shirt vom Körper, um sich etwas Kühlung zu verschaffen.

»*Fuck*, ist das heiß«, ächzte sie.

»Hast du die Abkürzung über den Friedhof genommen?«

Sally nickte und steckte die Kappe in ihren Rucksack.

»Lass uns kurz eine Taktik vereinbaren … Wir müssen bei Angelina vorsichtig vorgehen. Sie ist unser bester Trumpf auf der Jagd nach dem Mandrill. Und vielleicht auch unser einziger … Das hier darf nicht schiefgehen. Wenn wir merken, dass sie sich zurückzieht, dann lassen wir sie erst mal. Wir müssen Geduld haben, falls es nötig sein sollte.«

»Du stellst die F-Fragen, Franck.«

»Achte auf ihre Reaktionen, wenn ich den Druck erhöhe. Ist sie glaubwürdig oder nicht? Hat sie Angst oder nicht? Wir machen das alles ganz ruhig. Nicht dieser *good cop bad cop*-Mist. Wir sind uns die ganze Zeit einig. Weil wir gar nicht anders können, als scheißfreundlich zu sein. Zumindest bis ich dir etwas anderes signalisiere. Und wenn dir währenddessen irgendwas einfällt, dann unterbrich mich einfach, okay?«

Sally Finnsen nickte stumm.

»Also los.«

Margrethe hielt sich mit einer Hand am Geländer fest und stieg die ersten Stufen der breiten Treppe hoch. Sie hasste Treppen auch nach all den Jahren noch. Dann doch lieber unnötig lange Straßen.

Wenig später hatte sie sich in den fünften Stock hochgekämpft. An der Tür hing ein Schild, auf dem zwischen handgemalten Blumengirlanden der Name »A. Mikkelsen« stand. Mit einem Anflug von Verärgerung stellte sie fest, dass Sally Finnsen ganz entspannt atmete.

Sie klingelte und bereitete sich darauf vor, einer exotischen Schönheit mit dänischem Vater und puerto-ricanischer Mutter gegenüberzutreten. Sie standen beide reglos da und lauschten auf Schritte in der Wohnung, aber alles blieb still. Margrethe klingelte ein zweites Mal, hielt den Knopf weiter gedrückt, während die kleine Glocke auf der anderen Seite der Tür Amok lief.

Immer noch kein Zeichen von Leben. Sie legte eine Hand auf die Klinke, drückte sie langsam nach unten – und zu ihrer Überraschung ging die Tür einen Spaltbreit auf.

Sie warf einen Blick über die Schulter in Sallys konzentriertes Gesicht, nickte und griff mit der rechten Hand nach ihrem Pistolenholster am Gürtel. Umsonst ... Als *outcast* des Hauptquartiers in Søborg durfte sie keine Waffe mehr tragen. Und mit ihrer Glanzleistung im Parkhaus hatte sie sich auch noch um ihre Reservepistole gebracht.

Sie verzog entschuldigend das Gesicht. Zum Glück war Sally bewaffnet, und in besseren Händen konnte eine Pistole gar nicht sein.

»Gib mir Deckung«, flüsterte sie ihr zu.

Sally nickte und drückte sich links vom Eingang an die Wand, die Dienstwaffe fest in beiden Händen. Dann schob Margrethe die Tür langsam weiter auf und schlich sich in die Wohnung.

Die Bodendielen unter dem bunten Teppich knarrten leise. Margrethe gab Sally ein Zeichen, schlich sich durch den schmalen Flur – und blieb stehen, um zu lauschen. Irgendwo in der Wohnung lief leise Reggae-Musik. Aber zuerst mussten sie sich vergewissern, dass sie keine unliebsame Überraschung erwartete. Und die schlichte und im Zweifel lebensrettende Regel dafür lautete, jeden Raum der Reihe nach zu sichern.

Sie öffnete die erste Tür im Flur. Sally hielt die Pistole mit ausgestreckten Armen vor sich und trat auf die Schwelle. Dann schüttelte sie leicht den Kopf.

Das kleine Zimmer war mit allem möglichen Gerümpel und alten Umzugskartons vollgestellt. Die nächste Tür führte zum Bad. Es war leer. Danach kamen sie in die Küche oder, besser gesagt, in eine offene Wohnküche. Es roch nach … Tee. Nach würzigem Kräutertee.

Auf dem Esstisch lag ein Schneidebrett mit einem Stück Weißbrot, daneben stand ein Marmeladenglas. Es sah aus, als wäre vor Kurzem noch jemand zu Hause gewesen.

Die gedämpfte Reggae-Musik schien aus einem Zimmer zu kommen, das sich hinter einer geschlossenen Tür neben dem Sofa im Wohnbereich befand.

Margrethe gab Sally ein Zeichen. Vorsichtig schlichen sie näher und stellten sich links und rechts neben die Tür. Margrethe öffnete sie, gab ihr einen leichten Stoß, und die Musik wurde sofort deutlich lauter. Sie warteten einen Moment. Nichts passierte. Dann machte Sally einen Schritt nach vorn, auch jetzt hielt sie die Pistole mit gestreckten Armen vor sich. Jeder Muskel ihres Körpers war angespannt. In der nächsten Sekunde ließ sie die Waffe sinken.

»Gesichert. Komm her, Franck. Schau dir das an …«

Sally zeigte zu dem großen Doppelbett. Zwei lange, braune Beine bildeten einen scharfen Kontrast zu der weißen Seidenbettwäsche. Ein Teil des Körpers, von der Hüfte bis zu den Schultern, wurde von einer zerwühlten Decke verhüllt.

Die Frau lag auf dem Rücken. Ein weißes Kopfkissen verdeckte ihr Gesicht. Unter der rechten tätowierten Schulter hatte sich eine große dunkle, glänzende Lache gebildet.

»Verdammte Scheiße. Wir sind zu spät gekommen …«

Sie trat ans Bett. Im Kissen war ein Loch, nur ein einziges. Sie ließ den Blick über den Körper der Frau wandern und hob dann vorsichtig mit zwei Fingernägeln das Kopfkissen an.

Ein hässlicher Anblick. In einem immer noch schönen Gesicht. Es war alles voller Blut, aber sie konnte sehen, dass die Kugel durch das linke Augen gegangen war. Die Haare waren raspelkurz, dicht und pechschwarz. Das hier war eindeutig Angelina Mikkelsen.

»Das Kissen als Schalldämpfer?«, fragte Sally, die am Fußende stand.

Margrethe schüttelte langsam den Kopf.

»Nein. Nur ein Schuss, an der richtigen Stelle. Wer das getan hat, war ein Profi. Das heißt, er hatte mit Sicherheit einen Schalldämpfer drauf. Das Kissen diente ihm nur dazu, sich nicht einzusauen.«

Sie ließ es los.

»Kannst du bitte die Musik ausmachen, Sally? Ich kann bei diesem grauenhaften Gedudel nicht denken. Aber keine Fingerabdrücke!«

Der Reggae-Puls erstarb. Jetzt war nur noch der Verkehrslärm zu hören, der vom Jagtvej heraufdrang. Margrethe hob frustriert die Arme.

»Das bedeutet also, dass sie wissen, was wir tun, und zwar bevor wir es tun. Richtig?«

»Sieht ganz so aus. Was ist mit diesem T-Typen, dem Schwulen? Könnte der was verraten haben?« Sally biss sich auf die Lippe.

»Hmm ... Blicher?«

Margrethe zog ihr Handy aus der Tasche, wählte seine Nummer und stellte auf Lautsprecher.

»Ja, hier ist Lars«, meldete sich eine freundliche Stimme.

»Margrethe Franck, Polizei. Nur eine Frage, Herr Blicher: Haben Sie irgendjemandem erzählt, dass wir beide uns über Angelina Mikkelsen unterhalten haben?«

»Auf gar keinen Fall! Das würde mir im Traum nicht einfallen. Natürlich habe ich mit niemandem darüber geredet. Ich schwöre bei allem, was mir heilig ist, ich habe nichts gesagt ...«

Sie verabschiedete sich und legte auf.

»Ich glaube ihm. Wir sind dem Mandrill *so* dicht auf den Fersen, Sally.« Sie hielt seufzend Daumen und Zeigefinger hoch, mit einem kaum sichtbaren Abstand dazwischen. »Und trotzdem ganz weit weg. Aber irgendwie haben wir offenbar Sperrgebiet betreten. Und sich hier aufzuhalten, ist lebensgefährlich ... Hat dich jemand gesehen, als du ins Haus gegangen bist?«

Sally schüttelte den Kopf.

»Ich glaube, nicht.«

Margrethe ging in die Küche, nahm ein Putztuch, rieb alle Türklinken ab, auch im Flur, und winkte Sally dann zu sich.

»Wir sind raus hier. Und wir sind nie hier gewesen.«

58.

Sally Finnsens Zweitwohnung, die sie nach dem Verschwinden ihres Bruders für ihre geheimen Ermittlungen genutzt hatte, wurde mit sofortiger Wirkung zu ihrem gemeinsamen Büro und Treffpunkt umfunktioniert.

Nun ging es nicht länger darum, Sallys Bruder zu finden – sondern den Mandrill, den Mann, der Nikolai kaltblütig ermordet hatte. Und der sehr wahrscheinlich auch den Holländer Dirk de Windt auf der gemeinsamen Flucht getötet hatte.

Sie mussten von jetzt an wachsam sein und ihre Umgebung immer im Blick behalten. Schon allein sich zu treffen, erforderte eine ganze Reihe besonderer Vorsichtsmaßnahmen und Ablenkungsmanöver. Jeder Schatten musste abgeschüttelt werden, was ziemlich mühsam war.

Er hatte den Weg durch die Hinterhöfe genommen und war über mehrere Bretterzäune geklettert, um ungesehen die Hintertreppe zu erreichen, die zu der kleinen Wohnung führte, an deren Tür immer noch das Schild mit dem Namen »A. G. Antonsen« hing.

Es dabei zu belassen, war vernünftig, denn außer ihm und Margrethe Franck wusste niemand, dass Sally auch die Mieterin ihrer Nachbarwohnung war.

Es war früher Abend. Die erste halbe Stunde hatten sie damit verbracht, sich gegenseitig auf den aktuellen Stand zu bringen und ein vorläufiges Fazit zu ziehen.

Margrethe Franck hatte ihm ein kurzes Briefing über den Nachmittag gegeben und ihm geschildert, wie ihr Besuch bei Angelina Mikkelsen abgelaufen war. Sie und Sally waren zu spät gekommen. Die Edelhure war offenbar höchst professionell ermordet worden, mit einem Kopfschuss durch ein Kissen …

Er saß auf Sallys zerschlissenem Sofa, sein neues Handy mit einer Prepaidkarte in der Hand. Das alte sollten sie auf Francks

Order ab sofort zu Hause lassen. Im Gegenzug hatte sie jedem von ihnen ein neues besorgt, um einer zunehmenden Paranoia entgegenzuwirken. Denn letztendlich konnte man über ein modernes Mobilfunkgerät das komplette Leben und den vollständigen Bewegungsradius seines Besitzers nachvollziehen.

Sie hatte recht. Falls sie überwacht wurden und ihr Gegner ihnen dadurch immer einen Schritt voraus war, kamen sie nie ans Ziel. Unter diesen Umständen war es absolut unmöglich, den Mann zu finden, der die Mandrillmaske getragen hatte.

Gerade eben war Franck zu dem Schluss gekommen, dass sie sich offenkundig auf lebensgefährliches Terrain vorgewagt hatten. Auch das war richtig. Zum einen war sie selbst verfolgt worden und hätte in der Tiefgarage genauso gut totgefahren werden können. Und zum anderen gab es jetzt auch noch die ermordete Hure in der Jægersborggade.

Ihm kam plötzlich ein Gedanke.

Was, wenn …?

Er wühlte in seiner Tasche. Es war dieselbe Jacke, die er in Berlin getragen hatte. Also musste sie hier irgendwo sein, die Visitenkarte.

Er fand sie in den Tiefen der Innentasche. Anastasia Schukowas Visitenkarte, die sie als diplomatische Mitarbeiterin der russischen Botschaft auswies, mit Sitz an der Straße Unter den Linden, im Herzen von Berlin.

Er gab ihre Nummer ein und schrieb hastig:

»Wir jagen den Mandrill. Jemand wurde ermordet. Wir werden überwacht. Wahrscheinlich die Amerikaner. Sie haben mich in Berlin vielleicht beschattet. Du bist in Gefahr, Nastenka. Du musst abhauen. Jetzt. Sofort! Dein Freund, Niels Oxen.«

Er drückte auf Absenden – und hörte, wie sich Francks Tonfall änderte.

»Äh, was machst du da, Niels? Verschickst du Nachrichten?«

»Nein, also ja, doch. Ich musste Magnus nur schnell etwas durchgeben. War wichtig.«

Franck musterte ihn skeptisch.

»Gut. Dann kann ich ja weitermachen«, sagte sie spitz.

Er konnte nicht anders. Er musste Anastasia Schukowa warnen. Alles andere wäre schäbig gewesen. Das war er ihr einfach schuldig. Dann konzentrierte er sich auf die Aspekte, die Franck gerade anführte:

»Ich würde meinen Hintern darauf verwetten, dass der Mann im Parkhaus Amerikaner war. Dieser Akzent war echt. Die große Frage ist also: Wie und warum sind die Amerikaner in diese Sache verwickelt? Wir wissen es nicht. Aber was mich auch interessieren würde: Wo haben sich unsere Wege womöglich noch gekreuzt?«

Sally, die am anderen Ende des Sofas saß, hob stumm die Hände. Franck sah Oxen durchdringend an.

»Ich denke, es ist an der Zeit, dass wir Sally von dem kleinen Job erzählen, den wir für Mossman erledigt haben, oder, Niels?«

Im Rückblick betrachtet waren sie zum ersten Mal bei dem Auftrag für Mossman auf die Amerikaner gestoßen. Der Mann, den er im Ferienhaus gefangen genommen hatte, war Amerikaner gewesen. Und professionell bis in die Fingerspitzen. Mossman hatte ihn laufen lassen – zu ihrer großen Überraschung.

Es erschien ihm absolut sinnvoll, in diese Richtung zu denken, und genauso sinnvoll war es, die Dritte im Bunde einzuweihen.

»Natürlich muss Sally darüber Bescheid wissen«, antwortete er.

Margrethe Franck lehnte am Türrahmen neben der weißen Wohnzimmerwand, die sie erneut als Tafel für ihre Ermittlungen verwendeten. Sie überlegte offenbar, wo sie anfangen sollte.

»Okay, Sally. Hör zu. Ich werde versuchen, mich kurz zu fassen. Und falls du zwischendurch denkst, ›was zur Hölle geht mich das an?‹, dann warte ab und gib dem Ganzen eine Chance. Am Ende wird es klarer.«

Sallys konzentriertes Gesicht war zur Hälfte im Schatten ihrer Kappe verschwunden. Sie nickte.

Margrethe fing ganz von vorn an. Bei den *Precious Papers*, dem neuen geheimen Datenleak aus Panama, das, sobald es publik werden würde, die Welt genauso erschüttern würde, wie es frühere Datenleaks getan hatten. Sie erzählte vom Amt für Steuern und Abgaben, das den Teil der Daten kaufen wollte, in denen dänische Staatsbürger aufgelistet waren, von Mossman, den man für diese Aufgabe angeheuert hatte, und ihren Trick im Kopenhagener Flughafen – und endete schließlich mit dem Gefangenen im Ferienhaus, den Mossman hatte laufen lassen.

»Und das ist jetzt die V-Verbindung zu den Amerikanern? Nur der Mann im Ferienhaus, der Niels und diesen Sonne angegriffen hat?«

Margrethe Francks Blick flackerte plötzlich. Das tat er sonst nie. Was war das? Er beobachtete ihre Reaktion. Sie bewegte sich unruhig.

Sally Finnsens Frage traf genau ins Schwarze. Traf sie genau an der Stelle, auf die sie sich nicht vorbereitet hatte. Dass sie ihr Wissen irgendwann teilen musste, war ihr klar. Sie hatte sich nur noch nicht entschieden, ob der richtige Zeitpunkt dafür tatsächlich schon gekommen war …

Oxen sah sie fragend an.

»Stimmt was nicht, Margrethe?«

Sie schüttelte den Kopf.

»Nein, nein … ich …«

Sie stockte. Hier ging es um Vertrauen. Sie mussten alles miteinander teilen, sonst ergab diese ganze Sache hier keinen Sinn. Sie sah erst Oxen an, dann Sally.

»Also gut«, setzte sie an. »Da ist noch mehr. Viel mehr ... Streng geheime Informationen. Die müssen unter uns dreien bleiben. Okay?«

Sally nickte. Und rutschte vor auf die Sofakante. Auch Oxen beugte sich konzentriert nach vorn.

»Ich weiß, dass Axel Mossman die Steuerbehörde hintergangen hat«, fuhr sie fort. »Vor der endgültigen Übergabe der Festplatte mit der Panama-Liste hat er sich Zugriff auf die Dateien verschafft und die Informationen über dänische Unternehmen bearbeitet. Er hat eine Firma gelöscht, die mit einem Namen verbunden ist, der euch beiden gut bekannt ist ...«

Margrethe Franck nutzte eine dramatische Kunstpause, auf die Mossman sicher stolz gewesen wäre, um vom Türrahmen ans Fenster zu wechseln.

Sally und Oxen starrten sie an.

»... und dieser Name lautet Karsten ... Salomonsen ...«

»*What!*« Sally schrie.

Margrethe konnte den Ruck sehen, der die junge Polizistin auf dem Sofa durchfuhr. Sally riss sich die Kappe vom Kopf, als brauchte sie mehr Luft zum Denken. Auch Oxen war jetzt ein ganzes Stück nach vorn gerutscht. Er ließ Margrethe nicht aus den Augen, sagte aber nichts.

»S-Salomonsen, dein Chef ...«, erwiderte Sally, und es klang wie eine Bitte um Bestätigung.

Margrethe nickte.

»Jep, Karsten Salomonsen, Chef des PET. Aus einer verdeckten Vollmacht geht hervor, dass er über das Weisungsrecht in dem Unternehmen verfügt, und da ihm außerdem sämtliche

Aktien gehören, ist er gleichzeitig auch Eigentümer. Der Wert des Unternehmens ist mit 2,8 Millionen US-Dollar angegeben. Aber Mossman hat noch ein zweites Unternehmen verschwinden lassen. Verdeckter Besitzer und Weisungsberechtigter ist ein gewisser Herbert Salomonsen, ein Onkel des PET-Chefs, der ansonsten in Gold, Silber und Edelsteinen macht.«

Sally stand energisch auf und fing an, in dem kahlen Zimmer herumzulaufen.

»Das ist doch Wahnsinn«, platzte sie heraus. »Kompletter Wahnsinn … Und die Amerikaner wollten die Panama-Liste haben, bevor ihr sie in die Finger bekommt. Warum? Und hat die Panama-Sache etwas mit dem Mandrill-Fall zu tun? Da schleichen die Amerikaner auch hinter den Kulissen herum. Aber wo ist der Zusammenhang? Ich versteh's nicht. Erklärt es mir!«

Sally blieb vor der frisch gestrichenen Wand stehen und sah erst Margrethe und dann Oxen an.

Sie hob hilflos die Arme.

»Das ist genau der Punkt, an dem wir uns befinden. Ohne Antwort.«

»Du hast Mossman also reingelegt?« Oxen lehnte sich auf dem Sofa zurück, mit verschränkten Armen.

»Ja. Ich habe heimlich eine Kopie der Liste gezogen, als Santa María sie auf die Festplatte heruntergeladen hat.«

»Aber warum?«

Sie zuckte mit den Schultern.

»Komm schon, Niels. Wie oft hast du dich darüber geärgert, dass Mossman immer schon einen Schritt weiter ist? Oder das Gefühl gehabt, er wäre uns überlegen? Ich weiß auch nicht … Wahrscheinlich habe ich es einfach genossen. Und ich war neugierig, was man auf so einer Liste finden könnte. Aber vor allem habe ich es getan – weil ich es konnte … Und dann stellt sich heraus, dass ich ihn hintergehe, während er den Staat hintergeht. Ist das nicht großartig?«

Sie konnte sich ein Grinsen nicht verkneifen.

Oxen lachte nicht mit.

»Warum hast du uns das nicht schon früher erzählt?«, fragte er.

»Es war einfach nie der richtige Zeitpunkt. War das nicht die Begründung, die du mir neulich auch genannt hast? Du hast mir doch auch nichts von der Nachricht auf Martin Smeds Handrücken erzählt oder von der russischen Agentin oder davon, dass du nach Berlin fahren würdest, um sie zu suchen … Es ist so viel passiert – so schnell nacheinander. Wir sind von allem ein bisschen überrumpelt worden, oder? Aber es war nie meine Absicht, euch diese Sache zu verheimlichen. Und jetzt … jetzt sind wir alle auf demselben Wissensstand, richtig?«

»Es sei denn, du hast noch weitere Geheimnisse.«

Oxen schien immer noch nicht ganz zufrieden mit der Situation zu sein.

»Nein, habe ich nicht. Hast du noch mehr? Aus Berlin? Oder was anderes?«

Oxen schüttelte den Kopf. Er verzog das Gesicht und schien über irgendetwas nachzudenken.

Sally fing erneut an, mit ihrer Kappe in der Hand auf und ab zu gehen.

»*Hey, hey, hey!* Wo zur Hölle hat Salomonsen eigentlich das G-Geld her? Ich meine … 2,8 M-Millionen Dollar, das sind fast zwanzig Millionen dänische Kronen. Das ist ein Vermögen!«, rief sie.

»Auch hier … Ich habe keine Ahnung. Aus den Unterlagen geht hervor, dass das Geld in mehreren Zahlungen an seine Firma überwiesen wurde, und zwar von verschiedenen Unternehmen, die über die ganze Welt verstreut sind. Übrigens erst *nach* der ganzen Geschichte mit den Herren aus dem Mittleren Osten und ihren Geschäften im Keller der Ziegelei«, erwiderte sie.

»Dann haben die Iraner Salomonsen also dafür bezahlt, dass er die Schnauze hält und den Fall stillschweigend beerdigt?« Sally kniff die Augen zusammen und machte unvermittelt auf dem Absatz kehrt. »Mein Bruder und so viele andere sind gestorben ... Und er lässt sich kaufen? Dieses elende Dreckschwein ...«

Sally ballte die Fäuste, und Margrethe bemerkte, wie ihre Fingerknöchel weiß wurden.

»Das wissen wir nicht, Sally. Man könnte es so deuten, aber wir wissen es nicht. Überhaupt nicht.«

Sally ließ sich wieder aufs Sofa fallen, ihre Wangen glühten. In der leeren Wohnung war es mit einem Mal geradezu beklemmend still.

»Aber das würde ja bedeuten ...«, sagte Sally nach einer Weile, »... dass ... Mossman in Salomonsens Auftrag dafür g-gesorgt hat, dass die Steuerbehörde nichts von seinen Millionen in Panama erfährt.«

Es war eher eine Feststellung als eine Frage.

»Es sieht zweifellos danach aus«, sagte Oxen.

Wieder wurde es still.

Margrethe konnte nichts sagen. Auch dazu nicht. Sie hätte so gern geglaubt, dass es eine andere Erklärung gab. Dass das Misstrauen fehl am Platz war. Denn so dachte und funktionierte der Mensch Axel Mossman eigentlich nicht. Aber vielleicht war es auch einfach die Wahrheit, und Sally hatte recht.

Sie seufzte.

»Das erklärt nur leider nicht, warum sich die Amerikaner in unsere Jagd nach dem Mandrill einmischen.«

Er stand langsam vom Sofa auf. Es war eine Menge, was er da gerade in aller Kürze erfassen und verarbeiten musste. Er hatte versucht, sich verschiedene Szenarien vorzustellen – mehr oder weniger gleichzeitig.

»Es sei denn …«, setzte er an.

Er wollte den Gedanken laut aussprechen, von dem er wusste, dass Margrethe ihn teilte oder zumindest auch schon gedacht hatte. Und zu dem auch Sally früher oder später gelangen würde.

»… wir ziehen die Möglichkeit in Betracht, dass der Chef des PET theoretisch ein perverser Mörder sein könnte. Dass Salomonsen der Mandrill sein könnte. Was erklären würde, dass uns die Amerikaner in beiden Fällen in die Quere gekommen sind, obwohl sie im Grunde nichts miteinander zu tun haben. Was meint ihr? Sollten wir dem nachgehen?«

Franck zuckte mit den Schultern und starrte nach oben an die Decke. Sally knüllte ihre Kappe zusammen.

Dann seufzte Margrethe tief.

»Für diese Theorie haben wir keinerlei Beweise«, sagte sie skeptisch. »Obwohl ich auch schon darüber nachgedacht habe. Aber wir haben absolut nichts, Niels. Wenn wir ›die Amerikaner‹ sagen, sprechen wir dann von der CIA? Und können wir die gesamte CIA in einen Topf werfen? Was, wenn hier zwei völlig unterschiedliche amerikanische Interessen im Spiel sind? Und nur weil Amerikaner im Panama-Fall und im Mandrill-Fall auftauchen, ist das noch lange kein Hinweis auf Salomonsen. Ich habe mir die Frage auch gestellt. Und meine Haltung ist klar: Diese Herangehensweise ist aus Ermittlersicht einfach nicht vertretbar. Also, nein. Sollten wir nicht. Aber wir sollten herausfinden, woher er diese Millionen hat. Das ist die richtige Reihenfolge.«

»Aber das können wir nicht«, warf Sally ein. »Du weißt doch selbst, wie undurchsichtig diese internationalen Finanztransaktionen sind. Ich meine ... Wir haben nicht mal den Hauch einer Chance, das aufzudecken.«

»Was Sally sagt, stimmt, Margrethe. Es würde Jahre dauern, um das in Erfahrung zu bringen. Das ist eine Nummer zu groß für uns«, sagte er.

Margrethe Franck stand eine Weile schweigend da. Sie schien verschiedene Möglichkeiten abzuwägen. Schließlich nickte sie.

»Wahrscheinlich habt ihr recht. Selbst wenn ich externe Experten organisieren könnte, würde es sich am Ende wohl als unmöglich herausstellen. Und es wäre wahnsinnig zeitraubend. Weshalb uns nur eine einzige Möglichkeit bleibt, fürchte ich ...«

Sie schwieg wieder.

»Und die wäre?«, fragte Sally.

»Zu dem Mann zu gehen, der im Zentrum des Ganzen sitzt ... Zum Meister persönlich.«

»Mossman?«

Er sah sie fragend an.

Franck nickte langsam.

»Ja, Mossman ... Ich war gestern Morgen zum Frühstück bei ihm, um ihm ein wenig auf den Zahn zu fühlen. Ich habe nicht viel aus ihm herausbekommen. Vielleicht sollten wir den Löwen diesmal in seiner Höhle aufsuchen und ihm eine Stange Dynamit auf den Tisch legen.«

59. Die beiden Männer fuhren über die Hansabrücke und bogen gleich danach rechts ab, hinunter zum Bundesratufer, das die Spree entlang bis zur Lessingbrücke verlief. Sie hatten die Adresse ins Navi eingegeben: Das Objekt, eine Russin namens Anastasia Schukowa, wohnte in der Hausnummer 5, ganz am Ende der Straße. Wenig später stellten sie das Auto unter einem der hohen Bäume neben dem Fußweg am Fluss ab und blieben sitzen.

»Sollen wir warten, bis es dunkel wird? Ungefähr in einer halben Stunde, glaube ich«, fragte der Mann am Steuer.

Er war im Berliner Standort angestellt, was bedeutete, dass er offiziell als Mitarbeiter der amerikanischen Botschaft in Erscheinung trat, und war kurzfristig als ortskundiger Fahrer eingesetzt worden, nachdem der Kopenhagener Standort dringend Unterstützung angefordert hatte.

Der Mann im schwarzen Kapuzenpulli auf dem Beifahrersitz nickte. Er hieß Jesse Summerville und war weiß und Mitte vierzig, also etwa zehn Jahre älter – und zehn Jahre erfahrener als sein Berliner Kollege.

Summerville wirkte gelassen, aber konzentriert. Er hatte bisher nicht viel geredet, bloß durchblicken lassen, dass er nicht in Dänemark stationiert war, sondern zu Hause, im Hauptquartier in Langley. Summerville hatte tatsächlich nur um drei Dinge gebeten: um eine Handfeuerwaffe, einen Kleintransporter und eine Wohnung zur Aufbewahrung.

Allen drei Wünschen war umgehend entsprochen worden.

Das Seltsame war nicht, dass der weiße Peugeot Lieferwagen fast direkt vor dem Haus parkte. Das Seltsame war, dass er jetzt schon seit zehn Minuten dort stand – und noch niemand ausgestiegen war.

Sie war vorsichtig mit dem Vorhang und hatte bewusst kein Licht in dem kleinen Zimmer gemacht.

Immer wieder hatte sie in den letzten Stunden aus dem Fenster gespäht und die Straße beobachtet.

Die Nachricht von Oxen hatte sie in Alarmbereitschaft versetzt. Nach kurzer Bedenkzeit hatte sie ihren Trolley aus dem Schrank geholt und das Nötigste zusammengepackt, alles Dinge, die sie nur ungern zurücklassen wollte.

Seitdem stand der Trolley in der Küche. Sie war bereit zum Aufbruch.

Danach waren ihr Zweifel gekommen. Reagierte sie über? War es rational und vernünftig, Hals über Kopf aus Berlin zu flüchten wegen einer SMS, die ihr ein dänischer Mann geschrieben hatte, zu dem sie nicht einmal ein besonderes Vertrauensverhältnis hatte?

Jetzt hatte sie ihre Entscheidung gefällt. Sie wollte nur sichergehen, dass es die richtige war. Deshalb hielt sie im dunklen Zimmer hinter dem Vorhang Wache.

Denn es war schließlich keine Warnung irgendeines beliebigen Fremden gewesen. Ein sehr besonderer Mann mit einer ebenso besonderen Vergangenheit hatte sie geschickt. Und sie und diesen Mann verband eine ganz eigene Geschichte.

Nur ein Idiot hätte eine solche Warnung in den Wind geschlagen – wenn sie von *Orfej* kam, Niels Oxen.

Ihr wurde warm bei dem Gedanken an ihre gemeinsame Nacht vor wenigen Tagen.

Das weiße Auto dort unten war das Zeichen zum Aufbruch. Sie wartete nur noch, um zu sehen, wer der Feind war – und wie viele man ihr auf den Hals gehetzt hatte.

Die alten Straßenlaternen warfen ein orangegelbes Licht auf den Fußweg am Fluss und die Parkplätze, von denen nur noch wenige frei waren.

Die beiden Männer waren etwas über eine halbe Stunde sitzen geblieben, um den Einbruch der Dunkelheit abzuwarten.

Jesse Summerville hatte sich eine Art Geschirr aus breiten

elastischen Gurten angelegt, die diagonal über die Schultern liefen und sich vorn in der Mitte kreuzten. Mit einem Klick befestigte er daran eine Webcam vor der Brust, koppelte sie mit seinem Telefon und steckte sich den Kopfhörer ans Ohr.

Er warf einen Blick auf die Armbanduhr und nickte seinem Helfer zu.

»Kann losgehen«, sagte er und stieg aus.

Er zog seine Jacke an, gab irgendetwas in sein Handy ein und ließ es in die Innentasche gleiten.

»Bitte melden, Kopenhagen«, sagte er und stellte sich unter den nächsten hohen Baum.

Jack Olsson schob seinen Laptop über den Tisch zu Shaun Parish. Endlich tat sich etwas. Je schneller sie das Ganze hinter sich hatten, umso besser. Er war wirklich nicht scharf darauf, Parish noch länger hier zu beherbergen. Er konnte den Kerl nicht leiden.

Der groß gewachsene Schwarze kniff die Augen zusammen und starrte konzentriert auf den Bildschirm.

Da waren irgendwelche orangefarbenen Lichter im Dunklen, ein paar scharfe, schwarze Schatten, wahrscheinlich Bäume, und im Hintergrund schimmerte etwas, als wäre die Kamera auf eine Wasserfläche gerichtet.

»Wir haben dich, Jesse. Aber was zur Hölle zeigst du uns da? Ein Stillleben von der Spree? Sieht aus wie eine Fototapete«, knurrte Parish mit schiefem Grinsen.

Olsson bemerkte das leichte Lächeln sofort. Dem Standortchef in Kopenhagen war schon öfter aufgefallen, dass die einzige Person, der Parish so etwas wie Respekt entgegenbrachte, seine rechte Hand Jesse Summerville war.

»Das *ist* eine *fuckin'* Fototapete«, kam die Antwort. »Wir gehen jetzt rein.«

»Ein letztes Mal, Jesse: Lass dich nicht provozieren. Das russische Miststück hat nur einen Wert für uns, wenn sie lebt. Und wenn sie noch in der Lage ist zu reden, wohlgemerkt. Danach kannst du von mir aus mit ihr machen, was du willst. Okay?«

Es entstand eine kurze Pause. Dann antwortete er.

»Hältst du mich für einen Amateur, Parish?«

»Nein, verdammt. Und das weißt du auch.«

»Dann erspar mir die Vorträge. Wir gehen rein. Over.«

Sie hörten ein metallisches Klicken – und wussten, dass es Summerville war, der seine Waffe durchgeladen hatte. Danach folgte sein leises Kommando: »Kümmer dich um die Haustür.«

Sie sah, wie die beiden Männer die Straße überquerten. Der eine hatte etwas im Ohr – und ungefähr in der Mitte des Brustkorbs war irgendetwas befestigt, das die spärliche Straßenbeleuchtung reflektierte.

Ihre Entführung – oder Ermordung – sollte also per Livestream übertragen werden. Mehr musste sie nicht wissen. Jetzt war sie endgültig sicher. Jetzt stand sie in Oxens Schuld.

Sie lud ihre Waffe durch, steckte sie in die Jacke und griff auf dem Weg zur Küchentreppe ihren Trolley. Die Treppe führte direkt in den riesigen Hinterhof hinunter, der sich über mehrere Grundstücke erstreckte und einen Ausgang zur Stromstraße hatte. Dort vor der Fahrradwerkstatt wartete schon ein Auto auf sie.

Der nächste Halt war Moskau ...

Auf dem Bildschirm war ein Bett zu erkennen. Und ein paar Klamotten, die überall herumlagen. Dann tauchte eine Kommode auf. Mehrere Schubladen standen offen, genau wie der Kleiderschrank daneben.

»Das Objekt ist abgehauen«, lautete Jesse Summervilles nüchterne Feststellung.

»Verdammte Scheiße! Wie zur Hölle konnte das passieren?«

Shaun Parish donnerte die Faust auf den Tisch und sah aus, als wäre er kurz davor, den Laptop gegen die Wand zu schleudern.

Dann atmete er tief durch.

»Okay, Jesse«, sagte er ganz ruhig, »raus da. Und dann kommst du zurück nach Kopenhagen. Sofort.«

60.

Die Höhle des Löwen war der Keller des Löwen.

Die Überraschung stand Axel Mossman ins Gesicht geschrieben, als sie um die Mittagszeit unangemeldet an seine Tür klopften.

Zwischen den üblichen anglophilen Höflichkeitsfloskeln nahm sie eine Anspannung bei ihrem alten Chef wahr, der sie mit einer Thermoskanne in der Hand die Treppe hinunterführte.

Es hatte sich nichts verändert. Und doch war alles anders.

Sie konnte nicht über die Parallele zwischen Mossmans brauner Jutetapete und Sallys weißer Wohnzimmerwand hinwegsehen. Die Jutetapete hatte ihnen bei der großen Ermittlung gegen das geheime Netzwerk Danehof als Pinnwand gedient, und Sally hatte die Wand in der Nachbarwohnung genutzt, um das Verschwinden ihres Bruders aufzuklären.

Mossmans Wand war leer.

Sallys dagegen füllte sich wieder.

Mossman bat sie, Platz zu nehmen, stellte ihnen Becher hin und schenkte Kaffee ein, ohne zu fragen. Das alles geschah in bemerkenswerter Stille. Sie konnte geradezu spüren, wie das Hirn des ehemaligen PET-Chefs auf Hochtouren arbeitete, während er versuchte eine Antwort auf die Frage zu finden: Was wollen die beiden von mir?

»*Well*, Franck, Oxen«, sagte Mossman und setzte sich ihnen gegenüber an den Tisch. »Da wären wir also wieder vereint. Diesmal nicht auf einer Parkbank, sondern in unserem alten Hauptquartier. Lasst hören, was verschafft mir die Ehre?«

Oxen und sie hatten sich darauf geeinigt, dass sie zunächst das Gespräch führen sollte. Sie hatte Mossman ausgetrickst. Sie hatte seinen Betrug aufgedeckt.

»Wir sind gekommen, um dich um Hilfe zu bitten«, sagte sie.

Mossman lächelte ein wenig steif.

»Hilfe? Hmm … Mir kommt es vor, als hätten wir uns in dieser Disziplin beachtlich verbessert – einander zu helfen und um Hilfe zu bitten. Du hast mir gerade erst geholfen, Franck. Genau wie du, Soldat. Und ja, auch ich habe dir geholfen. Bei all diesem Austausch von Hilfestellungen, ganz gleich ob es Freundschaftsdienste oder regulär bezahlte Dienste sind, kann es mitunter ein bisschen schwierig werden, die Fronten zu erkennen. Falls ich mich halbwegs verständlich ausdrücke. Man erkennt schwer, was dieses oder jenes womöglich für Aktivitäten, Aktionen und Reaktionen auslösen mag. Ist das der Punkt, an dem wir uns befinden? Stehen wir im Nebel und können die Fronten nicht erkennen? Aber wir denken, dass sie da sind, weil sie immer da sind?«

Sie hatte keine Ahnung, worauf er hinauswollte. Aber vielleicht handelte es sich um eine Art spezielles mossmansches Entgegenkommen – verpackt in viele Worte?

»Dann lass es mich mit deinen Worten sagen. Wir sind gekommen, um nach den Amerikanern … an der Front zu fragen.«

»Nach den Amerikanern?« Mossman hob die Augenbrauen.

Sie nickte.

»Und du hast recht. Wir können die Front nicht sehen.«

»Ich denke, das verlangt nach vertiefenden Informationen.«

Mossman bewegte sich leicht unruhig auf dem Stuhl hin und her.

»Wir sind im Fall der getöteten Veteranen in den Besitz bemerkenswerter Informationen gekommen«, fuhr Margrethe fort. »Deshalb arbeiten wir weiter an der Sache. Unter Hochdruck. Auch wenn ich – aus genau diesem Grund – suspendiert worden bin.«

»Wir?«

»Finnsen, Oxen und ich.«

»Neue Informationen … Darf ich fragen …?«

»Was hast du noch über meine Aufgabe auf den Amerikanischen Jungferninseln gesagt? Dass alles auf einer ›need to know basis‹ stattfinden würde. Also lass uns doch einfach sagen, dass das auch für dieses Gespräch gilt …«

»*Well* …«

Mossman nickte langsam und legte dann die Fingerspitzen seiner gefalteten Hände nachdenklich ans Gesicht.

Margrethe fuhr fort:

»Bei unseren Nachforschungen sind wir auf unidentifizierte amerikanische Verbindungen gestoßen, die uns in hohem Maße verwundern. Vor Kurzem habe ich einen Mann, der mich beschattet hat, in einer Tiefgarage überrascht. Es endete damit, dass er mich niedergeschlagen hat – und mich, als er im Auto geflohen ist, um ein Haar überfahren hätte. Ich hatte Glück. Oder er hat mich verschont. Der Mann war zweifellos Amerikaner. Sein Akzent war eindeutig.«

»Irgendwelche Kennzeichen?« Mossman sah sie an.

»Nein. Nichts Brauchbares. Das Licht war zu schlecht. Aber er war groß – kurze dunkle Haare – und professionell.«

»Erkennbar woran?«

»An der Art und Weise, wie er mich angegriffen und entwaffnet hat, obwohl das eigentlich gar nicht hätte möglich sein dürfen. Also hier haben wir eine amerikanische Verbindung, die wir nicht einordnen können. Und dann fragen wir uns natürlich: Wo ist uns etwas Vergleichbares schon einmal begegnet? Die Antwort liegt nahe: bei unserer Arbeit für dich, als es um die Panama-Papiere ging. Da waren die Amerikaner eindeutig daran interessiert, das Geschäft zwischen der Steuerbehörde und Lorenzo zu durchkreuzen. Oxen hat bei der Aktion im Ferienhaus sogar einen Gefangenen gemacht. Und obwohl der Mann keine Papiere bei sich hatte, sind wir uns alle einig, dass er Amerikaner war. Und ... du hast ihn laufen lassen ...«

Sie sah Mossman forschend an. Er schien nicht das Bedürfnis zu haben, sich zu verteidigen.

»Ich höre da im letzten Satz einen vorwurfsvollen Unterton heraus«, setzte er an. »Aber wie ich schon an jenem Abend sagte: Ich hatte keine Wahl. Es war für uns nützlicher, ihn mit dem Auftrag nach Hause zu schicken, seinem Arbeitgeber auszurichten, dass er die Jagd beenden soll.«

»Welchem Arbeitgeber?«

Sie rückte auf ein Terrain vor, das sich ziemlich treffend mit dem Begriff Morast beschreiben ließ.

»Keine Ahnung.«

Mossman hob ratlos die Hände, ließ jedoch nicht locker.

»Warum lag es in amerikanischem Interesse, den Handel mit diesen Panama-Dokumenten zu verhindern?«

»Keine Ahnung.«

»Wir können die Direktorin der Steuerbehörde fragen, Liz Thorsen.«

»*Be my guest.*«

»Dann können wir sie auch gleich fragen, wie zufrieden sie mit den Informationen ist, die sie in den *Precious Papers* gefunden hat. Oder ob sie sich mehr davon versprochen hat.«

»Ja sicher, warum nicht? Ich habe ihre Telefonnummer. Und ich habe nichts zu verbergen.«

Da.

Genau da war Axel Mossman auf eine Landmine getreten.

»Du hast uns also nichts verheimlicht?«

»Nein, meine Liebe. Wie kommst du darauf?«

»Lass uns doch einfach ein kleines Gedankenexperiment machen. Stellen wir uns vor, ich würde die Direktorin der Steuerbehörde Liz Thorsen wirklich aufsuchen. Ich würde sie wirklich fragen, ob sie mit dem Panama-Geschäft zufrieden ist. Oder ob ihr womöglich etwas fehlt. Ich bin davon überzeugt, sie würde mir antworten, dass alles in bester Ordnung ist. Wie könnte sie auch etwas anderes antworten? Ich meine … wenn sie ja nicht weiß, was sie *nicht* bekommen hat?«

Die einzige Stelle, an der sie eine Reaktion ablesen konnte, waren seine Augen. Mossmans Pupillen schossen nach links, als rannten sie um ihr Leben, weil er wusste, dass er auf eine Mine getreten war. Einen Sekundenbruchteil später war alles wieder beim Alten.

»*Well*, Margrethe, du redest in Rätseln. Was sagst du dazu, Soldat?«

Sie warf ein Blick zur Seite, sah, wie Oxen Mossmans Ausweichmanöver stumm mit einem Schulterzucken parierte, und war bereit nachzulegen. Es würde ihm nicht gelingen, das Gespräch auf eine freundschaftliche Ebene zu ziehen, indem er sie mit ihrem Vornamen ansprach.

»Dann ganz unrätselhaft: Wenn Liz Thorsen nicht weiß, dass ihr etwas fehlt, wie sollte sie sich dann darüber beklagen?«, fragte sie.

»Was soll ihr denn fehlen? Ihr fehlt nichts. Du warst doch selbst von Anfang bis Ende dabei. Das Sicherheitsverfahren war absolut durchsichtig.«

Mossman schlug plötzlich einen schärferen Ton an. Sie ließ sich nicht beeindrucken.

»Es bestehen gravierende Abweichungen zwischen den Panama-Informationen, die sie gekauft, und denen, die sie bekommen hat.«

»Was für ein gottverdammter Unsinn. Du hast doch ...«

Mit einer entschiedenen Handbewegung schnitt sie ihm das Wort ab, ehe er richtig loslegen konnte.

»Verglichen mit dem verschlüsselten Datensatz, der im Keller des Flughafens heruntergeladen wurde, fehlen auf der Festplatte, die du der Steuerbehörde übergeben hast, die Namen zweier Unternehmen. Es fehlt eine Firma namens Pluto S.A., und es fehlt eine Firma namens Saturn S.A. Eigentümer der ersten Firma ist Herbert Salomonsen, Eigentümer der zweiten ist Karsten Salomonsen. *Der* Salomonsen ... Mein Chef. Dein Nachfolger. Ohne es genau zu wissen, denke ich, wir können davon ausgehen, dass Liz Thorsen sehr daran interessiert sein dürfte, diesen ... Mangel ... beheben zu lassen.«

Axel Mossman ließ sich Zeit. Sehr viel Zeit. Zum ersten Mal suchte er nach Worten.

»Ich ... weiß ... *nichts* ... von diesen ... Abweichungen.«

»Doch, das tust du! Denn du selbst hast sie verursacht. Du bist der Einzige, der unbemerkt Zugang zu den Dateien hatte. Der Einzige, der zu irgendeinem Zeitpunkt allein im Keller war. Du hast die beiden Salomonsens aus den Listen gelöscht, während ich Grethe Falckenberg nach oben zum wartenden Auto begleitet habe. Du hast deine schützende Hand über Karsten Salomonsen gehalten. Es widert mich an ... Ausgerechnet vom Chef des polizeilichen Nachrichtendienstes lässt du dich kaufen. Du lässt dich dafür bezahlen, dass die Steuerbehörde und damit auch die Öffentlichkeit nichts von den 2,8 Millionen Dollar – von den zwanzig Millionen Kronen – erfährt, die Salomonsen heimlich bei der Banco Guzman de Panama gebunkert hat. Das ist so erbärmlich. Und durch und durch verkommen. Allein die Vorstellung ...«

Für einen Moment schien die Luft zwischen dem alten Meister und seiner Schülerin stillzustehen und vor Spannung zu knistern. Und in der nächsten Sekunde war nichts mehr da. Nur noch der schwache Geruch von feuchtem Keller und enttäuschter Liebe.

Er beobachtete die beiden abwechselnd.

Axel Mossman blinzelte. War da ein glasiger Schleier in seinen Augen, in dem man das Deckenlicht schimmern sah?

Margrethe Franck war sichtlich wütend. So verbissen, dass ihr Unterkiefer zitterte.

Niemand sagte etwas.

Die Stille war ohrenbetäubend.

Das Schweigen unendlich.

Mossman starrte ausdruckslos auf die Tischplatte, nickte sehr langsam und seufzte schließlich.

»Margrethe ... Glaubst du wirklich, dass ich ...?«

Der alte Geheimdienstriese stockte, ehe er in Gang kam.

Franck antwortete nicht. Sie blinzelte ein paarmal, sagte aber nichts.

Er selbst verhielt sich still. Zog sich ganz in die Rolle des stummen Beobachters zurück – denn das hier war ein sehr spezieller Augenblick, der nichts mit ihm zu tun hatte.

Dann drehte Mossman sich zu ihm um. Er sah betroffen aus.

»Niels ...«

Allein die Tatsache, dass er ihn Niels und nicht Soldat oder Oxen nannte, machte deutlich, dass sie auf eine regelrechte Familienkrise zusteuerten.

Zögernd fuhr Mossman fort:

»Niels, glaubst du wirklich auch, dass ich ... dass ich mir diese Dinge habe zuschulden kommen lassen, die ... eben geäußert wurden?«

Er zuckte mit den Schultern.

»Wie Franck schon sagte: Wir können nicht erkennen, wo wir uns im Moment bewegen. Mich interessieren nur Tatsachen. Und die Tatsachen ... die kennst du selbst. Und die lassen sich auch nicht leugnen.«

Axel Mossman stand langsam auf, stützte sich auf die Tischplatte, wollte eigentlich zur Tür gehen – ließ sich dann aber wieder auf den Stuhl fallen, als wäre ihm plötzlich ein neuer Gedanke gekommen.

»Es verhält sich ganz einfach anders, als ihr denkt, meine lieben Freunde. Ihr liegt vollkommen falsch. Aber ich nehme es euch nicht übel, dass ihr zu diesen Schlüssen gekommen seid. Ich bedauere nur zutiefst, dass ich nicht in der Lage bin, mich zu verteidigen ... Denn es ... schmerzt ...«

»Ich war mir eigentlich ziemlich sicher, dass du mit Salomonsen nicht besonders viel anfangen kannst. Geht es dir ums Geld? Oder hat dein Einsatz subtilere Gründe?«

Franck hatte sich wieder im Griff. Vielleicht war es die Silberschlange an ihrem Ohr, die das flüsternd fragte.

Mossman schüttelte stumm den Kopf. Oxen glaubte, ein trauriges Lächeln in seinem Gesicht zu erkennen.

»Ich wiederhole: Es ist mir *nicht möglich*, mich gegen eure Vorwürfe zu wehren. So ist es einfach. Manchmal lassen die Umstände nichts anderes zu. Aber was ist dein Preis, Margrethe?«, fragte er und faltete seine großen Hände auf der Tischplatte. »Denn am Ende hat ja alles einen Preis, nicht wahr?«

Er musterte Mossman.

Er war gerade Zeuge eines äußerst ungewöhnlichen Augenblicks geworden, in dem es dem alten Riesen kurz den Boden unter den Füßen weggezogen hatte. Jetzt schien er die Situation allmählich wieder unter Kontrolle zu bekommen.

Oxen sah zu Franck hinüber. Das war der Moment, in dem sie unerschütterlich auf der Forderung bestehen musste, die sie vereinbart hatten.

»Der Preis ist, dass du uns erzählst, was die Amerikaner hier wollen. Du sagst, du hast keine Ahnung, also geben wir dir exakt achtundvierzig Stunden, um es herauszufinden. Ab jetzt. Und deine Erklärung sollte besser überzeugend sein. Sonst erfährt Liz Thorsen, dass ihre kostbaren *Precious Papers* ein paar delikate Mängel aufweisen.«

61.

Er stellte äußerst zufrieden fest, wie perfekt ihre neue Vorgehensweise funktionierte. Im Grunde eine Art *drive-in meeting* mit einer Effektivität, die ihm sehr entgegenkam. Schnell rein, schnell raus.

Er fuhr nach oben und noch weiter nach oben – und dann war er da. Die oberste Parkebene im Fisketorvet, Abschnitt F.

F wie ... *force majeure.*

Es war ein kühler Abend mit Regenschauern, die kamen und gingen. Der dunkelblaue Mercedes stand schon da. Sogar auf demselben Platz wie beim letzten Mal.

Er parkte, schloss seinen eigenen Wagen ab, öffnete die Beifahrertür des Mercedes und stieg ein.

»Guten Abend, Mossman«, sagte der Mann am Steuer.
»Guten Abend.«
»Probleme?«
»Korrekt, Probleme ... Margrethe Franck. Sie weiß alles.«
»Alles?«
»Dass ich die Namen von der Festplatte gelöscht habe, während sie Grethe Falckenberg von der Steuerbehörde durch den Flughafen begleitet hat.«
»Hmm ...« Der Mann am Steuer schwieg und trommelte mit den Fingern auf der Armlehne zwischen den Sitzen. Schließlich fragte er:
»Und wie lösen wir nun dieses Problem, Mossman?«
»Franck hat mir ein Ultimatum gestellt. Wir haben achtundvierzig Stunden, um ihr eine verdammt gute Erklärung dafür zu liefern, warum Amerikaner hinter den Kulissen herumturnen, die versucht haben, den Deal zu verhindern. Wenn ich ihr diese Erklärung nicht liefere, will sie zu Liz Thorsen gehen und ihr alles erzählen.«

Statt weiter mit den Fingern zu trommeln, ballte der Mann am Steuer die Faust, dass seine Knöchel weiß wurden.
»Aber das können Sie ihr nicht erklären – weil wir es selbst nicht wissen«, platzte er heraus.
»Exakt.«
»Eine ganz ungemein beschissene Situation.«
»Exakt. Und die Zeit läuft. Uns bleiben noch rund vierzig Stunden.«

Die Finger der rechten Hand fingen wieder an, ungeduldig zu trommeln.
»Realistisch gesehen, bleiben uns eigentlich nur zwei Möglichkeiten. Entweder wir umarmen sie, oder wir müssen sie erwürgen«, knurrte der Mann am Steuer.

»Margrethe Franck? Das kommt nicht infrage.«

»Natürlich nur im übertragenen Sinn. Ich dachte eher daran, sie ganz diskret eine Zeitlang verschwinden zu lassen, bis alles über die Bühne ist.«

»Und danach?«

»Danach lassen wir sie selbstverständlich wieder frei.«

»Und die Alternative? Die Umarmung?«

Der Mann am Steuer biss sich auf die Lippe.

»Hmm, vielleicht war das ein wenig voreilig von mir. Ich habe keine Idee, wie das funktionieren sollte. Das Risiko können wir nicht eingehen.«

»Damit ist die Entscheidung also gefallen.«

»Ja.«

»*Well* …«

Mehr gab es dazu nicht zu sagen. In seiner langen Karriere hatte er immer etliche Möglichkeiten im Kopf gehabt. Jetzt fiel ihm zum ersten Mal nichts ein.

Margrethe Franck war eine enorme Bedrohung.

»Wie wollen …«

Der Mann am Steuer unterbrach ihn, indem er die Hand hob.

»Ich werde mich persönlich darum kümmern. Meine Leute sollen sie morgen früh abholen. Franck ist suspendiert. Sie wohnt allein. Also, wer wird sie vermissen? Niemand …«

»Außer Niels Oxen. Und Sally Finnsen, die Kollegin von der Fahndung. Die beiden sind auch involviert.«

»Indem wir Margrethe Franck aus dem Spiel nehmen, schlagen wir der Schlange den Kopf ab, *so to speak*.«

»Möglich. Aber nur ein Idiot würde Oxen unterschätzen. Ich spreche aus bitterer Erfahrung.«

»Immer schön ein Problem nach dem anderen. Und falls nötig, entfernen wir sie eben der Reihe nach, Mossman.«

Nachdem er kurz darauf das Parkhaus verlassen hatte, fuhr er mit dem Audi rechts an den Straßenrand und blieb stehen. Jetzt, wo sein Hirn allmählich wieder funktionierte, gab es ein paar Dinge zu regeln.

Zuerst rief er seine Frau an und gab ihr Bescheid, dass es heute spät werden würde und dass sie nicht auf ihn warten solle. Danach schaltete er sein Handy aus und entfernte die SIM-Karte. Es ließ sich schließlich nicht leugnen, dass …

Er traf eine schnelle Entscheidung und fädelte sich wieder in den Verkehr ein. Er musste zu Margrethe Franck. Jetzt. Noch heute Abend.

Er musste sich nur vorher etwas zurechtlegen, das Ähnlichkeit mit einem Plan hatte. Notfalls auch einen improvisierten Plan, wobei schon der Ausdruck so widersprüchlich war, dass es ihm schwerfiel, damit zu arbeiten.

Zeit … Er brauchte mehr Zeit. Achtundvierzig Stunden, *still counting*, waren zu wenig. Franck musste ihm eine längere Leine lassen.

62.

Sie war sich nicht sicher, ob sie einen Pakt mit dem Teufel geschlossen hatte. Allein der Gedanke, dass es so sein könnte, gefiel ihr nicht. Und die Möglichkeit, dass ausgerechnet Axel Mossman der Teufel oder sein enger Verwandter war, gefiel ihr noch viel weniger.

Aber es stimmte natürlich, dass sie auf den Deal mit ihm eingegangen war. Sie hatte ihm zugehört und getan, worum er sie gebeten hatte, obwohl sie ihn verdächtigte, sämtliche Spuren von Salomonsens Straftaten beseitigt zu haben – auf Anweisung des PET-Chefs persönlich.

Gestern am späten Abend hatte Mossman bei ihr geklingelt und sie ebenso eindringlich wie unmissverständlich über die Gegensprechanlage gebeten, ihm aufzumachen.

Nun saß sie hier, am Morgen nach seinem Besuch, und frühstückte auf der Fensterbank ihres Hotelzimmers im Copenhagen Plaza, während direkt darunter mit einem Höllenlärm Waggons auf den Bahngleisen rangiert wurden.

Vor fünf Minuten hatte ihr der Zimmerservice das Tablett gebracht. Sie befand sich in einer Art freiwilligem Stubenarrest – und konnte deshalb auch nicht zum Essen in den Frühstücksraum gehen.

Mossman hatte darauf bestanden, dass sie die nötigsten Sachen zusammenpackte und noch am selben Abend ihre Wohnung verließ. Er hatte ihr auch dieses Zimmer gebucht, unter irgendeinem falschen Namen, den er praktischerweise mit einer Kreditkarte ausgerüstet hatte. Eine unerwartete Sicherheitsmaßnahme – aber ... Der Mann war jahrzehntelang Geheimdienstchef des Landes gewesen. Vielleicht hieß das, dass man sich immer irgendwo Türen offenhielt?

Sie hatte beschissen geschlafen.

Bruchstücke ihres Gesprächs waren ihr ununterbrochen durch den Kopf gegangen. Nur kurz nach dem Aufwachen hatte sie so etwas Ähnliches wie innere Ruhe empfunden. Aber die war schon längst wieder von den Gedanken abgelöst worden, die ihren Kopf in eine Zentrifuge verwandelten.

»Du musst packen und untertauchen, Margrethe. Sofort.«

Mossmans Gesicht und sein Tonfall hatten keinen Zweifel daran gelassen, dass es ihm ernst war.

»Warum?«, war ihre unmittelbare Reaktion gewesen.

»Um dich zu schützen ...«

»Mich zu schützen? Vor wem?«

»Vor … dir selbst.«

»Manchmal bist du verdammt noch mal wirklich kryptisch.«

»Vertrau mir. Tu, was ich sage.«

Der ganze Dialog wirbelte in irrwitziger Geschwindigkeit durch ihren Kopf. Die Sätze hatten sich festgesetzt. Und ihre Fähigkeit, klar und logisch zu denken, war völlig blockiert.

»*Dir* vertrauen? Geht es darum, dass Salomonsen mich aus dem Weg räumen will, oder was?«

Mossman hatte müde den Kopf geschüttelt.

»Wie ich schon sagte: Es ist mir *nicht möglich*, mich gegen eure Vorwürfe zu verteidigen, Margrethe.«

Sie sah auf die Gleisanlage hinaus und zum Hotel Astoria dahinter, auf der gegenüberliegenden Seite.

Vor dir selbst. Nicht möglich. Schützen. Ja, ja … Vor dir selbst. Das hatte er gesagt. Vor dir selbst, vor dir selbst. Nicht möglich. Vertrau mir …

Die Worte rasten davon. Sie bekam sie nicht zu fassen. Konnte keinen Sinn erkennen.

Nun saß sie hier. Weil ihr nichts anderes übrigblieb. Weil sie ihm immer noch – irgendwo tief in ihrem Innersten – vertraute, dem alternden Riesen. Oder weil sie sich nichts so sehr wünschte, wie ihm vertrauen zu können.

Sie hatte ihm weitere vierundzwanzig Stunden eingeräumt. Einen zusätzlichen Tag, ehe sie sich an die Steuerbehörde und Liz Thorsen wenden würde, um den großen gemeinsamen Betrug von Mossman und Salomonsen offenzulegen.

Falls sie es denn tun würde.

Eine Drohung war ein Werkzeug, das man einsetzte, um ein bestimmtes Ziel zu erreichen. Eine Erpressung, die entweder dafür sorgen sollte, dass etwas nicht oder dass es schneller passierte, richtig? Aber wenn das Ergebnis gleich null war … wenn Mossman aufgab, kapitulierte und seine Niederlage einräumte – was konnte sie dann noch erreichen? Außer ihn zu demütigen?

Dass *sie* wusste, was Mossman getan hatte, war ein Aktivposten von großem Wert. Dieses Wissen durfte nicht auf der Passivseite enden. Aber selbst wenn es mit Ablauf der Frist zunächst wertlos erscheinen sollte, war ja nicht ausgeschlossen, dass es sich doch noch als wertvoll entpuppte, falls sie irgendwann später damit handeln wollte – wenn der Zeitpunkt günstiger war.

Und war Mossman überhaupt der richtige Geschäftspartner?

Oder war es klüger, den ultimativen Deal mit Salomonsen auszuhandeln?

Und sollte man das Ganze nicht als eine Falle vorbereiten, die im selben Moment zuschnappen würde, in dem er sich und seine Millionen im Steuerparadies in Sicherheit wähnte?

Doch ... Es gab durchaus Potenzial, diese Möglichkeiten weiterzuentwickeln, dem Handlungsverlauf einen Twist zu geben.

Diese neuen Gedanken mischten sich verführerisch unter die alten. Aber absolut nicht konstruktiv. Alles, was in ihrem Kopf passierte, erinnerte sie an einen Hund, der seinem eigenen Schwanz hinterherjagte.

Stopp.

Sie musste sich sämtliche Spekulationen bis zum Ablauf der Frist verbieten. Danach sah die Welt wieder anders aus.

Und bis dahin gab es genug zu erledigen.

Sie ließ den Blick über den Zimmerboden schweifen, wo sie noch bis spät in die Nacht versucht hatte, sich eine Übersicht zu verschaffen. Sie hatten immer noch nicht alle Prostituierten von der Zeugenliste besucht und befragt. Und sie mussten mehr über die neuen Namen herausfinden, die sie erfahren hatten.

Der ganze Ablauf war ins Stocken geraten, als sie die ermordete Angelina Mikkelsen aufgefunden hatten. Aber es war ja trotzdem noch jede Menge zu tun, gute alte Ermittlungsarbeit. Vielleicht gab es andere Hinweise, die sie auf die Spur des Mandrills führten – damit der unsichtbare Däne identifiziert und für seine Verbrechen vor Gericht gestellt werden konnte.

Ja, hier war Fleiß gefragt. Wenn sie hart und ausdauernd arbeiteten, würde sich das auch bezahlt machen.

Je besser es ihr gelang, sich darauf zu konzentrieren, was sie selbst tun konnten, umso ruhiger wurde sie.

Die alten Vernehmungsprotokolle lagen sortiert und gestapelt bereit. Sie musste Oxen und Finnsen nur noch auf ihren neuen Handys kontaktieren und mit ihnen besprechen, wie sie die Arbeit untereinander aufteilen wollten.

Fürs Erste war sie auf Mossmans Befehl untergetaucht. Sie würde sicher eine Weile brauchen, um den beiden anderen die – fragwürdige – Logik dieser Entscheidung verständlich zu machen.

Sobald Oxen und Finnsen unterwegs waren, um sich die Füße platt zu laufen, konnte sie wieder in Ruhe nachdenken. Hoffentlich diesmal in sinnvolleren Bahnen.

Sie griff zum Telefon. Jetzt hieß es arbeiten. Und danach konnte sie sich eine geschickte Möglichkeit überlegen, ihre Aktivposten zu verwalten.

63.

Alles auf der Welt war eine Frage des Werts. Alles hatte einen Preis. Und alles hatte *seinen* Preis.

Kaum etwas hatte er so sehr gefürchtet, wie sich Letzteres irgendwann eingestehen zu müssen: dass auch er für seine Taten geradestehen – und den Preis dafür bezahlen musste.

Er ließ den Blick hinter seiner geliebten Gucci-Aviator-

Sonnenbrille über den Øresund gleiten, der in einer milden Brise im gleißenden Sonnenlicht glitzerte, und nippte an seinem Vormittagskaffee.

An einem herrlichen Mai-Samstag wie heute waren natürlich viele weiße Segel in Richtung Schweden unterwegs. Frühlingsharmonie ...

Er fühlte sich ruhig und ausgeglichen. Der Kaffee war perfekt. Er hatte ihn gerade frisch aufgebrüht, mit seiner La-Marzocco-Espressomaschine, und mit in den Garten genommen, an den privaten Badesteg, der zum Haus gehörte. Im nächsten Leben könnte er sich problemlos als Barista durchschlagen.

Damals, als die Lage für ihn wirklich brenzlig wurde, hatte das Chaos ihn fast gelähmt. Eine kurze, aber lebensbedrohliche Phase, die er glücklicherweise mit gewohnt kühlem Kopf und Umsicht gemeistert hatte.

Wenn etwas zu groß war, zu schwer, um es selbst zu stemmen, dann musste man Allianzen eingehen. Und genau das war der Punkt, an dem relevant wurde, dass alles einen Wert hatte.

Sein Wert war hoch.

Das wusste er. Seine Position erlaubte es ihm, eine Allianz zu erwarten, die auch für ihn vorteilhaft war. Eine Partnerschaft, die beide Seiten zufriedenstellte. Nicht mehr und nicht weniger.

Dass man ihm in diesem Zusammenhang den Decknamen Niebuhr zugewiesen hatte, war ein Detail, das ihn nicht im Geringsten interessierte. Genauso gut hätte man ihn Spiderman nennen können.

Nein ... Hier zählte nur, wie kostbar er war.

Er war das, was man als *premium asset* bezeichnete – ein Aktivposten von wirklich hohem Wert.

Diese Tatsache hatten sie zu respektieren. Und zwar auch dieses *fuckin' awesome* Arschloch Shaun Parish.

Hatte dieser Dreckskerl nicht neulich, zehn Kilometer von hier, vor den Toren von Schloss Kronborg, die Frechheit besessen, ihn von oben herab zu behandeln? Nur weil er einen Code Red geschickt hatte?

Er hatte plötzlich einen Anflug derselben Panik verspürt, dieselbe Handlungsunfähigkeit, die ihn vor einem Jahr übermannt hatte. Während der Flucht aus dem schwarzen Keller. Und unmittelbar nach der Flucht. Es ärgerte ihn maßlos, dass er manchmal diese Form von Schwäche zeigte.

Der Code Red war seine einzige Möglichkeit gewesen. Eine Art vorausschauende Sorgfalt im Interesse der Allianz. Aber das war offenbar zu hoch für Parish. Der Trottel war der lebende Beweis dafür, dass man nicht übermäßig intelligent sein musste, um in die mittlere Führungsebene der CIA aufzusteigen. Aber wenn die Zeit gekommen war, würde er sich zu rächen wissen. So redete niemand mit ihm.

Nachdem Angelina Mikkelsen und alle anderen Risikofaktoren beseitigt waren, sah er bedeutend ruhigeren Zeiten entgegen. Und dann konnte er vielleicht auch bald verlangen, dass Parish ausgewechselt und mit einem Fußtritt nach Timbuktu verfrachtet wurde.

Ab jetzt war nur noch eine Sache wichtig: den dunklen Dämon in seinem Inneren in Schach zu halten. Nie wieder zuzulassen, dass er seine hässliche Fratze zeigte. Erneute Fehltritte zu begehen, wäre absolut fatal.

Er warf einen Blick auf seine Armbanduhr. Seine Frau war in der Stadt. Normalerweise bedeutete das, dass sie beglückt mit einem Berg von Einkäufen nach Hause kam. Sehr wahrscheinlich Klamotten. Sie würde ihm nachher beim gemeinsamen Mittagessen auf einer der Terrassen davon erzählen, und er würde ihr mit halbem Ohr zuhören ... Für heute Nachmittag hatte er sich vorgenommen, wenigstens einen Teil des Stapels abzuarbeiten, der sich im Laufe der Woche aufgehäuft hatte. Aber so war es nun mal, wenn man der Chef des Ganzen war.

Das Wochenende musste genutzt werden. Gewohnte Abläufe. So mochte er das. Die Harmonie war wiederhergestellt.

64.

Die Bäume am Wegrand streckten wie schwarze Schatten die Arme nach ihm aus. Sønderskov, Nørreskov und jetzt Ravnedal, auf dem Weg nach Hause, rund um den Reitverein, am Golfplatz und Schloss Kokkedal mit all seinen beleuchteten Fenstern vorbei.

Es war spät, fast halb zwölf. Er hatte das Gefühl, von der Dunkelheit verschluckt zu werden. Ein angenehmes Gefühl, das ihm Schutz bot. Die Bäume wollten ihm nichts Böses. Sie wollten nur Hallo sagen. Sie kannten ihn. Sie waren seine Vertrauten.

Die lange Leine, die ihn mit Bonnie verband, deren Nase unermüdlich die Umgebung absuchte, war sein Rettungsseil. Mitten in diesem großen, drohenden Fiasko erinnerte seine Hündin ihn daran, dass es noch etwas anderes im Leben gab – eine andere Seite, die nichts mit Geheimnissen, Spionen und Ermittlungsarbeit zu tun hatte.

Einen Trostkeks oder was auch immer die Leute so verteilten, hatte er in seinem Leben noch nie gebraucht. Aber Bonnie wusste schon, wie sie ihm klarmachen konnte, dass das Einzige, worauf es wirklich ankam, Hundekekse waren.

Aber auch wenn sie gleich auf den Fußweg abbogen, der am Golfplatz vorbeiführte, war er weiter vom *fairway* entfernt als je zuvor.

»*Well*, Bonnie, da braut sich ein Jahrhundertsturm zusammen, glaub mir, altes Mädchen ...«

Er murmelte halblaut vor sich hin, aber die Hündin hörte ihm nicht zu. Morgen Mittag um zwölf Uhr lief seine Frist ab, und Margrethe Franck würde zu Liz Thorsen in die Steuerbehörde gehen und eine Katastrophe von ungeahnten Dimensionen auslösen.

Wenn ein Schuldiger dafür gefunden werden musste, würden sämtliche Finger in eine Richtung zeigen: auf ihn.

War er all die Jahre zu hochmütig gewesen? Kam nun der Fall?

Wie ein Wahnsinniger hatte er nach einer Lösung gesucht. Ohne Erfolg. Er wollte sie nicht opfern, er wollte Margrethe nicht verlieren. Weder im eigentlichen noch im übertragenen Wortsinn.

Am Vormittag hatte ihn ein Mitglied der Spezialeinheit kontaktiert: Margrethe Franck war offenbar verschwunden. Ob er eine Ahnung hatte, wo sie sich möglicherweise aufhielt? »Nein, bei Gott, also das weiß ich nun wirklich nicht«, hatte er geantwortet und inständig gehofft, dass sie brav hinter verschlossener Tür in ihrem Hotelzimmer am Hauptbahnhof saß.

Ja, sicher ...

Er könnte ihr Versteck auch preisgeben. Dann würde sie abgeholt, weggesperrt oder aufgrund einer umfangreichen falschen Anklage verhaftet werden. So etwas ließ sich regeln. Nur – wenn man nicht ganz so blauäugig war, konnte man auch befürchten, dass sie ganz unerwartet in einen Autounfall verwickelt wurde, dass der kleine rote Mini Cooper womöglich von der Fahrbahn abkam oder von einem Laster erfasst wurde.

Das würde die Katastrophe abwenden. Und es würde im Übrigen auch seine eigene Haut retten, aber das hätte er niemals mit seinem Gewissen vereinbaren können.

Margrethe Franck war seine Achillesferse. Sie war die Tochter, die er sich immer gewünscht hatte ... So sah er es nun mal.

Nur deshalb hatte ihn die Verachtung in ihrem Blick so hart getroffen, als sie ihm vorgeworfen hatte, Salomonsens willfähriger Gehilfe zu sein. Dass er sich hatte kaufen lassen.

Sollte die Öffentlichkeit, mit anderen Worten die besten Journalisten, Wind von dieser Affäre bekommen, würde der Skandal das ganze Reich erfassen. Nicht nur das Königreich Dänemark, sondern auch das Reich, das sich immer noch anfühlte, als wäre es seins, auch wenn er mittlerweile pensioniert war.

Diese Geschichte würde das Ansehen des PET zerstören. Sie würde alles einreißen, was er mühsam aufgebaut hatte, um aus dem Dienst einen vertrauenswürdigen, anerkannten und attraktiven Kooperationspartner zu machen.

Diese Affäre würde nichts als verbrannte Erde hinterlassen.

Aber dann musste es wohl so sein. Alles hatte seinen Preis. Aber der Preis, Margrethe Franck zu verlieren, war zu hoch. Dazu war er nicht bereit.

Und es war nicht zu ...

Was war das?

Er blieb stehen.

Hatte er da irgendwo im Dunklen einen Zweig knacken hören? Er hielt inne und lauschte einen Moment konzentriert, aber alles war still. Vielleicht hatte Bonnie ein Reh aufgeschreckt?

Er knipste seine Stirnlampe an und sah sich um. Die Bäume hoben sich deutlich gegen die tiefen Schatten dahinter ab, aber es war trotzdem nichts zu sehen. Er machte die Lampe wieder aus und trottete mit Bonnie weiter.

»Wie ich eben schon sagte, altes Mädchen, da braut sich ein Sturm zusammen. Was wir jetzt brauchen, ist ein Wunder ...«

Bonnie zog unbeeindruckt an der Leine. »Gespräche, die ich

mit meinem Hund geführt habe ...« War das ein geeigneter Arbeitstitel für ein Werk, mit dem er sich seine allzu umfangreiche Freizeit vertreiben könnte? Ein spätes Debüt als Schriftsteller? Er brummte leise vor sich hin.

Kurz darauf überkam es ihn mit voller Wucht. Das sichere Gefühl, beobachtet zu werden. Das sichere Gefühl, dass sich etwas oder jemand dort in den Schatten verbarg.

Er meinte, ein Rascheln zu hören, es klang wie Schritte auf dem Waldboden, zwischen welken Blättern und Reisig.

Er holte Bonnie zu sich und ging hinter einem Baum in die Hocke. Lauschte mit angehaltenem Atem.

War das nicht das trockene Knacken eines brechenden Zweiges? Wieder wurde es still, kein fremdes Geräusch mehr, nur noch die Laute des Waldes kurz vor Mitternacht. Seine Knie und Schenkel schmerzten in der ungewohnten Haltung. Ein Mann in seinem Alter war einfach nicht dafür geschaffen, lang in der Hocke zu sitzen. Das war völlig gegen die Natur.

Schließlich gab er auf, richtete sich mühsam auf und kehrte mit steifen Schritten zum Weg zurück.

Sie waren bald zu Hause, und dann würde ...

»Mossman?«

Eine große, dunkle Gestalt trat plötzlich direkt vor ihm aus dem Wald.

»Ja?«

Er war so erschrocken, dass er, ohne nachzudenken, antwortete – aber im selben Moment schoss ihm eine Flut sonderbarer Gedanken durch den Kopf: Bei wem hatte er sich in all den Jahren besonders unbeliebt gemacht? Wen hatte er besiegt? Wen gedemütigt? Wer stand ganz oben auf der Liste derer, die einen pensionierten dänischen Geheimdienstchef mitten in der Nacht im Wald gern aus dem Weg räumen würden?

»Wer hat dich geschickt?«, fragte er den Schatten
»*No one ...*«

Der Schatten sprach Englisch. Aber das taten viele. Trotzdem hatte die Gestalt ganz offensichtlich den Kern seiner Frage verstanden.

Er fuhr selbst auf Englisch fort:

»Egal, wer es war oder warum, bringen wir es schnell hinter uns. Aber verschone meine Hündin, okay? Sie kann schließlich nichts dafür. Lass sie einfach laufen, sie findet schon selbst nach Hause.«

»Der Axel Mossman, der jahrzehntelang den dänischen Geheimdienst PET geleitet hat, richtig?«

»Ja, richtig.«

Er registrierte sofort, dass der Akzent unverkennbar amerikanisch war.

»Entschuldigung, Sie verstehen das falsch, Mossman ... Mein Name ist Ray Bowman. Ich habe Ihr Haus fast den ganzen Tag observiert und auf den passenden Augenblick gewartet. Und dieser Augenblick schien mir jetzt gekommen. Sie sind der einzige Mensch, der so spät noch mal mit dem Hund rausgeht ...«

»Der passende Augenblick – wofür?«

Er stand ziemlich dicht vor dem Fremden, und jetzt, da sein Adrenalinpegel langsam wieder abgeflaut war, fing er an, sich den Mann genauer anzusehen.

Schwarz gekleidet. Schwarze Strickmütze, schwarze Jacke, schwarze Hose, sogar schwarze Schuhe. Eine Gründlichkeit, die er nur von einem Profi erwarten würde.

»Der passende Augenblick für ein äußerst vertrauliches Gespräch.«

»Meine Frau macht sich Sorgen, wenn ich nicht nach Hause komme.«

»Dann rufen Sie sie an.«

»Well ...«

Er nickte, rief an und tischte ihr das übliche Märchen von einem wichtigen Treffen auf. Nach so vielen Jahren beim Dienst war seine Frau Kummer gewöhnt. Er steckte das Handy wieder ein.

»Oben am Golfplatz gibt es eine Bank. Da können wir uns hinsetzen. Kommen Sie ...«

Schweigend gingen sie nebeneinander her. Der Mann, der sich Ray Bowman nannte, wirkte vollkommen entspannt. Am Kiesweg mit den Laternen angelangt, sagte er:

»Schönen Hund haben Sie da. Meine Eltern hatten früher auch einen Golden Retriever.«

»Ja, Bonnie ist ein gutes Mädchen. Da ist die Bank.«

Sie setzten sich. Direkt vor ihnen lag der Golfplatz, rechts das Schloss mit all seinen Lichtern.

»Damit Sie die Sache besser einordnen können –«, begann Bowman, »ich habe dreizehn Jahre für die Firma gearbeitet. Jetzt bin ich ein externer Mitarbeiter. Oder genauer gesagt, ich arbeite auf Vertragsbasis, mit dem kleinen Schönheitsfehler, dass es nie einen Vertrag gibt. Sie kennen das Spiel.«

Er nickte stumm.

Bowman, der also eine Vergangenheit bei der CIA hatte, fuhr fort:

»Ich gehöre zu denen, die dafür zuständig sind, dass auch die *cleaner* etwas zu tun haben, wenn Sie verstehen.«

»Ja, ich verstehe ...«

Der Mann, der neben ihm saß und Bonnie hinter den Ohren kraulte, war mit anderen Worten ein Auftragskiller, ein *freelance hitman*.

»Mir war immer bewusst, dass ich mit einem gewissen ... Berufsrisiko lebe«, sagte Bowman. »Und vor wenigen Tagen bin ich gestorben. Man hat mich in Guatemala, in meiner Wohnung in Antigua, im Bett erschossen. Ich habe nur noch meine eigene Beerdigung arrangiert und dann das Land verlassen. Der Status ist: Es gibt mich nicht. Und genau da kommen Sie ins Bild, Mossman.«

»Aha, nun, ich höre.«

»Ich wurde aus dem Weg geräumt, weil ich in einer ganz bestimmten Angelegenheit zum Risikofaktor wurde: Es geht um den Deal zwischen der dänischen Steuerbehörde und dem Verkäufer der *Precious Papers* aus Panama, einem gewissen Lorenzo. Der Kurier, der die Übergabe abgewickelt hat, war Hugo Santa María. Aber das wissen Sie ja alles.«

Er zuckte zusammen. Hoffentlich nicht so sehr, dass der Amerikaner es merkte. Wenn dieses Gespräch in die richtige Richtung ging …

»Ob ich das weiß? Ja, doch, sicher. Ich habe der Steuerbehörde bei diesem Geschäft assistiert.«

»Genau. Und danach haben Sie einen meiner Leute auf bemerkenswerte Weise laufen lassen, nachdem Ihr Mann, Oxen, ihn in einem Ferienhaus gefangen genommen hat. Daher habe ich meine Referenz. Deshalb bin ich hier, um mit Ihnen zu reden. Aber natürlich habe ich vorher meine Hausaufgaben gemacht.«

»Interessant, Bowman. Ich bin *all ears*.«

»Ich rede nicht gern lang um den heißen Brei. Ich möchte Ihnen ein Angebot machen, Mossman. Der Ausgangspunkt ist ungefähr folgender: Auf der Panama-Liste taucht der Name eines ganz bestimmten Dänen auf. Ich habe gehört, dass er manchmal auch ›der Mandrill‹ genannt wurde. Was ich mit Sicherheit weiß, ist, dass der Mann ein Mörder ist. Er hat sich in die Firma aufnehmen lassen und bekommt im Gegenzug vollen Schutz. Er ist unglaublich wertvoll für die CIA, ein *premium asset*, wie man so schön sagt. Sein Deckname ist Niebuhr – und das ganze Programm heißt ›Operation Niebuhr‹. Und was biete ich Ihnen an? Ich biete Ihnen sämtliche Informationen, die ich über diese streng geheime Operation besitze. Und ich will nichts dafür haben.«

»Well ...«

Verdammte Scheiße. Keine schöne Wortwahl, aber absolut angebracht.

Er musste Zeit gewinnen, wenigstens ein paar Sekunden, um nachzudenken. Das hier war vielleicht das, womit er am allerwenigsten gerechnet hatte. Ein Wunder. Aber es konnte genauso gut eine Falle sein, was für ihn zum jetzigen Zeitpunkt unmöglich zu durchschauen war.

»Wenn jemand ›nichts‹ will, macht mich das immer extrem misstrauisch«, sagte er.

Der Amerikaner lächelte und nickte.

»Sie haben eine lange Karriere in der Welt der Geheimdienste hinter sich. Wie sollte es da anders sein. Wo gibt es das schon, dass einen am Ende nicht irgendeine Rechnung erwartet?«

Die Frage war natürlich rein rhetorisch, denn der Amerikaner fuhr unmittelbar fort:

»Aber sehen Sie, wenn Sie Erfolg haben, dann ist das für mich mehr wert als Geld. Die Firma tut alles, um Niebuhr zu beschützen, und ich würde alles dafür tun, um Niebuhr auffliegen zu lassen. Wenn Niebuhrs Identität nicht ans Licht kommt, droht mir ewige Verdammnis. Nur wenn er enttarnt wird, bekomme ich mein Leben wieder. Nur dann kann ich von den Toten auferstehen und nach Antigua zurückkehren. Also, wenn Sie Niebuhr ausfindig machen können und wollen, platzt die ganze

Operation, und ich bekomme automatisch meinen Lohn. Eine Hand wäscht die andere.«

»Einen Namen. Ich brauche einen Namen«, sagte er, mehr zu sich selbst.

»Seinen Namen kenne ich nicht, aber ich habe so viel anderes. Ich war damit beauftragt, jede Bedrohung Niebuhrs auszuschalten. Ich habe ein Objekt im nördlichen Indien eliminiert, und ich ...«

»Wen?«

»Einen Dänen, Kriegsveteran. Palle Jensen.«

Er war nicht zu hochmütig gewesen. Es gab doch so etwas wie einen Gott.

»Palle Jensen? Ich kann mich nicht erinnern, irgendwo eine Nachricht gelesen zu haben, dass es in dieser Region einen dänischen Todesfall gab.«

»Er ist in eine Felsspalte gestürzt. War sofort tot. Aber in Indien weiß man ja nie ... womöglich wird er nie gefunden. Ein anderes Objekt war ein Schweizer Geschäftsmann, Fabian Stadler. Er ist bei einem Kajakausflug ertrunken – unter anderem dank meiner bescheidenen Mithilfe.«

»Interessant ...«

»Außerdem weiß ich, dass die Firma sich um einen Typen gekümmert hat, der hier in Dänemark im Gefängnis saß. Ein Däne. Er hat früher mit Kriegsveteranen gearbeitet. Ich habe seinen Namen vergessen ...«

Sie saßen beide eine Weile lang schweigend da. Mossman rief Bonnie zu sich und streichelte ihr über den Kopf. Jetzt war es wohl an ihm, den nächsten Zug zu machen. Auch wenn der Auftragskiller Bowman keinerlei Anstalten machte, irgendetwas zu erzwingen.

Es war einfach.

Und gleichzeitig war es unglaublich vertrackt.

Der Mandrill war Niebuhr, und Niebuhr stand auf der Panama-Liste. Genau wie Salomonsen.

»Könnte Niebuhr nicht durch einen möglichen Steuerbetrug auffliegen?«, fragte er.

»Das Risiko besteht natürlich, nachdem ich *big time* versagt habe, als ich den Deal mit der dänischen Behörde verhindern sollte. Was mich meinen Kopf gekostet hat ... Aber ich nehme an, dass ein Fall, der bei der CIA allerhöchste Priorität hat, mit den Dänen auch auf diplomatischem Weg gelöst werden kann? Ich meine ... Dänen und Amerikaner sind doch *brothers in arms*, oder nicht?«

Wenn Niebuhr so wichtig war – und daran bestand kein Zweifel –, dann ließ sich mit Sicherheit im Hintergrund etwas aushandeln. Die Frage war nur, ob das ohne Beteiligung des PET passieren konnte. Oder anders gesagt, ohne dass Salomonsen davon wusste.

Er saß auf seiner Bank im Park. Es war nach Mitternacht. Und wunderbar dunkel. Von einer Sekunde auf die andere war er mit voller Wucht in die neblige Welt zurückgeschleudert worden, für die er geboren war und in der er sich zu Hause fühlte.

Und er liebte es. Oh, wie sehr er es liebte.

»*Well* ... und nun die unvermeidliche Frage, Mr Bowman: Was ist es, das den Mandrill, oder Niebuhr, so verdammt wertvoll macht, dass man seinetwegen ein derart umfassendes Schutzprogramm auf die Beine stellt? Und es obendrein für angemessen hält, gleich mehrere Bedrohungen zu eliminieren? Was ist es, Mr Bowman?«

Der Amerikaner seufzte tief und hob hilflos die Hände.

»Das weiß ich nicht, Mossman. Ich wünschte, ich wüsste es, aber ich habe keine Ahnung ... Allerdings bin ich im Besitz von weiteren Details und Namen, und ich kann Ihnen beweisen, dass ich die Wahrheit sage. Sind Sie interessiert?«

Ob er interessiert war, fragte ihn der fremde Mann, der so unvermittelt aus dem Schatten getreten war?

Natürlich war er an einem Wunder interessiert!

65.

Es war Punkt zwölf Uhr, als Axel Mossman sozusagen mit den Schuhspitzen die Deadline erreichte, seinen Platz vor dem Fenster des Hotelzimmers einnahm und sich bereit machte.

Margrethe Franck hatte sich an den kleinen Schreibtisch gesetzt.

Sally Finnsen saß leicht nervös auf der Bettkante und er selbst auf dem zweiten Stuhl, der in der Ecke stand. In seiner Jackentasche klingelte es leise. Eine Nachricht von Magnus, der nach der Schule bei ihm vorbeikommen wollte, falls er zu Hause war. Oxen steckte das Handy wieder ein, ohne seinem Sohn zu antworten, denn der ganze Raum zitterte vor Spannung, die jetzt endlich aufgelöst werden sollte.

Keiner von ihnen hatte auch nur die leiseste Ahnung, was Mossman ihnen gleich präsentieren würde. Franck hatte Sally und ihm lediglich erklärt, dass sie sich in eine Art freiwilligen Stubenarrest begeben hatte.

Mossman räusperte sich.

»Wie Franklin D. Roosevelt einst sagte –«, begann er langsam, »*a smooth sea never made a skilled sailor* ... Und ich bin zu meiner Zeit über viele Meere gesegelt, auch bei stürmischem Seegang. Man sollte also meinen, dass ich ein einigermaßen erfahrener Seemann bin – gerade ich. Aber ... in den letzten Tagen hat es sich nicht danach angefühlt. Nicht, nachdem du, Margrethe, mir ein Ultimatum gestellt hast. Ich war nicht in der Lage, das Steuer zu halten. War nicht in der Lage, den Kurs vorzugeben. Gestern am späten Abend, als ich mit Bonnie meine übliche Runde durch den Park gedreht habe, wurde mir klar, dass ich eure Erwartungen nicht erfüllen kann. Ich konnte keinen Ausweg aus dem Dilemma finden, in das ich hineingeraten bin. Auf der einen Seite: die Loyalität gegenüber meinem Arbeitgeber. Auf der anderen Seite: eure Skepsis und der verständliche Verdacht, dass ich für Salomonsen arbeite. Meine Position erlaubt es mir gegenwärtig nicht, diese Angelegenheit näher zu beleuchten. Deshalb kann ich nur jeden Einzelnen von euch bitten – stellt euch selbst die Frage: Habe ich früher euer Vertrauen verdient – und verdiene ich es weiterhin, oder nicht?«

Mossman ließ den Blick reihum wandern, von Franck zu Finnsen und weiter zu ihm. Als sie sich für eine kurze Sekunde in die Augen sahen, wurde er zurückgeworfen zu seiner allerersten Begegnung mit dem damaligen PET-Chef. Sie hatten ihn aus dem Rold Skov geholt, als der Fall um die gehängten Hunde seinen Anfang nahm. Damals war Mossmans Blick ihm scharf und gnadenlos erschienen. Jetzt sah er darin etwas anderes. Etwas eher ...

»Aber obwohl meine Fähigkeiten zu navigieren mich im Stich gelassen haben, bin ich trotzdem imstande, deine Forderungen zu erfüllen, Margrethe«, fuhr Mossman fort. »Denn als Bonnie und ich gestern am späten Abend auf dem Heimweg waren, trat im Wald plötzlich eine dunkle Gestalt vor mir auf den Weg. Der Mann stellte sich als Ray Bowman vor, ehemals CIA, mittlerweile freiberuflich in dem speziellen Berufsfeld tätig, in dem es darum geht, zu *eliminieren*. Und nun erzähle ich euch vom Anfang bis zum Ende, was ich gestern um Mitternacht im Park von Ray Bowman erfahren habe ...«

Es war totenstill in dem kleinen Hotelzimmer, als Mossman nach einer Viertelstunde seinen Bericht beendet hatte.

Es war eine wahnsinnige Geschichte, die viele Fragen beantwortete und noch mehr neue aufwarf.

Sie mussten Mossmans Gespräch mit dem Amerikaner Bowman jeder für sich kurz sacken lassen. Mit seinem üblichen Sinn für Dramatik hatte der ehemalige PET-Chef ihnen geschildert, wie er dachte, dass ihn nur noch ein Wunder retten könnte, als er gerade tief betrübt mit dem Hund nach Hause ging. Und, puff, da stand das Wunder auf einmal vor ihm auf dem dunklen Waldweg, direkt vor seiner Nase.

Es war Margrethe Franck, die als Erste das Wort ergriff.

»Hmm, wir hätten noch hundert Jahre nach Palle Jensen suchen können und hätten ihn nicht gefunden«, sagte sie mit Verwunderung in der Stimme. »Und die haben ihn umgebracht, irgendwo im Gebirge?«

»Wie gesagt, die Leiche liegt in einer Felsspalte im nördlichen Indien. Aber die Koordinaten sind mir nicht bekannt«, brummte Mossman.

»Dazu Martin Smed, der sich im Gefängnis erhängt hat, und der ertrunkene Schweizer, Fabian Stadler ... Das wussten wir schon von der russischen Agentin. Und wir können mit Sicherheit davon ausgehen, dass auch Angelina Mikkelsen zum selben Opferkreis gehört. Sie haben also mindestens vier Menschen getötet, um den Mann hinter der Mandrillmaske – Niebuhr – zu schützen. Der, nebenbei bemerkt, auch nicht gerade zimperlich ist. Er hat den Holländer Dirk de Windt definitiv auf der gemeinsamen Flucht getötet. Macht zusammen schon fünf Opfer. Mir erscheint Bowman glaubwürdig. Wo befindet er sich jetzt?«

»Vielleicht ist er noch in Kopenhagen?«, lautete Mossmans magere Antwort.

»Das heißt, du weißt es nicht?«

»Nein. Er machte nicht den Eindruck, als müsste ich das wissen.«

Sally Finnsen hatte ihre Kappe abgenommen, tiefe Falten gruben sich in ihre Stirn. Sie saß schweigend da, biss sich auf die Unterlippe und starrte auf den Fußboden.

Er selbst versuchte währenddessen, in diesem ganzen Ermittlungskomplex irgendeine klare Linie zu erkennen.

»Deine Geschichte liefert uns ein paar Antworten. Und das ist gut. Aber tatsächlich sind wir dem Mandrill, den wir, nach allem, was wir jetzt wissen, vielleicht besser Niebuhr nennen sollten, immer noch keinen Schritt näher gekommen. Was hat dieser Mann, das so wertvoll ist, dass die Amerikaner seinetwegen eine nahezu unbegrenzte Lizenz zum Töten erteilen?«

Mossman nickte langsam.

»Ganz genau, Soldat. Warum ist Niebuhr so wertvoll?«

Nach einer kurzen Pause fuhr Oxen fort:

»Wäre es denkbar, dass er so wertvoll ist, weil es sich um einen Verbündeten mit Insiderwissen handelt? Könnte es zum Beispiel Dänemarks gegenwärtiger Geheimdienstchef sein, der bestens über die amerikanisch-dänische Zusammenarbeit an allen Fronten informiert ist?«

Mossman zuckte mit den Schultern.

»Das ist reine Spekulation.«

»Es ist doch bekannt, dass die Amerikaner Internetverbindungen in Dänemark anzapfen durften«, warf Margrethe Franck ein. »Damals ist die gesamte Leitung des Militärgeheimdienstes suspendiert worden. Ein Riesenskandal ... Was durften die Amerikaner noch alles? Weißt du das, Mossman?«

»Es besteht immer noch ein großer Unterschied zwischen dem polizeilichen und dem militärischen Nachrichtendienst. Während meiner Amtszeit lagen mir keine Erkenntnisse über eine derartige Zusammenarbeit vor. Aber ich kann natürlich nicht ausschließen, dass Salomonsen weiß, was die externen Kollegen im Kastell so treiben.«

»Die Wände haben Ohren ... Alle Wände haben Ohren, verdammt ...«, platzte Sally Finnsen heraus, ohne ihren Standpunkt zu vertiefen.

Er konnte sie gut verstehen.

In einer geheimen Welt voller Geheimnisse, wo waren da die Menschen, die den Mund halten konnten? Wo waren die schalldichten Schotten? Und wer war dafür verantwortlich, sie zu schließen? Gab es jemanden, der bereit war, den Preis des Schweigens zu bezahlen und notfalls mit Mann und Maus unterzugehen?

Er sah zu Mossman hinüber und hielt den Blick des alten Geheimdienstriesen fest, während er anfing zu reden:

»Wir können nicht bis in alle Ewigkeit weiter herumrätseln. Du willst uns nicht sagen, was du mit Salomonsen und der Panama-Liste vorhast, Mossman. Dann ...«

»›*Willst*‹ ist nicht richtig, Soldat. Ich kann nicht. *Kann* nicht ...«

»Vielleicht lügst du.«

»Ich habe euch vorhin gebeten, euch selbst die Frage zu stellen, ob ich ...«

Er fiel Mossman ins Wort:

»Gut, dann frage ich dich ganz direkt: Hat dir das Gespräch mit Bowman Anlass gegeben, darüber nachzudenken, ob Salomonsen, der Chef des PET, und der Mandrill ein und dieselbe Person sein könnten – sprich Niebuhr?«

Mossman wählte seine Worte offenbar mit Bedacht:

»Nichts, von dem ich Kenntnis habe, deutet unmittelbar darauf hin, dass Salomonsen der perverse, bizarre, sexverrückte

Mörder und Mandrill ist. Aber ... ich kann es auch nicht ausschließen. Nicht zu hundert Prozent.«

Oxen sah Margrethe Franck an.

»Wo war Salomonsen an dem Abend, als die Entscheidung fiel, den Einsatz in der Ziegelei durchzuführen? Bist du ihm da begegnet, Margrethe?«

Sie nickte nachdenklich.

»Ja, Niels ... Wir waren abends noch bei ihm im Hauptquartier in Søborg zu einer Besprechung. Du warst auch dabei, Mossman.«

»Und später?«

»Danach habe ich ihn telefonisch auf dem Laufenden gehalten, auch als wir auf den Helikopter gewartet haben.«

»War Salomonsen bei der Aktion vor Ort dabei? Oder ist er nachgekommen?«

Sowohl Mossman als auch Franck schüttelten den Kopf.

»Nein, er war nicht dabei. Und er ist auch später nicht dazugestoßen«, antwortete Franck.

»Dann frage ich: Weil er schon dort war? Verborgen hinter einer Mandrillmaske?«

Es wurde wieder still.

Schließlich antwortete Franck:

»Aber ich hatte ihn ja über den Beginn der Aktion informiert und auch darüber, dass ich sowohl das Spezialeinsatzkommando als auch den Heli angefordert und bekommen hatte. Also, wenn Salomonsen der Mandrill ist, dann war es enorm riskant für ihn, in der Nacht damals nicht sofort abzuhauen.«

Oxen nickte. Die Theorie hatte Schwachstellen. Das ließ sich nicht leugnen.

»Vielleicht musste er das Risiko eingehen, um seine Spuren zu verwischen?«, überlegte er.

»Nichts von alledem lässt sich widerlegen, Oxen«, brummte Mossman. »Aber ich halte die Wahrscheinlichkeit für ziemlich gering, dass Salomonsen euer Mann ist.«

»Woher kommt das Geld auf Salomonsens Panama-Konto, Mossman? Weißt du das?«

»So leid es mir auch tut, Soldat, aber ich kann …«

Franck stand mit einem Ruck von dem Stuhl am Schreibtisch auf und fing an, durch das Hotelzimmer zu gehen. Sie war sichtlich verärgert.

»Mossman, verdammt! Es wäre wirklich zu wünschen, du würdest endlich Klartext reden. Das Ganze hängt doch irgendwie zusammen. Wir wollen hier alle dasselbe, zum Teufel. Kannst du dir nicht selbst grünes Licht geben und langsam mal den Mund aufmachen?«

Mossmans Mund war nur noch ein schmaler Strich. Tiefe Falten hatten sich auf seiner Stirn gebildet. Er blieb stumm und beließ es bei einem Schulterzucken.

Franck fuhr fort, immer noch verärgert:

»Gib dir ein bisschen Mühe, Mossman! *Please!*«

Es war das erste Mal, dass er miterlebte, wie Margrethe Franck derart unverblümt und vor den Augen anderer mit ihrem ehemaligen Chef ins Gericht ging, den sie nach wie vor respektierte wie niemanden sonst.

Mossman saß schweigend da und sah reglos zu, wie Franck die nächste Runde durch das Zimmer drehte.

»Wir haben keine andere Wahl, als mit den ganzen Spekulationen aufzuhören. Herumzuraten ist reine Zeitverschwendung. Wir müssen den Mandrill jagen – oder von mir aus Niebuhr. Und wir müssen ihn finden. Damit wir Antworten bekommen. Aber wie soll das gehen? Ohne dass die CIA uns vorher eliminiert? Wie?«

Sally Finnsen hob zaghaft einen Zeigefinger, als müsste sie jemanden um Erlaubnis fragen.

»Ich habe nachgedacht ...«, begann sie und sah Franck unsicher an. Nach einem kurzen Nicken redete sie weiter.

»Im Augenblick sind wir in W-Wirklichkeit gar nicht die Jäger. Sondern die anderen bestimmen, wie es l-läuft. Die haben alles in der Hand. Sie sind uns zuvorgekommen und haben Angelina Mikkelsen getötet. Und vielleicht hättest du in der T-Tiefgarage auch sterben sollen, Margrethe. Sie hören uns ab und beschatten uns – wenn es ihnen gelingt. Das sollten wir uns zunutze machen. Wir müssen Niebuhr – oder den M-Mandrill – nicht finden. Das können wir nicht. Also müssen wir dafür sorgen, dass die das für uns übernehmen. Versteht ihr, was ich meine?«

Sallys Finger wanderten über den Schirm der Kappe in ihren Händen, während sie sich umsah.

Franck ließ sich wieder auf ihren Stuhl fallen.

»Sprich weiter, Sally«, sagte sie.

»B-Bowman hat Mossman erzählt, der Leiter der Operation Niebuhr wäre ein Schwarzer, Parish oder so.«

»Shaun Parish«, warf Mossman ein.

»Okay, Shaun Parish. Ich bin sicher, dass er momentan in K-Kopenhagen ist. Sie haben gerade eine K-Katastrophe verhindert, indem sie Angelina Mikkelsen umgebracht haben. Parish ist hier. Natürlich ist er das. Er ist derjenige, der die Befehle erteilt. Nicht der, der sie ausführt. Darum sollten wir ihnen jetzt eine F-Falle stellen.«

Sally Finnsen führte sie Schritt für Schritt durch ihren Plan, der bereits zur Hälfte stand, als sie ihren Gedanken laut ausgesprochen hatte, und während sie laut überlegte und improvisierte, fertiggestellt wurde.

Finnsen war schlau.

Er beobachtete sie, während sie ihnen erklärte, was sie sich ausgedacht hatte. Er beobachtete, wie sie die Augen zukniff, wie sie das sommersprossige Gesicht zu einer angestrengten Grimasse verzog, wenn sie wirklich nachdenken musste, wie sie manchmal am liebsten ihre Kappe tiefer in die Stirn gezogen hätte – die sie aber in den Händen hielt – und wie sie immer wieder tief Luft holte und extra langsam redete, vermutlich um ihr Stottern unter Kontrolle zu halten.

In jeder Hinsicht eine beeindruckende Vorstellung. Sicher wäre jeder von ihnen imstande gewesen, einen ähnlichen Plan zu entwerfen. Aber Sally war eindeutig die Schnellste von ihnen.

Er nickte und lächelte ihr immer wieder zu, während sie sprach. Er hatte das Bedürfnis, sie zu ermutigen.

Zum Schluss fasste Sally ihren Plan zusammen:

»Punkt eins: Zuallererst müssen wir Shaun Parish finden ...«

Hätte er noch auf seinem alten Platz am Kopfende des Tisches in Søborg gesessen, hätte er Sally Finnsen auf der Stelle unter Vertrag genommen.

Er hatte am Fensterbrett gelehnt, konzentriert zugehört und jede ihrer Bewegungen verfolgt.

Sie hatte sich rasch warm geredet. Das sommersprossige Gesicht war immer noch gerötet, aber was sie ihnen da eben präsentiert hatte, war wirklich überzeugend.

Er hob die Hand und sah Margrethe an, die in dieser Gruppe offenbar die Gesprächsleitung übernommen hatte.

»Ja, Mossman?«, sagte sie.

»Ich bin ja nur als Außenstehender hier, aber ich würde der jungen Kollegin für diesen Plan gern meine Anerkennung aussprechen. Ganz ausgezeichnet, Finnsen.«

Sally, die sich wieder auf die Bettkante gesetzt hatte, nickte kurz. Man sah ihr mit ihren glühenden Wangen die Aufregung an.

»Bowman hat mir nach unserem Gespräch eine E-Mail mit zwei Fotos geschickt«, fuhr Mossman fort. »Eins von Shaun Parish und eins von Jesse Summerville, seinem Assistenten. Beide Aufnahmen wurden heimlich bei ihrem Treffen in Antigua in Guatemala gemacht, wo Bowman, wie ich bereits erwähnte, bisher gewohnt hat. Moment, ich suche die Mail heraus ...«

Er fischte sein Handy aus der Innentasche seiner Tweedjacke, öffnete die E-Mail und reichte das Telefon an Margrethe weiter.

»Parish ist der Schwarze.«

Sie betrachtete die beiden Bilder und nickte mit Nachdruck.

»Der andere, Summerville, sieht genauso aus wie der Typ, der mich in der Tiefgarage angegriffen hat und mich fast überfahren hätte. Ich sehe das wie Sally: Die beiden halten sich mit Sicherheit irgendwo hier in Kopenhagen auf.«

Sie gab ihm das Handy zurück, und er reichte es Niels Oxen, der es dann Sally Finnsen gab.

»Leite die Mail an mich weiter, ja?«

Franck hatte die Bitte kaum ausgesprochen, als sie schon wieder zurückruderte.

»Wobei – nein, mach das auf keinen Fall. Vielleicht überwachen sie auch meine E-Mails. Sie dürfen nicht wissen, dass wir ihr Aussehen kennen. Schick die Fotos per SMS auf mein neues Handy.«

Er nickte.

»Und wie lautet die Nummer?«

Sie gab Mossman ihre neue Telefonnummer und sah zu, wie er etwas mühsam die Ziffern eingab, dann ziemlich lange brauchte, um die Bilder in den Anhang zu kopieren, und schließlich energisch ein letztes Mal auf das Display tippte.

»Endlich«, brummte er. »Ich habe auf Senden gedrückt.«

Ihr Telefon gab ein leises Signal von sich. Sehr gut. Damit hatten sie schon mal zwei wichtige Gesichter geklärt. Um Sally Finnsens Plan in die Tat umsetzen zu können, fehlte aber immer noch ein entscheidender Baustein. Es war nur fraglich, wie begeistert Mossman darauf reagieren würde.

»Mossman, du musst uns helfen«, setzte sie an. »Wahrscheinlich wirst du jetzt sagen, dass du deinen Teil der Abmachung erfüllt hast. Dann muss ich einwenden, dass ich trotzdem nicht klüger geworden bin, was deine Position in … dem Ganzen betrifft. Und dass ich die Sicherheit brauche, dass ich dir vertrauen kann.«

»Natürlich kannst du das«, antwortete Mossman, der schon ein wenig skeptisch aussah.

»Der Preis für unser Schweigen im Zusammenhang mit der Panama-Liste und Salomonsen ist gestiegen … Nenn es von mir aus eine Zusatzgebühr. Du musst Shaun Parish für uns lokalisieren. Und gern auch Jesse Summerville. Ich brauche den Namen der Hotels, in denen die beiden wohnen. Und zwar schneller als asap. Wir drei stehen alle unter Beobachtung der Amerikaner. Wir haben nicht den Hauch einer Chance, die beiden hier in Kopenhagen ausfindig zu machen. Deshalb brauchen wir dich – oder deine Freunde, wer immer das sein mag. Sind wir im Geschäft?«

Margrethe warf einen Blick auf ihre Uhr. Es wurde langsam Zeit, in die Gänge zu kommen. Sie hatten ewig darüber diskutiert, wie genau die Falle aussehen sollte, denn die junge Kollegin aus dem Fahndungsdezernat hatte zweifellos richtig analysiert, welch großen Vorteil sie für sich nutzen konnten.

Da Ray Bowman offiziell tot war, rechneten die Amerikaner nicht damit, dass sie auch nur die leiseste Ahnung von einer Operation Niebuhr hatten. Oder wussten, welche Personen dahinterstanden. Ein toter Mann redete nicht. Allerdings – was, wenn er doch nicht tot genug war?

Sally Finnsen wirkte manchmal ein bisschen eingeschüchtert, wenn sie im selben Raum mit Axel Mossman war, dem allmächtigen ehemaligen Fürsten des PET, oder in der Nähe des hochdekorierten Kriegshelden und früheren Jägersoldaten Niels Oxen – aber nachdem sie einmal angefangen hatte, war es ihr gelungen, die Nervosität nach und nach abzuschütteln. Sie war wirklich außerordentlich talentiert.

Axel Mossman hatte die sogenannte Zusatzgebühr leise knurrend, aber auch mit einem kleinen Lächeln akzeptiert. Noch im Laufe des Abends war er zu einem Treffen verabredet, bei dem er sich darum kümmern wollte. Er ging davon aus, dass man ihm bei der Lokalisierung von Parish und Summerville Unterstützung gewähren würde.

Sie betrachtete ein letztes Mal die beiden Gesichter auf dem kleinen Handybildschirm.

»Franck?«

Sie hob den Blick. Es war Oxen, der ruhig auf seinem Stuhl sitzen geblieben war und wie üblich nur das Nötigste gesagt hatte.

»Ich finde, wir sollten ab sofort immer alle bewaffnet sein. Bowmans Geschichte hat noch mal bestätigt, dass das hier eine verdammt ernste Angelegenheit ist und dass die Amerikaner zu allem bereit sind. Darum ...«

»Das sehe ich genauso«, sagte Sally.

»Von mir aus gern. Aber meine Waffe ist in Søborg. Ich bin immer noch suspendiert.«

»Du kannst meine Pistole haben, sie liegt bei mir zu Hause. Ich trage aus Prinzip nie eine Waffe bei mir, und außerdem gehöre ich auch nicht ... zu eurer Gruppe. Ich bin hier nur für die Gebühren zuständig«, sagte Mossman spitz.

Sie nickte und nahm sein Angebot an. Mossman hatte sich zwar zu ihrem gemeinsamen Plan geäußert und Sally gelobt, aber er hatte recht: Er war nicht an der Jagd auf den Mandrill beteiligt.

»Eine letzte Sache noch«, sagte sie. »Ich stehe weiterhin unter Zimmerarrest – oder?«

Mossman nickte.

»Solange du nichts Gegenteiliges von mir hörst, ja. Aber wie schon gesagt, ich bin heute Abend verabredet. Das könnte einiges ändern. Und bevor ich gehe ... Wahrscheinlich ist es überflüssig, aber ich sage es trotzdem: Da ich meinen Teil der Abmachung fürs Erste erfüllt habe, erwarte ich von euch, dass absolut niemand auch nur das Geringste von Salomonsen und seinen Panama-Geschäften erfährt.«

»Selbstverständlich«, antwortete sie. »Und denkt daran, das Hotel durch die Hintertür zu verlassen. In angemessenen Abständen.«

Damit war die Besprechung beendet. Sobald alle aus der Tür waren, würde sie wieder in tiefe Grübeleien versinken.

Der Mandrill Niebuhr und Salomonsen.

Wenn man es mathematisch ausdrücken wollte, handelte es sich dabei um zwei Elemente, die irgendwo eine gemeinsame Schnittmenge hatten, die beide mit der CIA verband.

Aber wo war Axel Mossman in diesem Bild? Und wo sein sogenannter Arbeitgeber?

Sie blickte ihm nach, als er als Letzter das Zimmer verließ und die Tür hinter sich zuzog.

66. Die beiden Männer saßen in dem speziellen Raum, den man ihnen im Keller der Botschaft zur Verfügung gestellt hatte, solange die Operation Niebuhr ihre Anwesenheit in Kopenhagen erforderlich machte.

Der eine, Shaun Parish, hatte Kopfhörer auf und beobachtete eine Reihe von Monitoren, die nebeneinander auf dem Tisch vor der Wand standen.

Der andere, sein Assistent Jesse Summerville, hatte einen Becher Kaffee in der Hand und war in sein Handy vertieft.

Es war später Nachmittag, und zwei der Objekte zeigten wieder Aktivität. Im Lauf des Vormittags waren ihre Leute, die den beiden folgen sollten, abgeschüttelt worden. Das war kein gutes Zeichen.

»Es ist merkwürdig. Sie taucht einfach nicht mehr auf«, sagte Parish und setzte die Kopfhörer ab.

»Franck?«

»Ja.«

»Ziemlich gerissen, die *bitch*.«

»Hmm, scheint mir auch so. Sie ist wie vom Erdboden verschluckt. Mir gefällt das alles nicht«, seufzte Parish. »Außerdem haben sie aufgehört, ihre Handys zu benutzen.«

»Das war doch absehbar. Sie sind eben misstrauisch geworden. Haben Vorsichtsmaßnahmen ergriffen. Hätten wir genauso gemacht.«

Summerville schaute von seinem Smartphone hoch. Sein Chef war gereizt. Für gewöhnlich das erste Anzeichen, dass er mit seiner Geduld am Ende war.

»Ich könnte wetten, dass diese Franck-*bitch* irgendwo da draußen sitzt und versucht, die Strippen zu ziehen. Vielleicht hättest du sie gleich erledigen sollen, als du die Gelegenheit dazu hattest, Jesse. Einfach mit dem Auto plattmachen.«

»Du meinst, im Parkhaus? Das wäre gar kein Problem gewesen – aber so was mache ich ja nicht auf eigene Faust. Ohne dass mir jemand den Befehl dazu gegeben hat. Das versteht sich von selbst, oder?«

Parish hob beruhigend die Hand und nickte.

»Wir geben dem Ganzen noch zwei Tage und bauen darauf, dass die Wanzen erfolgreicher sind«, sagte er. »Wenn Franck bis dahin immer noch nicht aufgetaucht ist, müssen wir reagieren. Aber das müssen wir vielleicht sowieso. Ein Zeichen setzen. Das deutlichste, das wir zur Verfügung haben.«

»Das heißt, du denkst wirklich darüber nach? Wen?«

»Die kleine Rothaarige. Die Polizistin ... Das wirbelt am wenigsten Staub auf und ist trotzdem unmissverständlich. Aber warten wir noch ein bisschen ab.«

67.

Suzy Holm, Stylistin? Er war sich nicht sicher, was diese Berufsbezeichnung genau beinhaltete, aber die junge Frau mit den pechschwarzen Haaren, die straff zurückgekämmt und im Nacken zusammengebunden waren, sah mit ihren schwarzen Jeans, dem schwarzen Anzugsakko und den langen schwarzen Fingernägeln selbst ziemlich ... gestylt aus.

»Oxen? ... Kann es sein, dass mir der Name irgendwie bekannt vorkommt?«

Er zuckte mit den Schultern.

»Nein, das kann ich mir nicht vorstellen. Wie gesagt, der Keller ...«

Die Frau, die also Suzy Holm hieß, saß ihm gegenüber auf dem Sofa und lächelte selbstbewusst, während sie ihn unverhohlen musterte.

»Ja, richtig, der Keller«, sagte sie. »Sie hatten noch Fragen dazu. Warum will die Polizei den Fall plötzlich wieder aufrollen?«

»Darauf kann ich leider nicht näher eingehen.«

»Ich habe mit dieser ganzen Keller-Sache tatsächlich schon lange abgeschlossen. Ich hab ja auch nie wieder etwas von der Polizei gehört. Ich glaube, das hat keiner von uns. Natürlich habe ich kapiert, dass da unten wohl eine Menge furchtbarer Dinge passiert sind, aber bis zu dem Abend wussten wir ja gar nichts davon – für uns war das verbotene Zone. Um ganz ehrlich zu sein, hatte ich in diesem Keller nur eine Mission: zwei Tage lang unglaublich viel Geld zu verdienen – ohne viel dafür tun zu müssen. Deshalb habe ich jedes Mal gehofft, wieder eingeladen zu werden.«

»Sie mussten nichts tun?«

»Doch, doch, natürlich. Klar hatte ich Sex ... aber nicht besonders viel. An den zwei Abenden habe ich mehr verdient als sonst in zwei Monaten.«

»Der Mandrill ... Ich würde gern mit Ihnen über den Mandrill sprechen.«

Suzy Holm nickte und sah ihn fragend an.

»Was wollen Sie wissen?«

»Gehörte der Mandrill auch zu Ihren ... Kunden?«

»Gelegentlich. Ich bin ja Expertin. Ich glaube, es hat ihm bei mir ganz gut gefallen.«

»Expertin?«

Er musste sich langsam herantasten. Wenn die junge Frau in dem schwarzen Look für irgendetwas Expertin war, dann ja vermutlich für ... Sex.

»Bondage.«

»Bondage?«

Suzy Holm schüttelte lachend den Kopf.

»Unterwerfung oder Dominanz, Fesseln, Seile oder Handschellen – na ja, was eben so dazugehört.«

»Ja, natürlich. Und hatten Sie und der Mandrill ein besonderes Verhältnis?«

»Das klingt, als würde ich es mit Tieren treiben.«

»Tut mir leid, aber ...«

»Die Antwort ist Nein. Kein besonderes Verhältnis.«

»Wissen Sie, ob der Mandrill zu jemand anderem eine besondere Verbindung hatte? Gab es eine Favoritin?«

»Hmmm ... Da war ein Mädchen, südländischer Typ, groß, gutaussehend, kurze Haare. Angie, Angelina, Angelica oder so ähnlich. Ich kenne sie nicht, aber ich weiß, dass er sich immer für sie entschieden hat, wenn sie da war.«

»Wissen Sie sonst noch etwas über den Mann mit der Mandrillmaske? Nationalität oder solche Dinge?«

»Er hat Englisch mit mir gesprochen, aber er war ganz sicher kein Engländer. Das konnte man hören. Mehr nicht, leider.«

»Fällt Ihnen jemand ein, der etwas über ihn wissen könnte?«

»Das habe ich doch gerade gesagt, diese Angelica.«

»Und sonst niemand?«

»Nein.«

»Aber vielleicht fällt Ihnen noch jemand ein, der ihn im Keller ... bedient hat?«

Suzy Holm nahm sich reichlich Bedenkzeit.

»Natürlich war er auch noch bei anderen ... Trine und Alba, glaube ich.«

»Trine und Alba? Nachnamen?«

Die Frau in Schwarz schüttelte den Kopf.

»Nur Vornamen. Wir benutzen immer nur Vornamen, und manchmal sind auch die erfunden ...«

»Sie wissen also nicht, wie ich mit den beiden in Kontakt treten kann?«

»Ich habe keinen Schimmer.«

Er atmete erleichtert auf, als er wieder vor dem Haus im Paradisæblevej in Valby stand. Lieber marschierte er zehn Kilometer durch schwieriges Terrain, als weiter den Polizisten zu spielen und eine Hure nach der anderen zu vernehmen, um Fragen nach dem Mandrill zu stellen.

Allein über Dinge sprechen zu müssen, die mit dem Keller zu tun hatten, löste jedes Mal eine Welle des Unbehagens aus.

Es war 20:30 Uhr. Suzy Holm war seine zweite und gleichzeitig letzte Zeugin für heute gewesen. Auch die erste, eine Frau Anfang vierzig, die im normalen Leben als Sekretärin in einem Ingenieurbüro arbeitete, hatte nichts Brauchbares beitragen können.

Er sah sich vorsichtig um.

Es schien alles unverdächtig, aber er war sich sicher, dass sein Schatten irgendwo in der Nähe war. Sie wurden rund um die Uhr überwacht.

Dass sie damit fortfuhren, die Prostituierten von Margrethe Francks Zeugenliste aufzusuchen oder andere Personen, auf die sie im Zuge dieser Befragungen hingewiesen wurden, war Teil des Plans, den sie im Hotelzimmer besprochen hatten. Die Amerikaner, die den Mandrill Niebuhr beschützten, sollten sehen, dass sie bereit waren, ihre Jagd geduldig fortzusetzen, und dabei weder Aufwand noch Mühe scheuten.

Sally Finnsen hatte drei Namen auf ihrer Liste, und zwar an so unterschiedlichen Orten wie Nørrebro, Rødovre und Tårnby.

Für morgen hatten sie beide zwei.

Wie es danach weitergehen würde, hing von Margrethe Franck

ab. Wenn Mossman grünes Licht gab und sie das Hotel verlassen konnte, musste sie ihre Wohnung zuerst nach *bugs* absuchen, kleinen, leistungsstarken Abhörgeräten. Sie waren sich sicher, dass die Amerikaner Wanzen bei ihr platziert hatten – und tatsächlich hofften sie darauf, denn Sally Finnsen war bei sich zu Hause genauso wenig fündig geworden wie er. Sie hatten Franck das ernüchternde Ergebnis ihrer erfolglosen Suche über die neuen Handys mitgeteilt, als sie …

Tief unten in seiner Jackentasche machte es »Pling«. Er zog sein Telefon heraus. Bestimmt Magnus, der …

Nein. Nicht Magnus.

Er las die Nachricht.

»Du hattest recht, Orfej. Danke für die Warnung. Es waren zwei Männer. Zu dunkel, um mehr zu erkennen. Ich bin jetzt in Sicherheit, in Moskau. Pass auf dich auf. Nastenka«

68.

Es standen nur wenige Autos auf dem obersten Parkdeck, dem Dach des Shoppingcenters Fisketorvet. Aber es gab ja auch viel erquicklichere Orte, an denen man einen herrlichen lauen Abend im Mai verbringen konnte, als ausgerechnet hier.

Erquicklich. Ein Wort, das er fast vergessen hatte, obwohl er immer bemüht war, seinen Wortschatz zu bewahren. Seine Sprache vor ständigen Updates zu schützen, so wie alles andere in dieser Gesellschaft ununterbrochen upgedatet werden musste.

Der dunkelblaue Mercedes stand ungefähr an derselben Stelle wie die letzten Male, in der Ecke im Abschnitt F.

F wie … Friedensverhandlung.

Der Fahrer des Wagens saß nicht hinterm Steuer, wie er es

sonst bei ihren Treffen normalerweise tat. Er stand im Freien, vor dem Auto, und lehnte an der Mauer, die zum Hafen zeigte.

Er parkte seinen Audi daneben, stieg aus und ging zu ihm.

»Ein ... erquicklicher ... Abend, nicht wahr?«, sagte er und ließ seinen Blick über den Südhafen schweifen.

»Erquicklich, Mossman, wirklich? Wenn Sie mich fragen, klingt das vielleicht ein bisschen zu antiquiert«, sagte der Mann lachend und gab ihm die Hand.

Er brummte.

Auch wenn Franz Herskind als Generalstaatsanwalt am Obersten Gerichtshof der höchste Anklagevertreter des Landes war, änderte das nichts daran, dass er mit seinen Mitte fünfzig genau genommen noch grün hinter den Ohren war. Also woher sollte er wissen, wann etwas erquicklich war?

Zwei Siebener mit Steuermann glitten vor dem Hafenpark Islands Brygge gegenüber entlang. Beide Ruderboote und Mannschaften wirkten vollkommen synchron. Er konnte auch eine Gruppe Kajakfahrer ausmachen sowie drei andere Wassersportler, die aufrecht auf irgendwelchen Brettern standen und aussahen, als würden sie sich mit ihren Paddeln vorwärtsschieben. Das war auch so eine neumodische Erfindung, er hatte vergessen, wie es hieß.

»Ganz schön viel los auf dem Wasser«, sagte er. »Die drei da, die auf diesen ... Brettern stehen, also, das ist ja ...«

»Das sind SUP-Boards, Mossman. Meine Frau hat auch eins.«

»SUB? Eigenartig. Diese lateinische Präposition besagt doch normalerweise, dass sich eine Sache ›unter‹ etwas befindet. Zum Beispiel *unter* der Oberfläche. Für mich war *sub* immer die Präposition meines Lebens.«

»Das kann ich mir lebhaft vorstellen ... Nur heißt es hier SUP mit P am Ende, nicht mit B.«

»Mit P? Und was soll das bedeuten, SU-P?«

»Ich weiß es wirklich nicht«, sagte Herskind und lachte.

»Na ja, egal. Ich verstehe nicht, wie man auf so einem Ding das Gleichgewicht halten kann. Ich finde es schon an Land schwer genug, die Balance zu halten und den Fokus nicht zu verlieren … Aber kommen wir zur Sache«, sagte er.

»Genau. Kommen wir zur Sache.«

»Margrethe Franck. Wie ist die Lage?«

»Meines Wissens ist sie … verschwunden.«

»Vielleicht ist sie ja wieder aufgetaucht?«

»Haben Sie die Finger im Spiel, Mossman?«

Er zuckte mit den Schultern. Allzu leicht wollte er es dem Knaben auch nicht machen.

»Man hat mir gesagt, dass einer meiner Männer Sie nach ihrem Verbleib gefragt hat«, fuhr Herskind fort. »Und dass Sie nichts gewusst hätten.«

»Das ist richtig. Jetzt hat sich die Situation aber verändert. Ich habe Margrethe Franck … *entwaffnet*. Uns mehr Zeit verschafft. Sie stellt keine Bedrohung mehr dar.«

»Aber sie kennt unser Geheimnis.«

»Die Katastrophe ist abgewendet. Sie können sich auf ihr Wort verlassen. Sie wird dichthalten. Lassen Sie sie gehen.«

Der Generalstaatsanwalt blickte eine Weile schweigend auf den Hafen.

»Wieso nur werde ich den leisen Verdacht nicht los, dass Sie das von Anfang an so geplant hatten?«, fragte er.

»Ich habe keine Ahnung.«

Er bemühte sich, ein passendes Gesicht aufzusetzen.

Herskind nickte.

»Von mir aus. Sie wird verschont, Mossman. Zumindest vorläufig. Sollte doch etwas herauskommen, dann … tut es mir leid …«

»Damit kann ich leben. Aber noch eine Sache, die Franck betrifft: Sie erwartet eine letzte kleine Gefälligkeit für ihr Schweigen. Wir sollen zwei Amerikaner finden, die sich wahrscheinlich in Kopenhagen aufhalten.«

»Amerikaner?«

»Angehörige der Firma. Können Ihre Leute die Hotels überprüfen? Und natürlich auch die Passagierlisten der Fluglinien? Das sollte doch eigentlich machbar sein.«

»Sicher, aber wieso ist es ihr so wichtig, diese Männer aufzuspüren?«

Mossman hob beschwichtigend die Hände.

»Darauf komme ich gleich noch zurück. Aber sagen Sie: *Niebuhr*, was wissen Sie über ihn?«

»Niebuhr? Niebuhr wer?«

»Nur Niebuhr.«

Der Generalstaatsanwalt schüttelte den Kopf.

»Äh ... So was wie ein Entdeckungsreisender. Araber und Kamele, Tausendundeine-Nacht-Geschichten. Vorname Carsten. In Kopenhagen ist eine Straße nach ihm benannt worden, ganz hier in der Nähe irgendwo, wenn ich mich nicht irre. Seltsame Frage. Warum?«

»Haben Sie es eilig, Herskind?«

»Nicht besonders. Abgesehen davon, dass meine Familie gemütlich zu Hause im Garten sitzt, grillt und Weißwein trinkt – ohne mich. Weil ich auf dem Dach eines Einkaufszentrums herumstehe. Warum?«

»Weil ich Ihnen die Geschichte eines Mannes erzählen will, der spätabends plötzlich vor mir auf dem Waldweg stand, als ich mit meinem Hund spazieren war. Er heißt Ray Bowman. Wie sich herausgestellt hat, weiß er eine Menge ziemlich interessanter Dinge über die *Precious Papers* und den ganzen Panama-Fall.

Insiderwissen ... Und diese Geschichte führt uns direkt zu den beiden Männern der CIA, die wir für Margrethe Franck lokalisieren sollen.«

Der Generalstaatsanwalt drehte sich zu ihm um, musterte ihn einen Moment lang und sagte dann:

»Ich habe Zeit.«

69.

In derselben Sekunde, in der Axel Mossman sie anrief, um ihr zu sagen, dass sie wieder nach Hause durfte, stopfte sie die wenigen Sachen, die sie mitgebracht hatte, in ihre Tasche und verließ das Hotel.

Das heißt, nicht ganz ...

Denn Mossman hatte ihr außerdem gesagt, dass sie vorher noch an der Rezeption vorbeigehen und den Schuhkarton abholen sollte, den er dort für sie hinterlegt hatte, diskret eingeschlagen in braunes Packpapier. In dem Paket lag seine private Pistole, eine Heckler & Koch USP Compact, dieselbe Waffe wie ihre eigene, die gut verschlossen in Søborg verwahrt wurde.

Jetzt kämpfte sie sich die Treppe hoch, so schnell ihr Bein es zuließ, den Schuhkarton unter dem einen Arm und die Reisetasche in der anderen Hand. Dann war sie da. Sie stellte die Tasche neben sich auf den Treppenabsatz, aber als sie den Schlüssel schon in der Hand hielt und sich darauf freute, gleich den süßen Duft von *home sweet home* zu atmen, stockte sie. Vielleicht weil der Fußabtreter ganz leicht verrutscht war?

Die letzten Tage hatten sehr deutlich gezeigt, dass man nicht vorsichtig genug sein konnte. Und es gab einen Grund dafür, dass sie einen Schuhkarton mit einer Pistole durch die Gegend schleppte.

Sie legte das Paket auf den Boden und riss das Papier ab. Die Pistole war in Luftpolsterfolie eingewickelt. Eine Schachtel Munition war auch dabei. Das Magazin lag lose daneben, bis zum Rand mit dreizehn Patronen gefüllt. Sie setzte es ein, lud die Waffe durch und entsicherte sie. Erst dann steckte sie den Schlüssel ins Schloss und öffnete vorsichtig die Wohnungstür.

Mit der Pistole in beiden Händen überprüfte sie ihr eigenes Zuhause, Zimmer für Zimmer, achtete auf jedes Detail. Nichts lag am falschen Platz. Nichts fühlte sich falsch an. Trotzdem hoffte sie, dass etwas nicht stimmte …

Sollten die Amerikaner – wider Erwarten – keine Abhörgeräte in ihrer Wohnung platziert haben, dann war ihr Plan gescheitert, bevor sie überhaupt mit der Umsetzung begonnen hatten.

Sie sah sich um, suchte entlang der Fußbodenleisten, an den Wänden und an der Decke. Sie mussten irgendwo sein, die unauffälligen, heimtückischen Wanzen, die es dem Feind ermöglichten, mitzuhören.

Während sie nebenbei ein paar trockene Scheiben Weißbrot aß, die sie vorher im Toaster wiederbelebt hatte, und zwischendurch immer wieder einen Schluck frischgekochten Kaffee trank, nahm sie jeden Raum akribisch unter die Lupe. Zuerst das Wohnzimmer. Hier war die Wahrscheinlichkeit am größten.

Es dauerte lange, bis sie das erste kleine Biest endlich gefunden hatte. Das Abhörgerät, das etwa halb so groß wie ein gewöhnlicher USB-Stick war, versteckte sich ziemlich clever hinter dem gerahmten Heerup-Plakat, das an der Wand über dem Sofa hing.

Ein Treffer genügte schon, aber ihre Berufsehre hätte ihr niemals erlaubt, es dabei zu belassen.

Nummer zwei saß hinter dem Kopfteil ihres Betts. Wie lange sie schon abgehört wurde, wusste sie logischerweise nicht, aber es deutete alles darauf hin, dass es schon eine ganze Weile war. Sie arbeitete immerhin seit gut einem Jahr an dem Keller-Fall.

Aber jetzt war sie erleichtert. Jetzt wusste sie, wie sie das Ganze inszenieren würden. Der Rest konnte bis morgen warten.

Ihre Nacht war unruhig, und sie hatte das Gefühl, mehr wach zu sein, als zu schlafen. Vielleicht spielte ihr die Vorbereitung des Plans mit den vielen Bestandteilen einen Streich. Vielleicht war es zu viel Kaffee gewesen. Vielleicht war sie auch einfach nicht müde genug, nach mehreren Tagen ohne Aktivität in einem todlangweiligen Hotelzimmer direkt an den Bahngleisen. Oder, und das war am wahrscheinlichsten, es lag an der Mischung aus allem.

Aber zumindest hörte sie dadurch das leise Klingeln ihres Handys um 02:49 Uhr.

Nur drei Menschen hatten ihre Nummer. Finnsen, Oxen und …

Sie war schlagartig hellwach.

Es war Mossman. Er wusste, dass er natürlich nicht mit ihr sprechen konnte. Deshalb hatte ihr alter ehemaliger Chef ihr etwas sehr Ungewöhnliches geschickt. Eine SMS.

»*Summerville und Parish sind lokalisiert. Unter ihren eigenen Namen. Summerville im Phoenix und Parish im Hotel Admiral.*«

Bingo! Genau das, worauf sie gehofft hatte. Mossmans Leute – wer immer dahinterstecken mochte – hatten nur sehr viel schneller gearbeitet, als sie zu träumen gewagt hätte. Hastig antwortete sie:

»*Danke. Bitte ab morgen früh beschatten lassen. Beide, 24/7. Ich brauche alles über ihre Aufenthaltsorte. Danke.*«

Es dauerte einen Moment, bis Mossmans Antwort kam.

»*Langsam überspannst du den Bogen …*«

»*Mein Preis, deine Entscheidung.*«

»*All right, ich werde sehen, was ich tun kann. Aber dann sind wir quitt!*«

»*Abgemacht.*«

Sie legte ihr Handy weg und ließ sich zurück in ihr Kopfkissen sinken. Sie lächelte. Sie wusste genau, wie sehr es den alten Silberrücken ärgerte, wenn ihm irgendjemand Vorschriften machte. Es würde ihn noch auf dem Sterbebett fuchsen, also hoffentlich in sehr ferner Zukunft, dass sie ihm bei seinem Täuschungsmanöver am Flughafen auf die Schliche gekommen war.

Dabei hatte sie ihn zwar bei einem kapitalen Betrug erwischt, war aber nicht in der Lage gewesen, herauszufinden, was das Ganze sollte.

Also stand es zwischen ihnen womöglich unentschieden, aus rein professioneller Sicht? Nein. Warum die eigene Leistung herabsetzen? Sie hatte die Nase vorn. Die Schülerin war im Begriff, den Meister zu schlagen.

Bei der Vorstellung musste sie wieder lächeln, ihr Körper wurde wohlig schwer. Sie war sicher, dass sie jetzt ein paar Stunden richtig gut schlafen würde.

70.

Jesse Summerville hatte das Headset auf und nahm die Updates der Teams vor Ort entgegen, diskutierte die Meldungen und erteilte gegebenenfalls neue Anweisungen. Er saß vor einer Reihe von Monitoren, ohne sie allerdings eines Blickes zu würdigen. In der jetzigen Situation waren Livebilder völlig nebensächlich.

Links neben ihm saß ein junger Mann, ein dänisch sprechender Mitarbeiter der Botschaft, der sich bereithalten musste, um sofort zu übersetzen, falls es nötig wurde. Er hatte sich die Kopfhörer um den Hals gelegt, scrollte auf dem Handy herum und schien sich mächtig zu langweilen.

Shaun Parish war völlig in seinen Laptop vertieft, den er auf dem Schoß liegen hatte. Schon seit ihrer Begrüßung heute Morgen wirkte Summervilles Chef gereizt und gestresst. Sein Vorgesetzter zu Hause in Langley erwartete einen Statusbericht zur Operation Niebuhr von ihm. Da war die schlechte Laune mehr als verständlich.

Die ersten Stunden des Tages hatten sie in dem kleinen Kellerraum der Botschaft mit reiner Routinearbeit verbracht. Sie wussten, dass Margrethe Franck spät am Vorabend plötzlich in ihre Wohnung zurückgekehrt war. Und sie wussten auch, dass Sally Finnsen nicht zum Dienst im Polizeipräsidium erschienen war, sondern vor über einer Stunde ein Haus in Nørrebro betreten hatte, und dass Niels Oxen in der Nähe seiner Wohnung herumlief, im Gebiet Svanemølle – offenbar ohne besonderes Ziel.

»Ich wüsste wirklich gern, wo sie die letzten Tage gewesen ist. Diese Lücke verursacht einfach kein gutes Gefühl«, murmelte Summerville und rieb sich die Augen.

»Wer?« Parish fragte, ohne den verkniffenen Blick vom Bildschirm zu lösen.

»Franck.«

Sein Chef reagierte nicht.

»Wer denn sonst, verdammt ...?« Summerville schlürfte seinen Kaffee.

Parish schien immer noch völlig abwesend zu sein. Summerville fuhr fort:

»Wenn Jack Olssons Leute ein bisschen cleverer wären, hätten sie bemerkt, was sie vorhat ...«

»Wenn, wenn ...«

Parish antwortete seinem Assistenten mit einem Schulterzucken.

Der letzte Versuch, ein Gespräch in Gang zu bringen, erstarb. Summerville nahm sich ein Beispiel an dem jungen Botschaftsmitarbeiter und fing an, sich sinnlos mit seinem Handy zu beschäftigen.

Die nächste halbe Stunde verstrich, ohne dass einer der Männer etwas sagte. Dann ging plötzlich ein heftiger Ruck durch Summerville, und er hob eine Hand.

»Jetzt!« Er schrie fast. »Francks Telefon klingelt.«

Der junge Mann reagierte schnell, setzte sich die Kopfhörer auf und begann umgehend, simultan zu übersetzen.

»Die Anruferin ist eine Sally«, erklärte er. »Franck fragt: Wie sieht's aus, Sally, hat das Gespräch mit Katja irgendwas Neues ergeben?«

71.

»Wie sieht's aus, Sally, hat das Gespräch mit Katja irgendwas Neues ergeben?«

Sie nahm den Anruf sofort entgegen, als ihr Handy klingelte, und stellte ihre Frage. Jetzt kam es darauf an, überzeugend zu sein. Sie ließ sich auf ihr Sofa fallen – unter das Heerup-Bild.

Sie achtete sorgfältig darauf, immer wieder einsilbige Antworten einzustreuen und dann vertiefend nachzuhaken.

»Nicht so schnell, Sally. Wie war der Name? Dahlia? Das sagt mir absolut gar nichts. Sie taucht in keinem einzigen Vernehmungsprotokoll auf, weder als Zeugin, noch wurde der Name von irgendjemandem erwähnt. Da bin ich mir ganz sicher.«

Sie schwieg, hörte zu und kommentierte:

»Hmm ... Dahlia oder auch *Lady Darlene*?«

Sie schwieg wieder, hörte weiter zu. Bis zur abschließenden Zusammenfassung. Dann platzte sie dazwischen:

»Moment, also laut Katja hat diese Dahlia, aka Lady Darlene, den Mandrill im Keller ›bedient‹ …? Sogar mehrmals? Perfekt. Das klingt richtig gut. Aber … hat sie wirklich überhaupt keine Ahnung, wo wir diese Dahlia finden können? Hast du ihr Druck gemacht?«

Kurz darauf fiel sie Sally erneut ins Wort:

»Okay, das reicht mir fürs Erste. Den Rest besprechen wir später mit Oxen. Wir müssen jetzt alles, wirklich alles daransetzen, diese Dahlia zu finden. Sonst endet sie womöglich noch genauso wie Angelina Mikkelsen …«

72.

Jetzt, vermutlich im Laufe der nächsten halben Stunde, würde sich zeigen, ob ihr Plan funktionierte. Genauer gesagt, der Plan, den Sally Finnsen blitzschnell entworfen hatte, als sie sich mit Mossman in Francks Hotelzimmer getroffen hatten.

Margrethe Franck saß neben ihm auf dem Beifahrersitz und spähte wachsam nach allen Seiten, während sie vom Bahnhof Østerport her in die breite Dag Hammarskjölds Allé einbogen.

Franck hatte ihre Wohnung heimlich über die Hintertreppe verlassen und sich durch die Hinterhöfe geschlagen, ehe er sie am verabredeten Treffpunkt mit dem Mietwagen aufgesammelt hatte.

Sie mussten beide aus der Überwachung durch die Amerikaner ausbrechen. Das war eine zwingende Voraussetzung.

Auch Oxen hatte einige Zeit darauf verwendet, seine Manndeckung ausfindig zu machen und danach abzuschütteln – es war ein Mann mittleren Alters, der ihm auf seinem langen morgendlichen Spaziergang gefolgt war. Er hatte seine Runde daraufhin in der Svanemøllens Kaserne beendet und war durch das Tor gegangen, um kurz darauf durch dasselbe Tor wieder nach draußen zu fahren, versteckt im Fußraum eines Jeeps. Entweder stand sein Verfolger immer noch dort und wartete geduldig auf ihn, oder er hatte irgendwann aufgegeben.

Jetzt fuhren sie an der amerikanischen Botschaft vorbei, die aussah wie ein ganz normales, niedriges Bürogebäude älteren Baujahrs. Das Grundstück war von einem hohen Gitterzaun umgeben und grenzte mit der Rückseite an den Garnisonsfriedhof. Vor dem Radweg bildete eine lange Reihe hoher Pflanzkübel aus Beton eine zusätzliche Barrikade zur Straße hin.

Sowohl vor dem Eingang als auch am Zaun standen jeweils zwei schwarz gekleidete Wachmänner.

Am Straßenrand parkte ein Auto hinter dem anderen. Ein Schild erklärte, dass hier nur halten durfte, wer etwas in der Botschaft zu erledigen hatte. Zuletzt folgten mehrere dicke gelbe Poller, die versenkbar waren. Zusammen mit einem Gittertor schützten sie die Zufahrt einer unterirdischen Tiefgarage.

»Wir haben keine Ahnung, wo Parishs Wagen steht. Wir müssen uns schräg gegenüber hinstellen«, sagte Franck.

Also bog er in die Øster Søgade ab, wendete und war einen Augenblick später zurück in der Dag Hammarskjölds Allé, in der entgegengesetzten Fahrtrichtung.

»Halt hier an, Niels.«

Er gehorchte und parkte auf dem Seitenstreifen vor der Østerbro-Bibliothek.

Er hatte das unscheinbarste Auto gemietet, das er sich vorstellen konnte, einen silbernen Peugeot 208. Auf dem Rücksitz lag ihre spärliche Ausrüstung. Zwei Ferngläser sowie Francks Kamera mit dem großen Teleobjektiv.

Sie standen jetzt schräg gegenüber der Botschaft, aber immer noch in sicherer Entfernung und in einer Position, aus der sie sowohl die Tiefgaragenzufahrt als auch den Haupteingang einsehen konnten.

»Unter den Linden. Schon wieder ...«, sagte er und seufzte unversehens.

»Äh, was?«

»Die Bäume hier. Alles Linden«, sagte er.

»Ich kann nicht mal eine Tanne von einem Kaktus unterscheiden. Aber du meinst Berlin, oder?«

Er nickte.

»Ja. Als ich auf der Suche nach der russischen Agentin war, habe ich einen ganzen Tag an der Straße Unter den Linden vor der russischen Botschaft gesessen.«

»Hmm. *Same, same but different*«, sagte Franck. »Hast du eigentlich noch mal was von ihr gehört?«

»Von der Russin? Nee ... Ich wüsste ja gern, wo Mossmans Leute sind. Hast du eine Ahnung?«

Franck schüttelte den Kopf.

»Nein, aber wir behalten sie noch als Back-up, solange wir hier sitzen. Wir übernehmen erst, wenn Parish ausrückt.«

»*Falls* er ausrückt.«

»Das wird er. Das muss er. Ich sage Mossman Bescheid.«

Franck griff zum Handy.

»Oxen und ich sind jetzt in der Dag Hammarskjölds Allé. Lass deine Leute noch da. Und gib uns Meldung, sobald Parish sich rührt. Nur zur Sicherheit. Danach können deine Leute nach Hause. Und wir sind quitt.«

Sie legte auf.

Er kommentierte das kurze Gespräch.

»Was ist das für eine Sache, die Mossman da am Laufen hat?

Warum verfügt er über solche Ressourcen? Arbeitet er für Salomonsen? Oder gegen Salomonsen? Das würde mich wirklich brennend interessieren.«

Franck seufzte.

»Da bist du nicht allein. Der blauäugige Teil von mir sagt, dass er gegen ihn arbeitet. Aber ich bin mir nicht sicher, was der andere Teil von mir sagt ...«

»Also eine Art Ermittlung?«

»Vielleicht. Vielleicht auch nicht. Aber wir dürfen jetzt nicht unseren Fokus verlieren. Und unser Fokus ist ein Mörder hinter einer Mandrillmaske mit dem Decknamen Niebuhr.«

Er nickte und sah auf seine Armbanduhr.

»Hast du die Zeit im Blick? Es ist fast eine Stunde her, dass Sally dich angerufen hat, nicht wahr?«

Franck sah nach.

»Genau vierundvierzig Minuten. Ich schätze, dass Parish sich in Bewegung setzen wird, ehe die Stunde um ist.«

Schweigend beobachteten sie die Botschaft auf der gegenüberliegenden Straßenseite.

Seine ganze Konzentration galt dem, was hoffentlich jeden Moment passieren würde. Er sah kurz zu Franck hinüber. Sie wirkte angespannt, die Stirn gerunzelt. Das hier war ihre einzige Chance ...

Nach einer Weile brach er das Schweigen:

»Dahlia, Lady Darlene? Wer zur Hölle ist eigentlich auf diese Idee gekommen?«

Franck grinste.

»Eine Lieblingsblume meiner Mutter ... Dahlien. Es gibt unglaublich viele verschiedene Sorten. Lady Darlene ist eine besonders schöne, mit gelbroten Blüten.«

Wieder machte sich konzentrierte Stille breit. Er behielt die

Zeit im Auge. Sie kroch im Schneckentempo dahin, an diesem ganz gewöhnlichen Vormittag mit dem üblichen Werktagsverkehr auf der Straße, auf den Fahrradwegen links und rechts der Allee, den Bürgersteigen und vor dem Haupteingang der Botschaft gegenüber.

Sie standen an einer guten Stelle mit jeder Menge Aktivität. Es war ein stetes Kommen und Gehen im Eingangsbereich der Bibliothek, und auch in der katholischen Sankt-Joseph-Schule nebenan gingen ständig Kinder und Erwachsene ein und aus.

Wieder schielte er auf seine Uhr. Sie waren jetzt fast zwanzig Minuten hier.

Sie entdeckten ihn gleichzeitig.

Parish blieb für einen kurzen Moment unter einer der Linden vor der Botschaft stehen.

In der nächsten Sekunde klingelte Francks Telefon. Das musste Mossman sein.

»Wir sehen ihn. Danke.«

Sie legte sofort wieder auf.

Shaun Parish, ein groß gewachsener breitschultriger Schwarzer in dunklem Anzug, die Sonnenbrille in die Stirn geschoben, überquerte den Fahrradweg und setzte sich ans Steuer eines roten Opel Corsa, der am Straßenrand parkte.

Angespannt rutschte Franck auf ihrem Sitz nach vorn.

»Sei vorsichtig, Niels. Halt genug Abstand. Wir dürfen das hier nicht in den Sand setzen. Auf gar keinen Fall.«

Der rote Corsa fädelte sich in den fließenden Verkehr in Richtung Sortedamssø ein.

»Scheiße, ich muss einen U-Turn machen.«

Eine andere Möglichkeit gab es nicht. Er ließ den Wagen gerade weit genug nach vorn rollen, dass er über die linke Schulter freie Sicht nach hinten hatte.

»Aber warte, bis er an der Kreuzung ist und wir ein paar Autos zwischen uns haben.«

Es erschien ihm wie eine Ewigkeit, bis endlich eine Lücke kam, die groß genug war, um auf die andere Fahrbahnseite zu wechseln. Jetzt fuhren sie in die richtige Richtung, und die Ampel weiter oben war immer noch rot.

Zwischen ihnen und dem Corsa waren mehrere andere Fahrzeuge. Momentan konnten sie ihn nicht sehen, aber sie wussten, dass er dort sein musste. Dann wurde die Ampel grün, und die Kolonne rauschte weiter die Østerbrogade hinauf, an der Metrostation Trianglen links und weiter bis zur Kreuzung am Blegdamsvej. Dann war wieder rot. Parishs Auto stand ganz vorn am Fußgängerüberweg.

Keiner von ihnen sagte ein Wort. Er hatte den Eindruck, dass Margrethe Franck ununterbrochen die Umgebung scannte – und dass schon die kleinste Bewegung eines beliebigen roten Wagens genügte, um sie in Alarm zu versetzen.

Die Ampel wurde grün, und sie überquerten die Kreuzung, folgten der langen, geraden Øster Allé. Im Moment trennten sie nur drei Autos von Parish. Alle anderen waren abgebogen.

Er ging vom Gas, um neue Fahrzeuge zwischen sich und den Corsa zu bringen. Parish fuhr in gleichmäßigem Tempo weiter geradeaus, und auf Höhe des Stadions hatte Oxen den Abstand auf sechs Autos vergrößert.

»Ich bin gespannt, wo wir hinfahren«, dachte er laut.

Franck antwortete nicht.

Sie fuhren immer noch weiter geradeaus, und zu beiden Seiten der Straße erstreckte sich das Grün des riesigen Fælledpark. Ganz oben am Ende des Parks bogen die meisten Autos in den Lyngbyvej ab – auch der rote Corsa. Parish machte es ihnen leicht. Er folgte weiter der Ausfallstraße, die schließlich direkt in die dreispurige Autobahn nach Helsingør mündete.

Franck saß jetzt entspannter auf dem Beifahrersitz. Auf der Autobahn war es kein Problem, sich einfach ein Stück zurückfallen zu lassen und das Ziel trotzdem im Blick zu behalten. Der große Abstand ließ ihm genug Zeit zu reagieren, falls Shaun Parish plötzlich auf die Idee kommen sollte, irgendwo abzufahren.

Aber das tat er nicht.

Eine halbe Stunde nachdem sie an Nærum vorbeigefahren waren, war ihnen klar, was die Endstation sein würde. Sie hatten die Autobahn verlassen und folgten Parish durch das Zentrum von Helsingør, vorbei am Bahnhof und dem Fähranleger. Schließlich sahen sie, wie er auf einen großen geschotterten Parkplatz direkt neben dem Jachthafen bog.

Ein Stück weiter rechts ragte die Spitze eines hohen schlanken Turms in den blauen Himmel. Darunter befand sich ein Koloss aus braunen Steinquadern. Und zwar nicht irgendein Koloss.

»Kronborg? *Fuckin'* Kronborg …?«, platzte Franck heraus. »Das ist sein Ziel? Natürlich, was auch sonst? Setz mich ab und park das Auto irgendwo am Jachthafen.«

Franck war schon ausgestiegen, ehe er überhaupt richtig angehalten hatte. Sie schnappte sich eins der Ferngläser und die Kamera vom Rücksitz und ging hinter einem Camper in Deckung, der am Straßenrand stand.

Sie wartete auf ihn, als er kurz darauf zu Fuß zu ihr kam.

»Parish ist zum Schloss rübergegangen. Ohne sich ein einziges Mal umzuschauen. Er fühlt sich offenbar sicher … Wir folgen ihm einzeln. Ich zuerst.«

Er konnte sehen, dass ihr die Treppenstufen, die über den grasbewachsenen Wall führten, Schwierigkeiten machten, dass sie diese Tatsache aber eiskalt ignorierte. Kurz darauf ging er ebenfalls los.

Sie folgten dem Fußweg zur Brücke, die über den äußeren Burggraben führte. Parish war ein ganzes Stück voraus, in seinem schwarzen Anzug aber gut zu sehen. Gerade befand er sich etwa in der Mitte der Brücke.

Obwohl es ein normaler Wochentag war und die Hochsaison noch lange nicht begonnen hatte, waren reichlich Touristen da. Ob es jemals einen ruhigen Tag auf Kronborg gab? Vermutlich nicht.

Auch Franck hatte jetzt die Brücke überquert und verschwand durch das offene Tor im Wall. Oxen blieb weiter auf Abstand – und konnte den Amerikaner nicht mehr sehen, aber er ging davon aus, dass Franck die Sache im Griff hatte.

Als er an dem kleinen Café hinter dem Tor vorbeiging und sein Blick auf das große Bronzemodell fiel, das die gesamte Festungsanlage abbildete, ertappte er sich unwillkürlich bei der Vorstellung, wie ein Puppenspieler die ganze Szenerie in Miniatur überblicken zu können. Alle Akteure einfach platzieren zu können, wo man sie am besten gebrauchen konnte. Ja, dann wäre es ein Leichtes, ihren Plan in die Tat umzusetzen …

Er überquerte die nächste Brücke und den nächsten Wallgraben und gelangte durch den großen Gewölbgang und das Portal in der Schlossmauer in die eigentliche Festungsanlage, wo die ockerfarbenen und hellgelben Garnisonsgebäude den inneren Wallgraben säumten. Und dahinter erhob sich Schloss Kronborg.

Er entdeckte den Rücken des groß gewachsenen Parish und sah Franck, die sich mit ihrer Kamera über der Schulter diskret unter eine Gruppe Touristen mischte, während sie sich dem Haupteingang näherten. Irgendwo dort musste man sich eine Eintrittskarte kaufen, um ins Herz des Schlosses vorzudringen, daran erinnerte er sich noch von seinem letzten Besuch, der allerdings etliche Jahre her war.

Konzentriert folgte er dem Strom in den Gewölbegang und reihte sich in die Ticketschlange ein, wobei er sich in die tiefen Schatten entlang der Mauer zurückzog. Das war der Moment, in dem der Amerikaner alle Zeit der Welt hatte, sich umzusehen und misstrauisch zu werden. Aber nichts geschah. Auch Franck achtete sorgsam darauf, sich in der Menge versteckt zu halten.

Dann verschwand Parish – und kurz darauf Franck.

Ihre Mission war in der kritischsten Phase angelangt, in der sie ihr Objekt um keinen Preis aus den Augen verlieren durften.

Er bekam seine Eintrittskarte und folgte rasch dem kopfsteingepflasterten Weg nach oben zum Schlosshof.

Ganz egal, ob man einen Teufel der CIA verfolgte oder ein nichtsahnender Besucher war, niemand spazierte einfach in Schloss Kronborg hinein – nein, wer den geschlossenen Innenhof erreichen wollte, musste sich diese Offenbarung *erarbeiten*. Und gleich hatte er es geschafft.

Er war kaum durch das letzte Tor getreten, als Franck ihm unauffällig eine Hand auf die Schulter legte.

»Er ist da rübergegangen. Du übernimmst.«

Sie zeigte zu einer offenen Tür auf der rechten Seite des Innenhofs, auf einem Banner daneben stand »Kasematten«.

»Ich gehe in den Souvenirshop und passe auf«, fuhr sie fort.

Er überquerte den Platz und schloss sich einer Reisegruppe an. Der Weg führte nach unten. Die Kasematten waren ein unterirdisches System aus Gängen und Räumen, die als Kerker, Lager und als Unterkunft für die Soldaten gedient hatten. Und außerdem beherbergten sie eine sagenumwobene Statue. Um die zu sehen, waren alle hier.

Er zog sich die Kappe tiefer in die Stirn und bewegte sich mit der Menge die Treppe hoch, die zu einem engen Gang führte, und von dort in den niedrigen Tunnel, der ziemlich steil nach unten ging. Er glaubte für einen kurzen Moment, weiter vorn Parishs Rücken zu sehen, aber ob er damit recht hatte, würde sich erst noch zeigen.

Dann betrat er den dunklen, niedrigen Raum, in dem sich ziemlich viele Besucher drängten. Ihre Aufmerksamkeit galt einzig und allein der angestrahlten Statue von Holger Danske. Er blieb zunächst hinten an der Wand und sah sich um. Da war der gut gekleidete Parish. Fast ganz vorn.

Vorsichtig bahnte Oxen sich einen Weg durch das dunkle Gedränge, um den Amerikaner nicht aus den Augen zu verlieren. Immer wieder blitzten Handykameras und Fotoapparate auf, aber Holger Danske schlummerte unbeeindruckt weiter, den Schild zu seinen Füßen und die Arme um sein Schwert verschränkt. Der Legende nach würde der Sagenheld in der Stunde der Not erwachen und Dänemark zu Hilfe kommen.

Parish stand direkt vor der Statue. Die Sonnenbrille, die immer noch auf seinem Kopf saß, streifte fast die Decke. Der Amerikaner nahm zu niemandem erkennbar Kontakt auf, weder direkt noch indirekt.

Wann war die Stunde der Not gekommen? Dänemark hatte Weltkriege erlebt, alte und neue kalte Kriege, eine Pandemie, Inflation, wahnwitzige Energiepreise und noch viele andere Übel – ohne dass Holger es für nötig befunden hatte, seinen Hintern zu heben …

Nachdem er ein paar Minuten vor der Statue stehen geblieben war, drehte Parish sich um und ging an der Wand entlang zum Ausgang am anderen Ende des Raums.

Erst jetzt fiel Oxen auf, dass in Parishs linker Sakkotasche eine auffällig rötliche Zeitung steckte. Die war mit Sicherheit noch nicht dort gewesen, als sie ihm vom Parkplatz gefolgt waren. Auch wenn sich sein Wissen über dänische Zeitungen in Grenzen hielt, wusste er, dass es nur eine gab, die auf rosa Papier gedruckt wurde, die *Børsen*. Diese Zeitung war ein geheimes Signal. Das Zeichen an jemanden, dass alles nach Plan lief. Das Zeichen, dass die nächste Phase eingeleitet werden konnte.

Nachdem er gerade wieder die enge Treppe hochgekommen war, vibrierte das Handy in seiner Tasche. Es war Franck.

»Parish hat sich auf eine Bank gesetzt, gegenüber dem Eingang zu den Kasematten«, sagte sie. »Kannst du ihn sehen?«

»Ja.«

»Ihm jetzt nachzugehen, wäre viel zu riskant. Bleib, wo du bist. Wir warten.«

»Verstanden.«

Parish hatte seine Sonnenbrille aufgesetzt. Es war unmöglich zu erkennen, ob er irgendjemanden beobachtete. Aus der Entfernung sah es so aus, als würde er auf sein Handy schauen und die Zeit totschlagen.

Nach einer Viertelstunde verließ er den Burghof. Wieder vibrierte Oxens Handy.

»Geh du zuerst. Ich komme dann nach«, lautete Francks Order, und er verließ rasch den Vorraum der Kasematten und lief zurück in das Gewölbe am Eingang.

Parish ging am Ticketschalter vorbei, über die Brücke und schlug dann den schmalen asphaltierten Weg ein, der zwischen Festungsmauer und Wall zum Øresund führte.

Zum Glück waren viele Touristen hier, die das schöne Wetter genossen und sich über die Aussicht von der Festungsanlage aufs Wasser freuten, sodass er Parish problemlos in einem Abstand von siebzig, achtzig Metern folgen konnte. Zwischen ihnen befanden sich zwei größere Reisegruppen.

Der Weg führte an der Mauer entlang im Kreis zurück zum Durchgang, an dem man wieder bei den gelben Garnisonsgebäuden herauskam. Dann wäre Parish wieder dort, wo er hergekommen war. Das wäre ...

Er brachte den Gedanken nicht mehr zu Ende, denn im selben Moment bog Parish in Richtung Wasser ab, ging über eine kleine Treppe hoch auf den Wall und verschwand dann aus seinem Blickfeld.

Oxen reagierte sofort. Ganz in seiner Nähe führte eine weitere Treppe zu dem schmalen Fußweg, der oben auf dem Wall verlief. Er warf einen kurzen Blick zurück. Franck war noch da.

Der Øresund glitzerte in der Sonne, und das helle Licht blendete, aber es bestand kein Zweifel. Unten am Wasser, bei den großen Steinen, die als Küstenbefestigung dienten, standen zwei Männer.

Zwei Männer.

Der eine war Shaun Parish von der CIA.

Aber wer war der andere?

73.

Er ging mit schnellen Schritten, verließ den Fußweg auf dem Wall, hastete die Böschung hinunter zu dem einsamen Mann, der bei den großen Steinen stand und auf das Fahrwasser hinausblickte, dessen Namen er schon mehrmals gesagt bekommen – und wieder vergessen hatte. Und wenn es das Rote Meer gewesen wäre, es war ihm scheißegal.

Sein Telefon klingelte, und er zerrte es aus der Jackentasche.

»Parish! Nein, jetzt nicht!«

Er beendete den überflüssigen Anruf einer Botschaftssekretärin, die wissen wollte, wann er zurückkommen würde.

Auf dem Weg hierher hatte er sich immer wieder gut zugeredet, dass er versuchen musste, sein Temperament zu zügeln. Aber das war verdammt noch mal wirklich nicht so einfach, wenn man sich mit einem Vollidioten dieses Kalibers herumschlagen musste.

Das letzte Mal, als sie sich hier getroffen hatten, war es Niebuhr gewesen, der Code Red ausgelöst hatte. Diesmal hatte er selbst Alarm geschlagen.

Und der Grund dafür machte ihn rasend.

Er kochte vor Wut. Aber daneben beunruhigte ihn noch etwas anderes, viel Ernsteres ... eine dunkle Vorahnung, dass sich über der Operation Niebuhr etwas zusammenbraute, was ihn am Ende womöglich mit in den Abgrund reißen würde. Und ihn seine gesamte Existenz kosten könnte.

Diese beschissene dänische Drecks-Burg war der Inbegriff von moralischer Verkommenheit und *bad luck*. Niebuhr und Hamlet, für ihn waren beide einfach nur Abschaum. Einer so armselig wie der andere. Dänemark kotzte ihn an.

Der Mann drehte sich um, als er ganz nah war. War das etwa ein Lächeln in seinem Gesicht?

»Hören Sie zu, Sie hirnverbrannter, schwachsinniger, sexsüchtiger Vollidiot, mir reicht es jetzt ...«

Schon an dieser Stelle musste er sich geschlagen geben. Er konnte sich ganz einfach nicht beherrschen. Er ließ dem Wutausbruch freien Lauf.

»Ich habe so dermaßen die Schnauze voll davon, ständig hinter Ihnen aufräumen zu müssen. Sie machen noch alles kaputt! Aber das juckt Sie offenbar nicht.«

»Kaputt machen? Wovon sprechen Sie – und warum ...?«

»Spielen Sie hier nicht den Ahnungslosen. Und grinsen Sie nicht so blöd. Ich habe keine Zeit zu verlieren. *Wir* haben keine

Zeit zu verlieren, wenn wir eine Katastrophe verhindern wollen. Jetzt – und ich meine *jetzt* – erzählen Sie mir alles, was Sie über Ihre kleine Hure Dahlia wissen, oder *Lady Darlene*.«

»Dahlia? Ich weiß …«

»Wenn Sie verdammt noch mal einfach Ihren Schwanz in der Hose gelassen und sich verkniffen hätten, auch noch irgendwelche Leute umzulegen, dann wäre das alles hier ganz entspannt nach Vorschrift gelaufen, *nice and smooth* … Also, wer ist sie? Wo finden wir sie? Ich brauche Antworten.«

Niebuhr hob entgeistert die Hände.

»Jetzt hören Sie mir doch mal zu, Mann! Sind Sie irre? Ich hab keine Ahnung, wovon Sie überhaupt reden.«

»Wir haben den Namen von der Abhöraktion bei Franck. Also spucken Sie endlich aus!«

»Aber ich kenne keine *Dahlia-Lady-Darlene-what-the-fuck*. Nie gehört!«

Parish zögerte einen Moment.

»Soll das heißen, dass …?«

»Nie gehört, habe ich gesagt. Kapiert?«

»*Fuck!*«

Er drehte sich einmal um die eigene Achse. Schaute nach hinten. Touristen. Sah sich weiter um. Noch mehr Touristen. Keine großen Horden, aber einzelne Personen oder kleine Grüppchen. Dreihundertsechzig Grad unschuldiges Nichts – aber irgendwo dort in dem verräterischen Rundumpanorama stand jemand, der sie in diesem Augenblick beobachtete.

»Ihren Autoschlüssel, geben Sie mir Ihren Autoschlüssel«, brüllte er, während er versuchte, in dem ganzen Chaos einen klaren Kopf zu bewahren.

»Was haben Sie vor?«

»Geben Sie mir einfach den Schlüssel!«

»Ich verlange eine Erklärung, Parish. Und hören Sie auf, mich wie Dreck zu behandeln. Ich werde das nicht länger hinnehmen. Ich kann mich auch ganz einfach an Ihre Vorgesetzten wenden, wenn es das ist, was Sie wollen. Verstanden?«

Zwischen allen Überlegungen, die ihn gerade beschäftigten, nahm er aufmerksam zur Kenntnis, wie sich der Ausdruck in Niebuhrs Mimik und Tonfall veränderte. So hatte Parish ihn noch nie gesehen. Bedrohlich.

»Okay«, sagte Parish. »Man hat uns reingelegt. Man hat mich reingelegt. Wenn wir uns nicht ganz schnell etwas Geniales einfallen lassen, sind wir *fucked*. Sie, ich, die ganze Scheiße. *Totally fucked.*«

74.

Es war, als würde er ein Tier beobachten, das unvermittelt spürte, wie die Stahlbügel zuschnappten und sich die Zähne des Fangeisens in sein Bein bohrten.

Er konnte durch sein Fernglas genau den Sekundenbruchteil erkennen, in dem Shaun Parish dämmerte, dass er in eine Falle getreten war. Der große, Schwarze CIA-Mann schnellte herum und schlug aggressiv mit den Händen nach dem Mann, der neben ihm stand.

Der Mandrill, ein Mann mittleren Alters, der zum Ziel von Parishs Wutausbruch geworden war, verwandelte sich plötzlich von passiv zu offensiv, was sich besonders deutlich an seinem drohenden Zeigefinger ablesen ließ, mit dem er dem Amerikaner energisch vor dem Gesicht herumfuchtelte.

Auf Kronborg war das Chaos ausgebrochen. Und Krieg.

Er rief Franck an. Er wusste nicht genau, wo sie sich versteckt hielt.

»Oxen hier«, meldete er sich.

Sie ließen sich nicht verleugnen, die vielen Jahre Militärdienst mit knappen Funknachrichten, die grundsätzlich damit begannen, dass der Absender sich identifizierte.

»Wer denn sonst, verdammt? Siehst du dasselbe, was ich auch sehe?«, kam die scharfe Antwort von Franck.

»Bestätige Sichtung. Es hat funktioniert. Wer ist der Mandrill? Kennst du den Mann?«

»Nein. Leider. Keine Ahnung.«

»Kannst du ihn mit dem Teleobjektiv näher ranholen?«

»Ja, aber die Entfernung ist trotzdem groß.«

»Schau! Der Mandrill gibt Parish irgendetwas.«

»Aber was?«

Er brauchte nur wenige Sekunden, um zu erkennen, was Parish vorhatte. Sein ganzer Körper hatte längst auf den Zustand umgeschaltet, mit dem er vertraut war wie mit keinem anderen. Er befand sich im *operativen Modus*.

»Seinen Autoschlüssel ... Was sonst? Parish versucht den Schaden zu begrenzen. Er will den Mandrill so schnell wie möglich aus der Gefahrenzone bringen. Sie werden sich aufteilen. Ich übernehme den Mandrill. Du übernimmst Parish. Aber du bleibst hier und behältst den Parkplatz im Blick. Bitte bestätigen.«

Da war sie wieder, die Militärroutine. Franck gehorchte.

Es lief exakt so ab, wie er gerade vorhergesagt hatte. Die beiden Männer nahmen die Treppe über den Wall zurück auf den Asphaltweg. Parish nickte, und der Mandrill Niebuhr – normale Statur und Größe, kurze, dunkelbraune Lederjacke, blaue Jeans und weiße Sneaker – setzte sich in Bewegung. Ein kleines Stück weiter machte die gewaltige Festungsmauer aus rotem Backstein einen scharfen Knick, und der Weg verschwand hinter dieser Ecke, auf die der Mandrill jetzt zusteuerte.

Shaun Parish blieb vor dem Tor stehen. Vermutlich beobachtete er hinter der dunklen Sonnenbrille aufmerksam die Umgebung. Seine Körperhaltung verriet seine Anspannung. Besonders verräterisch war die rechte Hand, die sich links unter dem schwarzen Sakko befand. Der Amerikaner war in Alarmbereitschaft und hielt verteidigungsbereit die Stellung, um seinem Mann Niebuhr einen ordentlichen Vorsprung zu verschaffen.

Kurz darauf machte Parish allerdings auf dem Absatz kehrt und verschwand im Durchgang, der zu den Garnisonsgebäuden führte.

Im selben Moment lief Oxen los.

Er schaffte es gerade noch, einen Blick über die Schulter zu werfen, und sah, wie Franck Parish in sicherem Abstand folgte.

Die Ecke in der Festungsmauer hatte dem Mandrill volle Deckung gegeben. Er hatte schon reichlich Vorsprung gewonnen, rannte gerade durch das offene rote Holztor am Wall und hielt sich dahinter nach rechts. Er war offensichtlich gut in Form und ziemlich schnell.

Als Oxen das Tor erreichte, war der Mandrill schon auf einer der beiden Brücken, die über eine kleine, mit Rasen begrünte Insel an den Rand des Seehafens führten.

Er rannte, so schnell er konnte.

Der Abstand zwischen ihnen wurde kleiner. Als er selbst etwa in der Mitte der ersten Brücke war, landete der Mandrill gerade mit einem Satz auf den Pflastersteinen am Hafen, zögerte kurz und sprintete dann in vollem Tempo über den Platz vor der Kulturwerft, vorbei an den Gästen, die draußen unter den Sonnenschirmen des dazugehörigen Cafés saßen.

Und dann stürzte er sich förmlich durch die Drehtür des Cafés und war schlagartig aus seinem Blickfeld verschwunden.

Mit offenen Mündern sahen die Cafégäste dabei zu, wie Oxen Sekunden später ebenfalls in das Café stürmte.

Er sah sich hastig um. Von dem Mann in der braunen Lederjacke und den weißen Turnschuhen war nichts zu sehen. Hier waren nur andere Leute, die an der Fensterfront saßen und sich mit Blick auf den Hafen bei Kaffee und Kuchen unterhielten.

Er ging aufmerksam an den Tischen vorbei.

Der Gebäudekomplex war riesengroß und erstreckte sich über mehrere Stockwerke. Er beherbergte Theatersäle, Kellerräume, Garderoben, wechselnde Ausstellungen, Konferenzräume – und eine Bibliothek.

Der Mandrill Niebuhr war wie vom Erdboden verschluckt.

Er war ihm so nah ... Aber ... er hatte ihn verloren.

Der Mann konnte überall und nirgends sein. Aber er konnte jetzt nicht einfach aufgeben. Vielleicht hatte er Glück?

Oxen verließ das Café und ging weiter in die Bibliothek, einen Ort, der Frieden und Ruhe ausstrahlte. Er drehte eine Runde und sah sich um. Dann nahm er die Treppe hoch in den ersten Stock.

Es erschien aussichtslos, hier noch weiterzusuchen.

75.

In der Vergrößerung war der Ärger, aber auch die Verzweiflung in Shaun Parishs Gesicht deutlich zu erkennen. Anders als bei seiner Ankunft sah er sich jetzt permanent wachsam um.

Die Beinprothese war auf dem Kopfsteinpflaster hinderlich gewesen, und es war ihr schwergefallen, mit dem hohen Tempo des Amerikaners Schritt zu halten, als er an den Garnisonsgebäuden vorbei auf den Ausgang der Festungsanlage zugestürmt war.

Es war ihr gelungen, hinter einem roten Bretterzaun neben dem Bootslagerplatz in Deckung zu gehen. Von hier aus zoomte sie sich mit dem Teleobjektiv heran und machte eine weitere Fotoserie von Parish, der sich gerade ans Steuer des kleinen roten Corsa gesetzt hatte.

Dann verließ der CIA-Mitarbeiter Kronborg und gab dabei so kräftig Gas, dass sein Wagen eine Menge Staub und Kies aufwirbelte.

Sobald er außer Sichtweite war, ging Margrethe über den Parkplatz und fing an, mit ihrer Handykamera sämtliche Autos zu filmen. Danach machte sie dasselbe mit allen Autos, die in unmittelbarer Nähe des Parkplatzes standen, am Jachthafen oder im Hafengebiet.

Ihr Handy vibrierte.

»Franck.«

»Oxen. Verdammte Scheiße. Ich habe ihn verloren. Er hat sich unten im Hafen in die Kulturwerft geflüchtet. Aber ich suche weiter.«

Fluchend legte sie auf. Sie hatte gedacht, Niels Oxen hätte den Mann längst erwischt und überwältigt.

Sie seufzte und biss sich fest auf die Unterlippe. Umso wichtiger war die mühsame Arbeit, mit der sie bereits begonnen hatte.

Sie ging zu den großen Werfthallen hinüber, die sich am Hafen aneinanderreihten. Auch dort parkten eine Menge Autos, sowohl vor der Halle, in der ein Streetfood-Markt untergebracht war, als auch auf der anderen Seite, wo sich das unterirdische Seefahrtmuseum befand, das in einem ehemaligen Trockendock eingerichtet worden war.

Sie wünschte, es wäre ein nasskalter Tag im Januar ohne Besucher gewesen. Aber das war es nicht. Es waren viele Autos. Viel zu viele.

Als sie schließlich aufhörte, schätzte sie, dass sie deutlich mehr als zweihundert Nummernschilder abgefilmt hatte.

Eines davon gehörte mit großer Wahrscheinlichkeit dem Mann, den sie als Mandrill kannten – und unter dem Decknamen Niebuhr.

Der nächste Schritt war ebenso einfach wie kompliziert. Wenn sie den richtigen Wagen fanden, hatten sie auch die richtige Identität und den bürgerlichen Namen des Mannes gefunden. Sollte er allerdings aus irgendeinem Grund nicht in der Nähe des Schlosses geparkt haben, war alle Hoffnung dahin.

Sie ging zurück zum Wall, der am Schotterparkplatz entlanglief, und setzte sich dort ins Gras.

Sie versuchte, sich in Shaun Parish hineinzuversetzen. Was würde sie an seiner Stelle tun? Sie würde den Autoschlüssel einem Mitarbeiter der Botschaft oder einer anderen Vertrauensperson geben. Die betreffende Person würde dann von einem Fahrer nach Helsingør gebracht werden. Sie würde den Auftrag erhalten, sich zusammen mit dem Fahrer oder vielleicht sogar mit weiteren Mitarbeitern zum Schloss zu begeben, sich eine Weile dort umzusehen – und schließlich wieder zu gehen, sich dann ins Auto des Mandrills zu setzen und nach Hause zu fahren.

Auf diese Weise würde das Auto unbemerkt direkt vor ihren Augen verschwinden – weil sie nicht den Hauch einer Ahnung hatte, wonach sie Ausschau halten sollte.

Aber sie hatten immer noch die Chance, die Situation zu ihren Gunsten zu nutzen. Es erforderte lediglich eine Menge mühsamer Fleißarbeit.

Kurz darauf sah sie Niels Oxen, der aus Richtung der Werfthallen auf sie zukam. Er hatte sie auch schon entdeckt. Er hob frustriert die Hände, als er den Wall erreichte.

»Ich war so kurz davor. Aber dann ist er in dem großen Kulturhaus verschwunden. Und da habe ich ihn verloren.«

»Vielleicht kennt man ihn hier?«

»Denkbar wäre es.«

»Warum sonst Kronborg?«

»Weil man sich hier perfekt unsichtbar machen kann. Auf Kronborg sind immer Touristen, egal zu welcher Jahreszeit«, antwortete er.

Sie nickte.

»Schon, aber würde er zum Beispiel in Kopenhagen wohnen, gäbe es doch so viele andere Orte, an denen immer Menschen sind, Herrgott, nichts wäre leichter als das ... Der Punkt ist: Ich glaube, der Mandrill wohnt hier in der Nähe. Nein, ich bin überzeugt davon. Und jetzt müssen wir ›in der Nähe‹ definieren. Bedeutet das eine halbe Stunde Fahrzeit entfernt oder mehr? Oder weniger? Zwanzig Kilometer von hier, dreißig oder vierzig?«

»Was schwebt dir vor, Franck?«

»Die ganzen Autos ...« Sie breitete die Arme aus.

»Die Autos?«

»Ich habe sämtliche Nummernschilder gefilmt, auch die am Jachthafen und drüben bei den Werfthallen. Die jagen wir jetzt alle durch die Halterabfrage, und dann müssen wir den ganzen Scheiß nur noch sortieren, nach dem Kriterium, wie weit der Wohnort von Kronborg entfernt ist.«

»Und dann ziehen wir los und gehen Klinken putzen? Inkognito? Der Mandrill weiß möglicherweise, wer wir sind.«

»Richtig. Deshalb benötigen wir dafür Hilfe. Aber bei den Autos können wir eine ziemlich gute Vorauswahl treffen. Wir wissen jetzt ja zumindest, wie der Mandrill ungefähr aussieht, und können das Feld der Verdächtigen noch weiter einschränken, indem wir eine Altersspanne vorgeben.«

Oxen sah sie skeptisch an.

»Das klingt nach einer ziemlichen Schinderei.«

»Ach was, halb so schlimm. Wenn man die Halterabfrage macht, spuckt das System sämtliche Personenstandsdaten des Fahrzeughalters aus. Wir bekommen also Alter und Adresse gleich mitgeliefert. Und mit einem zusätzlichen Tastendruck landest du direkt im Strafregister und kannst überprüfen, ob der Halter vielleicht ein alter Bekannter ist. Das ist ganz normale Polizeiroutine. Auf diese Weise können wir den Kreis der Autobesitzer, die uns interessieren, beträchtlich verkleinern. Lass uns beispielsweise sagen, dass wir höchstens einen Umkreis von dreißig bis fünfunddreißig Kilometern in Betracht ziehen. Und dann sagen wir, dass unser Halter nicht jünger als Ende dreißig und nicht älter als Mitte, Ende vierzig sein darf. Ich habe mir alles schon genau überlegt ... Das ergibt valides Material. Das wird funktionieren. Ich bin mir ganz sicher.«

»Okay, aber was ist, wenn er irgendwo anders in Helsingør geparkt hat – oder mit dem Zug gekommen ist. Was dann?«

»Warum hätte er Parish dann seinen Autoschlüssel geben sollen?«

»Wir können nicht sicher sein, dass es wirklich sein Autoschlüssel war. Ich vermute es, und ja, aller Wahrscheinlichkeit nach war es auch so. Und das Auto muss weg, ohne dass der Mandrill dabei irgendein Risiko eingeht. Aber noch mal ... Was, wenn er an irgendeinem Supermarkt geparkt hat oder einfach nur ein Stück weiter weg von hier, oder wenn er mit der Bahn gekommen ist?«

»Dann sind wir am Arsch, Niels ... Und zwar komplett.«

76.

Runde um Runde. Durch die Wohnräume, auf die Terrasse, hinunter an den Badesteg und den Øresund, in die Küche, ins Arbeitszimmer – und wieder zurück.

Er fand nirgends Ruhe.

Der unmittelbare Triumph, von Kronborg geflüchtet zu sein und seinen Verfolger ausgetrickst zu haben, hatte sein Selbstvertrauen gepusht. Doch der süße Sieg hatte rasch einen bitteren Nachgeschmack angenommen und sich in maßlosen Ärger verwandelt.

Denn die Realität war, dass es hier absolut nichts zu feiern gab. Seine Gegner waren immer noch dort draußen, und sie waren ihm gefährlich nah gekommen. Und nachdem sie nun Witterung aufgenommen hatten, würden sie nur noch härter arbeiten.

Von Shaun Parish hatte er nichts mehr gehört, seit er ihm seine Autoschlüssel gegeben und die Beine in die Hand genommen hatte.

Er war zu Fuß nach Hause gelaufen. Knapp sieben Kilometer von Helsingør nach Espergærde, eine Stunde und zwanzig Minuten – einzig und allein, weil der Gedanke an öffentliche Verkehrsknotenpunkte ihm Angst machte. Schließlich wusste man nie so genau, wo man Gefahr lief, auf einem Überwachungsvideo zu landen. Aus demselben Grund hatte er auch kein Taxi genommen. Wer konnte schon sicher sein, dass der Fahrer nicht eine Kamera auf seine Kunden gerichtet hatte?

Man konnte nicht vorsichtig genug sein.

Gerade noch knapp aus Helsingør entkommen, holte ihn die Wirklichkeit mit voller Wucht ein.

Er war gesehen worden. Man hatte ihm gewissermaßen die Maske heruntergerissen ... Diese verfluchte Maske, die alles zu ruinieren drohte. Die Leute, die Parish mit ihrer Geschichte von irgendeiner *Lady-wer-auch-immer-Darlene* in die Falle gelockt hatten, diese Leute hatten natürlich ihr Gespräch am Øresund beobachtet und kannten jetzt sein Gesicht. Darunter der Mann, der ihn um ein Haar eingeholt hätte.

Wenn man sein Gesicht nur ein einziges Mal gezeigt hatte, war man nicht mehr anonym. Dann konnte man sich nicht mehr verstecken und daran glauben, dass einen niemals jemand finden würde.

Er hatte versucht, sich mit einem kühlen Glas Weißwein auf den Badesteg ans Wasser zu setzen, um seine Nervosität zu lindern. Jetzt kippte er den Rest auf dem Weg durch die Küche in die Spüle.

Er musste in dieser unerwarteten Krise einen klaren, wachen Kopf bewahren.

Er ging weiter ins Arbeitszimmer und ließ sich auf den Lederstuhl mit der hohen Lehne vor seinem Schreibtisch fallen. War das vielleicht genau der richtige Moment, um seine Drohung in die Tat umzusetzen und sich ohne Parishs Wissen an dessen Vorgesetzte zu wenden?

Es ging ja längst nicht nur darum, dass er den Mann und sein Auftreten nicht ausstehen konnte – Parish hatte mittlerweile wohl auch deutlich unter Beweis gestellt, dass er der Aufgabe nicht gewachsen war. Dass es ein größeres Mandat und mehr Verstand brauchte, um in einer Operation wie Niebuhr Entscheidungen zu treffen.

Er musste sich das gut überlegen. Durfte jetzt keine vorschnellen Schlüsse ziehen.

Denn andererseits hatte die CIA ihm alles gegeben, worum er gebeten hatte. Nur dank ihrer Hilfe war er in der Lage gewesen, eine Situation zu seinem Vorteil zu wenden, in der es ihm andernfalls an den Kragen gegangen wäre. Er war von ihrem Wohlwollen abhängig.

Deshalb war es ein Drahtseilakt, bei dem er auf keinen Fall das Gleichgewicht verlieren und zu viel verlangen durfte. Auch wenn er wertvoller war als sein eigenes Gewicht in Gold und Edelsteinen aufgewogen, war er trotz allem nicht unersetzlich. Alles im Universum hatte seinen Preis. Auch er. Aber es war ...

Moment!

Hatte es an der Tür geklingelt? Seine Frau konnte es nicht sein. Selbst wenn sie den Hausschlüssel vergessen hätte – sie war auf einer Sitzung in Kopenhagen und würde erst spät nach Hause kommen.

Es klingelte kein zweites Mal, aber als er in den Hausflur kam, hörte er Motorengeräusche, die sich entfernten. Er schloss die Tür auf.

In der Einfahrt stand sein BMW. Ordentlich auf der rechten Seite geparkt.

Er ging nach draußen und öffnete die Fahrertür.

Der Schlüssel lag auf dem Sitz.

77.

»Töte Sally Finnsen, Jesse.«

Shaun Parish war schweigsam gewesen, als er am Nachmittag von seinem Ausflug nach Helsingør und Kronborg zurückgekommen war. Schweigsam bis zu dem Moment, als er seinen Befehl erteilte. Danach schob er noch so etwas wie eine Begründung hinterher: »Vielleicht ist das die Warnung, die sie verdammt noch mal endlich verstehen, Jesse.«

Jetzt saß er im dunklen Treppenhaus oberhalb von Finnsens Wohnung und wartete darauf, den Auftrag auszuführen. Von seinem Platz aus konnte er zwei Türen sehen. Sally Finnsen wohnte hinter der linken.

Den Schalldämpfer hatte er schon lange montiert. Es gab keinen Grund, die Sache schwieriger zu machen als unbedingt nötig. Er würde sie liquidieren, bevor sie auch nur die Wohnungstür aufgeschlossen hatte. Schnell und sachlich, ohne handgreiflich werden zu müssen.

Seit mehreren Stunden saß er schon geduldig hier, und er würde so lange hier sitzen, wie es eben dauerte. Er hatte sich nicht um diesen Job gerissen, aber in seiner Lage konnte man nicht einfach Nein sagen.

Da war das teure Haus, das abbezahlt werden musste, und da waren die teuren Schulen seiner beiden Töchter. Aber es widerstrebte ihm, eine Polizistin zu töten – eine unschuldige, junge Polizistin –, nur um das gute alte Exempel zu statuieren. Oder besser gesagt ein schlechtes Exempel. Aber das war nicht sein *call*, es war Parishs *call*.

Er hatte seine Webcam unter der Jacke befestigt und war mit Parish im Keller der Botschaft in der Dag Hammarskjölds Allé verbunden.

»Summerville hier, immer noch keine Aktivität. Habt ihr die Kleine im Blick?«, flüsterte er.

»Sie ist noch im Präsidium. Ich habe gerade Meldung bekommen. Sie ist heute Morgen ganz normal zum Dienst erschienen, aber obwohl sie ihre Sporttasche dabeihat, ist sie immer noch da – und jetzt ist es fast 22 Uhr. Sie sammelt offenbar ordentlich Überstunden, aber sie wird schon kommen. Bleib, wo du bist. Tu, was zu tun ist. Und dann raus.«

Shaun Parishs Order – und seine Laune – waren unmissverständlich. Der Mann konnte ein cholerisches, dummes Arschloch sein – und dann wieder rücksichtsvoll und großzügig. Und er hatte jahrelange Erfahrung, auch im Umgang mit Situationen wie diesen. Man durfte sich nicht täuschen lassen. Mit seinen dämlichen Selfies und seiner übertriebenen Schroffheit erweckte Parish auf den ersten Blick leicht einen falschen Eindruck. Aber vielleicht wollte er mit dieser Inszenierung genau das erreichen? Dass die Leute ihn unterschätzten?

»Verstanden. Ende.«

Es war wieder still in dem dunklen Treppenhaus.

Bislang hatte er Glück gehabt. Seit er hier wartete, war kaum Betrieb gewesen. Nur eine Person war gegangen und eine nach Hause gekommen, beide unten im ersten Stock. Die restliche Zeit war er ganz sich selbst und seinen Gedanken überlassen gewesen.

Er vermisste seine Frau und seine beiden Mädchen. Der Trip nach Europa und Dänemark durfte langsam gern ein Ende haben ... Das heute Abend war vermutlich sein letzter Einsatz hier. Er hatte die langbeinige südamerikanische Prostituierte beseitigt, Angelina. In Berlin hätte er sich um eine Russin kümmern sollen, aber der Vogel war ausgeflogen. Ein Auftrag ausgeführt, einer geplatzt.

Sally Finnsen sollte auf die richtige Liste, damit er in einen Flieger nach Hause steigen konnte. Wenn in der Operation Niebuhr endlich Ruhe eingekehrt war, würde er versuchen, sich versetzen zu lassen. Er hatte eigentlich nur einen Wunsch: einen Job, bei dem er niemanden umbringen musste. War das wirklich zu viel verlangt? Je länger er darüber nachdachte, umso sicherer war er. Die Dänin Sally Finnsen sollte die Letzte sein ...

»Parish hier. Die Rothaarige hat das Präsidium verlassen. Für ihr Training ist es inzwischen zu spät, sie wird also wahrscheinlich gleich mit dem Fahrrad nach Hause fahren. Mir ist schon klar, dass du kein Fan dieser Maßnahme bist. Aber bring es einfach hinter dich, Jesse, damit wir nach Hause können. Deine Mädchen vermissen dich ...«

»Verstanden.«

Er lud die Pistole durch. Das metallische Klicken hallte unheilvoll von den kahlen Wänden des Treppenhauses wider.

Er beobachtete seine Uhr und sah zu, wie die Zeit dahinkroch. Nach einundzwanzig Minuten öffnete sich die Haustür, und das Licht im Treppenhaus ging an.

Er blinzelte, stand auf und ging vorsichtig ein paar Stufen höher. Von hier aus hatte er die Wohnungstür gut im Blick, aber die junge Polizistin würde ihn sicher nicht bemerken. Und die Entfernung stellte überhaupt kein Problem dar. Den ersten Schuss relativ hoch in den Oberkörper. Dann einen zweiten Schuss aus der Nähe. Ein definitiv tödlicher Plan.

Er hörte Finnsen rasch die Treppe heraufkommen, es klang fast, als würde sie rennen.

Er nahm die Pistole in beide Hände und legte die Unterarme auf dem Geländer ab.

Jetzt hatte sie den Treppenabsatz im Stockwerk darunter erreicht. Nur noch wenige Sekunden, dann würde sie stehen bleiben – und hatte nicht die geringste Ahnung, was sie erwartete.

Sie war fast da.

Die schwarze Kappe und eine rote Jacke tauchten auf. Sie trug eine Sporttasche über der Schulter. Vor ihrer Wohnung angekommen, ließ sie die Tasche fallen und kramte in ihrer Jacke nach dem Schlüssel.

Er spannte die Muskeln an, lehnte sich vor, kniff das linke Auge zu. Dann erhöhte er ganz langsam den Druck auf den Auslöser, während er auf einen Punkt zwischen den Schulterblättern der zierlichen Frau zielte.

78.

Einer plötzlichen Eingebung folgend, entschied sie sich, noch kurz in ihre Zweitwohnung zu gehen, an deren Tür nach wie vor der Name ihrer Großmutter stand, die nun schon ziemlich lange tot war. Sie wollte erst das ganze Papier loswerden und dann bei sich drüben die Tasche wegräumen, bequeme Klamotten anziehen und sich ein paar Brote schmieren.

Sie war verdammt hungrig, nachdem dieser Arbeitstag auf einmal erheblich länger geworden war als gedacht.

Sie betrat den kleinen Flur, drückte mit dem Fuß die Tür hinter sich zu und ging ins Wohnzimmer, in ihre geheime Ermittlungszentrale.

Sie machte das Licht an, ließ die Tasche auf den Boden fallen und zog den Reißverschluss auf. Die dicke Klarsichtmappe lag zwischen ihren Trainingsklamotten, die sie heute nun doch nicht mehr gebraucht hatte.

Sie nahm den Blätterstapel aus der Mappe und legte ihn auf den kleinen Tisch am Fenster. Dieses Material war das Ergebnis einer eiligen Recherche, mit der Margrethe Franck sie überraschend beauftragt hatte.

Sie hatte ihr eine Reihe von Videoaufnahmen geschickt, lauter Nummernschilder, die sie auf dem Besucherparkplatz und in der näheren Umgebung von Schloss Kronborg dokumentiert hatte.

243 dänische Autokennzeichen.

Für alle musste eine Halterabfrage durchgeführt werden – dazu benötigte Franck jeweils einen Ausdruck, aus dem die persönlichen Daten wie Wohnsitz und Geburtsdatum des Halters hervorgingen.

Mit ihrem persönlichen Zugangscode hatte Sally genau wie jeder andere Kollege landesweit Zugriff auf das Fahrzeugregister. Und sollte die automatisierte, interne Stichprobenkontrolle sie herauspicken – was ausgesprochen selten und meistens erst Monate später geschah – und nach ihrem Grund für die Suche fragen, war die Halterabfrage eben wie immer ein viel genutztes Werkzeug in jeder Ermittlung oder Personensuche.

Margrethe Franck wollte ihr am Telefon keine konkrete Erklärung geben, sie hatte nur gesagt, dass sie dem Mandrill dicht auf den Fersen waren und dass er sich mit großer Wahrscheinlichkeit unter den Fahrzeughaltern befand, also irgendwo in diesem Stapel Ausdrucke.

Fast acht Stunden hatte sie gebraucht, um das Videomaterial zu sichten, die Nummernschilder herauszuschreiben und im System zu überprüfen.

In zwölf Fällen handelte es sich um Leasingwagen, was bedeutete, dass sie zusätzlich bei den Leasingfirmen anrufen musste, um Namen und Adressen der Kunden zu erfragen. Aber da gerade im Kopenhagener Bandenmilieu oft und gern Leasingautos genutzt wurden, waren die Unternehmen solche polizeilichen Anfragen schon gewohnt und gaben bereitwillig Auskunft.

Auch wenn im Fahndungsdezernat bergeweise Routinearbeit zum Alltag gehörte, waren 243 Autokennzeichen heftig – ihr hatte es trotzdem nichts ausgemacht.

Manche Kollegen waren kopfschüttelnd an ihr vorbeigegangen, denn Überstunden waren in dieser Abteilung so normal wie ein Eisbär in Bermudashorts. Inzwischen hatte sich jedoch herumgesprochen, dass sie irgendwie anders tickte und nach Dienstschluss oft länger blieb – vor allem seit sie damals versucht hatte, das Verschwinden ihres Bruders aufzuklären –, deshalb hatte sich niemand ernsthaft gewundert.

Sie war gespannt auf morgen.

Franck und Oxen hatten beide Schlüssel zur Wohnung. Sie würden über die Hintertreppe kommen, sobald sie eventuelle

»Schatten« abgeschüttelt hatten, und die Ausdrucke dann gemeinsam sichten. Sally nahm an, dass sie ganz gezielt aussortieren würden. Wie oder nach welchen Kriterien, das wusste sie nicht. Sie selbst musste wie jeden Tag zur Arbeit gehen.

Sie warf einen letzten Blick auf den Stapel, schnappte sich ihre Sporttasche und verließ die Wohnung, ohne das Licht auszumachen. Sie würde ihr spätes Abendessen auf dem alten Sofa vor der Ermittlungswand essen. Wie sie es schon unzählige Male zuvor getan hatte.

Sie zog die Tür hinter sich zu und angelte den Schlüssel zu ihrer eigenen Wohnung aus der Jackentasche.

79.

Im absolut allerletzten Bruchteil der fatalen Sekunde, in der die Kugel den Rücken der jungen Polizistin treffen sollte, lief die Szene, die er etliche Male im Kopf durchgespielt hatte, auf einmal vollkommen schief.

Die zierliche Frau mit der schwarzen Kappe machte plötzlich ein paar Schritte zur Seite, steckte den Schlüssel ins Schloss und öffnete die Tür, nur ... war es die verkehrte Tür ...

Sally Finnsen betrat die rechte Wohnung statt ihre eigene, marschierte ganz selbstverständlich in den Flur der Nachbarn und schloss die Tür hinter sich. Diese unerwartete Handlung veränderte in einem Wimpernschlag alles. Auch seine Entscheidung bezüglich des ersten Schusses.

Er blieb reglos oben auf der Treppe stehen und beobachtete, wie es dort unten weiterging.

Nach etwa zehn Minuten kam Finnsen aus der Nachbarwohnung. Sie schloss ihre eigene Tür auf – also die linke – und verschwand dahinter. Kurz darauf erschien sie jedoch schon wieder auf dem Treppenabsatz. Diesmal mit einem großen Teller voller belegter Brote in der einen und einem Liter Milch in der anderen Hand.

Sie blieb eine gute halbe Stunde in der rechten Wohnung. Dann tauchte sie erneut auf, knallte die Tür hinter sich zu und ging zurück in ihre eigenen vier Wände.

Er hatte jetzt über einer Stunde gewartet. Es war nach Mitternacht – und Zeit, in Aktion zu treten.

Zwischendurch hatte er Parish über SMS auf dem Laufenden gehalten. Selbst Flüstern schien ihm zu riskant.

In seiner letzten Textnachricht vor einer halben Stunde hatte er darum gebeten, dass ihm umgehend jemand einen elektrischen Dietrich zu Sally Finnsens Haus bringen sollte.

Es war der ganze Ablauf. Die Art, wie sie sich verhielt ... Kein Mensch, ob jung oder alt, ging einfach so hemmungslos bei den Nachbarn ein und aus und nahm noch dazu Essen und Milch mit, als wäre es die größte Selbstverständlichkeit der Welt.

Er war erleichtert, dass es ihm zumindest vorläufig erspart blieb, die junge Polizistin zu töten, aber was viel wichtiger war: Sein Instinkt sagte ihm, dass hier irgendetwas Verdächtiges vor sich ging. Etwas, das er sich genauer ansehen wollte. Und das sie womöglich zu ihrem Vorteil nutzen konnten.

Als die nächste SMS kam, schlich er vorsichtig die Treppe hinunter, öffnete die Haustür einen Spaltbreit und nahm die Bestellung entgegen, die ein Helfer der Botschaft ihm reichte. Dann huschte er wieder nach oben und nahm die rechte Tür und das Türschloss sorgfältig in Augenschein.

Das Namensschild war mehr als schlicht. Auf einem weißen Klebestreifen stand mit schwarzer Dymo-Schrift »A. G. Antonsen«. Das Schloss war ein ganz gewöhnliches Standardschloss älteren Datums. Er würde nicht lange brauchen, um sich Zugang zu der mysteriösen Wohnung zu verschaffen.

Er steckte die Picking-Pistole ins Schlüsselloch. Jedes Mal, wenn er den Abzug betätigte und die Stifte im Schließzylinder nacheinander zurückschnellten, hallte ein metallisches Klicken durch das stille Treppenhaus. Er sah auf die Uhr. Es war kurz nach halb eins, und er betete, dass Sally Finnsen nach ihrem ungewöhnlich langen Arbeitstag tief und fest schlief.

Schließlich konnte er die Tür behutsam öffnen. Er schlüpfte in die Wohnung und drückte die Tür ebenso lautlos hinter sich zu. Die Wände in diesen alten Häusern waren oft dünn, deshalb musste er äußerst vorsichtig vorgehen.

Er schaltete die Webcam ein, die an dem Gurt vor seiner Brust befestigt war, und machte die Handy-Taschenlampe an. Als Erstes musste er sicherstellen, dass er nicht doch plötzlich von A. G. Antonsen überrascht wurde. Aber es verhielt sich tatsächlich genau so, wie er geahnt hatte: In der gesamten Wohnung herrschte gähnende Leere.

Er ging in das kleine Wohnzimmer und knipste das Licht an. In dem Raum gab es kaum mehr als ein zerschlissenes altes Sofa, das ein bisschen komisch dastand, gegenüber der … Wand …

Was er dort sah, trieb seinen Puls in die Höhe. Die gesamte Wand vor dem Sofa glich einer riesigen Ermittlungstafel, auf der jede Menge Material angeheftet war, darunter auch Fotos von ihm und Shaun Parish.

Es war das Ergebnis einer umfassenden Untersuchung, das sich da vor seinen Augen darstellte. Ohne Dänisch lesen zu können, war er trotzdem in der Lage, das meiste zu erfassen. Es waren zeitliche Abfolgen und Zusammenhänge, bekannte – und unbekannte. Denn in der Mitte der Wand hing ein weißes Blatt

Papier mit einem großen Fragezeichen aus dickem schwarzem Edding. Darunter stand: »Mandrill/Niebuhr?«

Die Bilder von ihm und Parish waren eindeutig erst vor Kurzem aufgenommen worden, vor ihren Hotels und vor der Botschaft.

Es war klar, wer in diesem Spiel die Katze und wer die Maus war. Oder ... hatte die Maus diesmal womöglich den Spieß umgedreht?

Das Trio aus Sally Finnsen, dem ehemaligen Elitesoldaten Niels Oxen und der PET-Agentin Margrethe Franck war ihnen absolut ebenbürtig. Die drei wussten, dass sie überwacht wurden. Und überwachten im Gegenzug sie. Was nicht zuletzt die völlige Blamage auf Schloss Kronborg an diesem Tag in aller Deutlichkeit bewiesen hatte.

»Siehst du das?«, flüsterte er und filmte dabei langsam mit der Webcam die Wand ab, vor und zurück.

»*Fuck!*«

Parishs Antwort sagte alles.

Summerville sah sich weiter um. Hier war nur die Wand von Bedeutung. Der Rest spielte keine Rolle. Nur vor dem Fenster stand noch ein kleiner Tisch. Darauf lag ein Stapel Papier. Er sah sich das Material aus der Nähe an. Es waren ausgedruckte Datenblätter, die irgendetwas mit Autos zu tun hatten. So viel konnte er verstehen.

Ganz oben auf jeder Seite stand »Fahrzeugregister«. Um das zu verstehen, musste man kein Dänisch können. Und zu jedem Autokennzeichen waren ein Name und eine Anschrift angegeben. Ganz unten am Rand stand außerdem ein Datum: Der gesamte Stapel war heute ausgedruckt worden. Er hielt sich ein Blatt vor die Nase. Es roch sogar noch nach frischer Tinte.

Er zeigte eine Seite in die Webcam. Im nächsten Moment meldete sich Shaun Parishs Stimme in seinem Kopfhörer.

»Verdammt, Jesse. Das habe ich befürchtet. Sie versuchen es übers Auto. Niebuhrs Auto. Diese Ausdrucke sind vermutlich alle von heute.«

»Ja. Das Datum steht auf jeder Seite.«

Für einen Augenblick blieb es still. Dann folgte Parishs gedämpfter Befehl:

»Du durchsuchst jetzt die gesamten Unterlagen. Vorsichtig. Ohne etwas zu zerknicken. Wenn du Niebuhr gefunden hast, ziehst du die Seite heraus und steckst sie ein. Sieh zu, dass der Stapel danach schön ordentlich aussieht. Du hinterlässt alles exakt so, wie du es vorgefunden hast. Es darf nicht ein einziges beschissenes Staubkorn falsch liegen. Schließ die Tür wieder ab, und dann komm raus in die Botschaft. Wir genehmigen uns noch einen Drink. Das war gute Arbeit, Jesse. Du bist ... *awesome* ...«

80.

Das ganze Orchester spielte, besser gesagt das ganze Trio, nein, eigentlich waren sie als Sextett unterwegs. Und obwohl sie gewisse logistische Einschränkungen hinnehmen mussten, funktionierte es. Etwa jede halbe Stunde bis Stunde konnten sie die Zahl der Fahrzeughalter weiter reduzieren und kamen dem Mandrill – hoffentlich – näher.

»Hier ist es, Oxen. Fahr die Einfahrt hoch.«

Er folgte Sonnes Anweisung. Mossmans Neffe saß neben ihm auf dem Beifahrersitz und hatte Google Maps und die Hausnummern im Blick.

Es war später Nachmittag. Vor allem die Uhrzeit stellte eine große Hürde dar. Sie waren gezwungen, das Ende der üblichen Arbeitszeiten abzuwarten, sonst trafen sie zu Hause niemanden an. Ein weiteres Problem war, dass sie nicht selbst bei den Leuten klingeln konnten. Das Risiko, gleich an der Haustür erkannt zu werden, war zu hoch.

Man hatte dem Dreckschwein, das Mandrill und Niebuhr in sich vereinte, sehr wahrscheinlich Fotos von ihnen vorgelegt, damit der Mann wusste, vor wem er sich in Acht nehmen musste. Folglich waren sie auf Hilfe angewiesen und hatten ihr Trio auf diese Weise zu einem Sextett verdoppelt.

Sein Partner war der Polizist Christian Sonne aus Århus, der sich für diesen Tag Urlaub genommen hatte. Franck war mit einer Nachbarin unterwegs, die wegen eines Burn-outs krankgeschrieben war, und Finnsen hatte sich mit einer Freundin zusammengetan, die sie aus dem CrossFit-Training kannte.

Oxen hielt neben einem Fiat 600, der in der Einfahrt stand, stellte den Motor ab und blieb hinter dem Steuer sitzen, geschützt durch die spiegelnde Frontscheibe des Autos und den Schirm seiner Kappe, die er sich tief in die Stirn gezogen hatte.

Sonne stieg aus, bewaffnet mit einem Kugelschreiber und seiner Mappe als Schreibunterlage.

Ihre Tarngeschichte war einfach. Sonne beherrschte sie im Schlaf. Es war die vierte Adresse auf ihrer Liste. Sie kamen von einem der zahlreichen Glasfaser-Anbieter, der Firma FiberCom. Ihre Unterlagen über die betreffende Anschrift waren unvollständig. Hatten die Hausbesitzer eventuell Interesse an einem Ausbau der Netzwerkkapazität?

Im Laufe des Vormittags hatte Oxen sich mit Margrethe Franck in Sallys Zweitwohnung durch den Papierberg gegraben. Aus dem ganzen Stapel von Nummernschildern, die Franck in Helsingør dokumentiert und Sally mühsam im Fahrzeugregister abgefragt hatte, waren am Ende fünfundzwanzig Fahrzeughalter übrig geblieben. Keiner von ihnen war vorbestraft. Die Kriterien für die Auswahl waren:

Der Fahrzeughalter oder Vertragskunde des Leasingpartners musste ein Mann sein.

Er war nicht jünger als siebenunddreißig und nicht älter als siebenundvierzig.

Sein Wohnort befand sich in einem Umkreis von maximal dreißig Kilometern Entfernung zu Schloss Kronborg.

Das bedeutete, dass sie den Mandrill Niebuhr in einem Gebiet jagten, dessen südliche Grenze die Linie Farum – Holte – Skodsborg darstellte und das im Westen kurz hinter Hillerød endete, während die nördliche Grenze die Küste bis Tisvildeleje bildete – und die östliche logischerweise der Øresund.

Kronborg war eine der größten Touristenattraktionen des Landes, es war also nicht überraschend, dass an einem ganz gewöhnlichen Wochentag Ende Mai der Anteil »regionaler« Autos auf den Parkplätzen in der Nähe des Schlosses verhältnismäßig gering war. Nur fünfundzwanzig Nummernschilder entsprachen den Kriterien ihrer klar definierten Zielscheibe.

Neun Adressen für Sonne und ihn, jeweils acht für die beiden anderen Duos.

Wenn sie Glück hatten und alle zu Hause antrafen, die auf ihrer Liste standen, entweder im Laufe des späten Nachmittags oder am frühen Abend, dann konnten sie es heute schaffen.

Er beobachtete Sonne, der an der Haustür klingelte. Einen Augenblick später öffnete eine Frau mittleren Alters, kurz darauf erschien auch ihr Mann. Er ähnelte dem Mandrill nicht im Geringsten. Oxen strich die Adresse durch, während Sonne das Gespräch rasch beendete und sich für die Störung entschuldigte.

Sie hatten noch fünf Namen auf der Liste.

Franck rief an, als Sonne gerade wieder ins Auto gestiegen war und sie rückwärts aus der Einfahrt rollten.

»Wir haben schon vier gestrichen«, sagte sie. »Sally und ihre Partnerin drei. Wie sieht es bei euch aus?«

»Vier gestrichen, noch fünf übrig«, antwortete er.

Franck seufzte.

»Ich hoffe, meine Theorie lässt uns nicht im Stich. Sonst stehen wir wieder bei null, Niels. Und jetzt wissen sie, dass wir ihnen auf den Fersen sind.«

»Wir haben noch vierzehn Chancen.«

»Ich schlage vor, wir geben uns gegenseitig Rückmeldung, sobald wir eine Adresse überprüft haben, okay?«

»Einverstanden.«

Er legte auf. Sonne gab die nächste Anschrift ein.

»Pessimistisch?«, fragte der jütländische Polizist und musterte ihn von der Seite.

Oxen zuckte mit den Schultern und bog wieder auf die Straße ein.

»Noch nicht. Aber wenn das hier danebengeht, haben wir unsere gesamte Munition verpulvert.«

»Dann vergrößert den Radius – und nehmt Frauen mit rein. Es ist doch nicht ausgeschlossen, dass euer Mann mit dem Wagen seiner Frau unterwegs war. Oder dass es in dem Haushalt überhaupt nur ein Auto gibt, das nun mal auf die Frau zugelassen ist.«

Er nickte.

»Du hast recht, Sonne. Das wird der nächste Schritt sein, falls der erste Versuch fehlschlägt. Wo müssen wir hin?«

»Nivå ...«

Es war 20:00 Uhr, als Margrethe Franck anrief und die Aktion für den Tag beendete.

Ihnen selbst fehlte nur noch eine Adresse, wo niemand zu

Hause gewesen war, und auch Sally fehlte nur noch eine – aber sie konnten sich schlecht als Glasfaser-Anbieter ausgeben und spätabends noch an der Haustür klingeln.

Franck fluchte verbissen ins Telefon. Dreiundzwanzig Nieten und nur zwei Möglichkeiten übrig, die bis morgen warten mussten.

»Niels, wir müssen den Radius um zehn, fünfzehn Kilometer erweitern und die weiblichen Fahrzeughalter mit auf die Liste setzen«, sagte sie.

»Das sehe ich auch so. Ich fürchte nur, dass dabei nicht viel mehr Adressen herauskommen werden«, antwortete er.

»Wir sehen uns morgen früh um acht in Sallys Wohnung.«

Mit einem Seufzen legte Franck auf.

81.

Neun neue Nummernschilder. Neun neue Adressen, an denen der Mandrill Niebuhr theoretisch an der Tür erscheinen konnte, um auf die Frage zu antworten, ob in dem Haushalt vielleicht das Interesse bestand, das Glasfasernetz auszubauen.

Neun, plus die zwei, die sie am Vortag nicht mehr geschafft hatten, weil niemand zu Hause gewesen war. Elf Chancen auf Erfolg. Und ein neuer Tag.

Christian Sonne war nach Århus zurückgefahren, aber sie hatten weiterhin die Hilfe von Francks krankgeschriebener Nachbarin und Sallys Trainings-Freundin.

Sie hatten wie vereinbart den Radius vergrößert. Er war jetzt bei vierzig Kilometern Entfernung von Kronborg. Und sie hatten den Stapel erneut gesichtet und die weiblichen Fahrzeughalter hinzugenommen.

Um 16:00 Uhr hatten sie die zweite Runde gestartet. Inzwischen war es 18:00 Uhr.

Er begleitete Sally und ihre Freundin Dorte, die normalerweise im Kundenservice einer Versicherungsgesellschaft arbeitete und deshalb wie geschaffen für diese Aufgabe war. Wenn eine Frau an die Tür kam, gab sie nicht auf, bis der Mann hinzugerufen wurde, um ihre Fragen nach dem bisherigen Glasfasertarif des Haushalts oder nach der Datengeschwindigkeit zu beantworten.

Es standen sechs Adressen auf ihrer Liste. Die ersten drei hatten sie abgehakt. Der Mandrill Niebuhr war nicht darunter gewesen.

Margrethe Franck hatte angerufen und denselben Misserfolg vermeldet. Auch sie hatte noch drei Adressen vor sich.

Sally saß am Steuer des Peugeots, dessen Mietdauer er verlängert hatte. Ihre Freundin saß daneben, und er hatte es sich auf dem Rücksitz bequem gemacht.

»Hier, Sally, die Hausummer acht ist unsere nächste Adresse.«

Sally Finnsen bog in die Einfahrt einer weißen Luxusvilla in Snekkersten ein, nah am Wasser gelegen, und Dorte stieg aus und klingelte an der Tür.

Sie ließen die Fensterscheiben herunter, um das Gespräch mitzuhören, das sich kurz darauf mit dem Mann entwickelte, der ihr aufgemacht hatte.

»Guten Tag, ich komme von der Firma FiberCom«, begann Dorte, die sofort erkannte, dass es sich um eine Niete handelte. Der Herr des Hauses war fast kahl und hatte auch sonst keine Ähnlichkeit mit dem Mann, den sie suchten. Sie fuhr fort und legte es auf ein schnelles Ende an.

»Hätten Sie Zeit für eine kurze Kundenumfrage? Wir würden gern wissen, ob Sie grundsätzlich am Ausbau des Glasfasernetzes interessiert wären«, fragte sie.

Der Mann schüttelte freundlich den Kopf. Dorte entschuldigte sich für die Störung und beendete ihren Einsatz.

Mit jedem negativen Ergebnis sank die Stimmung.

»Ich k-kann es spüren, Niels. Das ist eine Sackgasse«, sagte Sally und schlug aufs Lenkrad.

Zwanzig Minuten später war auch Anschrift Nummer fünf abgehakt. Es gab einen ziemlich guten Grund dafür, dass der Wagen auf eine Frau zugelassen war. Die Halterin war Witwe.

Um 19:45 Uhr hatten sie die letzte Adresse in Skævinge, westlich von Hillerød, besucht. Auch hier hatte die Frau ihren Mann hinzugerufen, als sie bei den Fragen nach dem Glasfasertarif nicht mehr weiterwusste. Ohne brauchbares Resultat. Der Mann hatte rote Haare und trug eine starke Brille.

»W-Was habe ich gesagt?«, kam es erbittert von Sally. »Es gibt zu viele mögliche Fehlerquellen. Wer sagt denn, dass der Mandrill *nicht* in Kopenhagen wohnt, nur weil Kronborg der Treffpunkt ist?«

»Niemand sagt das. Es war nur ein Versuch, die Nummernschilder logisch zu sortieren. Im Prinzip kannst du genauso recht haben. Aber es wäre eine Mammutaufgabe, sämtliche Adressen abzuklappern, die du über die Halterabfrage ermittelt hast. Und zwar so, dass man den Mann auch ganz sicher zu Gesicht bekommt.«

Sally nickte stumm.

»Und selbst wenn wir das versuchen würden«, fuhr er fort, »könnten wir nicht ausschließen, dass das Schwein mit dem Zug oder Taxi nach Helsingør gefahren ist. Oder dass er sein Auto einfach viel weiter weg geparkt hatte. Wir hatten die Hoffnung, das Ganze abkürzen zu können, und es …«

Sein Handy klingelte.

Es war Franck, die gerade die letzte Adresse gestrichen hatte, oben in Frederiksværk. Sie war enttäuscht und hatte auch keine einfache Lösung zur Hand, wie es jetzt weitergehen sollte. Sie beschlossen, sich am nächsten Tag in Sallys Wohnung zu treffen, um die Situation zu diskutieren.

»Die letzte Chance war auch eine Pleite«, meldete er Sally nach vorn weiter. »Oder hast du noch irgendeinen rettenden Einfall?«

Finnsen schüttelte den Kopf.

»K-Keinen rettenden Einfall, leider ... Aber danke, dass du uns geholfen hast, Dorte«, sagte sie zu ihrer Freundin.

Die Enttäuschung wurde immer größer, während ihnen langsam bewusst wurde, dass sie wieder bei null waren. Sie standen bei ihrer Jagd nach dem Psychopathen, dem es nur um einen Kick gegangen war, als er Sallys Bruder umgebracht hatte, wieder ganz am Anfang. Ein halbwegs brauchbares Foto des kriminellen Arschlochs war alles, was bei ihren Bemühungen und der erfolgreichen Finte am Ende herausgekommen war.

Aber welchen Nutzen hatte ein Bild, wenn niemand den Mann darauf erkannte?

Trotzdem gelangte er zu dem vagen Schluss, dass es doch irgendwie möglich sein musste, dieses Foto zu verwenden, während sie über die Autobahn zurück nach Kopenhagen rasten. In einem Tempo, an dem auch Sally Finnsens innerer Kampf deutlich abzulesen war. Sie reagierte ihn nämlich gerade an dem kleinen Peugeot ab. Ihre Freundin auf dem Beifahrersitz hatte das alles längst verstanden und beschäftigte sich stumm mit ihrem Handy.

Oxens Gedanken kreisten immer mehr um das Foto, das Franck mit dem großen Teleobjektiv aufgenommen hatte.

Hatte die Polizei nicht eine Art Kartei, in der die Gesichter von Verbrechern archiviert wurden? Vielleicht konnten sie das Bild mit der Datensammlung abgleichen und auf einen Treffer hoffen? Vielleicht war der Mandrill ja doch ein alter Bekannter?

Sally Finnsen beschleunigte den Wagen auf gute 140 Stundenkilometer und zog erneut auf die Überholspur hinüber. Landschaft und Autos flogen vorbei. Er konnte sehen, dass Sallys Fingerknöchel weiß waren. Sie war zum Zerreißen angespannt und hielt den Fuß fest auf dem Gaspedal.

Das ganze Auto vibrierte, und der Motorenlärm war beachtlich. Es war schwer, unter diesen Bedingungen einen klaren Gedanken zu fassen, aber er arbeitete sich zurück zu dem Foto und der Verbrecherkartei.

Jetzt, wo sie mit leeren Händen dastanden, war es eine Überlegung, die man auf jeden Fall ...

Sein Handy klingelte. Es war Margrethe Franck.

»Ja!«

Er ertappte sich selbst dabei, dass er gegen den Lärm anschrie.

»Wo seid ihr?« Franck klang aufgebracht.

»Auf der Hillerød-Autobahn.«

»Seid ihr schon an Farum vorbei? Ausfahrt zehn?«

»Woher soll ich das wissen?«, brüllte er und tippte Sally auf die Schulter. »Sind wir schon an Farum vorbei, Ausfahrt zehn?«

»Nein, die kommt gleich, gerade war die Ausfahrt elf«, antwortete sie.

Er wiederholte die Antwort für Franck.

»Gut. Hör zu«, sagte sie. »Ihr nehmt die Ausfahrt zehn und fahrt zum Restaurant Furesøbad. Wir treffen uns dort auf dem Parkplatz.«

»Geht klar, aber warum?«

»Weil ich gerade eine E-Mail mit einem völlig irrwitzigen Video bekommen habe. Und das müsst ihr sehen. Jetzt sofort!«

»Aber was zur Hölle ...«

Franck war weg.

»Nimm die Ausfahrt zehn, Sally!«, rief er. »Und geh endlich vom Gas, bevor die Karre noch explodiert!«

In seinem Kopf wirbelte alles durcheinander. Franck klang selten aufgeregt. Aber wenn sie es tat, gab es dafür einen guten Grund.

Ein Video?

Noch dazu ein »völlig irrwitziges Video«.

82.

»Lieber Niels. Ich hoffe, es stört dich nicht, dass ich dich Niels nenne? Unsere Schicksale sind ja auf eine verrückte Art miteinander verbunden, nicht wahr? Also dachte ich, wir können uns vielleicht mit Vornamen anreden, auch wenn in unseren militärischen Kreisen sonst ja normalerweise der Nachname üblich ist. Aber ... wenn ich ›Niels‹ sage, habe ich das Gefühl, dir näher zu sein, als ich dir eigentlich war. Wobei ich deine Karriere und deinen Lebensweg immer aus der Ferne mitverfolgt habe. Ich habe mich über jede deiner Auszeichnungen gefreut. Und das Tapferkeitskreuz ... Ich war unglaublich stolz, als die Königin dir diesen Orden überreicht hat.

Aber ... wenn du das hier siehst, bin ich längst tot und verschwunden, weshalb die Sache mit den Namen eigentlich überhaupt keine Rolle mehr spielt ... Ein bisschen merkwürdig, dich zu begrüßen und zu dir zu sprechen – in dem Wissen, dass ich gar nicht mehr existiere.

Du hast mir damals auf dem Balkan das Leben gerettet, Niels. Meine Güte, wir waren ja fast noch Kinder. Man hätte uns niemals dort hinschicken dürfen. Dieser Einsatz hat nichts und niemandem etwas gebracht.«

»Hey, hey, stopp mal kurz.«

Franck gehorchte und drückte auf den Pausenknopf ihres Handys. Sie saßen zu dritt auf einer Bank am Furesø, er auf der einen Seite neben Margrethe und Sally auf der anderen. Erst vor wenigen Minuten hatte Franck auf dem Parkplatz eine Vollbremsung hingelegt und ihn und Finnsen dann ungeduldig aufgefordert mitzukommen. Ihre beiden Helferinnen sollten solange oben in den Autos warten.

Nun saßen sie hier und sahen sich die Videobotschaft eines lächelnden Mannes an: Palle Jensen. Der Mann, der früher als Scharfschütze im dänischen Heer gedient hatte und dann Hausmeister im Therapiezentrum Teglgård gewesen war. Der Mann, den seit seiner Flucht in jener Nacht niemand mehr gesehen hatte, obwohl er von Interpol gesucht worden war. Aber es war nicht nur die Botschaft eines lächelnden Mannes. Sondern vor allem die eines toten Mannes.

»Er hatte also die ganze Zeit deine E-Mail-Adresse?«

Franck nickte.

»Ja. Ich kann mich erinnern, dass ich ihm damals während der Ermittlung meine Karte gegeben habe. Aber er hat in seiner Mail ausdrücklich betont, dass dieses Video an dich gerichtet ist.«

»Das hier beweist, dass Ray B-Bowman die Wahrheit erzählt hat, als er Mossman im Park abgepasst hat«, warf Sally ein.

»Richtig. Sie haben Jensen in Indien im Gebirge liquidiert«, sagte Franck.

»Hmm ... Lass es weiterlaufen«, sagte Oxen und sah konzentriert auf den kleinen Bildschirm, während Margrethe auf das Display tippte.

Palle Jensen fuhr aus dem Jenseits fort:

»Ich stehe in deiner Schuld, und ich hätte nie gedacht, dass ich jemals die Möglichkeit haben würde, mich dafür bei dir erkenntlich zu zeigen. Aber die Gelegenheit bot sich, als ich erfuhr, dass du im Keller gefangen gehalten wurdest. Ich konnte nicht zulassen, dass du stirbst, Niels ... Natürlich konnte ich das nicht. Deshalb rief ich Margrethe Franck an und schlug Alarm – und schickte ihr die Türcodes. Danach war ich gezwungen zu fliehen. Ich kehrte in die Berge zurück, an den Fuß des Himalaya im Norden Indiens, in die Gegend, die ich noch von früher kannte. Hinter mir siehst du einige der hohen Gipfel. Es ist ein schöner Ort zum Sterben ...

Seit ich in jener Nacht geflohen bin, habe ich mein Leben auf den Prüfstand gestellt. Und glaub mir ... Ich habe das nicht zum ersten Mal getan, aber ich habe noch tiefer gegraben als je zuvor. Und ... nichts Gutes gefunden. Ganz im Gegenteil ... Du weißt ja, dass ich die Veteranen getötet habe. Die in der Kiesgrube und auch die im Vejle Ådal. Weil ich einen falschen Begriff von Loyalität hatte. Leider kann ich nichts davon ungeschehen machen.

Die restliche Zeit habe ich versucht, mit mir ins Reine zu kommen. Eine Art inneren Frieden zu finden. um dem Unbekannten gelassen entgegentreten zu können.

Denn mein eigener Tod kommt nicht überraschend für mich.«

Der ehemalige Scharfschütze räusperte sich und verscheuchte eine aufdringliche Fliege aus seinem Gesicht. Dann sprach er weiter:

»Ich weiß zu viel, als dass sie mich laufen lassen würden. Dafür sind zu mächtige Kräfte in dieses Spiel verwickelt. Mir war klar, dass sie eines Tages hier auftauchen würden. Die Frage war lediglich, wann ...

Und nur, falls du dich wunderst: Mein Mailprogramm ist so eingerichtet, dass ich alle sechs Wochen ein kleines Kästchen anklicken muss. Tue ich das nicht, wird dieses Video automatisch an Margrethe Franck vom PET verschickt. Ich vertraue darauf, dass sie dir die Aufnahme zeigen wird.

Denn meine Botschaft an dich ist weit mehr als nur der Gruß eines treuen Kameraden aus dem Jenseits, Niels. Als ich mit mir ins Gericht gegangen bin, habe ich mich gefragt, ob ich nicht doch noch irgendetwas Gutes tun kann. Und sei es nach meinem Tod.

Und das kann ich.

Ich glaube, ich kann dazu beitragen, dass die Schuldigen verurteilt werden. Und vielleicht auf diese Weise auch den Schmerz der Hinterbliebenen lindern. Denn ich habe über die Jahre Beweise gegen all diese verkommenen Menschen im Keller gesammelt. Eigentlich wollte ich damit meinen Freund beschützen, den Leiter des Veteranenzentrums Martin Smed, der mich immer unterstützt und mir geholfen hat. Mein Instinkt sagte mir, dass er eines schönen Tages vielleicht Material brauchen könnte, um sich selbst Schutz zu erkaufen. Über Umwege habe ich übrigens gehört, dass er inzwischen im Gefängnis sitzt ... Wahrscheinlich musste es so kommen ...

Und nun hoffe ich, dass du, Niels, meine Beweise nutzen kannst, zusammen mit deiner Partnerin vom PET. Ich hoffe es wirklich. Es ist ein beruhigender Gedanke.

Also hör gut zu:

Ihr erinnert euch sicher an die kleinen Reihenhäuser draußen bei der Ziegelei, die orange gestrichenen ehemaligen Arbeiterunterkünfte, in denen die Veteranen untergebracht waren.

Vom Kiesweg aus gesehen vor der letzten Giebelwand ist ein Rosenbeet, das ich übrigens selbst angelegt habe. Dort habe ich eine wasserdichte Plastikbox vergraben, und zwar ganz dicht am Sockel, ziemlich genau in der Mitte der Wand, gut einen Meter tief in der Erde. In dieser Box findet ihr alle Beweise, die ich mehrere Jahre lang zusammengetragen habe. Darunter die Identitäten einiger besonders widerwärtiger Gäste, wenn auch nicht aller. Außerdem habe ich sorgfältig DNA-Material gesammelt, das sie mit dem Keller in Verbindung bringt. Das alles wartet sicher verwahrt darauf, von den richtigen Personen verwendet zu werden. Und damit meine ich dich, Niels, und diese Franck vom PET.

Nutzt diese Beweise. Versprich mir das.«

Palle Jensen lächelte unsicher und kratzte sich im Nacken, während er nach Worten suchte.

»Ich will nicht um Vergebung bitten. Das wäre so, als würden die Fehler, die ich gemacht habe, dadurch keine Rolle mehr spielen. Und ich erwarte auch nicht, dass mich irgendjemand versteht. Was ich getan habe, kann man nicht verstehen. Der Krieg hat schlimme Dinge mit mir gemacht. Hat in mir drinnen etwas zerstört. Besser kann ich es nicht erklären.

Ich habe meine Strafe nun bekommen – und habe dem Tod mit innerer Klarheit entgegengesehen.

Vielleicht wurde meine Leiche gefunden.

Vielleicht wusstest du schon, dass ich tot bin?

Vielleicht hattest du bis eben noch keine Ahnung davon.

Mich wird sicher niemand vermissen, aber würdest du der guten Ordnung halber bitte meiner Mutter die Nachricht von meinem Ableben überbringen, Niels?

Danke. Und alles Gute, mein Freund ...«

Palle Jensen nickte, hob eine Hand zum Gruß, streckte die andere Hand nach der Kamera aus und beendete die Videoaufnahme.

Für einen Moment saßen sie stumm auf der Bank, während sie die Nachricht aus dem Jenseits kurz sacken lassen mussten.

»Wir müssen die Kiste ausgraben«, platzte Franck heraus. »Jetzt! Und zwar schnell!«

83.

Er sah sich um wie ein Dieb in der Nacht, als er die erste Ladung Erde auf die Seite schaufelte.

Sie standen alle drei in dem Blumenbeet vor der ockerfarbenen Giebelwand. Es war kurz nach 22:00 Uhr. Die alte Ziegelei, ehemals Therapiezentrum für Kriegsveteranen, lag leer und verlassen da, und an den kleinen Reihenhäusern waren die ersten Zeichen des Verfalls längst nicht mehr zu übersehen.

Margrethe Franck richtete den Lichtkegel der Taschenlampe auf das Loch, und Sally dokumentierte alles mit der Handykamera.

Er drückte die Schaufel wieder in die Erde und trat zu. »In einem Meter Tiefe«, hatte der tote Scharfschütze und ehemalige Hausmeister erklärt wie ein zweiter Long John Silver.

Dafür würde er nicht lange brauchen …

Nachdem sie das Video gesehen hatten, waren sie so schnell wie möglich hierhergekommen. Sallys Freundin und Francks Nachbarin waren mit einem Taxi vom Furesøbad nach Kopenhagen zurückgefahren, während sie in einem Affenzahn zur alten Ziegelei in Knabstrup gerast waren.

Die Baumärkte hatten natürlich schon alle geschlossen, deshalb mussten sie ihr Glück an den Tankstellen in Roskilde versuchen. Eine vernünftige Taschenlampe konnte man überall kaufen, mit einem Spaten oder einer Schaufel war das schon schwieriger. Aber im zweiten Anlauf hatte es geklappt. Der junge Mann hatte tatsächlich etwas überrascht und verlegen ihre 500 Kronen angenommen und ihnen dafür die alte Schaufel überlassen, die er noch irgendwo hinter der Tankstelle gefunden hatte.

Er grub im Licht der Taschenlampe weiter. Keiner von ihnen sagte etwas. Sie starrten alle nur auf das Loch, das schnell größer und tiefer wurde.

»V-Verdammt noch mal!« Sally stampfte ungeduldig auf, während sie weiterfilmte.

Kurz darauf stieß die Schaufel auf etwas Hartes.

»Vorsicht!«, platzte Franck heraus.

Er ging auf die Knie und scharrte die Erde mit seinen Händen weg. Zum Vorschein kam der Deckel einer Plastikbox. Er stand wieder auf und grub die Seiten frei. Dann bückte er sich, hob die Kiste aus der Grube und stellte sie ins Gras.

»Licht!«

Auf sein Kommando hin schwenkte Franck sofort die Taschenlampe in seine Richtung. Er kniete sich hin, öffnete die Klammern, mit denen die Box luftdicht verschlossen war, und nahm den Deckel ab. Die Kiste war bis zum Rand mit großen, durchsichtigen Ziplock-Plastiktüten gefüllt.

»Komm her, Sally. Das hier brauchen wir in Nahaufnahme.«

Er nahm einen der Beutel heraus und hielt ihn ins Licht der Taschenlampe. Darin lag ein Zettel mit der Aufschrift: »Nilpferd, Dirk de Windt, Holland«. Außerdem befand sich ein kleiner Plastikbehälter in der Tüte, so groß wie eine Filmdose, mit einem Aufkleber, auf dem »Haarprobe« stand. In einer weiteren Plastiktüte war ein zerknülltes Papier, vermutlich eine benutzte Serviette. In einer anderen Tüte steckte eine Zahnbürste.

»Die DNA-Proben … Wirklich nicht dumm. Der Mann war offenbar sehr sorgfältig«, bemerkte Franck.

Oxen legte den Beutel ins Gras und nahm den nächsten heraus.

»Wolf, Sture Cederberg, Schweden«, las er vor. »Ein Wolf? Wir wissen nichts von einem Wolf, oder?«, fragte er überrascht.

»Wir wissen nur, dass nicht alle der sogenannten G-Gäste jedes Mal dabei waren«, antwortete Sally.

»Sture Cederberg? Interessant …«, sagte Franck. »Was ist in der Tüte?«

Er drehte und wendete den Plastikbeutel.

»Auch eine Haarprobe. Und ein kleines Glas, sieht aus wie ein Schnapsglas«, antwortete er.

»W-Wahrscheinlich Shots«, sagte Sally und hielt die Handykamera ganz dicht daran.

»Weiter … Der Mandrill … Ist keine Tüte für den Mandrill dabei? Schau nach«, sagte Franck ungeduldig.

Er nahm mehrere Tüten heraus, las die Aufschrift und legte sie der Reihe nach ins Gras. Manche Namen waren ihnen schon bekannt, andere nicht.

»Ah, hier haben wir den Löwen«, sagte er und hielt einen weiteren Beutel ins Licht.

»Fabian Stadler«, sagte Franck.

Er legte die Beweismittel ab und suchte weiter.

»Hier! Der Mandrill.«

Franck leuchtete auf die Tüte in seiner Hand. Auf dem Zettel stand nur »Mandrill«. Kein Name. Und auch keine Nationalität.

»Leider«, sagte er. »Palle Jensen wusste nicht einmal, dass er Däne ist.«

»Scheiße, Scheiße, Scheiße …« Franck seufzte frustriert.

Enttäuscht ließ Sally das Handy sinken.

»Und jetzt?«, fragte sie.

Er musterte den Inhalt der Tüte.

»Wir haben eine Haarprobe, eine Gabel, wieder etwas, das aussieht wie eine Serviette – und ein Weinglas.«

»Das bringt uns kein Stück weiter«, sagte Franck.

»Wir werden dieses verdammte D-Dreckschwein nie finden«, murmelte Sally. »Nie …«

Er legte ihr eine Hand auf die Schulter.

»Gib nicht auf, Sally. Zumindest können wir jetzt diese DNA-Proben mit den DNA-Spuren vergleichen, die an der Leiche des Holländers gefunden wurden. Damit können wir beweisen, dass es wirklich der Mandrill war, der ihn getötet hat«, sagte er.

Franck zuckte mit den Schultern.

»Richtig. Und das müssen wir natürlich auch tun – aber dass er es war, wissen wir ja jetzt schon.«

»Ich brauche noch mal Licht.«

Er wühlte weiter in den Tüten in der Kiste herum. Noch mehr Namensschilder, manche mit, manche ohne Identität. Ganz unten lag eine Schachtel. Darin war ein USB-Stick mit einem Zettel, auf dem »Pässe« stand. Er hielt ihn hoch.

»Jensen war gründlich. Ich nehme an, dass er die Pässe mehrerer Gäste gefunden und abfotografiert hat.«

»Deshalb konnte er ihre Namen zuordnen und auf den Zetteln vermerken«, sagte Franck.

Er nickte.

»Und der Mandrill brauchte leider keinen Pass. Was machen wir jetzt? Sollen wir die ganze Kiste gleich sichten, oder …?«

»Wir fahren nach Hause. Es ist spät. Ich nehme die Box mit und schaue mir alles in Ruhe an. Aber …«

»Aber was?« Er sah Franck fragend an.

»Das mit den Nummernschildern ärgert mich immer noch, es ärgert mich kolossal. Na ja, egal. Lasst uns zusammenpacken.«

Franck winkte ab. Sally stoppte die Aufnahme und steckte ihr Handy wieder ein.

Vorsichtig legte er die Tüten zurück in die Kiste. Für einen kleinen Moment hatte er wirklich geglaubt, der Mandrill säße in der Falle, gefangen von dem Mann, dem er, Niels Oxen, vor einer halben Ewigkeit auf dem Balkan das Leben gerettet hatte. Aber nein …

Der unbekannte Schatten war ihnen erneut entkommen.

84.

Die Buchführung eines toten Mannes über das verkommene Treiben, das ihn letztlich das Leben gekostet hatte.

Konnte man es wirklich so einfach auf den Punkt bringen? Ja. Der ehemalige Scharfschütze und Mehrfach-Mörder Palle Jensen hatte genau gewusst, dass sie es mit einem mächtigen Gegner zu tun hatten, er und der Gründer des *Shelter Fonds*, Martin Smed. Alles in dieser Plastikbox, die in ihrem Wohnzimmer auf dem Fußboden stand, war eine Bestandsaufnahme in Form von Beweisen. Eine kompromittierende Abrechnung, ursprünglich dafür gedacht, im äußersten Notfall ein rettendes Tauschgeschäft vorschlagen zu können.

Sie empfand keine Spur von Mitleid mit dem toten Palle Jensen, der plötzlich quicklebendig auf ihrem Handy erschienen war und mit einem wehmütigen Lächeln zu Niels Oxen gesprochen hatte.

Und nun hatte der *Shelter*-Hausmeister also ihnen, Oxen und ihr, das Material überlassen und hoffte darauf – wie er ihnen ebenfalls erklärt hatte –, dass es vielleicht der Gerechtigkeit zum Sieg verhelfen würde.

Sie kaufte ihm die Läuterung nicht ab. In ihren Augen war das alles nicht mehr als die vermessene Hoffnung eines todgeweihten Mannes, dem Fegefeuer mit ein paar Brandblasen zu entkommen. Mehr nicht.

Es war inzwischen weit nach Mitternacht. Sie hatte Oxen und Sally gesagt, dass sie vielleicht noch einen kurzen Blick in die Box werfen würde, ehe sie schlafen ging. Natürlich würde sie das tun. Wie hätte sie dem widerstehen können?

Was war denn, bei Licht besehen, wirklich in diesen Tüten, streng aus juristischer Sicht betrachtet? Es waren DNA-Spuren, die belegten, dass sich eine Reihe maskierter Männer in einem

Keller aufgehalten hatten, in dem Dinge vorgefallen waren, die in jeglicher Hinsicht moralisch verwerflich und zum Teil illegal waren. Aber nichts davon konnte beweisen, dass die Betreffenden sich in dem Saal mit dem Käfig aufgehalten hatten, dass sie bei den tödlichen Kämpfen dabei gewesen waren, dass sie einen Haufen Geld auf ihren Favoriten verwettet oder womöglich sogar ein Vermögen dafür bezahlt hatten, die *Caesars fee*, um selbst einen der Männer töten zu dürfen.

Die DNA-Spuren stellten lediglich eine Verbindung zwischen jedem dieser Männer und dem Keller her. Was, für sich betrachtet, schon ziemlich brisant war und zweifellos ausreichte, um jederzeit eine polizeiliche Ermittlung einzuleiten.

Aber.

Mit dem Mandrill Niebuhr verhielt es sich anders. Er war im Saal gewesen. Er hatte sich an den schlimmsten, bestialischsten Dingen beteiligt, die man sich nur vorstellen konnte. Er hatte über sieben Millionen Kronen bezahlt, weil er Spaß daran hatte, einen Menschen zu umzubringen. Um Sallys armen Bruder Nikolai hinzurichten. Und er hatte mit nahezu hundertprozentiger Sicherheit auch den Holländer Dirk de Windt auf ihrer gemeinsamen Flucht getötet.

Sie sah sich die letzte Tüte aus der Kiste an und machte sich Notizen in ihrem Laptop. Es handelte sich um einen Norweger, der wohl versteckt unter einer Bärenmaske teilgenommen hatte.

In der Box befanden sich die DNA-Proben von insgesamt vierzehn Männern, die Teil der bizarren Gästeliste gewesen waren. Ein paar von ihnen konnten sie gleich streichen. Sie waren bei dem Einsatz des Spezialkommandos in jener Nacht erschossen worden. Aber ...

Der Mandrill war immer noch da draußen. Auf freiem Fuß.

Sie waren so nah dran gewesen – und doch so weit entfernt.

Sie warf einen Blick auf die Armbanduhr. Es war spät. Sie war müde, aber sie hatte nicht das Gefühl, jetzt schlafen zu können. In ihrem Kopf wirbelten viel zu viele Versatzstücke und Fetzen der Ermittlung herum.

Sie lehnte sich auf dem Sofa zurück und gähnte. Ihre Beinprothese juckte. Sie nahm sie ab, schob sie unter den Couchtisch, stand auf und hüpfte in die Küche, wo sie sich ein großes Glas Milch einschenkte und in einem Zug leerte.

So verdammt nah dran ...

Sie sah vor sich, wie die rennende Gestalt vor Niels Oxen abgehauen war – wie ein unheilvoller Schatten, der aus den Katakomben Kronborgs ausgebrochen war.

Wer war der Mandrill?

Und was machte ihn zu der zentralen Figur Niebuhr in einer weitreichenden CIA-Operation?

Und wieso wurde sie die Vorstellung nicht los, dass Axel Mossman wie eine Spinne mitten in einem riesigen Netz lauerte und nur darauf wartete, endlich zuzuschlagen? Aber gegen wen? Und warum?

Sie schloss die Augen und sah das Ganze wie einen Film vor sich ablaufen. Die AKS-Aktion in dieser verfluchten Unterwelt in jener Nacht. Die ebenso beharrliche wie ergebnislose Ermittlungsarbeit der darauffolgenden Monate. Worre und Salomonsen, die den Fall für beendet erklärten. Die sie vom Hof jagten. Mossmans Betrug im Keller des Flughafens. Die ermordete Angelina in den weißen Satinlaken. Die Amerikaner, die überall ihre Ohren hatten. Ihre eigene List oder, besser gesagt, Sallys Liste, die ganz nach Plan funktionierte.

Und ...

Wieder zog und zerrte dieses Gefühl in ihr ...

Die rennende Gestalt, die von Kronborg flüchtete.

Sie wusste es, aber sie konnte es nicht in Worte fassen, konnte den Gedanken nicht greifen, nicht formen, so wie einem manchmal eine Antwort oder ein Name schon auf der Zunge lag und einem trotzdem ums Verrecken nicht einfallen wollte – zumindest nicht in diesem Moment.

Die Nummernschilder ... Ihr Vorgehen, ihr Lösungsversuch, den ganzen Mist mit dem Handy abzufilmen, war reiner Instinkt gewesen.

»Die erste Idee ist meistens die beste. Vertrau deiner Intuition, Franckie.«

Sie sagte es laut zu sich selbst. Immer noch zurückgelehnt auf dem Sofa und mit geschlossenen Augen. Es kam selten vor, dass sie laute Selbstgespräche führte. Nur wenn sie wirklich in der Klemme saß, nur wenn es um alles oder nichts ging, rief sie Franckie zu Hilfe. Na ja, und vielleicht wenn sie sich ausnahmsweise allein betrunken hatte.

Ihre unmittelbare, ganz spontane Antwort darauf, dass der CIA-Mann sich mit dem Mandrill auf Kronborg getroffen hatte, lautete, dass der Mandrill sich auch normalerweise in der Umgebung des alten Schlosses aufhielt, nahe am Øresund. Das war der Kern der Sache – das und nichts anderes.

Aus diesem Grund war ihr Ansatz mit den Nummernschildern auch immer noch richtig. Es war kein Schuss ins Blaue gewesen, ganz im Gegenteil. Und genau deshalb war sie sicher, dass sie irgendetwas übersah. Irgendetwas Simples, Naheliegendes. Direkt vor ihrer Nase. Sie konnte es nur nicht greifen. Nur nicht ...

Sie öffnete die Augen und schaute auf die Uhr. Sie musste wohl kurz eingenickt sein. Wie eine Lampe, die man für ein paar Minuten ausgeknipst und dann wieder eingeschaltet hatte.

Sie setzte sich auf, griff nach ihrem Handy und nahm sich die

Videos mit den Autokennzeichen vor. Sie musste exakt dasselbe tun, womit sie Sally Finnsen beauftragt hatte. Alles akribisch sichten.

Sie nahm den Notizblock, den sie benutzt hatte, als sie den Inhalt der Plastikbox durchgegangen war, und fing an, eine Liste zu erstellen.

Jedes Nummernschild, das sie gefilmt hatte, wurde notiert. Zwei Buchstaben mit je fünf Ziffern. Eine ID, die über das Fahrzeugregister direkt zum Autobesitzer, seiner Anschrift und seinen persönlichen Daten führte.

Die Liste wuchs schnell. Aber sie war gründlich. Beim leisesten Zweifel, dass sie vielleicht ein Kennzeichen übersprungen haben könnte, spulte sie zurück und prüfte es noch einmal nach.

Um halb drei Uhr morgens schrieb sie das letzte Nummernschild auf.

243 Nummernschilder, die sie und Oxen nach verschiedenen Kriterien aussortiert hatten.

243 Autos.

Sie hätte noch mehr Autos abfilmen können, aber sie hatte das getan, was ihr in dem Moment richtig erschienen war. Richtig und angemessen. Sie konnte schließlich nicht jedes Autokennzeichen in Helsingør dokumentieren. Was auch unsinnig gewesen wäre, denn sie war absolut sicher, dass der Mandrill mit dem Auto zu seinem Treffen mit Shaun Parish gekommen war, und auch, dass er möglichst nah am Schloss geparkt hatte.

Kontrolle war gut. Doppelte Kontrolle war doppelt so gut. Sie warf einen Blick auf ihr Handy und beschloss, eine kurze Nachricht an Sally zu schreiben:

»Wie viele Nummernschilder hast du insgesamt überprüft?«

Sally konnte antworten, wenn sie wach war und zur Arbeit musste, das war ja schon bald.

Sekunden später meldete ihr Handy eine neue Nachricht.
»243 Stück. Alle ausgedruckt und dann noch mal gezählt.«
Sie war also nicht die Einzige, die keine Ruhe fand.
243 war die richtige Antwort. Verdammt. Hätte Sally doch nur eins weniger gehabt … Das wäre zumindest ein kleiner Hoffnungsschimmer gewesen. Ein winziges Korn für ein blindes Huhn. Aber nein.
Sie stand auf, hüpfte zum Bett und kroch unter die Decke. Schlafen, wenigstens ein paar Stunden, dann würde ihr Hirn vielleicht wieder funktionieren.

85.

Er schenkte der Tatsache, dass die Wellen des Øresunds im Sonnenlicht glitzerten und dieser Morgen ungewöhnlich mild war, gar keine Beachtung.

Normalerweise hätte er einen solchen Start in den Tag zu schätzen gewusst. Hätte zufrieden geseufzt. Aber nicht heute. Er hätte zur üblichen Zeit vor Ort sein sollen, aber er war zu Hause geblieben, hatte seine Sekretärin angerufen und sich mit Halsschmerzen entschuldigt.

Seinem Hals ging es gut. Was ihn quälte, war sein Nervensystem. Das schmerzte bis in die letzte zitternde Nervenspitze.

Sogar sein geliebter Kaffee wurde kalt. Das passierte nicht oft. Aber seine gesamte Aufmerksamkeit war auf den Bildschirm des kleinen Notebooks gerichtet, das vor ihm auf dem Gartentisch stand.

Es ärgerte ihn, dass er so viel Schwäche zeigte. Kam er langsam an seine Grenzen? War sein Selbstvertrauen nur noch ein Eiswürfel in der Sonne, dem man beim Schmelzen zusehen konnte, bis unweigerlich nichts mehr davon übrig blieb?

Die Zeit kroch so unendlich langsam dahin.

Als er gestern Abend die Haustür geöffnet und gesehen hatte, dass sein schwarzer BMW plötzlich wieder in der Einfahrt stand, hätte das dicker Balsam für seinen angespannten Zustand sein können. Im ersten Moment hatte er auch Erleichterung empfunden, aber sie waren rasch wieder zurückgekehrt. Die Zweifel.

Jetzt war es 08:05 Uhr.

In drei Minuten sollte er erfahren, wie die Lage war. Nur noch drei Minuten.

Er trank einen Schluck kalten Kaffee und nahm einen Bissen von dem leicht gerösteten Weißbrot, das er bisher nicht angerührt hatte.

Er hob den Kopf und blickte nach Schweden hinüber. Als hätte er dort je eine Antwort gefunden … Obwohl heute ein ganz gewöhnlicher Wochentag war, waren viele Segler auf dem Wasser. Leute, die einfach ihr Leben lebten, ohne zu ahnen, welche unerträglichen Qualen er durchlitt.

Jetzt. In wenigen Sekunden. Die Uhr auf dem Bildschirm zeigte dieselbe Zeit wie seine Armbanduhr.

Im nächsten Augenblick landete die lang ersehnte Nachricht in seinem Postfach.

Er ließ sie hastig durch das Entschlüsselungsprogramm laufen, dann las er konzentriert:

»*Krisensituation unter Kontrolle. Bedrohung abgewehrt. Kehren zum normalen Modus zurück. Informieren Sie Ihre Kontaktperson vor Ort über weitere Treffen in Teheran und Bagdad. Vereinbaren Sie Briefing und Debriefing. Parish*«

Er ließ den Blick mehrmals über den Bildschirm wandern. Diesmal schien die Erleichterung anzuhalten.

Shaun Parish war ein unsympathisches dummes Schwein, aber vielleicht trotz allem ein kompetentes unsympathisches dummes

Schwein. Und wenn dieser Mann sagte, die Bedrohung war abgewehrt, dann war sie abgewehrt.

Er blieb noch ein wenig sitzen, genoss die warme Sonne und ärgerte sich über den kalten Kaffee und die verschwendeten Bohnen. Er würde sich eine frische Tasse aufbrühen, sich auf die Terrasse setzen und reichlich Zeit lassen – und wer weiß? Vielleicht würde er seine Sekretärin anrufen und Bescheid sagen, dass er doch noch kam, Halsweh hin oder her.

Er schrieb seine Nachricht und schickte sie ab.

»Verstanden. Danke. Niebuhr«

86.

08:08 Uhr, das zeigte seine robuste Armbanduhr, die ihn trotz etlicher Jahre auf dem Buckel noch nie im Stich gelassen hatte. Dank eingebauter Solarzellen verfügte sie über eine unerschöpfliche Energiequelle.

Er lehnte an der Wand neben der Fensterbank und musterte Margrethe Franck, die auf dem alten Ledersofa vor ihrer provisorischen Ermittlungspinnwand saß.

Aus ihrer Richtung würde seine Uhr heute garantiert keine Energie zum Aufladen beziehen.

Franck war fix und fertig. Sie hatte dicke, dunkle Ringe unter den geschwollenen, geröteten Augen, und sie war ungewöhnlich wortkarg. Dabei hatte sie ihn schon um sieben Uhr angerufen, weil sie sich mit ihm in Sallys Zweitwohnung treffen wollte, um die Sache noch einmal durchzusprechen, in der Hoffnung, doch noch einen Ausweg zu finden.

Er konnte sich nicht erinnern, Margrethe Franck schon jemals so müde und erschöpft gesehen zu haben. Die lange sinnlose Ermittlungsarbeit, die Suspendierung, die Spekulationen um Mossmans Betrug und ihre beharrliche Jagd nach dem Mann hinter der Mandrillmaske zehrten an ihr.

Sie hatte ihm gerade mitgeteilt, was bei ihrer gründlichen Sichtung der Plastikbox letzte Nacht herausgekommen war. Das Fazit lautete: Nichts darin brachte sie näher an den Mandrill Niebuhr heran.

Franck seufzte.

»Und bevor ich ins Bett gegangen bin, habe ich mir alle meine Videos angesehen und sämtliche Autokennzeichen aufgeschrieben. 243 Stück.«

»Auf wie viele ist Sally gekommen? Ich hoffe, dieselbe Anzahl?«

»Ja. 243. Gezählt, ausgedruckt und noch einmal nachgezählt.«

»Sie arbeitet gründlich.«

»Ja, sie ist … Aber vielleicht sollten wir trotzdem … Liegt der Stapel mit den Ausdrucken nicht hier auf dem Tisch?«

»Doch.«

»Dann lass uns zusammen einen letzten Durchgang machen, Niels.«

»Ist das nicht Zeitverschw…«

»Verdammt noch mal! Ich *weiß* es einfach. Ich *weiß*, dass wir irgendetwas übersehen. Jetzt komm! Ich habe meine Liste von heute Nacht dabei. Du nimmst dir die Ausdrucke und liest mir die Nummern vor. Ich hake sie ab. Nur noch diese letzte Kontrolle.«

Er nahm den dicken Stoß Papier, setzte sich neben sie aufs Sofa und fing an, die Nummernschilder vorzulesen. Die Gruppe, die sie zur näheren Untersuchung herausgefiltert hatten, lag obenauf.

Nach jedem Kennzeichen ertönte ein kurzes »Check« von Franck, sobald sie das entsprechende Häkchen auf ihrer Liste gemacht hatte. Auf diese Weise arbeiteten sie sich langsam durch Sallys Stapel, aber schließlich war er tatsächlich auf der letzten Seite angekommen.

»Check«, sagte Franck.

»Siehst du, das war das Letzte ...«

»Scheiße, Niels!«

Franck blätterte ihre Liste durch.

»Es fehlt eins!«, rief sie. »Es fehlt tatsächlich genau ein Kennzeichen, Niels. DH 42 148 hast du nicht vorgelesen.«

»Vielleicht ...« Er sah sie überrascht an.

»Ich habe das Nummernschild nicht abgehakt. Zähl die Seiten, los!«

Er zählte schnell, aber sorgfältig.

»242.«

»Wie kann das sein? Was ist mit dem letzten Nummernschild passiert? Wo ist die letzte Seite geblieben?«

Franck sprang vom Sofa auf, zerrte ihr Handy aus der Tasche und fing an, in dem kleinen Wohnzimmer auf und ab zu wandern.

»Franck hier! Du musst einen Fahrzeughalter für mich überprüfen. Jetzt, Sally! Jetzt, sofort!«

Margrethe Franck klang wie ein Oberfeldwebel bei einer Strafexpedition.

»Es sind 243 Nummernschilder, aber hier liegen nur 242 Ausdrucke. Logg dich im Fahrzeugregister ein.«

Er konnte hören, dass Sally sich sofort energisch verteidigte, aber Franck schnitt ihr das Wort ab.

»Stopp! Bist du drin? Gut ... Es geht um folgendes Kennzeichen – DH, D wie Delta, H wie Hotel, 42 148.«

Für einen Moment blieb es still.

Er dachte, dass das hier alles sein könnte – aber genauso gut auch rein gar nichts. Dann sagte Franck, die jetzt mit dem Kugelschreiber in der Hand an der Fensterbank stand:

»Ich wiederhole: Sylvester Benzon, Strandvejen 145, Espergærde, geboren am 11. März 1978. Danke, Sally. Und hör zu: Ich sage ja nicht, dass du einen Fehler gemacht hast. Mich interessiert nur die Tatsache, dass ein Ausdruck zu wenig dabei war. Okay?«

Sie legte auf.

»Du hast alles mitbekommen«, sagte sie.

Er nickte.

»Ja. Die Adresse liegt genau in unserem Radius. Und das Alter passt auch.«

»Richtig. Wir haben also doch noch einen Schuss in der Büchse. Es könnte komplett sinnlos sein – oder aber ...«

Franck verstummte. Sie biss sich auf die Unterlippe und dachte konzentriert nach.

»Niels ... Ich glaube Sally, wenn sie sagt, dass sie zweimal nachgezählt hat. Auch den Stapel mit den Ausdrucken. Dann stellt sich nur die Frage, wie ...«

»Sylvester Benzons Nummernschild verschwinden konnte?«

»Richtig. Entweder ist er eine Niete. Das Blatt ist verschwunden, verloren gegangen, irgendwo runtergefallen – oder es wurde entfernt.«

»Niemand weiß etwas von Sallys Zweitwohnung.«

»Hmm ... das glauben wir.«

Franck sah ihn an, legte einen Finger an den Mund, zeigte auf ihr Ohr und machte dann auf das Naheliegende aufmerksam, indem sie erst mit zwei Fingern auf die Augen und dann ins Zimmer zeigte: Sie mussten die Wohnung sofort nach Abhörgeräten und das Treppenhaus nach Überwachungskameras absuchen.

Dank der extrem spartanischen Möblierung in Sallys geheimer Wohnung war die Aufgabe überschaubar. Er übernahm das Wohnzimmer. Margrethe die übrigen Räume.

Oxen untersuchte die wenigen Lampen, überprüfte die Unterseiten der Fensterbänke, stellte das alte Sofa auf den Kopf und inspizierte den Stuhl und den kleinen Tisch am Fenster. Nichts, absolut nichts zu finden. Danach ging er ins Treppenhaus und kontrollierte auch dort die wenigen Stellen, an denen man eine Kamera verstecken konnte.

Unterdessen war auch Franck mit der Küche, dem Bad und dem Schlafzimmer fertig, die alle praktisch unmöbliert waren.

»Nichts«, sagte sie und hob ratlos die Hände. »Vollkommen clean ...«

Er nickte.

»Hier auch. Wir müssen Benzon so schnell wie möglich überprüfen, aber das geht erst nach Feierabend. Was ist mit deiner Nachbarin? Kann sie uns noch mal helfen?«

»Mona? Ich denke, schon. Es ist nur komisch ...«

Franck verstummte und machte wieder eine hilflose Geste. Dann fuhr sie fast flüsternd fort:

»... dass jemand ausgerechnet hier genau dieses eine Blatt aus dem Stapel herausgefischt haben soll. Das einzige Nummernschild, das wir nicht sehen durften ... Wir waren so vorsichtig. Niemand weiß, dass wir diese Wohnung benutzen. *Niemand.* Mit einer Ausnahme ...«

»Jetzt gehst du zu weit, Margrethe ... Ich weigere mich, so etwas zu glauben. Das würde Sally niemals tun. Und warum in aller Welt sollte sie auch?«

Franck zuckte mit den Schultern, aber sie sagte nichts mehr.

87.

»Hier, schau ihn dir lieber noch mal an.«

Er konnte sehen, wie Margrethe Franck am Steuer ihr Handy hob und Mona die Nahaufnahme zeigte, die sie auf Schloss Kronborg von dem Mandrill gemacht hatte.

»Du, das ist nicht nötig. Ich habe das Bild jetzt schon so oft gesehen, ich kann mich gut an seine Visage erinnern. Also, lasst uns hoffen, dass wir diesmal mehr Glück haben, damit ich mich wieder in Ruhe meiner Genesung widmen kann.«

Francks Nachbarin lächelte. Sie war als Sozialarbeiterin beschäftigt, und auch wenn sie momentan krankgeschrieben war – diese Frau war nicht so leicht zu erschüttern. Absolut gelassen stieg sie aus dem Auto, klappte die Tür hinter sich zu und ging die gepflasterte Einfahrt zur Haustür der pompösen Villa am Strand in Espergærde hinauf.

Er selbst saß auf dem Rücksitz und wartete angespannt darauf, was gleich passieren würde.

Auf jeden Fall standen zwei Autos vor dem Haus. Der große schwarze BMW, eine Art SUV, hatte das gesuchte Kennzeichen DH 42 148. Das andere war ein Alfa Romeo. Es deutete also alles darauf hin, dass zumindest jemand an die Tür kommen würde, wenn Mona gleich klingelte.

Sie hatten außerhalb der Sichtweite am Straßenrand geparkt. Alles andere wäre zu riskant gewesen.

Mona würde genau dasselbe tun, was sie mittlerweile schon ziemlich oft getan hatte: sich als FiberCom-Mitarbeiterin vorstellen und sich nicht abwimmeln lassen, ehe sie dem männlichen Hauseigentümer direkt gegenüberstand.

Er stoppte die Zeit. Nur, um irgendetwas zu tun zu haben.

»Oh, Mann … Was sagst du?«, fragte Franck seufzend nach nicht einmal dreißig Sekunden.

»Gar nichts«, antwortete er.

»Ach richtig, der stumme Jägersoldat auf seinem Felsen. Sagt nichts. Sagt nie etwas. Aber was *glaubst* du?«

Sechzig Sekunden waren um.

»Ich glaube, dass er es ist.«

»Wirklich? Ich nämlich auch. Ich spüre es.«

»Ich spüre gar nichts.«

»Nein, natürlich nicht.«

Die nächste halbe Minute verbrachten sie schweigend. Franck ließ die Scheibe herunter, damit sie etwas hören konnte. Er hatte nicht den Eindruck, etwas zu hören. Die Sekunden krochen dahin.

»Zwei Minuten«, brummte er wenig später.

»Zwei Minuten sind nichts, wenn man über Glasfaserkabel sprechen muss, oder? Was für eine verdammte Scheiße ...« Francks Finger trommelten ungeduldig auf das Lenkrad.

Er registrierte, dass die dritte Minute um war. Und viel, viel später auch die vierte.

Francks Finger glichen Trommelstöcken.

»*Fuck*, jetzt komm schon!«, zischte sie verbissen.

Plötzlich tauchte Mona auf. Mit raschen Schritten kam sie aus der Einfahrt. Ihr Gesicht verriet nicht das Geringste. Sie öffnete die Tür und setzte sich auf den Beifahrersitz. Im Wagen herrschte knisternde Stille. Dann drehte sie sich ein wenig, um sie beide sehen zu können, atmete tief aus und sagte:

»Das ist er, das ist euer Mann.«

88.

Sylvester Benzon war der Mörder, der Mandrill. Sylvester Benzon war die Person hinter dem Decknamen Niebuhr. Sylvester Benzon war mehrere Milliarden schwer. Sylvester Benzon war scheu. Genauso scheu wie reich.

Oxen saß auf dem alten Sofa in Sallys Zweitwohnung mit ihrem Laptop auf dem Schoß. Franck saß mit ihrem eigenen Laptop an dem kleinen Tisch vor dem Fenster.

Nachdem sie aus Espergærde zurückgekommen waren, hatten sie sofort damit angefangen, Benzon und sein gesamtes Leben auf links zu drehen, soweit das eben möglich war. Dass er Milliardär sein musste, schlossen sie aus dem Wert seines Unternehmens. Dass er extrem zurückgezogen lebte, war eine Tatsache. Es war einigermaßen sinnlos, den Mann zu googeln, aber zumindest konnten sie sich anhand einiger weniger Informationen ein grobes Bild von ihm machen.

Sylvester Benzon war fünfundvierzig Jahre alt, verheiratet mit Inge Benzon, kinderlos, Geschäftsführer im Familienunternehmen A. B. Electronics A/S und …

»Bingo!«

Franck ballte die Faust.

»Ich habe die Panama-Datei durchsucht«, fuhr sie aufgeregt fort. »Schien mir naheliegend zu sein, wenn man bedenkt, wie interessiert die Amerikaner waren. Und ich habe ihn gefunden … Er war gut versteckt … Benzon ist als Eigentümer einer Gesellschaft darin aufgeführt, die *The Trade Company of the 18th of April 2015 Ltd* heißt. Es handelt sich um eine Offshore-Gesellschaft mit den üblichen Strohmännern an der Spitze, registriert auf den British Virgin Islands, wobei die Firmengründung über die Anwaltskanzlei der Banco Guzman de Panama abgewickelt wurde. Und die Banco Guzman ist auch Benzons Bank.«

»Damit hätten wir also unsere Erklärung, warum die Amerikaner sich die *Precious Papers* sichern wollten. Weil Niebuhr auch auf der Liste steht …«

Franck nickte mit Nachdruck.

»Die CIA hat einen Schutzwall um Niebuhr gezogen. Alles, was Sylvester Benzon gefährlich werden könnte, wird abgewehrt«, sagte sie.

»Auch wenn das bedeutet, Leute zu liquidieren.«

»Und obwohl sie wissen, was dieser Wichser auf dem Kerbholz hat. Also, *was* macht Benzon so verdammt wertvoll für die CIA?«

Franck sah ihn fragend über den Rand ihrer schwarzen Lesebrille hinweg an, die ihr, um ehrlich zu sein, wirklich nicht stand.

»Steckt die Antwort nicht vielleicht im Namen seiner Firma? *Electronics* ...«

Franck biss sich auf die Unterlippe.

»Ja, kann sein. Aber das ist mir nicht konkret genug. Wobei ... Hier habe ich was Spannendes. Eine Datei mit verschiedenen Konten, die Benzons Gesellschaft gehören.«

Sie pfiff – und fuhr fort:

»Ich überschlage das jetzt mal grob im Kopf ... Die Gesellschaft auf den British Virgin Islands verfügt über ein Firmenvermögen von rund zweiundfünfzig Millionen Dollar, was etwa 350 Millionen Dänischen Kronen entspricht. Zusätzlich gibt es hier noch einen Ordner mit Aktiendepots und eine Datei, die aussieht wie ein Immobilienportfolio. Der Wichser ist nicht nur reich, er ist stinkreich.«

»Und ein Mörder ...«

Franck nickte.

»Und hier sind auch die Dateien mit der verdeckten Vollmacht und den Inhaberaktien«, platzte sie kurz darauf heraus. »Er leitet die Gesellschaft, und er ist alleiniger Eigentümer. Alles andere hätte mich auch gewundert ...«

Er nickte stumm und vertiefte sich wieder in seinen Computer. Sie hatten in der kurzen Zeit zwar einiges herausgefunden, aber bei Weitem nicht genug.

Sylvester Benzon war der CEO, Chief Executive Officer, wie es in modernem Dänisch-Englisch hieß, also das höchste Tier in einem Unternehmen namens A. B. Electronics A/S. Der Hauptsitz der Firma befand sich in Lautrup, einem großen Gewerbegebiet in der Kommune Ballerup, in dem landesweit die meisten Tech-Konzerne ansässig waren.

Das Unternehmen mit dem unauffälligen Namen war eine nicht börsennotierte Aktiengesellschaft, und sämtliche Aktien befanden sich im Besitz der Familien Benzon, wobei Sylvester Benzon mit einundfünfzig Prozent der Anteile über die Aktienmehrheit verfügte. Sein einundachtzigjähriger Vater Jørgen Benzon besaß neunundzwanzig Prozent und dessen zwei Jahre jüngerer Bruder Troels die restlichen zwanzig Prozent.

Es handelte sich schon in der dritten Generation um ein reines Familienunternehmen. Der Name ging zurück auf die Initialen von Sylvesters Großvater, Alfred Benzon, einem Elektroingenieur, der die Firma A. B. Elektronik eigenhändig aufgebaut hatte, die später zu A. B. Electronics geworden war.

Die Internetseite der Firma war geradezu demonstrativ schlicht gehalten, aber man hatte zumindest Wert darauf gelegt, den Gründervater zu erwähnen, der den Staffelstab an seine Söhne weitergegeben hatte. Von denen war wiederum der ältere, Jørgen, seinem Vorbild gefolgt und hatte seinen Sohn Sylvester ebenfalls an die Spitze des Betriebs gebracht.

Aber außer, dass man damals »... *technische Messgeräte herstellte, die für ihre Zeit bahnbrechend waren*«, stand nirgends ein Wort darüber, was genau in den Anfangsjahren das Kerngeschäft der Firma gewesen war.

»Hör dir das mal an.«

Er las Margrethe den letzten Satz der Unternehmensgeschichte vor.

»*Und so ist es dem Engagement der Eigentümer zu verdanken, dass A. B. Electronics als führender Hersteller leistungsstarker Komponenten im Bereich Messtechnik in das neue Jahrhundert aufgebrochen ist.*«

»Komponenten im Bereich Messtechnik, danke, du mich auch. Ist das ein Ratespiel?« Franck schnaubte.

Er ließ den Blick erneut über den Text wandern.

»Das hat was von Geheimniskrämerei«, sagte er und suchte nach dem passenden Begriff. Das Wort lag ihm auf der Zunge – brisant ...

»Weil das, was sie herstellen, zu *brisant* ist«, sagte er.

»Hier ist ein Artikel aus der *Børsen*«, sagte Franck. »Die Überschrift lautet *Dänemark kann seine Position auf dem Rüstungsmarkt ausbauen*. Daneben steht eine Liste dänischer Waffenproduzenten, da ist auch A. B. Electronics aufgeführt.«

Franck verstummte und las weiter.

»Oha!«, rief sie dann plötzlich. »Pass auf, ich zitiere: *Nach Børsens Informationen beliefert das Unternehmen aus Ballerup, das sich in dänischen Wirtschaftskreisen auffallend diskret zeigt, eine Vielzahl von NATO-Ländern mit technisch hoch entwickelten Messgeräten im Bereich Luftfahrtsysteme und Navigation. Mit diesen Informationen konfrontiert, reagierte Sylvester Benzon, CEO und Hauptaktionär von A. B. Electronics, mit einer schriftlichen Stellungnahme und erklärte, dass sich das Unternehmen ›nicht zu dieser Anfrage äußern werde‹.* Okay, also, das kann Benzon: Der Mann liefert hochtechnologische militärische Ausrüstung.«

»Und zwar für Luftfahrtsysteme und Navigation. Vielen ist das gar nicht bewusst, aber tatsächlich beliefern etliche dänische Firmen die Rüstungsindustrie«, sagte er.

»Luftfahrtsysteme und Navigation ... Das ist immer noch

ziemlich vage formuliert. Wir müssen weitersuchen. Ich will genau wissen, was dieser Drecksack in Ballerup herstellt.«

»Ich bin mir nicht sicher, ob wir das herausfinden werden«, sagte er. »Und vor allem sollten wir uns lieber überlegen, wie wir das Ganze jetzt angehen, oder?«

Franck sah hoch.

»Wie wir das angehen? Wir sind doch mittendrin. Was meinst du?«

»Ich behaupte ja nicht, dass wir jetzt schon alles wissen, aber wir haben ein ziemlich klares Bild vor Augen. Nämlich das eines Verbrechers und Mörders, der wahrscheinlich von der CIA beschützt wird, weil er mit Waffenkomponenten handelt. Mit irgendetwas Speziellem, auf das die Amerikaner unter keinen Umständen verzichten wollen. Wir bewegen uns so weit oben auf der Skala, dass die CIA eigens eine Operation eingerichtet hat, um ihn zu beschützen, die Operation Niebuhr. Also, was hast du vor, Margrethe? Dazwischengehen, dem Schwein Handschellen anlegen und ihn hinter Schloss und Riegel bringen? Das wird nicht funktionieren.«

Franck schüttelte den Kopf.

»Natürlich nicht. Wir haben nicht mal genug, um ihn dem Haftrichter vorzuführen. Genau deshalb brauchen wir mehr. Aber vergiss nicht: Wir haben die DNA-Beweise aus Jensens Plastikbox, und in der Rechtsmedizin liegt das DNA-Profil vom Mord an Dirk de Windt. Und du selbst bist ebenfalls Zeuge in diesem Fall.«

»Ich stand unter dem Einfluss starker Medikamente.«

»Deine Aussage kann trotzdem bestätigen, dass eine Person vor Ort war, die eine Mandrillmaske getragen hat. Auch wenn das allein nicht ausreichen wird.«

»Was ist mit Mossman?«, fragte er.

»Was soll mit ihm sein?«

»Er kann Türen öffnen, die uns verschlossen bleiben. Und falls du es vergessen hast: Du bist immer noch suspendiert ...«

Franck sah ihn misstrauisch an.

»Worauf willst du hinaus?«, fragte sie scharf.

»Die CIA hat uns ja schon unmissverständlich gezeigt, dass sie nicht bereit sind, eine Gefährdung Benzons stillschweigend hinzunehmen.«

»Die CIA kann und darf uns keine Vorschriften machen, Niels.«

»Diese Haltung ehrt dich.«

»Was meinst du?«

Francks Augen wurden schmal.

»Ich meine, dass wir beide wissen, dass das in der Praxis reines Wunschdenken ist. Uns bleibt gar nichts anderes übrig, als irgendwie mit den Amerikanern in Kontakt zu treten und ein klärendes Gespräch zu führen, um ihnen unseren Standpunkt zu vermitteln«, erklärte er.

»Ein Hinterzimmerdeal mit der CIA? *Never ever* ...«

»Nein, das nicht. Ich dachte eher daran, ihnen klarzumachen, dass wir die Absicht haben, das Ding durchzuziehen. Dass es sich nicht lohnt, uns weiter zu behindern – und erst recht nicht, einen von uns zu liquidieren. Das können wir nur, wenn wir mit ihnen reden. Und wir haben einen Trumpf: Wir wissen, dass sie hinter Sylvester Benzon aufgeräumt haben, sowohl in Dänemark als auch im Ausland. Werden sie scharf darauf sein, dass eine offizielle Ermittlung zu diesen Vorfällen eingeleitet wird? Nein, werden sie nicht.«

»Dann willst du also *doch* verhandeln.«

»Nenn es, wie du willst. Mein Ziel ist es, sie zu der Einsicht zu bringen, dass sie Sylvester Benzon aufgeben müssen. Ihn als Verlust abschreiben.«

Margrethe Franck stand auf und fing an, in dem kleinen Wohnzimmer auf und ab zu gehen. Dann blieb sie unvermittelt stehen.

»Mossman, ja?«, fragte sie. »Trauen wir ihm jetzt seit Neuestem wieder? Sind wir uns sicher, dass er nicht längst weiß, was Sache ist? Dass er uns nicht einfach nur belogen hat, als er behauptet hat, nicht zu wissen, warum die Amerikaner die *Precious Papers* haben wollten?«

»Als wir vor der Botschaft saßen, hast du gesagt, ein Teil von dir würde an das Gute in ihm glauben.«

»Der blauäugige Teil von mir, richtig. Ich hab aber auch gesagt, dass ich keine Ahnung habe, was der andere Teil von mir glauben soll. Verdammt, Niels. Ich habe wirklich Bedenken. Ich weiß es einfach nicht … Verstehst du?«

Er nickte.

»Sicher sein kann man sich nie, aber … Wir wissen nur, dass Mossman die Aufgabe hatte, beim Kauf der Panama-Papiere durch die Steuerbehörde einzugreifen. Selbstverständlich so geschickt, dass die Steuerfahnder nie erfahren würden, dass dein Chef Salomonsen auf dieser Liste stand. Das ist alles.«

»Und er weigert sich, uns zu sagen, warum. Vergiss das nicht! Wir können nur raten: Möglichkeit eins, er lügt und ist Salomonsens Handlanger. Oder Möglichkeit zwei, das genaue Gegenteil ist der Fall.«

»Ich denke, wir bekommen unsere Erklärung, sobald Mossman sie uns geben kann. Und ich glaube an Möglichkeit zwei.«

»Hmm … sagte der Mann, dessen Hund Mossman damals im Rold Skov töten ließ.«

Diese letzte Bemerkung machte ihn wirklich wütend.

»Es gibt Dinge, aus denen hältst du dich besser raus.«

Für einen kurzen Moment stand Franck ratlos da, ohne zu wissen, wie es weitergehen sollte. Dann setzte sie sich seufzend auf den Stuhl neben dem kleinen Tisch.

»Entschuldige, Niels.«

Sie sah ihm in die Augen.

»Das war nicht so gemeint ...«, sagte sie mit gedämpfter Stimme. »Ach, verdammt ... Ich bin einfach so unsicher ... Du plädierst also dafür, dass Mossman uns die Tür zu den Amerikanern öffnen soll?«

Er stellte den Laptop zur Seite und nickte.

»Wir reden hier über eine Operation der höchsten Geheimhaltungsstufe. Und das bedeutet, dass wir versuchen müssen, Kontakt zu einer der oberen Führungsebenen herzustellen. Die Entscheidungen werden in dieser Sache etliche Etagen über Parish getroffen. Mossman hat als ehemaliger Geheimdienstchef das nötige Gewicht. Und ... wir haben doch nichts zu verlieren, wenn wir ihn um Hilfe bitten, oder?«

Franck seufzte tief.

»Nichts ... oder alles.«

89.

Er war wirklich froh, dass es bald geschafft war und er dann nur noch gelegentlich seine Frau zum Einkaufen hierher begleiten musste. So ein bisschen, um seinen guten Willen zu zeigen und seinen Teil der Alltagspflichten zu erfüllen. Ansonsten würde er um diesen Ort, der ihm ein schlechtes Gewissen machte, in Zukunft einen großen Bogen machen.

Er fuhr auf das Parkdeck des Shoppingcenters Fisketorvet und lenkte seinen Audi wie üblich in Richtung Abschnitt F.

F wie Franck – oder Frieden.

Worauf es am Ende hinauslaufen würde, konnte er natürlich

noch nicht wissen. Margrethe Franck hatte ihn angerufen und um ein Gespräch gebeten, es sei wichtig. Ein Gespräch unter sechs Augen. Seine, ihre und die des Soldaten …

F wie Franck war die Personifizierung seiner Gewissensbisse – vielleicht hatte er deshalb aus einem Reflex heraus vorgeschlagen, sich hier zu treffen, auf dem Dach des großen Einkaufszentrums, der Brutstätte von Illusionen und Betrug.

Er parkte neben Francks rotem Mini Cooper und stieg aus. Sie und Oxen standen an der niedrigen Mauer und blickten über den Hafen. Er begrüßte die beiden wie immer mit Handschlag und versuchte, ein Gefühl dafür zu bekommen, aus welcher Richtung der Wind wehte. Klar war vorläufig nur, dass er zurzeit nicht besonders hoch im Kurs bei seiner ehemaligen Mitarbeiterin stand, und dasselbe galt vermutlich auch für den Jäger.

Er konnte sie verstehen.

Vertrauen musste man sich verdienen. Und im Augenblick verdiente er es nicht. Er hatte es im Dienst einer höheren Sache verspielt. Weil die höhere Sache immer schwerer wog. Wie schmerzhaft es auch sein mochte. Aber bald würde er diese bedauerliche Tatsache aus der Welt schaffen können. Und er hegte die Hoffnung, dass selbst ein Blinder dann sehen würde …

»Melde mich zur Stelle«, sagte er abwartend und warf einen Blick über die Schulter.

Sie waren allein und konnten ungestört sprechen.

»Danke, dass du gekommen bist«, sagte Franck.

Der Soldat beließ es wie immer bei einem Nicken.

»Wir hoffen auf deine Hilfe und einen Rat«, fuhr Franck mit ernster Miene fort. »Es geht um den Mandrill Niebuhr. Wir sind inzwischen an einem Punkt angelangt, an dem sich abzeichnet, dass uns die Dimension dieses Falls über den Kopf wächst.«

Er beobachtete Margrethe Franck, die Mossman konzentriert über die Sachlage in Kenntnis setzte. Das konnte sie gut. Etwas auf das Wesentliche herunterbrechen. Genau, wie er es im Jägerkorps gelernt hatte. Kein überflüssiges Gerede.

Axel Mossmans buschige Augenbrauen krochen erst immer höher, um dann langsam nach unten zu rutschen, bis sie schließlich steil gerunzelt über seinem hellwachen Blick aufragten, als Franck den Teil ihres Berichts erreichte, der Sylvester Benzons Unternehmen betraf. Sowohl das dänische als auch das in der Steueroase.

Oxen wusste, dass genau in diesem Moment ein wahrer Zyklon von Aktivität hinter Mossmans Stirn in Gang gesetzt worden war, in den unzähligen Hirnwindungen, die ihm uneingeschränkten Respekt abverlangten. Genau wie Franck hatte er immer das Gefühl, Mossman unterlegen zu sein.

»Hmm ...« Mossman räusperte sich. »Ich habe noch nie von dem Mann gehört. Sylvester Benzon ist eigentlich kein Name, den man so schnell wieder vergessen würde ...«

»Seine Mutter war Französin, sie wollte ihn *Silvestre* nennen. Das war dann wohl eine Art Kompromiss«, sagte Franck mit einem matten Lächeln.

Sie hatten die Zeit vor ihrem Treffen mit Mossman für weitere Recherchen genutzt. Sylvester Benzons Geschichte und die des Familienunternehmens war trotzdem nicht mehr als ein Mosaik aus einzelnen Versatzstücken, die sie ausgegraben hatten.

Die Familie Benzon stammte ursprünglich aus Nordjütland. Jahrzehntelang war die Firma in Brønderslev ansässig gewesen. Franck war in einer Lokalzeitung über einen Artikel gestolpert, der zu einer kleinen Serie über ausländische Mitbürger und ihre Sicht auf die Dänen im Allgemeinen und die Nordjüten im Besonderen gehörte.

Benzons Mutter hatte darin ein Interview gegeben und erzählt, wie sie aus Nantes nach Dänemark gekommen und in Brønderslev heimisch geworden war. Oder es zumindest versucht hatte. Silvestre war ein Beispiel dafür, dass ihr das nicht in allen Bereichen gelungen war.

Sie war vor zwölf Jahren gestorben.

Sylvester Benzon war maßgeblich für den Umzug des Unternehmens nach Ballerup verantwortlich gewesen. Das hatte die Lokalpresse auf den Plan gerufen, die sich vor allem mit dem Verlust von Arbeitsplätzen befasste. Benzon hatte dazu in einem seiner seltenen öffentlichen Kommentare erklärt, dass der Umzug dem Umstand geschuldet war, dass das Unternehmen mittlerweile den Großteil seiner Umsätze auf dem internationalen Markt erwirtschaftete und es nahezu unmöglich sei, für einen Standort fernab der Hauptstadt qualifizierte Arbeitskräfte zu finden. A. B. Electronics' Abschied von Brønderslev bedeute, »dieses Unternehmen einen gewaltigen Schritt nach vorn zu bringen«, wie Benzon es formulierte.

Seitdem war nur noch ganz selten über die Firma berichtet worden – und wenn, dann im Wirtschaftsmagazin *Børsen*. Margrethe hatte außerdem noch einen Beitrag der Fernsehnachrichten gefunden, in dem es um die Bedeutung der dänischen Wirtschaft als Anbieter hochtechnologisierter Rüstungsgüter auf dem Weltmarkt ging. Von der Nachrichtenredaktion zu diesem Thema befragt, hatte Sylvester Benzon nur mit »kein Kommentar« geantwortet – schriftlich.

»Was für eine Ironie des Schicksals, dass sowohl euer Mann auf der Panama-Liste steht als auch meiner. Aber das erklärt natürlich alles, und zwar in aller Deutlichkeit«, brummte Mossman und ließ den Blick über das Hafengelände schweifen.

»Und wie kann ich euch jetzt behilflich sein?«, fragte er nach einer kurzen Denkpause.

»Du kannst uns den Kontakt zur entsprechenden Führungsebene der CIA vermitteln. Niels und ich sind zu dem Schluss gekommen, dass das der einzig mögliche Weg ist«, antwortete Franck.

»Die Amerikaner hatten uns vermutlich schon im Visier – und wenn nicht, riskieren wir spätestens jetzt, liquidiert zu werden, wenn wir hier weitermachen«, fügte Oxen hinzu.

Mossman nickte nachdenklich und sagte, an Franck gerichtet:

»*Well*, da war dieser Vorfall in der Tiefgarage, richtig? Also, ja, Soldat, ich halte es auch für wahrscheinlich, dass die Amerikaner das gnadenlos beantworten würden. Gut, ich fasse noch mal zusammen, Freunde: Ich soll das tun, was ich schon an dem Abend im Ferienhaus versucht habe, als ich den Kerl laufen ließ? Sie davon überzeugen, ihre Hunde zurückzupfeifen?«

Franck nickte.

»Ganz genau. Bring sie dazu, ihre Hunde zurückzupfeifen – und mit uns über Sylvester Benzon zu reden.«

»Ihr wollt ihn also wirklich an die Wand nageln?«

»Kreuzigen.«

Francks Gesicht ließ keine Fragen offen.

»Und der verschwundene Ausdruck aus dem Stapel mit den Nummernschildern? Was denkt ihr? Sally – oder die Amerikaner? Oder einfach ein erstaunlicher Zufall, dass ausgerechnet dieses Blatt gefehlt hat?«

Mossman sah sie abwechselnd an.

»Wir vertrauen Sally«, antwortete Oxen und ergänzte mit Nachdruck: »Beide.«

»Das würde bedeuten, dass Parish und Company von eurer Zweitwohnung wissen. Ich hoffe, ihr habt die Kiste mit den DNA-Beweisen nicht ausgerechnet dort versteckt?«

»Mein Dachboden ist so sicher wie Fort Knox«, antwortete Franck trocken.

Mossman nickte und rieb sich nachdenklich das Kinn.

»Ich hoffe nur, dass ich in Langley noch kreditwürdig bin, obwohl ich mittlerweile zu der Altersgruppe mit den sterbenden Hirnzellen gehöre«, murmelte Mossman. »Aber ihr müsst mir ein paar Tage Zeit lassen, mindestens …«

»Einverstanden. Inzwischen versuchen wir, noch mehr über Sylvester Benzon herauszufinden. Aber halt mich auf dem Laufenden, ja?« Franck sah Mossman fragend an.

»Selbstverständlich.«

»Gut. Wir hauen ab.«

Franck setzte sich ans Steuer. Oxen stieg auf der Beifahrerseite ein, und dann verließen sie den Abschnitt F in Richtung Ausfahrt.

Er warf einen Blick in den Außenspiegel.

Mossman öffnete gerade die Tür seines schwarzen Audis.

Er setzte sich ins Auto und behielt den roten Mini Cooper über den Rückspiegel im Auge. Sobald der Wagen außer Sicht war, griff er nach seinem Handy, musste kurz suchen, bis er die Nummer gefunden hatte – und rief an.

Eine Stimme meldete sich auf Englisch:

»*The US Embassy in Denmark*, was kann ich für Sie tun?«

»Mein Name ist Axel Mossman, ich muss mit Shaun Parish sprechen.«

»Parish, sagten Sie?«

Es dauerte einen Moment, dann meldete sich die Stimme erneut:

»Wir haben keinen Mitarbeiter mit diesem Namen, tut mir leid.«

»Hören Sie. Ich weiß, dass Shaun Parish sich in der Botschaft aufhält. Und ich weiß, dass er im Auftrag der CIA in Dänemark ist. Es ist von äußerster, äußerster Wichtigkeit, dass Sie mich zu ihm durchstellen. Sofort. Haben Sie mich verstanden?«

»Verstanden. Bleiben Sie bitte kurz in der Leitung, ich verbinde Sie weiter.«

Sanfte Wartemusik drang aus dem Hörer. Melodische Geigen, die sein schlechtes Gewissen untermalten.

Ungeduldig trommelte er mit den Fingern aufs Lenkrad. Natürlich musste die Dame am Telefon zunächst im Hintergrund klären, ob besagter Parish im Haus war, und wenn ja, ob es wirklich zu verantworten war, diesen Anrufer zu ihm durchzustellen.

Eine Minute nach der anderen verstrich.

Es kam ihm vor, als hätte er inzwischen ganze Sinfonien gehört, während er hier wartend herumsaß und sein rabenschwarzes Gewissen zu ungeahnten Dimensionen heranwuchs.

Aber ...

Mitten in allem, während Margrethe Franck ihm die Entwicklung des Falls geschildert hatte ... genau da hatte sich plötzlich ein Ausweg eröffnet. Nicht etwa die Kunst des Möglichen in einer schwierigen Lage, nein, nein.

Die Kunst des *Unmöglichen*.

»Entschuldigen Sie, dass Sie so lange warten mussten, ich stelle Sie jetzt zu Mr Parish durch«, sagte plötzlich die Stimme. Dann ertönte ein Freizeichen.

»Parish.«

Der CIA-Mann klang schroff, aber die Verwunderung war seinem Tonfall deutlich anzuhören.

»Mein Name ist Axel Mossman, ich bin ...«

»Nicht nötig. Ich weiß, wer Sie sind. Was wollen Sie?«

»Wir müssen uns treffen. Umgehend.«

»Hmm, ich denke ich habe noch Termine frei. Wo?«

»Bei Ihnen.«

»Dann treffen wir uns in der Tiefgarage der Botschaft. Ich werde dafür sorgen, dass man Sie durchlässt. Wann?«

»Jetzt.«

90. Plötzlich stand Sally Finnsen in der offenen Tür des kleinen Wohnzimmers, den Rucksack über der Schulter. Sie hatten sie beide nicht kommen hören. Erst die knarrenden Dielen hatten ihn dazu gebracht, von seinem Computer aufzusehen.

»Hi«, sagte sie und hob die Hand zum Gruß.

Sie antworteten gleichzeitig: »Hallo«, und tauschten einen schnellen Blick, um zu klären, wer von ihnen Sally die Nachricht überbringen sollte.

Er nickte entschieden in Francks Richtung. Sie war viel besser in diesen Dingen als er.

»Äh, ihr seht so konzentriert aus. Störe ich? Ich hatte gerade Feierabend und dachte, ich …«

»Nein, nein, du störst nicht«, sagte Franck, die zu seiner Erleichterung übernahm. »Wir haben nur eine Menge Material, das wir uns anschauen müssen … Willst du dich nicht setzen?«

»Was ist los?«, fragte Sally sofort misstrauisch, und die Augen unter dem Schirm ihrer Kappe wurden schmal. »Stimmt was nicht?«

»Sally … Wir haben ihn gefunden … Den Mandrill … Niebuhr … den Mann, der deinen Bruder getötet hat …«

Der Rucksack glitt von Sallys Schulter und landete mit einem Knall auf dem Boden. Sie riss die Augen auf. Und wurde schlagartig kreidebleich.

»W-Wirklich?«

Franck nickte ruhig, stand auf, ging zu ihr, legte beide Hände auf Sallys Schultern und sah ihr in die Augen.

»Ja, wirklich.«

»Wer ist es?«

»Er heißt Sylvester Benzon. Es ist nämlich so ...«

Margrethe Franck fasste für Sally den Tag zusammen. Angefangen von dem fehlenden Ausdruck im Stapel, dem Herausfinden des Kennzeichens, der Bestätigung in Espergærde, dass es sich bei dem Fahrzeughalter wirklich um den Mandrill handelte, bis hin zu den gesammelten Fakten: dass Benzon stinkreich war, auf der Panama-Liste stand und seine Firma die Waffenindustrie mit irgendwelchen noch völlig unbekannten, hoch komplizierten Geräten oder Bauteilen belieferte. Und dass sie zu dem Schluss gekommen waren, dass diese Affäre eine Nummer zu groß für sie war – und sie Mossman deshalb gebeten hatten, den Kontakt zur CIA herzustellen.

Franck nahm die Hände von Sallys Schultern, blieb aber weiter vor ihr stehen.

Er beobachtete die Reaktion der jungen Polizistin.

Ihre Wangen liefen jetzt rot an. Erst stand sie nur wie versteinert da und nickte langsam, als hätte sie noch gar nicht richtig begriffen, was sie gerade gehört hatte. Dann hob sie hilflos die Hände, ohne ein Wort herauszubringen.

Schließlich fand sie ihre Sprache wieder.

»U-Und wollt ihr etwa andeuten, dass ich etwas damit zu tun habe? Dass ich das e-eingefädelt habe und Informationen vertuschen wollte?«

Er bemerkte den roten Fleck, der sich weiter über ihren Hals ausbreitete.

»Nein, Sally, ganz ruhig«, sagte er. »Das wollen wir nicht. Nicht mal im Traum hätten wir dir das unterstellt.«

Franck räusperte sich.

»Was Niels sagt, stimmt, Sally. Aber um ganz ehrlich zu sein, ist uns der Gedanke tatsächlich kurz durch den Kopf gegangen. Es gibt ja nur zwei Möglichkeiten. Entweder hast du etwas damit zu tun. Oder die Amerikaner kennen diese Wohnung. Wir haben überhaupt keinen Zweifel daran, dass Letzteres die richtige Erklärung ist. Die Frage ist nur: Wie um alles in der Welt konnten sie das wissen? *Wie* haben sie deine Zweitwohnung entdeckt?«

Sally zuckte mit den Schultern.

»Okay. Natürlich müsst ihr so denken.«

Sie nahm ihre Kappe ab, warf ihre Jacke auf den Rucksack und fuhr nach einer kurzen Pause fort:

»Ich habe wirklich keine Ahnung ... Sie müssen mir gefolgt sein, oder sie haben mir aus irgendeinem Grund im Treppenhaus aufgelauert. Und dann haben sie beobachtet, dass ich zwischen den Wohnungen hin- und hergegangen bin. Wie soll es sonst gewesen sein? Habt ihr alles nach Mikrofonen abgesucht? Oder nach Webcams im Treppenhaus?«

Oxen nickte.

»Nach beidem, Sally.«

»Dann ... weiß ich auch nicht ... Aber wie geht es jetzt weiter? Warten wir auf M-Mossman?«

Franck nickte.

»Wir waren uns einig, dass wir ›zu klein‹ sind, um den Fall in die richtige Richtung zu lenken. Und außerdem gehen wir ein zu großes Risiko ein, wenn Parish und seine Leute herausfinden, dass wir ihnen dicht auf den Fersen sind. Oder eine Nasenlänge voraus. Anders gesagt: Wir laufen Gefahr, dass sie uns auf direktem Weg ins Jenseits befördern … Es bleibt uns also nichts anderes übrig, als Mossman ein paar Tage Zeit zu geben. Dann werden wir unsere Schlussfolgerungen ziehen – und eine neue Marschroute festlegen.«

»Aber wir wissen doch jetzt, wer das Schwein ist«, entgegnete Sally sichtlich aufgebracht. »Dieser Benzon hat Nikolai eiskalt ermordet. Meinen Bruder … Einfach nur, weil er es konnte. Zum Spaß … Zum Spaß, verdammte Scheiße! Ich will, dass er dafür bezahlt!«

Sally ballte die Fäuste, dass ihre Knöchel weiß wurden.

»Wir sind absolut deiner Meinung, Sally. Aber wir dürfen jetzt keine Fehler machen. Wenn wir es richtig angehen, können wir ihn hinter Schloss und Riegel bringen, wo er auch hingehört«, sagte Franck.

»Der Typ gehört erschossen … Und ich bin liebend gern bereit, das eigenhändig zu übernehmen.«

Keiner von ihnen kommentierte Sallys Bemerkung.

»Lasst uns die Wartezeit jetzt sinnvoll nutzen«, sagte Franck. »Wir müssen alles über Benzon wissen oder zumindest alles, was wir über ihn in Erfahrung bringen können. Und das ist keine leichte Aufgabe.«

Sie setzte sich wieder auf den Stuhl am Fenster und vertiefte sich in ihren Laptop.

Oxen bemerkte, wie Sally sich mit dem Ärmel über die Augen fuhr.

»Ich gehe nur kurz rüber in meine Wohnung«, sagte sie und hob ihre Sachen vom Boden auf.

91.

Die großen gelben Eisenpoller versanken langsam im Asphalt, und der Wachmann der Botschaft gab ihm ein Zeichen, dass er jetzt in die Tiefgarage einfahren konnte, hinunter in die Hölle, in der er und sein schlechtes Gewissen bis in alle Ewigkeit schmoren würden.

Er war gerade aus seinem Wagen ausgestiegen, als ein groß gewachsener Schwarzer aus den tiefen Schatten des Kellers hervortrat.

»Parish, Shaun Parish«, stellte der Mann sich vor und gab ihm die Hand.

»Axel Mossman.«

»*Der* Mossman ...« Parish lächelte.

»Na ja ... Eigentlich bin ein einfacher Rentner«, erwiderte er. »Aber lassen Sie uns zur Sache kommen. Wir haben es eilig.«

»Eilig? Womit?«

»Geschäfte. Es geht um die Operation Niebuhr.«

Der Amerikaner nickte langsam.

»*All right*. Wollen wir reingehen, Mossman?«

»Nein. Ich fühle mich ganz wohl hier. Ich möchte Ihnen einen Deal vorschlagen. Ein Tauschgeschäft. Ich habe keine Zeit für irgendwelche Befindlichkeiten oder Verzögerungstaktiken. Ich kann Ihnen die Garantie verschaffen, dass Ihr Niebuhr auch in Zukunft unantastbar bleibt. Wenn Sie mein Angebot annehmen, sorge ich dafür, dass ihm niemand mehr gefährlich werden kann. Und Sie werden nie wieder eingreifen und hinter ihm aufräumen müssen.«

Parish rieb sich das Kinn. Er kniff die Augen zusammen. Es war eine ganze Menge auf einmal, was Mossman ihm da präsentierte – vor allem, da es eine Sache betraf, von der er bis eben gedacht hatte, sie unterliege allerhöchster Geheimhaltung.

»Garantie? Wie soll das gehen?«

»Ich kann Ihnen vier Beweismittel liefern – eine Haarprobe, eine Gabel, eine Serviette und ein Weinglas –, vier DNA-Spuren, die Ihren Niebuhr mit den ganzen Abscheulichkeiten in dem Keller in Verbindung bringen.«

Parish sah überrascht aus.

»Aber wir haben aufgeräumt. Und zwar gründlich. Also, woher haben Sie ...«

»Der Kriegsveteran, der ehemalige Scharfschütze, den Ihre Leute in Indien beseitigt haben, hat dafür gesorgt, dass nach seinem Tod eine E-Mail mit einer Videoaufnahme an Niels Oxen ging. Oxen hat ihm damals im Balkankrieg das Leben gerettet. In diesem Video hat er ihm anvertraut, dass er über Jahre hinweg DNA-Spuren der Gäste gesammelt hat, die zum Kundenstamm des Kellers gehörten. Darunter auch die eines Herrn mit Mandrillmaske. Ihrem Niebuhr aus Espergærde – besser gesagt Sylvester Benzon. Das ist doch sein bürgerlicher Name, nicht wahr?«

»Aber ... wie ... haben die drei ihn gefunden?«

Parish war zwar durch und durch Profi, aber seinen verblüfften Tonfall hatte er nicht unter Kontrolle.

»Sie haben zahlreiche Autokennzeichen aus der näheren Umgebung von Kronborg überprüft.«

»Aber wir haben den Ausdruck mit Benzons Nummernschild entfernt.«

»Nachzählung. Wie bei den Stimmzetteln nach einer Wahl. Bei Margrethe Franck sollte man sich seiner Sache nie sicher sein. Ich spreche aus Erfahrung. Die Frau ist nicht zu unterschätzen – und war, nebenbei bemerkt, früher meine engste Mitarbeiterin. Warum haben Sie die Operation Niebuhr ins Leben gerufen?«

Der Amerikaner zögerte.

»Kommen Sie, Parish, das ist nicht der Zeitpunkt für ein Versteckspiel. Wir sind beide Profis, wir sind Kollegen, oder nicht? Ich bin hierhergekommen, um Ihnen eine Lösung vorzuschlagen. Eine Lösung, die Ihnen nur Vorteile bringt. Also los, reden Sie. Und von mir aus leugnen Sie hinterher alles. Das ist mir egal.«

Shaun Parish brauchte einen Moment, um die Situation zu überdenken.

»*All right*, Mossman ... Einverstanden«, sagte der CIA-Mann. »Also ... Sylvester Benzon ist von sich aus auf uns zugekommen und hat uns ein Geschäft angeboten. Er saß ernsthaft in der Klemme nach dem ganzen kranken Wahnsinn, an dem er in diesem *fuckin'* Keller beteiligt war. Und nachdem er den Holländer umgebracht hatte, der mit ihm und dem Schweizer Fabian Stadler geflohen war. Er wollte ...«

»Er hat auch Sally Finnsens Bruder getötet. Einen Kriegsveteranen. Nach allem, was wir wissen, hat Benzon die sogenannte *Caesars fee* bezahlt, mehrere Millionen Euro für das Vergnügen, töten zu dürfen.«

»*No shit!* ... *Das* hat er uns nicht erzählt. Aber es überrascht mich nicht. Der Mann ist ein Psychopath.«

»Ich habe Sie unterbrochen.«

»Nun, die drei waren auf der Flucht, aber der Holländer war zu schwach. Zu nervös. Er hätte ein Risiko dargestellt. Deshalb hat Benzon ihn umgelegt. Wie Sie sicher wissen, besitzt Benzon die Aktienmehrheit der Firma A. B. Electronics.«

Er nickte.

»Fahren Sie fort.«

»Die Firma beliefert uns und andere NATO-Partner mit hochtechnologischer Ausrüstung.«

»Präziser – welche Art von Ausrüstung?«

»Hochentwickelte Kontroll- und Zielerfassungssysteme. Vereinfacht gesagt sorgt die Ausrüstung von A. B. Electronics besser als jede andere dafür, dass eine Rakete ins Schwarze trifft. Selbst dann noch, wenn das *bullseye* tief im Arschloch eines gottverdammten Eichhörnchens steckt. Das Beste sind die Kontrollsysteme für Drohnen. Benzons Unternehmen produziert das Innenleben für amerikanische und europäische taktische Drohnen. Es gibt aktuell keinen wichtigeren militärischen Bereich. Ein regelrechter Gamechanger, sagen viele. Kritiker sind der Ansicht, dass Drohneneinsätze zu viele zivile Opfer fordern. Es ist nicht meine Aufgabe, das zu beurteilen ... Ich kann nur sagen, dass die Dinger wirkungsvoll sind. Es dürfte ja allgemein bekannt sein, dass wir mittlerweile etliche Terroristen mithilfe von Drohnen aus dem Verkehr gezogen haben. Aiman al-Sawahiri, Sie erinnern sich? Er stand eines Morgens auf dem Balkon seiner geheimen Wohnung in Kabul und hat sich am Hintern gekratzt, als wir ihn mit einer Hellfire-Rakete aus einer Drohne erwischt haben. Ich meine ... auf einem *Balkon* ... Oder auch der iranische General Qasem Soleimani.«

»Ich verstehe, was Sie meinen. Also, Benzon wollte, dass Sie einen Schutzwall um ihn errichten. Ihn unverwundbar machen. Als Gegenleistung wofür?«

Parish lächelte.

»Und genau da hatten wir richtig Glück, Mossman. Benzon wusste, dass er sich in einer vorteilhaften Position befand. Es stellte sich nämlich heraus, dass dieser Hund auch mit dem Feind Geschäfte macht. Er hat seine Sachen an Regimes verkauft, die genauso auf unserer schwarzen Liste stehen wie auf eurer. Er hat jedes erdenkliche Embargo unterlaufen. Er hat hinter unserem Rücken mit unserem direkten Gegner gehandelt. Benzon hat seine Kontroll- und Zielerfassungssysteme unter anderem an Bagdad und Teheran geliefert. Die im Iran produzierten Drohnen, die von Russland aus wie Bienenschwärme über die Ukraine hergefallen sind, werden alle von einer Ausrüstung gesteuert, die A. B. Electronics entwickelt hat. Oder, wie mir neulich erst wieder bewusst geworden ist, Mossman: *There is something rotten in the state of Denmark. Fuckin' rotten.*«

»Und das Geld aus diesen Geschäften hat Benzon dann über eine Gesellschaft auf den British Virgin Islands auf einem geheimen Konto in Panama gebunkert?«

»Korrekt. Er wickelt alle seine zwielichtigen Geschäfte über diese Briefkastenfirma ab, was natürlich deutlich komplizierter ist, als es jetzt gerade klingt. Wir bekamen routinemäßig einen Tipp, dass erneut Daten geleakt werden würden, und zwar ausgerechnet von Benzons Bank, der Banco Guzman de Panama.«

»Und dann brannte plötzlich die Hütte, als klar wurde, dass der dänische Staat einen Teil der *Precious Papers* kaufen wollte.«

»Richtig. Und zwar lichterloh. Das Letzte, was wir brauchen konnten, war, dass die Steuerfahndung auf Sylvester Benzon aufmerksam wurde.«

»Woher wussten Sie, was in der Steuerbehörde vor sich ging?«

Shaun Parish zögerte.

»Na los, Parish. Das hier ist ein wechselseitiger Informationsaustausch.«

Parish nickte widerwillig.

»Der stellvertretende Direktor, Nicolas la Cour. Er steckt privat in, sagen wir, etwas undurchsichtigen finanziellen Verhältnissen ...«

»Hmm, la Cour? Aber Sie haben die Panama-Papiere nicht in die Finger bekommen.«

»Und das habe ich Ihnen, Franck und Oxen zu verdanken.«

Er konnte sich nicht einmal darüber freuen. In diesem Augenblick war er dabei, seine Prinzipien zu verkaufen. Es war eine moralische Bankrotterklärung. Aber im Dienst einer höheren Sache. Was leider ein ziemlich kümmerlicher Trost war.

»Und wie gedenken Sie nun, diese Bedrohung abzuwehren?«, fragte er.

»Das wird auf höchster Ebene geregelt, sobald sich die Steuerbehörde bei Benzon meldet. Wir gehen davon aus, dass wir die Angelegenheit diplomatisch lösen können. Aber am liebsten hätten wir diese Situation natürlich umgangen. Sie macht alles nur höllisch kompliziert. Und wir werden gezwungen sein, Ihren Leuten irgendwie zu erklären, dass Benzon wertvoll ist. Dabei wollten wir eigentlich vermeiden, dass sein Name überhaupt irgendwo fällt. Wenn Sie verstehen ...«

So war das Leben. Für wenige Minuten erhellte das grelle Licht der Erkenntnis die Taten der Dunkelheit. Faszinierend – und beunruhigend. Für alle und jeden. Aber besonders für den militärischen und den polizeilichen Nachrichtendienst.

»Und Sylvester Benzon hat bekommen, was er wollte?«, fragte er. »Den Schutz der CIA? Das Rundum-sorglos-Paket?«

»Ja, sicher. Der Typ ist ein ekelhaftes Arschloch – aber ein intelligentes ekelhaftes Arschloch. Er hat von sich aus angeboten, im Gegenzug als Agent für uns zu arbeiten. Und was hätte man sich Besseres wünschen können? Ich meine ... Der Mann macht Geschäfte mit dem Feind. Der Feind vertraut ihm. Er hat uns schon jetzt äußerst wertvolle Informationen über Personen und bis dahin unbekannte Netzwerke im Mittleren Osten geliefert. Er ist einer unserer wichtigsten Spione in diesem Teil der Erde. Ohne dass wir ihn anwerben mussten, ohne dass wir ihn über Jahre hinweg mühsam einschleusen mussten. Nein, der Idiot hat einfach bei uns angeklopft. Sie wissen selbst, wie oft so etwas passiert, Mossman. *Fuckin'* nie.«

Was das betraf, hatte Parish zweifellos recht. Vor der eigenen Haustür nach Öl zu bohren, war eindeutig aussichtsreicher, als Spione anzuwerben. Und Benzon war offenbar geradewegs zur Tür hereingeritten – auf einem Kamel.

»Niebuhr? Wie Carsten Niebuhr, der Forschungsreisende, der mit einer Kamelkarawane durch Arabien gezogen ist?«

»Benzon ist die moderne Version, Benzon ist *the shit*. Fragen Sie meine Vorgesetzten.«

»Niebuhr war Deutscher.«

»Aber ausgesandt von Dänemark. Abgesehen davon – scheiß drauf, wen interessiert das?«

»Dann ist die Entscheidung, Benzon um jeden Preis zu beschützen, also auf höchster Ebene in Langley getroffen worden?«

»Selbstverständlich, Mossman. Das Arschloch ist so viel wert, dass er sich selbst in Gold und Edelsteinen aufwiegen lassen kann.«

»Sie mögen ihn nicht besonders, kann das sein?«

»*Nope*. Hinter der Fassade ist er ein perverser Psychopath. Ein *Killer*. Das spürt man. Ein wirklich unangenehmer Typ … Aber ich gehöre zur mittleren Führungsebene. Und in dieser Position tue ich, was meine Vorgesetzten verlangen, sonst bin ich nicht mehr lange in dieser Position …«

Mossman nickte nachdenklich.

In diesen Minuten fügte sich alles zu einem Bild zusammen.

Er hatte bekommen, was er sich als professioneller Geheimdienstmensch an Wissen erhoffte. Wissen, das zu jedem Zeitpunkt abgestritten werden würde und dennoch seinen Zweck erfüllte, indem es klaffende Lücken schloss.

Jetzt fehlte ihm noch etwas Konkreteres. Seine Prämie für die Beschaffung der DNA-Beweise gegen Benzon.

»Nun wissen wir beide, wo wir stehen, Parish. Ich besitze

etwas, das Sie haben wollen. Aber alles hat einen Preis ... Ich verlange nicht viel. Nur einen Gefallen – unter Freunden. Hören Sie gut zu ...«

92.

»Hi, Papa, kann ich zum Abendessen vorbeikommen? M.«

Er hätte nichts lieber getan, als den Wunsch in der kurzen Textnachricht zu erfüllen. Sie hatten sich seit ihrer Wanderung auf dem Hærvejen viel zu selten gesehen. Der Zeitpunkt war allerdings denkbar ungünstig. Sie befanden sich in der letzten Phase. Im Augenblick herrschte zwar Stillstand, aber das konnte sich ganz plötzlich ändern, und dann musste es womöglich schnell gehen. Ihm blieb nichts anderes übrig, als abzusagen.

»Hi Magnus, ausgerechnet heute bin ich nicht zu Hause. Ich melde mich.«

Sally war vor einer Stunde vom Dienst gekommen, seitdem waren sie wieder zu dritt in der Wohnung.

Ihre Nachforschungen zu Sylvester Benzon kamen nur stockend voran.

Nur über die Familienverhältnisse hatten sie einen detaillierteren Überblick. Sie wussten mehr über seine Frau, die gesamte Verwandtschaft, seinen Vater, dessen französische Ehefrau, die an Krebs gestorben war – aber sie wussten immer noch nicht, was A. B. Electronics genau herstellte.

Einen kuriosen Fund hatte ihre Suche außerdem zutage gebracht: Vor einigen Jahren hatte Sylvester Benzon einen größeren Betrag an ein örtliches Hospiz gespendet. Natürlich ohne sich zu dem Geldgeschenk zu äußern ...

Es fiel ihm schwer, die Wartezeit sinnvoll zu nutzen. Wenn es um Computerrecherche ging, war Franck tausendmal besser als er. Aber es passte genauso wenig zu ihm, untätig herumzusitzen und Löcher in die Luft zu starren.

Sally wirkte noch verschlossener und mürrischer als sonst.

Franck war reizbar und gestresst, weil es ihnen nicht gelang, sich ein besseres Bild von dem Mann zu machen, dem sie nun schon so lange hinterherjagten. Der Mandrill alias Niebuhr alias Benzon war nach wie vor nicht mehr als ein verschwommener Umriss.

Francks Handy klingelte. Es war Mossman. Sie schaltete auf Lautsprecher.

»Es tut mir leid, Freunde. Ich habe mehrmals versucht, die Schlüsselpersonen zu erreichen, die ich in Langley noch kenne, aber ohne Erfolg. Ich habe das dumpfe Gefühl, dass sie nicht mit mir sprechen wollen. Sie reagieren auch nicht auf die Nachrichten, die ich ihnen hinterlassen habe. Ihr kennt das ja ... Solange sie nicht mit mir sprechen, sind sie auch nicht gezwungen, mir eine Abfuhr zu erteilen. Aber genauso gut könnten sie einfach sagen: ›talk to my hand‹ ...«

Franck blieb einen Augenblick still.

»Es ist also aussichtslos?«

»Ja. Ich fürchte, dass ich euch nicht helfen kann. Ich bin eben nur noch ein nutzloser alter Rentner ohne großen Einfluss.«

»Okay. Trotzdem danke, dass du es versucht hast.«

Franck beendete das Telefonat mit einem tiefen Seufzer, auf den eine Flut von Beschimpfungen und Flüchen folgte. Sie stand energisch auf.

»Dann müssen wir doch selbst aktiv werden. Ich rufe in der Rechtsmedizin an und frage nach den DNA-Spuren, die an de Windts Leiche gefunden wurden. Wir schicken ihnen die Haarprobe, das Weinglas, die Gabel und die Serviette zur Analyse und bitten sie, das Ganze als Eilauftrag zu behandeln. Sally, du rufst die Polizeidirektion Südjütland an. Sie sollen de Windts Kleidung und alle relevanten Beweismittel vom Tatort aus ihrer Asservatenkammer heraussuchen. Sag ihnen, dass wir die Sachen abholen. Ich weiß nicht, warum ... aber mir ist irgendwie wohler dabei, wenn wir das alles hier bei uns aufbewahren.«

Er sah sie an.

Das war die richtige Margrethe Franck. Die Frau, die dafür sorgte, dass es voranging. Es gab nur ein Problem. Sie war suspendiert – und sie hatten zu wenig in der Hand. Viel zu wenig. Aber er wollte nicht mit ihr streiten und verkniff sich einen entsprechenden Kommentar.

Sie bemerkte, dass Oxen sie beobachtete, während sie die Telefonnummer eingab. Er wusste, wie sehr ihr das lange Warten und der mangelnde Erfolg zu schaffen machten. Und sicher auch der fehlende Nachtschlaf. Oxen und sie arbeiteten mittlerweile seit so vielen Jahren zusammen, dass sie ihre jeweiligen Stärken und Schwächen kannten und wussten, wann man besser die Klappe hielt. Und ihr war absolut bewusst, dass er sich gerade ziemlich überflüssig vorkam. Aber das konnte sich schnell ändern.

Eine Frau aus der Rechtsmedizin meldete sich. Margrethe gab ihr das Datum und weitere relevante Informationen zu dem ermordeten Holländer durch und wurde gebeten, sich einen kurzen Augenblick zu gedulden. Alles, was sie brauchten, war die Bestätigung, dass die DNA-Analyse im Register abrufbereit war, um jederzeit mit weiteren Proben abgeglichen zu werden.

Schließlich kam die Frau ans Telefon zurück.

»Tut mir leid. Uns liegt nichts mehr vor. Die spezifische DNA-Analyse wurde aus unserem Register gelöscht.«

»Gelöscht?«

Franck schrie fast.

»Das muss ein Irrtum sein«, sagte sie, etwas gefasster. »Bitte schauen Sie noch mal nach, danke!«

»Das bringt nichts«, sagte die Frau. »Aus dem Protokoll geht hervor, dass die Daten schon vor fünf Monaten entfernt wurden. Ich kann über die Initialen auch sehen, wer dafür verantwortlich war.«

»Und wären Sie so freundlich, mir zu sagen, wer das war? Es ist unglaublich wichtig. Ich würde wahnsinnig gern mit der betreffenden Person darüber sprechen.«

»Ich darf keine Namen herausgeben, aber ich kann Ihnen zumindest so viel sagen, dass die Person nicht mehr hier arbeitet.«

Franck bedankte sich und legte auf.

»Verdammt! Sie haben die DNA-Analyse vom Mord an de Windt gelöscht. Sie haben also auch hier hinter Benzon aufgeräumt. Schon vor fünf Monaten. Gut, dass wir wenigstens noch die Beweismittel vom Tatort haben. Die werden wir jetzt brauchen.«

Ihr Blick wanderte hinüber zu Oxen, der auf dem alten Sofa saß und mit ernstem Gesicht Sallys Telefonat verfolgte. Mit viel zu ernstem Gesicht …

»Das war der K-Kollege, der für die Asservatenkammer der Polizeidirektion Südjütland zuständig ist. Ich habe ihn gebeten, alles herauszusuchen, was sie haben. Und er hat nachgesehen, während ich ihn in der L-Leitung hatte. Aber … Sie haben nichts. Im System steht, dass sämtliche Fundstücke vom Tatort dort archiviert sind. Nur: Es ist kein einziges mehr da.«

»Nein! Dort auch? Das Ganze zerbröselt uns zwischen den Fingern. Egal wohin wir kommen, wir sind immer zu spät. Das darf uns nicht noch mal passieren. Los, wir fahren zu Benzon. Jetzt sofort! Ich hab die Schnauze voll.«

Ihre Reaktion war unbedacht. Oxen sprang vom Sofa auf.

»Aber wir haben nichts in der Hand«, wandte er ein.

»Wir haben die DNA-Beweise, die bei mir auf dem Dachboden stehen. Irgendwas kann man damit schon anfangen.«

»Willst du ihn vor einen R-Richter zerren? Das kannst du vergessen, Margrethe. Das funktioniert so nicht«, hielt auch Sally dagegen.

»Das weiß ich, Sally, das weiß ich. Aber irgendetwas müssen wir tun, und zwar jetzt. Wir setzen ihn unter Druck, massiv … Und dann warten wir ab, was passiert. Vielleicht bricht er zusammen. Vielleicht knickt er ein. Oder er macht auch nur einen winzigen Fehler. Liefert uns etwas, das wir gegen ihn verwenden können. Wir müssen improvisieren. Wer weiß, vielleicht finden wir sogar irgendwo diese gottverdammte Mandrillmaske.«

»Nicht ohne Durchsuchungsbefehl«, sagte Sally.

»Oh doch, *das* kann ich dir versprechen … Versteht ihr denn nicht? Wenn wir hier noch länger herumsitzen, haben wir am Ende gar nichts mehr. Dann löst sich Benzon nämlich genauso in Luft auf, wie alles andere einfach vor unserer Nase verschwunden ist. Also los jetzt, kommt!«

93.

In der Einfahrt stand nur der schwarze BMW, der Alfa Romeo war nicht da. Das hieß im besten Fall, dass Sylvester Benzon allein zu Hause war.

Das melodische Läuten der Türklingel ertönte irgendwo in der luxuriösen Strandvilla am Øresund. Margrethe Franck klingelte gleich noch ein zweites Mal.

Sie stand auf der Treppe vor dem Eingang, hinter ihr Sally Finnsen. Niels Oxen hatte seine Position hinter dem Haus eingenommen, da davon auszugehen war, dass es dort mehrere Fluchtwege gab.

Sie hörten Schritte, feste Schuhsohlen auf hartem Untergrund. Dann wurde die Tür geöffnet, gerade so weit, wie die Sicherheitskette es zuließ.

Sylvester Benzon sah sie für einen Sekundenbruchteil fragend an, dann dämmerte ihm offenbar, wer sie war. Er schlug die Tür zu, und sie hörten wieder das Geräusch von Schuhsohlen. Diesmal klang es, als würde Benzon Hals über Kopf davonstürmen. Als hätte ihn die Panik gepackt.

»Komm!«

Sie winkte Sally mit sich den Gartenweg entlang, der um die Villa herumführte. Sie rannte, so schnell sie konnte, Sally überholte sie sofort.

Hinter dem Haus hörten sie Tumult. Im nächsten Moment standen sie auf einer Terrasse und sahen den Grund für den Lärm. Sylvester Benzon lag jammernd zwischen zwei Gartenstühlen und einem riesigen umgekippten Grill. Oxen hatte sich der Sache angenommen. Jetzt stand er abwartend da und bewachte Benzon.

»Benzon, mein Name ist Margrethe Franck, ich bin Angestellte des PET. Warum haben Sie versucht zu fliehen?«

Benzon setzte sich auf. Er hatte eine Platzwunde an der Stirn, das Blut lief ihm über die Wange. Er sah völlig entgeistert aus.

»Antworten Sie!«

Sie baute sich vor ihm auf, und es fiel ihr wirklich schwer, dem unbändigen Drang zu widerstehen, ihn mit einem kräftigen Tritt direkt nach Schweden zu befördern.

Benzon zuckte mit den Schultern.

»Ich habe Sie mit jemandem verwechselt ... Deshalb ...«

»Mit wem?«

»Mit jemandem, den ich nicht sehen will.«

»Wissen Sie, was ich glaube? Ich glaube, dass Sie sehr genau wissen, wer wir sind – alle drei. Und jetzt kommen Sie mit uns ins Haus. Wir haben ein paar ernste Dinge zu besprechen.«

Benzon blieb sitzen. Sie gab Oxen ein kurzes Zeichen, der den Mann daraufhin beherzt am Kragen packte, ihn auf die Beine stellte und alles andere als sanft durch die offene Terrassentür zog. Er ließ sich nicht davon stören, dass Benzon sich wand und wehrte.

»Aufs Sofa?«

Oxen sah sie fragend an. Sie nickte und versuchte, ihre Gedanken zu ordnen.

Oxen stieß Benzon auf eines der Ledersofas in dem großen Wohnzimmer.

»Was Sie hier machen, ist nicht erlaubt«, wimmerte Benzon. »Sie haben kein Recht dazu.«

»Kein Recht? Sie haben meinen Bruder erschossen! Zum Spaß! Meinen Nikolai. Den einzigen Bruder, den ich hatte. Den einzigen. Sie erbärmliches Schwein. Sie haben kein Recht dazu, Leute zu ermorden. Sie haben kein Recht dazu, Menschen anzugaffen, die gezwungen werden, um ihr Leben zu kämpfen. Kein Recht dazu, darauf zu wetten, wer von ihnen überleben wird. Nur weil Sie Geld haben. Nur weil Sie glauben, dass Sie es können. Sie Psychopath, Sie *fuckin'* Psychopath! Sie widern mich an! Aber das werden Sie noch bereuen.«

Sally stotterte kein einziges Mal.

Sie stand mit geballten Fäusten da und unterdrückte mit aller Macht das Bedürfnis, ihn auf der Stelle umzubringen.

Oxen ging zu ihr, legte einen Arm um ihre Schulter und führte sie ein paar Schritte zur Seite.

Margrethe hob drohend den Zeigefinger.

»Sally hat recht, Sie sind ein erbärmlicher Wurm, aber wir haben genug, um Sie lebenslänglich hinter Gitter zu bringen.«

In Wahrheit sah die Sache natürlich ganz anders aus. Sie hatten viel zu wenig. Die Amerikaner waren überaus gründlich gewesen. Auf der Fahrt hierher hatten Oxen, Sally und sie die Lage ausführlich diskutiert. Ihre einzige Möglichkeit bestand darin, ihm zu drohen – auf das Beste zu hoffen und dann das Grundstück zu filzen, um vielleicht irgendwo diese verfluchte Maske zu finden.

»Sie haben *was*? *Putain merde!*«

Benzon richtete sich ruckartig auf und sah sie trotzig an. Offenbar hatte er sich ziemlich schnell wieder erholt.

»Ich erwarte eine Antwort«, fuhr er fort. »Wie kommen Sie dazu, auf meinen Grund und Boden einzudringen und mich zu überfallen? Ich werde mich bei Ihrem Vorgesetzten beschweren, das verspreche ich Ihnen.«

»Beschweren Sie sich, soviel Sie wollen. Ich werde dafür sorgen, dass Sie für den Mord an dem Holländer Dirk de Windt und wegen mehrfacher Mittäterschaft im Zusammenhang mit den Morden, die im Keller der Ziegelei an den Kriegsveteranen begangen wurden, vor Gericht gestellt werden. Und nur damit Sie es wissen: Dass Sie Sallys Bruder getötet haben, diese Information haben wir von Martin Smed ...«

Es funktionierte nicht. Sylvester Benzon schien plötzlich vollkommen ruhig. Er antwortete in beherrschtem und spitzem, überfreundlichem Ton:

»Ich frage noch einmal, Frau Franck vom PET, welche Beweise haben Sie, dass Sie es wagen, mir derartige Ungeheuerlichkeiten zu unterstellen?«

»Erinnern Sie sich an den Hausmeister des Therapiezentrums? Den Ihre neuen Freunde von der CIA in Indien aus dem Weg geräumt haben? Palle Jensen hieß er. Er war so freundlich, eine ganze Reihe von DNA-Proben der Gäste im Keller zu sammeln, darunter auch Ihre. Wir können beweisen, dass Sie dort gewesen sind!«

Erst jetzt bemerkte sie die Schatten an der großen Fensterfront. Reflexe auf den glänzenden Scheiben, die plötzlich erkennbare Formen annahmen, als sie das Zimmer betraten.

Drei Gestalten.

Shaun Parish kam als Erster, danach seine rechte Hand Jesse Summerville – und zuletzt ... zuletzt ...

... Ihr Herzschlag setzte aus ... zuletzt ... ausgerechnet ... Axel Mossman.

Shaun Parish lächelte breit.

»Entschuldigen Sie, Miss Franck. Ich habe einen Teil Ihrer Unterredung mitangehört. Meinten Sie diese Proben? Aus der Box, die bei Ihnen auf dem Dachboden steht?«

Der groß gewachsene Amerikaner hielt eine durchsichtige Plastiktüte hoch. Darin befanden sich ein paar Haare, ein Weinglas, eine Gabel und eine Serviette.

Shaun Parish gluckste zufrieden.

In dieser Sekunde schien alles stillzustehen. Als würden sich gewaltige Kräfte gegen einen Damm in ihrem Inneren stemmen, der zunächst noch standhielt, während das Unwahrscheinliche wahrscheinlich wurde und sich die ganze Dimension des Verrats immer höher auftürmte, bis der Damm schließlich brach.

Mit einem ohrenbetäubenden Schlag.

Sie schoss nach vorn. Warf sich förmlich zwischen die beiden CIA-Männer und donnerte Mossman die Faust ins Gesicht. Sie traf seinen Kiefer mit voller Wucht von der Seite und schickte ihn ungebremst zu Boden.

Sie war schon im Begriff, mit einem Tritt in die Magengrube

nachzulegen, als sie von einem starken Arm gepackt und zurückgeschleudert wurde, sodass sie eine Rolle rückwärts über einen Sessel machte und ebenfalls auf dem Boden landete.

Sie kam auf die Knie. Aus dem Augenwinkel sah sie, dass Oxen einen Schritt nach vorn machte.

»Das reicht jetzt! Und Sie, *soldier*, Sie rühren sich nicht vom Fleck.«

Summervilles Kommando war scharf. Sie blickte geradewegs in die Mündung einer Pistole mit Schalldämpfer, die der CIA-Mann abwechselnd auf jeden von ihnen richtete.

Axel Mossman hatte sich mühsam wieder aufgerappelt.

»Alles in Ordnung, Mossman?«, fragte Parish.

Ihr alter Chef rieb sich die Wange und nickte. Er wirkte vollkommen unbeeindruckt.

»Ich denke, das hatte ich verdient«, brummte er.

»Was bist du für ein Schwein? Du hast uns die ganze Zeit belogen und betrogen! Wie konntest du das tun? Wie zur Hölle kannst du das vor dir selbst rechtfertigen, Axel? Und vor uns? Vor mir? Ich habe dir vertraut! Wie geht das? Sag es mir! Los!«

Sie fühlte nichts als unglaubliche Wut durch ihren Körper rauschen. Und dann plötzlich war da nur noch Enttäuschung, die sie zurückließ wie Treibgut an einer Felsklippe nach einem furchtbaren Sturm. Allein und zerbrochen.

»Wie um alles in der Welt konntest du so etwas tun?«

Ihre Stimme war nur noch ein Flüstern. Sie stand auf. Konnte ihren Augen und ihren Worten selbst nicht glauben.

»Ich werde es euch ein andermal erklären, Margrethe … Aber glaub mir. Das alles geschieht im Dienst einer höheren Sache.«

»Du lässt einen Mörder und gewissenlosen Psychopathen einfach laufen. Gibt es eine höhere Sache, als dieses Arschloch vor Gericht zu bringen?«

Axel Mossman nickte und sah ihr ruhig in die Augen.

»Glaub mir«, wiederholte er und seufzte.

Sylvester Benzon war vom Sofa aufgestanden. Mit irrem Blick schaute er triumphierend in die Runde.

»Was habe ich Ihnen gesagt? Sie haben gar nichts. Sie können mir nichts anhaben. Sie sind machtlos. Ich bin *unverwundbar*! Kapiert? Unverwundbar ...« Benzon brach in bizarres Gelächter aus.

Sie nahm gerade noch wahr, wie Sally mit einer blitzschnellen Bewegung in ihre Jacke griff und die Dienstwaffe aus dem Holster an ihrer Hüfte zog.

Im selben Moment war das metallische Klicken von Summervilles schallgedämpfter Pistole zu hören.

Der erste Schuss traf Sallys Unterarm, sodass ihr die Waffe aus der Hand fiel. Summervilles zweiter Schuss traf mit großer Präzision eine Bodenvase aus Glas, die in tausend Stücke zersplitterte und seine Botschaft effektvoll unterstrich.

»Haben Sie nicht gehört, was ich gesagt habe, Finnsen? Oder dachten Sie, ich mache Witze?«, fragte Summerville beherrscht.

Shaun Parish nickte seinem Mitarbeiter anerkennend zu.

»Genug jetzt«, sagte er. »Das reicht mit dem Blödsinn ... Ich erkläre Ihr kleines Treffen mit Mr Benzon hiermit für beendet. Und denken Sie gar nicht erst darüber nach, ihn noch einmal zu belästigen. Was den Inhalt dieser Tüte betrifft, werde ich umgehend dafür sorgen, dass er vernichtet wird. Wie Sie bereits festgestellt haben werden, haben wir gründlich aufgeräumt. Die DNA-Analyse ist gelöscht, und wir haben auch sämtliche Beweismittel beseitigt, die im Zusammenhang mit dem Mord an Dirk de Windt sichergestellt wurden.«

»Der Ausdruck mit Benzons Nummernschild, woher wussten Sie ...?«

Sie konnte ihre Frage nicht zu Ende führen. Shaun Parish breitete mit großer Geste die Arme aus.

»Oh, seien Sie einfach froh, dass diese Sache so und nicht anders ausgegangen ist. Mein guter Mann hier, Jesse, hat im Treppenhaus auf Finnsen gewartet. Sagen wir einfach, er hatte einen, nun – *definitiven* Befehl. Aber dann hat er beobachtet, wie Finnsen in der Nachbarwohnung ein und aus ging, als ob sie dort wohnen würde. Und, na ja, da bist du neugierig geworden, nicht wahr, Jesse? Das war in jeglicher Hinsicht Ihr großes Glück, Miss Finnsen. In *jeglicher* Hinsicht. Genau wie Sie in der Tiefgarage Glück hatten, Franck, dass Jesse nur Dinge tut, die ich ihm ausdrücklich aufgetragen habe. Er hätte Sie mit Leichtigkeit überfahren können, nicht wahr? Aber ... wollen wir nicht einfach festhalten, dass an dieser Stelle *game over* ist – für Sie, für Oxen und unsere kleine rothaarige Freundin hier? Wenn Sie jetzt also bitte so freundlich wären und das Grundstück verlassen würden ...«

Er sah zu Margrethe Franck hinüber, die langsam auf die offene Terrassentür zuging. Sah, wie sie Axel Mossman anstarrte, mit einem Blick, der nicht wütend, sondern eher desillusioniert und traurig wirkte.

Sally bückte sich und hob mit Zeigefinger und Daumen vorsichtig ihre Dienstwaffe auf, ohne Summerville dabei aus den Augen zu lassen. Er nickte ihr bestätigend zu, und sie steckte die Pistole in ihr Holster.

Er selbst ging als Letzter – die Hände deutlich vom Körper weggestreckt. Er würdigte Mossman keines Blickes, während er nach draußen trat, aber er hörte im Vorbeigehen seine Stimme.

»*Well*, Soldat, es tut mir leid ...«

94.

Es war spät. Sie hatte sich mit heftiger Energie im CrossFit-Center ausgepowert, oder vielleicht war ihr Antrieb eher die enorme Wut gewesen, die sich nach der Enttäuschung vor zwei Tagen in ihr angestaut hatte und die sie endlich irgendwo loswerden musste.

Sie fühlte sich immer noch gedemütigt, wenn sie an die Szene mit Margrethe Franck und Niels Oxen im Wohnzimmer von Sylvester Benzons Villa am Øresund dachte. Sie hatten sich bei ihrem Kräftemessen mit einem viel zu mächtigen Gegner angelegt.

Sie war fast oben, als sie plötzlich auf der Treppe stehen blieb, die Sporttasche über der Schulter.

Der Verband an ihrem Unterarm hatte sie nicht vom Training abgehalten. Summervilles erste Kugel war zum Glück nur ein Streifschuss gewesen. Beim Sport hatte sie die Zähne zusammengebissen. Die Schmerzen waren ihr eine Erinnerung daran, wie jämmerlich sie versagt hatte.

Jetzt wollte sie nur noch unter die Dusche und danach den Verband wechseln.

Stattdessen stand sie wie angewurzelt auf der letzten Treppenstufe.

Am Knauf ihrer Wohnungstür hing eine braungrüne Tweedmütze. Die Tür war nur angelehnt.

Sie spürte ein Ziehen in der Magengrube, während sie die letzte Stufe nach oben ging und nach der Schirmmütze griff. Auf dem Etikett in der Innenseite stand »Hackett, London«, darunter war ein Logo, zwei Regenschirme, die wie Schwerter gekreuzt waren. Diese Mütze konnte nur einem Menschen gehören … Wie konnte er es wagen …

Mit der Tweedmütze in der Hand zog sie die Tür hinter sich zu, stellte ihre Tasche ab und ging ins Wohnzimmer.

Da saß er. Axel Mossman. Als wäre es die natürlichste Sache der Welt, war er in ihre Wohnung eingebrochen und hatte es sich in ihrem alten Sessel bequem gemacht.

Sie blieb in der Zimmertür stehen und starrte ihn an. Wütend und ehrfürchtig zugleich.

»Hier!«

Sie schleuderte ihm die Schirmmütze zu wie einen Frisbee und traf ihn mitten im Bauch.

»Danke. Und guten Abend, Finnsen. Nehmen Sie es mir nicht übel, dass ich mich selbst hereingelassen habe. Ich wusste ja nicht, wie lange ich warten muss.«

»Was wollen Sie hier? Und was zur Hölle fällt Ihnen eigentlich ein …? Wie bringt man so etwas fertig? Wie? Ich k-kapiere das nicht. Ich k-kapiere das verdammt noch mal nicht. Dafür gehören Sie ins Gefängnis. Lebenslänglich. Sie sind ein Schwein!«

Der legendäre Geheimdienstchef lächelte sie an. Nicht etwa herablassend, sondern eher neutral, sofern ein Lächeln neutral sein konnte. Dann fing er an zu sprechen, und er redete langsam und wählte seine Worte mit Bedacht.

»Ihr Zorn ist verständlich … Tatsächlich kennen wir beide uns ja nicht besonders gut, Sie und ich. Aber … mir ist nicht entgangen, dass Sie ungewöhnlich talentiert sind, Finnsen. Und ich sitze hier, in Ihrem Wohnzimmer auf Ihrem Sessel, um zu verhindern, dass dieses Talent verloren geht.«

Sie stand immer noch in der offenen Tür und sah ihn fragend an. Sie wusste nicht, was sie dazu sagen sollte.

»Ich weiß ganz genau, worüber Sie insgeheim nachdenken, Finnsen«, fuhr Mossman ruhig fort. »Aber Sie dürfen das nicht tun. Unter keinen Umständen. Sie dürfen Ihr Leben und Ihr Talent nicht an einen jämmerlichen Charakter wie Sylvester

Benzon verschwenden. Das ist er nicht wert ... Versprechen Sie mir, dass Sie auf die Worte eines erfahrenen alten Mannes hören werden. Versprechen Sie mir das, Finnsen.«

»Was w-wissen Sie schon über das, was ich ...«

Mossman hob eine Hand und unterbrach sie.

»Alles, meine Liebe, ich weiß alles darüber ... Tun Sie es nicht. Versprechen Sie mir das. Auf Wiedersehen ...«

Axel Mossman stand auf. Sie trat wortlos einen Schritt zur Seite und ließ ihn vorbei.

Der ehemalige Chef des polizeilichen Nachrichtendienstes sah sie mit einem bekümmerten Lächeln an, dann verließ er ihre Wohnung mit seiner Tweedmütze in der Hand.

95.

Die Laterne tauchte Bonnie, die am Ende der langen Leine herumschnüffelte, in gelbes Licht. Er schob mit dem Zeigefinger den Jackenärmel hoch, um einen Blick auf seine Armbanduhr zu werfen.

Es war kurz nach Mitternacht.

Er saß auf der Bank am Weg zwischen Waldrand und Golfplatz. Ganz erstaunlich, dass etwas so Schlichtes wie eine Bank eine so wichtige Rolle im Leben eines Menschen einnehmen konnte. Aber wahrscheinlich ging das auch nur Rentnern so ...

Er hatte einen ausgesprochen ereignisreichen Tag hinter sich. Aber auch da: War es nicht so, dass das Gefühl, schwer beschäftigt zu sein, sich proportional zum Alter verhielt? Am Ende genügte ein Zahnarzttermin, um einen ganzen Tag füllen. Selbst wenn es nur ein Termin zur Zahnreinigung war.

Erst das endlose Herumsitzen in Sally Finnsens Wohnung.

Das lange Warten auf ein kurzes Gespräch. Ein Gespräch von allergrößter Wichtigkeit.

Und nun die zweite Verabredung des Abends. Gut, dass er sie auf diesen späten Zeitpunkt gelegt hatte, sonst hätte er sie noch verschieben müssen.

Er sah hoch, als er ein Stück entfernt den Kies knirschen hörte. Eine einsame Gestalt kam auf ihn zu. Es war ein Mann, wie er sehen konnte, als die Gestalt an einer der Laternen vorbeiging. Und er war pünktlich.

Im nächsten Moment blieb der Mann vor ihm stehen, gab ihm mit einem »Guten Abend, Mossman« die Hand und setzte sich zu ihm auf die Bank.

Er drehte sich zu dem Mann um.

»Ich kann Ihnen helfen«, sagte er auf Englisch.

»Interessant. Ich höre?«

»*Well* … ich kann Ihnen Ihr Leben zurückgeben …«

96.

Ein Zwei-Gänge-Menü à la Oxen.

Magnus hatte ihn mit dem Abendessen aufgezogen, das – nicht zum ersten und sicher nicht zum letzten Mal – aus zwei Fertiggerichten bestand, die er an der Metzgereitheke des örtlichen Supermarktes gekauft hatte. Diesmal zwei Schalen Lasagne. Ihr gemeinsames Lieblingsessen. Der Nachtisch bestand zur Feier des Tages aus zwei Sorten Eis, einmal Banane und einmal Vanille.

Er genoss es, Magnus wieder bei sich zu haben. Irgendwie füllte sein Sohn die kleine Wohnung mit Wärme, Nähe und guter Laune. Ihm war schon öfter aufgefallen, dass Magnus sich niemals entmutigen ließ. Er hatte einen unerschütterlichen Optimismus und glaubte fest daran, dass es für alles eine Lösung gab.

Den Abwasch hatten sie gemeinsam erledigt. Von Hand. Jetzt hatten sie es sich im Wohnzimmer vor dem Fernseher bequem gemacht und gerade die Nachrichten angesehen.

»Mega, dass du jetzt wieder öfter zu Hause bist, Papa. Du hattest echt Stress, oder?«

Magnus hatte, wie immer nach dem Essen, den alten Sessel in Beschlag genommen, der aus einem Secondhandladen stammte. 350 Kronen. So gut wie neu. Schönes, weiches Leder ohne einen einzigen Kratzer. Es war ihm ein Rätsel, warum die Leute so ein gutes Stück einfach loswerden wollten.

»Stress? Ja, schon.«

»Womit denn?«

»Nichts Besonderes.«

»Vielleicht hast du es noch nicht bemerkt, aber ich bin inzwischen fünfzehn ...«

Er konnte sich ein Grinsen nicht verkneifen.

»Wir haben ...«, er zögerte kurz, »... an einem großen Fall gearbeitet. Du weißt ja, dass ich manchmal der Polizei oder dem PET helfe. Aber jetzt ist der Fall zum Glück beendet, und ich bin wieder zu Hause.«

»Worum ging es denn bei dem Fall?«

Er zuckte mit den Schultern.

»Oh, das war einiges. Ziemlich komplizierte Geschichte. Habt ihr morgen ein Fußballspiel?«

»Ich sagte, ich bin fünfzehn, Papa ...«

»Okay ... Wir haben an zwei Fällen gleichzeitig gearbeitet, die miteinander zusammenhingen. Der eine hatte noch mit der alten Geschichte aus dem Keller zu tun. Damals sind ein paar Typen geflohen. Einer von ihnen hat auf der Flucht einen anderen umgebracht. Und bei der zweiten Sache ging es um geheime Unterlagen aus Panama, die die Steuerbehörde kaufen wollte. Damit sie herausfinden können, ob ein paar Dänen den Staat bei der Steuererklärung betrogen haben. Und dann hat sich herausgestellt, dass die beiden Fälle auf eine völlig verrückte, verzwickte Art miteinander zu tun haben.«

»Habt ihr ihn erwischt, den Mörder?«

Er lehnte sich auf dem Sofa zurück und legte die Beine auf den Couchtisch. Jetzt wurde es wirklich knifflig.

»Wir haben ihn erwischt. Aber er ist davongekommen. Wir konnten nicht beweisen, dass er es war.«

»Aber er war es?«

»Ja.«

»Das ist ja total beschissen, Papa! Dann läuft der Typ also irgendwo da draußen rum – auf freiem Fuß?«

Er nickte.

»Leider.«

»*Spooky*. Besteht die Gefahr, dass man ihm aus Versehen irgendwo begegnet?«

»Wohl kaum.«

Magnus schien nachzudenken.

»›Wir‹ ... Wer ist wir?«, fragte er nach einer Weile. »Warst du wieder mit der Einbeinigen zusammen, mit dieser Margrethe?«

»Ja.«

»Aha ...«

»Warum?«

»Nur so ...«

Sein Handy klingelte. Es war eine Nachricht – von Axel Mossman. Ausgerechnet ...

Er las überrascht:

»Liebe Sally Finnsen, lieber Niels Oxen und liebe Margrethe Franck. Verzeiht mir, was auf den ersten Blick wie ein eklatanter Mangel an Einfühlungsvermögen wirken mag, aber ich würde euch alle drei gern am Freitag um 21 Uhr zum Abendessen ins Restaurant Vindbøjtel, Kongens Nytorv, einladen, zu einem ganz besonderen, intimen Arrangement.«

Er setzte sich mit einem Ruck auf und las mit wachsender Verwunderung weiter:

»Ich bin mir absolut im Klaren darüber, dass ihr mit Sicherheit denken werdet, dass dieses Ansinnen taktlos ist und schon deshalb unter keinen Umständen stattfinden sollte. Aber ich bitte euch eindringlich, euren verständlichen Groll und jegliche Feindseligkeit beiseitezulegen und dem Verurteilten – meiner Wenigkeit – die Möglichkeit zu geben, sich zu äußern. Ich kann euch nun endlich die Beweggründe für mein Handeln darlegen. Und ich schicke euch diese Einladung in der stillen Hoffnung, dass ihr diese traurige Affäre am Ende unseres gemeinsamen Mahls in einem neuen Licht sehen werdet und dass dieser Abend vielleicht sogar dazu führen wird, dass ihr mir eines Tages vergeben könnt. Hochachtungsvoll, A. Mossman

PS: Es steht jedem frei, mit Blick auf den Namen meines Lieblingsrestaurants Parallelen zu ziehen …«

»Hallo, Papa? Du bist ja total weit weg. Ist das eine Nachricht? Von wem ist die? Von Margrethe?«

Magnus beobachtete ihn aus seinem Sessel, in dem er mehr lag als saß, die Beine über die Armlehne gehängt.

»Äh, nein, Kumpel … Es ist nur eine etwas überraschende SMS von einem Bekannten von mir. Eine Einladung zum Abendessen in einem Restaurant. Einem ziemlich vornehmen Restaurant, glaube ich. Das war so ungefähr das Letzte, womit ich jetzt gerechnet hätte.«

»Ein vornehmes Restaurant? Hey, es geht bergauf!«

»Ja, kann sein. Ich kann mich nur, ehrlich gesagt, gar nicht mehr erinnern, wann ich das letzte Mal in einem Restaurant war.«

»Hauptsache, du ziehst dir was Ordentliches an, Papa. Also, falls du überhaupt was Ordentliches hast ...«

Magnus grinste und vertiefte sich dann wieder in sein Handy.

Er las währenddessen noch einmal die Einladung, um ganz sicherzugehen, dass er sich auch wirklich nicht verlesen hatte ...

In der einen Hand das Handy, mit der anderen auf die Sessellehne gestützt, hüpfte sie über ihre Beinprothese, ehe sie sich auf das Sofa fallen ließ.

Ihr Herz war tatsächlich kurz ins Stolpern geraten, als sie gesehen hatte, dass gerade eine SMS von Axel Mossman bei ihr eingegangen war – eine Nachricht des größten und schärfsten Gegners, den sie momentan auf diesem Planeten hatte ...

Zu sagen, er hätte sie enttäuscht, wäre die Untertreibung des Jahrhunderts gewesen. Seit sie Benzons Villa vor mehreren Tagen verlassen hatten, war sie mit nichts anderem beschäftigt, als rund um die Uhr über Mossmans unglaublichen Verrat nachzudenken.

Eine SMS von ihm war das Letzte, was sie erwartet hätte. Deshalb musste sie sich auch erst mal hinsetzen, bevor sie in aller Ruhe las, was um Himmels willen so wichtig war, dass ihr ehemaliger Chef die Frechheit besaß, sie damit zu belästigen. Wahrscheinlich ein wortreiches Gesülze, wie leid ihm das alles tat ...

Sie las die Nachricht langsam und konzentriert. Einmal – und gleich noch ein zweites Mal:

»... in der stillen Hoffnung, dass ihr diese traurige Affäre am Ende unseres gemeinsamen Mahls in einem neuen Licht sehen werdet und dass dieser Abend vielleicht sogar dazu führen wird, dass ihr mir eines Tages vergeben könnt. Hochachtungsvoll, A. Mossman«

Sie blieb mit dem Telefon in der Hand sitzen und starrte in die Luft, ohne zu merken, wie lange sie so dasaß.

Dann blinzelte sie ein paarmal und kam schlagartig zu sich. Der erste Gedanke, der ihr durch den Kopf schoss, galt Niels Oxen. Sie musste ihn anrufen. Sofort. Aber noch ehe sie einen Finger heben konnte, klingelte ihr Handy. Es war Sally.

»Sag mal, h-hat der sie noch alle?«, rief Finnsen aufgebracht. »Das kann er doch nicht bringen! Ich finde nicht, dass …«

»Mossman kann alles, Sally«, fiel sie ihr ins Wort. »Für diesen Mann gibt es keine Grenzen. Er ist im Begriff, das Spiel zu drehen. Und glaub mir – wenn das jemand kann, dann er.«

»Und was heißt das jetzt für dich? S-Sollen wir die Einladung annehmen?«

»Ich stehe unter Schock. Ich bin noch gar nicht dazu gekommen, mir darüber ernsthaft Gedanken zu machen. Im Augenblick hasse ich wirklich niemanden auf dieser Welt so sehr wie ihn. Aber ja. Ich glaube, anders geht es nicht. Wenn wir eine Erklärung haben wollen, müssen wir unseren Stolz runterschlucken und dieses Abendessen gemeinsam durchstehen, alle drei, Seite an Seite.«

97.

In den drei Tagen, die seit Axel Mossmans aberwitziger Einladung zum Abendessen vergangen waren, hatte er sich gefühlt wie in einem Vakuum, das ihm sämtliche Energie entzog und jegliche Aktivität unmöglich machte. Er war zu nichts anderem fähig gewesen, als untätig dabei zuzusehen, wie die Zeit verstrich – und der Abend näher rückte.

Jetzt hatte das Warten ein Ende.

Er überquerte die Straße und blieb ein paar Meter vor dem Eingang des Restaurants Vindbøjtel am Kongens Nytorv stehen. Sie hatten verabredet, sich draußen zu treffen und dann gemeinsam hineinzugehen. Alles andere fühlte sich falsch an.

Er stand noch nicht lange da, als Sally Finnsen auch schon auftauchte und gleich darauf Margrethe Franck.

Es herrschte eine seltsam wortkarge, aufgeladene Stimmung zwischen ihnen. Eine Anspannung, die nicht zu leugnen war.

»Gehen wir es an?«, fragte Franck grimmig und schob die Tür auf, die sie vermutlich lieber eingetreten hätte.

Sie schien wild entschlossen zu sein, sich von ihrem ehemaligen Chef nicht so ohne Weiteres besänftigen oder entwaffnen zu lassen, ganz egal, was er ihnen auftischen würde.

Franck sprach den ersten Ober an, den sie zu fassen bekam.

»Wir sind hier zum Essen verabredet. Der Tisch ist auf Axel Mossman reserviert.«

»Mossman? Jawohl ... Bitte, folgen Sie mir.«

Der Ober, ein Mann mittleren Alters, führte sie in den hinteren Teil des Restaurants, durch einen schmalen Flur und eine steile Treppe hinunter in den Keller. Hinter der Tür am Ende eines kurzen Durchgangs brannte Licht.

»Mossman, Ihre Gäste sind eingetroffen.«

Mit einer einladenden Geste forderte der Ober sie auf einzutreten.

»Danke, Andersen«, antwortete Mossman.

Er saß am Kopfende eines langen Tischs aus massivem dunklem Holz. Der Raum war auch sonst sehr rustikal gehalten, mit weiß gekalkten Mauern und gewölbter Decke. Ein großes Weinregal erstreckte sich über die gesamte hintere Wand.

Mossman erhob sich und begrüßte sie alle mit Handschlag, als wäre es die natürlichste Sache der Welt – ohne einen einzigen

Gedanken daran zu verschwenden, wie viel Überwindung es sie wohl kosten mochte, diese verfluchte Hand zu drücken.

»Guten Abend, Soldat, guten Abend, Finnsen, guten Abend ... Margrethe ...«

Oxen warf ihr einen verstohlenen Blick zu. Mit einem förmlichen Nicken gab sie Mossman kurz die Hand. Erst jetzt fiel ihm auf, dass sie die silberne Schlange am Ohr trug. Zum ersten Mal seit längerer Zeit, wenn er sich recht erinnerte.

Alle vier setzten sich.

»Als Erstes vorweg ... Vor euch liegen die Getränkekarten. Lasst euch ruhig Zeit.«

Nach einigen langen Minuten völliger Stille ergriff Mossman unbeeindruckt das Wort.

»Ich danke euch, liebe Freunde, ich danke euch wirklich sehr, dass ihr gekommen seid. Mir ist bewusst, dass ich euch um viel mehr gebeten habe, als man in meiner Situation verlangen kann. Danke.«

Sally Finnsen saß links neben ihm. Sie kniff die Augen zusammen, als müsste sie sich duellieren. Ihre Kappe hatte sie immer noch nicht abgesetzt.

»Andersen, würden Sie bitte die Bestellungen aufnehmen?« Mossman sah den Ober fragend an, der diskret an der Tür wartete.

»Selbstverständlich.«

»Weißwein. Irgendeinen, den Sie empfehlen können«, zischte Franck.

»Für mich auch«, sagte Sally.

Oxen war unsicher. Wann war er das letzte Mal aufgefordert worden, vor dem Essen etwas zu bestellen, sich für etwas zu entscheiden, von dem er überhaupt keine Ahnung hatte?

»Ein Bier«, antwortete er.

»Sehr gern, wir haben viele verschiedene Sorten, hätten Sie ...«

»Ein dunkles«, sagte er. »Einfach ein dunkles.«

Der Ober nickte und verschwand wieder nach oben.

Die Stille, die danach im Kellergewölbe herrschte, hallte geradezu. Es fehlten all die belanglosen Unterhaltungen, die einen Raum in solchen Momenten normalerweise erfüllten, und zwar restlos, wie ihm bewusst wurde.

Niemand sagte ein Wort. Weil die Stimmung so explosiv war, dass sie womöglich sogar die dünnen Gläser zum Bersten bringen konnte. Mossman tat so, als würde er nichts davon merken.

»Wir ihr seht, befinden wir uns hier im Weinkeller des Restaurants. Freunde des Hauses können diesen Raum zu besonderen Anlässen nutzen. Und der heutige Abend ist so ein besonderer Anlass. Aber lasst mich kurz das Menü vorstellen, ehe wir auf andere Punkte von wesentlichem Interesse zu sprechen kommen. Zur Vorspeise wird eine Hummerbisque serviert, glaubt mir, sie schmeckt ganz vorzüglich ... Als Hauptgang erwarten uns Hirschmedaillons an Rotweinjus mit Selleriepüree und Topinamburchips, als Dessert gibt es eine dunkle Mousse au Chocolat mit Himbeercoulis und karamellisierten Haselnüssen – und zu guter Letzt noch Kaffee und Cognac, dazu Petits Fours. Ich hoffe, ihr seid mit meiner Wahl einverstanden.«

Mossman sah sie der Reihe nach an.

Franck verzog keine Miene. Wenn Blicke töten könnten, hätte Mossman schon längst leblos auf dem Steinboden gelegen.

Oxen konnte sehen, wie Sallys Kiefermuskulatur arbeitete. Inzwischen hatte sie zumindest die Kappe abgenommen. Er selbst ertappte sich bei dem Gedanken, dass ihm das Menü vor allem umfangreich erschien. Und ziemlich unverständlich, von den Hirschmedaillons einmal abgesehen. Und dass es den eigentlichen

Grund, warum sie hier an Mossmans Tisch saßen, völlig in den Schatten stellte.

»Ihr denkt euch jetzt: Wann kommt der alte Trottel endlich zur Sache«, begann der ehemalige PET-Chef, als könnte er ihre Gedanken lesen. »Aber keine Sorge, es dauert nicht mehr lang. Ich werde mein Tempo den drei Gängen des Abends anpassen, und mir ist absolut bewusst, dass die Zeit dazwischen wohl kaum mit dem üblichen Smalltalk über dies und jenes gefüllt werden wird.«

Mossman legte eine kurze Kunstpause ein. Er führte die Hände vor dem Gesicht zusammen, sodass sich nur die Fingerspitzen berührten, dann fuhr er fort:

»Ich habe diesen Tisch hier im Keller für uns reserviert, weil es zwischendurch notwendig sein wird, die Tür abzuschließen, um sicherzustellen, dass uns niemand zuhören kann. Und im Übrigen muss ich euch eindringlich darauf aufmerksam machen, dass alles, was ihr heute Abend zu hören bekommt, unter uns bleiben muss. Es handelt sich um vertrauliche Informationen – Informationen, die strengster Geheimhaltung unterliegen. Ich verlasse mich darauf, dass ihr euch daran haltet ...«

Der Ober kam zurück und brachte die Getränke. Mossman wartete, bis er den Raum wieder verlassen hatte, dann ging er zur Tür und drehte den Schlüssel um.

»Eine kurze Einleitung, während wir auf die Vorspeise warten«, sagte er und blieb neben der Tür stehen.

Er sah sie nacheinander an, ehe er leise mit seinem Bericht begann:

»Ich stand acht Monate lang an der Spitze einer verdeckten Ermittlung höchster Geheimhaltungsstufe gegen den Chef des polizeilichen Nachrichtendienstes, Karsten Salomonsen. Deinem jetzigen Vorgesetzten, Margrethe ... Vor etwa neun Monaten wurde ich von Generalstaatsanwalt Franz Herskind kontaktiert. Er stand auf einmal frühmorgens bei mir zu Hause vor der Tür. Nach einem sehr langen vertraulichen Gespräch erklärte ich mich bereit, die Leitung der Ermittlung zu übernehmen. Ich war sein einziger Kandidat für diese Aufgabe ...«

Mossman hielt inne und ließ den Blick wieder durch die Runde schweifen. Franck und Finnsen war die Konzentration anzusehen, aber sie zeigten keinerlei Regung, falls Mossman darauf gehofft hatte.

Er selbst erwiderte den direkten Blick des ehemaligen PET-Chefs und nickte. Langsam fügte sich alles zu einem Bild zusammen.

»Ihr kennt es alle ... *Catch-22* nennt man es auf Englisch, wenn man in einem Dilemma steckt, aus dem es kein Entrinnen gibt«, fuhr Mossman fort. »Ihr hattet aus gutem Grund Zweifel an meinen ehrbaren Motiven und meiner Integrität, was Salomonsen betraf, aber mir waren die Hände gebunden. Ich konnte meine Unschuld nicht beweisen. Ich konnte die Ermittlung des Generalstaatsanwalts mit keinem einzigen Wort erwähnen. Über Monate hinweg haben wir Salomonsen heimlich abgehört – in seinem Büro, bei ihm zu Hause und in seinem Wochenendhaus. In diesem Zeitraum führte er mehrere Gespräche mit seinem Onkel, in denen es um ihre Panama-Geschäfte ging, und ließ sich von ihm beraten. Daher wussten wir, dass Salomonsen mindestens ein Unternehmen besaß, das ausschließlich dazu diente, ein beträchtliches Vermögen zu vertuschen. Doch dann erhielt der Justizminister auf einmal eine ungeheuer wichtige Nachricht vom Finanzminister und leitete sie wiederum umgehend an den Generalstaatsanwalt weiter: Dänemark erwog, Datenmaterial zu kaufen, das alle dänischen Steuerzahler und Unternehmen offenbaren würde, die in Geschäfte mit der Banco Guzman de Panama und ihrer Anwaltskanzlei Valdés & León Abogados verwickelt waren. *Der* Bank, von der wir bereits wussten, dass Salomonsen und sein Onkel dort ihr Geld gebunkert hatten. Versteht ihr …?«

Wieder faltete Mossman seine Hände vor dem Gesicht, Fingerspitzen an Fingerspitzen.

»Wir konnten einfach nicht zulassen, dass Salomonsens geheime Briefkastenfirma in Panama aufgedeckt wurde, wodurch er in den Fokus der Steuerfahndung geraten wäre. Diese Aufmerksamkeit von falscher Seite hätte unsere gesamte Ermittlungsarbeit zunichtegemacht, und wir …«

Franck hob die Hand. Mossman nickte ihr zu.

»Ja, Margrethe?«

»Du hast bislang nicht erwähnt, warum der Generalstaatsanwalt eine Ermittlung gegen Salomonsen eingeleitet hat.«

»Darauf komme ich gleich noch zu sprechen. Mit der Aussicht auf einen erfolgreichen Deal zwischen der Steuerbehörde und den Leuten, oder sagen wir den ›Händlern‹, die sich Zugang zu den Bankdaten, den sogenannten *Precious Papers*, verschafft hatten, geriet unsere Untersuchung in eine äußerst kritische Lage. In dieser Situation ging es nur noch um Schadensbegrenzung … Ich musste eingreifen und verhindern, dass die Behörde eine Liste in die Finger bekam, auf der Karsten Salomonsens Name auftauchte. Was letztlich bedeutete, dass auch der Name seines Onkels entfernt werden musste. Der Rest ist euch bekannt … Ich dachte, ich hätte die Lage unter Kontrolle, aber – du hast mich ertappt, Margrethe. Meine ehemalige Mitarbeiterin und Vertraute. Ich denke, ihr könnt euch vorstellen, wie quälend es war, mich nicht verteidigen zu können … *Catch-22* … Natürlich war mir bewusst, dass meine Antworten euch nicht zufriedenstellen würden. Du hast eben gefragt, Margrethe, warum Salomonsen Gegenstand einer verdeckten Ermittlung war. Der Grund dafür war ein Whistleblower, der sich an den Generalstaatsanwalt gewandt hat. Ein Whistleblower, der selbst einen sehr hohen Posten im PET bekleidet. Ein Whistleblower, der mit überzeugenden Argumenten Zweifel an Karsten Salomonsens Rechtschaffenheit geweckt hat. Ein goldener Whistleblower ...«

Erneut machte Mossman eine Pause. Mit sicherem Gespür für Dramatik.

Er war gerade im Begriff, nach seinem Cliffhanger fortzufahren, als es an der Tür klopfte. Eilig schloss er auf und ließ die beiden Servicekräfte ein, die gekommen waren, um ihnen die Vorspeise zu bringen.

»Man bekommt nirgends eine bessere Hummerbisque als hier im Vindbøjtel. Sie gehört zu meinen absoluten Leibgerichten. Ich hoffe, ihr seid zufrieden mit meiner Wahl.«

Mossman nickte ihnen lächelnd zu und fing andächtig an zu essen, sobald alle ihre Suppe vor sich stehen hatten.

Der ehemalige Geheimdienstriese genoss seine Inszenierung, genoss es, sich redend aus dem finsteren Loch zu befreien, in das er sich selbst hineingegraben hatte.

Weder Franck noch Finnsen oder Oxen waren gewillt, Mossmans Freude daran zu steigern, indem sie Fragen stellten. Alle drei widerstanden der Versuchung.

Oxen war etwa bei der Hälfte des kleinen orangefarbenen Suppe-Sees in dem tiefen Teller angelangt, wobei es eigentlich höchstens ein Teich war, wenn auch ein wirklich leckerer Teich, als Mossman sich den Mund mit der Stoffserviette abtupfte, aufstand und erneut die Tür abschloss.

»Wir waren beim Whistleblower stehen geblieben, richtig?«

Mossman setzte sich wieder, aß ein paar Löffel, tupfte wieder und fuhr mit seinem Bericht fort:

»Der Whistleblower war kein Geringerer als Ove Worre, der

operative Chef des PET höchstpersönlich. Worre hatte Dinge mitbekommen, die ihn misstrauisch machten, kleine Gesprächsfetzen, die nicht für seine Ohren bestimmt waren, einen Computerausdruck, den er durch einen verrückten Zufall auf Salomonsens Schreibtisch gesehen hatte, eine Art Kontoauszug der Banco Guzman de Panama. Die ganze Zeit: *bits and pieces* ... Und all diese Fragmente untermauerten einen abscheulichen Verdacht, den Worre schon länger mit sich herumtrug. Aber an wen wendet man sich, wenn man als Mann in seiner Position einen solchen Verdacht gegen den Geheimdienstchef des Landes hegt? An den Generalstaatsanwalt, dachte sich Worre. Eine ausgesprochen vernünftige Entscheidung. Zu Anfang gab Worre sich nicht zu erkennen, aber als er sich sicher genug fühlte und von den ehrlichen Absichten des Generalstaatsanwalts überzeugt war, offenbarte er seine Identität.«

Oxen sah verstohlen zu Margrethe Franck hinüber und bemerkte, wie ihre hochgezogenen Augenbrauen immer höher wanderten, während Mossman redete. Sie konnte ihre Überraschung nicht länger verbergen. Worre? Er wusste, dass sie nicht viel von ihm hielt. Zumindest hatte sie bis gerade eben nicht viel von ihm gehalten ...

Franck nickte langsam.

Sally nickte langsam.

Und auch er selbst nickte langsam.

Sie waren alle drei schockiert. Und für den Anfang erklärte das natürlich eine Menge, aber es erklärte längst nicht alles.

»Entschuldigt mich – ich sollte lieber wieder aufschließen«, sagte Mossman und ging zur Tür, um den Schlüssel umzudrehen.

Kurz darauf erschien der Ober, deckte die Vorspeiseteller ab und schenkte ihnen Getränke nach. Niemand sagte etwas. Dafür war Mossmans Konto immer noch deutlich zu tief im Minus.

Der Ober verschwand, und Mossman sperrte erneut hinter ihm ab.

»Und während wir auf den Hirsch warten ... möchte ich euch kurz über den gegenwärtigen Status aufklären. Nebenbei bemerkt: Ich habe die Erlaubnis des Generalstaatsanwalts – die ausdrückliche Sondererlaubnis –, euch in diese Details einzuweihen. Er weiß, wie viel mir daran gelegen ist, mein Handeln zu erklären und euch um Verzeihung zu bitten ...«

Für einen winzigen Moment klang es, als wäre Mossman ergriffen. Ein alter Mann mit belegter Stimme, aber er räusperte sich und war sofort wieder der Alte.

»Der Status lautet wie folgt: Um 07:22 Uhr heute Morgen wurde der PET-Chef Karsten Salomonsen verhaftet und an eine geheime Adresse gebracht. Nicht verhaftet im üblichen Sinn mit den Rechten eines Verdächtigen und mit dem Ziel, ihn einem Haftrichter vorzuführen ... nein ... sagen wir, er wurde in Gewahrsam genommen und mit einer Reihe erdrückender Beweise konfrontiert, die ihn des Verrats, des Betrugs und staatsgefährdender Aktivitäten überführen. Kommenden Dienstag wird Salomonsen aus persönlichen Gründen seinen Rücktritt vom Posten des Geheimdienstchefs erklären – um genau zu sein, aus gesundheitlichen Gründen.«

Mit einer ruhigen Bewegung hob Mossman sein langstieliges Glas und trank einen großen Schluck Rotwein. Während er weitersprach, schien er vor allem die tiefrote Farbe des Weins zu studieren.

»Salomonsens Millionenvermögen bei der Banco Guzman de Panama wurde konfisziert, und er wird nie wieder im öffentlichen Dienst arbeiten«, sagte er und setzte sein Glas ab. Ohne zu zögern, fuhr er fort:

»So lautet die Absprache, die Salomonsen akzeptiert hat. Gezwungenermaßen, natürlich. Eine andere Alternative gab es für ihn nicht. Damit wurde erstmals mit dem geltenden Dogma gebrochen, dass Unfähigkeit in den höheren Sphären des Staatsdienstes kein Ausschlusskriterium ist – sondern inkompetentes Führungspersonal endlos weiterbeschäftigt wird, indem man die Leute einfach in die nächste Behörde oder Position versetzt. Salomonsen ist erledigt. Und sollte er jemals ein Jobangebot bekommen, das uns nicht zusagt, werden wir eingreifen und dem einen Riegel vorschieben.«

Mossman sah diskret, aber nicht diskret genug, auf seine Armbanduhr und überlegte ganz offensichtlich, ob er weiterreden sollte – als würde er nach einem Drehbuch mit präzisen Zeitangaben vorgehen. Er entschied sich dafür, seinen Monolog fortzusetzen.

»Wisst ihr, liebe Freunde ... Salomonsen in aller Öffentlichkeit aus dem Amt zu entfernen, hätte unüberschaubare Konsequenzen nach sich gezogen. Es hätte bedeutet, uns selbst in Verruf zu bringen. Wir hätten das hohe Ansehen, das Dänemark in der Zusammenarbeit mit ausländischen Nachrichtendiensten genießt, aufs Spiel gesetzt. Wir hätten uns selbst aus den wichtigen Geheimdienstkreisen ausgeschlossen, dem Berner Club und allen anderen mehr oder weniger offiziellen Foren, in denen überaus nützliche Netzwerke und Freundschaften gepflegt werden ... Alles andere – *alles* andere als eine stillschweigende Übereinkunft mit Salomonsen hätte das Ergebnis jahrzehntelanger internationaler Arbeit in Schutt und Asche gelegt. Deshalb diese Lösung, von der wir beide, der Generalstaatsanwalt und ich, gleichermaßen überzeugt sind.«

Sie musste sich selbst in den Arm kneifen, buchstäblich. Der kurze Schmerz stoppte für einen Moment die Flut von Gedanken, die durch ihren Kopf wirbelte.

Und jetzt …

Jetzt machte Axel Mossman es schon wieder.

Zum zweiten Mal innerhalb kurzer Zeit: Er schielte auf seine Armbanduhr, und zwar scheinbar unauffällig. Aber es war nicht unauffällig. Mossman wurde alt. Seine Präzision und sein handwerkliches Geschick ließen nach. Er hätte früher niemals zugelassen, dass jemand bemerkte, wie aufmerksam er die Zeit verfolgte, während er vorgab, mit seiner großen Verteidigungsrede beschäftigt zu sein.

Sie hatten bereits eine Reihe von Antworten bekommen, im Verlauf dieser absurden Inszenierung eines Abendessens für vier. Aber es fehlten auch noch einige. Wie viele genau, hatte sie momentan nicht so richtig im Blick.

Sie schaute zu Oxen hinüber. Er saß unbewegt da und schien konzentriert zuzuhören. Dasselbe galt für Sally. Ob die beiden gerade einem ähnlichen Gedankenhagel ausgesetzt waren?

Den ganzen Abend lang nannte Mossman sie schon Margrethe. Vielleicht in der Hoffnung auf eine Wiedervereinigung? Sie war überhaupt nicht darauf eingegangen. Sicher war nur, dass Mossman noch etliche Kilometer auf seiner Via Dolorosa vor sich hatte.

Sie hob die Hand.

»Wusstest du irgendetwas über Sylvester Benzon und dass sein Name genau wie der von Salomonsen auf der Panama-Liste stand?«

»Nein. Die klare Antwort auf diese Frage lautet: nein. Ich hatte keine Ahnung, warum wir uns plötzlich mitten in einem Szenario befanden, in dem die Amerikaner versucht haben, den Deal zwischen der Steuerbehörde und den Panama-Händlern zu verhindern.«

Mossman klang glaubwürdig. Ihre Blicke trafen sich. Keiner von ihnen blinzelte …

Oxen schaltete sich ein.

»Wir wissen, dass Benzons Unternehmen irgendwelche hochentwickelten technischen Geräte liefert«, sagte er. »Aber was genau stellt seine Firma her, dass die CIA bereit ist, ihn zu beschützen – koste es, was es wolle?«

Mossman nickte.

»Kontroll- und Zielerfassungssysteme, Soldat. Unter anderem für Drohnen. Drohnen liegen im Trend. Benzon beliefert zahlreiche NATO-Staaten, aber hinter ihrem Rücken hat er auch Geschäfte mit Ländern gemacht, die auf der schwarzen Liste stehen. Seine Systeme stecken zum Beispiel in jeder im Iran produzierten Drohne, mit der die Russen die Ukraine angegriffen haben. Benzon hat seinen einträglichen Handel über eine Gesellschaft auf den British Virgin Islands abgewickelt. Mit einem Konto bei der Banco Guzman de Panama. Deshalb der ganze Wirbel. Als Benzon nach dem Polizeieinsatz im Keller der Ziegelei und nach dem Mord an dem Holländer in Schwierigkeiten steckte, ist er zur CIA gegangen und hat die Amerikaner um Schutz gebeten. Im Gegenzug war er bereit, sich als Spion zur Verfügung zu stellen. Auf diese Weise hatte die CIA unversehens einen Mann in den brisantesten Kreisen im Mittleren Osten. So etwas passiert sonst nur im Film. Deshalb ist ihnen kein Preis zu hoch, wenn es darum geht, Benzon vor einem drohenden Übel zu bewahren.«

Mossman hielt inne, zuckte mit den Schultern und stellte mit etwas gequältem Lächeln fest:

»Das ist die Lage …«

Es herrschte absolute Stille.

Niemand rührte sich.

Als könnte selbst die geringste Bewegung das riesige Gerüst, das unbekannte Kräfte über ihren Köpfen errichtet hatten, zum Einsturz bringen.

Ihre Gedanken rasten völlig unkoordiniert hin und her.

Sie hatten gegen mächtige Gegner gekämpft. Mächtige Gegner, was die dänische Perspektive und den schwelenden Skandal um einen moralisch verkommenen PET-Chef betraf. Übermächtige Gegner, was die Sphäre anging, in der die CIA operierte.

Es war Sally, die schließlich das Schweigen brach.

»Wie kam es dazu, dass ausgerechnet Sie so p-passend für das Panama-Geschäft als Beistand zurate gezogen wurden?«

»Der Justizminister, der als einer der wenigen in die Ermittlungen gegen Salomonsen eingeweiht war, hat mich dem Finanzminister empfohlen, der mich wiederum Liz Thorsen empfohlen hat. So etwas ist nicht ungewöhnlich. Und man folgt immer der Empfehlung seines Ministers«, antwortete Mossman.

Es klopfte an der Tür.

Mossman öffnete. Der Ober, Andersen, stand mit zwei jüngeren Kollegen vor dem Gewölbekeller bereit, und zu dritt servierten sie innerhalb weniger Minuten den Hauptgang.

»Moment, Freunde, Sie dürfen noch nicht gehen!«

Die drei Servicekräfte waren gerade im Begriff, wieder nach oben zu entschwinden, als Mossman sie zurückrief.

»Andersen«, fuhr Mossman fort, »wären Sie vielleicht so freundlich und würden diesen ganz besonderen Abend für uns verewigen? Und gern auch zusammen mit ihren beiden jungen Kollegen, die so gut für uns sorgen.«

Mossman dirigierte die jungen Männer zu sich und bat sie, sich hinter ihm ans Kopfende des Tisches zu stellen.

»Oxen, Finnsen und Margrethe, seid doch so gut und gebt Andersen eure Handys. Wann kommt man schon zu einem so außergewöhnlichen Anlass wie heute zusammen? Tatsächlich ist es das erste Mal überhaupt, dass wir vier gemeinsam zu Abend essen. Ich finde, ihr solltet eine kleine Erinnerung an diese Zusammenkunft haben. Und Andersen ... Machen Sie bitte mit jedem Handy ein Video. Bewegte Bilder sind ja doch immer etwas anderes, etwas ... Originelleres, nicht wahr?«

Sie hatte das Gefühl, ganz bei sich zu sein und gleichzeitig völlig neben sich zu stehen. Diese Szene wirkte so minutiös von dem alten PET-Riesen orchestriert, dass es die ohnehin schon eigenartige Veranstaltung noch einmal deutlich abstruser machte.

Videos? Jetzt? Hier?

Mossman säuselte weiter, während das Fotoalbum wuchs. Bewegte Bilder einer glücklichen Familie? Mit dienstbaren Geistern im Hintergrund? Das war doch vollkommener Irrsinn.

Mossman setzte noch einen drauf:

»Und jetzt alle – *say cheese!* Oder sagt man das heute nicht mehr? Man kann auch *Apfelsine* sagen, nicht wahr? Und da es ja ein Video ist, müssen wir auch gar nicht still sitzen, oder, Andersen? Wir können doch winken und lachen ... oder wie wäre es mit einem Toast? Hebt eure Gläser, liebe Freunde! Auf euer Wohl!«

Sie stießen miteinander an.

Und wunderten sich. Alle drei. Und die beiden jungen Kellner wunderten sich erst recht. Das war nicht zu übersehen.

Oxen schüttelte stumm den Kopf, runzelte skeptisch die Stirn und lehnte sich mit verschränkten Armen zurück – fand sich aber widerstrebend damit ab.

»Haben Sie ein kleines Erinnerungsvideo für jeden von uns gemacht?«, fragte Mossman. »Und wären Sie so nett, mit meinem eigenen Handy auch noch eins aufzunehmen, Andersen? Ich würde gern an diesen Abend zurückdenken können, wenn ich einmal alt bin. Oder ... älter ...«

Schließlich war die absonderliche Filmsession überstanden.

Mossman geleitete die drei Kellner zur Tür und schloss hinter ihnen ab. Dann forderte er seine Gäste auf, sich dem Hauptgang zu widmen.

Es wurde wieder still, still wie in der vergessenen Grabkammer einer vergessenen Mumie, irgendwo in einer vergessenen Wüste.

Nein.

Nein, nein und nochmals nein. Sie war nicht dazu bereit, noch länger mitzuspielen. Sie war nicht Mossmans Marionette.

Eine Frage drängte sich mit Macht nach vorn. Mehr als jede andere.

»Alles, was du uns bis jetzt erzählt hast, ergibt irgendwie Sinn. Aber weshalb du die Beweise von meinem Dachboden gestohlen hast, um sie den Amerikanern zu geben, dafür haben wir noch keine Erklärung bekommen. Benzon ist ein perverses Schwein und ein Mörder. Frag Sally ... Und nur dir ist es zu verdanken, dass er davongekommen ist. Warum, Mossman? *Warum?*«

Er sah sie mit einem matten Lächeln an, und dann tat er es schon wieder – er hob den Ärmel seines Sakkos an, um einen Blick auf die Uhr zu werfen.

»*Well*, Margrethe ...«

98.

Seine Frau war zu ihrem wöchentlichen Bridge-Abend nach Kopenhagen gefahren. Er genoss die Ruhe zu Hause. An diesem Abend mehr als je zuvor. Er brauchte Zeit für sich allein, um den Kopf freizubekommen und um nach dieser überaus kritischen Phase sein inneres Gleichgewicht wiederzufinden.

Ihre große Villa verströmte Frieden, und draußen glitzerte der schwarze Øresund im Mondlicht.

Sein Handy klingelte.

»*Sylvester-honey*, wir wollen noch auf einen Drink in die Stadt, es wird heute spät.«

»Ist okay, Schatz, viel Spaß.«

Sie war weg, und die Stille kehrte in sein Arbeitszimmer zurück. Er lehnte sich auf dem hohen ledernen Bürostuhl an seinem Schreibtisch zurück und schenkte sich einen Scotch ein. Ohne Eis. Den brauchte er jetzt. Und den hatte er sich auch verdient.

Er blieb sitzen, ohne sich zu bewegen, ließ nur den Whisky im Mund kreisen und seine Sinne stimulieren. Es war so still, so befreiend still ...

Moment ... Was war das? Ein Geräusch in der Küche. Oder im Flur. Nein. Unmöglich. Er war mutterseelenallein in dem riesigen Haus. Und jede einzelne Tür war sorgsam abgeschlossen. Er hatte sich wohl irgendetwas eingebildet.

»Benzon, Sylvester Benzon?«

Die Stimme war direkt hinter ihm. Erschrocken drehte er sich in seinem Bürostuhl um.

Er blickte in die Augen eines fremden Mannes. Und nur in die Augen. Der Rest war schwarz. Der Mann hatte eine enge Sturmhaube über den Kopf gezogen, die bis auf einen schmalen Sehschlitz das gesamte Gesicht verdeckte.

Aber im nächsten Moment bemerkte Sylvester Benzon etwas anderes als die leuchtenden Augen in all dem Schwarz. Er entdeckte die Mündung einer Pistole. Und sie war direkt auf ihn gerichtet.

»Aber ... wie? Wer? Warum?«

Die Worte blieben ihm im Hals stecken.

Dann sah er, wie sich der Finger des Mannes um den Abzug krümmte.

99.

»*Well*, Margrethe …«

Mossman sah Franck an. Er wählte seine Worte offensichtlich mit Bedacht, während er seiner früheren Mitarbeiterin fest in die Augen sah.

»Ich war gezwungen, einen Pakt mit dem Teufel einzugehen, mit der CIA. Der Ordnung halber muss ich hinzufügen, dass ich im Allgemeinen wirklich eine hohe Meinung von unseren amerikanischen Kollegen habe … also vielleicht sollte ich lieber sagen, dass es ein Pakt über den Teufel war, über Sylvester Benzon. Was Benzons Schuld betrifft, kann es keine zwei Meinungen geben. Aber es gibt Situationen, in denen muss sogar die Gerechtigkeit zurücktreten, im Namen einer anderen, größeren Sache mit weitreichenden Konsequenzen: Hier waren es die Ermittlungen gegen PET-Chef Salomonsen, die gleichzeitig auch Dänemarks internationales Ansehen betrafen.«

»Und was hattest du davon? Versuch nicht, mir weiszumachen, dass du mit leeren Händen nach Hause gegangen bist!«

Margrethe Franck schleuderte ihm ihren sarkastischen Vorwurf mit Wucht entgegen.

Oxen fühlte sich zunehmend unbehaglich, er kam sich auf merkwürdige Weise wie ein Zuschauer vor. Sally schien es ähnlich zu gehen. Sie saß angespannt da und beobachtete die beiden.

Es war, als wären Mossman und Franck in diesem Moment allein im Raum – und als rüsteten sie sich mit jedem Wort für eine unvermeidliche und bittere Konfrontation.

Mossman verteidigte sich:

»Ich hatte keine andere Wahl, als mit den Amerikanern zu handeln. Ich habe ihnen die DNA-Beweise geliefert. Im Austausch dafür haben sie uns unschätzbare Informationen über Banktransaktionen beschafft, an die wir selbst nie herangekommen wären. Die CIA, oder besser gesagt die NSA, war in der Lage, Salomonsen und seine Millionen an Stellen aufzuspüren, wo wir sie niemals gefunden hätten. Es war ein Labyrinth, das für uns nicht zu durchschauen war. Etliche Transaktionen – über Teheran, Bagdad, New York, Toronto, die Cayman Islands. Hin und her. Kreuz und quer ... Als es um ein Firmenkonto bei einer saudi-arabischen Bank ging, bissen wir auf Granit. Weiter als bis nach Riad konnten wir Salomonsens Geld nicht zurückverfolgen. Mein Lohn war also der Zugang zu diesen Informationen, oder sagen wir die Fähigkeit der CIA, tiefer zu graben, als wir es können. Die USA und Saudi-Arabien unterhalten gewisse Verbindungen. Und ich brauchte einen unwiderlegbaren Beweis gegen Salomonsen. Ich musste mit diesen Millionen in Panama ans Ziel kommen. Meinem Deal mit der CIA haben wir es zu verdanken, dass wir nun genau wissen, woher das Geld stammt. Und das bedeutet, dass Salomonsen nicht den Hauch einer Chance hatte, sich aus der Sache herauszuwinden ...«

Margrethe Francks alter Chef schien nur mit ihr zu reden. Offenbar wollte er sie um Verständnis bitten, jetzt, da sie am Kern des eigentlichen Verrats angelangt waren. Oder, um es mit Mossmans Worten zu sagen, bei dem Gespräch, von dem er sich Vergebung erhoffte.

Aber es betraf sie alle drei. Mossman hatte sie alle verkauft. Sally saß mit schmalen Augen am Tisch und hatte ihr Essen kaum angerührt.

Die Stimmung war aufgeladen.

Jedes Wort zählte.

Er selbst hörte so konzentriert zu, dass ihm fast schwarz vor Augen wurde. Er glaubte zu sehen, wie die Silberschlange an Margrethes Ohr entlangkroch, als sie den Mund öffnete.

»Versteckt unter seiner hässlichen Mandrillmaske, hat Benzon einfach so zum Vergnügen Sallys Bruder getötet, es hat ihm Vergnügen bereitet, dabei zuzusehen, wie diese armen Männer um ihr Leben kämpfen mussten. Er hat Geld auf den Gewinner gesetzt – und zwischendurch für Unsummen gegessen, gesoffen und gevögelt ... sich vergnügt. Jahr für Jahr ... Er hat Dirk de Windt eigenhändig ermordet. Und dafür gesorgt, dass jeder aus dem Weg geräumt wurde, der ihn hätte auffliegen lassen können. Rechnen wir den Mord an Martin Smed im Gefängnis dazu, außerdem den Mord an dem Schweizer Fabian Stadler, den Mord an dem Kriegsveteranen Palle Jensen in Indien und den Mord an der Prostituierten Angelina Mikkelsen – dann macht das allein fünf Morde, die nur dazu dienten, Benzons Verbrechen zu vertuschen. Mit Sallys Bruder sind es sechs. Benzon ist ein Landesverräter! Und ein extremer Psychopath. Und dann kommst du und faselst von etwas Größerem als Gerechtigkeit? *Größer?* Verdammt noch mal, Mossman ... Hörst du eigentlich selbst, was du da sagst?«

Franck donnerte mit der Faust auf den Tisch. Sie zitterte vor Wut.

Sally nickte mit Nachdruck.

Mossman zuckte mit den Schultern und hob beschwichtigend die Hände.

»Liebe Margrethe, du weißt doch, wie es läuft. In unserer Branche werden die Dinge eben nicht immer nach strafrechtlichem Ermessen beurteilt. Was wiegt schwerer? Ein Mord – oder Dänemarks Position in der internationalen Gemeinschaft der Nachrichtendienste? Auf lange Sicht also unsere Handlungsmöglichkeiten – etwa bei der Abwehr potenzieller Terrorangriffe. Was wiegt schwerer? Sechs Morde – oder der Schutz der dänischen Bevölkerung? Es ist unmöglich, das eine gegen das andere aufzuwiegen. Aber du musst diese Dinge aus einer langfristigen Perspektive betrachten. Und nicht nur du, Margrethe … Ihr alle drei müsst mir zumindest dieses Zugeständnis machen.«

Mossman ließ den Blick durch die Runde wandern, hielt dann kurz inne, und zum ersten Mal schien es, als müsste er tief durchatmen.

»Und wenn ihr über mich urteilt, dann bedenkt bitte: Ich wache über Dänemark und ich beschütze Dänemark. So ist es heute, so war es gestern, und so wird es auch morgen noch sein. Ob Berater oder gebrechlicher Rentner spielt dabei keine Rolle … Und was die Gerechtigkeit betrifft, Margrethe … Es gibt ein altes Sprichwort, das ich sehr schätze, nämlich ›ein jeder bekommt, was er verdient‹. Ich hoffe, und ich glaube, nein … ich vertraue darauf, dass Sylvester Benzon eines schönen Tages genau *das bekommt, was er verdient.*«

100.

Das schmerzhafte Dröhnen im Hinterkopf erinnerte ihn an einen Zustand, den er ganz vergessen hatte: einen Kater. Dass so ein Abend aber auch nie folgenlos blieb.

Er war ausnahmsweise spät aufgestanden. Es war nach neun, er hatte sein Müsli gegessen und war jetzt beim Morgenkaffee an seinem kleinen Küchentisch angelangt.

Seit dem Aufwachen kreisten seine Gedanken um die aberwitzige Vorstellung im Restaurant Vindbøjtel, an der er gestern teilgenommen hatte.

Nachdem sie das Dessert und auch den abschließenden Kaffee mit Cognac in der gleichen quälenden Stille zu sich genommen hatten, hatte Axel Mossman ihnen mit größter Selbstverständlichkeit für den Abend gedankt, ihnen allen die Hand gegeben und sie gebeten, zu Hause in aller Ruhe über das Gehörte nachzudenken.

Sie waren zu dritt in eine Bar in der Innenstadt weitergezogen. Auch das hatte er seit Jahren nicht mehr gemacht. Obwohl der Alkohol ihre Stimmung gelockert hatte, war es keinem von ihnen wirklich gelungen, das schockierende Drei-Gänge-Menü abzuschütteln, das sie förmlich im Würgegriff hielt. Vielleicht hatte er deshalb ein bisschen zu viel getrunken. Vielleicht war er deshalb ...

Es klopfte an der Tür. Laut und sehr energisch. Er ging in den Flur und öffnete. Auf dem Treppenabsatz standen zwei Männer.

»Niels Oxen?«, fragte der Ältere.

Er nickte. Die beiden waren von der Kripo. Das sah er auf den ersten Blick.

»Polizei Nordseeland. Dürfen wir reinkommen?«

Er machte einen Schritt zur Seite und ließ die beiden Beamten in seine Wohnung.

Plötzlich durchfuhr ihn der Gedanke, dass ihr Besuch womöglich etwas mit Magnus zu tun haben könnte. War ihm etwas zugestoßen?

»Warum sind Sie hier? Ist etwas mit meinem Sohn?«, platzte er heraus.

»Nein, mit Ihrem Sohn hat es nichts zu tun ... Wir würden uns gern mit Ihnen über gestern Abend unterhalten ... Wo waren Sie zwischen 21:00 Uhr und circa 23:30 Uhr?«

Eine Welle der Erleichterung durchströmte ihn. Woher war diese Sorge gekommen, es könnte um Magnus gehen?

Er kratzte sich den dröhnenden Hinterkopf.

»Äh, ich war gestern in der Stadt. Essen. Im Restaurant Vindbøjtel am Kongens Nytorv.«

»Gibt es jemanden, der das bezeugen kann?« Es war immer noch der Ältere, der das Wort führte.

Der Kater sorgte dafür, dass sein Kopf alles andere als optimal arbeitete.

»Also ... die, mit denen ich dort verabredet war, natürlich. Nein, halt, Moment!«

Erst jetzt fiel ihm das Naheliegendste wieder ein. Er griff nach seinem Handy und zeigte den beiden Kripobeamten die Videoaufnahme des Vorabends.

»Hier, Sie können es selbst überprüfen. Die zwei dahinten sind Kellner ... Und Sie können ja auch nachsehen, wann das Video aufgenommen wurde.«

Der Jüngere der beiden nahm das Handy, tippte ein paarmal auf das Display und nickte dann.

»Ja, das reicht uns, danke«, sagte er.

»Darf ich fragen«, setzte Oxen an und steckte das Telefon wieder ein, »worum es überhaupt geht?«

Denn er hatte eindeutig total danebengelegen.

Es war kein albernes, peinliches Erinnerungsvideo, das er da gerade im Beisein der beiden Polizisten abgespielt hatte.

Es war sein Alibi.

»Es geht um den Mord an einem gewissen Sylvester Benzon in Espergærde«, erklärte der Ältere förmlich. »Wir hatten den begründeten Verdacht, dass Sie etwas damit zu tun haben könnten. Aber sagen Sie ... War das nicht Axel Mossman eben auf dem Video? Der ehemalige PET-Chef?«

Er nickte.

Doch.

Und wie das Axel Mossman war.

Sie hatte gerade die Prothese angelegt und sich ein Paar alte Jeans angezogen, als es klingelte. Dank Aspirin waren die Kopfschmerzen inzwischen erträglich. Sie hatte zum Gott weiß wievielten Mal beschissen geschlafen. Sie ging an die Tür und machte auf.

»Margrethe Franck?«

Sie hätte blind sein müssen, um nicht sofort zu erkennen, dass da zwei Kollegen vor ihr standen.

»Ja. Was wollen Sie?«

»Polizei Nordseeland. Dürfen wir reinkommen?«, fragte der Größere der beiden. Ihr entging nicht, dass eine gewisse Schärfe in seinem Ton mitschwang.

»Natürlich, kommen Sie.«

»Sie sind zurzeit vom PET suspendiert, ist das richtig?«, fuhr der Mann fort, als sie im Flur standen.

»Ja, ist das wichtig?«

»Wo waren Sie gestern Abend, genauer gesagt, in dem Zeitraum zwischen 21:00 Uhr und 23:30 Uhr?«, übernahm sein Kollege.

»Warum?«

»Beantworten Sie einfach unsere Frage …«

»Im Restaurant Vindbøjtel am Kongens Nytorv. Ich war mit drei Freunden dort essen, oder, besser gesagt, zwei Freunden … und einer Person, die …«

»Namen und Telefonnummern, bitte.«

»Ah, halt. Warten Sie kurz.«

Ihr fiel plötzlich etwas ein. Sie ging in die Küche, um ihr Handy zu holen, und suchte das Video von dem Weinkeller heraus.

»Hier, Sie können sich selbst davon überzeugen. Und jetzt sagen Sie mir bitte, warum Sie das alles wissen wollen.«

Die beiden Beamten sahen sich aufmerksam das kurze Handyvideo an und überprüften Uhrzeit und Datum der Aufnahme.

»Ein gewisser Sylvester Benzon wurde gestern Abend in seiner

Villa in Espergærde ermordet. Es gab Hinweise, dass Sie als Tatverdächtige infrage kommen könnten. Aber sagen Sie, der Herr da – ist das nicht Axel Mossman?«

Sie nickte und musste lächeln.

Das war ganz unverkennbar Axel Mossman.

Am Kopfende des Tisches. Wo sonst.

Sie war völlig überrumpelt gewesen, als ein Mann und eine Frau in ihrem Büro im Fahndungsdezernat der Kopenhagener Polizei erschienen und sich vor ihrem Schreibtisch aufbauten. Ihr war sofort klar, dass die beiden Kollegen waren. Nicht etwa, weil sie einen oder beide gekannt hätte. Es war einfach offensichtlich.

»Finnsen, Sally Finnsen?«, hatte die Frau barsch gefragt.

Danach hatten sie sich als Ermittler der Polizei Nordseeland vorgestellt und sie gefragt, wo sie sich am Vorabend aufgehalten habe. Genauer gesagt im Zeitraum zwischen 21 Uhr und 23:30 Uhr.

Ein lächerliches Video auf ihrem Handy war plötzlich wie gerufen gekommen. Punktgenau. Wasserdicht.

Der Rest war Geschichte. Eine Geschichte, die ihresgleichen suchte. Die Geschichte von Alibi Alibaba Mossman und verdammt vielen Räubern …

Jetzt saß sie da und starrte gedankenverloren eine Wand an. Eine weiße Wand.

Die Gewissheit wärmte ihr Herz und schien, so seltsam es auch war, die bohrende Sehnsucht nach Nikolai ein wenig zu lindern.

Die Gewissheit, dass Sylvester Benzon tot war, getötet, aus dem Leben genommen, war befreiend. Wie oft hatte sie selbst mit dem Gedanken gespielt …

Vielleicht hatte die Tweedmütze an ihrer Wohnungstür sie davon abgehalten.

101.

Axel Mossman empfing sie sichtlich überrascht. Sie hatten nicht angerufen, um ihren Besuch anzukündigen. Es war später Vormittag. Das Video aus dem Keller des Restaurants Vindbøjtel hatte die Kollegen der Polizei Nordjütland effektiv zum Schweigen gebracht. Sie mussten ihren Täter jetzt wohl an anderer Stelle suchen.

»Soldat ... Margrethe ...«

Mossman nickte, gab ihnen die Hand und öffnete ihnen bereitwillig die Tür.

»Ja, kommt doch herein. Und ... danke noch mal für gestern Abend, wirklich. Kann ich euch etwas anbieten? Kaffee vielleicht? Lasst uns am besten in die Küche gehen, da können wir uns hinsetzen und eine Tasse zusammen trinken.«

Mossman winkte sie mit sich.

»Wir waren uns einig, dass es besser wäre, persönlich bei dir vorbeizukommen – um uns bei dir zu bedanken«, sagte Margrethe Franck.

»Ja. Danke«, schloss Oxen sich an.

»Nicht doch, gern geschehen, es war doch sehr ... gemütlich ... Ich hoffe, das Essen hat euch geschmeckt?«

»Äh, es geht nicht um die Einladung, Axel ... Wir sprechen von dem Video«, sagte Franck müde.

Oxen fiel sofort auf, dass sie ihren ehemaligen Chef beim Vornamen nannte. Vielleicht war nach der morgendlichen Filmvorführung eine leichte Entspannung der Lage in Sicht.

»Wir hatten heute früh beide Besuch von der Polizei Nordjütland«, fuhr Franck fort. »Und bei Sally im Präsidium waren sie auch. Die Kollegen dachten, wir wären in einen Mord verwickelt.«

»Einen Mord?«

Mossman sah sie abwechselnd an. Mit theatralisch hochgezogenen Augenbrauen.

»Sylvester Benzon ...«, antwortete Franck. »Er wurde gestern Abend umgebracht. In seiner Villa. Mit zwei Schüssen. Und zwar exakt in dem Zeitraum, während wir mit dir zusammen in dem Weinkeller saßen. Ich denke, ich spreche für uns alle, wenn ich sage, dass wir dieses Dinner vollkommen absurd fanden. Nicht zuletzt die Sache mit den Videos. Ich dachte wirklich, du hättest den Verstand verloren. Aber Hut ab, du bist nach wie vor immer allen einen Schritt voraus. Clever und wahnsinnig praktisch gedacht. Du hast Sylvester Benzon ganz einfach diesem Typen überlassen, diesem Auftragskiller, der dich neulich abends im Wald abgepasst hat, Ray Bowman. Habe ich recht? Die einzige Kleinigkeit, die dich gestern verraten hat, war, dass du ab und zu auf die Uhr geschaut hast. Du wusstest also ungefähr, wann Benzon sterben würde. Es ist ... *unmöglich*, dich zu besiegen ... Axel ...«

Mossman schenkte wortlos Kaffee ein und setzte sich an den Küchentisch.

»*Well*, das ist eine schwerwiegende Anschuldigung, liebe Margrethe. Und sie entbehrt in Wirklichkeit jeder Grundlage, auch wenn es für euch plausibel aussehen mag. Mit derartigen Dingen befasse ich mich nicht. Ich habe gestern Abend ja nur betont, dass ich hoffe, Benzon werde eines Tages bekommen, was er verdient ... Mehr nicht. Dass dieser Tag so schnell eintreffen würde – nun, das kommt für mich völlig unerwartet.«

Mossman schwieg und nippte an seinem Kaffee.

Franck setzte gerade zu einer Frage an, aber er kam ihr zuvor.

»Da ist noch eine andere Sache, die ich euch gestern nicht erzählt habe. Ich wollte damit eigentlich noch warten. Aber da ihr schon mal hier seid ... Der Generalstaatsanwalt, der Staatssekretär im Justizministerium und der Justizminister haben sich darauf verständigt, dass man in der kritischen Situation, wenn Salomonsens plötzliche Erkrankung und sein unerwarteter Rücktritt alle überrumpelt, an mich herantreten wird. Man wird mich bitten, vorübergehend die Leitung des PET zu übernehmen, bis die Wogen sich wieder geglättet haben und eine qualifizierte Nachfolge gefunden ist. Ich habe vor, die Herausforderung anzunehmen. Ich weiß ja ohnehin nicht, was ich mit meiner Zeit anfangen soll … Und das bedeutet für dich, Margrethe, dass deine Suspendierung aufgehoben ist und du morgen früh pünktlich im Dienst erwartet wirst. Noch Kaffee?«

102.

»Papa?«

Sie lagen im hohen Gras neben dem Wanderweg, der sich von der dänisch-deutschen Grenze bei Padborg über Kollund, Rinkenæs, Gråsten, Broagerland und Vemmingbund, weiter über Sønderborg und Høruphav bis nach Skovby, im Süden der Insel Als, erstreckte.

Sie machten gerade einen Steinwurf vom Wasser entfernt Rast, irgendwo auf halber Strecke zwischen Sønderhav und Brunsnæs, und schlugen sich die Bäuche mit üppig belegten Broten und Limonade voll.

Ihre Route umfasste vierundachtzig der schönsten Kilometer entlang der dänischen Küste. Der Großteil davon lag zum Glück noch vor ihnen.

Sie waren heute den zweiten von fünf Tagen unterwegs. Und er merkte, dass sie begonnen hatten, sich wirklich auf das Leben des jeweils anderen einzulassen. Ein Gefühl, das seinen Körper und seine Seele mit einer ungewohnten Ruhe erfüllte.

Magnus lag mit dem Kopf auf seinem Oberarm. Die Schäfchenwolken am blauen Himmel waren zu träge, um sich zu bewegen, Sonnenstrahlen wärmten sein Gesicht. Es war Ende Juni. Die Sommerferien hatten begonnen. Das Leben hatte begonnen.

»Ja?«

»Cool, dass du diese Tour für uns geplant hast. Echt, megacool. Und nur damit wir das abhaken können: Gendarmen waren Grenzposten. Die sind hier früher Patrouille gelaufen, um nach Schmugglern Ausschau zu halten. Deshalb heißt der Weg auch Gendarmstien. Und der Hærvejen heißt Hærvejen, weil früher das Heer diesen Weg genutzt hat. Er verläuft entlang der Wasserscheide in Jütland, und die Wasserscheide ist eine Trennlinie, bei der das Wasser entweder in die eine oder in die andere Richtung fließt. Und eigentlich wurde der Weg vor allem genutzt, um Ochsen zu treiben. Aber dort waren auch viele Pilger unterwegs. Und ein Pilger ist jemand, der zu Fuß zu einem heiligen Ort wandert. Was sagst du, Professor? Krieg ich zwölf Punkte?«

»Volle dreizehn.«

»Dreizehn Punkte gibt's nicht mehr, Papa, das hab ich dir doch schon hundertmal gesagt.«

»Dann eben zwölf. Richtig fette zwölf Punkte.«

»Na, siehst du. Bist ja doch kein hoffnungsloser Fall.«

»YOLO.«

Magnus lachte laut. Und auch er selbst musste lachen. Über seinen großen, wundervollen Sohn – und sein eigenes belehrendes Echo.

»Papa?«

Sie hatten wieder eine Weile schweigend dagelegen und in das grenzenlose Blau hinaufgeschaut, als Magnus erneut fragte.

»Hattest du eigentlich jemals eine Freundin – also nach Mama?«

»Hmm … Nein. Nicht so richtig.«

»Was meinst du mit ›nicht so richtig‹? Ja oder nein?«

»Dann nein ...«

»Warum nicht?«

Er atmete ächzend aus.

»Ist es wirklich *so* schlimm, Papa?«

Oxen musste wieder lachen.

»Ich glaube, ich wollte einfach nicht. Weißt du ... Da waren eine Menge Sachen, mit denen ich erst mal klarkommen musste. Und immer noch muss. Manchmal zumindest ... Und meine Zeit, die verbringe ich lieber mit dir.«

»Aber Papa ... Du hast doch massig Zeit ...«

»Hmm, das stimmt natürlich.«

»Dann suchst du dir also eine Freundin?«

»Vielleicht irgendwann ... Mal sehen ... Aber eine Freundin bestellt man sich ja nicht mal eben im Internet.«

»Und was ist mit der Einbeinigen? Margrethe? Die ist echt cool, ehrlich. Wäre die nichts für dich?«

»Du hast recht. Margrethe ist ... der Hammer.«

»Du hast auch mal von der Militärpsychologin erzählt, die dir geholfen hat. Was ist mit der?«

»Danke für deinen Einsatz, Kumpel, aber ich ...«

»*Ich* habe eine Freundin.«

»Echt? Wen?«

»Ayla ... Ich hab dir schon mal von ihr erzählt, das ist die, die mich dauernd geghostet hat. Aber dann hat sie sich plötzlich wieder gemeldet, und, na ja, seitdem sind wir zusammen. Sie hat mich übrigens gefragt, was mein Vater so macht.«

»Und was hast du ihr gesagt?«

»Noch nicht viel. Ich finde es total abgefahren, dass du Jägersoldat warst. Dass du das rote Barett hast und die ganzen Orden. Dass du das Tapferkeitskreuz bekommen hast ... von der Königin ... Das ist so heftig ... Aber ich glaube, Ayla weiß gar nicht, was für eine Riesenehre das ist. Und vielleicht ist ihr das alles ja auch zu viel, du weißt schon, Soldaten und Krieg und so. Deshalb weiß ich nicht so genau, was ich ihr sagen soll.«

Er musste lächeln.

»Hmm … Du kannst ihr ja sagen, dass dein Vater ein Pilger ist.«

Nachwort

Auch in diesem Band möchte ich meiner Tradition treu bleiben und zum Abschluss einzelne Stellen herausgreifen, an denen sich Fakten mit Fiktion mischen. Im Großen wie im Kleinen.

So befindet sich das Sofiebad natürlich unverändert in Christianshavn in Kopenhagen.

Charlotte Amalie ist der Hauptort der Amerikanischen Jungferninseln. Die Stadt entfaltet ihren eigentlichen Charme, besonders wenn die Kreuzfahrttouristen gerade nicht wie plündernde Horden durch die Straßen ziehen.

Antigua in Guatemala fällt einem als Erstes ein, wenn das Gespräch auf unterschätzte Schönheiten kommt.

Die verschiedenen großen Steueroasen-Leaks der letzten Jahre sind sicher niemandem entgangen. Die Menge an Informationen ist gewaltig. Ich kann leider nur oberflächlich darauf eingehen, aber einige Fakten habe ich dennoch wiedergegeben.

Dass jeder Einwohner der Britischen Jungferninseln im Durchschnitt siebenundzwanzig Vorstandsposten in ausländischen Unternehmen innehat, ist nicht nur wahr und irgendwie tragikomisch, sondern es sollte einen vor allem nachdenklich machen. Die Zahlen galten, laut dem norwegischen Wirtschaftswissenschaftler Professor Guttorm Schjelderup, zumindest im Jahr 2012.

Bei einem neueren Fall, der vor dem Obersten Steuergericht in Dänemark verhandelt wurde, kam heraus, dass die fünf Vorstände eines Unternehmens, das ein dänisches Ehepaar in Panama gegründet hatte, insgesamt in weiteren 36 225 Vorständen saßen, was durchschnittlich 7223 Vorstandsposten pro Kopf entspricht.

Es stimmt ebenfalls, dass die dänische Steuerbehörde einen kleinen Teil der *Panama Papers* für nur 6,4 Millionen Kronen erworben hat. Und dass dieses Geld außerordentlich gut investiert war. Ich gebe hier die exakten Zahlen wieder.

Meinen dänischen Leserinnen und Lesern wird vermutlich auch auffallen, dass mich ein weiterer Fall inspiriert hat, in dem es um den Verrat von Staatsgeheimnissen ging, um Vorwürfe, die gegen den Chef des militärischen Geheimdienstes erhoben wurden, der außerdem auch der Chef des polizeilichen Nachrichtendienstes war.

Inhaltlich hat das nichts mit der Handlung in diesem sechsten Band meiner OXEN-Reihe zu tun, aber es gibt dennoch die eine oder andere Übereinstimmung: zum Beispiel aufsehenerregende Abhöraktionen, die Sorge um das internationale Ansehen Dänemarks und die zentrale Rolle eines Whistleblowers.

Mit anderen Worten:

Die Wirklichkeit hat sich seit dem letzten Mal nicht verändert. Sie übertrifft die Fantasie nach wie vor bei Weitem. Leider. Und zum Glück.

Und der Ordnung halber:

Das Tapferkeitskreuz, mit dem meine Hauptfigur Niels Oxen belohnt wurde, ist Dänemarks höchste militärische Auszeichnung. Es wurde bisher nur ein einziges Mal vergeben – auch in der

Realität. Ihre Majestät Königin Margrethe II. überreichte das Tapferkeitskreuz dem damaligen Sergeant Casper Westphalen Mathiesen bei einer feierlichen Zeremonie auf dem Kastell in Kopenhagen im November 2011.

Jens Henrik Jensen